How to read literature like a professor

교수처럼 문학 읽기

HOW TO READ LITERATURE LIKE A PROFESSOR

교수처럼 문학 읽기
작품 속 숨은 의미를 찾아내는 문학 독서의 기술

2017년 12월 28일 초판 1쇄 인쇄 ◎ 2024년 6월 5일 개정증보판 1쇄 발행
지은이 토마스 포스터 ◎ **옮긴이** 박영원 손영미 ◎ **펴낸이** 여승구 ◎ **편집** 장민혜
북디자인 이혜경디자인 ◎ **펴낸곳** 이루 ◎ **출판등록** 2003년 3월 4일 제 13-811호
주소 서울특별시 마포구 성지5길 5-15, 305호 (합정동) (04083)
전화번호 02.333.3953 ◎ **이메일** jhpub@naver.com
ⓒ 토마스 C. 포스터 2017

ISBN 978-89-93111-46-0 03840

◎ 가격은 뒤표지에 있습니다.

교수처럼
문학 읽기

작품 속 숨은 의미를 찾아내는
문학 독서의 기술

HOW TO READ
LITERATURE LIKE
A PROFESSOR

토마스 포스터 지음 | 손영미, 박영원 옮김

개정증보판

이루

'토마스 포스터의 『교수처럼 문학 읽기』에 쏟아진 찬사'

"훌륭한 교수와 함께 문학을 읽는 것이 어떤 느낌인지
이토록 실감나게 보여준 책은 없었다.
정말 유용하고 통찰력 넘치는 이 책에서 토마스 포스터는
전문가와 일반 독자들을 갈라놓는 해묵은 벽을 허물고 있다."

— 제임스 샤피로, 컬럼비아 대학 교수 —

"토마스 포스터는 그의 뛰어난 학식을
일반 독자와 학생들에게 전수해 줌으로써
결과적으로 우리 모두에게 큰 선물을 준 셈이다.
훈련된 눈, 조율된 귀, 간단한 암호를 풀 정도의 지적 능력을 갖고 있으면
문학 작품을 생생하게 즐길 수 있다.
평소 윌리엄스 w. c. williams 가 '빗물에 젖어 번들거리는
빨간 외바퀴 수레 a red wheelbarrow glazed with rain water' 에서
무엇을 보았는지 궁금해했다면 반드시 이 책을 읽어 보기를."

— 토마스 린치, 『장의 葬儀, The Undertaking 』의 저자 —

| 차례 |

개정판에 부쳐

스스로 성장하는 것, 이것이 책의 가장 놀라운 점이다. 새로운 작품을 쓰려고 책상에 앉을 때부터 마지막 문장을 쓸 때까지 작가는 자신이 하는 일을 알고 있다고 생각할 것이라고 나는 추측한다. 대개 책의 마지막은 마침표로 끝난다. 하지만 이것은 물음표가 되어야 한다. 이후에 벌어지는 일들은 누구도 짐작할 수 없기 때문이다.

고전적인 예는 최고의 작품이 출간되자마자 땅에 처박히고 만 작가다. 허먼 멜빌이나 F. 스콧 피츠제럴드를 떠올려 보자. 초기 소설에 열광하는 독자들을 보고 멜빌은 사람들이 미친 듯이 흰 고래를 찾아낼 거라고 생각했을 것이다. 하지만 그렇지 않았다. 자신의 과거를 다시 쓰려는 낭만적인 몽상가 이야기를 쓴 피츠제럴드도 마찬가지였다. 『위대한 개츠비』는 그의 초기 작품에 비해 매우 미묘한데다가 인간의 본성과 당시의 역사적 순간에 풍부한 통찰력을 제공했기에 많은 독자가 돌아서리라고는 거의 생각하기 힘들었다. 그런데 바로 이것이 독자들이 돌아선 이유였다. 다가

올 재앙을 예언하는 것은 재앙이 도달할 때까지는 비관론의 극대치로 보이기도 한다. 피츠제럴드와 같은 시대 작가인 T. S. 엘리엇도 목격했듯이, 인간은 감당할 수 없는 현실은 참을 수 없어 한다. 피츠제럴드는 자신의 책이 절판되고 독자들이 떠나는 것을 보며 눈을 감았다. 『위대한 개츠비』가 훌륭한 작품임을 세계가 알게 된 것은 한 세대가 지난 후의 일이었다. 『모비 딕』이 수작으로 인정받기까지는 그보다 서너 배의 시간이 걸렸다.

물론 예상치 못하게 지속적으로 베스트셀러가 된 작품도 있고, 잠깐 반짝했다가 흔적도 없이 사라진 작품도 있다. 하지만 우리의 주목을 끄는 것은 '모비-개츠비' 사례다. 세상 사람들이 작가와 그 작가의 작품에 대해 어떻게 생각하는지 알고 싶다면 200년 내외의 사례들을 확인해 보라.

모든 출판 이야기가 가혹하기만 한 것은 아니다. 우리 모두는 (그게 누구든) 독자를 찾고 싶어 하며, 또 그들이 어떤 독자일지 약간의 통찰력을 갖고 있다고 믿는다. 때론 우린 옳고, 때론 그렇지 않다. 다음은 일종의 고백이다.

책을 출판할 때 인사말은 보통 책의 뒷부분에 넣는 것이 일반적인데, 여기서만큼은 큰 도움을 받은 한 그룹의 사람들에게 특별한 감사를 일찍부터 표하고 싶다. 정말이지 그들 없이는 이번 개정판은 불가능했을 것이다. 나이 든 독자들에게 이 책에 관해 얘기를 많이 들었는데 그들 중 일부는 다른 대학에서 영문학을 전공했지만 뭔가 빠져 있음을, 또 문학 공부에서 중요한 몇 개의 열쇠를 그냥 지나쳐 보냈음을 느꼈던 사람들이었다. 가끔 그런 독자들에게 이메일이 왔다. 그런데 2년이 지나지 않아 편지의 성향에 변화가 오기 시작했다. 자주는 아니고 이따금씩 영어 교사들의 의견이 들어왔다. 이후 6개월 뒤부터 고등학생들의 의견도 들어왔다. 메일을 보내온 한 학생은 이렇게 말했다. "뭐 그리 대단한 일인지 모르겠네요.

이 책에 있는 모든 내용은 내가 9학년 때 배운 거라고요." 난 그녀의 9학년 때 선생님과 악수하고 싶다고 회신했다. 그래도 절대로 환불은 없다는 말과 함께. 내 책이 '대학 과목 선이수제Advanced Placement' 영문학 교사 인터넷 사이트에서 논의되고 있다는 얘기를 간접적으로 듣게 된 것도 이즈음이었다.

수년 동안 나는 각 카운티의 교사 및 학생들과 접촉할 수 있는 행운을 누렸다. 온갖 종류의 질문이 쏟아졌다. "X는 뭘 의미하는 건가요?", "이 견해를 당신이 거론하지 않은 그 책에도 적용할 수 있나요?", "내 논문의 문장을(또는 전체를) 검토해 주실 수 있나요?" 두 번째 질문까지는 아무 문제없지만 마지막 질문은 윤리적인 문제에 봉착하게 만들기 때문에 문제될 수 있다. 그렇다 해도 이러한 질문들을 던질 정도로 학생들이 완전히 낯선 사람을 신뢰한다는 건 어깨가 으쓱해지는 일이다.

직접적인 교류도 많았다. 책에 관해, 학생들이 책을 어떻게 사용하는지에 관해 대화하고자 몇 개의 교실에서 1년 정도 수업을 진행하기도 했다. 이런 방문은 매우 재미있었고 더불어 거의 대부분 한두 개의 커다란 질문이 제기됐다.

나는 일반적으로는 고등학교 영어 교사, 세부적으로는 대학 과목 선이수제 담당 교사들의 창의성에 충격을 받았다. 이들은 내가 천 년간 가르쳐도 전혀 떠오르지 않을 이 책의 사용법을 생각해 냈다. 어떤 반에서는 한 명의 학생이 한 개의 장을 책임지게 했다. 만약 톰이 비와 눈의 책임자라면 톰은 그 장의 중요한 요소들을 설명하는 포스터를 만든다. 강수降水와 관련된 내용이 나오면 톰은 그것이 함축하는 바를 토론하기 위해 준비에 들어간다. 혹시 톰이 학대를 받은 건 아닌지, 다른 누구보다 더 힘들게 일한 것은 아닌지 의심은 가지만, 어쩌면 톰은 분주함을 좋아했을지도 모른다. 다른 수업에서는 단편 영화를 만들기 위해 그룹별로 일했는데 각 영화는 책에 나오는 최소한 한 가지 이상의 개념을 담아야 했다. 연말이 다가오면 턱시도와 작은 조각품을 곁들여(중고 스포츠 트로피라고 들었다) 모의 시상식까지 했다. 정말 기발하다. 이런 많은 계획들 중 가장 마음에 드는 것은 학생들의 자율성에 토대를 둔 프로그램들이다. 이 책의 장점들 중 하나는 교과서적인 요소가 결여되어 있다는 점이 아닐까 생각한다. 그렇기에 교사는 원하는 대로 책을 이용할 수 있고 또 이 책을 토대로 다른 많은 것들을 만들어냈을 것이다. 결과적으로 다수의 교사가 그 확장성을 학생들에게 전달하여 학생들이 책에 있어, 또 자신들의 통찰력에 있어 창의성을 발휘할 수 있지 않았을까 생각한다.

교사들 사이에 인기 있었던 요인이 이것일까? 나는 모른다. 교과 과정에 이 책이 채택됐다는 얘기를 처음 들었을 때 나는 매우 놀랐다. 이 책에는 공부와 관련된 장식물(예를 들면 주석이나 해설, 각 장의 끝에 나오는 문제들. 나는 이런 것을 싫어한다)이 완전히 없는데다 또 엄격한 조직화를 좋아하지 않는 내 생각이 반영되어 있기 때문이다. 나는 각 장의 논의들을 내가 옳다고 생각하는 바에 따라 분류했는데, 이것은 교실에서의 용도를 고려한 분류와는 같지 않다. 솔직히 말하면 교실을 배경으로 할 경우 타당할지 잘 모르겠다. 왜냐하면 이 책은 교과 과정에서 사용한 적도, 또 결코 사용하지도 않을 것이기 때문이다. 겸손의 말이 아니다. 그 이유는 좀 더 실용적이다. 이 책은 나의 문학적 통찰력과 조크를 담고 있다. 그러니까 만약 교재로 사용한다면 나는 할 일이 없어진다. 내가 알기로 교육의 목표는 교사의 도움이 더 이상 필요하지 않은 곳으로 학생들을 데려가는 것이다. 그러니까 그 결과는 실직이다. 하지만 은퇴는 내가 기대하는 것보다 다소 갑작스러운 일이 될 것이다.

그래서 교사들이 여름 독서 교실의 교재로 이 책을 선택했다는 소식을 들었을 때 정말이지 놀랐다. 이 책이 고등학교에서 쓰이게 된 것은 영어 교사들의 창의성과 지성 덕분이다. 내가 듣기로 영어 교사들은 상상 이상의 많은 양의 독서를 하며, 그런 와중에 어떡해서든 학생들에게 독서열을 불러일으키고자 애쓴다. 그들은 믿을 수 없을 정도로 열심히 일해서 한 번에 150명이나 되는 학생들의 성적을 매기는데, 이는 대학 교수들로서는 생각만 해도 토가 나올 만한 일이다. 이런 엄청난 수고에 비해 그들은 아주 적은 존경을 받고 있으며 충분한 보수도 받지 못하고 있다. 장난기 많은 동료 교수는 고등학교에 자주 다니는 나를 보고 미국의 어느 고교든 원하는 곳에서 가르칠 수 있을 거라고 말하지만, 그는 틀렸다. 나는 이미 그곳에서 일하고 있는 분들을 따라갈 수 없을 것이기 때문이다. 나로서는 『교수처럼 문학 읽기』를 성공작으로 만들어준 영어 교사들에게 오직 깊은 감사를 드릴 뿐이다. 개정판을 포함하여 이 책이 나올 수 있는 건 모두 그분들 덕분이다.

이번 개정판의 변화는 크진 않지만 중요하다. 가장 중요한 건 내 마음을 불편하게 했던 두세 가지의 큰 실수를 제거하거나 바로잡을 수 있었던 것이다. 또 문법이나 철자, 단어 및 구의 필요 없는 반복, 여기저기서 보이는 부적절한 단어 선택, 읽는 사람들에게 '내가 써도 이보단 나을 것 같군' 하는 생각이 들게 할 만큼 신경 쓰이게 하는 문제들도 많은 부분 해결할 수 있었다. 물론 실질적인 변화도 있다. 소네트에 관한 내용은 책의 나머지 부분들과 잘 맞지 않는 것으로 생각됐다. 이 책은 비유적인 의미, 한 사물/행위/사건들의 표면적인 의미가 다른 차원의 무언가로 전환되는 방식에 관한 것임에 비해 소네트는 형식과 구조에 관한 것이기 때문이다. 질병, 심장 등에 관한 장은 장황하고 길게 느껴지는 부분이 있어 축소하거나 한데 합쳤다.

대신 등장인물에 관한 내용과 주인공의 친구가 되는 것이 왜 그토록 건강에 나쁜 일인지에 대한 장을 추가했다. 일반적인 상징과 사적인 상징에 관한 새로운 논의도 소개했다. 비유적인 이미지에 관한 보편적인 문법이 존재하며, 이미지와 상징은 반복과 재해석을 통해 힘을 얻는다는 것이 이 책이 설명하는 기본적인 중심 개념 중 하나다. 하지만 당연히 작가들은 항상 새로운 비유와 상징을 발명해 낸다. 그것들은 때론 그들의 작품들 속에서 반복적으로 나타나지만 한 번 등장했다가 다시는 소식이 없는 경우도 있다. 어떤 경우든 이와 같은 이례적인 상황들을 다루어야 할 전략이 필요하므로 부득이 넣어야 했다.

또한 분석에서 자신감을 늘리고자 독서 경험에 대한 책임감, 문학적 의미의 창조에서 독자가 갖는 중요성에 대해 이해하고 생각해 보는 내용도 포함시켰다. 학생 및 다른 독자들이 문학을 대할 때, 심지어 적극적으로 독서 경험을 만들어나갈 때조차 어떻게 여전히 본질적으로 수동적인 견해를 유지하는지 나로서는 놀라운 일이다. 지금부터라도 독자들은 스스로에게 신뢰를 가져야 한다.

문학은 끊임없이 변하고 있어 이 책이 나오고 약 십여 년간 수많은 책들이 출간됐다. 개정판을 낸다고 해서 반드시 참조 문헌이나 사례를 손봐야 하는 건 아니지만 최근 나온 출판물들 몇 개를 추가했다. 우린 때로 문학, 또는 이런저런 장르의 종말이란 말을 듣는데(소설은 대표적인 희생양이다) 문학은 그것이 '진전'하거나 '부패'하지 않는 것처럼, 죽지 않는다. 확장되고 늘어난다. 정체되고 진부하다고 느끼는 것은 단지 우리 스스로가 충분한 주의를 기울이지 않음을 의미할 뿐이다. 유명한 작가 아내의 알려지지 않은 이야기든, 변화하는 영국이나 미국에 온 다양한 인종의 이

민자 이야기든, 호랑이와 함께 구명보트에 탄 소년이나 발칸 마을의 호랑이, 쌍둥이 빌딩 사이의 전선 위에 있는 한 남자의 이야기든, 새로운 기법이 적용된 오래된 이야기를 포함하여 새로운 이야기는 계속해서 등장한다. 다음 날 무슨 일이 벌어지는지 궁금해서 아침에 계속 깨어 있고 싶을 정도로 말이다.

감사의 인사를 전하는 중이니 매우 중요한 대상에게도 감사를 표하고 싶다. 학생들을 만날 때마다 나는 영감을 받는다. 일하는 동안 당연히 대학원생과 학부생을 자주 만나게 되는데 이런 교류를 통해 풍부하고, 충만하고, 절망적이고, 희망적이고, 실망스럽고, 때론 명백히 기적적인 일들을 체험한다. 영문학을 전공하는 이들이 대부분이지만 일반 교과 과정 이수 의무라는 놀라운 규정으로 인해 다른 전공 분야(특히 생물학)의 학생들과도 대거 접촉할 수 있었다. 불가피하게 이들은 다른 재능, 다른 태도, 다른 질문들을 제기해서 나의 주목을 끈다.

지난 10년간 나는 고등학생들과 자주 교류했는데 다른 사람들도 단지 고등학생 연령대의 젊은이들뿐 아니라 십대 학생들까지 포함하여 교류해 보길 원한다. 이 연령대의 집단에 대해 책을 읽지 않는다, 글을 쓰지 않는다, 주변 세상에 관심이 없다, 역사나 과학이나 정치에 대해 아무것도 모른다 등 많은 말들이 있어 왔다. 그런데 내가 십대였을 때도, 그보다 더 오래전에도 같은 얘기를 들었다. 언젠가 우리는 정확히 이러한 감정을 담은 점토판이나 파피루스 두루마리를 발굴할 수 있을 것이라 확신한다. 그 말들 중 일부는 맞을 것이다. 하지만 직접 그들을 만나거나 이메일로 교류하면서 나는 이들이 사려 깊고, 흥미가 있고 흥미로우며, 호기심이 많고, 반항적이고, 진보적이며, 야망이 있고, 근면하다는 것을 알게 됐다. 선택을 해야 할 때, 좀 더 쉬운 길이 있음에도 이들은 많은 작업량과 상급 과정에서의 높은 요구를 받아들였다. 이들은 또 독자였다. 많은 이가 교과 과정에 있는 내용 말고도 대단히 많은 양의 글을 읽었다. 이들은 글도 썼다. 작가로는 생계유지가 거의 불가능하며 심지어 더 나빠질 수도 있다는 얘기를 듣고도 작가가 되기를 열망했다. 내가 받았던 모든 질문, 함께 나눴던 대화를 통해 알 수 있다. 언어, 이야기, 시, 작문에 관심 있는 젊은 이들이 있는 한 문학은 계속될 것이다. 문학은 디지털의 영역으로, 아니면 예전처럼 필사본으로, 또는 만화 형태의 소설이나 스크린 등으로 옮겨갈지 모르지만 계속 창조될 것이다. 그리고 읽힐 것이다.

1년 전, 그랜드래피즈에서 독서를 주제로 대화 모임을 가진 적이 있다. 해당 지역에 사는 학생들이 사인을 받기 위해 행사장으로 왔다. 방금 출간된 책이 아닌, 1년 전인 10학년 때 배정된 책이었다. 바로 이 책 말이다. 오해를 방지하기 위해 말해두자면, 이 행사는 그해 학사 일정이 모두 끝난 뒤였기에 참석한다고 해서 추가로 주어지는 학점은 없었다. 이들은 문학 수업과 그 수업을 훌륭하게 이끌었던 선생님을 사랑해서, 그 책이 a) 미시간에 사는, b) 그들 동네에 온, c) 죽지 않은 사람에 의해 씌어졌기 때문에 찾아온 것이다. 책들은 닳은 상태였다. 수없이 그어진 줄, 부러진 책 등, 접혀 있는 모서리 등 아주 많이 사용된 책들이었다. 한두 권은 불도저에 부딪히기라도 한 모양새였다. 학생들은 이렇게 말했다. "독서에 관한 책이 배정됐을 때 심장이 가라앉는 듯했어요. 그런데 알고 보니 상당히 괜찮은/그리 나쁘지 않은/좋은 책이었어요." 그리고 내게 감사를 표했다. **그들이** 내게 감사해 했다. 난 거의 울 뻔했다.

그러니 이런 모든 것들과 대면한 후에, 어떻게 내가 감사하지 않을 수 있겠는가?

서문

어떻게 그럴 수 있지?

린드너라고? 그 시원찮은 위인 말인가?

그렇다. 그 시원찮은 린드너 얘기다. 당신은 악마가 어떻게 생겼다고 생각하는가? 만약 그 녀석이 붉은 몸뚱이에 꼬리가 달리고, 머리에 뿔이 나 있고, 발굽이 갈라진 모습으로 나타났으면 아무도 그의 유혹에 넘어가지 않았으리라.

지금 내가 학생들과 함께 읽고 있는 작품은 1959년에 나온 로레인 핸즈베리Lorraine Hansberry의 위대한 미국 희곡 『뙤약볕 아래 건포도A Raisin in the Sun』다. 자주 있는 일이지만 내가 무심한 어조로 거기 나오는 린드너란 인물을 악마로 보면 어떠냐고 물으면 많은 학생이 의심에 찬 질문을 던져댄다.

시카고에 사는 영거라는 흑인 가족이 백인들만 사는 동네로 이사 오려고 선금을 치른다. 그러자 유한 성격에 작달막한 체구의 린드너가 면목 없지만 동네 사람들 뜻이라며 선금 환불용 수표를 들고 나타난다. 주인공인 월터 리 영거는 처음에는 (얼마 전 세상을 떠난 부친의 생명 보험금을 받았기에) 돈은 얼마든 있다는 생각에 자신 있게 이 제안을 거절한다. 그런데 불과 얼마 뒤 월터 리는 그 돈의 3분의 2를 도둑맞았고, 린드너의 모욕적인 제안만이 갑자기 가족을 가난에서 구해 줄 유일한 희망으로 떠오른다.

서구 문화에서 악마와의 거래는 아주 오래된 주제다. 이 주제의 대표적인 유형인 파우스트 전설들을 보면, 주인공은 영혼만 내주면 자신이 간절히 원하는 것이 무엇이든 (권력, 지식, 또는 양키스 팀을 무찌를 빠른 공) 얻을 수 있다는 제안을 받는다. 엘리자베스 시대 작품인 크리스토퍼 말로 Christopher Marlowe의 『포스터스 박사 *Dr. Faustus*』, 19세기 시인 요한 볼프강 폰 괴테 Johann Wolfgang von Goethe의 『파우스트 *Faust*』부터 20세기 작가 스티븐 빈센트 베네 Stephen Vincent Benét의 「악마와 다니엘 웹스터 *The Devil and Daniel Webster*」, 뮤지컬 〈망할 놈의 양키스 *Damn Yankees*〉에 이르기까지 이런 패턴은 계속 반복된다.

이 작품에서 린드너는 월터 리의 영혼을 요구하지 않는다. 사실 그는 자신이 영혼을 요구하고 있다는 사실조차 모르고 있다. 그렇지만 실제로 그는 바로 그걸 요구하고 있다. 월터 리는 자신이 가족에게 끼친 경제적 손실을 만회할 수 있지만, 그 대신 흑인 가족이 이사 오는 걸 꺼리는 백인들과 자신은 격이 다르다는 것, 그의 자부심이나 자존심, 또는 **정체성**이 돈으로 사고 팔 수 있는 대상이라는 걸 인정해야 한다. 그것이 바로 자신의 영혼을 파는 행위이다.

핸즈베리의 극이 파우스트 계열의 다른 작품들과 다른 점은 주인공이 결국 사탄의 제안을 거부한다는 것이다. 이전 작품들은 끝에 악마가 주인공의 영혼을 거두어 가는지 여부에 따라 희극인지 비극인지 정해졌다. 그런데 이 극의 주인공은 심리적으로는 그 거래를 맺지만 자기 자신을 돌아보고 치러야 할 대가의 진정한 의미를 생각해 본 끝에 결국 악마, 즉 린드너의 제안을 거부한다. 그 결과 이 작품은 눈물과 번뇌로 가득 차 있는데도 (그래서 비극적인 몰락이 예견됐지만 이야기가 다른 방향으로 진행되면서) 결국 희극으로 결말을 맺고, 월터 리는 외부의 악마인 린드너와는 물론 자기 마음속에 존재하는 악마와의 사투에서 승리를 거두면서 영웅적인 주인공으로 부상한다.

수업을 진행하다 보면 교수와 학생이 말이 아니라 눈빛으로 생각을 주고받는 순간이 있다. 내가 "왜, 이해가 안 돼요?" 하는 얼굴을 하면 학생들은, "네, 무슨 말인지 모르겠어요. 선생님이 지어내신 얘기 같아요" 하는 표정을 짓는다.

같은 작품을 읽었지만 서로 다른 방식으로 분석했기 때문에 의사소통에 문제가 생긴 것이다. 여러분이 학생이나 교수로 문학 수업에 참가한 적이 있다면 이런 순간을 경험했을 것이다. 학생 입장에서 보면 교수가 가끔 별 근거 없는 논리로 작품을 풀이하거나, 보기엔 그럴 듯한데 왠지 수상쩍은 분석 수단을 동원하는 것처럼 느낄 수 있다.

하지만 그것은 사실이 아니다. 그보다는, 교수가 좀 더 경험 많은 독자로서, 학생들이 이제 막 배우기 시작한 어떤 '독서의 언어'를 오랜 기간에 걸쳐 먼저 습득한 것뿐이다. 그들은 일련의 전통과 패턴의 집합체, 관례 및 규칙 등 우리가 어떤 작품을 다룰 때 적용하는 문학의 문법을 배운다. 모든 언어에는 용법과 의미를 관할하는 규칙의 총체, 즉 문법이 있는데, 문학 언어의 경우도 마찬가지다. 그리고 문학 역시 언어 그 자체처럼 어느 정도 자의적arbitrary이다. 일례로 '자의적'이라는 말을 보자. 이 단어에는 원래 아무런 뜻이 없었다. 그런데 과거의 어느 시점에 이 말을 지금 우리가 생각하는 그런 뜻으로 쓰자는 합의가 이루어졌고, 이는 영어의 경우에만 해당되는 얘기다(일본어나 핀란드어에서 이 단어는 아무 의미 없는 소리에 불과하다). 미술도 마찬가지다. 서구에서는 르네상스 시대에 (예술가들이 거리감을 표현하는 데 사용하는 기법들의 총체인) 원근법이 유용하고 중요하다는 합의가 이루어졌다. 그런데 동서양 예술이 만난 18세기 일본 사람들은 그림에 원근법이 없어도 전혀 이상하게 생각지 않았다. 그림을 감상하는 데 있어 원근법이 꼭 필요하다는 생각이 없었기 때문이다.

문학에도 문법이 있다는 건 여러분도 알고 있을 것이다. 전에 몰랐더라도 앞 단락의 구조를 보면서 그런 게 있다는 걸 짐작했을 것이다. 어떻게? 에세이의 문법 때문이다. 글을 읽는다는 건 상당 부분 관습적인 용법을 알고, 글에서 그 관습들이 사용된 예를 알아보고, 결과를 예측하는 것이기 때문이다. 작가가 어떤 주제(앞 단락의 경우 문학의 문법)를 제시한 다음, 다른 주제들을(예컨대, 언어, 미술, 음악, 개 훈련법 등 뭐든 상관없다. 그럴 때 독자는 한두 주제만 보고도 금세 패턴을 인지할 것이다) 끌어들이는 경우, 독자는 작가가 그 주제들을 이용해 본인이 뜻한 바를 설명하고 본 주제로 되돌아올 것을 알고 있다(그래서 그 부분을 읽으며 '봐, 맞잖아!' 라고 소리칠지도 모른다). 그리고 실제로 그렇게 된다. 이렇게 작가가 관습적인 용법을 사용하고, 독자가 그걸 알아채고, 거기에 주목하고, 결과를 예견하고, 그 예측이 맞아 떨어지면 가장 만족스럽다. 글읽기에서 무엇을 더 바라겠는가?

이야기가 많이 옆길로 샜지만, 문학의 경우도 마찬가지다. 이야기나 소설에는 인물들의 유형, 플롯의 리듬, 장章의 구조, 시점의 제한 등 아주 많은 관습이 등장한다. 시 역시 전개 형태, 구조, 운율, 각운 등 그 장르에 고유한 관습이 다수 들어 있다. 희곡 역시 마찬가지다. 그런가 하면 여러 장르에 공통적으로 쓰이는 관습도 있다. 봄은 아주 보편적인 주제이고,

눈이나 어둠, 잠 역시 마찬가지다. 즉 소설이나 시, 희곡에 봄이 나오면 우리 마음속 상상의 하늘에는 다양한 연상이 뭉게뭉게 피어오른다. 젊음, 희망, 새 생명, 어린 양, 깡충깡충 뛰노는 어린이 등등 연상은 끝없이 이어진다. 이런 연상을 더 확장시키면 재생이나 비옥함, 갱생 같은 추상적인 이미지도 줄지어 떠오를 것이다.

좋아요, 그 말이 사실이고 작품을 읽는 데 꼭 필요한 문학적 관습이 정말 존재한다고 쳐요. 그럼 어떻게 해야 그런 걸 알아볼 수 있죠?

카네기홀에 데뷔하는 방법과 똑같다. 계속 연습하는 수밖에 없다.

평범한 독자는 소설을 읽을 때 당연히 줄거리와 등장인물에 집중한다. 이들이 누구고, 어떤 행동을 하고, 어떤 놀라운, 또는 끔찍한 일을 겪는지 주시하는 것이다. 이런 독자들은 일단 작품의 감정적 차원에 반응하는데, 개중에는 오직 감정적인 차원에만 반응하는 이들도 있다. 문학 작품을 읽으면서 기쁨이나 혐오, 웃음, 슬픔, 근심, 고양감을 느끼고 거기에 감정적, 본능적으로 휘말리는 것이다. 종이든 컴퓨터든 어딘가에 작품을 쓰는 소설가는 원고를 출판사로 보낼 때 자기 책이 독자들로부터 바로 이런 반응을 얻기를 간절히 소망한다. 그런데 문학 교수들이 책을 읽을 때는 이야기의 감정적인 차원에도 반응하지만(우리도 리틀 넬Little Nell*이 죽는 장면을 읽으면 펑펑 울고 싶다) 대개는 다른 요소에 훨씬 더 많은 관심을 쏟는다. 이 작품의 감정적인 효과는 어디서 오는가? 등장인물은 누구와 비슷한가? 이런 장면을 전에 본 적이 있는가? 단테(혹은 초서나 컨트리 가수 멀 해거

● **리틀 넬** | 찰스 디킨스의 소설 『골동품 가게 *The Old Curiosity Shop*』에 나오는 여주인공의 이름(원래 이름은 Nell Trent).

드)가 이 말을 했던가? 이런 의문들을 제기하는 습관을 갖추거나 문학 작품을 이런 식으로 보게 된다면, 새로운 관점에서 문학 작품을 읽고 이해하게 될 것이고, 독서가 더 보람 있고 즐거워질 것이다.

기억, 상징, 패턴. 이 세 가지야말로 독서에서 전문가와 일반인을 구별 짓는 가장 중요한 특징이다. 문학 교수들은 한 마디로 놀라운 기억력을 지닌 집단이라고 할 수 있다. 새로운 작품을 읽을 때마다 나는 '이 인물을 어디서 봤지? 이거 혹시 내가 아는 주제 아닌가?' 등 온갖 질문을 던지면서 다른 작품과 연관이 있거나 유사한 사례가 있는지 머릿속을 온통 뒤지곤 한다. 아무리 안 그러려고 해도 어쩔 수가 없다. 예컨대 1985년에 나온 클린트 이스트우드 주연의 〈페일 라이더*Pale Rider*〉를 30분 정도 보면 이런 생각이 들기 시작한다. '음, 〈셰인*Shane*〉(1953)이랑 비슷한데.' 그럼 그때부터 〈페일 라이더〉의 모든 장면에 남자 주인공 앨런 래드Alan Ladd의 얼굴이 겹쳐 보이기 시작한다. 그런데 이런 습관이 영화를 즐기는 데 꼭 도움이 되는 건 아니다.

교수들은 상징적 의미를 고려하면서 책도 읽고 생각도 한다. 뭔가 다른 것으로 판명될 때까지 작품 속의 모든 요소가 뭔가의 상징인 것이다. 그래서 머릿속에서 계속 이런 질문을 던진다. '이건 무엇의 은유일까? 유추일까? 저건 뭘 의미할까?' 학부와 석사 과정의 문학 및 비평 시간에 교수들은 늘 사물을 있는 그대로 보되 그것이 뭔가 다른 것을 상징하는지 생각해 보라고 가르친다. 중세의 서사시 『베어울프*Beowulf*』(8세기)에 나오는 그렌델Grendel은 괴물이기도 하지만, 동시에 (a) 인간에 대한 우주의 적대성(이는 중세 앵글로색슨인들이 뼈저리게 느낀 감정)과 (b) (주인공 베어울프가 대표하는) 우리 내면의 고결함만이 정복할 수 있는 인간성의 어두운 측면을 나타내기도 한다. 이처럼 상징적인 방식으로 세상을 보는 안목은, 상징과 관련된 상상력을 북돋우고 보상해 주는 다년간의 훈련을 통해 길러진다.

전문가들은 또한 패턴을 의식하며 책을 읽는다. 문학 전공자는 표면에 드러난 요소들을 살펴보면서 동시에 그 요소들이 모여 형성하는 패턴에 주목하도록 훈련받는다. 상징과 관련된 상상력과 마찬가지로 패턴에 대한 의식 역시 독자로 하여금 이야기로부터 일정한 거리를 유지하게 하고, 줄거리나 사건, 등장인물에 대해 순전히 감정적인 차원 이상의 뭔가를 보게 해준다. 문학자는 책에도 우리의 삶과 비슷한 패턴이 존재한다는 걸 체득하는 것이다. 다른 분야도 마찬가지다. 컴퓨터를 이용한 진단법이 나오기 전에는 정비사들도 패턴 인지를 통해 엔진의 고장 난 부분을 찾아냈다. 이러이러한 증후가 있으면 저것을 확인해 보는 식이다. 문학 작품은 패턴으로 가득 차 있으므로 도중에 한 걸음 물러서서 패턴들을 찾아보면 훨씬 더 많은 것을 얻게 될 것이다. 아이들, 특히 아주 어린 꼬마들이 얘기하는 걸 보면 그중 뭐가 더 중요한지 따져보지 않고 그냥 기억나는 온갖 세부 사항이나 단어들을 쏟아내기에 바쁘다. 그러다가 좀 더 자라면 그 이야기의 플롯, 즉 작품의 의미에 더 중요한 요소들이 뭔지 깨닫게 된다. 독자들도 마찬가지다. 갓 문학 공부를 시작한 학생들은 수많은 세부 사항의 늪에 빠져 허우적거린다. 『닥터 지바고*Dr. Zhivago*』(1957)를 읽고 가장 기억에 남는 게 등장인물 이름 외우기였다고 말하는 학생들도 있다. 그런데 베테랑 독서가는 세부 사항을 모두 기억하는 대신 이야기 속에 숨어 있는 패턴이나 상징, 원형 등을 찾아낼 것이다.

그렇다면, 상징을 찾아내는 안목, 패턴을 인지하는 관찰력, 강력한 기억력, 이 세 가지가 결합하면 어떤 결과가 나오는지 구체적인 예를 살펴보자. 당신이 관찰 중인 어떤 남자가 아버지한테는 적대적이지만 엄마에게는 한없이 다정하고 심지어 의존적인 태도를 보여주는 말을 여러 번 한다고 하자. '그래, 그런 사람도 있을 수 있지. 별거 아닐 거야'라고 생각하면 더 이상 문제될 것 없다. 그런데 다른 사람, 또 다른 사람이 비슷한 행동을 한다면 당신은 이게 혹시 어떤 패턴이 아닐까 생각하다가 이런 의문이 들 것이다.

"가만, 이걸 전에 어디서 봤지?"

그래서 과거의 경험들을 되짚어보다가 환자와의 상담이 아니라 젊었을 때 읽은 책, 즉 아버지를 죽이고 엄마와 결혼한 남자에 대한 희곡에서 뭔가를 건져낸다. 지금 관찰 중인 남자가 그 희곡과 아무 상관 없다 해도 상징에 민감한 당신의 상상력은 오래전에 경험한 이 패턴을 현재 당신 앞에 펼쳐진 실제 상황과 연관시킬 것이다. 나아가 이름 짓기를 좋아하는 당신은 유사한 패턴을 가리키는 뭔가를 이내 떠올릴 것이다. 바로 '오이디푸스 콤플렉스Oedipus Complex'다. 그런데 앞에서도 말했듯이 이런 능력은 문학 교수들만의 전유물이 아니다. 지그문트 프로이트는 문학자가 책을 읽는 방식으로 환자를 '읽었다'. 즉 우리가 시, 소설, 희곡을 읽을 때 동원하는 독법을 이용해 환자의 상태를 읽어냈던 것이다. 그가 발견한 오이디푸스 콤플렉스는 인류 사상사에서 하나의 분수령이 되었고, 정신분석학 못지않게 문학에서도 큰 의의를 지닌다.

이 책에서 나는 수업할 때와 똑같은 일을 할 것이다. 즉, 문학자들이 작품 읽는 방법을 보여주고, 전문적인 독서에 이용되는 다양한 코드와 패턴을 소개할 것이다.

나는 우리 학생들이 린드너가 월터 리 영거에게 파우스트적 거래를 제안한 일종의 악마적 유혹자라는 내 생각에 공감해 주면 좋겠다. 그리고

내 도움 없이도 그런 결론에 도달하게 되길 바란다. 연습과 끈기, 약간의
지도가 있으면 누구나 그럴 수 있다.

교수처럼 문학 읽기

How to Read Literature Like a Professor

(예외도 있지만)
모든 여행은 하나의 원정이다

자, 일단 이렇게 해보자. 순전히 가상으로, 당신이 지금 1968년 여름 어떤 평범한 열여섯 살 소년에게 일어난 일을 다룬 책을 읽고 있다고 하자. 군대 가기 전에 여드름이 없어지기를 바라는 이 소년은(편의상 '킵'이라고 해 보자) 지금 자전거를 타고 슈퍼마켓에 가는 중이다. 자전거가 변속 기어도 없는 싸구려라 창피해 죽겠는데, 엄마 심부름을 가는 길이라는 게 더 참을 수 없다. 어쨌든 슈퍼마켓까지 가는 동안 킵은 몇 가지 불쾌한 경험을 하게 된다. 하나는 사소한 거지만 독일종 셰퍼드와 마주친 것, 또 하나는 슈퍼마켓 주차장에서 평소 짝사랑하는 캐런이 토니 박스홀의 새 스포츠카 안에서 깔깔거리며 수작하는 장면을 목격한 것이다. 안 그래도 킵은 평소에 토니가 싫었는데, 그건 그 녀석의 성이 '스미스'라는 평범한 자기 성과 전혀 다른 '박스홀Vauxhall'이었기 때문이다. 아무리 봐도 '스미스'는 '킵'이라는 이름과 전혀 어울리지 않았다. 또 다른 이유는 토니가 끌고 온 밝은 초록색 바라쿠다가 번개처럼 빨랐기 때문이다. 게다가 토니는 평생 단 하루도 일을 한 적이 없다. 그런데 깔깔대며 토니와 수작하던 캐런은 고개를 돌려 킵을 보고서도 여전히 웃고 있었다. 얼마 전에 그의 데이트 신청을 받은 적이 있는데도. (캐런이 웃음을 멈춰도 우리한테는 별 상관없다. 우리는 작품의 구조를 보고 있기 때문이다. 하지만 우리가 만들어내고 있는 이 이야기에서 그녀는 웃음을 멈추지 않는다.) 어쨌든 슈퍼마켓에 들어가 엄마가 사 오라는 '원더 브레드' 빵을 집어 든 바로 그 순간 킵은 나이를 속이고 해병대에 자원하기로 결심한다. 베트남에 파견될 가능성이 아주 높지만, 부모의 재산만이 중시되는 이 작은 동네에서는 어떤 일도 일어날 수 없을 거라는 생각이 들었기 때문이다. 군대에 가기로 한 킵의 결정은 방금 일어났던 사건 때문일 수도 있고, 붉고 노랗고 파란 풍선에 그려진 성聖 아빌라드•의(어떤 성인이든 상관없다. 다만 가상의 작가는 별로 유명하지 않은 성인을 골랐다) 얼굴을 봤기 때문일 수도 있다. 우리의 논의에서 입대하기로 한 킵의 결정의 본질이나 카렌이 계속해서 웃는 이유, 성인의 얼굴이 그려진 풍선의 색깔 등은 별로 중요하지 않다.

그렇다면 이 작품에서 무슨 일이 일어났는가?

당신이 문학 교수라면, 설사 별로 특이하지 않은 문학 교수라 해도, 이 이야기에서 한 기사騎士가 강력한 적수와 마주쳤음을 눈치챘을 것이다.

다시 말하면, 원정이 시작된 것이다.

• **성 아빌라드** St. Abillard │ 흔히 성 아벨라르(Abelard 1079~1142)로 불리는 중세 프랑스 최고의 철학자. 엘로이즈와의 비극적인 사랑 이야기로 유명.

주인공이 슈퍼마켓에 빵 사러 간 것뿐인데요?

물론이다. 하지만 원정에 대해 생각해 보자. 원정에 등장하는 요소들을 보면, 기사, 험난한 여정, 성배(聖杯, 그게 무엇이든 상관없다), 최소한 용한 마리, 사악한 기사 한 명, 공주 한 사람 등이다. 그 정도면 괜찮은가? 그렇다면 이 요소들을 우리 이야기에 대입해 보자. 기사-킵, 험난한 여정-무서운 독일종 셰퍼드, 성배-원더 브레드 빵, 최소한 용 한 마리-바라쿠다 스포츠카(1968년산 바라쿠다는 정말 불을 뿜었을 것이다), 사악한 기사한 명-토니, 공주 한 사람-(계속 웃어대거나, 웃음을 멈추는) 캐런.

너무 비약하시는 것 아닌가요?

겉만 보면 분명 그렇다. 하지만 구조적으로 생각해 보자. 원정에는 다섯 가지 요소가 있다. (a) 탐구자, (b) 탐구 장소, (c) 그곳에 가야 하는 표면적인 이유, (d) 탐구 중에 겪는 도전과 시련, (e) 그곳에 가야 하는 진짜이유. (a)는 비교적 쉽다. 탐구자는 뭔가를 찾기 위해 여행을 떠나는 사람으로, 그가 이 여행을 원정으로 인지하고 있는지 여부는 중요하지 않다. 실상 모르는 경우가 대부분이다. (b)와 (c)는 묶어서 살펴봐야 한다. 별로영웅 같지 않은 우리의 주인공에게, 즉 우리의 영웅에게 누군가가 '성배를 찾으러 떠나라', '가게에 가서 빵을 사 와라', '라스베이거스에 가서어떤 자를 처치하라' 등 어딘가에 가서 뭔가를 하라고 지시한다. 임무의중요성은 경우에 따라 다르지만 구조적으로 보면 다 똑같다. 즉 어디에가서 뭔가를 하라는 것이다. 이때 앞서 말한 '표면적' 이유라는 표현에주의해야 한다. (e)와 관련이 있기 때문이다.

원정의 진정한 목적은 표면적인 이유와 **전혀** 무관하다. 오히려 주인공은 그 임무를 달성하지 못하는 경우가 많다. 그렇다면 그들은 왜 길을 떠나고, 우리는 왜 그것에 관심을 갖는 걸까? 주인공은 표면적인 과제를 자기의 진정한 임무로 착각하고 길을 떠난다. 하지만 우리는 그 원정이 깨달음의 과정임을 알고 있다. 주인공 자신은 잘 모르지만 원정의 진정한 목표는 바로 그들 자신이다. 다시 말하면 **원정의 진정한 목적은 언제나 '자각' 이다.** 주인공이 대부분 젊거나 경험이 부족하고 미숙하며 보호받는 처지에 있는 것도 바로 이 때문이다. 마흔 다섯을 넘긴 사람은 이미 자각에 성공했거나 평생 성공하지 못하지만, 십대 후반의 아이들은 기나긴 여정을 거쳐 자각에 이를 가능성이 높다.

　실제 작품을 살펴보자. 20세기 후반의 소설을 가르칠 때마다 나는 지난 세기 최고의 원정 소설인 토마스 핀천Thomas Pynchon의 『제49호 품목의 경매Crying of Lot 49』(1965)를 제일 먼저 다룬다. 초보 독자들은 이 소설이 난해하고, 짜증스럽고, 정말 이상하다고 생각할 것이다. 실제로 이 소설에는 만화같이 이상한 면이 많아서 탐구 여행이라는 기본 구조를 파악하기가 쉽지 않다. 하지만 영문학 초기의 위대한 원정담인 『가웨인 경과 녹색의 기사Sir Gawain and the Green Knight』*(14세기 후반)와 에드먼드 스펜서Edmund Spencer의 『선녀 여왕Faerie Queen』**(1596) 역시 현대 독자가 보면 만화 같다고 생각할 내용들을 담고 있다. 내용만 본다면 사실 '만화로 읽는 고전 시리즈Classics Illustrated'***나 '잽 코믹스Zap Comics'****나 오십보백보

　• 14세기 후반에 쓰인 중세 영국 문학의 걸작 중 하나로 아서 왕의 궁정 기사인 가웨인이 겪는 모험담을 그리고 있다.

　•• 서사시로, 선녀 여왕은 엘리자베스 여왕을 뜻한다. 기사가 주인공이며 엘리자베스 여왕의 치세를 기리는 내용을 담고 있다.

　••• 세계 명작들을 만화로 각색해서 만든 시리즈물.

　•••• 영웅이 나오는 주류 만화와 대척점에 서 있는 일명 언더그라운드 만화를 의미한다. 대표적인 만화가로 로버트 크럼Robert Crumb이 있다.

일 것이다. 그럼 『제49호 품목의 경매』의 구조를 살펴보도록 하자.

① **탐구자** | 젊은 여자. 결혼 생활이나 자기 삶에 별로 만족하지 못하고 있음. 새로운 뭔가를 배울 수 없을 만큼 나이 많은 것은 아님. 남자와의 관계에서 자기주장이 별로 강하지 못함.

② **원정의 목적지** | 주어진 임무를 수행하기 위해 거주지인 샌프란시스코 근방에서 남부 캘리포니아까지 운전해 가야 함. 종국에는 양쪽을 왕복해야 하며, 그녀의 과거와(인격 파탄자에 마약까지 복용하는 남편, 정신 이상 증세를 보이는 전前 나치 정신과 의사) 미래(매우 불확실함) 사이도 오가게 됨.

③ **원정 중에 겪게 되는 도전과 시련** | 아주 돈 많고 괴팍한 성격의 기업가로 우표 수집이 취미였던 옛 애인의 유언 집행자로 임명되었음.

④ **원정 중에 겪게 되는 도전과 시련** | 여주인공은 진짜 이상하고 무섭고, 때로는 아주 위험한 사람들을 다수 만나게 됨. 샌프란시스코에서는 국외자나 부랑자들의 지역을 한밤중에 돌아다니기도 함. 광기에 사로잡혀 총을 쏘아대는 정신과 의사를 설득하기 위해 그의 사무실에 들어감(이 장면은 '위험한 성당Chapel Perilous'과 같은, 전통적인 원정 이야기를 연구하는 분야에서 잘 알려진 위험한 구역을 연상시킨다). 수 세기에 걸친 '우편물 음모'에 휘말리게 됨.

⑤ **원정 장소에 가야 하는 진짜 이유** | 이 소설의 주인공 이름이 에디파

라는 거 아까 얘기했었던가? 그녀의 이름은 에디파 마스Oedipa Maas다. 이 이름은 처절한 운명에 고뇌하는 주인공이 등장하는 소포클레스의 『오이디푸스왕Oedipus Rex』(기원전 425년 경)에서 유래한 것이다. 오이디푸스가 그토록 고통받는 이유는 바로 자기 자신을 몰랐기 때문이다. 핀천의 소설에서 여주인공의 자원, 즉 버팀목들은 (이 소설에서는 모두 남자지만) 하나하나 가짜거나 믿지 못할 존재로 밝혀지면서 모두 사라진다. 결국 주인공은 완전히 교란되고, 태아처럼 웅크린다. 자기 힘으로 당당히 서야 하는 시점에 도달한 것이다. 그런데 자기 힘으로 당당히 서려면 의지할 수 있는 자아를 찾아야만 한다. 에디파는 힘든 투쟁 끝에 자아를 찾는다. 즉 그녀는 남자들이나 타파웨어 파티Tupperware party*같은 쉬운 해답을 포기하고 거대한 미스터리의 결말 속으로 뛰어드는 것이다. 그렇다면 그녀는 과연 자각을 획득했을까? 물론이다.

그렇다고 해도……

내 말이 황당하게 들릴 수도 있다. 내 주장이 맞다면, 에디파는 애초에 세운 표면적인 목표를 왜 슬그머니 포기할까? 이야기가 진행될수록 유언장이나 유산에 대한 내용은 줄어들고, 대리 목표가 된 우편물 음모 미스터리마저도 미제 사건으로 끝난다. 소설 끝 부분에서 여주인공은 희귀한 위조 우표들이 경매에 붙여질 순간을 기다리는데, 어쩌면 그 경매에서 사건의 미스터리가 풀릴 수도 있다. 하지만 앞서 일어난 사건들을 돌이켜 보면 별로 그럴 것 같지 않다. 그런데 사실 우리는 이 문제에 별 관심도

● 타파웨어는 주방용 플라스틱 용기를 만드는 미국 회사 이름이다. 타파웨어 파티는 이 회사에서 판매를 목적으로 기획하는 파티를 말한다.

없다. 여주인공 자신은 물론 우리도 이제 그녀가 자기 힘으로 살아갈 수 있고, 의지할 남자가 없어도 세상이 무너지지 않는다는 것, 그녀 자신이 온전한 사람이라는 것을 알고 있기 때문이다.

간략히 소개했지만 바로 이것이 문학 교수들이 『제49호 품목의 경매』 라는 짧은 소설을 그토록 높이 평가하는 이유다. 처음 읽을 때는 전위적 이고 실험적이어서 좀 이상해 보이지만 내용을 따라가다 보면 이 소설 역 시 원정담의 여러 관습을 따르고 있음을 알게 될 것이다. 『허클베리 핀의 모험Adventures of Huckleberry Finn』, 『반지의 제왕The Lord of the Rings』, 〈북북서로 진로를 돌려라North by Northwest〉, 〈스타워즈Star Wars〉 등도 마찬가지다. 누 군가 어디에 가서 뭔가를 한다는 식의 이야기는 대체로 그렇고, 가는 곳 과 하는 일이 주인공이 생각했던 것과 다른 이야기라면 더더욱 그렇다.

경고 한 마디 │ 이 책에서 내가 가끔 어떤 말이 '언제나' 옳다든가 어 떤 상태에 '항상' 도달할 것처럼 말한다면 미리 사과하는 바이다. '언제 나'라든가 '결코' 같은 단어는 문학 연구에서 별 의미가 없기 때문이다. 한 예로, 누군가 언제나 옳을 것 같은 말을 하면 곧바로 어떤 똑똑한 이가 나타나 그것이 아니라는 걸 보여주는 작품을 써낼 것이다. 문학이 너무 가부장적인 분위기로 흐르면 곧바로 고故 안젤라 카터Angela Carter*나 시인 이밴 볼랜드Eavan Boland**가 나타나 우리의 고정관념을 뒤엎고 그 허구성 을 독자와 작가 모두에게 상기시킬 것이다. 또 (1960년대와 70년대에 시작된 일인데) 우리가 어떤 작가들을 미국흑인문학이라는 부류에 집어넣으려 하면 그 어느 장르에도 속하지 않는 이쉬밀 리드Ishmael Reed***같은 마술 사가 나타날 것이다. 여행에 대해 다시 생각해 보자. 탐구 여행은 실패할 수도 있고 주인공 자신이 포기할 수도 있다. 한 발 더 나아가, 그렇다면 모든 여행이 탐구 여행인가? 그건 경우에 따라 다르다. 예컨대 내가 그저 일을 하러 차를 몰고 출근한다면 거기에는 모험이나 성장의 요소가 전혀 없다. 문학 작품에서도 마찬가지다. 집과 회사를 단순히 왕복하는 인물도 등장할 수 있는 것이다. 그러므로 주인공이 길을 떠나면 그 여행에서 어떤 일이 일어나는지 주의 깊게 지켜보아야 한다.

일단 탐구 여행임이 밝혀지면 그 다음은 쉽다.

● **안젤라 카터**(1940~1992) | 영국의 소설가, 언론인. 『서커스의 밤*Nights at the Circus*』 등의 작품을 남겼다. 여성운동가, 마술적 사실주의로 잘 알려져 있다.

●● **이밴 볼랜드**(1944~) | 아일랜드 태생의 여류 시인. 소설가의 아내이자 두 딸의 어머니로, 정치적이고 역사적인 주제의 시뿐 아니라 평범함과 소박함의 중요성을 강조하는 작품도 다수 발표했다.

●●● **이쉬밀 리드**(1938~) | 미국의 시인, 수필가, 소설가로 동시대의 가장 뛰어난 아프리카계 미국 작가로 꼽힌다.

같이 식사할 수 있어 기쁩니다
: 친교의 행위

지그문트 프로이트에 대한 다음 일화를 들어 봤을 것이다. 학생인지 조수인지 모르지만 어쨌든 어떤 지인이 시가와 남근男根의 상징적 관계를 거론하며 유난히 시가를 좋아하는 프로이트를 놀려댔다. 그러자 프로이트는 이렇게 대답했다.

"어떤 때는 시가는 그저 시가일 뿐이야."

정말 그런 일이 있었는지 여부는 중요하지 않다. 오히려 사실 무근일 가능성이 더 크지만, 이런 날조된 일화가 퍼지는 것은 거기 나름의 진실이 깃들어 있기 때문이다. 어쨌든 시가는 그저 시가일 뿐이라는 말이 진실이듯, 그 반대도 진실이다.

똑같은 이치가 현실에서의 식사, 그리고 문학에서의 식사에도 적용된다. 때로 식사는 그저 식사에 불과하고, 타인과의 식사는 말 그대로 타인과의 식사일 뿐이다. 하지만 그렇지 않은 경우도 아주 많다. 적어도 한 학기에 한두 번, 나는 수업 시간에 어떤 소설이나 희곡에 대해 설명하다가 갑자기 정색을 하고 이렇게 말한다. **"사람들이 모여서 음식을 먹는 건 언제나 친교 행위communion다."** 그때마다 학생들은 꽤 황당해하는 눈치다. 대부분의 사람에게 이 단어communion는 교회의 성찬식을 의미하기 때문이다. 물론 그 의미도 중요하지만, 친교에 그 의미만 있는 건 아니다. 게다가 이런 관습이 기독교에만 있는 것도 아니다. 이 세상 거의 모든 종교가 신도들이 모여 음식을 나누는 종교적, 사회적 의식을 갖고 있다. 그래서 나는 교합intercourse이라는 말이 성교 말고도 여러 의미를 갖듯이 (또는 적어도 과거에 그랬듯이) 모든 친교 행위가 종교적 의미를 갖는 것은 아니라고 설명한다. 실제로 문학 작품에 나타나는 친교는 아주 다양한 의미로 해석될 수 있다.

친교의 여러 의미를 살펴보기 전에 알아둘 것이 있다. 우리가 누군가와 같이 식사하는 것은 공유와 평화를 의미한다는 사실이다. 같이 밥 먹는 것은 상대를 해치는 행위가 아니다. 적이나 상사에게 알랑대는 경우가 아니라면, 사람들은 대개 친한 사람을 식사에 초대한다. 우리는 함께 식사할 사람을 주의 깊게 선택하고, 좋아하지 않는 사람의 식사 초대는 잘 받아들이지 않는다. 음식을 먹는 것은 매우 사적인 행위이므로 아주 편한 사람과 같이 하고 싶은 것이다. 그런데 다른 사회적 관습과 마찬가지로 이 역시 예외적인 경우가 있다. 예컨대 어떤 부족장이나 마피아가 적을 점심 식사에 초대한 다음 살해할 수도 있는 것이다. 하지만 이는 대개 아주 저열한 행동으로 간주된다. 일반적으로 누군가와 같이 식사한다는 것은 '나는 지금 당신과 같이 있고, 당신을 좋아하고, 당신과 하나의 공동체를 이룹니다' 라는 의미이다. 그리고 이건 바로 친교의 한 형태이다.

이는 문학 작품에서도 마찬가지다. 그리고 여기에는 또 다른 이유가 있다. 식사 장면은 묘사하기가 정말 어렵고 본질적으로 재미없는 소재다. 따라서 작품 속에 군이 식사 장면을 등장시킨다는 건 그래야만 하는 필연적인 이유가 있기 때문이다. 그리고 그건 인물들 간의 관계와 연관이 있다. 자, 솔직히 음식은 음식일 뿐이다. 프라이드치킨에 대해 전혀 새롭고, 독특하고, 남들이 생각지도 못한 말을 할 수가 있을까? 식사 예절 역시 마찬가지다. 사회마다 약간 다르긴 하지만 음식을 먹는 행위는 다 거기서 거기다. 그러니, 평범하고 진부하고 지루한 식사 장면을 작품 속에 넣으려면 스테이크나 포크, 술잔 이외에 뭔가가 있어야만 한다.

그렇다면 문학 작품에 나오는 식사는 어떤 종류의 친교이고, 작가가 이를 통해 얻고자 하는 결과는 무엇일까? 물론 말할 수 없이 다양하다.

종교적 의미의 영적 친교와 전혀 혼동될 염려가 없는 한 사례가 바로 헨리 필딩Henry Fielding의 『톰 존스Tom Jones』(1749)*에 나오는 식사 장면이다. 이 부분에 대해 한 학생이 이렇게 말했다.

"교회의 성찬식하고는 전혀 다르네요."

소설에는 주인공인 톰이 워터스 부인과 한 여관에서 식사하는 장면이 나오는데 여기서 두 사람은 뭔가를 어적어적 씹거나, 갉아먹거나, 뼈를 빨거나, 손가락을 핥는 등 요란을 떤다. 아마 이보다 더 음탕하고 게걸스럽고 신음 소리 요란한, 쉽게 말해 이보다 더 선정적인 식사 장면은 없을 것이다. 이 장면은 특별히 **중요한** 주제를 내포하고 있지도 않고 전통적인 의미에서의 영적 친교와도 거리가 멀지만, 두 사람이 어떤 경험을 공유하

---

* 『톰 존스』 | 18세기 영국의 사회상이 생생하게 묘사된 작품으로 사생아인 톰 존스의 모험과 사랑을 그리고 있다.

는 장면을 묘사하고 있다. 서로의 육체를 탐한다는 의미 이외에 이 장면에서 식사가 의미하는 건 무엇일까? 아마 두 사람을 사로잡고 있는 욕망의 비유일 것이다.

그런데 동명의 소설을 영화화한 앨버트 피니 주연의 〈톰 존스〉(1963)에서 또 하나의 의미가 추가됐다. 토니 리처드슨 감독은 섹스를 대놓고 묘사할 수 없었다. 1960년대 초만 해도 이는 금기 사항이었다. 그래서 그는 섹스로 해석될 만한 대체물을 만들었고 결국 톰과 워터스 부인의 식사 부분은 영화 역사상 가장 외설스러운 두세 장면 중 하나가 되었다. 톰과 워터스 부인이 신음 소리와 함께 맥주를 들이켜고, 닭다리를 핥고, 손가락을 빨면서 식사를 마치고 났을 때 **관객들**은 자기도 모르게 침대에 드러누워 담배 한 대 피우고 싶은 충동을 느꼈을 것이다. 그렇다면 확실히 사적이고 종교와는 거리가 먼 종류의 친교라는 사실 외에, 이런 욕망의 표현은 무엇을 뜻하는가? 바로 '당신과 같이 있고 싶다, 당신도 나와 같이 있기를 원한다, 그러니 이 경험을 공유하자'는 의사의 표현인 것이다.

'친교가 반드시 종교적일 필요는 없을뿐더러, 굳이 점잖을 필요도 없다.'

좀 더 점잖은 예를 들어보자. 고故 레이먼드 카버Raymond Carver*의 단편 「대성당Cathedral」(1981)에는 콤플렉스가 많은 주인공이 등장한다. 이 소설의 화자話者는 장애인이나 소수자 등 자기와 다른 사람들과 자신이 모르는 아내의 과거에 대해 오만 가지 편견을 지니고 있다. 작가가 등장인물

• **레이먼드 카버**(1938~1988) | 단순하면서도 적확한 문체로 미국 중산층의 불안감을 표현한 미국 소설가. 1983년 단편집 『대성당』이 전미비평가그룹상과 퓰리처상 후보로 오르면서 작가로서 확고한 위치를 굳혔다.

에게 심각한 콤플렉스를 부여하는 이유는 단 하나, 이를 극복할 기회를 주기 위해서다. 실패할 수도 있지만 화자는 그 기회를 얻는다. 이 패턴은 서구 문학에 숨겨진 일종의 코드다. 어쨌든 카버의 소설 도입부에서 화자는 아내의 친구인 한 맹인의 방문을 받는다. 이름 없이 '나'로 지칭되는 화자가 그 사실을 밝히는 순간 독자는 그가 맹인의 방문을 꺼린다는 사실을 짐작할 수 있다. 그리고 화자가 자신과 다른 사람들에게 느끼는 혐오감을 극복해야 한다는 사실도 알게 된다. 실제로 그는 소설 말미에 그 장애를 극복한다. 맹인이 대성당의 모습을 짐작할 수 있게 같이 앉아 그림을 그리는 장면에서 그 사실을 알 수 있다. 그림을 그리는 동안 두 사람은 손을 잡는 등 신체적인 접촉을 해야 하는데, 이는 소설 초반부의 화자에게는 상상도 못 할 일이다. 카버가 고심했던 문제는 바로 이처럼 심술궂고 선입견이 심하고 편협한 화자로 하여금 소설 말미에 맹인의 손을 잡을 만큼 열린 마음을 갖게 할 방법을 찾는 것이고, 해답은 바로 음식에 있었다.

그동안 내가 만나본 운동부 코치들은 버거운 상대와 대결할 때면 그 팀 선수들도 우리처럼 바지 입을 때 한 번에 다리 하나씩 넣는다고 말하곤 했다. 아무리 기량이 뛰어난 선수라 해도 파스타 먹는 방식은 우리와 비슷하다고 말할 수도 있었을 것이다. 카버의 이야기에 나오는 미트 로프 meat loaf도 훌륭한 예가 될 수 있다. 화자는 맹인이 (자신과 똑같이 배고픔을 느끼고, 능숙하고 빠르고 깔끔하고 정상적인 동작으로) 식사하는 장면을 보면서 존경심을 느낀다. 소설에 등장하는 남편과 아내, 맹인 세 사람은 고기와 감자, 야채를 게걸스럽게 먹어치우는데 그 과정에서 화자는 맹인에 대한 반감이 점차 사라짐을 느낀다. 즉 맹인과 자신 사이에 **공통점이 있고**(식사는 삶에서 근본적인 요소다), 둘 사이에 일정한 유대 관계가 있다는 걸 깨닫

02 같이 식사할 수 있어 기쁩니다 : 친교의 행위

는다.

그들이 식사 후에 피우는 마약은 어떤 의미인가?

이들이 마약을 나눠 피우는 장면은 일견 성찬식과 아무런 공통점도 없어 보인다. 하지만 상징적으로 보면 둘 사이에는 별 차이가 없다. 사회적 장벽을 깨는 데 꼭 마약이 필요하다는 얘기는 아니다. 하지만 마약을 나눠 피울 때 두 사람은 거의 종교적인 의식을 통해 같은 성분을 흡입하게 된다. 다시 말하면 이런 행위는 '나는 당신과 같이 있고, 이 순간을 당신과 공유합니다. 나는 우리가 같은 공동체에 속해 있음을 느낍니다'라고 말하는 것과 같다. 이것이 좀 더 친밀한 신뢰의 순간이라고 말할 수도 있다. 어쨌든 세 사람이 식사할 때 마시는 술과 그 후 등장하는 마리화나는 작품 속 화자의 긴장을 풀어주는 역할을 하고, 그 결과 화자는 깊은 통찰력을 얻어 결국 맹인과 함께 대성당을 그리는 경험을 공유할 수 있게 된다 (그런데 대성당은 바로 성찬식이 거행되는 장소이기도 하다).

그럼 그렇지 않을 때는? 식사가 안 좋게 끝나거나 아예 시작하지도 못한 경우는?

결과는 다를지 몰라도 원리는 마찬가지다. 훌륭하게 마무리된 식사나 간식이 공동체나 상호 이해에 좋은 징조라면 실패한 식사는 나쁜 징조다. 텔레비전에서도 그런 장면이 자주 나온다. 두 사람이 식사하고 있는데 전혀 반갑지 않은 제삼자가 나타나고, 그러면 먼저 식사하고 있던 둘 중 하나 또는 둘 다가 냅킨을 접시 위에 얹거나, 입맛이 없다고 둘러대거나, 아니면 그냥 자리에서 일어나 휙 가버린다. 이를 통해 우리는 제삼자에 대한 이들의 감정을 금세 파악할 수 있다. 자기가 배급받은 식량을 전우와 나눠먹는 병사나 주인 없는 개에게 샌드위치를 나눠주는 소년이 나오는 영화를 생각해 보라. 그런 영화가 표방하는 충심, 동지애, 너그러움 등의 강렬한 메시지를 보면 누군가와 같이 식사하는 행위를 우리가 얼마나 중시하는지 알 수 있을 것이다. 그런데 두 사람이 같이 식사하는 동안 한 명이 음모를 꾸미거나 상대방을 죽이려고 획책하는 경우는? 그렇게 되면 함께 식사하는 사람에게 해를 끼치면 안 된다는 근본적인 예절을 깨는 것이므로 살인 행위에 대한 우리의 혐오감은 더욱 커진다.

앤 타일러Anne Tyler의 소설 『향수鄕愁 레스토랑에서의 저녁식사Dinner at the Homesick Restaurant』(1982)에서 어머니는 여러 번 가족과 식사하려고 애써 보지만 매번 실패한다. 누구는 시간이 안 맞아서 못 오고 누구는 갑자기 일이 생겨 떠나는 등 식사를 방해하는 이런저런 사소한 일들이 일어난다. 결국 어머니가 세상을 떠나자 가족들은 마침내 한 식당에 모여 저녁을 먹는다. 물론 이 상징적인 식사에서 가족들이 상징적으로 나눠 먹는 것은 바로 어머니의 몸과 피다. 그리고 이로써 어머니의 삶(과 죽음)은 가족들이 공유하는 경험의 일부가 된다.

제임스 조이스James Joyce의 「죽은 사람들The Dead」(1914)은 함께 식사한다는 행위의 효과를 가장 명확하게 보여준다. 이 놀라운 소설의 무대는 크리스마스로부터 열두 번째 날에 해당되는 공현 축일에 열린 만찬회다. 무도회와 저녁 식사 동안 갖가지 이질적인 충동과 욕망이 펼쳐지고, 참석자들 사이의 적대감이나 우정 역시 그 모습을 드러낸다. 주인공인 가브리엘 콘로이Gabriel Conroy는 자신이 다른 사람들보다 우월하지 않다는 걸 배워야 한다. 이야기의 시간적 배경인 저녁 내내 가브리엘은 그의 자아에 충격을 주는 일련의 소소한 사건들을 경험하는데, 이 사건들은 모두 그가 다른 사람들과 별반 다르지 않은 장삼이사임을 보여준다. 조이스는 식탁

02 같이 식사할 수 있어 기쁩니다 : 친교의 행위

과 거기 차려진 음식들을 상세히 묘사함으로써 우리를 작품 속 분위기로 끌어들이고 있다:

식탁 한쪽 끝에는 노릇하게 구운 살진 거위가 놓여 있고, 반대 편 끝에는 주름 잡은 종이 받침에 파슬리를 놓고 그 위에 껍질을 벗기고 빵가루를 뿌린 커다란 햄이 얹혀 있었다. 햄의 정강이에는 주름잡은 종이가 둘러져 있고, 그 바깥쪽으로 양념된 고기가 놓여 있었다. 식탁 양 끝에 자리 잡은 이 거위와 햄 사이에 작은 접시들이 두 줄로 놓여 있었는데, 빨간색과 노란색이 섞인 교회 모양의 젤리, 흰 크림 조각과 붉은 잼이 가득 담긴 얕은 접시, 자줏빛 건포도와 껍질 벗긴 아몬드가 담긴, 나뭇가지 같은 손잡이가 달린 큰 초록색 잎사귀 모양의 접시, 무화과들이 장방형으로 쌓인 똑같은 잎사귀 모양의 접시, 간 육두구肉豆蔻를 얹은 커스터드 접시, 금박지와 은박지로 싼 초콜릿과 사탕이 가득 담긴 작은 그릇, 긴 셀러리 줄기가 몇 개 꽂힌 유리병이 놓여 있었다. 식탁 중앙에는 땅딸막한 구식 크리스탈 술병 두 개가 오렌지와 미국산 사과가 피라미드식으로 쌓여 있는 과일 쟁반을 지키는 보초처럼 서 있었는데, 한 개에는 포트와인이, 다른 한 개에는 짙은 색 셰리주가 들어 있었다. 뚜껑 닫힌 업라이트 피아노 위에는 굉장히 큰 노란 접시에 푸딩이 담겨 있고, 그 뒤에는 흑맥주와 에일주酒, 탄산수 병들이 그들의 군복 색깔에 따라 세 개 분대로 정렬되어 있었다. 앞에 놓인 까만색 두 분대에는 갈색과 빨간색으로 그려진 상표가 붙어 있고, 제일 작은 세 번째 분대에는 흰 바탕에 초록 줄이 그려진 견장이 달려 있었다.

그 어떤 작가도 음식이나 음료를 이토록 상세히 묘사한 적이 없고, 어떤 소설가도 이처럼 횡렬, 종렬, 대적하는 양쪽 끝, 보초, 군복, 정렬, 분대, 견장을 동원해 전투 준비를 하는 군대를 연상시키려고 애쓰지 않았다. 작가에게 어떤 목적이나 특별한 의도가 있지 않고는 이런 문단을 쓸수가 없다. 천재 조이스는 하나가 아니라 다섯 개 정도의 목적을 갖고 이 문단을 썼다. 하지만 그 핵심은 역시 독자들을 그 순간으로 끌어들이는 것이다. 독자로 하여금 식탁에 바짝 다가앉게 함으로써 이 만찬회의 생생한 현실감에 완전히 빠져들도록 유도하고 있다. 그리고 다른 한편으로는 그날 저녁 내내 지속되는 긴장과 갈등을 보여주면서(그날 초저녁, 그리고 식사 중에도 '우리와 저들', '나와 너'의 대립 상황이 여럿 등장한다) 그런 갈등이 이 호화롭고 또 (공헌절이라는 시간적 배경을 고려할 때) 모두가 화합해야 할 만찬회와 어울리지 않는다는 사실을 보여주고 싶었다. 그렇다면 조이스는 아주 간단하면서도 심오한 이유 때문에 식탁과 거기 놓인 음식들을 아주 자세히 묘사했다. 다시 말해 독자 자신이 바로 그 자리에 앉아 있는 것처럼 느끼게 할 필요가 있었다. 물론 주정뱅이 프레디 맬린즈와 약간 맛이 간 그의 모친을 보며 피식 웃거나, 들어본 적도 없는 오페라나 가수에 대한 대화를 무시해 버리거나, 노닥거리는 젊은이들을 보며 코웃음 치거나, 식후에 있을 짧은 인사말 때문에 지나치게 긴장하는 가브리엘을 비웃고 말 수도 있다. 하지만 이 장면과 거리를 두기는 정말 어렵다. 음식 묘사가 너무나 생생해서 마치 우리가 그 식탁에 같이 앉아 있다는 착각에 빠져들기 때문이다. 그래서 우리는 자기만의 세계에 빠져 있는 가브리엘보다 한 발 먼저, 우리 모두가 하나이고 뭔가를 공유하고 있음을 느끼게 된다.

이 만찬에서 모두가 함께 나누는 건 바로 죽음이다. 늙고 허약한 줄리아 숙모에서 젊은 음악가에 이르기까지 거기 모인 사람 모두가 죽는다. 오늘 밤은 아니지만 언젠가는 거기 모인 사람이 모두 죽을 것이다. 일단 이 사실을 깨닫고 나면(이것은 우리가 처음 접하는 작품의 제목에서 유추할 수 있다. 물론 가브리엘은 이 작품의 제목이 뭔지 당연히 모르겠지만 말이다) 그 다음부터는 아주 쉽다. 위대한 사람이든 못난 사람이든 모두에게 찾아오는 죽음이라는 숙명 앞에, 우리 삶의 이런저런 차이들은 정말 아무것도 아니다. 아름답고 감동적인 결말 부분에서 눈은 '살아 있는 자와 죽은 자 모두에게' 공평히 내리고 있다. 당연한 일이다. 그리고 여기서 눈은 죽음과 아주 비슷하게 느껴진다. 하지만 우리는 조이스가 차려준 친교의 만찬을 나누면서 이미 죽음 아닌 다른 친교, 즉 삶의 친교를 나눌 마음의 준비를 갖추었다.

03

당신을 먹게 되어 기쁩니다
: 뱀파이어들의 소행

전치사가 있을 때와 없을 때 문장의 뜻이 얼마
나 달라지는지 아는가!

"Nice to eat with you(당신과 식사할 수 있어서 기쁘다)."

그런데 이 문장에서 전치사('with')를 빼면 전혀 다른 문장이 된다.

"Nice to eat you(당신을 먹을 수 있어서 기쁘다)."

이렇게 되면 식사가 뭔가 다른 의미를 띠고, 어쩐지 불순하고 오싹한
느낌을 줄 것이다. 다시 말하면 문학에 등장하는 식사가 모두 우호적인
건 아니고, 어떤 때는 식사 같아 보이지도 않을 것이다. 그리고 거기서부
터는 괴물들이 등장한다.

이런 말을 들으면 당신은 그거 문학에 나오는 뱀파이어 이야기 아니냐
고 물으면서, 『드라큘라 *Dracula*』와 앤 라이스 Anne Rice *의 작품을 읽어봤지

만 그게 뭐 대수냐고 반문할 것이다.

그랬다면 다행이다. 누구나 무시무시한 공포물을 즐길 권리가 있으니까. 하지만 실제의 뱀파이어는 시작에 불과하고, 그들이 꼭 제일 무서운 존재도 아니다. 어쨌든 뱀파이어는 겉모습만 봐도 금방 알아볼 수 있다. 먼저 드라큘라를 보자. 그러면 내 말이 무슨 뜻인지 이해가 갈 것이다. 드라큘라를 다룬 모든, 아니 거의 모든 영화를 보면 대체 이 백작이 어쩌면 그렇게 늘 매력적일 수 있는지 궁금할 것이다. 때론 그야말로 섹시하기까지 하다. 그는 항상 매혹적이고 위험하고 신비로우며, 주로 아름답고 미혼인(19세기 영국에서 이는 처녀를 의미했다) 여성을 표적으로 삼는다. 이들을 손에 넣을 때마다 드라큘라는 더 젊고 활기차고 정력적인 존재로 변한다. 그리고 그의 희생자는 드라큘라처럼 변해 새로운 표적을 찾아 나선다. 드라큘라를 쫓는 숙적 반 헬싱Van Helsing과 그 동지들은 젊은이들, 그중에서도 특히 처녀들을 보호하려고 애쓴다.

영화에서는 더 충격적으로 그려지지만 드라큘라 백작의 다양한 모습 중 가장 전형적인 형태는 역시 브람 스토커Bram Stoker의 소설(1897)에서 찾아볼 수 있다. 자, 그럼 한번 생각해 보자. 매혹적이지만 사악하고 음흉한 늙은 남자가 젊은 여성을 능욕한 다음 그 몸에 표지標識를 남긴다. 처녀성을 빼앗고(처녀성을 빼앗긴 아가씨는 청년들에게 무용지물이 된다, 즉 결혼 대상에서 제외된다), 마침내 자기와 똑같은 죄를 짓는 무력한 추종자로 만들어버린다. 드라큘라 백작의 이야기에 단지 우리를 겁주고 놀라게 하는 것 이상의 목적이 있다고 해도 이상할 것은 없다. 비록 머리카락이 쭈뼛 설

● **앤 라이스** | 1941년생. 뱀파이어 등 초자연적인 존재와 힘에 많은 관심을 보여 『뱀파이어 연대기』 등 다수의 유명한 작품을 저술했다.

정도로 짜릿한 공포를 선사하는 것이 드라큘라 이야기가 지닌 가장 훌륭한 기능 중 하나이며, 스토커의 소설이 이를 아주 멋지게 해내고 있지만 말이다. 사실 드라큘라 이야기는 섹스와 밀접한 관계가 있다고 해도 무방하다.

물론 드라큘라 이야기는 섹스와 깊은 관련이 있다. 뱀이 이브를 유혹한 이후 악은 늘 섹스와 연관되어 있었다. 그 결과는 무엇일까? 여러 가지 악이 연관되어 있지만 그중에서도 나체에 대한 수치심, 불건전한 욕망, 유혹, 유인, 위험 등을 들 수 있다.

그럼 뱀파이어 이야기가 뱀파이어를 다룬 게 아니란 말인가요?

그건 아니다. 뱀파이어 이야기는 물론 뱀파이어를 다루고 있다. 하지만 그 이상의 것들도 등장한다. 초보자를 위해 몇 가지만 예를 들면 이기심, 착취, 타인의 자율성을 짓밟는 행위 등이 그것이다. 이 밖에 다른 주제도 나중에 언급할 것이다.

이 원칙은 다른 공포 소설, 즉 유령이나 도플갱어*를 다룬 소설에도 적용된다. 유령이 단순한 유령이 아니고 그 이상의 어떤 존재라는 건 아주 보편적인 견해다. 유령 그 자체를 다룬 소박한 작품이라면 얘기가 다르겠지만 문학 작품에 등장하는 유령은 (이른바 고전으로 일컬어지는 작품에 나오는 유령들은) 대개 그 이상의 뭔가를 나타낸다.

한밤중에 성벽을 배회하는 햄릿 부친의 유령을 생각해 보자. 그는 단순히 아들을 찾아온 게 아니라 덴마크 왕조에 아주 좋지 않은 일이 벌어지고 있음을 알리기 위해 나타난 것이다. 쩔그럭쩔그럭 쇠사슬을 끌고 신

---

* 같은 공간과 시간에서 자신과 똑같은 대상(환영)을 보는 현상을 말한다.

03 당신을 먹게 되어 기쁩니다 : 뱀파이어들의 소행

음소리를 내며 걸어 다니는 『크리스마스 캐럴*A Christmas Carol*』(1843)의 말리 유령은 스크루지에게 그야말로 살아 있는 교훈이다. 사실 디킨스 Charles Dickens의 소설에 등장하는 유령들은 독자들을 공포로 몰아넣으려는 목적 말고도 여러 의미를 갖고 있다. 지킬 박사의 또 다른 자아는 어떤가? 섬뜩한 에드워드 하이드는, 아무리 고결해 보이는 사람이라도 그 뒤에는 어두운 면이 숨겨져 있음을 독자에게 보여준다. 빅토리아 시대의 많은 사람들처럼 로버트 루이스 스티븐슨 Robert Louis Stevenson 역시 인간에게는 이중적인 성향이 있다고 믿었고 다수의 소설을 통해 그 양면성을 구체적으로 보여주고자 했다. 그가 쓴 『지킬 박사와 하이드 씨*The Strange Case of Dr. Jekyll and Mr. Hyde*』(1886)에서 지킬 박사는 약물을 마신 뒤 자신의 또 다른 자아인 악마로 변신한다. 지금은 거의 잊혀진 또 다른 소설 『밸런트리 경(卿)*The Master of Ballantrae*』(1889)에서는 숙명적으로 대립하는 쌍둥이가 등장한다.

어느 정도 짐작했겠지만 이 소설들은 대부분 스티븐슨, 디킨스, 스토커, 레퍼뉴, 헨리 제임스 등 빅토리아 시대 작가들의 작품이다. 왜 그럴까? 빅토리아 시대에는 성性을 비롯해 직접적으로 묘사할 수 없는 대상이 너무 많기 때문이다. 따라서 작가들은 금기시되는 주제나 개념을 다르게 변형시킬 방법을 고안해 냈다. 즉 빅토리아 시대 작가들은 승화의 대가였다. 하지만 주제 및 표현 방식에 있어 거의 제한이 없는 오늘날에도 작가들은 여전히 인간이 지닌 좀 더 공통적인 현실의 다양한 측면을 상징적으로 보여주기 위해 유령이나 뱀파이어, 늑대 인간 등 온갖 무서운 존재들을 등장시키고 있다.

20세기의 마지막 10년과 21세기의 첫 10년은 10대 뱀파이어의 시대라고 할 수 있다. 이 현상의 기원은 『뱀파이어와의 인터뷰*Interview with the*

Vampire』(1976)와 뒤이어 나온 『뱀파이어 연대기*Vampire Chronicles*』(1976-2003) 시리즈로 거슬러 올라간다. 수년간은 라이스Anne Rice의 독무대였지만 서서히 다른 이름들이 등장하기 시작했다. 심지어 매주 텔레비전에 나오기까지 해서 1997년에 나온 〈뱀파이어 해결사Buffy the Vampire Slayer〉는 예상 밖의 히트를 기록했다. 정말로 큰 인기를 끈 것은 스테파니 메이어Stephenie Meyer의 『트와일라잇*Twilight*』(2005)과 그 속편인 '10대 뱀파이어' 시리즈다. 메이어가 선보인 가장 큰 혁신은, 뱀파이어가 아닌 10대 소녀와 그녀를 사랑하지만 강한 충동과 맞서 싸워야 하는 (내 생각에 상대적으로) 젊은 뱀파이어에 중점을 둔 이야기를 내놓았다는 점에 있다. 여기에는 '피 빨기'(그래서 섹시한) 행위를 자제하는 장면들이 다수 등장하는데, 전통적으로 해당 장르의 주요 등장인물들이 이에 전혀 거리낌이 없다는 점을 감안하면 주목할 만하다. 거리낌 없는 것은 다름 아닌 10대들의 독서 취향으로, 메이어는 2008년과 2009년에 책을 가장 많이 팔았던 미국 작가였다. 비평가들은 일반적으로 호의적이지 않았지만 확실히 사춘기 청소년들은 도서 비평을 읽지 않는다.

그렇다면 이런 격언은 어떨까? **"겨우 유령이나 뱀파이어 얘기를 하려고 유령이나 뱀파이어를 등장시키는 건 아니다."**

그럼 좀 더 난해한 부분으로 들어가 보자. 유령과 뱀파이어는 늘 눈에 보이는 형태로 나타나지는 않는다. 아주 무시무시한 흡혈귀가 온전한 인간의 모습을 갖추고 있는 경우도 있다. 역시 빅토리아 시대 작가로 유령이 나오는 소설과 그렇지 않은 소설을 두루 쓴 헨리 제임스Henry James의 경우를 보자. 제임스는 작가 중에서도 특히 심리적 리얼리즘의 가장 뛰어난 대가로 알려져 있다. 미주리강처럼 구불구불하고 복잡하게 뒤얽힌 문장들로 가득 찬 대작을 읽고 싶다면 나는 주저 없이 헨리 제임스의 소설을 추천한다. 그런데 그는 유령이나 귀신 들린 이들을 다룬 단편들도 발표했는데, 이 작품들은 읽기도 쉽고 아주 독특한 즐거움을 선사한다.

그의 『나사못 회전 The Turn of the Screw』(1898)에 등장하는 가정교사는 자신이 맡은 아이들을 지배하려는 고약한 유령들을 막으려고 애쓰지만 결국 실패하고 만다. 하지만 이는 어쩌면 제정신이 아닌 가정교사의 환상일 것이다. 즉 어떤 유령이 아이들을 해치려 한다는 망상에 사로잡힌 여자가 말 그대로 아이들을 치명적인 상황으로 몰고 가는 내용으로 해석될 수도 있다. 아니면 아이들을 지배하려는 아주 못된 유령과 맞서 싸우는 한 미친 가정교사에 관한 이야기일 수도 있다. 그것도 아니면……. 『나사못 회전』의 줄거리는 이처럼 매우 교묘하여 독자의 시각에 따라 해석이 많이 달라질 수 있다. 어쨌든 이 소설에서는 실제로 있든 없든 유령이라는 존재가 크게 부각되고, 동시에 가정교사의 심리 상태가 아주 중요한 문제로 떠오르며, 결국 한 소년이 목숨을 잃는다. 가정교사와 '유령' 사이에서 어린아이가 파괴되는 것이다. 혹자는 이 소설이 아버지의 태만과 (소설에서는 아버지의 대리인이 가정교사에게 아이들 문제를 전적으로 일임하는 형태로 그려진다) 어머니의 지나친 관심을 다룬 이야기라고 생각할 수도 있다. 이 두 주제는 소설의 줄거리 속에 녹아들어 있으며, 그 자세한 내용은 유령 이야기의 다양한 요소를 통해 독자에게 전달된다.

그런데 헨리 제임스의 또 다른 명작 「데이지 밀러 Daisy Miller」(1878)에는 한밤중에 로마의 콜로세움에 놀러가는 일 정도가 특이할 뿐, 유령도, 악령에 사로잡히는 인물도 등장하지 않는다. 젊은 미국 여성 데이지는 유럽인들로부터 인정받고 싶어 하면서도 분방한 행동으로 그들의 경직된 사회적 관습을 뒤엎고 다닌다. 데이지 밀러가 흠모하는 윈터본은 그녀를 좋아하면서도 다른 한편으로는 이질감을 느끼고, 결국은 자신이 뿌리내린 유럽의 미국인 사회로부터 배척당할까 두려워 그녀를 포기한다. 이후 이 런저런 불상사 끝에 데이지 밀러는 결국 죽게 되는데, 표면적인 죽음의 이유는 한밤중에 놀러갔다 걸린 말라리아 때문이다. 하지만 그녀를 실제 로 죽게 한 게 누군지 아는가? 바로 뱀파이어다.

맞다. 데이지 밀러를 죽인 건 뱀파이어다. 앞서 말했듯이 이 작품에는 초자연적인 존재가 전혀 등장하지 않는다. 그러나 꼭 예리한 송곳니와 망 토가 있어야 뱀파이어는 아니다. 앞서 말했듯이 부패하고 낡아빠진 가치 를 대표하는 나이 든 주인공, 젊고 이왕이면 처녀성을 간직한 여주인공, 여주인공의 젊음과 에너지, 순결을 앗아가는 약탈 행위, 이로 인한 늙은 남자의 생명력 회복, 젊은 여자의 죽음 또는 파멸이 뱀파이어 이야기의 핵심이다. 그럼 다시 한 번 살펴보자. 겨울 서리가 어리고 가냘픈 꽃을 파 괴해 버리듯, 윈터본Winterbourne의 겨울 이미지(죽음, 추위)와 데이지Daisy 의 봄 이미지(생명, 꽃, 갱생)가 궁극적으로 갈등을 일으킨다(계절의 상징적 의미는 나중에 다시 나올 것이다). 윈터본은 데이지에 비해 상당히 나이가 많 고 숨막히게 고루한 유럽 거주 영국인 및 미국인Euro-Anglo-American 사회 와 밀접히 관련되어 있다. 반면 데이지는 발랄하고 (제임스의 재기가 빛나는 부분인데) 너무도 순수해서 자칫 바람둥이로 오해받을 정도다. 윈터본과 그의 숙모, 그리고 그녀가 속한 사회 계층은 데이지를 마뜩찮은 눈초리로 지켜보면서도 완전히 내몰지는 않는다. 이들은 그 계층의 일원이 되고 싶 다는 데이지의 갈망을 이용, 결국 그녀가 완전히 약해질 때까지 기운을 소진시킨다. 관음증과 대리 만족, 완강한 비판 의식이 한데 뒤섞인 윈터 본의 성격은, 데이지가 어떤 청년과 콜로세움에 있는 걸 보고 그녀를 무 시하기로 결심하는 장면에서 절정에 이른다. 데이지는 그런 그를 보며 "저이는 나를 잘라버렸어!"라고 말한다. 이는 누가 봐도 명약관화한 결

03 당신을 먹게 되어 기쁩니다: 뱀파이어들의 소행

말이다. 윈터본과 그의 일당은 그녀의 발랄함과 생기를 모두 소진시키고 쇠약해져 가는 데이지를 그냥 방치함으로써 결국 죽음에 이르게 한다. 데이지는 그런 와중에도 윈터본의 안부를 궁금해하지만 그는 자신이 초래한 비극을 보면서도 (내가 보기에는) 별 영향을 받지 않은 채 전과 다름없는 삶을 이어간다.

그런데 이 모든 게 뱀파이어와 무슨 관련이 있단 말인가? 헨리 제임스가 유령이나 귀신을 믿는 사람이라는 건가? 「데이지 밀러」는 인간이 모두 뱀파이어적인 면을 갖고 있다고 주장하는 작품인가? 아마 아닐 것이다. 내 생각에 헨리 제임스는 「데이지 밀러」와 그 비슷한 다른 소설에서〔예컨대 『성스러운 샘 *The Sacred Fount*』(1901)〕, 남의 영혼을 갉아먹는 인물이나 뱀파이어적인 존재를 유용한 서사 도구로 활용하고 있다. 거의 반대되는 상황을 다룬 다른 작품에서도 이런 존재가 여러 종류의 가면을 쓰고 나타나기 때문이다. 『나사못 회전』에서 헨리 제임스는 어떤 불안정한 심리 상태를 그리기 위해 말 그대로 뱀파이어, 또는 인간을 지배하려는 악령을 등장시켰다. 오늘날에는 이를 기능 장애 같은 용어로 표현할 수 있겠지만 헨리 제임스는 자녀 양육에 대한 시각이나 사회에서 배척당하고 버림받는 젊은 여성들의 심리적 결핍 상태에 국한해서 다루었을 가능성이 크다. 반면에 「데이지 밀러」에서는 (아주 점잖고 겉으로 보기에는 극히 정상적인) 사회가 희생자를 착취하고 파멸시키는 방식의 상징으로 뱀파이어라는 존재가 이용되고 있다.

다른 작가들도 유사한 접근 방법을 시도한 바 있다. 19세기에는 평범함과 기괴함 사이에 별로 큰 차이가 없다는 걸 보여주는 작품들이 대거 등장했다. 에드거 앨런 포우Edgar Allan Poe가 그렇고, '스티븐 킹' 비슷한 유령 이야기를 쓴 레퍼뉴J. S. Le Fanu가 그렇다. 토마스 하디Thomas Hardy는

『더버빌 가의 테스Tess of the D'Urbervilles』(1891)에서 서로 다른 방식으로 그
녀를 욕망하는 두 남자로 인해 파멸에 이르는 가련한 여주인공을 보여 준
다. 이런 경향은 정글과 적자생존의 법칙이 지배했던 19세기 후반, 자연
주의 경향을 띤 거의 모든 소설에서 드러난다. 물론 20세기 역시 사회적
현상으로서의 뱀파이어적 행태와 식인 행위를 보여주는 소설들로 가득
하다.

당대의 앨런 포우라 할 프란츠 카프카Franz Kafka는 「변신Die Verwandlung」
(1915)이나 「단식 예술가Ein Hungerkünstler」(1924) 같은 작품에서 전통적인
뱀파이어 형식을 뒤집어 보이기도 한다(「단식 예술가」에서는 예술가의 단식
이 그를 파괴해 가는 모습을 구경꾼들이 지켜본다). 가브리엘 가르시아 마르케
스Gabriel García Márquez의 소설 「결백한 에렌디라Innocent Eréndira」(1972)에서
여주인공 에렌디라는 냉혹한 할머니에게 착취당한 뒤 몸을 팔아야 하는
상황에까지 내몰린다.

로렌스D. H. Lawrence도 「여우The Fox」(1923)나 『사랑에 빠진 여인들
Women in Love』(1920)처럼 두 사람의 의지가 필사적인 대결을 벌이는 상황
에서 결국 한쪽이 다른 쪽을 소진시키고 파괴한다는 내용의 작품을 다수
발표했다. 특히 『사랑에 빠진 여인들』에 등장하는 거드런 브랑웬과 제럴
드 크라이치는 표면적으로는 서로 사랑하는 사이지만 둘 중 한쪽만이 살
아남을 것을 직감적으로 깨닫고 상대를 파괴하려는 행위에 몰두한다. 아
이리스 머독Iris Murdoch은 어떤가? 그녀의 경우, 거의 모든 작품이 이 유형
에 해당된다. 그녀가 자기 작품 중 하나를 『잘린 머리A Severed Head』(1961)●

● **『잘린 머리』** | 영국의 부유하고 세련된 상류 사회에서 벌어지는 결혼, 간통, 근친상간을 주요 주
제로 하고 있다.

로 이름 붙인 것은 우연이 아니다. 비록 지금의 논의에는 오싹한 공포 분위기를 꽤 그럴듯하게 풍기는 『유니콘 *The Unicorn*』(1963)이 더 어울리겠지만 말이다.

물론 특별한 주제 의식이나 상징적 함의와 상관없이 그저 공포 분위기를 조성하기 위해 유령이나 뱀파이어를 등장시키는 작품도 있지만, 그런 작품은 독자의 마음이나 공론의 장에 오래 남지 못하고 금세 사라진다. 그 경우 유령들은 책을 읽을 때만 우리를 일시적으로 따라다닐 뿐이다. 그러나 오랫동안 우리 문화에 남아 있는 작품에 등장하는 식인종, 뱀파이어, 악령, 귀신들은 다른 누군가를 약화시킴으로써 자신의 힘을 키워가는 사회가 존재하는 한 계속 등장할 것이다.

간단히 말해 엘리자베스 시대든, 빅토리아 시대든, 현대든, 유령은 다양한 형태로 나타나는 착취이며, 원하는 바를 얻기 위해 다른 사람을 이용하는 행위이다. 주체할 수 없는 자기 욕구를 충족시키기 위해 타인의 생존 권리를 부인하고, 우리의 (특히 추악한) 욕망을 타인의 안녕보다 우위에 두는 행위를 상징하는 것이 바로 뱀파이어의 생리이다. 뱀파이어는 (지금 생각해 보니 사실 저녁이 되겠지만) 아침에 일어나 이렇게 말한다.

"죽음을 피하려면 나보다 덜 중요한 누군가의 생명력을 훔쳐야 해."

월스트리트의 투자가들도 본질적으로 이와 똑같은 말을 내뱉는다고 나는 항상 생각한다. 인간이 주변 사람을 착취하고 이기적으로 이용하는 한 뱀파이어는 언제나 우리 곁에 있을 것이다.

가만, 이 여자를
어디서 봤더라?

     문학 교수로서 누리는 가장 큰 즐거움 중 하나
는 옛 친구들을° 계속 만날 수 있다는 점이다. 초보 독자에게는 모든 이야
기가 똑같이 새롭고, 각 작품이 하나의 독립된 줄거리로 인식될 것이다.
이러한 독서 경험의 한 단면을 초등학교 수업에서 하는 점선 잇기 놀이에
빗대어 설명해 보겠다. 내 눈에는 각각의 점만 보일 뿐, 점들을 선으로 잇
기 전에는 하나의 온전한 그림으로 인식하기 어렵다. 하지만 어떤 아이는
도화지에 찍힌 점들만 보고도 "이건 코끼리야", "이건 기차야"라고 말한
다. 내게는 그저 점들로 보이는데 말이다. 이는 타고난 상상력 때문이기

● 이전 문학 작품 속의 등장인물들을 뜻한다.

도 하지만(2차원적인 상상력이 유난히 높은 사람도 있다) 크게 보면 연습의 결과라 할 수 있다. 즉 점선 잇기 놀이를 많이 할수록 그림 전체를 더 빨리 알아볼 수 있다.

문학에서도 마찬가지다. 패턴 인식은 재능에 기인할 수도 있지만 대개는 연습에 따른 결과다. 집중해서 책을 읽고 그 내용에 대해 깊이 생각해볼수록 패턴과 원형, 반복되는 양태가 눈에 보이기 시작한다. 점선 잇기 놀이의 경우처럼 패턴의 인지는 한 이야기를 바라보는 방법을 배우는 것이다. 나아가 그것은 그냥 **바라보는 것**이 아니라 **어디를, 어떻게** 봐야 할지의 문제다. 캐나다의 위대한 비평가 노스럽 프라이Northrop Frye가 갈파한 대로 문학은 다른 문학을 토대로 성장한다. 만약 그렇다면 한 작품이 다른 작품과 비슷해 보인다 해도 전혀 놀랄 일이 아니다. 어떤 작품을 읽든 다음을 명심하라.

'완전히 독창적인 작품은 절대 존재하지 않는다.'

이 사실을 알고 있으면 옛 친구들을 쉽게 알아볼 수 있고 자연스럽게 이런 질문을 던지게 될 것이다.

"이 여자를 어디서 봤더라?"

내가 좋아하는 소설 중 하나인 팀 오브라이언Tim O'Brien의 『카치아토를 찾아서Going After Cacciato』(1978)를 예로 들어보자. 일반 독자나 학생들 대부분이 이 소설을 좋아하고, 그래서 이 책은 지금도 여전히 스테디셀러에 올라 있다. 소설에 그려진 베트남전쟁 장면의 폭력성 때문에 눈살을 찌푸리는 이들도 있지만, 이 소설을 읽는 많은 독자는 결국 처음에 가졌던 자신의 견해가 피상적일 수도 있다는 사실을 깨달으면서 소설에 몰입하게 된다. 이 소설을 읽을 때(정말 좋은 이야기다) 독자들이 가끔 놓치는 사실이 있는데 그것은 소설 속의 모든 내용이 사실상 어딘가에서 차용됐다는 점이다. 그렇다고 이 작품이 표절이라거나 덜 독창적이라고 섣부르게 판단하고 실망할 필요는 없다. 오히려 오브라이언이 차용한 그 모든 것이 그가 말하고자 하는 이야기의 맥락에 전적으로 부합되기 때문에 크게 보면 완전히 독창적인 작품이라고 나는 생각한다. 그가 자기 나름의 목적을 이루기 위해 과거에 나온 작품들을 용도 변경했다는 사실을 이해하고 나면 더더욱 그런 생각이 든다.

『카치아토를 찾아서』는 크게 세 부분으로 나눌 수 있다. 첫 번째는 주인공 격인 폴 벌린이 실제로 겪는 전쟁 이야기로 분대원인 카치아토가 탈영하는 순간까지며, 두 번째는 폴 벌린의 분대가 카치아토를 찾아 파리로 떠나는 상상 속의 여행이고, 세 번째는 남지나해 부근의 한 타워에서 장시간 야간 경계를 서는 벌린이 한편으로는 앞서의 매우 인상적인 두 가지 기억을 머릿속에서 떠올리고, 또 한편으로는 새로운 상상을 펼치는 장면이다. 그 전쟁은 실제 일어난 일이므로 폴 벌린은 그 내용을 크게 바꿀 수 없다. 물론 그는 사실을 잘못 기술하기도 하고 사건의 순서를 뒤바꾸기도 하지만 실제의 전쟁은 그의 기억 속에 비교적 명확히 남아 있다.

하지만 파리 여행의 경우는 전혀 다르다. 그 부분의 에피소드들은 모두 폴이 지어냈거나 젊은 시절에 읽었던 이야기들이다. 그는 전에 읽었던 소설, 이야기, 역사 지식, 자신의 과거를 토대로 새로운 사건과 인물들을 만들어내는데, 폴 벌린의 입장에서 보면 이것은 모두 그의 기억 속에서 무의식적으로 튀어나온 조각이다. 오브라이언은 이야기가 태어나는 창조적인 과정에 대해 멋진 시사점을 던져주고 있으며, 그 핵심은 바로 어떤 이야기도 완전한 무에서 만들어낼 수 없다는 것이다. 어릴 적의 경험, 전에 읽은 책, 작가/창조자가 봤던 영화들, 지난주에 통신판매원과 했던 언쟁 등 마음속에 쌓여 있던 온갖 기억들이 번쩍이는 가운데 이야기가 탄생한다. 그중 어떤 것은 오브라이언의 주인공의 경우처럼 무의식일 수도 있다. 하지만 작가들은 대개 기존의 작품을 뚜렷한 목적을 가지고 의식적으로 차용하고, 이 점에서 오브라이언도 예외가 아니다. 주인공 폴 벌린과 달리 오브라이언은 자신이 루이스 캐럴Lewis Carroll이나 어니스트 헤밍웨이Ernest Hemingway의 작품에서 이런저런 요소를 빌려왔음을 잘 알고 있다. 작가와 주인공 간의 이런 차이를 오브라이언은 두 이야기 틀의 구조를 통해 보여주고 있다.

소설 중간쯤에서 오브라이언은 등장인물들을 길에 난 구멍 속으로 빠지게 만든다. 뿐만 아니라 그중 한 명은 탈출하려면 위로 떨어져야 한다고 말한다. 이렇게 노골적으로 나오면 당신은 루이스 캐럴을 떠올릴 수밖에 없다.

구멍에 빠진다면 혹시 『이상한 나라의 앨리스』?

물론이다. 그리고 그거면 충분하다. 폴 벌린 분대가 지하에서 발견하는 세계는 베트콩 터널들이(하지만 현실의 터널과는 전혀 다르게 생겼다) 모여 이루어진 일종의 망인데, 그곳에는 자신이 저지른 범죄 때문에 그 안에 갇히게 된 어떤 장교가 살고 있다. 이 세계는 앨리스의 이상한 나라 못지않은 대안 세상이다. 어떤 작품이 루이스 캐럴의 『이상한 나라의 앨리스』를 차용했다는 사실을 알게 되면(여기서는 남자들의 소설, 즉 전쟁물이다) 그다음부터는 무엇이든 가능하다. 따라서 독자는 이 사실을 염두에 두고 소설에 등장하는 인물, 상황, 사건을 다시 곰곰이 되짚어봐야 한다.

'이건 헤밍웨이, 이건 「헨젤과 그레텔」에서 빌려온 것 같아. 그리고 이 두 가지는 폴 벌린이 체험한 '진짜' 전쟁에서 일어난 일들이군.'

이런 식으로 읽어가야 하는 것이다. 트리비얼 퍼수트Trivial Pursuit*게임에서처럼 이런 요소들을 한참 찾아본 다음에는 좀 더 중요한 문제를 고려해야 한다. 자, 사킨 아웅 완Sarkin Aung Wan에 대해서는 어떻게 생각하는가?

'사킨 아웅 완'은 폴 벌린이 좋아하는 여자, 그의 환상이 만들어낸 여자다. 베트남 사람인 그녀는 터널에 대해 잘 알고 있지만 베트콩은 아니다. 여성적인 매력을 풍기는 나이이지만 그렇다고 동정의 젊은 병사들이 성적으로 끌릴 만큼 성숙하지는 않다. 또한 벌린의 환상이 시작된 후에 등장하기 때문에 '실제' 인물이 아니다. 세심한 독자라면 병사들이 마을 사람들을 수색하는 기억 속의 전투 장면에서 사킨 아웅 완의 것과 같은 링 귀걸이를 착용한 소녀를 보고 그 '실제' 모델을 찾았다고 생각할 수도 있다. 대단하다. 그럴 수도 있다. 하지만 그 소녀는 용모가 비슷할 뿐, 사킨 아웅 완의 사람됨을 보여주지는 않는다. 그렇다면 그녀는 누구일까? 어디서 왔을까? 일반적으로 생각해 보라. 즉 개인적인 특징들은 생략하고 사킨 아웅 완이 어떤 유형의 여자인지 생각해 본 다음 어느 책에서 봤는지 기억을 되살려보라. (거의 다 백인인) 일단의 남자들을 인도하는 갈색 피부의 여인, 그들의 언어를 구사하지는 않지만 어디로 가야 할지, 어디로 가면 식량을 구할 수 있는지 아는 여자. 그들을 서쪽으로 인도하는 여자. 맞다.

아니, 포카혼타스Pocahontas는 아니다. 대중문화에서 어떤 식으로 그려졌든 간에, 포카혼타스는 사람들을 어디로 데려 가지는 않는다. 포카혼타스가 워낙 유명하긴 하지만 내가 생각하는 건 다른 사람이다.

사카자웨어Sacajawea**라면 어떤가? 내가 험난한 지역을 통과할 수 있게

• 잡학 지식에 대한 질문에 답하는 보드 게임의 일종.

04 가만, 이 여자를 어디서 봤더라?

인도해 줄 가이드가 필요하다면 그녀야말로 적임자이며, 그건 폴 벌린도 마찬가지다. 폴은 자기의 마음을 알아주고, 이해해 주고, 그의 부족함을 채워주고, 목적지인 파리까지 무사히 인도해 줄 사람을 원하고, 그런 사람을 필요로 한다. 오브라이언은 여기서 독자들이 갖고 있는 역사적, 문화적, 문학적 지식을 활용한다. 그는 의식적이든 무의식적이든 독자가 사킨 아웅 완을 사카자웨어와 연관시키기를 바랐고, 그럼으로써 사킨 아웅 완의 정체성과 영향력을 보여줌은 물론 폴 벌린이 어떻게, 얼마나 절박한지 효과적으로 그려내고 있다. 다시 말해 당신에게 사카자웨어가 필요하다면 당신은 정말 완전히 길을 잃은 상태이기 때문이다.

중요한 것은 오브라이언의 소설에 나오는 원주민 여자가 누구냐가 아니라, 작가의 의도를 구체화하고 작품의 목적을 달성하기 위해 원용된 문학적 또는 역사적 모델이 존재한다는 사실이다. 오브라이언은 캐럴이 아니라 톨킨Tolkien의 소설을 원용할 수도 있었다. 만약 그랬다면 작품의 겉모습은 달라졌겠지만 기본적인 원칙은 마찬가지다. 문학적 모델이 바뀌면 이야기도 다른 방향으로 흘러가겠지만, 어떤 경우든 원용된 작품이 여러 층위層位에서 반향을 일으킬 것이고, 이로써 새로운 작품은 표면적인 이야기에 그치지 않고 깊이를 더하게 될 것이다. 우리는 노련한 문학 교수처럼 이런 식으로 작품을 읽는 법을 배워야 한다. 점들을 선으로 잇기도 전에 코끼리를 알아볼 수 있는 능력을 키우듯이 친숙한 이미지들을 포착해 내는 방법을 익혀야 한다.

다른 이야기에서 새로운 이야기가 생겨난다구요? 그런데 사카자웨어는 실제 인

•• **사카자웨어** | 1800년대 초반에 미국을 횡단한 루이스와 클라크 탐험대의 통역이자 안내원으로 활약했던 쇼쇼니 족의 인디언 여인.

물이잖아요?

물론 사카자웨어는 실제 인물이다. 그러나 우리가 보는 관점에서는 전혀 문제될 것 없다. 역사도 이야기에 속하기 때문이다. 당신은 그녀를 직접 만난 게 아니라 그저 이런저런 이야기를 통해 알게 된 것뿐이다. 그녀는 실존 인물이면서 동시에 문학적인 인물이다. 허클베리 핀이나 제이 개츠비처럼 미국 신화의 일부이며, 거의 비현실적인 인물이다. 이를 통칭해서 말하면 결국 신화다. 그럼 이제 거창한 비밀에 대해 알아보자.

그 비밀은 바로 **"세상에는 단 하나의 이야기만이 존재한다"**는 것이다. 한 번 발설했으니 이제 주워담을 수도 없다. 세상에는 오직 단 하나의 이야기가 있을 뿐이다. 영원히 단 하나의 이야기만이. 그 이야기는 늘 존재하고 있고, 우리 주변에 널려 있고, 당신이 지금껏 읽거나 듣거나 본 이야기는 모두 그 이야기의 일부에 불과하다. 『천일야화 *The Thousand and One Nights*』, 『빌러비드 *Beloved*』, 「잭과 콩나무 *Jack and the Beanstalk*」, 『길가메시 서사시 *The Epic of Gilgamesh*』, 『O양의 이야기 *Histoire d'O*』*, 『심슨 가족 *The Simpsons*』등 어느 이야기나 마찬가지다.

엘리엇 T. S. Elliot은 새로 나온 걸작은 이전의 작품들처럼 하나의 기념비가 되고, 지금까지의 목록에 추가되거나 전체의 순서를 바꾼다고 말한 바 있다. 이 말을 들으면 늘 묘지가 연상된다. 그런데 나에게 문학은 그야말로 살아 숨 쉬는 존재다. 문학 작품이 내게는 통 속의 뱀장어 무리 같다. 작가가 새로운 뱀장어를 탄생시키면 그 녀석은 통 속으로 기어 들어가 무리 속을 이리저리 돌아다닌다. 새로운 뱀장어이지만 통 안에 든 다른 뱀장

---

* 프랑스 작가 안느 데클로가 1954년에 폴린느 레아주라는 필명으로 펴낸 성애性愛 소설. 프랑스 정부의 외설 혐의 기소로 법정에서 10년간 홍보 금지와 미성년자 독서 불가 판결을 받음.

어나 통에 산 적이 있는 뱀장어들과 이런저런 특징을 공유한다. 이런 비유를 듣고도 독서를 계속할 의향이 있다면 당신은 정말 진지한 독자다.

다시 한 번 강조하건대, 이야기는 다른 이야기에서 나오고, 시詩는 다른 시에서 나온다. 그러나 시는 시, 연극은 연극에서만 나오는 건 아니다. 시가 희곡에서 나오기도 하고, 노래가 소설에서 나오기도 한다. 때로는 그 영향력이 명확하고 직접적으로 드러난다. 19세기 러시아 문호인 니콜라이 고골Nikolai Gogol의 고전 명작 「외투The Overcoat」를 포스트모던 식으로 다시 써낸 20세기 미국 작가 코라게산 보일T. Coraghessan Boyle의 「외투 2The Overcoat II」, 제임스 조이스의 「두 건달Two Gallants」에 기초한 윌리엄 트레버William Trevor의 「두 건달Two More Gallants」, 중세의 서사시 『베어울프Beowulf』를 바탕으로 한 존 가드너John Gardner의 포스트모던 걸작 『그렌들Grendel』이 그 예다. 그런데 어떤 때는 그 영향력이 더 간접적이고 미묘하게 드러나기도 한다. 소설의 전개 양태가 왠지 이전의 어떤 소설을 떠오르게 한다든가 오늘날의 구두쇠가 스크루지를 연상시킨다든가 하는 식이다. 성경도 빼놓을 수 없다. 성경은 여러 기능을 갖고 있지만 그중 하나는 성경 역시 커다란 이야기의 일부라는 사실이다. 우리가 읽는 책의 여자 주인공이 스칼렛 오하라나 오필리아, 심지어 포카혼타스를 떠오르게 할 수도 있다. 이런 유사성은 (직접적일 수도, 모순적일 수도, 희극적일 수도, 비극적일 수도 있지만) 많은 독서를 거친 사람만이 알아챌 수 있다.

작품들 간의 유사성이 중요하다는 건 잘 알겠는데, 그것이 우리의 책읽기에 시사하는 바는 무엇인가요?

아주 좋은 질문이다. 책을 읽는데 그중 어떤 부분이 어느 작품과 유사하다는 걸 알아보지 못한다면 아무 의미도 없을 것이다. 안 그런가? 그런 독자는 최악의 경우 이전에 유사한 작품이 있다는 사실조차 까맣게 모른

채 그 부분을 읽어나갈 것이다. 하지만 그 유사성을 알아본다면 그 다음부터는 모든 것이 보너스가 될 것이다. 그중 간단한 예가 바로 내가 '아하!' 현상이라고 부르는 것인데, 이전의 독서 경험을 통해 알게 된 것들을 알아챌 때 느끼는 즐거움이다. 그런 순간은 물론 그 자체로도 즐겁지만 그것만으로는 충분하지 않다. 유사성을 발견했으면 그 다음 단계로 넘어가야 한다. 이때 독자는 대개 이전의 몇몇 작품에서 친숙한 구성 요소를 찾아낸 뒤, 환상적이거나 풍자적이거나 비극적이거나 아니면 어떤 다른 효과를 느끼게 할 비교와 유추 과정을 시작한다. 이런 식으로 작품을 읽으면 표면적인 줄거리 뒤에 숨은 더 깊은 의미를 간파하게 될 것이다.

그럼 『카치아토를 찾아서』로 돌아가 보자. 분대가 길에 난 구멍에 빠지는 순간 우리는 그 묘사에서 『이상한 나라의 앨리스』를 떠올리고, 그들이 떨어지는 장소가 아마도 캐럴의 '이상한 나라wonderland' 처럼 아주 특이할 거라고 추측한다. 그리고 처음부터 그런 일들이 벌어진다. 예컨대 중력의 법칙에 의하면 모든 물체가 똑같은 속도로 떨어져야 하는데 소달구지와 아줌마들은 사킨 아웅 완이나 병사들보다 더 빠르게 낙하한다. 또 폴 벌린은 원래 갖고 있던 두려움 때문에 현실에서라면 절대 시도하지 않았을 베트콩 터널 탐험에 나선다. 그리고 터널은 실제보다 더 정교하고 오싹한 곳으로 묘사된다. 전쟁의 나머지 기간을 터널에 갇혀 지내야 하는 적군 장교는 루이스 캐럴조차 감탄할 정도로 기묘하고 불합리한 논리로 자신의 형벌을 받아들인다. 터널에는 심지어 잠망경까지 있어서 폴 벌린은 자신이 과거에 겪은 실제 전쟁 장면도 볼 수 있다. 물론 작가는 캐럴과 관계 없이도 이런 요소들을 집어넣을 수 있었겠지만, 『이상한 나라의 앨리스』와의 유사성을 알면 폴 벌린이 만들어낸 환상의 내용과 특이함을 더 잘 이해할 수 있다.

이전 작품과 새로운 작품들 간의 이런 상호작용은 여러 차원에서 늘 일어나는데, 비평가들은 시나 소설에서 흔히 일어나는 이 현상을 '**상호 텍스트성**intertextuality'이라고 부른다. '상호텍스트성'은 텍스트에 다층적인 의미를 부여하면서 독서 경험을 더 깊고 풍부하게 해주는데, 그중 어떤 의미는 독자들이 의식적으로 노력해도 찾기 어려울 수 있다. 지금 읽고 있는 작품이 다른 텍스트와 연관이 있다는 사실을 더 많이 인지할수록 똑같거나 비슷한 점을 더 쉽게 알아볼 수 있고, 작품이 더 생기를 띠게 된다. 나중에 다시 논의하겠지만 여기서는 우선 새로운 작품은 이전 작품들과 대화를 나눈다는 것, 작가들은 과거 작품에 대한 모호한 언급에서부터 광범위한 인용에 이르기까지 다양한 방법으로 이전의 텍스트를 환기시킴으로써 이런 대화의 존재를 암시하고 있다는 사실을 명심하자.

작가들은 문학의 상호텍스트성에 대한 독자들의 이런 인식을 더욱 교묘하게 활용한 작품들을 만들어낸다. 안젤라 카터*는 『현명한 아이들Wise Children』(1992)에서 셰익스피어 작품 공연으로 명성을 얻은 한 가족 극단을 선보인다. 우리는 당연히 셰익스피어와 관련된 요소들이 등장할 거라고 생각한다. 그래서 실연당한 티파니가 물에 흠뻑 젖은 채 텔레비전 세트장에 나타나 고뇌에 찬 얼굴로 뭐라고 중얼거리다가 (그러니까 한마디로 미친 상태로) 갑자기 사라진 후 익사한 듯 보이는 장면에서도 별로 놀라지 않는다. 그녀의 죽음은 영문학에서 가장 유명한 비극 『햄릿』 중 왕자의 연인 오필리아가 미쳐서 익사하는 애달픈 장면과 똑같기 때문이다. 그런데 카터의 소설은 셰익스피어뿐 아니라 마술이라는 장르도 원용하고 있

● **안젤라 카터**(Angela Carter, 1940~1992) ㅣ 영국의 소설가, 저널리스트, 방송인. 페미니즘, 환상문학 계열의 작품들을 많이 남겼다.

다. 티파니가 익사한 듯 보이는 이 장면은 실은 독자를 오도하기 위한 장치였다. 변심한 애인 입장에서는 불편한 일이지만, 죽은 줄만 알았던 티파니는 나중에 다시 나타난다. 즉 카터는 '티파니=오필리아'라는 추측을 역으로 이용해 티파니를 또 다른 셰익스피어 작품 『헛소동Much Ado About Nothing』의 '히어로Hero'로 바꿔 놓는다. 『헛소동』에서 히어로는 약혼자의 버릇을 고쳐 놓기 위해 친구들로 하여금 자신의 죽음과 장례식을 연출하게 만든다.

카터는 이전의 텍스트에서 소재를 차용했을 뿐 아니라 독자를 속이기 위해, 또 독자의 생각을 어떤 방향으로 몰아가기 위해 그 텍스트에 독자가 보일 반응까지 활용하고 있다. 그리고 그 결과 작품 속에서 더 큰 트릭을 사용할 수 있게 된다. 독자들은 셰익스피어 작품에 대한 지식이 없어도 티파니가 죽거나 놀랍게도 다시 살아 돌아오는 장면을 믿을 수 있다. 하지만 그의 희곡을 더 많이 알수록 독자의 반응은 어느 한 방향으로 확고히 굳어진다. 카터는 교묘한 서사 방법을 동원해 우리의 기대를 조종하면서 잠시도 긴장을 풀지 못하게 한다. 그러나 다른 한편으로는 일견 통속적인 사건을 셰익스피어 작품과의 연관을 통해 멋지게 활용한다. 그리하여 자기를 사랑하는 여인을 홀대하는 젊은이들의 행태는 옛날이나 지금이나 비슷하다는 점과, 두 사람의 관계에서 아쉬운 쪽이 언제나 머리를 굴려 상대방을 조금이라도 통제하려고 애써 왔다는 사실을 보여준다. 그녀의 새로운 소설은 이렇게 아주 오래된 이야기를 하고 있고, 그래서 결국 거대한 한 이야기의 일부를 이루고 있다.

그런데 이런 유사점들을 못 알아보는 경우는 어떻게 하죠?

걱정할 필요 없다. 설사 『햄릿』에 기초하고 있더라도 그 자체로 시시한 작품이면 읽을 필요 없으니까. 등장인물들 역시 그 자체로 흥미로워야 한다. 쉽게 말해서, 사킨 아웅 완 자신이 흥미로워야만 기존 작품에 나온 어떤 유명 인물과 유사한지 연구해 볼 가치가 있다는 것이다. 이야기와 인물이 훌륭한 소설이면 설사 거기 나오는 이전 작품들과의 관련성을 독자가 전혀 모른다고 해도, 어차피 훌륭한 인물이 나오는 좋은 이야기를 읽은 셈이니 손해 볼 거 없다. 하지만 독자가 작품 속에 들어 있는 이런 유사성, 다른 작품들과의 연관성을 알아본다면 소설에 대한 이해가 그만큼 깊어지고 작품 자체가 더 의미 있고 풍부해질 것이다.

그렇지만 이전 작품들을 모두 읽을 수는 없잖아요?

나도 마찬가지다. 누구든, 심지어 해럴드 블룸Harold Bloom●조차도 그럴 것이다. 물론 초보 독자는 전문가보다는 약간 불리하겠지만, 그런 경우 더 넓은 맥락에서 작품을 이해할 수 있게 해주는 교수들이 도움이 된다. 그러나 당신도 자력으로 교수들과 비슷한 수준에 오를 수 있다. 어릴 때 아버지와 버섯을 따러 가면 나는 하나도 못 찾겠는데 아버지가, "저기 노란 스펀지 같은 버섯이 있네"라든가, "뾰족한 검은 버섯 한 쌍이 있구나"라고 말씀하시곤 했다. 그래서 처음에는 안 보여도 버섯들이 확실히 거기 있다는 걸 알기 때문에 나는 더 집중해서 볼 수 있었고, 몇 분 후면 전부는 아니지만 몇 개는 찾을 수 있었다. 일단 그물버섯을 찾으면 나머지도 금세 찾을 수 있다. 문학 교수가 하는 일도 아주 비슷하다. 당신이 버섯 가까이에 갔을 때 그걸 알려주는 게 그들의 역할이다. 하지만 당신이 그 사실을 깨달으면(당신은 대개 버섯 가까이에 있기 때문에) 혼자서도 버섯을 따게 될 것이다.

● **해럴드 블룸** (1930~) │ 미국의 비평가로 수십 권에 달하는 문학 비평서 및 논문을 발표하면서 이 분야의 거목으로 평가받고 있다.

05

혹시나 싶으면
그건 셰익스피어…

간단한 퀴즈 하나. 존 클리즈John Cleese*, 콜 포
터Cole Porter, 〈문라이팅Moonlighting〉, 〈데스 밸리 데이즈Death Valley Days〉의
공통점은? 아니, 공산당의 음모와는 상관없다. 답은 바로 이들 모두가 영
국의 스트랫퍼드 어폰 에이번Stratford-upon-Avon에서 태어난 윌리엄 셰익
스피어의 『말괄량이 길들이기The Taming of the Shrew』와 관련이 있다는 것이
다. 1970년대에 BBC 방송이 셰익스피어의 희곡 전체를 영화화하기로 했
을 때 클리즈는 이 작품의 남자 주인공 페트루키오 역할을 맡았다. 포터
는 『말괄량이 길들이기』의 브로드웨이 뮤지컬과 그 영화 버전인 〈키스

● **존 클리즈** (1939~) ㅣ 영국의 배우, 작가, 영화제작자. 캠브리지대 재학 당시부터 대본을 쓰기 시작
했고, "Monty Python" 시리즈로 유명.

미, 케이트*Kiss me, Kate*〉의 배경 음악을 작곡했다. TV물로 제작된 '문라이팅' 시리즈 중 하나인 〈미니 셰익스피어*Atomic Shakespeare*〉편 역시 『말괄량이 길들이기』를 각색한 작품으로, 본 시리즈물인 '문라이팅'과 마찬가지로 당시 아주 독창적이고 재미있는 TV 프로 중 하나였다. 이 프로그램은 〈문라이팅〉에 등장하는 주연 배우들의 개성을 잘 잡아내면서도 다른 작품들에 비해 상대적으로 원작에 가깝다는 평을 받았다.

특이한 것은 〈데스 밸리 데이즈〉다. 〈데스 밸리 데이즈〉는 1950년대부터 1960년대까지 '트웬티 뮬 팀 보락스*Twenty Mule Team Borax*' 사가 후원하고 이후 대통령 자리에까지 오른 로널드 레이건이 사회를 맡았던 라디오/텔레비전 프로그램이다. 이 프로그램은 엘리자베스 시대의 영어를 완전히 생략해 버린 채 서부 지역을 무대로 개작한 셰익스피어 작품을 선보였다. 많은 사람들이 이 쇼를 통해 셰익스피어를 처음 알게 됐고, 그의 작품이 실은 아주 재미있다는 사실도 알게 됐다. 기억을 더듬어보면 알겠지만 공립학교에서는 셰익스피어의 비극들만 가르치기 때문이다. 그런데 지금까지 언급한 예들은 늘 우리 주변에 널려 있는 『말괄량이 길들이기』의 아류 작품 중 일부에 불과하다. 정말 그 작품은 시공을 초월해 수천 가지 다양한 방식으로 각색되고 변형되고 시대에 맞게 개작된다. 음악으로 만들어지기도 하고 수없이 다양한 모습으로 거듭나는 것 같다.

18세기에서 21세기에 걸친 문학 작품들을 살펴보면 어디나 셰익스피어가 등장한다는 걸 알고 놀라게 될 것이다. 그는 당신이 생각할 수 있는 모든 형태의 문학 작품으로 어디에든 있다. 하지만 똑같은 것은 하나도 없다. 즉 시대를 불문하고 모든 작가가 자기만의 셰익스피어를 만들어내는 것이다. 이 모든 것이 자신의 이름을 내건 희곡을 그가 정말 썼는지 여전히 의심받고 있는 한 남자로부터 시작됐다.

다른 예를 살펴보자. 1982년 폴 매저스키Paul Mazursky 감독은 『템페스트 The Tempest』를 흥미로운 현대 영화로 만들었다. 이 영화에는 에어리얼(수잔 서랜든), 우스꽝스러운 괴물 칼리반(라울 줄리아), 프로스페로(유명한 영화감독 존 카사베츠), 섬, 마법이 등장한다. 이 영화의 제목은 뭘까? 〈템페스트〉다. 우디 앨런Woody Allen은 『한여름밤의 꿈』을 개작한 〈한여름 밤의 섹스 코미디A Midsummer Night's Sex Comedy〉를 만들었다, 당연히. BBC는 '명작 극장Masterpiece Theatre' 시리즈에서 『오셀로』를 각색한 이야기를 만들었는데 흑인 경찰국장 역으로 존 오셀로, 그의 사랑스런 아내로 백인인 데시Dessie, 존 오셀로의 친구이자 승진에서 제외되어 분개한 부하 역에 벤 자고Ben Jago라는 인물을 등장시켰다. 원작을 알고 있는 사람이면 그 영화에서 벌어지는 사건에 전혀 놀라지 않을 것이다. 19세기에는 이 작품을 토대로 한 오페라도 등장했다.*

〈웨스트사이드 스토리Westside Story〉는 『로미오와 줄리엣』을 개작한 것으로 1990년대에 영화로도 등장하는데, 물론 시대에 맞게 당시의 10대 문화를 배경으로 하고 있으며 무기는 자동권총으로 바뀌어 나타난다. 그보다 100년 전에 차이코프스키는 이 작품을 테마로 발레곡을 쓰기도 했다. 『햄릿』을 개작한 영화는 거의 2년에 한 번꼴로 나오는 듯하다. 영국의 극작가 톰 스토파드Tom Stoppard는 『햄릿』에 나오는 주변 인물들의 역할과 운명을 그린 『로젠크란츠와 길덴스턴은 죽었다Rosencrantz and Guildenstern Are Dead』라는 희곡을 썼다. 〈길리건 아일랜드Gilligan's Island〉** 의 한 에피소드

- 주세페 베르디의 오페라 〈오셀로〉(1887)를 가리킴.
- ● 1960년대에 제작된 미국의 코믹 텔레비전 시리즈물.

에서는 빌코 상사 Sergeant Bilko 역으로 명성을 얻은 필 실버스 Phil Silvers가 출연하여 뮤지컬 형식의 『햄릿』을 만드는 이야기가 나오는데, 그 에피소드의 하이라이트는 '돈을 빌리지도, 빌려주지도 마라'는 폴로니어스의 대사를 비제의 오페라 〈카르멘〉의 〈하바네라〉에 맞추어 노래하는 장면이다.

연극이나 영화 말고도 다양한 장르에서 셰익스피어의 작품들이 각색되어 왔다. 소설가 제인 스마일리 Jane Smiley는 『리어 왕 King Lear』을 각색한 『1,000에이커 A Thousand Acres』(1991)라는 작품을 썼다. 이 소설은 다른 시대, 다른 장소를 배경으로 하고 있지만 『리어 왕』과 마찬가지로 인간의 탐욕, 은혜, 오해, 사랑을 다루고 있다. 그럼 셰익스피어 작품에서 제목을 따온 작품에는 어떤 것들이 있을까? 윌리엄 포크너 William Faulkner는 『소리와 분노 The Sound and the Fury』*를, 올더스 헉슬리 Aldous Huxley는 『멋진 신세계 Brave New World』**를 썼다. 아가사 크리스티 Agatha Christie가 선택한 문장 『엄지손가락의 아픔 By the Pricking of My Thumbs』***은 레이 브래드버리 Ray Bradbury****에 의해 『뭔가 사악한 기운이 몰려온다 Something Wicked This Way Comes』*****로 완결됐다.

- 제목인 '소리와 분노'는 셰익스피어의 『맥베스』에 나오는 문구다.
- •• 제목인 '멋진 신세계'는 셰익스피어의 『템페스트』에 나오는 문구. 그 밖에도 이 작품 곳곳에서 셰익스피어의 문구가 인용되고 있다.
- ••• '엄지손가락이 쑤셔온다'는 뜻의 이 제목은 『맥베스』에 나오는 대사에서 인용되었다.
- •••• **레이 브래드버리** | 1920년생. 미국 작가로 공포물과 미스터리물, 공상과학소설 등을 주로 발표했다.
- ••••• 역시 『맥베스』에 나오는 마녀의 대사에서 인용된 것으로, '엄지손가락이 쑤셔온다'에 이어지는 대사다.

하지만 뭐니 뭐니 해도 셰익스피어 작품을 원용한 최고의 작품은 앞서 언급한 안젤라 카터의 마지막 소설 『현명한 아이들』이다. 제목에 나오는 '아이들'은 한때 셰익스피어 전문 배우로 최고의 명성을 떨친 한 남자의 사생아 쌍둥이 도라 챈스Dora Chance와 노라 챈스Nora Chance다. 이들의 할 아버지 역시 당대 최고의 셰익스피어 전문 배우였다. 쌍둥이인 두 주인공 은 (정통파 연극배우가 아니라) 노래와 춤을 전문으로 하는 배우지만 도라가 들려주는 얘기에는 셰익스피어 작품에서 볼 수 있는 열정과 상황이 넘쳐 난다. 도라의 할아버지는 바람피운 아내를 『오셀로』를 연상시키는 방식 으로 살해한 뒤 자신도 자살한다. 앞 장에서 보았듯이 이 소설에 등장하 는 한 여성은 오필리아처럼 물에 빠져 죽지만 놀랍게도 『헛소동』의 등장 인물 히어로처럼 후반에서 다시 살아 돌아온다. 소설은 전체적으로 충격 적인 실종과 복귀, 자기 아닌 딴 사람으로 위장하는 인물들, 남자로 변장 하는 여자들, 리어 왕을 파멸로 내모는 리건Regan과 고너릴Goneril처럼 독 살스러운 자매들로 가득 차 있다. 사실 카터는 『한여름밤의 꿈』을 단순한 원작보다 훨씬 더 재미있게 만들 생각이었다. 남자 배우들만 등장해 현실 을 여실히 그리는 1930년대 영화와 비슷한 효과를 내는 영화로 만들 생 각도 갖고 있었다.

이 예들은 셰익스피어 작품의 줄거리와 상황을 모태로 한 몇 가지 사 례에 지나지 않는다. 만약 이 정도에서 그친다면 셰익스피어는 다른 대가 들과 크게 다를 바 없는 인물로 기억될 것이다.

하지만 이게 다가 아니다.

셰익스피어 작품을 읽는 가장 큰 즐거움이 뭔지 아는가? 당신은 아마 그동안 듣거나 읽은 셰익스피어의 대사를 평생 동안 계속 마주치게 될 것 이다. 다음을 보라.

네 본래의 모습에 충실하라

To thine own self be true —『햄릿』

온 세상이 무대고 우리는 그저 배우에 지나지 않는다

All the world's a stage, / And all the men and women merely players

—『뜻대로 하세요』

이름이 대체 무슨 의미가 있지? 우리가 장미라 부르는 그것은

다른 이름으로 불린다 해도 여전히 향기로운 것을

What's in a name? That which we call a rose /

By any other name would smell as sweet —『로미오와 줄리엣』

나란 놈은 얼마나 비열하고 못난 인간이란 말인가

What a rogue and peasant slave am I —『햄릿』

왕자여, 고이 잠드소서 /

천사들의 노래에 싸여 영원한 안식의 세계로 가소서

Good night, sweet prince, / And flights of angels sing thee to thy rest!

—『햄릿』

수녀원에나 가버려 Get thee to a nunnery —『햄릿』

내 지갑을 훔친 자는 쓰레기를 훔친 것이다

Who steals my purse steals trash —『오셀로』

인생은 온갖 소리와 분노로 가득 찬, 아무 의미 없는 천치의 헛소리

[Life's] a tale / Told by an idiot, full of sound and fury, /

Signifying nothing —『맥베스』

신중함이야말로 최고의 용기다

The better part of valor is discretion —『헨리 4세』 1부

곰에게 쫓겨 퇴장 Exit, pursued by a bear —『겨울 이야기』

말! 말! 말을 내놔라, 그럼 내 왕국을 주겠노라!

A horse! a horse! my kingdom for a horse! —『리처드 3세』

우리는 소수, 우리는 행복한 소수, 우리는 한 형제야

We few, we happy few, we band of brothers —『헨리 5세』

두 배, 두 배, 고난도 재앙도 / 불길아 타올라라, 가마솥아 끓어라

Double, double, toil and trouble; / Fire burn and cauldron bubble —『맥베스』

엄지손가락이 쑤셔온다 / 뭔가 사악한 기운이 몰려온다

By the pricking of my thumbs, / Something wicked this way comes —『맥베스』

자비의 미덕은 자연스럽다. 그것은 하늘에서 내리는 부드러운 비와도 같다

The quality of mercy is not strained, /

It droppeth as the gentle rain from heaven —『베니스의 상인』

저런 사람들이 사는 세상이라면 오, 얼마나 멋진 곳일까!

O brave new world, / That has such people in't! —『템페스트』

아, 하나를 빼먹을 뻔했다.

죽느냐 사느냐, 그것이 문제로다

To be, or not to be, that is the question —『햄릿』

앞에 든 인용문 중 하나라도 들어봤는가? 언제? 이번 주? 오늘? 나는 이 중 하나를 오늘 아침 바로 이 글을 쓰면서 뉴스에서 들었다. 내가 갖고 있는 『바틀렛 인용문집 *Bartlett's Familiar Quotations*』 중에 셰익스피어 작품에서 유래한 인용문은 무려 47쪽이나 된다. 물론 거기 실린 인용문이 모두 유명한 건 아니지만 상당수는 널리 알려져 있다. 사실 위에 있는 인용문을 추리는 데도 어려움이 많았다. 온종일 추려도 그의 작품 중 상당히 유명한 구절을 다 모으긴 힘들 것이다. 내 생각은 이렇다. 첫째, 당신은 그 인용문이 나오는 셰익스피어의 작품을 모두 읽지는 않았을 것이다. 둘째, 그래도 당신은 그 인용문을 알고 있을 것이다. 어느 작품에 나오는지는 몰라도 인용문은 알고 있을 거라는 뜻이다 (아니면 더 대중적인 형태로 알고 있을 가능성도 있다).

좋아요, 셰익스피어는 정말 어디에나 있어요. 그런데 그게 어쨌다는 거예요?

셰익스피어가 독자인 우리에게 이렇게 중요한 것은 작가들에게 너무도 중요하기 때문이다. 그럼 작가들이 왜 셰익스피어를 그토록 자주 원용하는지 생각해 보자.

셰익스피어의 글을 인용하면 더 똑똑해 보이기 때문인가요?

무엇보다 똑똑해 보인다는 말인가?

예컨대 록키와 불윙클 Rocky and Bullwinkle[●]**을 인용할 때보다 말이에요.**

솔직히 말하면 나는 사슴과 다람쥐의 광팬이다. 그래도 무슨 말인지는 알겠다. 그런데, 셰익스피어 작품만큼 훌륭하고 멋진 인용문의 출처는 많지 않다. 아니, 거의 없다고 해도 무방하다.

그리고 인용을 했다는 것은 그 작품을 읽었다는 뜻이잖아요? 책을 읽다가 그런 멋진 인용문을 만났을 것이고, 그렇다면 그 사람은 유식하다는 뜻일 테니까요.

꼭 그렇지는 않다. 나는 아홉 살 때도 『리처드 3세』의 '말을 달라!' 는 유명한 대사를 알고 있었다. 우리 아버지는 『리처드 3세』를 정말 좋아하셨고, 그 절박한 장면을 자세히 설명하곤 하셨기 때문에 나는 초등학교 저학년 때부터 그 부분을 알고 있었다. 아버지는 학력이라고는 고등학교 졸업장이 전부고 졸업 후에는 공장 노동자로 일하셨다. 자신이 아는 것을 남에게 과시하는 성격도 아니었다. 하지만 아버지는 자신이 읽고 좋아한 셰익스피어의 걸작들에 대해 말할 수 있다는 사실에 아주 흐뭇해 하셨기 때문에 그렇게 얘기를 해주신 거였다. 우리는 셰익스피어의 희곡들에 나오는 멋진 인물들, 기가 막힌 독백들, 위급한 상황에서도 어김없이 쏟아내는 그 재치 있는 말들을 사랑한다. 나는 절대로 칼에 찔려 죽고 싶지 않지만, 만약 그런 일이 일어났을 경우 누가 얼마나 아프냐고 물으면 정신을 가다듬고, 『로미오와 줄리엣』에서 머큐쇼가 그랬던 것처럼, '우물만큼 깊지 않고 교회 문처럼 넓지 않아도 충분히 깊은 상처요' 라고 말하고 싶다. 죽음의 순간에 이렇게 기막힌 대사를 읊을 수 있다면 정말 멋지지

● **록키와 불윙클** | 날다람쥐와 사슴이 주인공인 1920년대의 만화. 록키가 다람쥐, 불윙클이 사슴이다.

않을까?

대사를 인용한다고 해서 꼭 박식한 건 아니다. 그보다는 작가들의 경우 자기가 읽고 들은 작품을 인용하는데, 그중 셰익스피어가 그 어떤 작가보다 그들의 머릿속에 많이 남아 있는 것이리라. 벅스 버니Bugs Bunny* 다음으로 말이다.

인용문은 우리가 하는 말에 권위를 실어주기도 하잖아요?

종교의 경전이나 기가 막힌 표현이 우리의 말에 권위를 실어주는 것처럼? 그렇다. 셰익스피어의 작품은 경전에 비견할 만한 권위를 지니고 있다. 예전 서부 개척자들이 포장마차를 타고 서부로 갈 때 실을 짐이 많아서 책은 두 권만 지니고 갔는데 그게 바로 성경과 셰익스피어 작품이었다. 고등학생에게 학교 다니는 동안 해마다 셰익스피어보다 많이 배운 작가가 있는지 물어보라. 또 만약 당신이 중간 규모 이상의 영화 시장이 존재하는 곳에 살고 있다면 매년 그 작품이 영화로 만들어지는 작가가 정확히 한 명 있다고 믿어도 좋은데 그 작가는 오거스트 윌슨August Wilson** 도, 아리스토파네스Aristophanes*** 도 아니다. 이처럼 셰익스피어의 작품은 어디에나 퍼져 있기 때문에 거의 경전 같은 위상을 지니고 있고, 우리 마음속 저 깊은 곳에 새겨져 있다. 대사 하나하나, 장면 하나하나, 작품 하나하나가 너무도 아름답기 때문이다. 이렇게 거의 모든 사람이 익히 아는 작품들은 어떤 권위를 지니게 되고, 누가 거기 나온 어떤 부분을 입에 담

- **벅스 버니** | 미국 워너브러더스 사의 유명한 만화 캐릭터.
- **오거스트 윌슨** | 흑인 연극 운동의 대표 주자로 꼽히는 극작가. 『울타리Fences』, 『피아노 레슨 The Piano Lesson』으로 퓰리처상을 두 번 수상했다.
- **아리스토파네스**(기원전 446~386년 경) | 고대 그리스 아테네의 희극 작가.

기만 해도 모두 알아차리고 고개를 끄덕인다.

하지만 일반 독자들이 쉽게 생각지 못할 사실이 하나 더 있다. 작가들에게 셰익스피어는 엄청난 경쟁 상대이며, 자신의 아이디어를 테스트해 보는 데 좋은 실험대가 될 일종의 원전들을 만들어낸 존재라는 사실이다. 작가들은 자신이 이전 작가들과 어떤 식으로든 관계가 있음을 알게 되고, 이 관계는 작품을 통해 구현된다. 새로운 작품은 어떤 의미에서는 이런저런 방식으로 그 작가에게 영향을 미치는 이전 작품과의 관계를 통해 태어난다. 이 관계는 투쟁으로 이어질 잠재력을 안고 있는데, 그 투쟁이 바로 앞서 언급한 '상호텍스트성intertextuality'이다. 이것은 물론 셰익스피어에만 해당되는 현상은 아니다. 하지만 셰익스피어는 수없이 많은 작가들에게 영향을 준 거대한 존재가 됐다. '상호텍스트성'에 대해서는 나중에 더 논의할 것이다. 지금은 '상호텍스트성'에서 셰익스피어가 차지하는 비중을 보여주는 사례로 T. S. 엘리엇의 「프루프록의 연가 *The Lovesong of J. Alfred Prufrock*」(1917)를 살펴보자.

이 작품에서 신경과민에 소심한 주인공은, 자신은 결코 햄릿이 아니고 기껏해야 수많은 연극 장면 중 하나를 채우거나 위기 상황에서 희생되는 엑스트라에 불과하다고 고백한다. 추상적이거나 일반적인 인물을 거론하지 않고(예컨대 "나는 비극의 주인공이 아니야" 식으로 말하지 않고) 햄릿이라는 가장 유명한 비극의 주인공을 구체적으로 거론함으로써 엘리엇은 즉각 이해 가능한 상황을 만들어내는 동시에, 많은 분량을 할애하여 구구절절 설명하지 않아도 독자들이 주인공의 성향을 파악할 수 있도록 했다. 가엾은 프루프록은 기껏해야 유령이 되어 나타난 햄릿의 부친을 처음으로 목격한 버나도나 마셀러스, 권력 다툼의 희생양이 되어 처형될 운명임을 까맣게 모른 채 배를 타고 가는 로젠크란츠나 길덴스텐이 되기를 소망

한다.

그런데 엘리엇은 이 시에서 『햄릿』을 원용하는 데 그치지 않는다. 이 시에서 그는 유명한 이전 작가와 대화를 시작하고 있다. 프루프록이 그리는 시대는 위대한 비극의 시대가 아니라 불운에 빠져 허둥대는 이들의 시대다. 햄릿은 불운에 빠져 허둥대는 사람이며, 그런 햄릿을 그 자신의 무기력함에서 구해내 고귀하고 비극적인 인물로 만들어주는 것은 바로 그를 둘러싼 주변 상황임을 이 시는 보여준다. 두 작품 간의 교류는 단 두어 줄의 시를 통해 일어나지만 우리로 하여금 엘리엇의 시와 셰익스피어의 비극을 약간 새로운 시각으로 다시 보게 만든다. 이는 프루프록이 자신의 용렬함을 그리기 위해 『햄릿』을 원용하지 않았다면 불가능했을 것이다.

셰익스피어의 작품을 단순히 인용만 하는 작가는 별로 없다는 사실도 기억해 두자. 비록 과거 작품을 끌어다 쓰긴 하지만 자신만의 메시지를 전달하기 위해 이전 작품과의 교류를 시도하는 작가들이 더 많다. 이들은 과거 작품에 담긴 메시지를 새롭게 가공하고, 한 시대에서 다른 시대로 옮겨오면서 일어난 태도의 변화(또는 지속성)를 추적하며, 자신이 쓰는 작품의 특징을 부각시키기 위해 이전 작품의 일부를 빌려오는 동시에, 자기 작품을 새롭게 하거나 나아가 (아이러니컬하지만) 독창적으로 만들기 위해 독자가 이전 작품에 대해 갖고 있는 연상을 활용한다. 이때 셰익스피어뿐 아니라 과거 어느 작가의 작품을 빌려오든 그 방법으로는 아이러니가 많이 쓰인다. 어쨌든 과거의 어느 대가를 원용하든 새로운 작가는 자기 나름의 목표와 견해를 갖고 있음을 기억하자.

새로운 작가가 지닌 독특한 견해를 잘 보여주는 예가 있다. 남아프리카의 인종 차별 정책을 강하게 비판해 온 극작가 푸거드Athol Fugard는 희곡 『"해럴드 주인님"과 시종들"Master Harold" … and the Boys』(1982)을 발표했다. 이 작품에서 그는 우리가 잘 알고 있는 인물들을 활용한다. 아마 당신은 직감적으로 『오셀로』를 떠올릴 것이다. 『오셀로』가 인종에 관한 내용을 포함하고 있기 때문이다. 하지만 이 작가는 『오셀로』가 아니라 한 젊은이의 성장을 다룬 『헨리 4세, 제2부 Henry IV, Part II』를 원용했다. 셰익스피어가 쓴 이 희곡에서 주인공 할 Hal 왕자는 팔스타프 Falstaff 와 함께했던 방탕한 날들을 뒤로 하고, 『헨리 5세 Henry V』에 나오는 아쟁쿠르 Agincourt 전투에서 강한 열정을 불어넣어 영국군을 승리로 이끌 수 있는 헨리 왕으로 변신해야 한다. 다시 말해 할 왕자는 책임감 있는 성인으로 거듭나기 위해 성장해야 하는 것이다.

푸거드의 희곡에서 헨리를 대변하는 인물은 흑인 친구들과 어울리는 할리의 또 다른 이름, 즉 해럴드다. 『헨리 4세, 제2부』의 할 왕자와 마찬가지로, 할리는 아버지의 가업을 잇는 훌륭한 해럴드 주인님으로 성장해야 한다. 하지만 가치 없는 일에서 훌륭한 계승자가 된다는 것이 무슨 의미가 있을까? 이것이 바로 푸거드의 질문이다. 해럴드가 입어야 하는 성인의 옷에는 책임감뿐 아니라 인종주의와 냉혹한 무시 역시 포함되어 있음에도 그는 그 옷을 잘 입는 법을 배워야만 한다. 예상되는 바와 같이 『헨리 4세, 제2부』는 해럴드가 성장해 갈 방향을 제시해 주지만 이는 어떻게 보면 사실 가장 혐오스러운 인간으로의 퇴행이다.* 동시에 『"해럴드 주인님"과 시종들』은 셰익스피어의 원작을 읽으면서 우리가 당연시했던 권리에 대한 생각들, 즉 특권과 거기 따른 책임감, 권력과 그 세습에 관한

---

* 제2차 대전에 참전해 한쪽 다리를 잃은 할리의 아버지는 인종주의자이자 알코올 중독자다. 그런 아버지를 계승해야 하는 해럴드에게 성장이란 어린 시절의 순진함을 버리고 기성세대의 인종차별적 가치관을 받아들이는 것이므로 저자는 '퇴행'이라는 표현을 쓰고 있다.

견해들, 올바른 행동에 관한 시각들, 심지어 성숙함 그 자체에 대해서도 다시 고민하게 만든다. 해럴드처럼 친구의 얼굴에 침을 뱉는 것이 과연 성장의 징표일까?* 나는 그렇게 생각하지 않는다. 물론 직접적으로 언급하지는 않지만 푸거드는 우리에게 『헨리 5세』에서 성장한 헨리 왕이 늙은 팔스타프를 교수형에 처해야 함을 일깨워준다. 그렇다면 셰익스피어가 옹호한 가치들이 곧바로 끔찍한 인종차별로 이어질 수 있는가? 푸거드는 그렇다고 생각한다. 그래서 그는 『"해럴드 주인님"과 시종들』에서 그런 가치들, 그리고 그 가치를 담고 있는 셰익스피어의 작품들을 다시 한 번 진지하게 검토해 보라고 우리에게 권하고 있는 것이다.

지금까지 작가들이 셰익스피어 작품을 이용해 온 방법을 몇 가지 살펴보았다. 물론 다른 작가들의 작품도 원용되고 있지만 셰익스피어만큼 자주 쓰이지는 않는다. 왜 그럴까? 그 이유는 여러분도 알고 있듯이, 셰익스피어 작품들은 이야기가 훌륭하고 등장인물도 매력적이며, 언어도 아주 아름답기 때문이다. 누구나 그를 잘 알고 있다는 것도 장점이다. 그레빌 Fulke Greville** 의 작품을 원용할 수도 있지만, 그 경우는 각주를 달아주어야 한다.

그렇다면 이런 논의는 독자들에게 어떤 교훈을 주는가? 푸거드의 예에서도 알 수 있듯이, 작품들 간에 존재하는 이런 상호 작용을 인식해야 새로운 작품의 의미를 정확히 이해할 수 있다는 것이다. 푸거드는 『"해럴드

---

* 열일곱 살 백인 소년 할리가 (나이 지긋한 흑인인) 친구 샘의 얼굴에 침을 뱉으면서 자신을 '해럴드 주인님'으로 부르라고 하는 순간, 그들의 오랜 우정은 깨지고 할리는 인종주의자인 아버지 세대의 가치를 계승하면서 어른이 된다.

** 그레빌(1554~1628) | 셰익스피어 시대의 영국 작가. 친구였던 필립 시드니(Philip Sidney, 1554~1586)의 전기를 썼음.

주인님"과 시종들』을 쓸 때 『헨리 4세, 제2부』에 대한 우리의 지식에 의존했고, 두 작품 사이의 이 관계 덕분에 그는 직접적인 설명 별로 없이도 자신이 목표한 바를 이룰 수 있었다.

나는 종종 학생들에게 독서는 상상력의 활동이라고 말한다. 그런데 작가들뿐 아니라 독자들도 상상력을 발휘해야 한다. 우리가 과거와 현재 작품 간의 대화를 들을 수 있으면 그들에 대한 이해가 더 깊고 풍부해진다. 그래야 새로운 작품의 함의含意를 파악할 수 있고, 아주 조금이나마 이전 작품을 새로운 시각으로 이해하게 될 것이다. 그리고 우리가 그 누구보다 잘 알고 있고, 설사 원작을 안 읽었더라도 그 언어와 작품에 대해 "꿰고" 있는 작가는 바로 셰익스피어다.

그러니 앞으로 뭔가 읽다가 믿을 수 없을 정도로 멋지거나 훌륭한 구절이 나오면 누구 작품인지 크게 고민하지 않아도 될 것이다.

나머지는, 친구여, 침묵일 뿐이니.*

• 『햄릿』에 나오는 대사.

… 아니면 혹시 성경?

정원, 독사, 역병, 홍수, 바닷물의 갈라짐, 빵,
물고기, 40일, 배신, 부인否認, 노예 생활과 탈출, 살진 송아지, 젖과 꿀. 이
모든 것이 한 권에 담긴 책을 읽어본 적 있는가?

대체 어떤 책일까? 시인, 극작가, 시나리오 작가들도 다 읽은 책이다.
온갖 욕설이 난무하는 영화 〈펄프 픽션*Pulp Fiction*〉을 보면 새뮤얼 L. 잭슨
이 성경 구절을 베수비오 화산처럼 쏟아내는 장면이 있다. 그 구절은 종
말론적인 수사와 이미지로 가득 차 있다. 우리는 그의 언어 행태에서 감
독이자 시나리오 작가인 쿠엔틴 타란티노Quentin Tarantino가 한때 성경에
관심을 가졌음을 알게 된다. 비록 영화 속에서 그가 구사하는 언어는 상
스럽기 그지없지만 말이다. 제임스 딘이 찍은 영화의 제목은 왜 '에덴의
동쪽'인가? 그것은 이 영화의 원작자인 존 스타인벡John Steinbeck이 창세

기를 염두에 두고 작품을 썼기 때문이다. 영화를 보면 알겠지만 에덴의 동쪽은 타락한 세상을 의미한다. 사실 타락한 세상이야말로 우리가 유일하게 알고 있는 세상이고, 제임스 딘이 등장하는 영화라면 더욱 그럴 수밖에 없다. 또는 스타인벡의 소설이라면.

옛 속담에 악마도 성경을 읊을 수 있다는 말이 있는데, 문학 작품 역시 마찬가지다. 종교와 거리가 멀거나 기독교 전통과 전혀 무관한 작가들도 욥기나 마태복음, 시편을 원용한다. 에덴 동산이나 독사, 불의 혀*, 폭풍 속에서 들려오는 목소리**가 그토록 자주 등장하는 것은 바로 그 때문이다.

토니 모리슨Toni Morrison의 소설 『빌러비드 Beloved』(1987)를 보면 도망 노예 세스Sethe가 어린 자녀들과 함께 살고 있는 오하이오주의 한 마을에 네 명의 백인이 말을 타고 나타난다. 아이들을 노예의 운명에서 "구하기" 위해 세스는 셋 다 죽이려 하지만 나중에 '빌러비드'로 불리게 되는 두 살배기 딸아이만 죽이게 된다. 그 누구도, 즉 예전에 노예였던 사람도, 자유인인 백인도 그녀의 행동을 믿거나 이해하지 못하지만, 바로 이 몰이해 때문에 세스는 자신의 목숨을 건지고, 살아남은 아이들도 노예가 될 운명에서 벗어난다.

광기에 사로잡힌 세스의 이 행동이 이해가 되는가? 아니다. 그 행위는 비이성적이고 극단적이고 과도하다. 다들 그렇게 생각한다. 하지만 어떻게 보면 전혀 이해 못할 일도 아니다. 네 명의 백인은 노예 제도가 있는

- 사도행전 2장 3절에 '불의 혀처럼' 갈라진다는 표현이 나온다. 성경 인용은 '개역개정판'에 따른다.
- ● ● 욥기에 보면 여호와께서 '폭풍우 가운데 대답하셨다'라는 표현이 나온다.

지역에서 말을 타고 왔다. 이들이 그녀의 집 대문을 들어설 때 세스도 직감했듯이, 그 부분의 묘사에서 우리는 요한계시록의 내용을 떠올리게 된다. 요한계시록을 보면[*] 네 명의 말 탄 사람들이 등장하는 날은 인류 최후의 날이자 심판의 날이다. 모리슨의 배색配色은 요한계시록과 같지 않지만 (청황색 말을 등장시키는 것은 쉬운 일이 아니다) 우리는 이를 알 수 있는데, 모리슨이 '말에 탄 네 명의 남자들the four horsemen'이라고 적고 있기 때문이다. 기수rider도 아니고, 말 위에 있는 사람들men on horses도 아니고, 곡마사equestrian도 아닌 말에 탄 사람이라 적었다. 더욱이 그들 중 한 명은 언제든 발포할 준비를 갖추고 말에서 내려오지도 않는다. 그는 네 번째 기사, 즉 요한계시록의 옅은 색(또는 초록색) 말을 타고 있는 사람을 가리키며 그 이름은 '사망'이다. 클린트 이스트우드가 감독하고 주연을 맡은 〈페일 라이더Pale Rider〉에는 성경의 그 구절을 실제로 말하는 인물이 등장하기 때문에 관객이 그 의미를 분명히 이해할 수 있지만 (이스트우드의 서부 영화에서 이름 없는 낯선 인물은 거의 언제나 '죽음'을 의미한다), 모리슨은 이를 단지 세 개의 단어 'the four horsemen'과 등장인물의 포즈를 통해 우리에게 알려준다. 물론 그렇다고 혼동이 일어날 여지는 없다.

요한계시록에 나오는 말 탄 사람들이 실제로 나타나면 우리는 어떻게 해야 할까?

세스가 그런 일을 벌인 것은 바로 그 때문이다.

모리슨은 미국인으로 신교 가정에서 자라났지만 성경에는 종파가 없다. 아일랜드 가톨릭 신자인 제임스 조이스는 성경에서 따온 말이나 이미

● 요한계시록 6장 1~8절.

06 …아니면 혹시 성경?

지를 자주 사용한다. 내가 가끔 가르치는 그의 주옥같은 단편 「애러비 Araby」(1914)는 순수의 상실을 다루고 있다. '순수의 상실'은 다른 말로 표현하면 '타락'이다. 아담과 하와, 동산, 독사, 금지된 과일 말이다. 순수의 상실을 주제로 한 이야기는 어느 개인이 은총에서 타락으로 떨어지는 과정을 그린다. 그것은 집단적인 경험이 아니라 개인적이고 주관적인 경험에 속하기 때문이다. 그럼 「애러비」에서는 어떨까?

한 소년이 있다. 나이는 11~13세 정도로 삶이 안전하고 단순하다고 인식한다. 그는 학교에 다니면서 동네 친구들과 카우보이나 인디언 놀이를 하며 하루하루를 보낸다. 그러던 어느 날 소녀를 발견한다. 좀 더 정확히 말하면 친구인 맹건Mangan의 누나다. 소녀나 어린 주인공이나 책에는 이름이 나와 있지 않다. 따라서 우리는 이 소년의 상황을 보편적인 경험으로 확대해서 생각해 볼 수 있고, 이는 매우 유용한 방식이다. 막 사춘기에 접어든 소년은 짝사랑하는 소녀를 어떻게 대할지 전혀 모르고, 심지어 자신을 사로잡은 감정이 욕망임을 인식할 재간이 없다. 소년이 살고 있는 사회는 모든 수단을 동원해 남자와 여자를 떼어놓고 순결을 강조하며, 그가 읽은 책들은 남성과 여성의 관계를 극히 일반적이고 순결한 언어로 묘사한다.

소년은 작품의 제목인 애러비 장터에 가지 못하는 소녀에게 뭔가를 사다 주겠다고 약속한다(의미심장하게도 소녀가 장터에 가지 못하는 이유는 수녀원 학교의 피정 때문이다). 많은 지체와 좌절을 거친 뒤 소년은 문 닫기 직전에 드디어 장터에 도착한다. 대부분의 가게가 문을 닫은 가운데 소년은 아직 열려 있는 가게를 간신히 찾는다. 그런데 거기서 한 여자와 남자 두 명이 아주 역겨운 분위기를 풍기며 노닥거리고 있다. 소년이 다가가자 여자는 내키지 않는 어조로 뭘 찾느냐고 묻는다. 기죽은 소년은 아무것도 아니라며 돌아서는데 좌절과 수치심 때문에 눈물이 앞을 가린다. 소년은 갑자기 자신의 사랑이 그들의 감정보다 고상하지 않음을, 자신이 그동안 바보로 살아왔음을, 그동안 어쩌면 자기에게 아무런 관심도 없는 평범한 소녀를 위해 이 고생을 했음을 깨닫게 된다.

그런데요, 주인공이 순수한 건 맞는데, 타락이라니요?

순수함을 잃으면 그게 바로 타락이다. 그렇지 않은가?

이 단편에서 어떤 게 성경적 요소죠? 독사나 사과, 하다못해 동산이라도 나와야 하지 않아요?

미안한 얘기지만 이 작품에 동산이나 사과는 나오지 않는다. 시장에서의 사건은 실은 소년의 내면에서 일어나는 일이다. 하지만 상점 입구에 두 개의 커다란 항아리가 마치 동방의 보초병처럼 서 있다고 묘사되어 있다. 이 동방의 보초병이란 단어가 성경을 연상시킨다.

"이같이 하나님이 그 사람(아담)을 쫓아내시고 에덴 동산 동쪽에 대천사와 두루 도는 불 칼을 두어 생명 나무의 길을 지키게 하시니라."

창세기 3장 24절에 나오는 구절이다. 어떤 것을 지키는 데 불 칼만큼 효과적인 수단은 없을 것이다. 이 경우 '어떤 것'이란 에덴 동산이든 어린 시절이든, 과거에 존재했던 순수를 의미한다. 순수의 상실을 다룬 이 야기가 그토록 충격적으로 느껴지는 것은 그것이 최종적이기 때문이다. 다시 말해서 우리는 절대 그 시절로 돌아갈 수 없다. 소년의 눈에 뜨거운 눈물이 고인 것은 이 때문이다(눈물이야말로 불 칼에 해당한다고 하겠다).

어떤 작가는 성경에서 모티브나 등장인물, 주제, 줄거리를 구하는 게 아니라 그냥 제목만 빌려오기도 한다. 성경은 제목으로 삼기에 딱 좋은 구절들로 가득 차 있다. 『에덴의 동쪽』은 이미 나왔고, 팀 팍스Tim Parks의 『불의 혀Tongues of Flame』, 포크너의 『압살롬, 압살롬!Absalom, Absalom!』, 『내려가라, 모세여 *Go down, Moses*』도 성경에서 유래한 제목들이다. 『내려가라, 모세여』는 흑인 영가에서 따온 것이지만 그 바탕에 성경이 깔려 있다.

만약 당신이 절망과 불모, 막막한 미래를 주제로 한 소설을 쓴다고 가정해 보자. 그런 경우 성경의 전도서에서 적절한 구절을 찾을 수 있다. 모든 밤은 새로운 날로 이어지고, 인생은 삶–죽음–재생의 끊임없는 순환이고, 이 세상이 끝날 때까지 한 세대가 그 전 세대를 계승한다는 내용을 담은 구절 말이다. 하지만 전도서의 이런 시각을 아이러니컬한 시선으로 바라보는 당신은 그런 시각을 표현하기 위해 오히려 그 책의 한 구절을 취해 역설적으로 이용할 수도 있다. 즉, 아주 오래전부터 인류의 사고방식에 영향을 주어온 믿음, 다시 말해 지구와 인간은 스스로 계속 새로워진다는 이 믿음이 인류가 불과 4년 동안에 자기를 거의 파괴했다는 사실 앞에서 처참히 무너졌음을 보여주기 위해 그런 구절을 이용할 수 있다. 당신이 세계대전이라는 무서운 세월을 거쳐 온 모더니스트 작가라면 그랬을 수도 있다. 헤밍웨이가 바로 그 일을 했다. 즉 1차 대전의 상처를 간직한 불모의 세대를 그린 소설에 성경의 한 구절을 빌려 『태양은 다시 떠오른다 *The Sun Also Rises*』는 제목을 붙였다. 완벽한 제목을 지닌 위대한 작품이 아닐 수 없다.•

그런데 작가들은 제목보다 어떤 상황이나 적절한 인용문을 찾기 위해 성경을 더 자주 이용한다. 시는 그야말로 성경 구절로 가득 차 있다. 그중 몇몇은 굳이 설명이 필요 없을 정도로 분명하다. 존 밀턴 John Milton 의 위대한 작품들을 보면 대부분의 주제 및 소재가 성경에서 차용된 것이다. 『실

• 전도서 1장 5절의 구절은 다음과 같다. "해는 뜨고 해는 지되 그 떴던 곳으로 빨리 돌아가고."

낙원*Paradise Lost*』, 『복낙원*Paradise Regained*』, 『투사 삼손*Samson Agonistes*』 등이
그 예다. 초기 영문학 작품들은 대부분, 아니 거의 종교와 관련되어 있다.
『가웨인 경과 녹색의 기사』와 『선녀 여왕』에서 원정을 떠나는 기사들은
그들이 알든 모르든(대개는 알고 있다) 신앙을 위해 모험에 나선다. 『베어
울프』는 (악당을 물리치는 영웅의 이야기인 동시에) 크게 보아 오랫동안 이교
도의 땅이었던 북부 게르만 사회에서의 기독교 전래에 관한 내용이다. 괴
물 그렌델은 카인의 후예로 그려져 있다. 악당들은 다 그렇지 않나?

　『캔터베리 이야기*The Canterbury Tales*』(1384)에 나오는 초서Chaucer의 순
례자들조차 비록 사람됨이나 내뱉는 말이 경건하지는 않지만 부활절을
맞아 캔터베리 대성당으로 순례를 떠난다. 또한 이들이 나누는 대화 중
많은 부분이 성경의 내용과 종교적인 가르침을 담고 있다. 존 던John
Donne은 영국 국교회 목사, 조나단 스위프트Jonathan Swift는 아일랜드 교회
목사, 에드워드 테일러Edward Taylor와 앤 브래드스트리트Anne Bradstreet는
미국 청교도 목사였다. 에머슨Ralph Waldo Emerson은 한때 유니테리언파 목
사였고, 제러드 맨리 홉킨스Gerard Manley Hopkins는 가톨릭 신부였다. 존
던, 토마스 맬러리Thomas Malory, 너새니얼 호손Nathaniel Hawthorne, 단테 가
브리엘 로세티Dante Gabriel Rossetti를 읽을 때마다 우리는 도처에서 성경의
인용문이나 등장인물, 줄거리, 또는 이야기 전체를 만나게 된다. 쉽게 말
해 20세기 중반 이전의 거의 모든 작가가 기독교에 대해 아주 잘 알고 있
었다.

　오늘날에도 많은 작가들이 선조의 신앙에 경의를 표하는 정도 이상의
종교성을 보여준다. 19세기 말이 되면 종교적이고 영적인 경향을 추구하
는 T. S. 엘리엇, 제프리 힐Geoffrey Hill, 에이드리엔 리치Adrienne Rich, 앨런
긴스버그Allen Ginsberg 등이 등장하는데 이들의 작품 역시 성경의 언어와

이미지로 가득하다. 엘리엇의 작품 『네 개의 사중주 _Four Quartets_』(1942)에서 독일군의 폭격기는 비둘기를 닮은 모습으로 그려진다. 오순절의 성령 불꽃이 속죄를 의미하듯 폭격기의 불꽃을 통해 구원을 제시하고 있는 것이다.* 엘리엇은 『황무지 _The Waste Land_』(1922)에서 엠마오로 가는 제자들과 만나는 예수의 이미지를 차용했으며 「동방박사의 여행 _Journey of the Magi_」(1927)에서는 크리스마스 이야기를, 「재의 수요일 _Ash-Wednesday_」(1930)에서는 사순절에 관한 독특한 사유를 그리고 있다.

힐Hill은 평생 타락한 현대 사회에서의 영혼의 문제에 대해 천착했으므로 「펜테코스트 성 _The Pentecost Castle_」, 『가나안 _Canaan_』(1996) 등의 작품에서 성경적 주제와 이미지가 묻어나는 것도 그리 놀랄 일은 아니다. 에이드리엔 리치는 「욤 키퍼 _Yom Kippur_」(1984)에서 앞 세대 시인인 로빈슨 제퍼스 Robinson Jeffers를 언급하며 속죄일의 함축적 의미를 숙고하고 다른 시에서도 유대주의에 관한 단상을 빈번히 드러낸다(그는 종종 자신을 '불교를 믿는 유대인'으로 묘사한다). 모든 종교에 관심을 가졌던 앨런 긴스버그 역시 유대교, 기독교, 불교, 힌두교, 이슬람교 등 세계의 거의 모든 종교에서 작품의 소재를 빌렸다.

물론 작가들이 이용하는 종교적 소재가 모두 직접적으로 반영되지는 않는다. 모던 및 포스트모던 계열의 작품은 본질적으로 풍자적인 성격을 띠고 있어서 그 암시의 사용은 종교적 전통과 동시대 사이의 연속성이 아

---

* 예수께서 세례를 받으시고 곧 물에서 올라오실새 하늘이 열리고 하나님의 성령이 비둘기같이 내려 자기 위에 임하심을 보시더니(마태복음 3:16) / 오순절 날이 이미 이르매 그들이 다 같이 한곳에 모였더니 홀연히 하늘로부터 급하고 강한 바람 같은 소리가 있어 그들이 앉은 온 집에 가득하며 마치 불의 혀처럼 갈라지는 것들이 그들에게 보여 각 사람 위에 하나씩 임하여 있더니(사도행전 2:1~3)

니라 오히려 둘 사이의 불일치와 혼란을 그리는 데 초점을 두고 있다. 말할 것도 없이 그런 아이러니의 사용은 문제를 일으킬 소지가 있다. 예컨대 살만 루시디Salman Rushdie의 『악마의 시 The Satanic Verses』(1988)는 등장인물을 통해 코란에 나오는 특정한 사건과 인물, 예언자의 삶을 풍자했다 (무엇보다도 등장인물들의 사악함을 보여주기 위해서다). 물론 루시디도 코란에 대한 아이러니를 모든 독자가 이해할 거라고 보지는 않았지만, 이 작품 때문에 자신이 이슬람 세계로부터 사형을 언도받을 정도로 파문을 일으키리라곤 더더욱 생각지 못했다. 현대 문학에서 예수의 형상화로 간주되는 많은 인물은 그리 예수답지 못하고(13장에서 자세히 다루겠다), 이 차이 때문에 필연적으로 종교적 보수주의자들과 불편한 관계를 가질 수밖에 없다. 그러나 대부분의 경우 역설적 비유는 가벼운 정도에서 그쳐, 어찌보면 결과적으로 희극적이고 그다지 충격적이지도 않다.

유도라 웰티Eudora Welty의 걸작 「내가 우체국에서 사는 이유Why I live at the P. O.」(1941)에서, 화자인 언니는 스캔들까지는 아니더라도 어쨌든 불분명한 이유로 집을 떠났다가 다시 돌아온 여동생에게 경쟁심을 느낀다. 집으로 돌아온 '못된' 동생 때문에 어른 다섯 명과 아이 하나가 먹을 닭 두 마리를 잡아야 하는 언니는 울화통이 터진다. 그런데 언니는 모르고 있지만 우리는 그 닭들이 실은 살진 송아지 두 마리임을 알고 있다. 전통적인 기준에 비추어볼 때 그리 큰 잔치는 아니고, 돌아온 사람이 남자가 아니라 여자이지만 어쨌든 이것은 성경에서 말하는 '돌아온 탕자'를 위한 잔치이다. 성경에 나오는 형처럼 이 언니도 자신의 몫으로 받은 가산을 탕진하고 돌아온 동생이 환대받고 용서받는다는 사실에 화가 나면서도 한편으로는 부러워 한다.

제이콥(Jacob, 야곱), 조나(Jonah, 요나), 레베카(Rebecca, 리브가), 조셉/

조지프(Joseph, 요셉), 메리(Mary, 마리아), 스티븐(Stephen, 스데반), 헤이가(Hagar, 하갈) 등 성경에서 유래한 이름들도 빼놓을 수 없다. 등장인물의 이름은 소설이나 희곡에서 아주 중요한 의미를 띤다. 오일 캔 해리Oil Can Harry, 제이 개츠비Jay Gatsby, 비틀 베일리Beetle Bailey처럼 이름은 등장인물의 성격에 어울려야 하며 작가의 의도를 전달하는 역할도 해야 한다.

토니 모리슨의 소설 『솔로몬의 노래Song of Solomon』(1977)에는 성경을 아무 데나 펼쳐 이름을 정하는 가족이 등장한다. 무작위로 펼친 성경에 올려놓은 손가락이 가리킨 고유명사가 바로 아이의 이름이 되는 것이다. 그렇게 해서 한 여자는 '파일러트(Pilate, 빌라도)', 한 아이는 '퍼스트 코린시언스(First Corinthians, 신약성경의 고린도전서)' 가 된다. 모리슨은 이런 작명 방식을 통해 그 가족과 사회의 특성을 그리고 있다. 사실 이름이야 성경이 아니라 지도책을 펴놓고도 정할 수 있다. 하지만 그럴 경우 '빌라도' 라는 이름이 시사하는 정보만큼 해당 인물의 성격을 잘 보여주는 이름을 정할 수 있을까? 그런데 이 경우 그런 방식으로 지어진 이름이 등장인물의 성격을 그대로 보여주지는 않는다. 현명하고 너그럽고 관대한 파일러트 데드는 빌라도와 전혀 다른 사람이기 때문이다. 그렇다면 모리슨이 이런 작명 방식을 동원한 이유는 무엇일까? 자기는 제대로 읽지도 못하는 책을 절대적으로 맹신하도록, 그리하여 무작위의 원칙에 의해 사람들이 움직이도록 유도하는 사회에 대해 우리로 하여금 고민하게 만들기 위해서다.

그래요. 성경은 정말 다양한 방식으로 문학 작품에 이용되어 왔네요. 하지만 성경학자가 아니면 그 걸 다 알아보기 어렵잖아요?

성경학자? 나도 물론 성경학자가 아니다. 하지만 그럼에도 불구하고 성경적인 비유를 알아차릴 때가 있다. 이때 나는 '반향 테스트resonance test'라는 방법을 활용한다. 만약 이야기나 시의 직접적인 범위가 아닌, 즉 해당 작품의 차원을 뛰어넘는 뭔가가 텍스트에 있다는 걸 느끼면, 그리고 그것이 외부의 그 무엇과 반향한다면, 나는 관련이 있을지도 모를 과거 다른 작가의 작품을 체크한다. 이 과정이 어떻게 이루어지는지 살펴보자.

제임스 볼드윈James Baldwin의 「써니°의 블루스 Sonny's Blues」(1957) 마지막 부분에는 화자話者가 연대감을 표현하는 제스처로, 또 재능은 있지만 제멋대로인 동생 써니를 받아들인다는 의미로 악단에게 건배를 제안하는 장면이 나온다. 써니는 한 모금 마신 뒤 잔을 '바로 진동을 담은 컵처럼 like the very cup of trembling' 울리고 있는 피아노 위에 올려놓고 다음 곡으로 넘어간다. 나는 어느 정도는 짐작하고 있었지만, '바로 진동을 담은 컵처럼'이란 구절이 어디서 왔는지 오랫동안 모르고 있었다. 「써니의 블루스」가 너무도 다채롭고 풍부한 의미를 담고 있고, 빠져들 수밖에 없는 고통과 구원의 주제를 담고 있으며, 언어 또한 시종일관 멋있기 때문에 몇 번을 읽는 동안에도 나는 그 구절에 별로 신경 쓸 겨를이 없었다. 그럼에도 여전히 뭔가가 마음에 걸렸다. 이는 일종의 반향, 즉 단어가 지닌 단순한 뜻을 넘어서는 중요한 뭔가가 존재한다는 느낌이다.

기타리스트 피터 프램튼Peter Frampton은 E장조야말로 위대한 록 코드라고 말했다. 만약 콘서트에서 폭발적인 반응을 이끌어내고 싶으면 혼자 무대로 나가 그 크고 풍부하고 완전한 E장조를 있는 힘껏 내리치라는 것이

- 'sonny'는 미국에서 아버지가 아들을 부를 때 흔히 쓰는 애칭이다. 화자話者의 동생 써니Sonny 의 이름은 그와 갈등을 빚는 형이 사실은 동생에게 아버지와 같은 애정을 지니고 있음을 암시하고 있다. 외래어 표기법에 의하면 '소니'가 옳지만, 그 이름에 깃든 부성父性적 연상을 살리기 위해 '써니'로 표기했다.

다. 그러면 공연장의 모든 사람이 그 코드가 뜻하는 바를 알게 된다고 말이다. 이런 경험은 독서에서도 일어난다. 반향이 감지된다는 것은 어떤 약속이나 전조로 번뜩이는 풍부하고도 묵직한 E장조가 내 머릿속에 울려 퍼진다는 것이며, 어딘지 신경 쓰이게 하는 구절이(아니면 다른 무엇이) 어딘가에서 차용되어 어떤 특별한 의미를 담고 있음을 의미한다. 차용된 부분이 다른 구절들과 달리 어조와 무게감에서 왠지 특별하게 느껴진다면 그 출처는 성경일 경우가 많다.

그렇다면 이제 구체적으로 그 부분이 성경의 어디서 나왔고 무엇을 의미하는지 알아볼 차례다. 작가인 볼드윈이 목사의 아들이고, 가장 유명한 작품이 『산에 올라 전하라 Go Tell It on the Mountain』(1952)인 점, 주인공이 써니에 대한 자신의 책임을 부인否認하는 초반부에서 이미 '카인과 아벨'의 요소가 강하게 드러나고 있다는 점에 생각이 미치자 내 직감은 더 분명해졌다. 다행히 「써니의 블루스」는 워낙 유명한 작품이라 답을 찾는 게 별로 어렵지 않았다. 그건 바로 이사야 51장 17절*의 내용이었다. 이 구절은 하느님의 진노가 담긴 잔을 이야기하고 있다. 맥락에 따라 해석해 보면 길을 잃고 방황하는 아들, 고통받는 사람들, 황폐함과 파멸 앞에서 무너질 수도 있는 사람들의 이야기다. 따라서 이 작품의 결말은 인용된 이사야의 그 구절 때문에 더 가변적이고 불확실해진다. 써니가 위기를 극복했는지, 실패했는지 확실치 않다는 말이다. 마약 중독에 다시 빠질 수도

● 그 구절은 다음과 같다. "여호와의 손에서 그의 분노의 잔을 마신 예루살렘이여 깰지어다 깰지어다 일어설지어다 네가 이미 비틀걸음 치게 하는 큰 잔을 마셔 다 비웠도다."
  Awake, awake! Rise up, O Jerusalem, you who have drunk from the hand of the LORD the cup of his wrath, you who have drained to its dregs the goblet that makes men stagger.

있고 범죄를 저지를 수도 있다. 더 큰 차원에서 이 작품을 바라보면 그 공간적 배경인 할렘가의 주민들과 그 연장선상에 있는 미국의 흑인들, 즉 고통받고 '진동을 담은 컵'에 취한 사람들의 이야기다. 이렇게 보면, 볼드윈의 마지막 구절은 희망을 내포하고 있지만 그 희망 안에는 커다란 위험이 도사리고 있다.

그럼 이 구절의 출처를 알아냈다고 해서 내 독서에 큰 도움이 됐을까? 아마 아주 큰 도움이 되지는 않았을 것이다. 그 출처를 모를 때와 비교하면 뭔가 미묘한 차이는 있겠지만 엄청난 변화가 일어나지는 않는다. 즉 작품의 의미가 반전되거나 급격히 바뀌지는 않는다. 만약 그런 구절을 원용했지만 많은 독자가 그걸 알아차리지 못한다면, 그건 작가로서 자기 파멸적인 행위가 될 것이다. 하지만, 이사야의 그 구절 덕분에 나는 이 작품이 좀 더 무게감 있고, 충격적이고, 애틋한 결말을 갖게 되었다고 생각한다. 「써니의 블루스」는 서로 불편한 관계에 있는 형제들의 이야기, 과오를 범하고 타락하는 젊은이들의 이야기다. 20세기에만 국한된 게 아니라 태곳적부터 이어져 내려온 문제다. 인간이 겪는 시련들은 대부분 성경에 자세히 묘사되어 있다. 성경에는 재즈나 헤로인, 재활 센터는 없지만 써니가 겪는 것과 아주 비슷한 고통들이 등장한다. 써니는 오늘날 헤로인과 감옥으로 대표되는 고난 때문에 방황하는 영혼인 것이다. 화자가 동생 때문에 느끼는 피로감, 분노, 죄의식, 써니를 보호해 주기로 한 어머니와의 약속을 지키지 못한 데서 오는 괴로움 등 성경은 이런 문제를 잘 다루고 있다.

이처럼 써니 형제의 사연은 성경 덕분에 더 깊이 있는 이야기가 되었다. 다시 말해 우리는 이제 이 작품을 한 재즈 음악가와 수학 교사를 다룬 슬프고 초라한 현대물로만 대할 수는 없게 된다. 둘의 사연은 축적된 신화의 힘으로 아주 오래전에 쓰인 작품들과 공명하고, 이를 통해 더 풍요로워진다. 그리하여 20세기 중반이라는 시대적 제약에서 벗어나 언제 어디서나 형제 사이에 존재하는 긴장과 어려움을 이야기하는 한편 그들 간의 애정, 고통, 죄의식, 자존심, 사랑을 노래하며 시대를 뛰어넘는 또 하나의 원전으로 변해간다. 그런 까닭에 이 이야기는 언제나 새롭게 다가올 것이다.

헨젤디와 그레텔덤[*]

지금까지 나는 모든 문학 작품은 다른 문학 작품을 토대로 생겨난다고 강조해 왔다. 하지만 이번 장에서는 '작품'을 소설, 이야기, 희곡, 시, 노래, 오페라, 영화, 텔레비전, 광고, 나아가 최근 발명됐거나 아직 나오지 않은 전자 매체까지 포함하는 아주 넓은 의미로 사용하려고 한다. 자, 당신이 작가라고 가정해 보자. 당신은 뭔가 다른 자료를 이용해 지금 쓰고 있는 이야기에 약간의 살을 붙이려 한다. 어떤 작품을 고르고 싶은가?

〈고스트버스터즈*Ghostbusters*〉도 단기적으로 보면 그리 나쁜 선택은 아

- 전래동화 「헨젤과 그레텔」, 루이스 캐롤의 「거울나라의 앨리스*Through the Looking-Glass*」에 나오는 쌍둥이 트위들디와 트위들덤을 합친 제목이다.

니다. 하지만 100년이 지난 후에도 사람들이 1980년대에 나온 이 코미디 영화를 알고 있을까? 아마 아닐 것이다. 만약 당신이 작품에서 최근의 시사 문제를 다루고 싶다면 요즘 인기 있는 영화나 TV 프로그램이 더 효과적일 수 있다. 지속적인 영향력이나 해석의 용이함에서는 약간의 제한이 따르겠지만 말이다.

그렇다면 좀 더 정전에 가까운 자료를 찾아보자. '문학적 정전literary canon' 이란, 모든 이가 마치 존재하지 않는 것처럼 말하지만 (작품들이 없다는 게 아니라 그런 목록이), 실은 우리 모두 중요하다고 생각하는 훌륭한 작품의 목록을 말한다. 어떤 작품이 (더 중요하게는 어떤 작가가) 거기 들어가야 하는지, 즉 누구의 작품이 대학 교과 과정에서 다루어져야 하는지에 대해 수없이 많은 논쟁이 벌어진다. 여기는 미국이지 프랑스가 아니기 때문에 그런 작품 목록을 실제로 정하는 학술원은 없다. 그렇지만 현실적으로 그 목록은 존재한다.

내가 대학 다닐 때는 백인 남성 작가들의 작품이 대부분이었다. 여성 작가는 영국 현대 소설가인 버지니아 울프Virginia Woolf 정도에 불과했다. 하지만 요즘은 울프뿐 아니라 도로시 리처드슨Dorothy Richardson, 미나 로이Mina Loy, 스티비 스미스Stevie Smith, 이디스 시트웰Edith Sitwell 등 많은 여성 작가가 이 목록에 들어가 있다. '위대한 작가' 나 '위대한 작품' 목록은 이처럼 상당히 유동적이다.

그럼 다시 문학에서의 차용 문제로 돌아가 보자. 그렇다면 '전통적인' 작품들 중 당신은 누구의 작품을 이용하고 싶은가? 호머Homer*? 하지만

● 호머Homer는 호메로스Homeros의 영어식 이름이다.

호머라는 이름을 들으면 사람들은 대개 '제길!D'oh!'이라고 말하곤 하는 한 남자부터 떠올릴 것이다.* 최근에 『일리아드 *Iliad*』를 읽은 적이 있는 가? 미시건주 호머에 사는 사람은 호머에 관심이 많을까? 아니, 오하이오 주 트로이에 사는 사람은 트로이에 관심이 많을까? 18세기 작가라면 누구나 호머의 작품을 참고했을 것이다. 그것도 물론 그리스어가 아닌 번역 으로 읽었을 확률이 높지만 말이다. 하지만 지금 『일리아드 *Iliad*』는 일반 독자가 쉽게 떠올릴 수 있는 작품이 아니다 (현대 작가들이 호머를 인용하지 않는 이유는 독자들이 그를 잘 모르기 때문이 아니라 되도록 여러 사람이 아는 작가 를 고르기 위해서). 그렇다면 셰익스피어는? 이 분야에서 그는 거의 400 년 동안 가장 대표적인 원천이었으며 요즘도 마찬가지다. 그렇지만 지금 그를 인용하면 일부 독자는 당신이 너무 유식한 척 한다고 싫어할 수도 있다. 게다가 그의 작품들은 완벽한 신랑 신붓감 같아서 좋은 구절들은 모두 어딘가에 인용되어 있다. 그럼 제임스 조이스 같은 20세기 작가는 어떨까? 그 작품들은 너무 난해해서 곤란하다. T. S. 엘리엇은? 그의 시는 다른 데서 따온 인용문들로 가득 차 있다.

현대 작가들을 문학적 정전에 포함시키는 데는 한 가지 문제가 있다. 그건 바로 독자들이 그들을 얼마나 알고 있는지 가늠할 수 없다는 것이 다. 독자들의 배경 지식이 과거에 비해 아주 다양해졌다는 얘기이기도 하 다. 그렇다면 대다수의 독자가 알고 있어서 작가가 작품을 쓸 때 비교 또 는 비유를 하거나 줄거리를 짤 때 이용할 만한 작품은 어떤 게 있을까?

아동 문학요!

● 만화 주인공인 호머 심슨Homer Simpson이 자주 내뱉는 말이다.

그렇다. 『이상한 나라의 앨리스』, 『보물섬』, 『나니아 *Narnia*』 시리즈, 『버드나무에 부는 바람 *The Wind in the Willows*』, 『모자 쓴 고양이 *The Cat in the Hat*』, 『잘 자요, 달님 *Goodnight Moon*』 같은 책들 말이다. 샤일록 *Shylock*°을 모르는 사람은 있을 수 있지만 유명한 동화는 거의 모든 사람이 알고 있다. 유명한 요정 이야기도 마찬가지다. 러시아의 1920년대 형식주의 비평가들이 그토록 중시했던 슬라브 족의 민간 전설은 미국의 퍼두커°°에 사는 사람들에게는 무척 생소할 수 있다. 하지만 디즈니 덕분에 블라디보스톡에서 조지아주 발도스타에 이르기까지 모두가 「백설공주」를 알고 있으며, 아일랜드 도시 슬라이고에서 캘리포니아주 샐리나스까지 「잠자는 숲 속의 미녀」를 안다. 여기에 한 가지 덤이 있다면 동화가 지닌 분명함이다. 우리는 오필리아를 대하는 햄릿의 태도나 라에르테스의 운명을 어떻게 봐야 할지 모를 수도 있지만 나쁜 계모나 '럼펠스틸스킨 *Rumpelstilskin*'°°° 에 대해서는 그렇지 않다. 프린스 차밍이나 눈물의 치유 효과 역시 마찬가지다.

적어도 20세기 후반 작가가 차용할 수 있는 동화 중 가장 매력적인 후보가 바로 「헨젤과 그레텔」이다. 세대마다 유난히 인기 있는 동화가 있지만 집에서 멀리 떠나 길을 잃어버린 아이들의 이야기는 보편적인 호소력을 지닌다. 불안의 시대, '맹목적인 믿음 *Blind Faith*'°°°° 이라는 그룹이 〈집

으로 가는 길을 못 찾겠어요 *Can't Find My Way Home*〉라는 노래를 부르고 '길 잃은 소년들Lost Boys' 뿐 아니라 '길 잃은 세대 lost generations' 까지 논의되는 이 시대에, 헨젤과 그레텔은 정말 매력적일 수밖에 없는 이야기다. 그리고 실제로도 그랬다. 이 동화는 1960년대부터 여러 작품에서 아주 다양한 모습으로 변주되어 왔다.

로버트 쿠버Robert Coover는 1969년에 「진저브레드 하우스*The Gingerbread House*」란 단편을 발표했다. 이 작품의 혁신적인 점은 두 아이의 이름이 헨젤과 그레텔이 아니라는 것이다. 이야기는 우리가 익히 알고 있는 동화의 몇몇 상징을 동원함으로써 원작에 대한 우리의 지식을 활용한다. 즉 우리는 아이들이 진저브레드로 만든 집에 도착하는 순간부터 마녀를 오븐에 밀어 넣는 장면까지 모든 줄거리를 알고 있지만 작가는 이를 언급하지 않는다. 예컨대 마녀는 등장하지 않고 (마치 우리가 그녀를 힐끗 보고 마는 것처럼) 환유 換喩적으로 그녀가 입고 있는 검은 천 조각으로 대체된다. 그것만으로도 그녀가 누군지 알 수 있기 때문이다(환유란 마치 국제 뉴스에서 '워싱턴' 하면 그 사안에 대한 미국의 입장을 뜻하는 것처럼, 부분으로 전체를 가리키는 비유법 중 하나다). 이 작품에서 마녀가 아이들을 직접 공격하는 장면은 나오지 않는다. 다만 마녀는 빵 조각을 집어먹는 비둘기를 죽일 뿐이다. 그런데 어떻게 보면 이 행동이 더 위협적이다. 집으로 돌아가려는 아이들의 유일한 기억을 지우는 것처럼 느껴지기 때문이다. 마지막에 소년과 소녀가 진저브레드로 만든 집에 도착하는 장면이 나오는데 여기서도 그저 바람에 나풀대는 검은 천 조각이 힐끗 보일 뿐이다.

이쯤 되면 우리는 그동안 〈헨젤과 그레텔〉에 대해 알고 있었고 당연하다고 생각했던 것들을 재검토하게 된다. 쿠버는 원작 동화의 첫 장면, 즉 아이들이 아무것도 모른 채 마녀의 마당으로 걸어 들어가는 장면을 마지막에 배치함으로써 (불안, 당혹, 흥분 같은) 우리의 반응이 원작 동화에 대한 우리의 지식에 의해 어떻게 달라지는지 돌아보게 만든다. 그리고 이렇게 말한다. '보라. 이후의 이야기는 쓸 필요 없다. 독자 당신의 머릿속에 이 이야기가 이미 완전히 내면화되어 있기 때문이다.'

이처럼 작가들은 원작 동화에 대한 우리의 지식을 활용해 자신의 목적을 달성할 수 있다. 작가들은 또 기존의 이야기를 완전히 바꾸거나 뒤집어놓을 수도 있다. 안젤라 카터는 『피가 낭자한 방 *The Bloody Chamber*』(1979)에서 전복적이고 페미니스트적인 시각을 보여주기 위해 성차별적 요소가 들어 있는 기존의 동화를 완전히 해체시켜 버린다. 이를 위해 그녀는 「푸른 수염」, 「장화 신은 고양이」, 「빨간 모자 소녀」 같은 동화에 대한 독자들의 지식과 기대를 뒤집어엎는다. 그리하여 그 동화에 내포된 성차별적 시각과, 나아가 그런 동화를 포용해 온 문화의 특성에 주목하게 만든다.

옛 동화를 이용하는 방법은 그 외에도 여러 가지가 있다. 쿠버와 카터는 전래 동화 자체를 주목했지만 대부분의 작가는 자기 작품의 어떤 부분을 부각시키기 위해 「헨젤과 그레텔」이나 「라푼젤 *Rapunzel*」에 초점을 맞추지 않고 그 중 어떤 부분만 활용한다. 자, 당신이 작가라고 가정하자. 여기 어린이가 아니라 젊은 커플이 있다. 둘은 목수의 자녀도 아니고 남매 사이도 아니다. 이유야 어떻든 서로 사랑하는 두 젊은이가 길을 잃었다고 치자. 집에서 멀리 떨어진 곳에서 차가 고장 났을 수도 있다. 무대역시 숲이 아니라 주택과 고층건물이 즐비한 도시일 수도 있다. 부촌 출신으로 BMW를 모는 두 사람은 차를 타고 가다가 길을 잘못 들어 길을 잃었으며, 그들이 보기에는 아주 황량한 곳을 헤매고 있다. 휴대전화도 없는 그들에게 유일한 대안은 크랙하우스 crack house*일 수 있다. 이 가상의 이야기는 이미 온갖 가능성으로 가득 찬 일종의 무대를 제공한다. 무대는 완전히 현대적이다. 나무꾼도 없고 빵 부스러기도 없고 진저브레드 집도 없다. 그런데도 케케묵은 옛이야기를 들춰내는 이유는 뭘까? 이 현대적인 상황에 대해 옛 동화는 무엇을 말해줄 수 있을까?

자, 작가인 당신은 이 이야기에서 무엇을 강조하고 싶은가? 이 연인들이 겪는 고초 중 어느 부분이 특히 마음을 끄는가? 어쩌면 길을 잃었다는 그들의 느낌일 수도 있다. 스스로 자초하지 않은 위기에 빠져 집에서 아주 멀리 떨어지고 만 아이들처럼 말이다. 아니면 유혹일 수도 있다. 아이들에게 진저브레드로 만든 집은 다른 이들에게는 마약일 수도 있기 때문이다. 또는 통상적인 지원망이 없는 상황에서 둘의 힘으로 이 위기를 극복해야 한다는 사실일 수도 있다.

작가의 목표가 무엇이냐에 따라 과거의 어떤 이야기를 선택해(여기서는 '헨젤과 그레텔'이 되겠다) 두 이야기에 공통으로 깔려 있는 어떤 요소를 강조할 수 있다. 이 방식은 비교적 간단하다. 한두 번 길을 잘못 드는 바람에 도시의 낯선 곳에 떨어진, 그래서 빵 부스러기라도 떨어져 있었으면 하고 바라는 남자, 또는 어쩔 수 없이 들어간 낯선 집이 마녀의 집이 아니기를 바라는 여자를 통해 당신의 목적은 쉽게 달성될 수도 있다.

옛 동화를 활용할 때 전체를 이용하지 않아도 된다는 건 정말 다행이다. 예컨대 당신의 작품에는 X, Y, B는 있지만 A, C, Z는 없다고 하자. 그래도 아무 상관이 없다. 옛 동화를 재창조하려는 게 아니라, 당신이 지금 쓰고 있는 이야기에 깊이와 구조를 부여하고, 주제를 강조하고, 역설적인

● **크랙하우스** | 마약을 취급하는 곳.

요소를 도입하고, 독자들의 마음속에 깊이 각인된 동화에 관한 지식을 이용하고 싶은 것이기 때문에 이전 이야기의(당신이 교수처럼 생각하기 시작하면 이전 이야기는 '이전 텍스트'로 불러도 무방하다. 무엇이든 텍스트가 될 수 있기 때문이다) 세부 사항이나 패턴, 또는 어떤 부분만 활용해도 좋다. 그러니 원하는 만큼 많이, 또는 최소한으로 이용하라. 작가는 사실 단 한 문장으로도 독자의 머릿속에 동화 전체를 떠오르게 할 수 있다.

왜 그럴까? 동화는 셰익스피어나 성경, 신화, 글이나 입으로 전해 내려오는 이야기들과 마찬가지로 하나의 커다란 이야기에 속하기 때문이다. 우리 모두 어릴 때부터 엄마가 읽어주는 동화책을 듣거나, 어린이 프로를 통해 그 동화의 번안물을 보아왔기 때문이다. 누구나 그런 동화를 읽고 그 다양한 변주를 접하면서 살아간다. 친숙한 동화를 읽다가 우연히 만화 벅스 버니Bugs Bunny나 대피 덕Daffy Duck과 비슷한 점을 발견하면 그게 우리 의식 속에 자리잡게 된다. 실제로 그림Grimm 형제의 동화들을 읽다 보면 워너 브러더스Warner Brothers의 만화에서 보았던 요소들이 자주 떠오를 것이다.

번안물은 약간 아이러니한 경우가 많지 않아요?

물론이다. 아이러니야말로 이전 작품을 차용할 때 얻을 수 있는 최고의 효과 중 하나다. 아이러니는 다양한 모습으로 문학 작품에 자주 등장한다. 별로 아이러니하지 않은 작품에도 아이러니가 들어있는 경우가 많다. 앞서 나온 길 잃은 연인들을 생각해 보자. 이들은 숲속에서 길을 잃은 아이들은 아니다. 하지만 어떤 면에서는 그럴 수도 있다. 즉 사회적으로 무지해서 곤경에 빠졌을 수도 있고, 도덕적으로 잘못된 가치관을 지녔기 때문에 길을 잃고 위험한 지경에 처한 상태일 수도 있다. 아이러니하게도 그들이 지닌 힘의 상징들(BMW, 롤렉스 시계, 현금, 값비싼 옷)은 그들에게 전혀 도움이 안 될뿐더러 오히려 더 큰 위험을 초래할 수도 있다. 두 사람은 원작 동화의 어린 남매 못지않게 많은 어려움을 겪은 후에야 마녀를 피해 이 동네를 무사히 빠져나갈 수 있을지 모른다. 이 연인들은 누구를 오븐에 집어넣거나, 빵 부스러기를 남기거나, 진저브레드 집의 벽을 뜯어 먹는 일은 없을 테고, 순수와 거리가 먼 사람들일 수도 있다. 작가가 동화나 거기 내포된 단순한 세계관을 복잡하고 도덕적으로 모호한 현대 세계와 연계시키면 대부분 아이러니한 작품이 탄생한다.

길 잃은 아이들의 이야기는 실존주의의 등장 이후 크게 유행했다. 쿠버가 그랬고 카터, 존 바스John Barth, 팀 오브라이언, 루이스 어드리크Louise Erdrich, 토니 모리슨, 토마스 핀천도 길 잃은 아이라는 주제를 다루었다. 하지만 유행이라고 해서 꼭 「헨젤과 그레텔」을 이용할 필요는 없다. 시대 역시 지난 반세기에 얽매일 필요 없다. 「신데렐라」, 「백설 공주」 등 사악한 여왕이나 계모가 나오는 이야기는 언제나 인기 있다. 「라푼젤」 역시 독특한 가치가 있다. 제이 가일즈 밴드J. Geils Band*도 그녀를 언급했을 정도니까. 신데렐라에 등장하는 왕자님은 어떤가? 물론 좋다. 하지만 그 왕자만큼 멋진 인물을 만드는 게 쉽지는 않을 것이다. 그 경우에는 아이러니를 노리는 것도 괜찮겠지.

지금까지 당신을 작가로 가정하고 얘기해 왔지만 당신이나 나나 실은 글을 읽는 독자의 위치에 있다. 그럼 지금까지의 논의는 독자인 우리에게 어떻게 적용되는가? 첫째, 우리의 독서 방법과 관련이 있다. 어떤 소설을 읽을 때 우리는 대개 등장인물과 줄거리, 주제를 살피게 된다. 그런 다음,

---

* 1967년에 결성된 미국의 블루스-록 그룹.

07 헨젤디와 그레텔덤

나 같으면 먼저 낯익은 작품이 원용되어 있는지 검토해 볼 것이다. '어, 이건 내가 아는 그것과 비슷한데?' '아, 이건 『이상한 나라의 앨리스』에서 따왔군.' '작가는 여기서 왜 붉은 여왕 Red Queen˙과 비슷한 인물을 등장시켰을까?' '이게 바로 그 길에 난 구멍인가?' 작품을 읽는 동안 우리는 계속 질문을 던져야 한다.

내 생각에 우리 독자는 작품에서 새로운 것을 바라지만 동시에 익히 아는 것도 좋아한다. 지금 읽는 소설이 과거에 나온 다른 작품과 너무 비슷하지 않기를 바라지만, 어느 정도 비슷한 구석이 있어서 결과적으로 그 소설의 내용을 더 잘 이해할 수 있기를 바란다. 이 두 가지, 즉 새로움과 익숙함이 잘 어우러진 작품은 줄거리와 공명을 일으키고 조화를 이루게 된다. 그리고 이 조화에서 깊이와 일체감, 울림이 나온다. 이런 조화는 성경, 셰익스피어, 단테, 밀턴, 또는 그보다 더 평범하고 익숙한 여러 작품에서 나올 수 있다.

그러니 이제부터 동네 서점에서 신간 소설을 사 들고 나올 때는 반드시 그림 형제를 기억하라.

˙ 루이스 캐럴의 『거울 나라의 앨리스』에 나오는 등장인물.

그리스 신화

　　지금까지 세 장에 걸쳐 셰익스피어, 성경, 전설 및 동화 등 세 종류의 신화를 살펴보았다. 종교와 신화의 연계는 수업 중 이따금 논쟁을 불러일으키곤 한다. 이는 어떤 학생이 신화는 결국 '허구'임을 깨닫고 그 사실을 지금까지 굳게 믿어온 종교의 교리와 조화시킬 수 없을 때 일어나는 일이다. 하지만 '신화'에 대한 내 논의는 그것과는 별 관계가 없다. 내가 주목하는 것은 이야기와 상징이 뭔가를 만들어내고 유지시키는 힘이다. 문자 그대로든 비유적인 의미로든, 아담과 이브의 이야기를 사실로 믿느냐, 아니냐 하는 것은 물론 중요한 문제지만 이 논의의 맥락에서는 어느 쪽이든 아무 상관이 없다. 문학을 읽고 연구하는 우리 입장에서는 그런 이야기(신화)가 작가에게 소재로서 어떻게 기능하는지, 이야기나 시에 어떤 영향을 주고 있는지, 독자들이 그것을 어떻게 받아들이는지에 관심이 있다. 위에 말한 세 종류의 신화는 현대 작가들에게(사실 모든 작가는 현대 작가이다. 존 드라이든 John Dryden *도 그가 활동하던 당시에는 고풍스럽지 않았다) 작품의 소재가 되기도 하고, 신화와 현대 작품 간의 어떤 조응 관계를 만들어주기도 하며, 새로 쓰인 작품에 깊이를 주기도 한다. 독자들이 둘 사이의 관계를 알아차린다면 그들의 독서 경험을 더 풍부하고 수준 높게 만들어주기도 한다. 그중에서도 성경은 인간이 살면서 접하게 되는 온갖 상황을 가장 폭넓게 망라하고 있다. 성경에는 내세를 포함한 인생의 모든 시기, 공과 사에 걸친 모든 관계, 육체·성·심리·영혼 등 개인이 경험할 수 있는 모든 국면이 들어 있다. 하지만 셰익스피어와 동화 및 전설의 세계 역시 우리 인간이 겪는 거의 모든 상황을 다루고 있다.

보통 '신화 myth'는 물리학이나 철학, 수학, 화학 같은 학문에서는 불가능한 방식으로(물론 이런 학문들도 그 자체로 유용하고 교육적이지만) 우리 자신을 설명해 주는 이야기이다. 바로 그런 설명이 우리의 집단 기억 속에 깊이 뿌리박힌 이야기로 태어나고, 우리의 문화를 만들거나 거꾸로 그 문화에 의해 이야기로 만들어지기도 한다. 우리가 사는 세상을 포함해 궁극적으로 우리 자신을 읽는 방법으로 기능하는 것이다. 간단히 말하면, 신화는 중요한 이야기들의 집합체다.

모든 사회는 나름의 중요한 이야기 집합체를 갖고 있다. 19세기 작곡가 리하르트 바그너 Richard Wagner는 오페라를 만들 때 게르만족의 신화에서 소재를 찾았다. 역사적으로나 음악적으로 그 결과가 좋았든 나빴든,

---

자기 부족의 신화를 이용하고 싶다는 바그너의 마음은 충분히 이해할 수 있다. 20세기 후반에 이르면, 레슬리 마몬 실코Leslie Marmon Silko의 「황색 여인Yellow Woman」, 루이스 어드리크의 캐쉬포Kashpaw/나나푸쉬 Nanapush* 소설들, 제럴드 비즈너 Gerald Vizenor의 특이한 작품 『베어하트: 상속의 연대기Bearheart: The Heirship Chronicles』에서 볼 수 있듯이 소재나 상상력, 주제에서 부족의 신화를 활용해 작품을 쓰는 원주민 출신 미국 작가가 대거 등장한다.

토니 모리슨이 『솔로몬의 노래』에서 '인간 비행 human flight' 이라는 개념을 도입했을 때 많은 독자들(특히 백인 독자들)은 그것이 이카로스Icarus 를 가리킨다고 생각했다. 그러나 작가 자신이 밝혔듯이, 그녀가 생각했던 인물은 하늘을 나는 신화 속의 아프리카인이었고 이 이야기는 그녀가 속해 있는 공동체, 즉 부족에게 큰 중요성을 갖고 있다. 어떻게 보면 레슬리 마몬 실코의 프로젝트와 바그너의 작업 사이에는 별 차이가 없다. 바그너역시 자신이 속한 부족의 신화로 회귀했을 뿐이다. 실크햇에 양복을 입고 다닌 시대에도 부족은 엄연히 존재했다는 사실을 잊으면 독서할 때 오류를 범할 수 있다. 앞에 나온 작품들을 보면, 어느 시대든 예술가들은 자기 자신이나 공동체에 중요한 이야기, 즉 신화적 기억을 되살려 작품에 활용하기 마련이다.

물론 유럽과 유로-아메리칸 문화에는 또 다른 신화의 원천이 있다. '신화' 라면 보통 그 원천을 가리킨다. 2, 3천 년 전 지중해 북쪽 해안에 존재했던 한 문명, 즉 그리스와 로마 문화가 그것이다. 그리스와 로마의 신화는 우리의 의식, 아니 무의식에 너무도 깊이 뿌리내리고 있어 거의 의

• 루이스 어드리크의 소설에 등장하는 인물들.

식하지 못하고 지나칠 때가 많다. 내 말이 믿기지 않는가? 우리 동네에 있는 대학의 스포츠 팀은 스파르타Spartan, 고등학교 이름은 트로이인Trojans이다. 내가 거주하는 주에도 트로이라는 동네가 있고(그 동네에는 '아테네'라는 이름의 고등학교도 있다. 그렇다고 그곳 교육자 중에 코미디를 좋아하는 사람이 있는 것도 아니다), 이타카Ithaca, 스파르타Sparta, 로물루스Romulus, 레무스Remus, 로마Rome라는 동네들도 있다. 이런 지명은 주 도처에 널려 있고 동네가 형성된 시기도 제각각이다. 그리스의 에게 해나 이오니아에서 엄청나게 멀리 떨어져 있는 미시건주 한복판에 있는 도시에 이타카라는 이름이 붙은 사례만 보아도(여기서 별로 멀지 않은 곳에 이오니아라는 동네가 있긴하지만) 그리스 신화의 지속적인 영향력을 짐작할 수 있을 것이다.

여기서 잠시 토니 모리슨 얘기로 돌아가 보자. 나는 이카로스를 소재로 한 작품들과 마주칠 때마다 그 광범위한 영향력에 놀라곤 한다. 이카로스에게 날개를 만들어주고, 크레타 섬을 안전하게 탈출해 본토에 도착할 방법을 알려주고, 실제로 그렇게 해서 무사히 탈출한 사람은 이카로스의 아버지 다이달로스Daidalos였다. 무모한 이카로스는 아버지의 가르침을 무시했고, 그 결과 바다에 떨어져 죽음을 맞았다. 이카로스의 추락은 지금껏 우리의 문학과 예술에서 영감의 원천으로 남아 있다. 이 이야기는 많은 모티브를 담고 있다. 자식을 구하려는 부모의 노력과 그 실패에 따른 고통, 병 못지않게 치명적인 결과를 초래한 처방, 자기 파멸로 이끄는 청년의 혈기, 신중하고 지혜로운 어른과 무모한 소년의 충돌, 그리고 바다로 급전직하하는 추락에 대한 공포 등이 그것이다.

하지만 이 모든 내용은 모리슨이나 『솔로몬의 노래』에 등장하는 하늘을 나는 아프리카인과는 아무 관련도 없으므로 독자들의 이런 반응에 모리슨이 다소 어리둥절해하는 것도 무리가 아니다. 이카로스의 이야기와 그 패턴은 우리 의식 속에 너무도 깊이 각인되어 있어 독자들은 비행이나 추락을 연상시키는 글을 볼 때마다 자동적으로 이카로스를 떠올린다. 물론 독자들의 이런 추리는 『솔로몬의 노래』에 나오는 상황과는 들어맞지 않는다. 하지만 다른 작품에서는 그렇지 않다.

피터 브뤼겔Pieter Brueghel은 1558년에 〈이카로스의 추락이 있는 풍경 Landscape with Fall of Icarus〉이란 멋진 그림을 세상에 내놓았다. 그림 앞쪽에 밭 가는 농부와 소가 보이고, 그 뒤에는 양 치는 사람과 양들이, 바다에는 상선으로 보이는 배가 조용히 떠간다. 그야말로 일상적이고 평온한 풍경이다. 이 그림에서 약간 특이한 것은 오른쪽 하단에 있는 물체로, 그곳에는 바다에 빠진 듯이 보이는 한 쌍의 다리가 비스듬히 그려져 있다. 바로 이카로스다. 이 그림에서 이카로스는 다리밖에 안 보이지만, 바로 이 다리가 있느냐, 없느냐가 엄청난 차이를 만들어낸다. 이 불운한 소년이 불러일으키는 비통함이 없다면 〈이카로스의 추락이 있는 풍경〉은 별 이야기도, 호소력도 없는, 그저 농부와 상선을 묘사한 평범한 그림에 불과할 것이다.

나는 상당히 자주 이 그림에 기초한 두 편의 위대한 시를 학생들에게 가르치곤 한다. 오든W. H. Auden의 「보자르 미술관Musée des Beaux Arts」(1940)과 윌리엄 카를로스 윌리엄스William Carlos Williams의 「이카로스의 추락이 있는 풍경 Landscape with Fall of Icarus」(1962)이 그것이다. 어조나 스타일, 형식은 전혀 다르지만 이 위대한 두 시는 사적인 비극이 벌어지는 가운데도 세상은 평온하게 흘러간다는 일치된 견해를 보여준다. 두 예술가는 그림에서 자신이 본 것을 변형시켜 표현하고 있다. 우선 브뤼겔은 농부와 배를 등장시켰는데, 둘 다 그리스 신화에는 나와 있지 않다. 이어 등장한 윌리엄스와 오든의 시는 그림에서 서로 약간 다른 요소들을 강조한다. 윌리엄스의 경우 주제적인 요소는 거의 드러내지 않지만 장면을 생생히 포착하려고 애쓰면서 그림의 시각적인 요소를 강조한다. 심지어 그는 시를 다소 좁게, 수직으로 보이도록 배치함으로써 하늘로부터 떨어지는 몸을 연상하게 만들고 있다. 오든의 시는 고통의 개별성에 대한 명상인 동시에 우리 각자가 겪는 재앙에 아무런 관심도 없는 세상에 관한 명상이기도 하다.

같은 그림이 이토록 서로 전혀 다른 반응을 이끌어낸다는 사실은 놀랍고 또 유쾌하다. 독자는 독자대로 이 모든 것에서 자기만의 개별적인 메시지를 발견한다. 1960년대에 십대를 보낸 나로서는 이카로스의 운명에서 지티오GTO나* 442,** 차저Charger,*** 바라쿠다 Barracuda**** 같은 고성능 자동차를 몰고 다니는 아이들을 떠올린다. 그 어떤 운전자 교육 과정과 부모들의 간곡한 조언도 그런 힘에 대한 이들의 동경을 막을 수 없었다. 슬프게도 많은 경우 이런 무분별한 젊은이들은 이카로스와 같은 운명을 겪었다. 나보다 젊은 우리 학생들은 틀림없이 나와는 다른 이미지들을 떠올릴 것이다. 그럼에도 불구하고 그것들은 모두 한 신화로 귀결된다. 소년, 날개, 예기치 못한 추락이 그것이다.

바로 이런 것이 고대 신화가 작동하는 방식이다. 신화는 시, 그림, 오페라, 소설의 공공연한 주제로 작용하고 있다. 그렇다면 다른 방식으로는 뭐가 있을까?

● 페라리의 경주용 자동차.

●● 올스모빌이 생산한 고성능 차.

●●● 크라이슬러사가 제조한 쿠페형 자동차.

●●●● 크라이슬러사 플리머스가 만든 고성능 차.

잠깐 생각해 보자. 작가인 당신은 카리브해의 가난한 어촌에 관한 서사시를 쓰고 싶다. 만약 그곳이 당신의 고향이고 동네 사람들을 가족처럼 잘 알고 있다면, 관광객이나 백인 지주들은 놓칠 수밖에 없는 것까지 포함하여 그들의 존엄성과 삶은 물론 욕망, 분노, 모험, 위험까지 묘사하고 싶을 것이다. 당신은 그들을 고귀할 정도로 착하고 착실하고 진지한 사람들로 그리기 위해 열심히, 아주 열심히 노력할 것이다. 하지만 그런 방식은 성공하기 어렵다. 오히려 지나치게 경직되고 인위적인 작품이 될 공산이 큰데, 인위적이면 고귀하기 힘들기 때문이다. 더구나 당신이 그리는 인물들은 성인聖人이 아니다. 오히려 실수가 많은 인간이며, 용기 있고 우아하고 힘 있고 똑똑하고 심오한 한편, 인색하고 시기심과 욕심이 많고 때로는 탐욕스럽기까지 하다. 당신은 궁극적으로 톤토Tonto와는 다른 종류의 고귀함을 추구하고 싶겠지만 그렇다고 론 레인저Lone Ranger* 같은 인물을 만들어낼 수는 없다.

다른 방법도 있다. 당신 고향 사람들의 이야기를 경쟁과 폭력이 난무하는 옛이야기, 다시 말해 승리자도 결국 불행해진다든가, 성격상의 결함에도 불구하고 부인할 수 없는 고귀함을 지닌 인물들의 이야기에 접목시킬 수도 있다. 그 인물들에게 헬렌Helen**이나 필록테테스Philoctetes,*** 헥토르Hector,**** 아킬레스Achille*****의 이름을 붙여줄 수도 있다. 이것이

바로 노벨상을 수상한 데렉 월컷Derek Walcott······이 『오메로스Omeros』 (1990)라는 작품에서 시도한 방법이다. 앞서 언급한 이름들은, 물론 『일리아드』에서 따온 것이다. 월컷은 자신의 서사시에 『일리아드』뿐 아니라 『오디세이』에 나오는 인물, 상황, 두 작품 사이에 존재하는 이런저런 유사성도 이용했지만 말이다.

그렇다면 필연적으로 이런 질문을 던지게 된다. 왜?

왜 20세기 후반의 작가가 기원전 12~8세기경부터 입으로 전해져 오다가 200~300년 후에야 비로소 문자화된 이야기를 원용하려 할까? 작가는 왜 우리 시대의 어부들을 대개 신의 자손이었던 전설적인 영웅들과 비교하려고 애쓸까? 호머가 그린 전설적인 영웅들은 원래 농부와 어부들이었다. 생각해 보면 사실 우리는 모두 신의 자손이 아니던가? 그래서 월컷은 이런 비유를 통해 객관적인 환경이 아무리 열악해도 우리의 마음속에는 위대함이 깃들어 있음을 상기시켜 주고 있는 것이다.

옛이야기를 원용하는 데는 다른 이유도 있다. 『일리아드』에서 펼쳐지는 상황이 우리가 생각하는 이상으로 현실과 밀접한 연관을 갖고 있기 때문이다. 『일리아드』의 줄거리는 특별히 신성하거나 포괄적이지 않다. 『일리아드』를 안 읽어본 사람들은 이 작품이 트로이 전쟁을 다루고 있다고 오해하기 쉽다. 그런데 사실 『일리아드』는 길지만 하나의 행위, 즉 아

●●●● 그리스 신화에 나오는 트로이의 왕자. 트로이 전쟁에서 아킬레스와 대결한다.

●●●●● 트로이 전쟁에서 활약한 그리스 신화의 영웅. 『일리아드』의 중심인물이다.

●●●●●● 서인도 제도의 세인트루시아 출생. 카리브해 연안 민족의 소외감과 문화적 갈등을 주로 다루었고, 1990년에 카리브해 지방의 설화를 시로 형상화한 『오메로스』를 발표하여 1992년 노벨문학상을 수상했다.

킬레스의 분노에 대한 이야기다. 상관인 아가멤논에게 화가 난 아킬레스는 그리스 군에서 빠져버리지만 그런 자신의 행위 때문에 가장 친한 친구 파트로클로스가 살해되자 다시 전투에 참여한다. 아킬레스의 분노는 이번에는 트로이군에게로 향하고 결국에는 트로이군의 위대한 영웅 헥토르를 죽이기에 이른다.

그런데 아킬레스가 그토록 화가 난 이유는 뭘까? 아가멤논이 그가 상으로 받은 전리품을 가져갔기 때문이다. 사소한 이유라고? 그렇지 않다. 그 상이 바로 여자였기 때문이다. 신탁과 공분 때문에 어쩔 수 없이 자신의 애인을* 아버지에게 돌려줬던 아가멤논은 그에게 공공연히 맞선 아킬레스에게 복수하고자 그가 받은 전리품인 브리세이스Briseis**를 빼앗았던 것이다. 이 정도면 정말 사소한 일 아닌가? 아니면 고상한 건가? 헬레네도, 파리스의 심판도, 트로이의 목마도 전혀 고상하지 않다. 그 핵심을 들여다보면, 훔친 전쟁 신부를 빼앗겨 광포해진 한 남자가 그 분노를 대량 살육이 벌어진 전쟁에 쏟아부은 이야기이며, 모든 사건은 (아가멤논의 형제인) 메넬라오스가 헥토르의 이복동생인 파리스에게 자신의 아내를 빼앗기는 바람에 일어난 것이다. 헥토르가 전 트로이인들의 운명을 책임져야 했던 것은 바로 그 때문이었다.

하지만 탈취된 두 여인을 둘러싸고 벌어졌던 이 이야기는, 수 세기를 거치면서 영웅주의와 충성심, 희생과 상실이라는 이상을 그려낸 작품의 전형으로 변모했다. 질 수밖에 없는 전쟁에서 최선을 다하는 헥토르야말

• 크리세이스Chryseis라는 여성. 아가멤논은 사랑하는 그녀를 빼앗기자 대신 브리세이스를 빼앗아갔다.

•• 그리스 신화에 나오는 리르네소스의 공주. 아킬레스는 트로이를 공격하기 전에 침략한 리르네소스에서 왕을 죽이고 브리세이스를 첩으로 삼아 극진히 아꼈다고 한다.

로 우리가 아는 그 누구보다 영웅에 가까운 인물이다. 사랑하는 친구를 잃은 아킬레스의 비통함은 우리의 심금을 울린다. (헥토르와 아이아스, 디오메데스와 파리스, 헥토르와 파트로클로스, 헥토르와 아킬레스의) 엄청난 대결은 그야말로 스릴과 서스펜스가 넘치고, 각 전투가 끝나면 성대한 축하연이나 절망의 장면이 묘사되어 있다. 그러니 그토록 많은 현대 작가들이 호머의 작품을 빌리거나 모방한 것도 무리가 아니다.

그럼 작가들이 호머를 모방하기 시작한 건 언제부터죠?

원작이 나온 직후부터라고 해도 과언이 아니다. 기원전 19년에 세상을 떠난 베르길리우스Vergilius는 호머의 영웅들을 본떠 아이네이아스Aeneas● 라는 인물을 만들었다. 그는 아킬레스와 비슷한 행위를 하고, 오디세우스가 갔던 곳을 가는 걸로 그려져 있다. 왜? 그것이 바로 영웅이 하는 행동이기 때문이다. 아이네이아스는 지하 세계에 내려간다. 왜? 오디세우스가 거기 갔었기 때문이다. 그가 최후의 결전에서 거인을 물리치는 것도 아킬레스가 그랬기 때문이다. 다른 행위들도 마찬가지다. 하지만 『아이네이드』는 의외로 독창적인 면이 많고 유머와 아이러니도 담겨 있다. 아이네이아스와 그 부하들은 트로이 전쟁에서 살아남은 생존자들인데도 이 트로이의 영웅은 그의 적들이 정해 놓은 패턴을 답습한다. 더욱이 오디세우스의 고향인 이타카를 지나칠 때 이 트로이인들은 자기들을 파멸시킨 오디세우스를 야유하고 저주한다. 그런데 베르길리우스는 왜 주인공으로 하여금 그런 행위를 하게 했을까? 호머의 작품에서 영웅들이 그렇게 행동했기 때문이다.

● 트로이 전쟁에서 그리스 군에 맞서 용맹하게 싸운 인물. 트로이 전쟁 후 새로운 땅을 찾아 여러 곳을 전전했다고 전해진다. 베르길리우스는 이를 소재로 『아이네이드 Aeneid』를 썼다.

월컷으로 돌아와 보자. 베르길리우스의 시대로부터 거의 2천 년이 지 난 후, 월컷은 등장인물들로 하여금 호머에 나오는 영웅들의 상징적인 재 현이라 할 만한 행동들을 하게 했다. 물론 약간의 제한은 있다. 어선에서 는 그렇게 많은 전투를 벌일 수 없기 때문이다. 또 『일리아드』에서처럼 그의 헬레네를 '수천 척의 작은 돛단배를 출범시킨 얼굴'로* 묘사할 수 도 없었다. 달리 말해, 장엄함은 부족하다. 하지만 월컷은 오래전에 호머 가 그랬던 것처럼, 자신의 영웅들이 인간이 아는 가장 기본적이고 원초적 인 패턴들을 수행하는 모습을 보여주면서, 그들을 상당한 고결함과 용기 가 필요한 상황에 처하게 하고 있다. 가족을 보호하고(헥토르), 고결함을 유지하고(아킬레스), 정조를 지키고 믿음을 버리지 않으며(페넬로페), 어떻 게든 고향으로 돌아가려고 노력하는 것(오디세우스) 등이 그것이다. 호머 는 인간이 벌이는 네 가지 위대한 투쟁을 보여주었다. 자연과의 투쟁, 신 과의 투쟁, 타인과의 투쟁, 우리 자신과의 투쟁이 그것이다. 우리 인간은 이 네 가지 투쟁을 통해 자신의 가치를 입증한다.

물론 현대물에서 이런 병렬 구조는 아이러니를 유발할 수도 있다. 세 명의 탈옥수가 벌이는 코미디가 오디세우스의 방랑과 병렬 구조라는 것 을 알아차리는 사람은 많지 않을 것이다. 조엘Joel과 에단 코엔Ethan Coen 형제는 2,000년에 내놓은 〈오, 형제여 어디에 있는가?O Brother, Where Art Thou?〉라는 영화에서 바로 그런 시도를 하고 있다. 이 영화는 귀향을 주제 로 하고 있다. 그 문제를 다룬 가장 유명한 사례를 살펴보자. 시간적 배경

---

* 원래는 '수천 척의 배ships를 출범시킨 얼굴' [영국의 극작가 크리스토퍼 말로(Christopher Marlowe, 1564~1593)의 『포스터스 박사Dr. Faustus』에 나오는 구절]. 여기서는 '배' 대신 '작은 돛단배dinghies' 를 사용하고 있음.

은 1904년, 내용은 더블린에서의 하루다. 한 청년이 자기의 진로를 정하고, 그보다 나이 많은 또 한 사람은 시내를 돌아다니다가 다음날 새벽이 되어서야 집에 있는 아내에게 돌아간다는 내용이다. 이 책이 호머와 관련이 있을 거라는 구체적인 단서는 『율리시스*Ulysses*』(1922)°라는 제목뿐이다.

이미 알려진 바와 같이, 제임스 조이스는 그의 소설에 있는 18개의 에피소드 하나하나를 『오디세이』의 사건 또는 상황과 병렬 구조로 구상했다. 예컨대 신문사 사무실에서의 에피소드는 오디세우스가 바람의 신 아이올로스를 방문하는 장면과 병렬 구조다. 하지만 그 유사성이 아주 미미하게 느껴질 수도 있다. 물론 신문사 기자들은 확실히 바람 같은 집단이고, 이 부분의 어조 또한 미사여구가 넘치는 데다, 실제로 어느 순간 돌풍이 사무실을 휩쓸고 지나가기도 한다. 그렇지만 원작과의 유사성을 간파하기 위해서는 이 에피소드를 사물을 왜곡되게 표현하는 이상한 거울의 관점으로, 다시 말해 역설적인 병렬 구조로 이해해야 한다. 역설적이기 때문에 병렬 구조가(그리고 아이올로스의 에피소드가) 그토록 흥미로운 것이다. 월컷과 달리 조이스는 등장인물들에게 고전적인 품격을 부여하고 싶어 하지 않는다. 하지만 결과적으로는 조이스의 주인공들도 그런 면을 갖게 된다. 나이 들고 처량한 레오폴드 블룸Leopold Bloom이 온갖 고초를 겪고, 너무도 쓰라린 배신을 회상하며 밤늦도록 더블린을 전전하는 모습에서 우리는 그가 그만의 방식으로 고결해짐을 느낄 수 있다. 하지만 그의 고결함은 『오디세이』에 나오는 영웅들의 고결함과는 다르다.

• 율리시스는 오디세우스의 라틴명이다.

물론 그리스와 로마 신화의 영향력은 호머 이상이다. 오비디우스 Ovidius 의 『변신 이야기 Metamorphoses』는 후대에 무수히 많은 파생작을 낳는데, 그중 프란츠 카프카의 단편은 어느 날 갑자기 거대한 갑충으로 변해 버린 주인공을 그리고 있다. 이 작품의 제목이 「변신」이다. 〈인디아나 존스〉는 순수 할리우드 영화로 보일지 모르지만 전설적인 보물을 찾는 대담한 주인공을 묘사한다는 점에서 이아손과 아르고 호의 이야기인 아폴로니오스 Apollonios 의 『아르고 호의 항해 Argonautica』*와 유사하다.

좀 더 친숙한 예는 없냐고? 오이디푸스와 그의 비극적인 가족사를 다룬 소포클레스의 희곡은 정말 다양한 형태로 변주되고 또 변주됐다. 사실 그리스와 로마 신화가 다루지 않은 문제 가정이나 개인의 파멸은 없다고 해도 과언이 아니다. 프로이트가 그의 이론에 그리스 비극 속의 이름들을 갖다 붙인 데는 다 이유가 있다. 남자에게 차인 후 슬픔과 광기에 사로잡혀 극단적인 행위를 저지르는 여인? 혹시 아이네이아스와 디도,** 아니면 이아손과 메데이아***의 이야기를 알고 있는가? 고대의 종교가 다 그렇듯, 그리스 신화는 계절의 변화에서부터(데메테르, 페르세포네, 하데스) 나이팅게일이 그렇게 우는 이유까지(필로멜라, 테레우스****) 모든 자연 현상

• 아폴로니오스의 영웅 서사시. 50명의 용사들이 '아르고 호'를 타고 금빛 양의 털을 구해 돌아온다는 내용이다.

•• 트로이를 떠나 방랑하던 아이네이아스는 카르타고에서 여왕인 디도와 사랑을 나누지만 결국 새로운 땅을 찾아 떠나고 슬픔에 빠진 디도는 스스로 목숨을 끊는다.

••• 그리스 신화에서 이아손과 메데이아는 부부 사이였다. 그러나 이아손이 크레온 왕의 딸 때문에 메데이아를 버리자 그녀는 이에 대한 복수로 크레온 왕과 그의 딸 그리고 자기의 두 아들까지 살해한다.

•••• 그리스 신화를 보면 테레우스와 필로멜라 모두 제우스에 의해 새로 변신하는 인물로 테레우스는 매, 필로멜라는 제비, 필로멜라의 언니 프로크네는 나이팅게일로 변했다고 한다.

　　　　　　　　　　　　　　　　　　　　　　　08 그리스 신화

에 관한 설명을 담고 있다. 다행히도 그 대부분이(그리고 그중 어떤 것은 여러 작가에 의해) 문자화되었기 때문에 우리는 이 놀라운 이야기들을 읽을 수 있다. 게다가 작가나 독자 모두 이 신화들을 잘 알고 있기 때문에, 작가가 이를 이용하면 독자들은 그 의미를 때로는 완벽하게, 때로는 (〈루니 툰스〉 같은 만화로만 보았기 때문에) 어렴풋이 이해할 수 있다. 그 덕분에 우리의 독서 경험이 더 깊고 풍부하고 의미심장해진다. 현대의 문학 작품들은 신화와의 이런 연관 덕분에 더 중요하고 신화의 힘까지 덤으로 얻게 된다.

젊은 층을 대상으로 한 최근의 흥미로운 작품으로는 릭 라이어던Rick Riordan이 쓴 『퍼시 잭슨과 올림포스의 신Percy Jackson and the Olympians』이 있다. 이 소설의 5부작 중 첫 번째가 「번개 도둑The Lightning Thief」(2005)이다. 퍼시는 자신이 포세이돈Poseidon의 아들임을 알게 된 부적응 소년인데, 제우스의 무기인 번개를 훔쳤다는 비난을 받는다. 이어 자신의 친구는 미노타우로스와 싸우는 사티로스임을 알게 되고, 아테나의 딸과 친구가 되며, 저승의 온갖 신들이 뛰쳐나온다. 반신반인으로서, 퍼시는 (주의력 결핍 과잉 행동 장애와 난독증 같은) 정상적이지 않다는 문제점을 갖고 있지만 증명할 기회를 반복해서 얻게 됨에 따라 진정 훌륭한 영웅이 된다. 신화 속의 친구들과 마찬가지로 퍼시의 몸에 흐르는 신성한 피는 도움이 된다. 알고 있겠지만 마법 예비 학교의 제자로 재학 중인 전직 스타를 부모로 두고 있는 것과 바다의 신을 아빠로 두고 있는 것은 매우 큰 차이니까 말이다…….

아, 내가 이 말을 했던가? 월컷 작품의 제목 『오메로스Omeros』 말이다. 그 지역 방언에서 오메로스는 호머를 뜻한다고 한다. 물론 그렇겠지.

비나 눈은
그냥 비나 눈이 아니다

How to Read Literature Like a Professor

"어둡고 폭풍우 몰아치는 밤이었다It was a dark and stormy night." 어디서 들어본 말 같지 않은가? 그렇다, 스누피Sn-py다. 오래전부터 내려온 진부한 표현이기에 찰스 슐츠Charles Schulz* 는 스누피를 시켜 이 문장을 썼다. 그 귀여운 비글**이 작가가 되기로 결심했을 때였으니 정말 오래된 문장이다. 그 표현을 처음 쓴 사람은 물론 따로 있다. 빅토리아 시대의 유명한 대중 작가 에드워드 불워−리튼Edward Bulwer-Lytton이 한 소설에서 실제로 "어둡고 폭풍우 몰아치는 밤이었다"라고 썼

- **찰스 슐츠** | 미국 만화가. 유명한 만화인 「피너츠*Peanuts*」를 연재했다.
- •• 스누피는 비글 種에 속한다.

다. 이 문장으로 시작되는 소설인데 작품 자체는 그저 그랬다. 어둡고 폭풍우 몰아치는 밤에 대해서는 그 정도만 알아도 충분하다. 한 가지 의문만 빼곤 말이다.

왜?

독자 입장에서는 정말 궁금할 것이다. 작가들은 왜 폭풍이 몰아치고 비가 억수같이 쏟아지는 날씨를 좋아할까? 왜 영주의 저택이나 오두막, 피곤에 지친 여행자들을 심한 비바람에 시달리게 할까?

아마 당신은 이야기에는 반드시 무대 장치가 필요하고 날씨는 무대 장치의 일부라고 말할지도 모른다. 맞는 말이긴 한데 그것이 전부는 아니다. 그 이상의 뭔가가 있다는 것이다. 문학 작품에서 날씨는 절대로 그냥 날씨가 아니다. 비가 그저 비가 아니라는 말이다. 눈, 태양, 더위, 추위, 그리고 어쩌면 진눈깨비도 마찬가지다. 내가 읽은 책들을 되돌아보면 진눈깨비는 일반화시킬 수 있을 만큼 자주 나오지는 않지만 말이다.

그렇다면 비가 특별한 이유는 뭘까? 우리가 땅으로 기어 올라와 살기 시작한 때부터 물은 끊임없이 우리를 부르고 있는 듯하다. 강은 주기적으로 범람하여 그동안 우리가 이룩해 놓은 문명을 집어삼키고 우리를 다시 물로 끌고 들어가려 한다. 많은 비, 대홍수, 방주, 큐빗 cubit,[•] 비둘기, 올리브 가지, 무지개가 등장하는 노아의 이야기를 알고 있을 것이다. 성경에 나오는 이 이야기는 고대 인류에게 정말 큰 안도감을 선사했을 것이다. 아무리 화가 나도 다시는 물로 멸망시키지 않겠다며 하느님이 노아에게

[•] 고대 이집트나 바빌로니아에서 사용한 길이의 단위로 팔꿈치에서 가운뎃손가락 끝까지의 길이(약 45센티미터)를 뜻한다. 성경의 기록에 따르면 노아의 방주는 길이 300큐빗, 너비 50큐빗, 높이 30큐빗 규모로 제작됐다고 한다.

약속의 징표로 보여준 무지개는 분명 인류에게 커다란 위안으로 다가왔으리라.

유대교-기독교-이슬람교 세계에는 비와 비 때문에 벌어지는 주요 사건을 이야기하는 신화들이 널려 있다. 물론 다른 문명권의 신화에도 비가 등장하지만 여기서는 편의상 세 종교를 토대로 논의해 보겠다. 익사는 인간이 지닌 가장 근본적인 공포 중 하나이므로(땅 위에서 살아가는 피조물들은 결국 그럴 수밖에 없다) 사람을 비롯해 모든 것을 익사시킨다는 이야기는 엄청난 두려움을 유발한다. 비는 가장 심오한 고대의 기억을 떠올리게 한다. 많은 양의 물은 우리 존재의 가장 기본적인 차원을 건드리기 때문에 큰 호소력을 가지는 것이다. 그리고 노아는 이를 상징하는 존재다. D. H. 로렌스는 『처녀와 집시 The Virgin and the Gypsy』(1930)에서 가족 농장을 홍수로 쓸어버린다. 그는 이 소설을 쓰면서 모든 것을 완전히 파괴하면서 동시에 완전히 새로운 출발을 약속하는 노아의 홍수를 떠올렸을 것이다.

하지만 비는 그 이상의 역할을 한다. 어둡고 폭풍우 몰아치는 밤은(가로등이나 네온등이 등장하기 전에 폭풍우 몰아치는 밤은 정말 어두웠으리라) 독특한 분위기와 정서를 자아낸다. 에드워드 불워-리턴보다 더 나은 빅토리아 시대 작가로 평가받는 토마스 하디 Thomas Hardy는 1883년에 「세 명의 이방인 The Three Strangers」이라는 유쾌한 단편을 발표했다. 이 소설을 보면 (탈옥한) 사형수, 사형 집행인, 그 사형수의 동생이 양치기 집에서 벌어진 세례식 파티에 함께 모인다. 사형 집행인은 (다른 손님들과 마찬가지로) 두 사람의 존재를 눈치채지 못하지만 그를 알아본 사형수의 동생은 형과 함께 서둘러 도망치고, 이어 그를 잡으려는 과정에서 유쾌한 사건들이 벌어지는데 그 배경은, 물론 어둡고 폭풍우 몰아치는 밤이다. 비록 '어둡고 폭풍우 몰아치는 밤'이라고 구체적으로 쓰지는 않았지만 토마스 하디는 그만의 아이러니하고 무심한 어조로, 장대비에 흠뻑 젖은 불운한 나그네들이 어쩔 수 없이 피난처를 찾도록 만들면서(애초 세 명이 한데 모이게 됐던 연유다) 이에 얽힌 이야기를 매우 재미있게 풀어놓고 있다. 물론 하디는 늘 성경을 염두에 두고 글을 쓴 작가지만 이 작품에서 폭풍 얘기를 할 때만큼은 노아에 대해 전혀 의식하지 않았던 것 같다. 그렇다면 그는 왜 이 이야기에 비를 끌어들였을까?

우선은, 줄거리의 장치로 이용했을 것이다. 비는 사람들(사형수와 그 동생)을 모두 불편한 상황에 빠지게 한다. 나는 작품에서 줄거리는 별로 중요하지 않다고 생각하지만 그래도 작가의 의사 결정에서 줄거리가 갖는 중요성을 간과해서는 안 된다. 둘째, 분위기다. 비는 다른 어떤 기상 현상보다 더 신비롭고 음울하며 고립된 느낌을 자아낸다. 안개 역시 마찬가지다. 비는 또한 사람을 비참하게 만들기도 한다. 토마스 하디는 여러 대안 중에서 하나를 선택할 수 있다면 언제나 등장인물들을 더 비참하게 만들 것이고, 비는 어떤 날씨보다 그 비참함을 더 심화시킨다. 어떤 사람은 독립기념일*에도 약간의 바람과 비가 있으면 저체온증으로 죽을 수 있다. 그리고 물론 하디는 작품에서 비를 정말 자주 동원하는 작가다. 마지막으로 비는 민주적인 면이 있다. 비는 좋은 사람이든 나쁜 사람이든 가리지 않고 공평하게 적셔준다. 사형수와 사형 집행인은 어쩔 수 없이 피난처를 찾아야 한다는 점에서 일종의 유대 관계를 갖는다. 물론 비는 그 밖의 다른 역할도 할 수 있겠지만, 내 생각에 토마스 하디는 이런 세 가지 이유 때문에 얄궂은 폭풍우를 이야기에 끌어들였을 것이다.

● 미국의 독립기념일은 한여름인 7월 4일.

비를 선택하는 다른 이유로는 또 뭐가 있을까? 그중 하나는 정화 작용이다. 비가 지닌 모순 중 하나는 내릴 때는 아주 깨끗하지만 지면에 닿고 나면 아주 더럽다는 것이다. 따라서 만약 당신이 주인공을 상징적으로 정화시키고 싶다면 비를 맞으며 어딘가로 걷게 하면 된다. 그 어딘가에 도착했을 때 주인공은 많이 달라져 있을 것이다. 감기에 걸릴 수도 있지만 그건 다른 문제다. 어쨌든 주인공은 전보다 덜 분노하고, 덜 혼란스럽고, 더 뉘우치게 될 것이다. 그리고 그가 지녔던 비유적인 얼룩은 사라질 것이다. 하지만 주인공이 길에서 넘어지면 흙투성이가 될 것이고 따라서 전보다 더 더러워진다. 작가는 이 둘 중 하나를 택할 수 있고, 정말 뛰어난 작가라면 두 가지 효과를 모두 노릴 수도 있다. 그런데 정화는 그 대상이 문제다. 정화할 대상을 잘 선택하지 않으면 역효과가 날 수도 있기 때문이다.

토니 모리슨은 『솔로몬의 노래』에서 가련하게 버림받은 헤이가Hagar로 하여금 정화의 비를 맞게 한다. 밀크먼은 그녀의 오랜 연인이지만(난처하게도 이 연인은 그녀의 사촌이기도 하다) '남 앞에 내놓을 만한' 사람(외모, 그 중에서도 특히 머리카락이 '백인'에 가까운 여자)에게 가 버린다. 그러자 헤이가는 옷과 액세서리를 사고, 미용실에서 머리를 하고, 네일 살롱에서 손톱까지 다듬으며 필사적인 하루를 보낸다. 그녀는 밀크먼이 원하는 타입으로 변하기 위해 가진 돈과 정신적 에너지를 모두 쏟아붓지만 폭풍우를 만나 옷과 새로 산 물건은 물론, 머리까지 엉망이 되고 만다. 그리하여 결국 남은 것은 그녀가 그토록 경멸하고 싫어하던 '흑인'의 곱슬머리와 자기 자신에 대한 혐오뿐이다. 이 장면에서 비는 어떤 얼룩을 씻기보다는 그녀의 환상과 미모에 대한 잘못된 생각을 정화시키는 역할을 한다. 물론 이 경험은 그녀를 파멸시키고, 상심하게 하여 결국 죽게 만든다. 이처럼 비의 정화 작용이 항상 좋은 것만은 아니다.

반대로 비는 재생의 이미지도 갖고 있다. 이는 주로 비와 봄의 연관성에 기인하지만 노아의 이야기와도 관련이 있다. 비는 만물을 되살리고, 새로운 성장을 북돋우며, 세상을 다시 초록빛으로 물들인다. 소설가들은 비를 주로 아이러니컬하게 사용한다. 헤밍웨이의 『무기여 잘 있거라A Farewell to Arms』(1929)에서 연인이 아이를 낳다 죽자 슬픔에 복받친 프레드릭 헨리는 병원을 뛰쳐나오는데, 그를 맞이한 것은 짐작하겠지만 바로 비다. 봄과 연관이 있는 출산을 하던 중 죽음을 맞는다는 것도 충분히 역설적이지만, 이 역설은 비가 지닌 재생의 의미 때문에 더 강화된다. 헤밍웨이는 아이러니를 정말 애용한 작가였다.

「죽은 사람들The Dead」을 쓴 제임스 조이스도 마찬가지다. 작품의 거의 끝부분에서 그레타 콘로이는 남편에게 필생의 연인이었으며 오래전에 죽은 마이클 퓨리의 이야기를 들려준다. 폐결핵을 앓던 퓨리는 비 내리는 밤 그녀의 창밖에 서 있다가 일주일 후에 죽었다. 혹자는 이걸 사실적인 묘사일 뿐이라고 할 것이다. 작품의 무대가 서부 아일랜드라면 비 오는 날이 많을 테니 그렇게 생각하는 것도 타당하다. 그렇지만 다른 한편으로 조이스는 새로운 생명과 재생의 상징인 비에 관한 우리의 기대를 일부러 무너뜨리고 있다. 그는 비의 또 다른 연상을 알고 있기 때문이다. 추위, 한기, 폐렴, 죽음의 이미지가 그것이다. 바로 이것들이 사랑 때문에 죽은 한 남자의 이미지 안에서 한데 합쳐지며 흥미롭게 충돌한다. 청춘, 죽음, 원기, 비참함의 이미지들이 비를 맞고 서 있는 가여운 마이클 퓨리의 주변을 떠돌고 있는 것이다. 이처럼 조이스는 헤밍웨이만큼이나 아이러니를 즐겨 사용했다.

비는 봄의 주된 요소다. 4월의 비가 5월의 꽃을 부른다. 봄은 재생뿐 아니라 희망과 새로운 각성의 계절이기도 하다. 만약 당신이 아이러니를 즐겨 쓰는 모더니스트 시인이라면(내가 모더니즘을 얘기할 때마다 아이러니도 거론하는 걸 눈치챘는가?), 엘리엇이 「황무지 The Waste Land」에서 그랬듯이 시의 첫머리를 '4월은 가장 잔인한 달' 같이 아이러니한 말로 시작할 수도 있다. 엘리엇은 이 시에서 봄과 비, 풍요에 대한 우리의 문화적 기대를 역이용한다. 그가 의도적으로 그런 건 아닐 수도 있다는 생각은 접는 게 좋다. 엘리엇 자신이 주석에서 자신의 의도를 자세히 밝히고, 이 시의 토대가 된 저작도 그것이 사실임을 밝히고 있기 때문이다. 웨스턴 Jessie L. Weston*의 『제식에서 로맨스로 From Ritual to Romance』(1920)가 바로 그 책이다. 웨스턴은 책에서 어부왕 Fisher King 신화를 다루고 있는데, 아서 왕의 전설은 그중 일부분에 지나지 않는다. 이 신화의 중심인물인 어부왕은 해결사로서의 영웅을 대표한다. 사회 안의 뭔가가 손상됐고, 영영 회복되지 못할 수도 있지만, 이것을 복구시킬 존재로 영웅이 떠오른다. 자연과 농토의 비옥함은 인간이 삶을 이어가는 데 아주 중요한 요소이므로 웨스턴 이야기의 대부분은 황무지 및 잃어버린 풍요를 복구하는 내용과 관련이 있다. 그리고 물론 비가 중요한 역할을 담당한다. 웨스턴의 연구를 원용하고 있는 엘리엇은 시의 첫머리부터 비의 부재를 강조한다. 하지만 물은 그의 작품에서 양면성을 가진 존재로 등장한다. 예컨대, 템스강은 쥐들이 질척거리는 배를 끌고 강둑을 기어가고, 타락한 인간들이 들랑거리고, 물 자체도 오염된 곳이다. 게다가 비가 올 기미도 보이지 않는다. 시 끝부분에 비가 올 거라는 말은 나와 있지만, 실제로 시 속에서는 한 번도 비가

● 영국의 설화 전문가로 풍요 신화와 연관된 주제들을 많이 다루었다.

09　비나 눈은 그냥 비나 눈이 아니다

오지 않는다. 혹시 정말 비가 온다 해도 그 효과가 어떨지는 알 수 없다. 이렇듯 비의 부재는 『황무지』에서 중요한 요소이다.

비는 해와 결합해 무지개를 만들어낸다. 무지개는 전에도 나왔지만 한 번 더 살펴볼 필요가 있다. 무지개 하면 황금항아리나 장난꾸러기 요정 같은 부수적인 이미지를 떠올리는 사람도 있겠지만, 주된 의미는 신의 약속, 즉 하늘과 땅 사이의 평화다. 신은 노아에게 다시는 이 세상을 물로 쓸어버리지 않겠다고 무지개로 약속했다. 서구의 어떤 작가도 이런 성경적 기능을 모르고 무지개에 대해 쓸 수는 없다. 로렌스는 『무지개 The Rainbow』(1916)를 자신의 최고 걸작 중 하나로 꼽았는데, 이 작품에는 짐작하겠지만 홍수 및 홍수가 연상시키는 여러 이미지가 망라되어 있다. 그러니 이제부터 어떤 작품에 무지개가 등장하면, 엘리자베스 비숍Elizabeth Bishop이 「물고기 The Fish」(1947)라는 시 마지막 부분에서 갑자기 "모든 것은／무지개, 무지개, 무지개"라는 깨달음을 얻는 것처럼, 인간과 자연과 신 사이에 맺어진 신성한 계약을 기억하라. 물론 비숍은 잡았던 물고기를 다시 놓아준다. 독자가 어떤 해석을 끌어내든 무지개는 그 의미가 가장 명백한 이미지일 것이다. 무지개는 워낙 드물고 화려하기 때문에 놓치기 쉽지 않고, 우리 문화의 어떤 상징 못지않게 사람들 마음속 깊이 뿌리박혀 있다. 일단 무지개가 지닌 의미를 이해하면 비나 다른 이미지 역시 이해할 수 있을 것이다.

예컨대, 안개를 보자. 안개는 거의 항상 혼란을 의미한다. 찰스 디킨스는 『음산한 집 Bleak House』(1853)에서 미국의 검인 법원probate court처럼 부동산을 분배하고 유언을 검증해 주는 형평법 법원Court of Chancery을 묘사하며 그곳을 감싸고 있는 해로운 안개miasma를 언급하는데, 이는 문자 그대로의 의미와 비유적 의미를 동시에 갖는다. 영국 작가 헨리 그린Henry

Green은 『파티 참석 *Party Going*』(1939)이라는 작품에서 짙은 안개 때문에 런던의 교통이 마비되고 그 바람에 호텔에 묶여 있는 부유한 젊은이들을 그렸다. 각각의 작품에서 안개는 물리적 의미뿐 아니라 정신적이고 윤리적인 의미도 지니고 있다. 내가 기억하는 한 거의 모든 경우에, 작가들은 등장인물들이 뭔가를 정확히 보지 못하거나, 그들이 당면한 문제가 수상쩍고 모호하다는 사실을 암시하는 데 안개를 활용하고 있는 듯하다.

그럼 눈은 어떨까? 눈 역시 비 못지않게 다양한 의미를 지니고 있다. 상징하는 바는 물론 다르다. 눈은 깨끗함, 황량함, 가혹함, (모순적이게도 단열 처리된 담요 같은) 따뜻함, 황폐함, 유혹, 유쾌함, 숨막힘, (시간이 지난 뒤에는) 불순함을 의미한다. 그래서 눈을 이용하면 어떤 효과든 거둘 수 있다. 윌리엄 개스William H. Gass *는 「더 페더슨 키드 *The Pedersen Kid*」(1968)에서 지독한 눈보라 뒤에 닥쳐오는 죽음을 묘사했다. 「눈사람 *The Snow Man*」(1923)이라는 시에서 월리스 스티븐스Wallace Stevens **는 눈을 "존재하지 않는 무, 존재하는 무"처럼 비인간적이고 추상적인 사고를 그리는 데 이용한다. 정말 차가운 이미지다. 조이스 역시 「죽은 사람들」에서 눈을 통해 주인공이 새로운 발견의 순간을 체험하게 만든다. 자신이 남들보다 우월하다고 생각하는 가브리엘은 만찬회를 거치면서 서서히 내면의 변화를 겪다가 마침내 창밖으로 '아일랜드 전역에 내리는' 눈을 보게 되고, 그 순간 갑자기 '모든 산 자와 죽은 자 위에' 내리고 있는 눈이 죽음과 마찬가지로 위대한 통합자임을 깨닫는다. 「죽은 사람들」의 끝에 나오는 이 눈

- 실험적인 문체를 구사하는 미국의 전위 작가로 알려져 있다.
- ● 20세기 초반 미국을 대표하는 모더니즘 계열의 시인.

의 이미지는 작품을 아름답게 마무리해 준다.

　이 장에 나온 내용은 계절을 다루는 장에서 좀 더 논의할 것이다. 날씨
는 책 한 권으로도 모자랄 만큼 다양한 가능성을 지니고 있다. 하지만 일
단은 시나 소설을 읽을 때 날씨를 확인해야 한다는 점을 명심하기 바란다.

영웅 근처에는
얼씬도 하지 말라

지금쯤이면 짐작하겠지만 이따금 나는 인생에 대해 조언하기를 좋아한다. 이제부터 살아가는 데 매우 중요한 교훈을 들려주려고 하니 귀 기울여주기 바란다. 만약 마차를 몰아달라며 접근하는 사람이 있다면 이름을 먼저 물어보라. 혹시 '헥토르' 라고 하면 거절하라. 가만히 있지 말라. 걸어가지도 말라. 뛰어라. 아주 빨리. 『일리아드』를 가르칠 때 내가 반드시 거론하는 것은 헥토르의 마부에게 어떤 일이 벌어졌는가 하는 것이다. 마부의 이름이 등장하고 이 마부가 찔려 죽기까지의 평균 간격은 대략 다섯 행이다. 가끔 그는 정체가 밝혀지기도 전에 창에 찔리는데 이는 매우 불공평해 보인다. 마침내 우리는 "어머, 이것 봐, 새로운 마부야" 라고 말할 수밖에 없는 지점에 도달하고 이후엔 침묵이 흐른다. 다음에 어떤 일이 벌어질지는 모두가 알고 있다. 사실 호머는 의도적으로 그의 서사에 희극적인 요소를 상당히 많이 집어넣는 편이지만 이 사례는 그런 경우가 아니라고 나는 거의 확신한다. 오히려 영웅들의 운명을 미리 보여주는 한 가지(또는 몇 가지) 사례이다. 그리고 그들은, 놀랍게도 영웅들과 가까이 있는 사람들이다.

서정시를 제외하고 거의 모든 문학 작품들은 등장인물 중심이다. 그러니까 **사람들**에 관한 것이다. 이는 문학 비평의 역사에서만 관찰되는 특별한 사항은 아니지만 가끔은 기억해 둘 만하다. 그리고 등장인물들은 독자나 관객의 흥미를 끌기 위해 이따금 뭔가를 해야 한다. 중요한 것들로는 탐색, 결혼, 이혼, 출산, 죽음, 살인, 비행, 경작, 성공 등이 있고, 사소한 것들로는 걷기, 식사, 영화 보기, 공원에서 놀기, 음주, 연 날리기, 땅에서 동전 발견하기 등이 있다. 가끔은 사소한 것들이 중요해지기도 하고, 중요한 것들이 처음에는 사소하게 보이기도 한다. 그리고 그 행동들이 크건 작건 간에 등장인물들이 할 수 있는 가장 중요한 것은 변화다. 즉 뭐라고 불리든 등장인물들은 성장하거나 발전하거나 배우거나 성숙해진다. 우리의 인생에서 알 수 있듯이 변화는 어렵고 고통스러운데다 고되고 위험할 수도 있다. 심지어 때론 치명적이기까지 하다.

이것은 비단 주인공에게만 국한되지는 않는다.

복잡하게 얽혀 있지만 결국 주인공의 미래를 미리 보여주는 역할을 하게 되는 주변인의 이야기는 아주 많다. 만약 결함을 지닌 영웅이 있었다고 한다면, 그는 아킬레스이다. 『일리아드』는, 일반적인 상상과는 다르게 트로이 전쟁에 관한 이야기가 아니다. 그보다는 매우 짧은 기간 동안, 즉 10년에 걸친 전쟁 기간 중 53일 동안 있었던 사건들을 이야기한다. 알다시피 서사 문학들은 복합적인 사건들에 관한 것이 아닌 고향으로 돌아온 영웅, 괴물에게 괴롭힘을 당하는 공동체를 도와주는 구원자, 하느님의 은총에서 멀어진 최초의 두 인간들 같은 단일한 행위와 그것의 결과를 통해서 가장 효과적으로 작동한다. 『일리아드』는 특히 단순해서 한 사람의 행위들과 그 행위들이 수천 명의 사람들에게 끼치는 영향이다. 그래서 나는 수업 중에 이렇게 말한다. "『일리아드』는 **아킬레스의 분노**에 관한 내용이다."

이 대단한 인물은 그리스 군의 지도자 아가멤논이 자신의 신부를 훔쳐 가자 분노한다. 그리고 이로 인해 일어나는 모든 사건들은 아가멤논과 아가멤논을 따르는 사람들(본질적으로는 아킬레스의 사람들을 제외한 모든 이들)에 대한 그의 지나친 분노에 기인한다. 헥토르와의 마지막 결전을 앞두고 그리스 군에게 불리하게 돌아가는 전세부터 모두 아킬레스에 관한 내용들인데, 심지어 아킬레스가 전혀 등장하지 않는 이 작품의 많은 책들에서도 그러하다. 미친 듯이 화가 난 그는 고향인 프티아로 돌아가려 하는데 (돌아가지 않은 것은 발음하기 어려운 이 고향 이름 때문이라고 난 오랫동안 생각했었다) 아마 당신은 남자답지 않은 이런 유치한 모습에 놀랄지도 모른다. 고향으로 가진 않았지만 자신의 배 옆에 머무는 동안 그리스에 대한 그의 마음은 딱딱하게 굳어버린다. 수백 명이 죽지만 신경 쓰지 않는다. 아가멤논은 사과하면서 문제의 그 여인을 포함하여 자신이 빼앗았던 모든 것을 돌려주겠다고 제안한다. 거의 모든 주요 영웅들(오디세우스, 아가멤논, 디오메데스, 에우리필로스)이 다쳐도 아킬레스는 전혀 신경 쓰지 않는다. 분명한 건 전장에 나서길 탐탁지 않아 하는 그를 유도할 수 있는 건 오직 하나뿐이라는 점이다. 부사령관인 파트로클로스는 전장으로 복귀해 달라고 간청하다가 여의치 않자 그렇다면 자신이 지도자로 나설 테니 아킬레스의 동족인 나머지 미르미돈 부족민들을 전장으로 복귀시켜 달라고 한다.

이야기가 어떻게 흘러갈지 당신은 알고 있다, 그렇지 않은가?

계속 이어가기 전에 전후 사정을 잠깐 짚고 넘어가겠다. 파트로클로스는 부사령관인 동시에 아킬레스와는 어린 시절부터 가장 친한 친구 사이였다. 사소한 이 인물이 어떻게 해서 위대한 인물의 고향에서 살게 되고 또 우정을 키워나갈 수 있었는지는 드라마 같은 긴 이야기다. 서로 가까이 앉아 있거나 기댄 채로 함께 있는 모습은 시에서 반복적으로 묘사된다. 상황은 더욱 악화된다. 파트로클로스는 정말로 전투에 참가하지만, 그 자신으로 참전하는 것이 아니다. 그는 아킬레스의 갑옷을 입는다. 장기적으로 이 일은 헤파이스토스 신이 아킬레스를 위해 엄청난 무기를 만들어주게 하는 효과를 일으킨다. 단기적으로 보자면 파트로클로스를 자신들이 가장 두려워하는 바로 그 사람이라고 여겼던 트로이인들을 한동안 겁먹게 만드는 효과를 내어, 파트로클로스에게 그의 친구와 거의 같은 정도로 위대해지는 기회를 제공한다. 이 '거의' 란 말이 중요하다. 파트로클로스는 실로 지금까지 어떤 그리스 군도 다가가지 못했던 대혼란의 트로이 영역으로 진출한다. 한때 트로이군이 밀집한 곳으로 세 번이나 뛰어들었고 그때마다 9명의 적장을 죽인다. 이는 그가 성취한 유명한 전과와는 전혀 별개의 것이다. 그의 위세는 엄청나서, 흥분한 그는 도시를 점령하려는 시도에 착수한다. 이 실수는 치명적임이 밝혀진다. 아킬레스인 것과 '거의' 아킬레스가 될 뻔한 것 사이의 차이는 삶과 죽음의 차이인 것이다.

파트로클로스의 죽음은 호머의 이야기가 의도하는 몇 가지 목적들을 위한 것으로 이것들 모두는 파트로클로스가 아닌 아킬레스와 관련이 있다. 가장 중요하게는, 이 위대한 인물은 아가멤논에 대한 자신의 분노를 포기해야만 한다. 문제는, 아킬레스는 본질적으로 성이 난 사람이라는 것이다. 그는 감정을 떨쳐버리지 못하고 분노의 방향을 다른 대상으로 돌린다. 파트로클로스를 죽임으로써 헥토르는 부지불식간에 자발적으로 그 분노의 새로운 대상이 되고 말았다. 파트로클로스는 그 전쟁에서 아킬레스가 (실제로) 진정으로 슬퍼할 수 있는, 현존하는 유일한 사람이다. 그들은 어릴 때부터 친구여서 어떤 형제들보다도 가깝다. 아킬레스는 자신의 첩을 빼앗긴 것에 대해 분개할지는 모르지만 파트로클로스를 대할 때처럼 그녀를 위해 결코 애도하지는 않을 것이다. 몸과 머리에 재와 모래를 뿌리거나, 엄청나게 울어대거나, 땅바닥에 몸을 던지는 등 의식에 가까운 그의 이상 행동들은 이 작품에서 대단한 장면들 중 하나로, 어느 모로 보나 다른 전투 장면에 필적할 만하다. 오직 한 사람만이 이런 일이 일어나도록 할 수 있다. 이 문제에 관해 파트로클로스는 아무 말도 할 수 없을 것이다.

파트로클로스의 죽음에 대한 이유와 거의 밀접하게 관련되어 있는 것이 새로운 갑옷에 대한 필요성이다. 헥토르는 이전의 갑옷을 전투의 전리품으로 획득했다. 여러분은 이렇게 말할지도 모르겠다. 만약 파트로클로스가 죽지 않는다면 아킬레스는 새로운 갑옷이 필요하지 않을 거라고. 맞다. 이전의 무기는 비록 훌륭하다고 해도 그저 그리스 영웅 중 최고라 할 아킬레스에게까지 어울릴 정도로 멋지진 않다. 이것이 바로 그때까지 존재했던 최고의 영웅을 받아들이는 그리스 인들의 방식이었다(이런 면에서 그리스 인들은 미국인과 생각이 비슷했다). 독자의 관심을 끌기 위해 호머가 생각한 것은, 아킬레스에게는 오직 신만이 만들 수 있는, 단지 최고에 그치지 않고 신성하기까지 한 무기가 필요하다는 점이었다. 그리하여 올림푸스의 대장장이인 헤파이스토스의 찬사와 함께 아킬레스는 이를 얻게 된다. 고된 일이지만 누군가는 해야 할 일이었다.

바로 이것이 영웅과 친한 친구가 되는 것의 문제이다. 영웅의 친구들

10 영웅 근처에는 얼씬도 하지 말라

은, 어쩌면 이야기가 그들 자신의 이야기를 원할지도 모르지만 이러한 요구 사항들을 직접적으로 충족시킬 수 없다. 그러니까 이야기가 계속되려면 말이다. 이런 말도 있지 않은가? 친구 좋다는 게 뭐야. 서로 겹칠 일이 없는 캐풀렛 가문과 몬터규 가문을 엮기 위해 사건이 필요했던 셰익스피어가 했던 일은 무엇이었는가? 로미오를 죽였던가? 당연히 아니다. 주인공보다 더 매력적인 불쌍한 머큐쇼가 이 의무를 이행해야 했다. 제임스 페니모어 쿠퍼가 『모히칸족의 최후』에서 악랄한 마구아란 인물을 설정하고 주인공에게 복수할 기회(일반적인 경우에 주인공은 이럴 필요를 느끼지 않는다)를 주고자 했을 때 내티 범포를 죽이는 방법을 선택했던가? 절대 아니다. 그보다는 내티의 가장 친한 친구이자 동료였던 정찰병 칭가치국의 아들인 젊은 웅카스를 죽인다. 사실 이야기와 노래와 책과 영화에서 복수를 하거나 분노하도록, 또는 어떤 행동을 유도하는 것으로 친한 친구(또는 친구의 자손)의 살해만큼 설득력이 있는 것도 없다. 그러니 영웅 스타일의 인물과 너무 가까이 지내는 것은 진정 득이 되지 않는다.

하지만 너무 불공평한 것 같아요.

말할 필요도 없이 불공평하다. 하지만 여러분은 아는가? 아무도 신경 쓰지 않는다. 문학은 그 자체만의 논리가 있다. 문학은 인생이 아니다. 이뿐만 아니라 (이게 중요한데) **등장인물들은 사람이 아니다.** 껑충 뛰거나, 격노하거나, 울고 웃거나, 그 밖에 다른 행동들을 다 하니까 사람처럼 보일지 모르지만, 실은 사람이 아니다. 그리고 우리는 위험하게도 이를 잊어버린다.

그들이 사람이 아니라는 게 무슨 뜻인가요? 그것이 사실이라면 우리는 왜 그들을 걱정하기까지 하는 걸까요?

훌륭한 질문이다. 아니, 질문들이다. 첫 번째 질문부터 우선 얘기해 보

자. 그들은 결코 존재한 적이 없으니까 사람이 아니다. 거리에서 그들 중 한 명이라도 만난 적이 있는가? 당연히 아킬레스나 허클베리 핀, 아니면 역사와 관련된 문학 작품 속의 누구도 만날 일이 없을 뿐 아니라 동시대 문학 작품 속의 인물들도 만나지 않을 것이다. 대개 이는 좋은 일이다. 해리 포터는 책 밖으로 풀려나와 분주히 돌아다니지 않으며, 볼드모트 역시 마찬가지다(좋은 일이라고 한 내 말이 이해될 것이다). 물론 때론 그들과 비슷하게 차려입은 사람들과 마주칠 때도 있겠지만 진짜는 아니다. 등장인물들이 실제 사람들에 기초한 경우도 있긴 하다. 헤밍웨이 학자들은 어떤 캐릭터를 두고 소설가의 친구 또는 (그보다 흔하게는) 과거의 친구에 기초하고 있다고 상기시키기를 좋아하지만, 그 친구에 기초한 캐릭터는 실제 모델과는 거리가 멀다. 기초하고 있는 인물이 실제로 있다고 해도 우리는 그 사람이라는 필터를 통해 등장인물을 읽지 않는다(그래서도 안 된다).

이 점은 전에도 얘기했고 앞으로도 다시 말할 테지만, 반복해서 말할 만한 가치가 있다. 즉 텍스트에 없다면 존재하지 않는다. 우리는 소설, 희곡, 영화에 등장하는 것만 읽을 수 있을 뿐이다. 작품에 나오는 뭔가가 작가의 창작에 영향을 끼쳤다고 해도 그 증거는 텍스트에 존재하지 않으며, 동기에 관심 있는 학자에게는 문제가 되겠지만 의미와 씨름하는 독자에게는 문제되지 않는다. 이렇게 생각해 보자. 독자들의 절대 다수는 문자화되지 않은 증거에 접근할 방법이 전혀 없다. 그렇다면 독서 도중 그런 증거들이 어떤 영향을 끼쳤다고 예상할 수 있겠는가? 등장인물들은 순전히 문자화된 창작품이며 단어들의 건축물이다. 우리는 등장인물들을 그들 자신 및 다른 등장인물들의 말과 행동, 그리고 그들에 대한 묘사를 통해 알게 된다. (알려지지 않은) 작가의 처남이나 아마도 그 등장인물이 '기초'하고 있을지도 모르는 최대의 적이 하는 말을 통해서가 아니고 말이다. 우리는 작가가 제공하는 약간의 도움을 받아 이러한 말들과 행동들을 처리하면서 무엇을 생각해야 할지 결정한다.

이제 두 번째 질문으로 들어가자. 등장인물들이 만약 실제 사람이 아니라면 우리는 왜 그들에게 마음을 쓰는가? 왜 그러는가? 왜 해리 포터의 승리를 응원하는가? 왜 리틀 넬의 죽음을 슬퍼하는가? 왜 결코 존재한 적이 없는 사람들에게 그게 뭐든 감정을 느끼는 것인가? 이 질문에 대한 대답은 쉽다. 우리로서는 어쩔 수 없기 때문이다. 우리가 관심을 갖게 만드는, 사람이 아닌 것에 대해 해줄 말이 있다. **등장인물들은 작가의 상상력의 결과물이다, 그리고 독자의 상상력의 결과물이기도 하다.** 문학 작품의 캐릭터가 만들어지려면 이 두 개의 강력한 힘이 합쳐져야 한다. 작가는 필요에 따라 기억과 관찰과 발명을 사용하여 등장인물을 만들어내며, 독자는(여기서의 독자는 집단적인 의미가 아닌 사적인 개개인으로서의 독자를 뜻한다) 독자 **자신만의** 기억, 관찰, 발명을 사용하여 등장인물을 재창조한다. 작가가 한 등장인물을 개략적으로 만들어낸다면, 독자는 그 인물을 받아들이고 빈 곳을 채운다. 때로 우리는 미처 의식하지 못한 채 텍스트에서 허락하지 않는 방식으로 빈 곳을 채운다. 경험 있는 모든 독자는 소중히 간직하는 구절이나 어떤 명백한 성격적 특성을 찾아 자신이 좋아하는 한 소설로 거슬러 올라가는데, 이는 실은 텍스트에는 나오지 않는 것들이다. 우리는 등장인물을 이해하기 위해 그들을 형성하고 나아가 재창조한다. 다른 곳에서도 말했지만, 독서는 모든 것들이 부딪히는 스포츠다. 우리는 우리의 지적 자원, 상상력이라는 자원, 정서적 자원을 동원해 모든 단어의 파도와 충돌한다. 따라서 소설가나 희곡 작가의 등장인물은 때론 우리의 창작품이기도 하다. 그러니 우리가 등장인물에게 일어나는 사건에 마음을 쓰는 것이 놀랄 일일까?

얄팍하고 미성숙하고 충동적이고 부주의한 친구를 사귀는 것은 위험하다고 많은 사람들이 어릴 때부터 배운다. 만약 우리가 소설이나 영화의 등장인물이라고 한다면 우리는 그 교훈을 배우지 못하거나, 배운다 해도 죽음이라는 대가를 치러야 할 것이다. 제3자에게 이런 상황은 자주 치명적이다. 가능한 많은 사례들 중 〈이유 없는 반항Rebel Without a Cause〉(1955), 〈토요일 밤의 열기Saturday Night Fever〉(1977), 〈탑 건Top Gun〉(1986), 세 개의 영화로 요점을 제시해 보겠다. 각 영화에서 불만이 가득한 젊은이들, 즉 〈이유 없는 반항〉에서 제임스 딘이 분한 짐 스타크, 〈토요일 밤의 열기〉에서 존 트라볼타가 분한 토니 마네로, 〈탑 건〉에서 톰 크루즈가 분한 일명 '매버릭'이라 불리는 피트는 세상과 불화 중에 있다. 분노와 지나친 자부심과 소외감이 뒤섞여 있는 그들은 다루기 힘들고 자주 예측 불가능하다. 그리고 이들 각자는 누군가의 죽음에 책임이 있다. 짐 스타크의 무모함으로 어리석은 자동차 경주가 벌어진 끝에 라이벌인 버즈 건더슨은 차가 절벽으로 떨어져 죽는다. 짐의 부하 격인 젊은 플라토 크로포드(살미네오)는 사태가 격렬해지면서 흥분 상태에 빠져, 짐이 사람들이 다치지 않도록 몰래 실탄을 빼놓은 권총으로 경찰에게 덤비다가 죽고 만다. 토니의 괴팍한 성격은 바비가 베라자노내로스 다리에서 떨어져 죽게 되는 요인이 된다. 위험한 행동을 잘하는 매버릭은 F-16의 통제력을 상실하게 되고 결국 통신병이자 친한 친구인 구스(안소니 에드워즈)가 충돌로 목숨을 잃는다. 이처럼 매우 높은 곳에서의 추락과 관련된 죽음이 무척이나 많아 나중에 연구해 볼 만한 과제가 될지도 모르겠다.

구조적으로 볼 때 사례로 제시한 세 개의 영화는 매우 유사한데, 바로 미성숙한 젊은이는 성장하기 위해 반드시 교훈을 배워야 한다는 점이다. 하지만 그 교훈의 성격과 극적인 사건이라는 영화적 필요성 때문에 주인

10 영웅 근처에는 얼씬도 하지 말라

공은 이러한 교훈들을 간접적으로 배우게 된다. 다시 말해 설령 영화가 끝나기 전에 주인공이 죽는 경우가 있다고 해도 대부분의 영화에서는 그렇지 않다. 대신 그의 부하(가끔은 라이벌, 때로는 둘 다)가 주인공을 위해 죽어야 한다. 여기서 우리는 극적인 사건, 죽음, 죄책감이라는 세 가지 요소와 마주한다. 이런 현상은 다른 예에서도 무수히 찾아볼 수 있다. 조지프 콘래드의 『로드 짐Lord Jim』에서 짐의 과도한 자신감은 추장의 아들이자 형제처럼 지내던 데인 워리스를 죽음에 이르게 한다. 이 과오로 인해 짐은 도라민 추장이 쏜 총알에 자신의 심장을 기꺼이 내어준다. 콘래드가 근본적으로 비극 작가임을 상기시켜 주는 장면이다. 데이빗 린의 수작인 〈아라비아의 로렌스〉에서 로렌스(로드 짐을 연기했던 피터 오툴이 이 역할도 맡았다)를 따르는 두 명은 (다이너마이트로 인해 모래가 흘러내리면서) 끔찍한 죽음을 맞는데, 한편으로는 로렌스를 신봉하다가 맞이하는 죽음이기도 하지만 우선은 로렌스로 하여금 그의 전쟁이 게임이 아님을 깨우쳐주기 위해서다.

이처럼 수하에 있는 자에게 닥치는 불행은 여러 형태를 지닌다. 나는 여기서 비극적인 측면에 중점을 두었지만 코믹할 수도 있고 섞여 있을 수도 있다. 허클베리 핀은 곤경에 처하기도 하지만 나쁜 일들은 뗏목을 같이 쓰는 탈출 노예 짐에게 일어난다. 찰리 채플린이 분한 리틀 트램프는 여러 무성 영화에서 온갖 위험에 노출되지만 얼굴에 떨어지는 판자나 머리로 날아드는 모루는(물론 실제 물건이었다고는 생각하지 않는다) 언제나 그의 옆에 우연히 서 있던 불운한 동료나 추적자에게 떨어진다. 사실 코믹 주인공에게는 이따금 얼굴에 파이 정도가 떨어질 뿐이고, 주인공이 동전을 줍기 위해 몸을 숙일 때 그 뒤에 서 있던 부유한 여자나 은행가를 파이가 맞춰버리는 일이 더 많다.

옆에 있던 사람에게 닥치는 불행, 우주의 악의, 불운, 남 대신 매 맞는 소년 등 당신이 뭐라고 부르든 이런 경우들은 다양한 형태를 띠지만 이야기에서 거의 모두 긴급 사태라는 명분하에 일어난다. 이야기가 진행되려면 뭔가가 일어날 **필요**가 있으며 그리하여 누군가는 희생되어야만 한다. 그 '누군가'가 주인공이 되는 경우는 드물다. 정말 불공평하다. 사실을 말하자면 그 이상으로 나쁘다.

알겠지만 문학 작품에서는 민주주의가 통하지 않는다. 모든 남자와 여자는 평등하게 태어났다는 진리를 우리는 자명한 것으로 받아들인다. 하지만 소설의 세계에서는 그렇지 않다. 그 먼 곳에서는 어떤 캐릭터도 평등하게 창조되지 않는다. 하나 또는 둘만이 모든 특권을 받으며 나머지는 그들을 결승선에 도달시키기 위해 존재한다. E. M. 포스터는 『소설의 이해』라는 자신의 책에서 '(내가 여기서 다른 말로 풀어쓰고 있는) 가상의 세계는 입체적 캐릭터와 평면적 캐릭터로 나뉜다'고 말해야만 했다. 입체적인 캐릭터란 우리가 말하는 3차원적 캐릭터로, 성향과 강점과 약점과 모순이 강하게 드러나고 변화와 성장이 가능하다. 평면적 캐릭터는 그렇지 않다. 소설이나 드라마에서 평면적 캐릭터에는 성숙이 결여되어 있어 만화에 그려진 그림처럼 좀 더 2차원적이다. 어떤 비평가들은 문학에 등장하는 인물들의 이러한 두 형태를 동적 캐릭터, 정적 캐릭터로 부르기도 하지만 우리는 계속해서 입체적 캐릭터, 평면적 캐릭터라고 부르기로 하자. 이 둘 중 입체적인 캐릭터가 모든 특권을 부여받는다. 이 말의 뜻은, 진부하게 표현하자면 한 작품의 요점은 그 결과가 좋든 나쁘든 한두 명의 주요 인물을 끝까지 쫓아가 그들이 어떻게 발전하고 성장하는지, 아니면 그렇지 못하는지 지켜보는 데 있다는 것이다. 나머지 모든 등장인물들은 이야기를 위한 장치로 존재하고 그 이야기가 희생을 요구할 때마다 지워

10 영웅 근처에는 얼씬도 하지 말라

진다. 만약 결승선에 도달하기 위해 영웅이 시체의 바다를 건너야만 한다면, 뭐 그렇게 하라고 하면 된다. 영웅은 슬픈 결말에서 죽을 수도 있지만 그곳에는 가야만 한다. '햄릿'이 있지 않은가.

여기서 난 위험을 무릅쓰고 일반적인 견해를 취하고자 한다. 실제 인생에서 모든 사람들은 그야말로 입체적인 캐릭터라고 말이다. 이따금 의심이 들긴 하지만 그렇게 생각하고 얘기를 진행해 보자. 내 말의 뜻은, 우리 모두는 완전한 존재라는 점이다. 우리는 매우 다른 특질들을 갖고 있는데 이 특질들이 항상 부드럽게 서로 부합하기만 하는 건 아니다. 그보다 우리 모두는 성장할 수 있고, 발전할 수 있고, 또 변화할 수 있다는 점이 중요하다. 가끔 실패하긴 하지만 나아질 수 있다. 다른 말로 표현하면 우리는 한 명도 빠짐없이 각자의 이야기에서 주인공이다. 우리의 이야기들은 자주 서로 충돌하고 그래서 다른 사람들은 나처럼 완전하지 않은 듯이 여겨지거나 아니면 적어도 억지로 완전한 듯이 보이지만, 그 충돌이 타인의 현실을 변화시키지는 않는다. 그런데 이와 같은 기본적인 진실은 문학과는 아무 상관이 없다. 허구의 작품에서 어떤 캐릭터들은 다른 캐릭터들보다 더 평등하다.* 훨씬 더 많이.

이 개념을 이해하기 위해서는 등장인물들이 실제로는 존재하지 않는다는 기본적인 사항으로 돌아가야 한다. 아주 세밀하게 묘사되어 있든 그렇지 않든 등장인물들은 인간을 대리한다. 현실의 사람은 아주 많은 것들, 즉 살, 뼈, 피, 신경 같은 물질로 구성되어 있다. 문학 속의 사람들은

• 이 문장은 조지 오웰의 『동물 농장』에 나오는 다음과 같은 문장을 연상시킨다. "All animals are equal, but some animals are more equal than others." 여기서 조지 오웰은 평등하게 보이나 실상은 그렇지 않은 특권층을 지적하고 있다.

단어들로 이루어져 있다. 숨을 쉬지도, (비록 놀랄 만큼 자주 그렇게 보이기는 하지만) 피를 흘릴 수도, 먹지도, 사랑하지도 못한다. 그렇게 하는 것처럼 보이도록 창조될 수 있지만 실제로는 하지 못한다. 그래서 이들 중 하나라도 길거리에서 만나게 된다면 당신은 매우 실망할 것이다. 작가들이 등장인물들을 우리처럼 온전한 상태로 만든다 해도 꽤 지루해할 것이다. 심지어 입체적인 캐릭터들조차 완전한 존재에는 미치지 못한다. 이들은 그저 극단에 가까운 형태의 인간을 제시하기 위해 의도된 모조품이자 환영에 불과하다. 우리가 그들을 믿을 수 있다면 그것은 작가, 나아가 우리 덕분이다. 하지만 이 사실은 우리에게 문제를 일으킨다. 그래서 비결을 제시한다면 독자 입장에서는 그들을 믿고, 비평가 입장에서는 비현실성을 인정하는 것이다. 여기서 우리가 시도하는 것은 전문적인 독자, 다시 말해 흔히 '독자 겸 비평가'라고 부르는 사람들의 창조다. 한 작품에서 즐거움을 누리는 동시에 이를 분석하는 독자들 말이다. "우리는 해부하기 위해 죽이고 있다네"라는 워즈워스Wordsworth의 잔소리를 나는 잘 알고 있다.* 이건 터무니없다. 분해할 줄 아는 전문가만큼 문학의 진가를 알아보고 즐기는 영혼을 나는 알지 못한다. 무엇보다 당신은 왜 우리가 전문가가 되었다고 생각하는가? 문학 읽기를 무척 좋아하기 때문이다. 똑똑한 독자들은 마음속으로 이 두 개의 개념을 동시에 유지할 수 있다. 분석은 즐거움을 위협하는 것으로 보이지만 실제로는 별 문제가 없다.

그렇다면 왜 모든 등장인물들이 입체적이지 않은가요?

매우 논리적인 질문이다. 아주 좋은 질문이기도 하다. 답은 대개는 미학적이라기보다는 실용적이다. 등장인물들은 '알아야 할 필요가 있는 근

---

* "we murder to dissect." 워즈워스의 시, 「The Tables Turned」에 나오는 구절이다.

거' 같은 것을 토대로 창조된다. 그들의 효용성이 무엇보다 중요하다. 작가들은 등장인물들에게 그들의 과제를 수행할 수 있는 정도로만 현실성을 부여한다. 왜?

- 무엇보다, 집중이다. 모든 캐릭터를 일일이 동일한 정도로 상세히 표현한다면 누구에게 주의를 집중해야 할지 어떻게 알 수 있겠는가? 그럴 경우 혼란스러워질 수 있는데, 우리가 독자에 관해 알고 있는 한 가지는 그들은 필요 이상의 혼란을 좋아하지 않는다는 점이다.

- 두 번째는, 노동 강도다. 특질, 관심사, 단점, 공포증이 망라된 내용과 더불어 덜 중요한 캐릭터들을 포함한 모든 이들의 뒷이야기들을 생각해 내야 한다면 진을 빼는 일이 될 것이다. 있는 그대로 그들을 다룬다는 건 매우 고된 일이다.

- 세 번째는, 목적의 혼동이다. 악당을 그릴 때는 악당이 개를(또는 엄마를) 걷어차게 해야 한다. 그렇지 않고 그 악당이 엄마를 사랑한다든지 개를 기른다든지 등과 같은 내용을 길게 쓰면 중요한 사안에 집중하지 못하게 한다. 의도 및 서술의 목적이라는 측면에서 평면적 캐릭터들은 알기 쉬우며 이와 관련해 독자들은 입수 가능한 모든 것을 활용할 수 있다.

- 네 번째로, 단지 길이에 대해 생각해 보자. 아주 자세한 사항들까지 쓴다면 모든 단편은 중편, 어쩌면 장편 소설이 되고 말 것이다. 전부

『전쟁과 평화』가 되어 그저 당신의 가슴을 답답하게 만들 것이다. 간결함을 상실하게 됨으로써 결과적으로 정보를 전혀 얻지 못하는 상황이 된다. 첫 번째 사항에서 봤듯이 정보의 확장은 상실을 의미하기 때문이다. 문학 작품들은 우리가 원하는 정도로 이미 길다는 점에 모두가 동의하리라 생각한다.

　나는 평면적, 입체적이라는 이분법으로 말했지만 사실 등장인물은 연속체에 좀 더 가깝다. 물론 완전히 평면적인 캐릭터들도 있다. 하지만 그래프로 그려본다면 입체적인 면에 좀 더 가까운 지점에 해당하는 캐릭터들 역시 존재한다. 예를 들어 햄릿의 삼촌이자 희곡의 악당인 클로디어스는 자신의 행동을 후회할 줄 아는 인물이다. 햄릿은 기도하는 그를 본다. 햄릿은 알지 못하지만 우리가 보게 되는 것은 아주 타락해 기도조차 할 수 없는 자신을 발견하는 클로디어스다. 가장 친한 친구인 호레이쇼는 충실함 그 자체지만, 심지어 그런 호레이쇼마저 가끔 왕자를 의심한다. 따라서 만약 우리가 등급을 매겨버린다면, 예를 들어 로젠크란츠와 길든스턴 또는 무덤 파는 사람을 한쪽에 놓고 햄릿을 다른 반대편에 놓아버린다면, 우리는 아마도 바벨을 이어주는 봉처럼 양쪽에 있는 두 개의 집단을 연결해 주는 선을 보지 못할지도 모른다. 이 선을 따라가다 보면 어디엔가는 (좀 더 평면적 인물에서 입체적 인물 순으로 나열할 경우) 폴로니어스, 레어티즈, 호레이쇼, 오필리아, 거트루드, 클로디어스, 햄릿이 나타날 것이다. 혹시 궁금해 할 사람이 있을지도 모르는데 유령인 햄릿의 부친은 매우 평면적인 인물이다. 요릭*은 중요하지 않다. 등장인물이 되기 위해서는 해골 이상은 되어야 하니까.

　에세이나 작품에서 볼 수 있듯이 소설가들과 희곡 작가들은 수년 동안 이런 문제들을 고민해 왔다. 포스터, 존 가드너, 헨리 제임스, 데이비드 로지는 수많은 조언을 남겼으며 다른 이들은 조연급 캐릭터에 관한 질문을 던져왔다. 디킨스는 자신이 만든 조연 캐릭터가 받는 관심의 결여를, 예를 들어 미코버의 아내가 "난 결코 미코버를 버리지 않을 거야"라고 말하듯이, 그들을 기억할 만한 인물로 만들어버리거나 또는 놀라울 정도의 습관적인 말이나 대사를 부여함으로써 보상하고자 애썼다. 누구도 미코버 부인에게 눈길을 끄는 대사를 반복적으로 쓰라고 부탁하지 않았다. 실상 디킨스 작품들을 생각해 보면 주로 조연급으로 구성된 악당들이 마음 속에 떠오른다. 매그위치, 하비샴 부인, 재거스, 빌 사이크스, 미코버, 바키스와 페고티, 유라이어 힙 등 말이다.

포스트모던 시대로 접어들면서 조연급 캐릭터의 내적인 인생들이 책과 무대에 등장하기 시작했다. 나는 앞서 스토파드의 『로젠크란츠와 길든스턴은 죽었다』(1966)를 언급한 적이 있다. 이것의 주된 동력은 무대에 없을 때 조연들은 어디에 있는지에 대한 의문이었다. 스토파드는 조연을 맡은 배우들이 아니라 캐릭터 자체를 말하고 있다. 햄릿에 대한 기억이 가물가물한 여러분을 위해 말하자면 이 둘은 햄릿을 영국으로 안내했다가 사기를 당한 불운한 인물들로, 표면적으로는 (그들 자신은 영문도 모른채) 죽었다. 햄릿은 그리 어리숙하지 않아서 탈출을 꾀하는 동시에 이 두 사절이 그들 자신의 사형 선고장을 영국 왕에게 전달하도록 계획을 세웠던 것이다. 두 사람은 세 시간이 넘어가는 비극의 시간 동안 약 5분 정도 (정말?) 나타난다. 스토파드가 질문하는 것은 한가한 시간에 둘은 뭘 하느

● 햄릿에 등장하는 해골 이름으로, 생전에 궁정의 광대였다. 햄릿은 요릭의 해골을 바라보며 상념에 잠긴다.

라 바빴는가 하는 것이다. 이 희곡은 우스꽝스럽고 터무니없어 보이지만 나름의 목적이 있다. 존 클린치의 『핀*Finn*』(2007)은 미국 문학 사상 가장 혐오스러운 캐릭터 중 하나인 허클베리 핀 속의 등장인물 팹의 인생을 자세히 다룬다. 어느 쪽인가 하면, 팹은 더 많은 공간이 주어지니 더 혐오스러운 인물이 됐다. 그런가 하면 조연들로 하여금 미쳐 날뛸 수 있는 여지를 부여하는 내용을 포함하여 오스틴Austen*과 관련된 모든 것들을 담으려고 작정한 것처럼 보이는 시도도 있다. 21세기가 우선적으로 사과할 필요가 있는 것들 중 하나가 이런 경향에 관해서일지 모른다.

주연과 조연 캐릭터에 관한 지금까지의 모든 논의는 아주 오래전으로 거슬러 올라간다. 아리스토텔레스는 플롯의 형태 및 이와 관련된 캐릭터들의 본성 사이에 존재하는 친숙한 관련성을 제시했는데, 그의 논의는 다음과 같이 요약될 수 있다. "플롯은 행위로 드러나는 캐릭터이다." 수천 년이 지났지만 아리스토텔레스의 견해는 여전히 설득력이 있다. 아리스토텔레스의 견해는, 플롯은 행위 자체가 아닌 그 행위가 구성되는 방식으로 캐릭터들의 본성과 구분되며, 우리는 캐릭터들의 행위를 통해 그 본성을 발견한다는 것이다. 현대식으로 표현하면 약간 순환론적인 사고처럼 다음과 같이 말할 수 있다. '플롯은 행위 중인 캐릭터이다. 캐릭터는 플롯에 의해 드러나고 형성된다.' 캐릭터는 소설과 극문학에서 필수적임을 인정해야 한다. 여기에는 모든 종류의 캐릭터가 포함된다. 입체적인 캐릭터뿐 아니라 평면적인 캐릭터도, 동적인 캐릭터뿐 아니라 정적인 캐릭터도 필요하다. 최종적으로 분석하자면, 모두가 같은 임무를 수행하고 있

---

* 18~19세기에 활약했던 잉글랜드의 여류작가 제인 오스틴Jane Austen을 의미한다.

다. 즉 이야기나 소설, 희곡이 결말에 도달하게 만들고 그 결말이 불가피하도록 만든다. 개츠비가 누구고 닉이 누구고 데이지가 누구건, 개츠비에게 일어난 일은 오직 유일한 결과로 여겨져야 한다. 그건 톰과 조지 윌슨, 머틀 윌슨도 마찬가지다. 한 캐릭터를 죽이려면 마을 하나가 필요하다.

무슨 말이지? 이번엔 주인공이 죽게 되는 건가? 여러분, 정말 그렇게 생각하시는지? 우린 아마도 얘기를 나눠야만 할 것 같다.

그게 정말 작가의 의도일까?

지금쯤이면 분명 이런 질문을 던지고 싶을 것이다.

교수님은 지금까지 계속, 작가들은 우리가 잘 알지도 못하는 이런저런 작품을 원용하고 있고, 정말 들어본 적도 없는 어떤 상징을 사용하거나 패턴을 따르고 있다고 말씀하셨는데요, 그게 과연 작가의 의도일까요? 작가들이 정말 교수님이 말씀하신 것들을 한꺼번에 다 생각하면서 글을 쏠까요?

아주 훌륭한 질문이다. 나 역시 두운을 이루는 단어들을 써서 뭔가 간결하면서도 실질적인 답을 해주고 싶다. 하지만 이 질문에 대한 답은 한 단어면 충분하다.

그렇다.

그런데 이 답의 가장 큰 결점은 요점도 없을뿐더러 명백히 틀리다는 것이다. 아니, 최소한 오해의 소지가 있다. 물론 진짜 답은 그 누구도 알 수가 없다. 몇몇 작가는 자기 입으로 작품의 의도를 밝히기도 하지만, 일반적으로는 추측만 할 수 있을 뿐이다.

쉬운 예를 보자. 작품의 모든 면을 통제하려 하거나, 거의 모든 효과를 의도적으로 만들어내는 작가를 생각해 보자(제임스 조이스나 엘리엇, 또는 우리가 '의도주의자들Intentionalist' 이라고 부르는 일단의 작가들이 되겠다). 그 중 상당수가 현대 작가, 특히 20세기에 일어난 양차 대전을 경험한 작가들 이다. 엘리엇은 「율리시스, 질서, 그리고 신화Ulysses, Order, and Myth」(1923)라 는 에세이에서 새로 출간된 조이스의 걸작을 찬미하면서, 이전 세대의 작 가들이 '서사적 방법narrative method' 에 의존했다면 현대 작가들은 조이스 처럼 '신화적 서술 방법mythic method' 을 사용할 수 있다고 선언했다. 앞서 말한 대로 『율리시스』는 1904년 6월 16일 더블린을 무대로 펼쳐지는 긴 하루의 이야기를 서술하고 있으며, 호머의 『오디세이』를 (호머의 주인공인 오디세우스의 라틴어 명칭이 바로 율리시스다) 모델로 삼고 있다. 역설적이긴 하지만 『율리시스』는 고대 서사시의 다양한 에피소드를 구조적 틀로 활용 하고 있다. 즉 오디세우스가 지하 세계로 여행한 것을 묘지 방문으로, 인간 을 돼지로 변신시키는 마녀 키르케Circe와의 만남을 고약한 사창가로의 여 행으로 대치하는 식이다. 조이스에 대한 엘리엇의 에세이는 암묵적으로 그의 수작인 『황무지』를 옹호하기 위한 것이었다. 이 작품 역시 어부왕에 얽힌 풍요 신화, 즉 고대 신화에 기초하고 있기 때문이다. 에즈라 파운드 Ezra Pound●는 그의 작품 『시편The Cantos』에서 그리스, 라틴, 중국, 영국, 이 탈리아, 프랑스의 시적 전통을 원용하고 있다. 로렌스는 이집트와 멕시코 신화, 프로이트의 정신분석학, 요한계시록의 주제들, 유럽과 미국 소설의

● 1885년 미국 아이다호주에서 출생. 영국으로 건너가 이미지즘과 신문학 운동의 중심이 되어 엘리엇과 조이스를 세상에 소개했다. 그의 시 『시편』은 엘리엇의 『황무지』처럼 현재와 과거를 오가는 신화적 구성을 선보인다. 제2차 대전 중 반미 활동 혐의로 구금됐다가 이탈리아에 정착 했다.

역사에 관한 에세이를 남겼다. 이 작가들이나 그들과 동시대인인 버지니아 울프, 캐서린 맨스필드Katherine Mansfield, 어니스트 헤밍웨이, 윌리엄 포크너가 쓴 소설이나 시들이 순수하다고 정말로 믿고 있는가? 그렇지는 않은 것 같다.

포크너는 『압살롬, 압살롬! *Absalom, Absalom!*』(1936)의 제목을 성경에서 따왔지만(다윗에게 반기를 든 아들 압살롬은 스스로 목을 매 자결한다) 줄거리와 등장인물은 그리스 신화에서 빌려왔다. 트로이 전쟁에서 돌아온 전사의 비극, 복수와 파괴를 웅대한 규모로 얘기했던 아이스킬로스Aeschylus의 『오레스테이아 *Oresteia*』(기원전 458년)*의 포크너 판版 소설이라 할 수 있다. 트로이전쟁은 남북전쟁, 성문 앞에서의 살해는 (배신한 아내 클리템네스트라에 의해 살해되는 돌아온 남편 아가멤논에 관한 것이 아니라) 형제에게 살해당하는 배다른 아들과 평행 구조를 이룬다. 비록 클리템네스트라는 혼혈 노예인 클라이티를 떠오르게 하지만 말이다. 오레스테스는 복수의 신에게 쫓기다 결국 저택에서 발생한 화재에 죽고 마는 헨리 서트펜이고, 엘렉트라는 그를 잃은 슬픔과 비통함에 잠겨야 했던 헨리 서트펜의 누이 주디스이다.** 이렇게 웅장한 구조와 복잡한 내용을 보면 포크너가 별 생각 없이 즉흥적으로 창작했을 가능성은 거의 없다.

좋다. 현대 작가들은 그렇다 치고, 그 이전에는 어땠을까? 1900년 이전

• 아이스킬로스의 3부작 중 하나. 10년간의 트로이 원정을 끝내고 귀국한 날, 아가멤논은 그의 아내 클리템네스트라와 그녀의 정부情夫 아이기스토스에 의해 살해된다. 아가멤논 살해 당시 국외로 도망쳐 성장한 아들 오레스테스는 아폴론 신의 명령과 가호 아래 귀국, 누이 엘렉트라와 함께 어머니와 그의 정부를 죽여 아버지의 원수를 갚는다. 이는 정당한 복수였지만 어머니를 살해한 죄를 면할 길이 없어 복수의 여신 에리니에스에게 쫓긴다. 아폴론의 명으로 오레스테스는 아테네로 가서 재판을 받는데, 아폴론의 열렬한 변호와 아테나 여신의 극적인 한 표로 결국 무죄 판결을 받는다.

의 시인들은 오늘날의 일반 독자보다는 기초적인 고전 교육을(라틴어, 약간의 그리스어, 수많은 고전 시가, 단테나 셰익스피어) 더 많이 받았다. 이들은 작품에서 그런 고전을 이용해도 독자들이 금세 이해하리라는 사실을 알고 있었다. 19세기 극장에서 흥행에 성공하는 확실한 방법은 미국 서부 지역을 돌며 셰익스피어 작품을 공연하는 것이었다. 대평원의 오두막집에 사는 사람들이 셰익스피어를 인용할 줄 아는 상황에서 작가들이 셰익스피어의 작품과 비슷한 이야기를 쓴 게 "우연"이었을까?

하지만 이를 증명하기는 거의 불가능하기 때문에 작가의 의도에 대한 논의는 별 의미가 없다. 대신 작가가 실제로 어떤 글을 썼는가, 그리고 (더 중요한 것은) 독자들이 그 작품에서 무엇을 발견할 수 있는가 하는 문제로 범위를 한정시켜 보자. 이때 우리는 작품 안에 숨어 있는 여러 암시와 주장, 증거, 또는 희미하게 남아 있는 흔적들을 주의 깊게 살펴야 한다. 그리고 작가들도 사실은 우리처럼 책에 굶주리고 열정적인 독자로서, 살아오는 동안 문학의 역사와 교양을 열심히 익혀온 사람들이라는 점을 기억해야 한다. 그래서 그들이 작품을 쓸 때는 자기도 모르게 그런 전통을 활용하게 된다. 어쨌든 작가의 의식에 스며든 것은 그게 무엇이든 필요할 경우 언제든 글쓰기에 반영된다.

여기서 유념할 것이 또 있는데, 그건 바로 글 쓰는 속도다. 이 몇 페이지를 읽는 데 당신은 몇 분 걸렸겠지만 나는 쓰는 데 며칠이 걸렸다. 물론 온

●● 저자는 여기서 트로이 전쟁을 배경으로 한 『오레스테이아』와 남북전쟁을 배경으로 한 『압살롬, 압살롬!』의 구조가 비슷함을 설명하고 있다. 아가멤논과 클리템네스트라, 오레스테스, 복수의 신 엘렉트라는 『오레스테이아』에 등장하는 인물들이며 클라이티, 헨리 서트펜, 주디스는 『압살롬, 압살롬!』에 등장하는 인물들이다.

종일 컴퓨터 앞에 앉아 있지는 않았다. 먼저 기본적인 주제를 고민해 보고, 이어서 그 주제에 어떻게 접근하는 게 좋은지 숙고한 다음, 모니터에 문장을 몇 개 띄워놓고 점점 살을 붙여 간다. 쓰다가 생각이 막히면 점심을 준비하거나, 빵을 굽거나, 아들이 차 고치는 걸 돕기도 하지만 그래도 쉽게 안 풀리는 문제는 늘 머리에 담고 다닌다. 다시 키보드 앞에 앉아 일을 하다가 주의가 산만해지면 또 다른 뭔가를 하게 된다. 이런 모든 과정을 거쳐 나는 글을 써내려갔고 마침내 지금 이 단계에 이르렀다. 어떤 주제에 대해 작가와 독자가 지닌 지식의 수준이 같더라도 (아니, 독자가 지식 수준이 더 높더라도) 독자가 5분에 읽어버리는 글을 작가는 5일 동안 고민해야 한다. 내가 하고 싶은 말은, 독자들은 글을 쓰는 데 얼마나 긴 시간이 걸리는지, 그 시간 동안 작가의 머릿속에서 얼마나 많은 수평적 사고들이 오가는지 모른다는 것이다.

이 수평적 사고가 바로 우리가 정말 논의해야 할 내용이다. 수평적 사고란 무엇인가? 그것은 희곡의 줄거리든, 소설의 결말이든, 시의 주제든, 작가들이 목표로 하는 것에 집중하는 방식이며, 아주 조금이라도 관련이 있는 소재면 최대한 많이 끌어 모으는 능력이다. 나는 전에 이런 능력을 '문학의 천재'들이 지닌 위대한 재능으로 여겼지만, 지금은 그렇게 생각하지 않는다. 이따금 문예창작 강좌를 가르쳐 보면 초보 소설가들은 자주 성경과의 병렬 구조, 고전이나 셰익스피어를 원용한 부분, 대중가요, 동화의 일부 등 생각할 수 있는 건 뭐든 동원한다. 하지만 그렇다고 해서 나나 학생들이나 우리 중에 천재가 있다고는 생각지 않는다. 이런 행위는 독자이자 작가인 우리가 교실에 한데 모여 한 장의 종이를 앞에 놓고 씨름할 때 흔히 일어나는 일이기 때문이다. 그리고 이것이야말로 내 제자들의 작품, 최근 아이오와 작가 워크숍을 졸업한 이들의 작품, 나아가 존 키츠John

Keats와 셸리Percy Bysshe Shelley의 작품들을 흥미롭고 즐겁게 읽을 수 있도록 해준다.

아픔 그 이상의 의미…
: 폭력에 관하여

생각해 보자. 세스는 탈출 노예이고, 자녀들은
모두 노예 소유를 인정하는 켄터키주에서 태어났다. 이들이 천신만고 끝
에 오하이오주에 도착한 과정은 출애굽기에 나오는 이스라엘 민족의 탈
출과 비슷하다. 다만 이번에는 파라오가 문 앞에 나타나 홍해를 건너 그
들을 다시 끌고 가려 한다는 점이 다를 뿐이다. 세스는 자식들만큼은 노
예 신세를 면하게 해야 한다는 생각에 셋 다 죽이려 하지만 한 명만 죽이
는 데 성공한다.

살해된 소녀는 이후 유령이 되어 다시 돌아온다(그 이름은 소설의 제목이
기도 한 '빌러비드Beloved' 다). 그녀는 단순히 켄터키주에 대한 탈출 노예의
혐오감이나 엄마의 폭력에 희생된 어린이가 아니라 그 이상을 의미한다.
아이의 혼령은 소설의 서두에도 나오듯이 포획 상태에서 죽어갔거나, 대류에서의 강제 이동이나 중간 항로middle passage° 항해 중에 사망했거나, 플랜테이션 농장의 강제 노동으로 부터 탈출을 시도하는 과정에서 목숨을 잃은 (소설의 제명에 나오듯) '6천만 명 이상'의 아프리카인 또는 그들의 후손을 대표한다. 그 노예 제도가 얼마나 혹독했으면 엄마가 자식을 구할 최후의 방법으로 유아 살해를 선택했을까? 다시 말해 빌러비드는 사실 흑인이라는 인종 전체가 겪어야 했던 공포를 대표하는 존재이다.

폭력은 사람들 사이에서 일어나는 가장 개인적이고 은밀한 행위 중 하나이지만 동시에 문화적, 사회적 함의를 갖고 있다. 그것은 상징적이거나, 어떤 주제를 내포하거나, 성서적이거나, 셰익스피어 풍이거나, 낭만주의적이거나, 우의寓意적이거나, 초월적일 수 있다. 반면 현실에서 일어나는 폭력은 그저 폭력일 뿐이다. 누군가가 슈퍼마켓 주차장에서 당신의 코를 후려치는 것은 그저 단순한 공격 행위일 뿐이다. 현실 속의 폭력에는 그 이상의 의미는 담겨 있지 않다. 하지만 문학에서의 폭력은 문자 그대로의 폭력이면서 동시에 다른 의미도 갖게 마련이다. 누군가의 코를 후려치는 주먹은 문학에서는 뭔가를 나타내는 상징적인 주먹일 수도 있다는 말이다.

로버트 프로스트Robert Frost의 시 「꺼져라, 꺼져라 - Out, Out-」(1916)는 잠깐 방심한 사이에 일어난 실수와 이로 인해 야기되는 끔찍한 폭력을 그리고 있다. 농장에서 일하는 한 소년이 전기톱으로 작업을 하다가 저녁 먹으라는 소리에 잠깐 한눈을 파는데, 그 순간 마치 살아 있는 듯 으르렁거리며 돌아가던 톱날이 그 틈을 놓치지 않고 소년의 손을 잘라버린다.

● 아프리카 서해안과 서인도 제도 사이의 중간 항로를 말한다.

로버트 프로스트
Robert Frost (1874~1963)

이 뛰어난 시에 대해 일단 유념할 것은 그 내용이 극히 현실적이라는 점
이다. 농기계를 쓰다 보면 언제든 치명적인 부상을 입을 수 있음을 익히
아는 시인만이 그 엄청난 위험을 이처럼 상세히 묘사할 수 있다. 그것만
으로도 이 시는 그 역할을 다했으니 나름 괜찮은 작품이었을 것이다. 하
지만 프로스트는 이 시에서 아동 노동이나 농기계의 문제점을 지적하는
데서 그치지 않고 그보다 훨씬 심오한 문제를 다룬다. 이 시에 그려진 물
리적 폭력은 인간이 우주와 맺고 있는 근본적으로 적대적인 관계, 또는
최소한 무심한 관계를 상징하고 있기 때문이다.

　우리의 삶과 죽음은(작품에서 소년은 결국 충격과 과다 출혈로 사망한다) 우
주에게는 그야말로 아무것도 아니다. 아주 좋게 표현한다 해도 자연은 인
간에게 무관심하다. 아니 어쩌면 인간의 파멸에 적극적으로 개입하고 있
을 수도 있다. 시의 제목은 셰익스피어의 『맥베스』에 나오는 '꺼져라, 꺼
져라, 덧없는 촛불이여 Out, Out, brief candle'에서 가져온 것으로, 이 어린 소

년뿐 아니라 우리 모두의 무상함을 암시하고 있다. 우리 삶의 왜소함과 허무함은 인간과 비교할 때 상대적으로 영원해 보이는 머나먼 별이나 행성들의 차가운 무관심으로 강조되기도 하지만, 더 직접적으로는 농장이라는 '바깥' 세상, 또는 무차별적으로 사람을 살상할 수 있는 비인간적인 기계로도 강조될 수 있다. 「꺼져라, 꺼져라―」는 전 자연이 한 청년의 죽음을 슬퍼하며 눈물 흘린다는 존 밀턴의 고전 비가 「리시다스 *Lycidas*」(1637)*가 아니다. 프로스트의 시에 그려진 자연은 인간의 죽음에 대해 아무런 관심도 보이지 않는다. 시인은 고아와도 같은 인간의 처지를 강조하기 위해 폭력이라는 매개체를 사용했다. 차갑고 적막한 우주 안에서 죽음과 직면할 때 인간은 부모도 없이 공포에 질려 있는 외로운 고아 같은 존재라고 프로스트는 생각했던 것이다.

폭력은 문학 작품에 빈번히 등장한다. 안나 카레니나는 기차에 몸을 던졌고, 엠마 보바리는 독약으로 자신의 문제를 해결한다. 로렌스의 주인공들은 걸핏하면 서로 폭력을 행사하고, 조이스의 스티븐 디덜러스 Stephen Dedalus는 군인들에게 얻어맞는다. 포크너의 사토리스 대령 Sartoris은 제퍼슨 시내에서 뜨내기 정치인 두 명을 사살한 뒤 그 지역의 전설적 인물이 된다. 로드러너를 잡으려던 마지막 계략이 실패로 돌아가고 허공으로 떨어지기 직전, 와일 E. 코요테**는 '이크!' 란 대사가 담긴 작은 간판을 손으로 들어올린다. 심지어 행위 묘사가 많지 않은 버지니아 울프나 안톤 체홉 Anton Chekhov의 작품에도 등장인물이 죽는 장면이 자주 나온다.

---

* 밀턴이 그의 동창인 에드워드 킹의 죽음을 애도하며 쓴 목가풍의 비가悲歌.
** 로드러너와 코요테 모두 워너브러더스 사의 만화 캐릭터다.

이런 죽음과 상해 사건이 로드러너 만화의 폭력보다 더 깊은 의미를 지니려면 겉으로 드러난 표면적인 사실 그 이상의 뭔가를 상징해야 한다.

그럼 문학 작품에 나오는 폭력의 유형을 둘로 나누어 살펴보자. 하나는 작가가 등장인물들로 하여금 상대방이나 스스로에게 가하도록 하는 구체적인 폭력, 다른 하나는 줄거리 전개상 등장인물이 당해야 하는 일반적인 의미에서의 폭력이다. 첫 번째 유형에는 폭력 행위의 일반적인 범주, 즉 총격, 칼부림, 교수형, 익사, 독살, 구타, 폭격, 뺑소니, 기아 등이 포함된다. 두 번째 유형은 작가에 의한 폭력으로, 작가가 이야기를 진전시키거나 주제를 강화하기 위해 작품에 도입하는 죽음이나 고통이다. 이런 경우 등장인물에게는 폭력의 귀책사유가 없다. 프로스트의 시에 나오는 전기톱에 의한 죽음, 디킨스의 『옛 골동품상 The Old Curiosity Shop』(1841)에 나오는 리틀 넬의 죽음, 버지니아 울프의 『등대로 To the Lighthouse』(1927)에 나오는 램지Ramsay 부인의 죽음이 이 유형에 속한다.

이런 비교가 타당한가요? 폐결핵이나 심장 질환에 의한 죽음이 정말 칼부림 같은 행위와 같은 영역에 속한다는 말인가요?

물론이다. 다른 것 같지만 결국은 같다. 차이가 있다면, 이야기 속에 가해자가 존재하지 않는다는 것이다(만약 이를 작품 전체를 관장하지만 작품의 어디에도 나타나지 않는 작가의 탓으로 돌리지 않는다면 말이다). 같은 점은 '그것이 죽은 사람에게 정말 중요한가?' 하는 문제다. 이런 것도 있다. 작가들은 동일한 목적 때문에 등장인물을 죽인다. 즉 행위가 일어나도록 하기 위해, 줄거리를 복잡하게 만들기 위해, 복잡한 줄거리를 일단락 짓기 위해, 그리고 다른 인물들로 하여금 부담을 느끼도록 하기 위해 등장인물을 죽인다.

폭력이 존재해야 하는 이유는 이것들 말고도 더 있지 않을까요?

그렇다. 몇 가지 예외를 제외하면 그런 점이 가장 두드러지는 분야가 바로 추리 소설이다. 약 200페이지에 걸쳐 시체가 적어도 세 구 이상 등장하는데 때로는 더 많을 수도 있다. 그런 죽음이 얼마나 중요하게 여겨지는가? 거의 무의미하게 느껴질 것이다. 사실 줄거리에 필요하긴 하지만 우리는 추리 소설에 나오는 죽음에는 거의 주목하지 않는다. 추리 작가는 희생자를 불쾌한 인물로 그리는 경우가 많기 때문에 독자들은 그들의 죽음에 별로 신경 쓰지 않고 심지어 일종의 안도감을 느끼기도 한다. 소설의 나머지는 이 살인 사건을 해결하는 데 할애되기 때문에 어떤 차원에서는 이 죽음이 중요할 수도 있다. 하지만 추리 소설에 나오는 죽음에는 엄숙함이 결여되어 있다. 무게감도 반향도 없고, 좀 더 큰 뭔가를 의미하지도 않는다. 추리 소설들은 일반적으로 가벼운 느낌을 준다. 뭉클한 만족(문제의 해결, 의문에 대한 해답, 범인의 처벌, 복수당하는 희생자)이라는 관점에서 볼 때 추리 소설에는 무게감이 결여되어 있다. 이는 그 장르를 좋아하고 수백 편의 추리 소설을 읽은 독자의 한 사람으로서 하는 말이다.

그렇다면 교수님이 말씀하시는 무게감은 대체 어디서 나오죠?

내가 말하는 게 아니다. 저절로 느껴지는 것이다. 작품의 표면 너머에서 어떤 일이 벌어질 때 우리는 커다란 무게감이나 깊이를 감지한다. 다른 어딘가에 어떤 층이 존재하든, 추리 소설에서 살인은 작품의 표면에서 일어난다. 이는 장르의 속성상 불가피한 것으로 그 행위 자체가 오도誤導와 혼란이라는 층層 속에 묻혀 있으므로 의미 또는 중요성의 층을 지원하지 못한다. 이와는 대조적으로 '순수' 소설이나 희곡, 시는 줄거리의 차원보다는 주로 의미나 중요성의 층과 관련이 있다. 그런 허구의 세계에서 폭력은 상징적인 행위다. 우리가 『빌러비드』를 표면적인 수준에서만 이해한다면 세스가 어린 딸을 죽인 행위는 너무도 혐오스러워서 독자로서는 그녀에 대해 어떤 연민도 느낄 수가 없다. 만약 그녀가 같은 동네에 살고 있다면 우리는 다른 데로 이사를 갈 수도 있다. 하지만 그녀의 행위는 상징적인 중요성을 지닌다. 즉 우리는 세스의 살인을 한순간의 감정에 휘말려 자행한 폭력 행위인 동시에, 역사상 실제로 존재했던 공포의 시기에 한 인종이 겪어야 했던 경험으로 받아들인다. 그녀의 등에 새겨진 나무 모양의 채찍질 흉터로밖에는 설명할 수 없는 하나의 의사 표시이며, (요카스타*, 디도, 메데이아처럼) 위대한 신화의 주인공들이 어쩔 수 없이 선택할 수밖에 없었던 무시무시한 결정의 결과물인 것이다. 그리하여 세스는 단순히 옆집에 사는 여자가 아니라 신화적인 존재, 즉 위대한 비극의 여주인공으로 승화된다.

나는 앞에서 로렌스 소설의 주인공들이 서로 상당한 폭력을 자행한다고 말한 바 있다. 예컨대, 『사랑에 빠진 여인들』에서 거드런 브랑웬과 제럴드 크라이치가 만나기 전, 두 사람은 각자 폭력적인 성향을 드러내는 행동을 저지른다. 어느 날 철도 건널목에 도착한 제럴드는 브랑웬 자매가 보는 앞에서 공포에 사로잡힌 암말의 옆구리를 피가 나도록 박차로 가격한다. 이때 어슐러 브랑웬은 격분하지만 거드런은 너무도 남성적인 힘의 과시에(로렌스는 이 장면에서 강간을 연상시키는 어휘들을 사용한다) 정신을 잃을 만큼 매혹된다. 그로부터 며칠 후 제럴드는 위험한 소들 사이에서 율동 체조를(세계대전 이전에 유행했던 일종의 디스코 춤) 하고 있는 거드런을 발견한다. 그는 그녀에게 다가가 체조를 그만두게 한 다음 그게 얼마나 위험한 행동인지 말해 주지만 거드런은 오히려 그의 뺨을 후려친다. 중요

• 고대 그리스의 소포클레스가 쓴 비극 『오이디푸스왕』에서, 자기 아들인 줄 모르고 오이디푸스와 결혼해 아이들을 낳은 테베의 왕비.

한 것은 이게 바로 그들의 첫 만남이라는 사실이다. 뺨을 맞은 제럴드는 거드런이 먼저 자신을 때렸다고 말한다. 이에 대한 그녀의 반응은 무엇이었을까?

"마지막 주먹도 내가 날리겠어."

정말 애정이 넘친다. 이후 두 사람은 비슷하게 폭력적인 분위기 속에서 의지와 자아의 충돌, 격렬한 섹스, 간절하고 연민에 찬 방문, 그리고 결국 증오와 적의로 이어지는 관계를 이어간다. 그리고 거드런의 말은 옳았다. 그녀는 결국 제럴드에게 마지막 한 방을 가하는 사람이기 때문이다. 소설 마지막 부분에서 제럴드는 그녀의 눈이 튀어나올 정도로 목을 조른다. 그러다가 문득 자신의 행동에 혐오감을 느끼고 알프스 산맥의 고지대에서 스키를 타고 죽음의 질주를 한다.

너무 이상한 내용이라고? 그럼 다른 예를 보자. 그의 또 다른 걸작 「여우」에서 로렌스는 정말 기묘한 삼각관계를 그리고 있다. 밴포드와 마치는 농장을 함께 운영하고 있다. 두 여인 사이가 동성애 관계 직전에 그치고 만 이유는 단 하나, 그 당시 존재했던 검열 때문이다. 로렌스는 이미 많은 작품이 판금된 상태였으니까 말이다. 그러던 어느 날 농장에 젊은 군인 헨리 그렌펠이 나타나고 마치와 사랑에 빠진다. 세 사람 사이의 경쟁적인 이해 관계가 더 이상 유지되기 힘들 정도로 고조됐을 때 마침내 헨리는 나무 한 그루를 베고, 골칫덩이였던 밴포드를 뒤틀리다 쓰러지는 나무에 깔려 죽게 한다. 이로써 세 사람의 문제는 해결된다. 물론 그녀의 죽음은 해방된 두 사람의 관계를 위협하는 몇 가지 문제를 야기하지만 이는 그다지 중요하지 않다.

로렌스는 이렇게 폭력이 등장하는 에피소드들을 아주 상징적인 방식으로 이용했다. 예컨대 제럴드와 거드런의 충돌은 등장인물들의 심리적 문제뿐 아니라 자본주의 사회 및 현대적 가치의 결함과도 관련이 있다. 제럴드는 한 개인인 동시에 산업사회의 가치관 때문에 타락한 인물이며 (로렌스는 제럴드를 '산업의 우두머리 captain of industry'라고 불렀다), 거드런 역시 '타락한' 이른바 현대 예술가들과 접촉하면서 초기에 지니고 있던 인간성의 상당 부분을 잃고 만다. 「여우」에 나오는 나무를 이용한 살인은 소설에서 제시된 것처럼 둘 사이의 반감에 기인하지만 사실 개인적인 증오의 문제는 아니다. 로렌스가 볼 때 밴포드의 죽음은 과학기술에 대한 맹신과 지성의 지나친 강조에 기인한 본능의 억압의 결과다. 이는 남성과 여성의 본질적 가치가 매몰되어 버린 현대 사회에서, 남녀 사이의 반감 sexual tension과 성 역할의 혼돈을 보여주는 사건이다. 우리는 이 단편에서 남녀 사이의 반감을 엿볼 수 있는데 밴포드(질)와 마치(엘렌 또는 넬리)가 서로를 가끔 세례명으로 부르는 것이 그 예이다. 이들은 또 서로 '미스 Miss'라는 호칭을 생략하고 계속 성姓으로만 부름으로써 그들에게 있는 남성성을 강조했고, 헨리는 그저 헨리라든가 젊은이로만 부른다. 이렇게 교란된 양성 간의 역학 관계를 과감히 바로잡아야 로렌스적 질서가 회복될 수 있다.

　로렌스의 폭력에는 신화적 요소도 존재한다. 『사랑에 빠진 여인들』에 나오는 제럴드는 여러 번 뽀얗고 늘씬하고 아름다운 남신으로 묘사된다. 반면 거드런은 북구 신화에 나오는 여신의 이름을 갖고 있다. 그렇다면 이들의 충돌도 자연히 신화의 패턴을 따를 수밖에 없다. 「여우」의 젊은 군인 역시 남성성을 뿜어내는 풍요의 신으로 농장에 나타난다. 로렌스는 당시의 많은 작가처럼 고대 신화, 특히 황무지나 다양한 풍요 신화에 빠져 있었다. 로렌스가 볼 때 이 황폐한 농장이 비옥함을 되찾기 위해서는 강력한 남성과 풍요로운 여성이 맺어져야 했다. 그렇게 보면 (이 사랑에 방해가 될 연적을 포함해) 둘의 결합을 막는 장애물은 그게 무엇이든 희생되어야 했다.

윌리엄 포크너의 폭력은 그 기원이 로렌스의 것과는 약간 다르지만 결과는 크게 다르지 않다. 내가 아는 몇몇 문예창작과 교수들은 포크너야말로 초보 소설가들에게 가장 위험한 존재라고 말한다. 즉 폭력에 대한 포크너의 선호가 너무 강하고 매력적이어서 만약 그를 모방해 소설을 쓴다면 2천 단어 안에 강간 한 건, 근친상간 세 건, 칼부림 사건 한 건, 총격 사건 두 건, 익사에 의한 자살 한 건이 들어갈 거라는 말이다. 실제로 그가 만들어낸 가상의 지역 요크나파토파Yoknapatowpha* 카운티에서는 온갖 종류의 폭력이 난무한다. 「헛간 방화Barn Burning」(1939)에서 어린 사티 스놉스Sarty Snopes는 연쇄 방화범인 아버지가 계급적인 분노에 사로잡힌 나머지 헛간에 불을 지르려는 목적 하나로 부유한 농장주 '메이저 드 스페인Major de Spain'의 일꾼으로 들어가는 장면을 목격한다. 사티(정식 이름은 커넬 사토리스 스놉스)가 중재에 나서려 하지만 메이저 드 스페인은 말을 타고 아버지인 앱Ab과 형을 추격한다. 결국 소년의 귀에 메이저 드 스페인이 발사한 몇 발의 총성이 들려오고 사티는 땅바닥에 쓰러져 흐느낀다. 물론 더 많은 의미를 찾기 전에 이 작품에 등장하는 총격과 방화는 일단은 문자 그대로의 사건으로 받아들여야 한다. 하지만 포크너에게 폭력은 역사적으로 정해진 것이었다. 계층 간의 반목, 인종차별, 노예의 대물림(작품을 보면 노예의 땀으로 지어진 드 스페인의 저택은 백인들이 볼 때 그들처럼

---

* 포크너는 미국 남부 사회가 변천해 온 모습을 그리기 위해 작품의 무대로 요크나파토파 카운티라는 가상의 지역을 설정했다.

충분히 하얗지 않다고 생각할지 모르므로 분명 백인인 자신의 땀이 필요할 거라고 앱이 말하는 장면이 나온다), 남북전쟁에서의 패배로 인한 무기력한 분노가 포크너의 소설에 폭력의 형태로 등장하기 때문이다.

『내려가라, 모세 *Go down, Moses*』(1942)에서 농장의 서류를 검토하던 아이크 맥카슬린은 그의 할아버지가 아무런 양심의 가책도, 흑인들의 인권에 대한 고려도 없이 노예 유니스에게서 얻은 딸 토마시나와 근친상간을 해 임신시켰음을 알게 된다. 이 사건으로 유니스는 결국 자살하는데, 그녀의 죽음은 개인적인 행위일 수도 있지만 동시에 노예 제도의 끔찍함과 인간이 자결권을 완전히 박탈당했을 때 나타나는 결과를 나타내는 강력한 비유이기도 하다. 여자 노예는 자신과 딸의 몸이 어떻게 이용됐는지 말할 권리도 빼앗겼을 뿐 아니라, 그에 대한 분노를 표출할 적절한 방법도 찾지 못했던 것이다. 결국 그녀의 유일한 탈출구는 죽음뿐이었다. 노예 제도는 그 희생자들로 하여금 살겠다는 결정을 포함해 어떤 결정도 스스로 내리지 못하게 만든다. 유일한 예외, 다시 말해 노예들이 가진 유일한 힘은 죽음을 선택하는 것이고, 유니스의 자살은 바로 이런 맥락에서 이해해야 한다. 그런데 유니스가 죽자 캐러더스 맥카슬린은, 흑인이 강물에 몸을 던진 게 놀랍다고 하면서 그 소식을 누가 들었는지 물어볼 뿐이다. 소설의 제목은 '내 민족을 해방시키기 위해' 이집트로 '내려가라'는 내용이 담긴 성경에서 따 왔는데, 유니스의 자살이 이런 제목의 소설에서 일어난다는 사실은 우연이 아니다. 모세가 나타나지 않을 경우 그들을 해방시키기 위해 뭔가 해야 하는 주체는 결국 노예 상태에 있는 그들 자신이기 때문이다.

포크너는 신화나 성경에서 비유를 끌어오는 동시에 이런 역사적 조건들을 표현하는 수단으로 자주 폭력을 이용한다. 반항적이고 제멋대로인

11 아픔 그 이상의 의미… : 폭력에 관하여

아들이 장자 상속권을 거부하고 파멸을 자초한다는 내용의 소설에 포크너가 『압살롬, 압살롬!』이란 제목을 붙인 데는 다 이유가 있다. 『8월의 빛 Light in August』(1932)의 끝 부분에서는 조 크리스마스 Joe Christmas라는 인물이 거세를 당한다. 조의 행동이나 거세는 그리스도의 행적과 많이 다르지만 그의 삶과 죽음은 분명 구원의 가능성을 내비친다. 물론 여기에 아이러니가 개입된다면 상황은 또 달라지겠지만 그건 별개의 문제다.

지금까지 등장인물들 사이에 벌어지는 폭력에 대해 살펴보았다. 그렇다면 등장인물에 의한 폭력이 아니고, 작가가 주인공들에게 가하는 폭력은 어떨까? 실제 인생에서 우리는 사고를 당할 수도 있고 병에 걸리기도 한다. 하지만 그런 일이 문학 작품에서 일어나면 그건 결코 우연이 아니다. 소설 속에서는 사고일지 모르지만 소설 밖에서 보면 누군가가 사악한 의도로 미리 계획하고 꾸미고 실행한 사건이다. 그리고 우리는 그 사람이 누군지 알고 있다. 제트기 폭발 후 부드럽게 땅에 착륙한 주인공들을 다룬 1980년대의 두 소설을 예로 들어 설명해 보겠다. 페이 웰던 Fay Weldon의 『인간의 마음과 삶 The Hearts and Lives of Men』(1988)과 살만 루시디 Salman Rushdie의 『악마의 시 The Satanic Verses』다. 그처럼 엄청난 재난 사고를 이야기 속에 끌어들이고 몇몇 등장인물을 생존시키는 데 있어, 두 작가는 약간은 다른 목적을 갖고 있을지 모른다. 하지만 두 작가 모두 지상으로 우아하게 내려온 주인공을 통해 뭔가를 보여주려고 한다는 것만은 확실하다. 웰던의 소설에 나오는 어린 소녀는 타락한 성인의 세계에서 오직 혼자만 은총의 상태를 유지하고 있다. 그렇다면 그녀가 타고 있던 비행기 꼬리 부분이 무사히 착륙한 것은 이 아이의 속성을 고려할 때 아름답고 부드러운 필연적 결과인 것이다. 대조적으로, 루시디의 두 주인공은 순수에서 경험으로의 추락이* 아니라 이미 타락한 삶에서 악마적 존재로의 추락을 체험한다. 질병 역시 마찬가지다. 나중에 심장병이나 결핵, 암, 에이즈가 소설 속에서 어떤 의미를 갖는지 살펴보도록 하겠다. 그리고 그 질문은 항상 다음과 같다. '문학 작품에 등장하는 불행한 일들은 우리에게 과연 무엇을 말해 주는가?'

동원되는 폭력의 종류가 보통 한 가지 이상이며, 가능한 의미의 범위가 비나 눈보다 훨씬 넓다는 정도를 제외하면, 문학에 등장하는 폭력을 일반화해서 논하기는 거의 불가능하다. 그리고 작가들이 누군가를 해친다는 표면적인 목적 때문에 폭력을 도입하는 일은 거의 없다. 그럼 이런 질문이 가능하다. 작가는 이런 종류의 불행을 통해 무엇을 말하고 싶은 걸까? 그것이 혹시 어떤 유명한 사람이나 신화에 나오는 인물의 죽음과 닮았는가? 여러 종류의 폭력 중에 작가는 왜 하필 이것을 선택했을까? 그 대답은 아마도 심리적인 딜레마나 영적 위기, 역사적·사회적·정치적 이슈와 관련이 있을 것이다. 그 형태는 다양하지만 문학 작품에 폭력은 분명 존재하므로 작품을 읽으면서 잘 연구해 보면 대개는 그 숨은 뜻을 짐작할 수 있을 것이다.

폭력은 문학 작품 곳곳에 도사리고 있다. 폭력이 없었다면 셰익스피어 작품 대부분이, 호머와 오비디우스, 말로(크리스토퍼 말로와 필립 말로**)의 작품이, 밀턴과 로렌스, 트웨인, 디킨스, 프로스트, 톨킨, 피츠제럴드, 헤밍웨이, 솔 벨로Saul Bellow의 많은 작품이 탄생할 수 없었을 것이다. 제인

● 순수Innocence와 경험Experience은 영국의 낭만파 시인 윌리엄 블레이크의 시집 『순수와 경험의 노래Songs of Innocence and of Experience』(1794)에 나오는 개념들.

●● 필립 말로는 미국의 탐정소설 작가 레이먼드 챈들러(Raymond Thornton Chandler, 1888~1959)가 쓴 여러 작품에 1인칭 화자로 등장하는 인물.

오스틴Jane Austen은 예외일 수 있지만 그녀의 작품만 읽어야 한다면 우리의 독서는 너무도 빈약해질 것이다. 그러니 독자 입장에서는 문학 작품에 등장하는 폭력의 존재를 받아들이고 그 의미를 곰곰이 따져볼 수밖에 없다.

그건 상징인가요?

물론이다.

이는 수업 시간에 가장 자주 받는 질문이며 내 대답은 대개 같다. 그것은 상징 symbol인가요? 물론이다. 문제는 그 다음에 이어지는 질문이다.

"그럼 그것은 무엇을 의미하고, 무엇을 나타내는 거죠?"

그럴 때마다 나는 보통 다음과 같이 영리한 질문을 던진다.

"그대가 볼 때 뭘 나타내는 것 같은데?"

그렇게 물으면 내가 약은 사람이거나, 책임을 회피하고 있다고 생각할 것이다. 하지만 둘 다 아니다. 나는 아주 진지하게 당신의 생각을 묻고 있다. 그 생각이 옳을 수도 있기 때문이다. 적어도 당신에게는 말이다.

상징은 그것이 문제다. 사람들은 상징이 뭔가를 뜻한다고 생각한다. 그것도 그냥 뭔가가 아니라 특정한 어떤 것, 완전히 확실한 그 무엇을 말이다. 그런데 상징은 그런 식으로 기능하지 않는다. 물론 그렇게 뜻이 명백한 경우도 있다. 예컨대 백기는 모든 것을 포기했으니 쏘지 말라든가, 평화를 원한다는 뜻이다. 무슨 말인지 알겠는가? 이렇게 확실해 보이는 경우도, 비슷하기는 하지만 뜻이 딱 하나는 아니라는 것이다. 즉 어떤 상징은 백기의 경우처럼 상대적으로 제한된 의미를 갖지만, 대개는 어떤 하나만을 나타내지 않는다.

어떤 비유가 그렇게 단 하나의 의미를 갖는다면 그건 상징이 아니라 알레고리寓意일 것이다. 알레고리가 어떻게 작용하는지 살펴보자. 먼저, 어떤 것이 일대일의 대응 관계로 다른 것을 나타내는 사례. 1678년 존 번연John Bunyan은 『천로역정 The Pilgrim's Progress』이라는 우화를 썼다. 주인공 크리스천은 '하늘의 도시'로 가는 과정에서 '절망의 늪', '환락의 길', '허영의 시장', '죽음의 계곡' 등을 거친다. 다른 등장인물의 이름을 보면 '신실한 사람', '전도자', '지독한 절망' 등이다. 이 이름들은 각 인물이 지닌 속성을 가리킨다. '지독한 절망'의 경우에는 그 절망의 정도까지 나타내고 있다. 알레고리가 성취하려는 목적은 단 하나, 특정한 의미를 전달하는 것이며 『천로역정』의 경우는 독실한 크리스천이 천국에 도달하는 여정을 가리킨다. 만약 (알레고리의 요소인) 표상과 그것이 나타내는 의미 사이의 일대일 대응 관계가 모호하거나 불분명하면 전달하려는 메시지가 흐려지므로 그 알레고리는 실패한 것이다. 이런 명확함은 나름의 이점을 갖고 있다. 조지 오웰George Owell의 『동물농장 Animal Farm』(1945)이 독자들에게 인기 있는 이유도 그 비유가 쉽게 이해되기 때문이다. 오웰은 독자들이 모호한 그 어디가 아니라 특정한 그 지점에 도달하기를 원했다. 즉, 권력을 쥔 자들은 그 권력에 의해 타락하면서 초기에 내세웠던 가치와 원칙을 저버리게 되므로 혁명은 반드시 실패한다는 사실을 분명히 말하고 싶었던 것이다.

그런데 상징은 이렇게 깔끔하지 않다. 상징의 의미는 명쾌한 한 문장으로 표현되기보다는 여러 의미나 해석의 가능성을 수반하는 경우가 많다.

동굴이라는 이미지를 예로 들어보자. 포스터E. M. Forster의 『인도로 가는 길 A Passage to India』(1924)에서는 가장 핵심적인 에피소드, 즉 성폭행으로 보이는 사건이 동굴에서 일어난다. 그리고 작품의 전반부에서 마라바르 Marabar라는 동굴이 여러 번 등장하는데, 특이하게도 매번 모호하고 비밀스럽게 묘사된다. 독립적이고 진보적인 '아델라 퀘스티드Adela Quested'(그녀의 이름 자체가 어떤 상징적인 느낌을 주지 않는가?*)가 동굴을 보고 싶다고 하자 고등 교육을 받은 인도인 내과의사 아지즈Aziz가 소풍을 주선한다. 그런데 동굴은 듣던 바와 전혀 다르다. 메마른 황무지에 고립되어 있는 동굴은 아무런 장식도 없이 낯설고 으스스한 분위기를 풍긴다. 아델라의 시어머니가 될 무어Moore 부인은 첫 번째 동굴에서 같이 들어간 사람들 때문에 그 안이 갑자기 답답할 정도로 비좁고 신체적으로 위협받는 느낌에 빠진다. 한편 아델라는 동굴 안의 모든 소리가 어떤 하나의 '부웅' 하는 소리로 귀결되고, 사람들의 목소리나 발자국 소리, 심지어 성냥 긁는 소리까지도 공허한 울림으로 흡수된다는 사실을 깨닫는다. 이윽고 무어 부인이 동굴 구경은 그만 됐다며 물러나자 아델라는 혼자 좀 더 둘러보기로 결심한다. 그러던 중 한 동굴에 들어간 아델라는 뭔가 안 좋은 일이 벌어지고 있다는 느낌에 덜컥 겁이 난다. 다음 장면에서 아델라는 동굴 밖

• 'quest'는 '탐구'라는 뜻이다.

언덕길을 달려 내려오다가 그동안 그녀가 맹렬히 비난해 온 인종 차별 의식을 가진 영국인들의 도움을 받는다. 여기저기 멍들고 긁힌 데다 선인장 가시에 찔린 아델라는 그 충격으로 자신이 동굴 안에서 성폭행을 당했고 아지즈가 바로 그 범인이라고 확신하는 지경에 이른다.

이 작품에서 동굴은 상징으로 쓰였는가? 물론이다.

그렇다면 무엇의 상징인가?

안타깝지만 그건 또 다른 문제다. 우리는 이 동굴이 뭔가를 의미하기를 바란다. 나아가 그것이 어떤 하나, 어느 시대 누구나 받아들일 수 있는 특정의 대상을 가리키기를 바란다. 그래야 이해하기 쉽고, 편리하고, 받아들이기도 좋기 때문이다. 하지만 그런 편의성은 결과적으로 심각한 손실을 초래한다. 이 동굴의 의미를 한 가지로 제한할 경우, 『인도로 가는 길』은 거의 무한히 뻗어갈 수 있는 해석의 여지를 구성하는 일종의 네트워크를 상실하기 때문이다. 동굴의 의미는 소설의 표면에 있지 않다. 더 깊은 곳에서 우리가 나름의 방식으로 해석해 주기를 기다리고 있다. 어떤 상징이 의미하는 바를 알아내려면 질문, 경험, 기존의 지식 등 다양한 수단을 동원해야 한다.

그렇다면 포스터는 이 작품에서 표면적인 뜻 이외에 동굴이라는 상징을 통해 어떤 것을 암시하고 있을까? 이 소설에 존재하는 다른 의미는 무엇이며, 우리가 생각할 수 있는 동굴의 일반적인 용도로는 무엇이 있을까? 다양한 의미를 내포하는 이 동굴에 대해 그 밖에 무엇을 더 생각해 볼 수 있을까? 자, 함께 고민해 보자.

먼저 동굴이 갖는 일반적인 의미다. 인류의 과거를 떠올려 보자. 날씨에 따라 생활이 달라지던 우리의 먼 조상들은 동굴에서 살았다. 그 안에는 뼈 더미나 위대한 불의 발견을 보여주는 탄 자국도 있지만 어떤 동굴에는 멋들어진 그림도 남아 있다. 하지만 소설에서의 동굴은 (물론 장담할 수는 없지만) 어쩌면 우리 내면에 존재하는 가장 기본적이고 원시적인 요소들과의 관련성을 암시하는 것 같기도 하다. 그 다른 쪽 극단에 있는 플라톤도 고려해 보자. 기원전 5세기에 쓴 『국가론 *Politeia*』에서 플라톤은 '동굴의 비유'를 통해 의식과 감각으로서의 동굴이라는 이미지를 제시했다. 이 두 가지가 우리가 지금 고려 중인 문제에 실마리를 제공할 수도 있다. 신석기시대 사람들에게 안전한 피난처가 되어 준 동굴은 이 소설과는 별 관련이 없겠지만, 플라톤의 동굴은 자신의 깊은 내면과 조우한 뒤 거기서 발견한 사실에 두려움을 느낀 아델라와 어떤 관련을 갖고 있을지도 모른다.

그럼 이제 동굴에 대한 포스터의 견해를 본격적으로 알아보자. 그 지역 주민들은 동굴에 대해 설명하거나 묘사하지 못한다. 동굴을 안내하겠다고 적극적으로 나섰던 아지즈는 결국 자신이 동굴에 대해 아무것도 모르고 한 번도 가본 적 없다는 사실을 인정해야 했다. 동굴에 가 본 적 있는 고드볼 Godbole 교수 역시 그곳에 대해 별 상관도 없어 보이는 말만 늘어놓을 뿐이다. 그는 (동굴이 아름다운지, 역사적으로 중요한 곳인지 등) 호기심에 찬 사람들이 던지는 온갖 질문에 "아니오"라는 모호한 대답만 들려준다. 그런데 서양 사람들, 심지어 아지즈에게도 이런 반응은 도움이 되지 않는다. 고드볼의 메시지는, 동굴은 이해하기보다 경험해야 할 존재라든가, 들어가는 사람마다 다르게 느낄 수 있다는 뜻일 수도 있다. 그리고 이런 그의 생각은 무어 부인이 다른 동굴에서 겪은 불쾌한 경험에 의해 힘을 얻을지도 모른다.

소설 초반에 무어 부인은 사람들을 귀찮아하고, 그들이 가하는 압박, 즉 그들의 견해, 억측, 물리적인 존재 등을 참지 못하는 모습을 보여준다.

그녀가 인도를 체험하면서 느낀 아이러니 중 하나는 그처럼 광활한 곳에서는 심리적 공간이 오히려 좁아진다는 사실이다. 그래서 인도까지 왔는데도 그녀는 자신의 생활, 영국, 주변 사람들, 다가오는 죽음으로부터 벗어나지 못한다. 동굴에 들어선 순간 그녀는 한 무리의 사람들과 마주친다. 좁고 어두운 곳에서 서로 밀치고 부딪치는 사람들은 무어 부인에게 분명 적대적으로 보였을 것이다. 그리고 이때 정체는 모르지만 불쾌한 뭔가가 그녀의 입을 휙 스쳐간다(그게 박쥐인지 아기인지 알 수 없지만, 어쨌든 살아 있는 생명체로서 아주 불쾌한). 가슴이 답답하고 호흡이 곤란한 지경에 이르자 무어 부인은 얼른 동굴 밖으로 뛰쳐나오고, 한참 지나서야 안정을 되찾는다.

무어 부인의 경우 동굴은 그녀의 내면 깊은 곳에 자리한 개인적 공포 및 불안과 대면하도록 강요하는 존재로 보인다. 그것은 바로 타인, 통제되지 않는 감각, 자녀, 그리고 다산多產이다. 여기에는 인도 자체가 그녀를 위협하고 있다는 암시도 들어 있다. 왜냐하면 그건 바로 아델라와 무어 부인만 빼면 동굴 안에 있는 사람들이 모두 인도인이기 때문이다. 무어 부인은 그 지역을 다스리는 다른 영국인들과 달리 인도인처럼 되기를 시도하고, '원주민들'을 편하게 대하며 이해하려고 애쓰지만 완전한 인도 경험을 했다고는 말할 수 없다. 따라서 그녀가 어둠 속에서 마주친 존재는 어쩌면 '인도인이 되려는' 시도의 허구성이었을지도 모른다.

그런데 달리 생각해 보면 무어 부인은 동굴에서 그 무엇도 만나지 못했을 수 있다. 그녀가 동굴에서 마주친 것은 무Nothingness였는지도 모른다. 『인도로 가는 길』은 사르트르와 카뮈 등 1950년대와 1960년대의 실존주의자들이, 사르트르의 용어를 빌리면 '존재와 무Being and Nothingness'를 명확히 이분화하기 전에 출판되었지만 말이다. 그녀가 동굴에서 경험한 것이 죽음이라기보다 허무void일 수도 있을까? 확실히 말할 수는 없지만 충분히 가능하다고 본다.

자, 이제 아델라의 경우를 보자. 아델라의 동굴은 무엇을 나타내는가? 비록 두 사람의 경험은 다르지만 아델라의 반응은 무어 부인의 반응을 모두 포함하고 있는 듯이 보인다. 사랑하지도 않는 사람과 결혼하기 위해 지구의 절반을 항해해 온 아델라는 노처녀가 되기 직전의 아가씨로서 결혼과 성에 대해 불안감을 갖고 있다. 그것은 충분히 이해할 만하다. 사실 동굴에 들어가기 전 그녀가 나눈 마지막 대화는 아지즈의 결혼 생활에 관련된 내용이었다. 그녀는 매우 세세한 질문, 어찌 보면 부적절해 보일 수 있는 질문을 던졌다. 어쩌면 이 대화가 아델라에게 (그녀가 정말 환각을 경험했다면) 환각 작용을 초래했거나, 아니면 아지즈나 그 밖의 제삼자(예컨대 안내인)로 하여금 (정말 누군가가 무슨 짓을 했다면) 그런 행동을 하게 만들었을 수 있다.

동굴에서 겪은 공포와 메아리 소리는 아델라가 재판정에서 아지즈에 대한 증언을 철회할 때까지 그녀의 영혼을 심하게 괴롭힌다. 소동이 진정되고 그동안 그녀를 증오했던 인도인들과 새로이 그녀를 증오하게 된 영국인들로부터 벗어나 안전한 곳에 있게 되자 그녀는 그 메아리가 멈추었다고 말한다. 이것은 어떤 의미일까? 동굴은 아델라가 영위해 온 진실하지 못한 삶을(이 또한 실존주의자들이 말한 개념인데) 깨닫게 하거나 절감하게 만들어 주었는지도 모른다. 다시 말하면 아델라는 동굴 속에서 자신의 거짓된 삶과 마주쳤을지도 모른다는 말이다. 약혼자인 로니Ronnie와 결혼하려고 인도에 온 행동은 교활한 것이고, 그렇게 스스로의 삶에 대한 책임을 저버린 것은 위선이었다. 아니면 동굴에서의 경험은 (전통 철학적 개념으로 표현하자면) 진실의 파탄을 의미할 수도 있고, 그녀가 부인했던, 그리고 정면으로 마주할 때만 쫓아버릴 수 있는 공포와의 조우를 뜻하는지도 모른다. 그 밖에 또 다른 의미가 존재할 수도 있다. 이후에 벌어진 사태를 고려할 때, 아지즈에게도 동굴은 영국인들의 교활함이나, 그가 취하는 복종적인 태도의 허위성, 자신의 삶을 책임져야 할 필요성을 보여주고 있는지 모른다. 아마 아델라는 무無와 정면으로 마주하면서 정말 공황 상태에 빠졌을 수도 있고, 자신의 책임을 인정하고 증언을 철회함으로써 본래의 그녀로 돌아올 수 있었을지도 모른다. 어쩌면 동굴에서 일어난 일은 그저 아델라 자신에 대한 회의, 그녀의 심리적·정신적 고뇌의 표현에 불과할 수도 있다. 그리고 여기에는 인종 문제에 대한 고민이 담겨 있을 수도 있다.

상징으로서의 동굴에 대해 확실히 알 수 있는 건 그것이 계속 비밀스러운 존재로 남아 있다는 사실뿐이다. 무책임한 말처럼 들리겠지만 사실이다. 동굴의 상징적 의미는 상당 부분 독자가 작품을 바라보는 시각에 의해 결정될 것이다. 독자는 각자 나름의 방식으로 작품을 경험한다. 그 이유는 모든 사람이 서로 다른 수준에서 이런저런 요소를 강조하고, 그런 차이가 작품의 한 측면을 서로 다르게 부각시키기 때문이다. 작품을 읽을 때 우리는 분명 각자의 역사, 즉 지금까지의 모든 독서 경험을 동원하지만, 그와 동시에 교육 정도, 성별gender, 인종, 계층, 종교, 인간관계, 철학적 성향을 투영하게 마련이다(그 밖에 다른 요소도 포함될 수 있다). 이런 변수들은 필연적으로 독자가 작품을 이해하는 데 영향을 끼치게 되고, 그렇다면 독서에서 상징만큼 독자들의 개성이 분명히 드러나는 측면도 없을 것이다.

상징적 의미의 문제는 같은 상징을 놓고 각자 다른 측면들을 강조하는 작가들 때문에 더욱 복잡해진다. 예컨대 세 강에 대해 생각해 보자. 마크 트웨인Mark Twain은 미시시피강, 하트 크레인Hart Crane은 허드슨-이스트-미시시피강을, 엘리엇은 템스강을 다루고 있다. 세 사람 모두 중서부—이 중 둘은 미주리주—출신의 미국 작가다.* 그렇다면 이들이 언급한 강이 동일한 내용을 상징한다고 가정해도 될까?

『허클베리 핀의 모험 The Adventures of Huckleberry Finn』(1885)에서 마크 트웨인은 허크와 탈출 노예 짐을 뗏목에 태워 미시시피강 하류로 내려 보낸다. 강은 이 소설에서 아주 많은 것을 의미한다. 소설 초반부에 강이 범람하면서 허크의 아버지를 비롯해 여러 가축과 사람들을 쓸어간다. 짐은 자유를 향해 탈출하는 데 이 강을 이용하지만, 하류로 내려갈수록 노예 제도가 있는 지역으로 점점 더 깊이 들어가기 때문에 이 '탈출'이라는 말에는 모순이 있다. 강은 위험하지만 다른 한편으로는 그를 안전하게 지켜준다. 허술한 뗏목으로 위험한 강을 여행하고 있지만, 육지와 떨어져 있기 때문에 들킬 위험이 줄어들기 때문이다. 개인적인 차원에서 보면, 강과 뗏목은 백인 소년 허크에게 짐이 노예가 아니라 한 인간임을 알게 해주는 장치 역할을 한다. 물론 강은 하나의 길이며, 뗏목 여행은 허크가 더 성숙하고 사려 깊은 청년으로 성장하는 탐구의 여정이다. 소설의 마지막 부분을 보면, 자기에 대해 잘 알게 된 허크는 어린 시절의 고향 한니발Hannibal**과 남을 쥐고 흔드는 여자들에게로 절대 돌아가지 않겠다고 다짐하며 인디언 보호 구역으로 발길을 돌린다.

이번에는 시 도처에 강과 다리가 등장하는 하트 크레인의 연작시 『다

● 엘리엇은 미주리주 세인트루이스에서 태어났으나 1927년에 영국으로 귀화한다.

●● 허크가 어린 시절에 살던 동네.

리 *The Bridge*』(1930)를 보자. 그는 우선 이스트강을 가로지르는 브루클린 다리를 묘사한다. 이 강은 넓어지며 허드슨으로, 그리고 다시 미시시피로 흘러가는데 크레인에게 이 세 강은 미국의 모든 강을 대표한다. 이 시는 여러 가지 흥미로운 주제들을 제시한다. 예컨대, 다리는 강 때문에 서로 나뉘어 있는 두 땅덩어리를 연결해 주지만, 다른 관점에서 보면 강의 흐름을 자르고 있다. 강의 경우는 어떤가? 흐르는 강 때문에 양쪽의 땅이 분리되는 듯 보이지만 강은 양쪽 사람들이 반대쪽을 향해 여행할 수 있게 하는 통로이기도 하다. 크레인의 시에서 미시시피강은 그 엄청난 길이 때문에 가장 중요한 상징적 의미를 담고 있다. 미시시피강은 미국의 북단과 남단을 이어주는 한편, 그 강을 건널 수단 없이는 사실상 동에서 서로 이동할 수 없게 만든다. 하트 크레인의 강이 지닌 의미는 마크 트웨인의 강이 나타내는 내용과 전혀 다르다. 이 시에서 강과 다리는 한데 합쳐져 모든 것이 연결된다는 이미지를 만들어낸다.

엘리엇은 어떨까? 제1차 대전의 여파와 자기의 신경 쇠약을 토대로 쓴 『황무지』에서 엘리엇은 템스강을 주요한 도구로 이용한다. 이 시에서 템스강은 강둑을 기어가는 쥐를 포함해 죽어가는 문명의 배설물을 실어 나른다. 강은 끈적끈적하고 더럽고 (전래 동요집인 마더 구스를 인용한 부분에 있듯이*) 유명한 다리는 무너지고, 님프들은 떠나가 버렸다. 지금의 템스강은 고귀함과 우아함, 신성함을 상실한 상태이다. 몇백 년 전에는 엘리자베스 여왕과 레스터 백작이 템스강에서 뱃놀이를 했다고 하지만 지금 템스강의 연인들은 그저 추잡하고 지저분할 뿐이다. 엘리엇의 강은 분명 상

---

* 전래 동요집 『마더 구스 *Mother Goose*』 중 「런던 다리가 무너지네 *London Bridge Is Falling Down*」가 인용되어 있음.

징적이다. 또한 확실히 마크 트웨인이나 하트 크레인에는 나오지 않는 타락한 현대인의 삶, 서구 문명의 붕괴와 관련된 것을 상징한다. 물론 엘리엇의 시는 아주 아이러니한데, 나중에 논의할 기회가 있겠지만 아이러니가 개입되면 모든 게 달라진다.

앞의 몇 장을 읽으면서 여러분은 내가 상당히 권위적인 어조로 여러 작가들의 작품에서 사용된 동굴과 여러 상징이 갖는 의미를 단정적으로 말하고 있음을 눈치챘을 것이다. 실제로 나는, 적어도 내 느낌으로는 그 상징들이 갖는 의미를 꽤 정확히 파악했다고 생각한다. 이 권위는 내 교육 배경과 경험에서 나오는 것이다. 예컨대 나는 『황무지』를 읽을 때 시는 최근의 전쟁이나 그 여파에서 자유로울 수 없다는 역사적 맥락에 기초하여 접근하는 편이다(말하자면 역사주의적 독서 방식이다). 하지만 모든 사람이 나와 동일한 시각으로 작품을 바라보지는 않는다. 시의 형식이나 작가의 전기적 배경을 중심으로 이 시를 읽는 사람도 있을 것이고, 작가 자신의 삶이나 결혼 생활의 급격한 변화에 대한 작가의 반응으로 해석하는 사람도 있을 것이다. 이처럼 다양한 접근법은 그 자체로 유효할 뿐 아니라 작품을 깊이 있게 이해할 수 있도록 도와준다. 사실 나는 『황무지』를 읽는 다른 접근 방법을 통해 이 시뿐 아니라 내 해석의 한계에 대해서도 아주 많은 것을 배웠다. 문학 교수로서 누리는 즐거움 중 하나는 서로 다르거나 심지어 대립하는 해석들을 만나는 데 있다. 위대한 작품들의 경우 상당히 다양한 해석이 가능하기 때문이다. 다시 말하면 어떤 상황에서도 여러분은 이 책에 등장하는 작품들에 대한 나의 해석이 정답이라고 믿어서는 안 된다.

상징과 관련된 또 다른 문제는, 그것이 사건이나 행위가 아니라 어떤 대상이나 이미지라고 생각하는 독자가 많다는 것이다. 그런데 행위 역시 하나의 상징일 수 있다. 비록 그 사용 방법이 아주 교묘해서 시의 표면적인 의미에 집중하기 쉬운 일반 독자들이 완전히 놓쳐버릴 우려가 있지만, 로버트 프로스트Robert Frost야말로 행위를 상징으로 활용한 최고의 대가일 것이다. 그의 시 「풀베기Mowing」(1913)를 예로 들면, 낫으로 풀을 베는 행위는 일단 들에 나 있는 풀을 제거한다는 뜻이다(여러분이나 나는 그럴 필요가 없다는 게 얼마나 다행인가!). 하지만 이 행위는 표면적인 의미 이상의 어떤 것, 즉 일반적인 노동이나 삶을 영위한다는 외로운 과정 그 자체를 넘어선 무엇을 의미하기도 한다. 「사과를 수확한 후After Apple Picking」(1914)에서 화자가 사과 따기를 묘사하는 부분은 계절의 한 시점뿐 아니라 인생의 한 단계를 의미하기도 한다. 흔들리는 사다리와 발에 느껴지는 가로장의 감촉에서부터 눈에 들어오는 사과의 이미지에 이르기까지, 사과 따기의 추억은 영혼의 문제를 고민하며 살아가는 행위의 고단함과 눈물을 암시하고 있는 것이다. 상징을 별로 중시하지 않는 이들은 이 시를 그저 어느 아름다운 가을날을 그린 시로 생각할 수도 있다. 이 멋진 시에는 물론 그런 내용도 있지만 그 이상의 의미가 담겨 있다. 「가지 않은 길The Road Not Taken」(1916)에서 화자가 두 길 중 하나를 선택하는 순간을 보면 행위의 그런 상징성이 더 분명히 나타나고, 그것이 바로 이 시가 세계적으로 널리 사랑받는 이유이기도 하다. 어떤 상징적 의미를 지닌 행위들은 「꺼져라, 꺼져라―」에서의 끔찍한 사고, 「자작나무Birches」(1916)에서 나무에 기어오르는 순간 등 프로스트의 다른 시에서도 끊임없이 발견된다.

그럼 이제 상징의 문제를 어떻게 다룰지 생각해 보자. 예컨대 '강은 x를 의미한다', '사과 따기는 y를 의미한다'라고 간단하게 말할 수는 없다. 대신, '이것은 가끔 x나 y, 심지어 z를 의미한다'라고 말할 수는 있다. 그렇다면 우리가 어떤 작품을 읽을 때, 전자처럼 어떤 상징의 의미가 아주 명확한지, 아니면 후자처럼 여러 가지로 해석될 여지가 있는지 판단해 보자. 이때 앞에 나온 문학 작품에 등장한 강이나 노동을 기억해 보는 것도 좋다. 그런 후에 작품을 적당한 단위로 나누어보라. 그런 다음, 자유롭게 이런저런 연상도 해보고, 연관된 개념들을 적어보기도 하라. 그렇게 하면 생각들을 정리할 수도 있고, 몇 개의 제목 아래 묶을 수도 있으며, 해당 작품에 적용할 수 있는지 없는지 판단할 수도 있다.

그런 다음, 지금 읽고 있는 작품에 대해 질문을 던져라. 작가는 어떤 의도로 이 이미지, 이 사물, 이 행위를 만들어냈을까? 이 스토리나 시의 흐름은 어떤 결말을 예고하는가? 그중에서도 가장 중요한 것은, 내게 이 작품이 어떤 의미가 있는지 생각하는 것이다. 문학 작품을 읽는 일은 아주 지적인 행동이지만, 다른 한편으로는 정서 및 본능의 움직임이 더 중요할 때도 있다. 우리가 문학 작품에서 얻는 것 중 많은 부분은 일단 느낌으로 다가온다. 하지만 느낌을 본능이라고 할 때, 그 본능이 반드시 높은 수준에서만 작동하지는 않는다. 개는 본능적으로 수영할 줄 알지만, 모든 개가 그 본능으로 뭘 할 수 있는지 생각하며 물에 뛰어들지는 않는다. 독서도 마찬가지다. 여러분이 상징에 관련된 상상력을 많이 발휘하면 할수록 작품을 더 빠르고 깊게 이해할 수 있다.

작품을 읽을 때 우리는 작가의 상상력에 집중하지만 독자의 상상력도 중요하다. 우리의 창의성과 독창성이 작가의 상상력과 마주할 때, 우리는 작가의 의도를 파악하고, 그 의미를 어떻게 이해해야 할지 궁리하고, 그 작품을 어떻게 이용할지 계속 고민한다. 상상은 환상이 아니다. 다시 말하면, 작가의 의도를 완전히 무시하고 새로운 의미를 만들어 낼 수는 없다는 것이다. 만약 그렇게 되면 그 작품은 작가의 작품이라고 하기 어렵다. 그러므로 독서에서 상상력이란 독자가 자기의 창의성을 동원해 작가의 창의성을 만나는 행위이다.

　앞으로 책을 읽을 때는 당신이 지닌 창의적 지능을 발휘하고, 자신의 본능에 귀를 기울이며, 작품에 대한 당신의 느낌에 주목하라. 그 느낌이 작품을 이해하는 데 중요한 실마리가 되어 줄 것이다.

13

모든 게
정치적이다

How to Read Literature Like a Professor

　　　　　　　지금이야 『크리스마스 캐럴A Christmas Carol』이
사적인 도덕극 또는 멋진 크리스마스 동화로 간주되고 있지만, 이 작품을
발표한 1843년 당시 디킨스는 유령의 방문으로 구원받는 지독한 구두쇠
이야기를 하고 있었다. 하지만 진짜 의도는 당시 많은 사람의 지지를 받
던 정치적 신조를 공격하려는 것이었다. 그 이론적 배경은 그 전 2세기 동
안 명맥을 유지해 온 청교도 주의의 영향 아래 성립된 것으로 영국의 사
회학자 맬서스Malthus가 주창한 이론과 부합했다. 그 내용을 보면, 가난한
이들을 돕거나 더 많은 사람을 먹이려고 식량 생산을 늘리는 것은 사실상
빈곤층의 숫자를 늘리는 일을 방조하는 셈인데, 빈곤층은 남아도는 귀리
죽을 이용하기 위해 더 빠른 속도로 아이를 낳을 것이기 때문이다. 디킨
스는 맬서스의 이런 사고방식을 스크루지의 발언을 통해 희화적으로 묘

사했다. 스크루지는 자기는 가난한 자들과 어떤 식으로도 엮이고 싶지 않다면서, 구빈원에서 연명하거나 빚을 져 감옥에 가느니 차라리 굶어죽는 편이 낫다고 생각하는 자들이 있다면 '최대한 빨리 그러는 게 좋아, 그래야 과잉 인구를 줄일 수 있거든' 이라고 말한다. 소설 속에서 스크루지는 정말 그렇게 말하고 있다. 정말 대단한 사람이다!

토마스 맬서스를 모르더라도 『크리스마스 캐럴』을 읽었거나 이를 각색한 드라마나 영화를 봤다면 당신은 이 이야기에 뭔가 있다는 걸 눈치챘을 것이다. 만약 그 인색한 스크루지가 그저 심보 고약하고 이기적인 노인에 불과했다면, 또 그가 뭔가를 깨달아야 하는 유일한 영국인이었다면 이 이야기가 우리에게 그처럼 큰 반향을 불러일으키지는 못했을 것이다. 『크리스마스 캐럴』은 비정상적인 사람을 치료하려는 목적으로 쓰인 평범한 우화가 아니다. 디킨스가 스크루지를 선택한 것은 그가 독특해서가 아니라 대표적인 인물이었기 때문이며, 당시 사회에 스크루지 같은 사고가 팽배했기 때문이다. 『크리스마스 캐럴』에는 독자 개개인을 변화시키고, 이를 통해 사회를 바꾸려는 의지가 분명히 담겨 있다. 소설 초반에서 스크루지가 하는 말 중에는 맬서스나 그의 이론을 표방하는 빅토리아 시대 학자들의 발언을 거의 그대로 옮겨놓은 것들도 있다. 디킨스는 사회 비평가였지만 자신의 의도를 교묘히 숨겼고, 작품이 늘 재미있기 때문에, 사회 문제에 대한 비판이 그의 주된 목적이었다는 사실을 독자가 놓칠 수도 있다. 『크리스마스 캐럴』을 읽으면서 말리의 유령이나 과거·현재·미래의 유령, 그리고 타이니 팀 Tiny Tim * 의 사연에만 마음을 쏟

• 『크리스마스 캐럴』에 나오는 등장인물.

고 사회적 책임에 대한 우리의 태도를 비판하고 다른 시각을 갖기를 촉구하는 작가의 의도를 간과하기는, 일부러 그러지 않는 한, 상당히 어려울 것이다.

문학 작품의 정치성과 관련해 나는 이런 생각을 갖고 있다.

그게 소설이든 희곡이든 시든, 나는 '정치적인' 글을 싫어해.

아무리 진지한 내용이라 해도 정치성이 강한 작품은 보편성도 없고, 오래 가지도 못하고, 당대에도 호평받지 못한다. 주로 국민의 삶에 영향을 끼칠 의도로 쓰여진 소설이 그런데, 예컨대 소비에트 시대의 (역사상 가장 심각한 오칭誤稱 중 하나라 할) 사회주의 리얼리즘에 입각한 작품들을 보자. 당시 소설들을 보면 씩씩한 주인공들이 집단농장에서 생산을 증대시키는 방법을 개발해 5개년 계획의 목표를 달성한다. 어디서 들은 얘긴데, 멕시코의 위대한 소설가 카를로스 푸엔테스Carlos Fuentes는 이를 한 소년과 소녀, 그리고 트랙터 사이의 사랑으로 형상화시켰다고 한다. 정치성이 강한 글들은 이처럼 대개 일차원적이고 단순하고 지나치게 획일적이고 교조적이고 지루하다.

내가 개인적으로 싫어하는 정치적 성향의 작품은 어떤 소소한 주장이나 관심사, 파벌의 이해 관계만을 대변하는 의도적 성격이 짙은 글, 극히 시사적인 상황에 얽매여 그 시대와 장소만 벗어나면 별 호소력이 없는 글이다. 예컨대 반유대주의와 권위주의가 뒤섞인 에즈라 파운드의 정치적 성향은(결국 그는 이탈리아의 파시즘에 경도될 수밖에 없었다) 지각 있는 사람들에게 혐오감을 주며, 따라서 그의 작품 중 그런 성향이 투영된 시들은 그것 때문에 모든 것이 무너지고 만다. 설령 그의 정치적 성향이 그리 끔찍하지 않다고 해도 그런 내용이 담긴 시는 뭔가 어설프고 서툴고, 너무 선동적인 경향이 있다. 한 예로 그가 『시편 Cantos』에서 유주라

13 모든 게 정치적이다

Usura *의 폐해에 대해 읊어댈 때면 독자는 너무 지루해서 정신이 산만해질 지경이다. 신용카드 시대를 살아가는 이들은 양차 세계대전 사이에 존재했다는 거래 방식의 문제점에 대해 아무런 관심도 없기 때문이다. 1930년대에 쏟아져 나온 좌파 희곡들도 마찬가지여서, 당시에는 정치적 구호로 적합했을지 모르지만 보편성 측면에서 보면 오늘날의 우리에게는 그저 문화인류학의 대상에 지나지 않는다.

저는 '정치적인' 글을 좋아하는데요.

우리가 사는 세계의 현실을 다루는 글, 즉 사회적·정치적 영역을 포함한 인간의 문제에 대해 고민하고 개인의 권리 및 권력을 가진 자들의 잘못을 다루는 글들은 흥미로울 뿐 아니라 독자의 마음을 사로잡는다. 여기 해당하는 작품으로는 음울한 런던을 묘사한 디킨스의 후기 작품, 가브리엘 가르시아 마르케스Gabriel García Márquez와 토니 모리슨의 멋진 포스트모던 소설, 헨릭 입센Henrik Ibsen과 조지 버나드 쇼George Bernard Shaw의 희곡, 북아일랜드의 현실을 그린 셰이머스 히니Seamus Heaney의 시, 페미니스트로서 파격적인 문체를 구사한 에반 볼런드Eavan Boland, 에이드리언 리치Adrienne Rich, 오드리 로드Audre Lord의 시가 있다.

어떤 면에서 보면 거의 모든 글이 정치적이다. 안 그런 것처럼 보여도 로렌스의 작품은 아주 정치적이다. 『사랑에 빠진 여인들』은 그나마 덜 정치적이지만 여기서도 한 등장인물이 울새robin를 보고 마치 '하늘에 사는

• 반자본주의 성향을 지닌 에즈라 파운드는 세계의 죄악은 대부분 자본주의 금융 방식에 기인한다는 결론에 도달했고 이를 고리대금이라는 의미를 가진 'Usura(또는 Usury)'라는 용어로 범주화했다. 그는 『시편』을 직접 낭독하기도 했다.

작은 로이드 조지Lloyd George'* 같다고 말한다. 나는 울새가 당시 영국 수상과 얼마나 닮았는지 모르지만 로렌스는 분명 그를 싫어했고, 이렇게 말한 소설 속 인물 역시 작가와 동일한 정치적 견해를 갖고 있었을 것이다.

하지만 로렌스 소설의 진정한 정치성은 다른 면에 있다. 그는 기존의 제도와 상충하는 과격한 개인주의를 보여준다. 그의 등장인물들은 관습에 따르거나 굴복하는 것, 사회가 기대하는 대로 처신하는 것을 거부하고, 심지어 다른 이단아들의 기대에 따르는 것조차 원치 않는다. 『사랑에 빠진 여인들』에서 로렌스는 블룸즈버리 그룹Bloomsbury group** 멤버든, 의식적으로 파격적인 행동을 일삼던 오톨라인 모렐Ottoline Morrell*** 부인이 끌어들인 사람이든 가리지 않고, 당시 예술가인 체하는 사람들의 방종을 호되게 비웃었다. 그들의 전위적인 사고방식도 로렌스에게는 어떤 유행이나 소속을 추구하는 또 하나의 관습에 불과했기 때문이다. 이렇게 로렌스는 적들은 물론 지지자들까지 분개하게 만들었고, 대중은 물론 자신의 연인까지 당혹하게 만들면서 홀로 자신의 드높은 이상을 꿋꿋이 지켜갔다. (로렌스가 열렬히 흠모했던) 월트 휘트먼Walt Whitman****과 랄프 월도 에머슨Ralph Waldo Emerson이 각기 다른 방식으로 그랬던 것처럼, 로렌스 작품에 나타나는 이런 극단적 개인주의는 강한 정치성을 띠고 있다. '개인의 역

- 영국의 정치가, 수상(1916~1922)
- ● 런던의 블룸즈버리 가에 있던 버지니아 울프의 집에서 형성된 예술가, 지식인 집단. 그들이 자주 모이던 오톨라인 모렐 부인의 집도 같은 구역에 있었음.
- ●● 블룸즈버리 그룹의 예술가들과 친했고, 그들을 적극적으로 후원한 사교계 인사. 로렌스, 헉슬리, 앨런 베넷 등의 소설, 덩컨 그랜트 등의 회화에 등장한다.
- ●●● 19세기 미국 시인. 시집 『풀잎들Leaves of Grass』에서 영시 사상 최초로 자유시 형식을 사용한 것으로 유명하다.

13 모든 게 정치적이다

할'이라는 개념은 항상 강한 정치성을 띠고 있고, '자율성', '자유 의지', '자결권' 또한 그 정도가 미미하다 할지라도 언제나 더 큰 사회적 맥락에서 논의되어 왔다. 일견 정치와는 거리가 멀어 보이는 토마스 핀천 같은 이들(솔직히 제1장을 읽었으면 알겠지만, 핀천 말고 핀천 같은 이들이 과연 또 있을지는 모르겠다) 역시 '아메리카'와 개인의 관계에 대해 극히 정치적인 시각을 보여주고 있다.

에드거 앨런 포우Edgar Allan Poe●의 단편들은 정치와 아무 상관 없어 보이지만 실은 아주 정치적이다. 그의 「적사병 가면The Masque of the Red Death」 (1842)과 「어셔가의 몰락The Fall of the House of Usher」(1839)은 이제 사라진 사회 계층, 즉 귀족들을 다루고 있다. 그중 「적사병 가면」에서는 끔찍한 전염병이 만연하는 가운데 한 왕이 그의 친지들을 궁정 파티에 초대해 병에 휩쓸린 (그리고 가난한) 바깥세상과 격리시킨다. 그러나 이들도 적사병을 피하지 못하고 그날 밤 모두 죽음을 맞는다.

「어셔가의 몰락」에서 주인공 로더릭 어셔Roderick와 누이 매들린Madeline은 유서 깊은 귀족 가문의 마지막 생존자들이다. 황량한 풍경에 둘러싸인 퇴락한 저택에 사는 이들은 자신들도 집과 함께 썩어간다. 매들린은 병이 점점 심해지고, 로더릭 어셔는 나이에 비해 훨씬 노쇠해서 탈모도 심하고 신경쇠약에 걸린 상태다. 더욱이 그는 꼭 미친 사람처럼 행동하는데, 두 사람은 단순한 남매 사이가 아니라 연인 같은 느낌을 준다. 이 두 작품을 통해 포우는 열등하고 불건전한 자들에게 특권을 주고, 이제 썩고 타락해서 광기와 죽음만 남은 유럽의 계급 제도를 비판하고 있다. '어셔' 저택

● 19세기 미국의 시인, 소설가, 평론가. 해외에서 먼저 천재성을 인정받았으며 추리 기법을 소설에 도입해 현대문학의 새로운 지평을 열었다.

이 자리한 풍경은 포우가 봤던 미국의 어떤 지역과도 다르다. 심지어 '어셔가House of Usher'라는 이름도 (예컨대 부르봉 왕조나 하노버 왕조처럼) 미국의 지명이나 가문보다는 유럽의 군주제와 귀족 제도를 암시한다. 로더릭은 누이가 살아 있다는 걸 알면서도 그녀를 매장한다. 설사 그때는 몰랐더라도 시간이 흐르면서 알아차릴 수밖에 없었을 것이다. 그는 왜 그런 짓을 했을까? 관에서 기어 나와 탈출을 시도하던 누이는 그의 팔에 안기고 둘은 함께 바닥에 쓰러져 죽고 만다. 작품 속의 화자는 저택 자체가 와해되고 붕괴되어 '어둡고 음울한 늪'으로 가라앉기 직전에 가까스로 탈출한다. 만약 「어셔가의 몰락」을 읽고 불건전하고 불경스러운 분위기를 느끼지 못한다면, 또 남매 관계에서 분명 비非미국적인 뭔가를 발견하지 못한다면 뭔가를 놓친 것이다.

그렇다면 에드거 앨런 포우는 광신적인 애국자인가요?

약간의 비약은 있지만, 맞는 말이다. 어쨌든 그는 암묵적으로 유럽이 타락하고 부패했다고 믿었다(사례는 그 밖에도 더 있다). 나아가, 이것은 썩어버린 사회 조직이 겪어야 할 불가피하고, 심지어 정당한 운명임을 강하게 암시했다. 그러므로 친구들이여, 그의 작품은 정치적 메시지를 담고 있다고 봐야 한다.

다른 예로 「립 밴 윙클Rip Van Winkle」은 어떤가? 여러분은 아마 분명히 의심의 눈초리를 보내리라 예상한다. 먼저 줄거리를 간단히 살펴보자.

게으른 데다 돈도 못 벌어다 주는 립 밴 윙클은 어느 날 사냥을 떠난다. 하지만 실은 바가지 긁는 아내를 피해 집을 나온 것이다. 그는 나인핀스 놀이를 하는 이상한 사람들을 만나 함께 술을 마신 후 잠이 든다. 얼마 후 깨어보니 데리고 왔던 개는 어디론가 사라졌고, 총은 녹슬어 못쓰게 된 상태다. 자신 역시 머리가

　　　　　　　　　　　　　　13　모든 게 정치적이다

백발로 변하고, 수염이 덥수룩하고, 관절 또한 굳어 있다. 마을로 돌아와 보니 자기가 20년이나 잠을 잤고, 아내는 이미 죽었으며, 술집에 걸린 간판 등 모든 것이 변해 있다는 걸 알게 된다.

이것이 대강의 줄거리다. 정치적인 메시지는 전혀 없어 보인다. 하지만 다음의 두 가지 질문에 대해 생각해 보자.

① 립 밴 윙클의 아내가 죽었다는 건 무슨 뜻인가?
② 그의 아내가 죽은 것과 술집 간판의 그림이 바뀐 것은 무슨 관련이 있는가?

립 밴 윙클이 집을 떠나 있던 20년 동안에 미국 독립전쟁이 일어났고, 술집 주인은 간판의 그림을(얼굴은 그대로 두고) 영국의 조지왕에서 미국의 조지 워싱턴으로 바꿔 그렸다. 깃대에는 새로운 국기와 자유의 모자가 걸려 있고 독재자(립 밴 윙클의 아내)는 사망했다. 립은 조지왕을 추종한다고 말했다가 봉변을 당할 뻔하지만, 모든 상황을 이해하고는 자신이 자유의 몸이 되었음을 알고 기뻐한다.

그래서 모든 것이 나아졌나요?

물론 그렇지는 않다. 어빙Washington Irving은 이 작품을 1819년에 썼고 그 역시 자유에는 몇 가지 문제가 따른다는 사실을 충분히 알고 있었다. 사실 상황은 다소 악화됐다. 술집 창문들은 유리가 깨졌고, 동네 자체나 사람들은 전체적으로 전쟁 전보다 더 남루해졌다. 대신 새로운 기운이 감돌았다. 그들의 삶은 누구도 아닌 바로 그들의 것이며 아무도 이래라저래라 명령할 수 없다는 확신이 그들을 뿌듯하게 한 것이다. 주민들은 자기 생각을 자유롭게 표현하고 각자 원하는 일을 한다. 독재와 전제 정치는 사라졌다. 다시 말하면 마을 사람들은 이제 전보다 남루해지기는 했지만 미국인이 된다는 것, 자유롭다는 것이 뭔지 스스로 규정할 수 있게 된 것이다. 결국 모든 것이 나아지지는 않았지만, (자유, 자결권 등) 정말 중요한 것들은 전보다 나아진 셈이다.

어빙이 이 모든 것을 작품에 담으려 했다는 걸 어떻게 아느냐고? 어빙은 스스로를 보호하기 위해 촌스럽고 순진한 주인공을 내세웠지만, 사실 그의 본 모습은 그렇지 않았다. 이는 순전히 위장에 불과했다. 워싱턴 어빙은 법을 공부해 변호사 시험에 통과했고, 외교관으로 스페인에 파견되었다. 소설뿐 아니라 역사에 관한 글도 썼으며, 세계를 널리 여행한 뛰어난 지식인이었다. 그런 그가 이 이야기의 의미도 모르면서 작품을 썼다고 볼 수 있을까? 그의 필명이기도 한 쾌활한 성격의 디트리히 니커보커 Diedrich Knickerbocker는 자기가 하는 이야기에 담긴 의미를 깨닫지 못한 채 자신의 네덜란드 조상에 관한 이야기를 풀어낸다. 하지만 작가인 어빙은 그 의미를 알고 있었다. 더욱이 그는 「립 밴 윙클」과 「슬리피 할로우의 전설 The Legend of Sleepy Hollow」(1819)을 통해, 자신이 과거에는 존재하지 않았던 미국인의 의식을 창조하고 있다는 사실도 알고 있었다. 오직 미국인만이 쓸 수 있는 글, 식민지 권력으로부터의 해방을 강조하고 축하하는 글들을 내놓으며, 어빙도 포우와 마찬가지로 유럽 문학의 전통과 반대되는 작품들을 써냈던 것이다.

그럼 모든 문학 작품이 정치적인가요?

그렇게까지 말할 수는 없다. 내 동료 중 정치적 성향이 강한 이들은 문학 작품은 모두 사회 문제나 그 해결 방법의 일부라고 하면서 그 말이 맞다고 대답할 수도 있다(이보다 더 부드럽게 표현하겠지만 결국 그런 내용이다).

13 모든 게 정치적이다

나로서는, 문학 작품은 대개 당시의 시대 상황과 소위 정치적인 방식으로 연관을 맺고 있다고 말하겠다. 달리 말하면 이렇다. '작가들은 자신이 살고 있는 세계에 관심을 갖고 있는 경우가 많다.' 그 세계는 많은 것을 담고 있고, 사회적 차원에서 볼 때 그중 일부는(권력 구조, 계급들 간의 관계, 정의와 권리의 문제, 남성과 여성의 상호작용, 다양한 인종 및 소수 민족 사이의 상호 관계 등) 그 시대의 정치적 현실이다. 그들이 써낸 작품들이 그다지 '정치적'으로 보이지 않더라도 정치적·사회적인 사고思考들이 이런저런 모습으로 책에 등장하는 이유가 바로 그것이다.

그런 예를 하나 더 보자. 소포클레스는 거의 말년인 기원전 406년에 테베의 비극 3부작 중 두 번째인 『콜로노스의 오이디푸스Oedipus at Colonus』를 썼다. 노쇠한 오이디푸스는 콜로노스에 도착해 아테네 왕 테세우스의 보호를 받는데, 테세우스는 우리가 원하는 지배자로서의 모든 품성을 갖추고 있었다. 그는 강하고 현명하고 신사적이며, 필요할 때는 단호하고 결단력 있고 냉철하고 자비롭고 충실하고 정직하다. 테세우스는 오이디푸스를 잠재적인 위험에서 보호하면서 그가 죽기로 운명 지어진 신성한 곳으로 인도한다. 이 희곡이 정치적인가? 내가 보기에는 그렇다. 소포클레스가 『콜로노스의 오이디푸스』를 쓴 것은 그가 세상을 떠나기 직전이기도 하지만 기원전 5세기의 끝, 즉 아테네의 위대한 시기가 끝나가는 시기이기도 했다. 아테네는 당시 밖으로는 스파르타라는 적의 공격으로, 안으로는 분명 테세우스보다 부족한 통치자들 때문에 위험에 처해 있었다. 사실 소포클레스가 말하고 싶었던 건 당시 아테네에도 테세우스 같은 지도자가 필요하다는 사실이었다. 그런 자격을 갖춘 사람이라야 아테네를 혼란에서 구하고 파멸을 피할 수 있다고 믿었던 것이다. 그래야만 외세가 (작품에서는 크레온, 실제로는 스파르타) 아테네를 넘보지 못할 것이고, 그래야 아테네는 여전히 강하고 정의롭고 지혜로울 것이다. 그렇다면 소포클레스는 작품에서 이런 생각을 토로하고 있는가? 물론 아니다. 비록 아흔 살에 가까웠지만 노망든 상태는 아니었다. 그런 생각을 공개적으로 주장했다가는 독약이나 하사받을 게 뻔했다. 하지만 굳이 노골적으로 말할 필요도 없었다. 연극을 본 사람이면 누구나 소포클레스와 같은 결론을 이끌어낼 수 있기 때문이다. '테세우스를 보라. 그리고 가까이 있는 현실의 통치자를 보라. 그런 다음 다시 테세우스를 보라.' …… 이제 알겠는가? 이 희곡은 정치적이다.

작가가 글을 쓴 당시의 사회·정치적 맥락을 조금이라도 알면 작품을 이해하는 데 도움이 된다. 그것은 당시의 상황이 작가의 생각을 조종하기 때문이 아니라, 글을 쓰는 작가의 관심이 바로 그를 둘러싼 세계에 있기 때문이다. 버지니아 울프가 제한된 범위의 활동만 허락된 당시의 여자들에 관한 글을 썼을 때, 만약 우리가 그녀의 작품에서 사회 차별적 요소를 읽어내지 못한다면 그녀와 우리 자신에게 정말 큰 잘못을 범하는 셈이 된다. 예컨대 『댈러웨이 부인Mrs. Dalloway』(1925)에서 레이디 브루턴은 하원의원인 리처드 댈러웨이와 판사인 휴 휘트브레드를 점심에 초대한다. 그녀가 원하는 입법 내용이 담긴 편지를 대신 쓰게 해서 「타임스」지에 보내고 싶었기 때문이다. 자신은 여자라서 남자들만큼 정치 문제를 잘 이해하지 못한다고 말하면서 말이다. 울프가 우리에게 보여 주고 싶었던 것은 멍청하고 아둔한 리처드와 휴를 이용해 자신의 목적을 달성하는 여자의 모습이었다. 여성의 요구에 귀를 기울이지 않는 사회에서 사랑스럽지는 않으나 똑똑한 여자의 모습을 그린 것이다. 이런 장면은 세계대전 후에도 중요한 사안은 그것을 주장하는 사람의 계급 및 성별에 기초해 결정되었다는 사실을 보여준다. 울프가 이를 아주 교묘하게 다루고 있기 때문에 그렇게 안 보일지 몰라도 이 소설은 분명 정치적이다. 항상, 아니 거의 항상, 그러하다.

혹시… 예수?

How to Read Literature Like a Professor

　　이 말을 듣고 놀라는 이들도 있겠지만, 미국인들은 기독교 문화 속에 살고 있다. 다시 말해 미국은 초기에 정착한 유럽인에게서 큰 문화적 영향을 받았는데, 유럽인은 자기보다 더 미개한 문화 집단과(영어에서 미개하다는 뜻을 지닌 'benighted'는 고대 영어에서 '나보다 더 어두운 사람anyone darker than myself'이라는 뜻) 부딪칠 때마다 자신들의 가치를 강요하여, 그들의 가치가 주도권을 잡게 했다. 즉, 모든 미국인이 열렬한 공화주의자가 아니듯이 이 거대한 국가의 시민이 모두 기독교 신자는 아니라는 말이다. 작문을 가르치는 유명한 유대인 교수에게서 그녀가 대학 다닐 때 치른 첫 기말 고사 얘기를 들은 적이 있다. 시험 문제는 딱 하나였다고 한다. '「빌리 버드Billy Budd」*에 나타난 그리스도의 이미지에 대해 논하라.' 1950년대의 교수들은 수강생 중에 그리스도를 전혀 모르는 학생들이 있다는 사실을 꿈에도 생각지 못했던 것이다.

그러나 지금 대학에서는 학생들이 모두 기독교 신자일 거라고 가정해서는 안 되며, 그런 태도를 고집할 경우에는 책임을 져야 한다. 그렇지만, 당신이 어떤 종교를 믿든, 유럽이나 미국 문학에서 많은 것을 얻으려면 구약성서와 신약성서를 알아야만 한다. 마찬가지로 이슬람교나 불교, 힌두 문화권의 작품을 읽을 때는 관련 종교의 전통에 관한 지식이 어느 정도 있어야 한다. 문화는 지배적인 종교에 의해 큰 영향을 받기 때문에 작가가 그 종교를 믿든 안 믿든 그 종교의 가치와 원칙은 필연적으로 작품에 영향을 주기 마련이다. 물론 작품이 종교와 무관할 수도 있지만, 그 사회 안에서의 개인의 역할, 자연과 인간의 관계, 공적公的인 영역에서 여성이 갖는 지위 등의 형태로 종교의 가치를 드러내기도 한다. 등장 형식은 대개 비유와 유추일 경우가 많지만 말이다. 예컨대 인도 소설을 읽을 때 나는 마음 한구석에서 인도와 아시아 대륙의 여러 종교에 대한 무지 때문에 정말 많은 걸 놓치고 있지 않은지 불안한 느낌이 든다. 작품을 더 깊이 이해하기 위해 여러 종교를 공부해 왔지만, 앞으로도 갈 길이 멀다.

좋다. 모든 미국인이 기독교 신자는 아니며, 신자라 할지라도 미식축구장 골대 옆에 써 있는 요한복음 3장 16절** 말고는 신약성서에 대해 별로 아는 것이 없는 게 현실이다. 그래도 대다수의 사람은 기독교가 왜 '그리스도Christ' 교로 불리는지 알고 있다. 이것은 아주 심오한 통찰력은 아

니지만 그래도 중요한 문제다. 그것도 아주 많이. 위대한 문학 비평가 노스럽 프라이는 1950년대에 성서 유형론biblical typology* 을(구약성서와 신약성서의 비교 연구를 말한다. 이것을 문학에까지 확장시켜 적용해 보도록 하자) 이미 죽은 학문이라고 말했고, 이후 별 진전이 없었다. 모든 사람이 성서 유형론을 잘 아는 것도 아니고 종교도 각자 다르지만, 우리는 대개 그리스도, 즉 예수의 특징을 이루는 요소가 무엇인지 알고 있다.

당신이 그 요소를 알든 모르든, 아래 목록이 도움이 될 것이다.

① 십자가형 / 손, 발, 옆구리, 머리에 난 상처

② 고통받음

③ 자기희생

④ 아이들과 잘 어울림

⑤ 빵, 물고기, 물, 포도주를 잘 다룸

⑥ 마지막으로 목격됐을 때 나이는 33세

⑦ 목수로 일함

⑧ 보잘것없는 이동 수단, 특히 걸어가거나 당나귀를 선호함

⑨ 물 위를 걸었다는 전설

⑩ 팔을 활짝 펼친 자세로 묘사되는 경우가 많음

⑪ 광야에서 홀로 지낸 적이 있다고 함

⑫ 악마와 대면했다고 함. 악마의 유혹을 받았을 가능성도 있음

⑬ 마지막으로 목격되었을 때 도둑들과 있었다고 함

• 신의 영감을 받아 쓰인 성경은 총체적이고 일관된 체계를 가졌다는 믿음에 기초한다. 이에 따르면 구약에 등장하는 사건이나 인물은 신약에 등장하는 사건이나 인물의 전조前兆를 이룬다.

14 혹시… 예수?

⑭ 많은 경구와 우화를 만들어냄

⑮ 죽어 묻히지만 사흘 만에 살아남

⑯ 제자들이 있음. 모두 신심이 깊은 건 아니지만 처음에는 12명임

⑰ 남을 잘 용서함

⑱ 보잘것없는 이 세상을 구하기 위해 다시 옴

이 목록에 동의하지 않거나 그럴듯하기만 하다고 생각하는 사람들도 있겠지만 문학 교수처럼 책을 읽고 싶다면 최소한 책을 읽는 동안은 개인의 종교적 신념은 접어두는 게 좋다. 그래야 작가의 의도를 파악할 수 있기 때문이다. 신앙심이 너무 강해도 문제지만, 소설이나 시를 감상할 때 어느 정도의 종교적 지식은 도움이 된다. 작품 속에 어떤 종교적 요소가 있고, 그것들이 어떻게 이용되는지 알 필요가 있기 때문이다. 다시 말하면 우리는 분석적인 태도로 작품을 읽어야 한다.

지금부터 어떤 짤막한 소설을 읽는다고 가정해 보자. 작품의 주인공은 청년이 아니라 나이 지긋한 남자로 가난한 데다 직업도 보잘것없다. 목수는 아니고 어부다. 하지만 예수는 어부들과 관련이 있었고 물고기와도 상징적으로 연결되어 있다. 주인공이 예수와 유사한 점이 바로 이것이다. 늙은 어부는 오랫동안 불운하게 산 탓에 아무도 그를 믿지 않는다. 오히려 의심과 불신의 눈초리 가득한 눈으로 볼 뿐이다. 한 소년이 그를 믿고 따르지만, 안타깝게도 주인공이 재수 없다고 생각하는 아이의 부모와 동네 주민들이 그 아이에게 그를 따라다니지 못하게 한다. 이것이 두 번째 유사점이다. 딱 한 명이지만 주인공은 **아이와 잘 어울린다.** 어떤 의미에서 이 소년은 한 명의 제자인 셈이다. 노인은 아주 선하고 순수한데 이 또한 중요하다. 그가 사는 세상은 더럽고 비열하고 심지어 타락했기 때문이다.

고기를 잡으러 홀로 바다에 나간 그는 아주 큰 녀석을 잡지만 물고기의 힘에 이끌려 한 번도 가본 적이 없는 넓은 바다, 즉 **광야**로 나간다. 그는 외로움은 물론 엄청난 **육체적 고통**까지 겪게 되는데 그 때문에 회의에 빠지기도 한다. 그의 손은 거대한 물고기와 싸우느라 여기저기 찢기고 **옆구리**의 뼈도 부러진 것 같다. 하지만 '사람은 패배하지 않는다. 사람은 파멸할 수는 있어도 패배하지 않는다'는 **경구**로 스스로를 격려한다. 어쨌든 그는 동네 사람들이 그가 죽었을 거라고 생각할 정도로 힘들었던 **사흘**간의 고난을 모두 견뎌낸다. 거대한 물고기는 상어의 습격으로 엉망이 됐지만 그는 이 물고기의 뼈를 끌고 항구로 돌아온다. 그의 귀환은 **부활** 같은 느낌을 준다. 뭍으로 돌아온 남자는 돛대를 지고 언덕을 올라 그의 집으로 걸어가는데 그런 그의 모습은 어떻게 보면 **십자가를 지고 가는 사람**을 연상시킨다. **물고기와의 싸움에 지쳐버린 남자는 침대에 드러눕는다. 십자가에 못 박힌 사람처럼 두 팔을 벌린 채 널브러져 있는 그의 두 손은 상처투성이다.** 다음 날 아침, 거대한 물고기를 본 사람들은, 심지어 그를 의심하던 사람들까지도 그를 다시 믿게 된다. 그는 이 타락한 세상에 **일종의 희망과 구원**을 가져온 것이다. 그리고…… 어떤가?

헤밍웨이가 그런 작품을 썼지 않나요?

완벽에 가까운 문학적 우화인 『노인과 바다 *The Old Man and the Sea*』(1952)는 내용이 명확하고 보편적인 이미지들을 사용하고 있어서 초보 독자라도 쉽게 기독교적 상징들을 알아볼 수 있다. 하지만 헤밍웨이를 과소평가하지 말라. 이 작품은 내가 방금 말한 것보다 훨씬 더 미묘하기 때문이다. 또 물고기와의 사투를 너무도 생생하고 구체적으로 묘사하고 있어서 주인공 산티아고를 굳이 예수 같은 인물로 보지 않더라도 독자들은 역경을 딛고 얻어낸 승리, 희망과 믿음이라는 가치, 은총의 획득 등 많은 것을 얻

14 혹시… 예수?

어니스트 헤밍웨이
Ernest Hemingway (1899~1961)

을 수 있다.

그럼 예수로 추정되는 인물은 꼭 이렇게 명확히 드러나야 하는가? 아니다. 모든 조건을 충족할 필요는 없다. 반드시 남자일 필요도 없고, 기독교 신자일 필요도 없으며, 심지어 선량할 필요도 없다 (오코너Flannery O' Connor˙의 작품들을 보라). 하지만 여기서부터는 아이러니를 개입시켜야 하며, 이는 나중에 다시 논의하겠다. 하지만 만약 어떤 인물이 특정한 나이에 이르렀고 특정한 행동을 보여주며 특정한 결과를 도출해 내거나 특정한 방식으로 고통받는다면 당신의 문학적 감수성이 슬슬 작동하기 시작할 것이다. 그런데 이것을 어떻게 간파할 것인가? 전부는 아니지만 초보자를 위해 간편 목록을 제시하겠다.

˙ 19세기 미국 소설가로 주로 인간과 신의 관계에 관심을 기울였다. 가톨릭 신자였던 오코너의 작품에는 신과 악마에 집착하는 개신교 근본주의자들이 자주 등장한다.

만일 다음 사항에 해당된다면 예수 같은 인물일 수 있다.

(해당 항목에 표시하시오.)

❖ 33세

❖ 미혼, 독신 선호

❖ 손이나 발 또는 옆구리에 상처나 표시가 있음

   (가시관이 있으면 가산점)

❖ 어떤 식으로든 타인을 위해 희생함

   (그는 최선의 삶을 살고 있으며 희생이 반드시 자발적일 필요는 없음)

❖ 광야 같은 곳에서 유혹을 받거나 악마가 말을 걸어옴

이제 알겠는가? 앞서 제시한 목록을 참고하라.

해당 사항이 없다고? 그럴 수도 있다. 산티아고에 대해 다시 생각해 보자. 잠깐, 그가 꼭 33세여야 할 필요는 없다고? 맞다. 하지만 이왕이면 33세가 좋다. 그렇지만 예수의 표상이 모든 면에서 예수와 닮을 필요는 없다. 모든 게 같다면 그는 예수의 표상이 아니라 말 그대로 예수이지 않겠는가? 문자 그대로의 요소들, 예컨대 물을 포도주로 변하게 한다든가(잔에 담긴 물을 쏟아버리고 거기에 와인을 따르는 식으로 조잡하게 모방할 수도 있지만) 빵과 생선을 늘려 오천 명을 먹인다든가, 누군가의 경우처럼 진짜 설교를 한다든가, 실제로 십자가에 못 박힌다든가 하는 예수의 행적을 그대로 따를 필요는 없다. 우리에게 중요한 것은 상징의 차원이기 때문이다.

그렇다면 앞에서 다루었던 문제를 다시 한 번 생각해 보자. 소설이나 시, 희곡이 모든 걸 있는 그대로 드러낼 필요는 없다. 앞으로 나는 이 등

장인물은 X와 Y라는 행위를 했으므로 예수와 비슷한 인물이라고 수차례 말할 테지만 그럴 경우 이렇게 묻는 사람도 있을 것이다.

"하지만 예수는 A와 Z라는 행위도 했고, 더구나 이 등장인물의 X라는 행위는 예수의 행동과 비슷하지 않습니다. 게다가 이 자는 AC/DC*의 음악을 좋아한다고요."

좋다. 헤비메탈 곡들이 찬송가와 다른 건 사실이다. 그리고 그 등장인물은 구원의 의무를 달갑지 않게 생각할 수도 있다. 그런데 한 가지 명심할 점은, 문학에 나타난 그 어떤 그리스도의 표상도 예수 그리스도처럼 순수하고 완벽하고 신성하지는 않다는 사실이다. 다른 분야도 그렇지만 문학 작품을 쓰는 일은 상상의 활동이라는 점을 명심하라. 독서도 마찬가지다. 만약 어떤 작품이 말하려는 내용을 모두 이해하고 싶다면 반드시 상상력을 동원해야 한다. 그러지 않으면 그 작품은 누가 어떤 일을 했다는 이야기에 지나지 않는다. 작품의 의의, **상징성**, 주제, 의미와 관련하여 등장인물과 줄거리를 제외한 상당히 많은 부분을 이야기에서 들어낸다 해도 우리는 뭔가를 발견할 수 있다. 우리의 상상력이 작가의 상상력과 교감하기 때문이다. 우리가 천 년 전에 죽은 작가와도 교감할 수 있다는 건 정말 놀라운 사실이다. 하지만 그렇다고 해당 작품이 우리가 원하는 그 모든 것을 의미할 수 있다는 뜻은 아니다. 만약 그렇다면 그건 작가의 상상과 무관한 우리만의 상상에 불과하고, 또 그게 뭐든 작품에서 보고 싶어 하는 무엇을 우리의 상상이 만들어내는 것에 불과하기 때문이다. 이쯤 되면 그것은 **독서가 아니라 창작**이 된다. 여기에 대해서는 나중에 다시

• 호주의 헤비메탈 그룹.

논의하겠다.

반대로 만약 누군가가 몇 가지 유사점을 들면서 지금 논의 중인 이 인물이 예수의 표상이 아니냐고 물어온다면 나는 이렇게 대답하겠다.

"스스로 고민해 보세요."

내가 학생들에게 제시하는 최소한의 기준은 예수 같은 인물은 우리가 찾는 바로 그곳에, 우리가 원하는 모습으로 존재한다는 것이다. 만약 예수의 징표가 존재한다면 다음에는 그런 결론을 도출할 근거가 무엇인지 살펴야 한다.

루이스 어드리크Louise Erdrich의 『사랑의 묘약Love Medicine』에서 플롯 상 비중이 크지 않은 캐릭터인 준 캐시포June Kashpaw의 경우를 생각해 보자. 그녀는 죽게 되고 아들이 유산을 상속해서 자동차를 사는데, 그 차는 결국 그녀의 (공인받지 못한) 혼외 자식에게로 넘어간다. 엄마와 자동차. 하지만 준은 이보다 훨씬 큰 의미를 지닌다. 드물게 등장하지만 준은 이 소설에서 우리가 만나는 첫 번째 캐릭터다. 물론 우선 나부터 그녀가 그리스도와 닮았다고 말하기에는 매우 많이 부족하다고 인정한다. 알코올 중독인데다 사실상의 매춘부로 전락해 근근이 살아가고 있으며, 예수와 비교하는 데 별로 중요한 점은 아니지만 거의 이기적인 사람이어서 엄마로서도 형편없었다. 게다가 사실상 그녀의 죽음은 섹스로 인한 것이었다. 정유 회사의 엔지니어와 성관계를 가진 직후 픽업트럭 부근에서 비틀거리던 그녀는 엄청난 눈보라를 뚫고 (아무튼 불가능할 정도로 매우 먼) 보호 구역으로 돌아가고자 한다.

분명 가망이 없어 보인다. 하지만 아직 준을 포기하지는 말자. 이 모든 일들은 부활절에 일어났고, 따라서 준의 연관성은 커진다. 술집에서 만났을 때 남자는 색깔 있는 달걀의 껍질을 벗겨 준에게 건네주고 곧 다른 달걀도 주면서 첫 번째 달걀의 색이 준이 입고 있는 '터틀넥'과 어울린다고 말한다. 준은 이 옷은 터틀넥이 아니라 '셸(껍질)'이라고 부른다고 말해준다. 준은 달걀처럼 깨지기 쉽다고 느끼지만, 그럼에도 자신의 순수한 자아는 누구도 손댈 수 없으며 무너진 이 세상에서도 결코 타락하지 않을 것 같은 일종의 유체 이탈을 경험한다. 나중에 픽업트럭에서 떨어져 나온 준은 옷매무새를 가다듬은 뒤 집을 향해 걷기 시작한다. 준이 "물위를 걷듯 눈발을 걸어 집으로 돌아갈 때" 눈 폭풍마저도 그녀를 막을 수 없다.

그런데 이게 다가 아니다. 준은 자동차라는 형태로 일종의 부활을 경험한다. 그녀의 아들인 킹이 엄마의 보험금으로 산 그 파이어버드 자동차 말이다. 준의 혼외 자식인 립샤 모리시는 그의 부친인 게리 나나푸시가 주도한 조작 카드 게임으로 자동차를 넘겨받는다. 자동차에 대한 준의 연관성은 반복해서 드러나는데 특히 킹이 분노에 차 자동차를 격렬하게 때릴 때 그러하다. 훨씬 나중인 1993년에 어드리크가 발표한 소설인 『빙고 팰리스*The Bingo Palace*』에서 준의 유령은 게리를 또 다른 눈 폭풍으로 데려가고자 '그녀의'(전혀 유령 같지 않은) 자동차를 타고 나타난다. 이는 파이어버드가 피닉스, 즉 불꽃을 내며 타오른 후 그 재에서 날아오르며 다시 살아난다는 새를 암시한다는 측면에서 매우 흥미로운 대목이다.

일종의 아이러니지만 준에게는 제자도 있다. 그녀가 죽고 나서 몇 달 후 열린 가족 모임에서 몇 명의 여자가 준과 관련된 소문을 얘기하는데, 이것이 일종의 신화적인 형태를 띤다. 그녀들에게 준은 결코 숭배의 대상이 아니지만 여자들은 준에 대한 얘기를 멈추지 않는다. 순진하고 타인과의 연결을 갈망하는 립샤는 게리처럼 준을 거의 숭배 대상으로 만들어간다. 준의 모든 잘못을 알지 못한 채, 립샤는 엄마가 자신의 양육을 할머니인 캐시포에게 넘겨버린 것은 법적으로 인정된 또 다른 자식에게 벌어진 나쁜 일들을 감안한 동정심의 행위였다고 선언한다. 캐시포 후손과 (비록 고디 캐시포는 외부 요인 없이도 자기 파괴를 완벽히 행할 듯이 보이지만) 남편의 관점에서 볼 때 준은 자기 자신을 파괴한 비극적인 인물이지만, 뒤에 남겨진 사람들의 삶을 자신의 이야기로 조직화하고 또 이에 영향을 끼치는 신화적인 인물이기도 하다. 가장 중요하게는, 준의 신조는 궁극적으로 립샤를 구하고 그에게 소속감을 안겨준다.

작가는 왜 예수의 표상으로 추정되는 인물을 등장시킬까? 이에 대해 간단히 대답하자면, 한 작품이 이전 작품과 교류하는 지점에 관해 우리가 살펴봤던 다른 대부분의 경우처럼, 아마도 작가가 뭔가를 얘기하고 싶었기 때문일 것이다. 등장인물의 희생이 우리가 알고 있는 위대한 인물의 희생과 유사하다고 생각되면 그 희생에 대한 우리의 지각이 더 깊어질 것이고, 작품은 구원이나 희망, 기적과 관련이 있을 것이다. 아니면 등장인물을 더 위대하게 만드는 게 아니라 오히려 더 초라하게 만들기 위해 풍자적인 목적으로 사용했을 수도 있다. 어쨌든 확실한 것은 작가가 예수의 표상을 등장시킬 때는 반드시 나름의 의도를 갖고 있다는 것이다. 그렇다면 그게 정확히 뭔지 어떻게 알 수 있을까? 이 역시 독자의 상상력으로 해결해야 할 문제다.

상상의
나래를 펴다

　　　　　　학창 시절 물리를 배우면서 한 가지 중요한 사실을 알게 됐다. 인간은 날 수 없다는 것이다. 그래서 확고한 원칙 하나가 세워진다. 만약 날 수 있다면 그것은 인간이 아니다. 새는 난다. 박쥐도 난다. 곤충도 일부는 날 수 있다. 다람쥐와 물고기 중 어떤 종류는 잠깐 뜨기도 하는데 어떻게 보면 나는 것처럼 보인다. 그럼 인간은? 땅을 향해 약 $9.8m/s^2$의 중력 가속도로 떨어질 것이다. 볼링공도 마찬가지다. (절대 해 보고 싶지 않지만) 만약 당신이 피사의 사탑에서 나와 볼링공을 동시에 떨어뜨리면 터지는 건 나지만 둘 다 같은 속도로 떨어질 것이다.

비행기는요?

　물론 비행기, 비행선, 헬리콥터, 오토자이로autogyro*가 비행에 대한 우리의 생각을 바꾸어놓긴 했지만 역사를 보면 인간은 늘 땅에서 살아왔다.

그래서요?

만약 아주 잠깐이라도 공중에 떠 있는 사람을 본다면 그는 다음 중 적어도 한 가지 이상의 상태에 놓여 있을 것이다.

① 초인적인 영웅

② 스키점프를 하는 사람

③ 실성한 사람 (②번 항목에도 해당하는 사람이면 중복이겠지만)

④ 허구

⑤ 서커스, 즉 대포로 발사된 사람

⑥ 줄에 매달려 있는 사람

⑦ 천사

⑧ 대단히 상징적인 의미를 지님

물론 날 수 없다고 해서 비행을 꿈꿀 수 없는 건 아니다. 중력의 법칙처럼 우리는 어떤 법※이 부당하거나 우리를 구속한다고 느낄 때, 또는 그 두 가지 모두 해당될 때 더 강하게 반발한다. 마술에 쓸 코끼리를 살 만큼 돈 많은 마술사는 드물기 때문에, 마술에서 가장 꾸준히 사랑받는 종목은 공중 부양이다. 19세기 영국 제국주의자들은 공중에 뜨는 기술을 터득한 현자의 이야기를 동양에서 가져왔다. 만화책에서는 초인적인 영웅들이 직접적인 비행이든(슈퍼맨), 줄이든(스파이더맨), 도구든(배트맨) 다양한 방

• 비행에 필요한 양력을 상부의 회전 날개에 의해 얻는 항공기. 헬리콥터는 엔진이 회전 날개를 돌리지만 오토자이로는 비행기의 전진으로 받는 공기의 힘으로 회전 날개를 돌린다는 점이 다르다.

법을 동원해 중력의 법칙에 저항한다.

　문화적으로나 문학적으로 우리는 아주 오랜 옛날부터 비행이라는 아이디어에 매달려 왔다. 그리스 신화에서 다이달로스와 이카로스의 이야기만큼 우리의 상상을 자극하는 얘기도 드물다. 영리한 아버지는 아들을 폭군과 자신의 발명품(미로)으로부터 구하기 위해 그보다 더 놀라운 발명품을 만들어낸다. 하지만 혈기방장한 아들은 아버지의 간곡한 경고를 무시하고 하늘을 날다가 추락하고 만다. 결국 남은 것은 아버지의 깊은 슬픔과 죄책감뿐이다. 비행은 그 자체로도 경이롭지만, 이 신화에서는 다른 요소들과 결합해 그야말로 완벽하고 매혹적인 신화를 만들어낸다. 다른 문화권도 비행에 대한 매혹에서 벗어날 수 없었다. 토니 모리슨은 소설에서 비행하는 아프리카인의 신화를 다루고 있다. 고대 아즈텍 신화의 주신 케찰코아틀Quetzalcoatl은 뱀의 몸에 날개가 달린 형상이다. 기독교 문화권에서는 날개가 달려 있고 하프를 연주하는 천상의 아이들이 자주 등장하는데, 날개와 하프가 상징하는 비행과 음악은 새에게는 본능이지만 인간은 가질 수 없는 속성이다. 성경으로 눈을 돌려보면 비행은 예수를 유혹하는 수단 중 하나로 등장한다. 사탄은 예수에게 벼랑에서 뛰어내림으로써 그의 신성을 증명해 보이라고 요구한다. 이 장면은 아마 그토록 오랫동안 이어져온 비행과 마법의 연관성을 보여주는 사례이거나 그저 비행에 대한 우리의 그릇된 욕망이 질투로 바뀌었다는 사실을 말해주는 것일 수도 있다.

　그렇다면 문학 작품에서 사람이 날아다니는 건 무엇을 의미할까? 예컨대 토니 모리슨의 『솔로몬의 노래』에서 모호하게 끝나는 마지막의 공중 장면을 떠올려보자. 밀크맨이 허공으로 도약하며 친구인 기타를 향해 다가가는 장면에서, 둘은 그중 한쪽만 살아남는다는 걸 알고 있다. 모리슨은 '비행하는 아프리카인the myth of the flying Africans'이라는 신화를 통해 대부분의 독자가 경험하지 못했을 특정한 역사적·종교적 체험을 소개하고 있지만, 여기에는 다양한 의미가 내포되어 있다. 밀크맨의 중조부인 솔로몬은 아프리카로 날아가지만 막내아들인 제이크를 꽉 잡지 못하고 땅에 떨어뜨려 노예로 만들고 만다. 여기에서의 비행飛行은 한편으로는 노예제의 구속을 끊어버리는 행위, 또 한편으로는 (솔로몬에게는 아프리카, 밀크맨에게는 버지니아) 고향으로의 복귀를 의미한다. 일반적으로 비행은 자유를 뜻하는데, 특정한 상황에서의 자유뿐 아니라 우리를 속박하고 있는 좀 더 일반적인 구속으로부터의 자유를 의미한다. 그러므로 이것은 탈출, 즉 상상의 비행이다. 그럴 수만 있다면 얼마나 좋겠는가.

그렇다면 유감스럽게도 파일럿이란 이름을 가지게 된 밀크맨의 고모는 어떤가? 그녀가 죽었을 때 새 한 마리가 내려오더니 귀고리 상자를 낚아채 멀리 날아가는데 그 상자 속에는 파일럿의 이름이 적힌 종이가 들어 있다. 파일럿은 한 번도 땅을 벗어난 적이 없지만 밀크맨은 갑자기 자기가 아는 사람들 중에서 오직 그녀만이 비행 능력을 갖고 있었음을 깨닫는다. 물리적으로 땅에 얽매일 수밖에 없는 사람이 하늘을 날 수 있었다는 건 무엇을 의미하는가? 그건 영적인 비상이라고 볼 수 있을 것이다. 그녀의 영혼은 하늘로 솟아올랐고 이 소설에서 그런 사람은 파일럿뿐이다. 그녀는 영혼과 사랑의 인물이며, 그녀의 마지막 말은 더 많은 사람을 알고 사랑할 수 있었으면 얼마나 좋았을까 하는 바람을 담고 있다. 그런 인물은 결코 한곳에 고정될 수 없다. 설혹 소설의 배경에 깔린 '비행하는 아프리카인'의 신화를 모른다 해도 우리는 그녀의 비행이 갖는 의미를 이해할 수 있다.

자유를 비롯해 탈출, 귀향, 영혼의 성장, 사랑도 마찬가지다. 작가는 비행이라는 한 행위를 통해 많은 것을 시도할 수 있다. 『솔로몬의 노래』 말고 다른 작품에서는 어떨까? 예컨대 〈E. T.〉는? 스티븐 스필버그의 이 고전 영화에서 아이들이 자전거를 타고 거리를 떠나는 상황은 어땠는가? 순응, 새로움에 대한 적개심, 외국인 혐오증, 의심, 상상의 결핍을 대표하는 어른들은 어린 주인공들을 억압하고, 심지어 바리케이드를 설치한다. 상황이 최악으로 치달으려는 찰나, 자전거가 땅에서 떠오르고 어린 주인공들은 지상에 얽매여 있는 어른들로부터 벗어난다. 탈출? 맞다. 자유? 그렇다. 경이? 마법? 물론이다.

이렇게 말하면 더욱 명확할 것이다. 비행은 자유다.

항상 그런 식으로 나타나지는 않지만 기본적인 원칙은 확고하다. 안젤라 카터의 『서커스의 밤 *Nights at the Circus*』(1984)에 나오는 비행은 상당히 드문 예에 속하는데 이 작품에 등장하는 여주인공 피버스Fevvers는 실제로 날개가 있다(역설적이게도 피버스라는 이름은 날개와 사슬을 동시에 암시한다). 피버스는 그 날개로 날아다니며 서커스 무대와 음악당의 유명 인사가 되어 유럽 전역에 이름을 떨친다. 하지만 날개는 그녀를 다른 사람들로부터 격리시키는 측면도 있다. 남들과 다르기에 정상적인 인간 생활에 쉽게 적응할 수 없는 것이다. 카터가 사용하는 '비행'의 의미는 자유와 탈출을 강조하지 않는다는 점에서 모리슨의 비행과 다르다. 프란츠 카프카의 「단식하는 예술가」처럼 피버스는 그녀의 재능으로 인해 새장에 갇힌 새 같은 신세가 된다. 즉 피버스의 비행은 실내에 한정되어 있고, 그녀의 세계인 무대에서조차 제4의 벽*은 실제 장벽으로 기능한다. 관객과 너무 달라 그들과 자유롭게 어울리지 못하는 것이다.

● 연극 용어로, 무대와 관객 사이를 떼어놓는 보이지 않는 공간을 의미한다.

210   15 상상의 나래를 펴다

여기서 몇 가지 분명히 해둘 것이 있다. 앞에서도 몇 차례 암시했고 나중에도 언급할 기회가 있겠지만, 아이러니가 가장 중요하다는 것이다. 일반적으로 아이러니는 사람들에게 익숙한 기존의 패턴에 의지하는데, 그래야만 반전 효과가 제대로 발휘되기 때문이다. 지금 논의 중인 카터의 아이러니는 당연히 비행과 날개에 대한 기대의 기초 위에서 효과를 발휘한다. 일반적으로 비행은 자유를 상징하는데, 피버스의 경우에는 일종의 반反자유를 나타내기 때문에 의미심장한 반전이 일어나고 있는 것이다. 즉 피버스는 자유의 대표적 상징이라고 할 비행 능력 때문에 오히려 갇힌 신세가 된다. 이 경우 비행의 의미에 대한 독자의 기대가 없다면 피버스는 한낱 무대의 기인에 지나지 않는다.

두 번째는 서로 다른 의미의 자유라는 개념이다. 한 번도 땅에서 벗어난 적이 없는데도 모리슨의 파일럿이 날 수 있듯이 피버스는 어항같이 한정된 세계에서도 자유를 발견한다. 피버스는 날아다니는 연기를 통해 작품 배경인 후기 빅토리아 사회의 다른 여성들로서는 상상도 못 할 방식으로 성적 매력을 발산한다. 비행이라는 연기 덕분에 그녀는 현실에서는 아주 충격적으로 보였을 방식으로 옷 입고, 말하고, 행동할 수 있었던 것이다. 그녀의 자유는 그녀의 '구속' 만큼이나 역설적이다. 카터는 영국 사회의 여성들이 처한 현실을 그리기 위해 세속적인 성적 매력과 새의 능력을 겸비한 피버스를 등장시켰던 것이다. 여러 편의 소설에서 남성과 여성의 역할에 대한 전통적인 관념을 코믹하게 풍자했던 카터에게 이런 전략은 너무도 당연하며, 이를 통해 카터는 기존 관념에 의문을 제기하고 때로는 조롱하고 있다. 그녀는 이런 전복적인 전략을 통해 영국 사회를 비판하고, 비행이라는 개념을 이용해 자유와 구속에 대한 자신의 아이러니한 태도를 표현하고 있다.

피버스처럼 날개가 있는 인물은 특히 흥미를 끈다. 당연하다. 여러분이 아는 사람 중에 날개 달린 사람이 있는가? 날아다니는 인물이 등장하는 이야기는 아주 드물지만 나름 특별한 매력이 있다. 가브리엘 가르시아 마르케스의 「거대한 날개를 가진 노인A Very Old Man with Enormous Wings」(1968)은 장맛비 오는 날 하늘에서 떨어진 한 이름 없는 노인에 대한 이야기다. 그의 날개는 정말 크다. 이 노인이 착륙한 가난한 콜롬비아 해변 마을의 주민들은 그를 천사로 여기지만 정말 천사라고 해도 그는 아주 이상하다. 더럽고 악취가 지독한 데다 남루한 날개에는 기생충까지 득실거린다. 그가 펠라요와 엘리젠다의 뜰에 떨어진 직후 그 집 아이가 치명적인 열병에서 벗어나지만, 그의 다른 '기적들'은 실제로 그와 관련이 있다 치더라도 엉뚱한 모습으로 나타난다. 어떤 사람은 여전히 아프지만 복권에 당첨될 뻔하고, 어떤 사람은 문둥병에서 회복되지 못하지만 상처에서 해바라기가 피어난다. 그럼에도 불구하고 주민들이 이 노인에게 홀딱 반한 까닭에 부부는 그를 새장에 가두고 사람들에게 구경시킨다. 노인은 이렇다 할 일도 하지 않지만 많은 사람이 그를 구경하러 오고 그 대가로 펠라요와 엘리젠다에게 적게나마 관람료를 지불한 덕에 부부는 부자가 된다. 노인의 정체는 끝까지 아리송하고, 마을 사람들의 추측은 괴상하기도 하지만 아주 재미있다(어떤 주민은 노인의 초록색 눈을 보고 노르웨이 선원일 거라고 주장한다). 어쨌든 그의 지저분하고 초라한 외모와 긴 침묵은 부부에게 엄청난 혜택을 준다. 그런데 그처럼 기적 같은 혜택을 받은 이들이 흔히 그렇듯이, 두 사람은 감사할 줄 모를 뿐 아니라 노인에게 숙식을 제공해야 한다는 사실에 분개하기까지 한다. 그러던 어느 날 드디어 기력을 회복한 노인이 하늘 높이 떠올라 날아가는데(이 장면은 부인만 본다) 그의 비행 모습은 천사보다는 꼴사나운 독수리를 연상시킨다.

15 상상의 나래를 펴다

안젤라 카터처럼 가르시아 마르케스도 이 상황이 지닌 아이러니한 의미들을 탐색하기 위해 날개와 비행에 대한 우리의 기대를 활용한다. 사실 그는 어떤 면에서는 카터보다 한 걸음 더 나아간다. 가르시아 마르케스의 날개 달린 주인공은 문자 그대로 새장에 갇혀 있다. 게다가 노인의 더럽고 지저분하고 벌레 먹은 날개는 우리가 평소 생각하는 천사의 모습과 전혀 다르다. 어떤 면에서 이 단편은 만약 예수가 재림한다면 그를 알아볼 수 있겠는가 하는 의문을 제기함과 동시에, 실제로 메시아가 세상에 왔을 때 대부분의 사람이 그를 알아보지 못했다는 사실을 상기시켜 준다. 당시 예수가 구세주로 보이지 않았듯이 마르케스의 천사도 천사로 보이지 않는다. 분명 예수는 유대인들이 기대했던 구세주의 모습, 즉 군대를 이끄는 장군처럼 보이지 않았다. 그 노인은 일부러 날지 못하는 척 했는가? 일부러 약하고 남루한 모습으로 나타났는가? 이런 문제에 대해 작품은 아무런 실마리도 주지 않지만 그 침묵으로 인해 오히려 많은 의문을 제기하고 있다.

이 천사의 출현 방식은 또 다른 문제를 제기한다.

전혀 못 날거나 비행을 방해받은 주인공의 경우는? 이카로스 이후 우리는 비행이 허무하게 끝나버리는 경우를 종종 보아왔다. 이는 비행의 반대 경우로 일반적으로 나쁜 징조라고 하겠다. 그러나 다른 측면에서 보면 추락이 꼭 재앙으로 귀결되는 것은 아니다. 페이 웰던과 살만 루시디는 비행기 폭발 사고로 고공에서 추락한 사람들에 관한 이야기를 거의 동시에 내놓았다(서로 불과 몇 달의 시차를 두고 출간됐다). 페이 웰던의 『인간의 마음과 삶』에서 한 소녀는 부모의 이혼으로 치열한 양육권 분쟁에 휘말린 와중에 납치당하고, 놀랍게도 그녀와 납치범은 둘만 타고 있던 기체의 뒷부분이 항공 역학의 법칙을 거스르며 땅으로 부드럽게 활강하는 바람에 무사히 착륙한다. 루시디의 두 주인공 지브릴과 샐러딘 역시 맨몸으로 땅에 추락하지만 불시착 장소가 눈 덮인 영국 해변이라 화를 면한다. 보통은 도저히 살아남을 수 없는 상황에서 주인공들이 죽음을 모면했다는 점에서 두 작품은 재탄생의 의미를 담고 있다. 그런데 새로 태어났다고 해서 전보다 더 잘 살게 된 건 아니다. 루시디의 두 주인공은 오히려 더 악랄하게 변했고, 웰던의 어린 소녀는 전에 누리던 엄청난 특권들을 아주 오랫동안 잃어버린 채 디킨스의 비참한 주인공 같은 삶을 살아간다.

그럼에도 불구하고 고공에서의 낙하와 생존은 비행 그 자체처럼 기적적이고 상징적인 의미를 지닌다. 우리는 비행의 가능성에서 스릴을 경험하듯이 추락의 가능성에서 공포를 경험하며, 추락하고도 살아남은 존재는 그게 무엇이든 상상력을 자극한다. 추락에서 살아남은 주인공들을 보면 우리는 거기 숨겨진 의미를 생각하게 된다. 필연적인 죽음을 피했다는 건 무엇을 의미하는가? 그렇게 살아남은 이들은 세상과 다른 관계를 맺게 되는 걸까? 그들은 자기 자신이나 삶 자체에 대해 새로운 책임감을 갖게 될까? 생존자는 이전의 그와 똑같은 인물인가? 루시디는 탄생이 필연적으로 추락/타락을 의미하는지 노골적으로 묻고 있고, 웰던 역시 그만큼 함축적인 질문을 던져 우리를 고민하게 만든다.

비행이라는 주제를 고려할 때 등장인물들이 실제로 날아다니는 작품만 살펴본다면 그 내용이 빈약해질 수밖에 없다. 물론 실제 비행이 등장하는 작품들은 그 자체로도 필요하지만, 주로 비유적인 의미의 비행을 이해하는 데 도움을 준다는 점에서 중요하다. 여기서는 커서 작가가 되고 싶어 하는 한 소년이 등장하는 아일랜드 소설 한 편을 소개하겠다. 소년은 자라면서 점차 작가가 되는 데 필요한 경험이나 비전을 얻으려면 집을 떠나야 한다는 사실을 깨닫는다. 그런데 문제가 있다. 고향이 섬인 것이다. 소년이 섬을 떠날 수 있는 유일한 방법은 물을 건너는 것인데, 이것은 사실 집을 떠나려는 사람이 택할 수 있는 가장 극적인 방법이자 최후의 수단이다(더구나 소년은 물을 무서워한다). 다행히도 소년에게는 자신을 도와줄 적절한 이름이 있다. 그 이름은 디덜러스Dedalus*란 이름이다. 이는 더블린에서 태어난 젊은이에게 어울리는 아일랜드식 이름이 아닐뿐더러 제임스 조이스가 어린 스티븐에게 처음부터 지어준 이름도 아니었다. 그러나 그는 『젊은 예술가의 초상 *A Portrait of the Artist As a Young Man*』(1916)에서 이 이름을 사용하기로 결정했다. 스티븐은 자신을 둘러싼 아일랜드 사회의 한계, 가족과 정치·교육·종교 그리고 편협한 분위기에서 답답함을 느낀다. 우리가 알고 있듯이 이런 제약과 구속의 해독제는 자유다.

소설의 후반부는 새와 깃털, 비행의 이미지로 가득 차 있는데, 실제 비행을 언급하고 있지 않음에도 불구하고 이 모든 이미지는 상징적 의미에서의 비행, 즉 탈출을 연상케 한다. 스티븐은 물가를 거니는 소녀를 보면서 이른바 깨달음에 대한 종교적·미학적 용어인 에피파니epiphany**를 겪게 되고, 그 순간 반드시 예술가가 되어야 한다는 확신을 심어주는 아름다움과 조화, 광채를 경험한다. 소녀 자체는 특별히 아름답지도, 인상적이지도 않다. 그보다는 장면이 전체적으로 아름다우며, 더 정확히 말하면

---

* 이 이름은 신화에 나오는 이카로스의 아버지 다이달로스Daidalos를 연상시킨다. 제임스 조이스는 더블린을 다이달로스가 만든 미로에, 스티븐을 다이달로스에, 나아가 더블린으로부터 도피하는 이카로스에 비유하고 있다.

** 에피파니는 제임스 조이스의 작품을 이해하는 데 꼭 필요한 개념이다. 원래는 예수가 동방박사의 방문을 통해 세계에 그 모습을 드러낸다는 의미의 공현 公顯을 뜻하나 제임스 조이스는 이를 문학에까지 확장시켰다. 일반적으로 '갑자기 베일을 벗고 드러나는 진실처럼 평범한 사건이나 경험을 통해 직관적으로 진실을 파악함'이란 의미를 지닌다.

전체성을 감지하는 그의 감각이 아름답다. 그 순간 소년은 그녀의 속옷 밑단이 깃털 같다거나 가슴이 '검은 깃털을 가진 새'의 앞가슴처럼 보인다는 등 소녀의 모습을 새처럼 묘사한다. 그리고 다음 순간 스티븐은 자신과 같은 이름을 가진 사람을 떠올린다. 그가 떠올린 사람은 아일랜드가 아닌 다른 섬에서 탈출하기 위해 날개를 만든, '매 같은hawklike' 사람이라고 생각하는 한 장인匠人이다. 그런 다음 마침내 자신은 물론 모든 더블린 사람을 얽매고 있는 관습과 편협함의 그물에서 빠져나와 날아가야 한다고 선언한다. 비행에 대한 그의 생각은 순전히 상징적이지만 탈출에 대한 욕구는 치열하고 현실적이다. 디덜러스가 창조자가 되려면 그의 영혼은 날아올라야 하고, 그는 반드시 자유로워져야 한다.

실제로 문학에서는 영혼의 해방이 자주 비행의 형태로 나타난다. 윌리엄 버틀러 예이츠William Butler Yeats는 새의 자유를 땅에 얽매인 인간의 근심이나 고통과 대비시킨다. 예컨대 그의 유명한 시 「쿨 호수의 야생 백조 The Wild Swans at Coole」(1917)에서, 그는 아름다운 새가 선회하며 물 위로 날아오르는 모습을 보면서 언제나 젊어 보이는 그 새와 달리 세월이 갈수록 중력의 무게를 점점 더 절실히 느끼는 중년 남자, 즉 자신을 되돌아본다. 예이츠는 백조로 변해 레다를 범하고 그리하여 (트로이의) 헬레네를 잉태시킨 제우스를 그린 시를 썼다.* 마리아 앞에 나타난 대천사를 날개와 새의 이미지를 이용해 묘사하기도 했다.

마찬가지로 우리는 영혼이 날개를 갖고 있다고 생각한다. 셰이머스 히니는 몇 편의 시에서 죽은 사람의 영혼이 날개를 퍼덕이며 육체로부터 떠

---

* 「레다와 백조Leda and the Swan」(1928),

15 상상의 나래를 펴다

나간다고 묘사했다. 히니만 이런 표현을 쓴 것은 아니다. 육체에서 분리된 영혼이 날 수 있다는 관념은 기독교 전통에도 깊이 새겨져 있는데, 보편적이지는 않겠지만 나는 이런 관념이 다른 문화권에도 존재할 거라고 생각한다. 그러나 고대 그리스인과 로마인들에게 이런 생각은 문제가 있었다. 그들은 축복받은 영혼이든 저주받은 영혼이든 모두 지하 세계로 들어간다고 생각했기 때문이다. 하지만 천국에 대한 믿음 때문에 이후 서구인들은 대부분 영혼이 새처럼 가볍다는 관념을 갖게 되었다. 시인 로버트 프로스트는 「자작나무 Birches」에서 자작나무에 올라 천국을 향해 날아갔다가 다시 가볍게 땅으로 돌아오는 이미지를 제시하면서, 오가는 것 모두 좋은 일이라고 선언한다(날개가 없더라도 말이다). 햄릿의 사악한 삼촌 클로디어스는 기도하려다가 실패한 뒤 이렇게 말한다.

"내 말은 저 위로 날아오르지만 내 생각은 여전히 이 땅에 남아 있구나."

셰익스피어는 클로디어스가 살인을 고백하지 않는 한 그의 영혼은 죄의식에 억눌려 있기에 절대로 위로 날아갈 수 없음을 암시한다. 작품 말미에서 햄릿이 죽어 누워 있을 때 친구 호레이쇼는 이렇게 애도한다.

'왕자여, 고이 잠드소서/천사들의 노래에 싸여 영원한 안식의 세계로 가소서!'

셰익스피어가 한 말이니 진실이라고 믿어도 좋다.

상상력 넘치는 이런 작품들은 우리 독자들로 하여금 땅을 박차고 올라 상상의 나래를 펼칠 수 있게 해준다. 그럴 때 우리는 등록금이나 주택담보대출 금리 같은 현실에서 벗어나 작품 속의 주인공들과 함께 하늘로 솟아올라 다양한 해석과 사색의 세계로 날아갈 수 있다.

부디 무사히 착륙하기를!

문학에서의
섹스

문학 교수들은 외설스럽다는 유쾌하지 않은
소문이 있다. 물론, 사실이 아니다. 이렇게 말한다고 크게 위로가 되지는
않겠지만, 어쨌든 우리는 일반인들과 별반 다르지 않다. 내친김에 확실히
말해 두자면 문학 교수들은 타고난 호색한이 아니다. 다만 진짜 호색한일
지도 모를 작가들의 성적인 의도를 잘 간파한다는 점이 다를 뿐이다. 그
렇다면 음란한 생각은 어떻게 세계 문학과 관련을 맺게 됐을까?

나는 프로이트의 탓으로 돌리고 싶다. 그가 이런 생각을 우리 머릿속
에 집어넣었다.

좀 더 정확히 말하면 그가 발견한 내용을 우리 앞에 내보였다. 프로이
트는 1900년에 펴낸 『꿈의 해석 *The Interpretation of Dreams*』에서 잠재의식 속
에 자리한 성을 풀어놓았다. 거대한 빌딩은? 남성성을 상징한다. 완만하

게 경사진 땅은? 여성성을 상징한다. 계단? 성교性交다. 계단에서 굴러 떨어진다면? …… 오늘날의 정신분석학에서는 케케묵은 소리로 취급될지 몰라도 이것들은 문학 분석에서 금과옥조 같은 격언들이다. 우리는 섹스 말고 다른 것으로도 얼마든지 섹스를 나타낼 수 있음을 알게 됐다. 다른 물체나 행위가 생식 기관이나 성적인 행위를 대신할 수 있다는 건 정말 다행스러운 일이다. 생식기나 성행위는 사실 묘사할 방법이 별로 많지 않고, 상스러워 보일 수도 있기 때문이다. 그렇다면 어떤 풍경도 성적인 함의를 가질 수 있다. 볼bowl이나 불, 해변도 그럴 것이다. 그럼 1949년형 플리머스 자동차는? 작가가 원한다면 거의 모든 것이 그렇게 이용될 수 있다. 맞다. 프로이트는 우리를 잘 가르쳤고, 그가 가르친 제자 중에는 작가들도 있다. 20세기 초 갑자기 두 가지 현상이 일어났다. 비평가들과 독자들은 문학 작품 속에 성이 암호화된 형태로 녹아 있을 수 있다는 사실을 알게 되었고, 작가들은 성적인 요소를 암호화해 작품에 넣을 수 있다는 사실을 알게 되었다. 골치 아픈가?

물론 성적인 상징은 20세기에 처음 나온 게 아니다. 성배 전설에 대해 잠깐 생각해 보자. 한 기사가(대개 이제 막 남성성을 갖추기 시작한 아주 젊은 청년이다) 창을 들고 돌진하는 장면은 새로운 남근의 상징이 등장할 때까지 그 역할을 충실히 수행했다. 검증된 건 아니지만 기사는 잔, 즉 성배를 찾아 나서는 순수한 남성성의 상징이 되며, 이때의 성배는 옛날 옛날에 그렇게 받아들여졌듯이 여성성의 상징으로 생각해 볼 수 있다. 채워지기를 기다리는 빈 그릇 말이다. 그럼 창과 성배를 결합시키려는 이유는 뭘까? 비옥함 때문이다(프로이트는 여기서 제시 웨스턴, 프레이저경, 칼 융의 도움을 받는다. 모두 신화적인 사고, 풍요 신화, 원형archetypes에 대해 설명했던 사람들이다). 일반적으로 기사는 어려움에 처한 공동체를 돕기 위해 출정한다.

심한 가뭄에 농작물이 말라 죽고, 가축 또는 인간들은 죽어가거나 다음 세대를 출산하지 못하고, 왕국은 황무지로 변해간다. 너무 늙어서 비옥함의 상징을 찾아 나설 수 없는 왕은 풍요와 질서를 회복해야 한다고 말한다. 하지만 자신은 더 이상 창을 쓸 수 없으므로 대신 청년을 보낸다. 음란하거나 난잡하지는 않지만 어쨌든 여기에는 성적인 의미가 담겨 있다.

그로부터 수천 년의 세월이 흘렀다. 이제 뉴욕에서 좌회전하여 할리우드로 가보자. 영화 〈말타의 매 *The Maltese Falcon*〉(1941)를 보면 어느 날 밤 창가에 서 있던 샘 스페이드(험프리 보가트 분)가 브리지드 오쇼네시(매리 애스터 분)에게 몸을 기울여 키스하는 장면이 나온다. 이 장면 다음에 이어지는 것은 아침 햇살을 받으며 바람에 부드럽게 흔들리는 커튼이다. 샘도, 브리지드도 보이지 않는다. 어린 관객들은 이따금 이 커튼의 의미를 알아채지 못하고 브리짓과 샘 사이에 무슨 일이 벌어졌는지 궁금해한다. 사소해 보일지 모르지만 커튼의 의미를 이해하는 것은 매우 중요하다. 커튼의 의미를 알아야 샘의 판단력이 얼마나 많이 흐려졌는지, 마지막에 브리지드를 경찰에 신고하는 게 얼마나 힘든 일인지 이해할 수 있기 때문이다. 영화가 '그것을 하고 있는' 사람들을 보여주지 않음은 물론, 그것을 하고 난 사람들이나 그것에 대해 얘기하는 사람들조차 보여주지 않던 시절을 기억하는 사람들에게 커튼은 다음과 같은 사실을 말해주는 것이나 다름없었다. **그래, 두 사람은 그걸 했어, 즐겼단 말이야.** 그 연배 사람들에게 가장 섹시한 장면 중 하나는 해변을 때리는 파도다. 감독이 카메라를 해변으로 돌릴 때 누군가는 큰 행복을 맛보고 있을 터였다.

이런 추상적인 방식은 스튜디오 시스템의 전성기라고 할 수 있는 1935년경부터 1965년까지 할리우드 영화의 내용을 통제했던 헤이즈 코드 Hayes Code* 하에서는 불가피한 선택이었다. 헤이즈 코드가 통제했던 사항들은 아주 많지만 그중 우리의 관심을 끄는 것은, 만약 죽은 시체라면 장작더미처럼 쌓아 놓을 수 있으나(그래도 피가 보이면 안 된다) 살아 있는 사람들은 같이 누워 있으면 안 된다는 항목이다. 남편과 아내조차 별도의 침대에 있어야 했다. 얼마 전 히치콕의 영화 〈오명 Notorious〉(1946)에서 이런 장면을 또 한 번 목격할 수 있었다. 영화를 보면 결혼한 클로드 레인스와 잉그리드 버그만의 방에는 트윈 침대가 놓여 있다. 두 사람은 부부지만 한 침대에서 같이 자는 장면은 한 번도 나오지 않는다. 사악한 나치당원인 클로드 레인스마저 말이다. 믿기지 않겠지만 1946년에 나온 영화에서는 그랬다. 그래서 영화감독은 생각할 수 있는 모든 수단, 즉 파도, 커튼, 캠프파이어, 폭죽 등에 의존해야 했다. 그리고 그 결과는 때로 실제 보여주는 것보다 더 외설스럽게 느껴졌다.

역시 히치콕의 영화인 〈북북서로 진로를 돌려라〉(1959)를 보면, 마틴 랜도가 주인공들을 죽이기 직전에 CIA 요원이 그를 처치함으로써 캐리 그랜트와 에바 마리 세인트는 러시모어 산의 큰 바위 조각상에서 구출된다. 그랜트가 세인트를 놓치지 않으려고 암벽에서 사투를 벌이다가 갑자기 세인트를 열차의 침대칸으로 끌어올리는 장면은 정말 인상적이다(여기서 그랜트는 세인트를 쏜힐** 부인이라고 부른다). 이어서 이에 못지않게 인상적인 장면(영화의 마지막 장면)이 등장하는데 바로 기차가 터널로 들어가는 모습이다. 터널이 무엇을 의미하는지 이젠 군이 말할 필요 없을 것이다.

- 당시 미국 정부에서 영화를 대상으로 시행했던 검열 가이드라인.
- 그랜트의 극중 이름이 쏜힐 Thornhill이다.

좋다. 하지만 모두 영화 얘기 아닌가? 책은 어떤가?

어디서부터 시작해야 할지 모르겠다. 먼저 다소 완곡한 작품인 앤 비티 Ann Beattie의 「야누스 Janus」(1985)를 보자. 결혼은 했지만 남편을 별로 사랑하지 않는 한 젊은 여자가 다른 남자와 정사를 갖는다. 정사의 구체적인 결과는 남자가 여자에게 사준 볼 bowl이다. 여주인공 안드레아는 볼을 자신과 점점 동일시하고 그래서 더욱더 집착하게 된다. 안드레아는 부동산 중개인인데, 그녀는 팔고 싶은 집을 고객들에게 보여주기 전에 그 집의 가장 좋은 곳에 이 볼을 놓아두고, 한밤중에도 일어나 볼이 제자리에 잘 있는지 확인한다. 가장 노골적인 것은 남편이 그 볼에 열쇠를 놓지 못하게 한다는 사실이다. 이 이미지에서 성적인 코드를 발견할 수 있는가? 열쇠는 어떤 역할을 하는가? 그 열쇠는 누구의 것인가? 남편이 열쇠를 갖다 놓을 수 없는 곳은 어디인가? 열쇠를 놓을 수 없는 그 볼은 누구의 상징인가?

예컨대 행크 윌리엄스 Hank Williams와 조지 소로굿 George Thorogood *이 불렀던 〈무브 잇 온 오버 Move It on Over〉란 노래 가사에서, 아내가 자물쇠를 바꿔버려 열쇠가 안 맞는다고 불평하던 남자를 떠올려보자. 미국인들은 이 노래에 등장하는 열쇠와 자물쇠가 정확히 무엇을 의미하는지 익히 알고 있기 때문에 이 단어들이 언급되면 얼굴을 붉히기까지 한다. 이런 비유의 패턴은 프로이트나 웨스턴, 프레이저, 융에 의해 확인된 훨씬 오래전의 전통인 창이나 칼 또는 총 (또는 열쇠)을 남근의 상징으로, (물론 볼도

• **행크 윌리엄스와 조지 소로굿** ｜ 미국의 대중 가수. 본문에 나오는 노래를 처음 불렀던 가수가 행크 윌리엄스이며 나중에 조지 소로굿이 다시 불렀다.

16 문학에서의 섹스

포함해서) 성배나 잔을 여성 생식기의 상징으로 파악하는 비유들 중 일부에 불과하다. 안드레아의 볼로 다시 돌아가 보자. 볼은 물론 성性과 관련이 있다. 더 자세히 말하면 연인이나 남편의 연장선상이라기보다는 성적인 존재로서의 여성의 정체성을 상징한다. 안드레아는 자신이 그저 남자의 보조자로 살게 될까 봐 두려워한다. 볼은 남자가 사준 물건이라는 점에서 볼로 상징되는 그녀의 자율성에 문제가 있음을 보여주지만, 사실 남자는 그녀가 그 볼을 정말 맘에 들어 하니까 사주었기에 그 볼은 결국 그녀만의 것이다.

문학에서의 성을 논하다 보면 필연적으로 로렌스와 만나게 된다. 내 생각에 로렌스가 훌륭한 것은 그의 작품을 읽다 보면 성을 분석할 수밖에 없다는 사실이다. 성은 아주 오랫동안 금기시된 주제였고, 소설가들이 거의 건드리지 않은 원천이었기에 로렌스는 계속 이 문제를 파고들었다. 그의 작품은 때로는 모호하게, 때로는 노골적으로 성적인 관계를 다루고 있다. 특히 그의 마지막 소설이면서 청소년들에게는 금단의 사과였던 『채털리 부인의 연인Lady Chatterley's Lover』(1928)에서 로렌스는 당시에 존재했던 검열의 한계를 넘어서기도 했다.

하지만 그의 전 작품에서 가장 관능적인 부분은 섹스가 아니라 레슬링 장면이다. 『사랑에 빠진 여인들』을 보면 어느 날 저녁 두 남자 주인공이 레슬링을 하는데 이 부분의 묘사는 성적인 분위기를 물씬 풍긴다. 두 사람은 평소 피의 의형제를 맺을 정도로 가까운 사이였기 때문에 둘이 레슬링을 한다는 게 그리 놀랄 일은 아니다. 비록 동성애를 대놓고 언급하기가 쉽지 않았지만 로렌스는 남녀 사이의 사랑이나 섹스와 거의 비슷한 관계를 (그리고 육체적인 표현을) 남자들에게서도 원했다. 켄 러셀Ken Russell이 1969년에 『사랑에 빠진 여인들』을 영화로 만들었을 때 그는 이 장면이 무엇을 의미하는지 확실히 알고 있었다. 하지만 나는 이해하지 못했다. 그 이유는, 그게 뭐든 동성애 관계로 생각하지 않도록 훈련됐기 때문이고, 또 한편으로는 이 장면이 내가 좋아하는 작가인 로렌스에 대해 무엇을 말해주고 있는지 생각하고 싶지 않았기 때문이다. 영화를 보고 난 뒤 책의 그 장면을 다시 읽어보니 러셀이 제대로 파악한 것 같았다.

개인적으로 내가 가장 좋아하는 로렌스 작품은 「목마와 소년 *The Rocking-Horse Winner*」(1932)으로, 엄마를 기쁘게 해주고 싶어 하는 한 소년에 관한 이야기다. 소년의 아버지는 사업에 실패했고 그래서 돈을 중시하는 엄마를 크게 실망시킨다. 아들 폴은 자기도취에 빠진 엄마가 가난 때문에 괴로워하고, 불만이 쌓여 있고, 자신을 비롯해 누구도 사랑하지 않는다는 걸 감지한다. 그녀가 자신을 사랑하지 않는 이유가 가난 때문이라고 생각한 소년은 지칠 때까지 목마를 열심히 타면 다가오는 경마 대회의 우승자를 맞힐 수 있을 거라고 믿는다. 여기서 잠깐 작품의 한 부분을 살펴보자.

소년은 행운을 원했다. 정말 간절히 행운이 찾아오길 바랐다. 두 여자애들이 보육원에서 인형을 갖고 놀 때 소년은 커다란 목마에 앉아 허공을 향해 격렬히 말을 탔으므로 여자애들은 불안한 눈길로 소년을 흘깃 쳐다보곤 했다. 지칠 때까지 말을 타고 있으면 검은 고수머리는 찰랑거렸고 눈은 이상한 광채로 빛났다. 여자애들은 감히 말을 붙이지 못했다⋯⋯ 소년은 이렇게 몰아대면 목마가 자신을 행운이 있는 곳으로 데려다 줄 거라고 생각했다⋯⋯ 있는 힘을 다해 목마를 기계적으로 흔들어대던 소년은 마침내 말 타기를 멈추고 목마에서 내려왔다.

여러분이 뭐라고 하든 나는 이 부분이 자위행위를 그리고 있다고 생각한다. 이 단편을 가르치면서 나는 굳이 말하지 않아도 학생들이 나와 똑같이 생각하도록 유도한다. 보통은 낯이 두껍고 통찰력이 뛰어난 학생들이 한두 명은 있게 마련이어서 이들은 능글맞게 웃거나 조심스러워하며 내가 원하는 질문을 해주었다. 그러면 두세 명의 학생이 자기들도 어느 정도 그렇게 생각했다는 듯 고개를 끄덕이지만 감히 그런 결론을 내리지는 못하는 눈치였다. 다른 35명의 학생들은 천장이 무너지기라도 할 것처럼 위만 쳐다보고 있었다.

실제로 그러한가?

잠시 소설의 구조를 살펴보자. 아들은 아버지를 대신해 엄마의 사랑을 받고 싶어 한다. 소년은 엄마로부터 인정받고 사랑받기를 간절히 원한다. 아이는 아주 비밀스러운 행위에 몰두하는데, 그 행위는 격렬하고 리드미컬한 동작을 수반하며 끝에는 의식을 잃을 정도로 황홀한 느낌을 선사한다. 어떤가? 「목마와 소년」은 오이디푸스적 상황이 가장 분명히 그려진 소설 중 하나이며 그럴 만한 충분한 이유가 있다. 로렌스는 프로이트의 이론을 접한 첫 세대였고, 그것을 최초로 문학에 의식적으로 차용했다. 여기서 주인공은 물론 작가도 승화를 체험한다. 물론 엄마와의 성관계는 선택할 수 있는 대안이 아니었다. 그래서 로렌스는 엄마가 그토록 원하는 행운의 메신저로 아들인 폴을 선택했다. 하지만 행운을 찾는 폴의 방법은 너무 기이해서 어린 여동생들을 겁나게 만들고, 어른들을 놀라게 한다. 어른들은 소년이 목마를 타기에는 너무 커버렸다고 생각한다.

정말 자위행위인가? 문자 그대로는 아니다. 만약 그렇다면 역겨울뿐더러 흥미롭지도 않다. 하지만 상징적으로 볼 때 소년의 목마놀이는 자위행위와 같은 기능을 한다. 이를 섹스의 대리인의 대리인으로 생각해 보라. 이보다 더 명확한 설명이 있을 수 있을까?

그럼 작가는 왜 그렇게 했을까? 성을 이처럼 위장하는 이유 중 하나는 역사적으로 볼 때 작가와 예술가들이 실제 성관계를 적나라하게 묘사할 수 없었기 때문이다. 예컨대 로렌스의 경우 여러 편의 소설이 판금되었고 영국의 검열 당국과 엄청난 싸움을 벌이기도 했다. 영화화했을 때도 마찬가지였다.

또 다른 이유는 섹스가 모호하게 암시된 장면이 여러 차원에서 더 효과적이고, 때로는 간접적인 묘사가 더 강렬할 수 있기 때문이다. 그리고 이런 방법은 전통적으로 어린이나 청소년을 보호하는 역할을 해 왔다. 예컨대 암시를 즐겨 사용한 디킨스의 경우, 그는 자기 소설이 온 가족이 함께하는 식탁에서 자주 낭독된다는 사실을 알고 있었다. 따라서 부인들에게는 그럴듯한 부인否認의 빌미를 선사하고, 아이들을 선정적인 성으로부터 보호하고 싶어 했다. 그래서 성이 암시된 장면에서 아버지가 의뭉한 미소를 짓는 동안 엄마는 아무것도 모르는 척할 수 있었다. 찰스 디킨스의 『우리 모두의 친구Our Mutual Friend』(1865)를 보면 음모를 꾸미는 두 악당 비너스 씨와 사일러스 웨그가 나온다. 사일러스 웨그는 앉아 있는 비너스에게 금융 기사를 감질나게 읽어주는데 좀이 쑤신 비너스는 의족을 들었다 내렸다 하다가 흥분이 최고조에 달하자 발을 쭉 내뻗는다. 그러고는 앞으로 푹 넘어진다. 가족 중에는 이를 그저 단순한 슬랩스틱 코미디로 본 사람도 있을 것이고, 암시성이 강한 코미디로 본 사람도 있을 것이다. 그리고 그 어떤 경우든 모두가 웃을 수 있다.

아무리 성 의식이 개방된 요즘이라도 성을 노골적으로 묘사하는 작가는 많지 않다. 성은 우리의 삶과 의식 속에 단단히 자리를 차지하고 있지만, 동시에 또 다른 경험의 영역으로 추방되어 있다. 앤 비티 작품의 주인공 안드레아는 자신의 문제가 주로 사랑이나 섹스와 연관되어 있다고는 생각하지 않는다. 하지만 우리와 그녀의 창조자가 알고 있는 것처럼 사실

16 문학에서의 섹스

은 그러하다. 어쨌든 안드레아의 성 문제가 생식 기관이나 성행위 등의
직접적인 형태를 띠고 등장할 가능성은 거의 없다. 그보다는 오히려 다른
모습으로 가장하고 나타날 확률이 훨씬 높다. 이를 테면…… 볼과 열쇠
라는 형태로 말이다.

섹스만 빼고…

섹스 장면을 글로 써본 적 있는가? 농담이 아니다. 꼭 한 번 직접 써보라. 제대로 된 경험을 할 수 있도록 조건을 달자면, 우선 당신이 인간이라는 종種에 불과하다고 가정해야 하고, 명확한 글을 쓰기 위해 당신은 그저 그 행위에 참가하고 있는 두 사람 중 하나에 불과하다는 입장에 서야 한다는 점을 유념해야 한다. 이 점만 기억하고, 두 주인공에게 당신이 원하는 어떤 행위든 다 시켜보라. 그리고 나서 다음날이나 일주일, 한 달이 지난 후에 그 글을 다시 읽어보라. 그러면 대부분의 작가가 이미 알고 있는 사실을 깨닫게 될 것이다. 즉 가장 친밀한 행위를 같이 하고 있는 두 인간을 묘사하는 것은 작가가 수행하는 작업 중 가장 어려운 일이라는 점이다.

실망하지 말라. 당신은 본격적으로 시작도 안 해본 상태니까 말이다.

그렇다면 섹스를 그리는 또 다른 방법에는 어떤 것들이 있을까? 두 사람으로 하여금 성행위를 하게 만드는 상황은 무수히 많다. 하지만 행위 그 자체는? 그걸 기술記述하는 방법은 몇 개나 될까? 우선, 제품 설명서를 만들듯이 성행위를 객관적으로 기술하는 방법이 있다. 즉 'A를 B에 넣어라'는 식으로 말이다. 그러나 영어를 쓰든 라틴어를 쓰든, 선택할 수 있는 A나 B는 그리 많지 않다. 솔직히 말하면 레디휩Reddi-Whip*을 쓰느냐 안 쓰느냐의 차이일 뿐 다양성의 여지가 별로 없다. 더구나 웬만한 것들은 엄청난 양의 포르노 소설에서 이미 지겹도록 많이 사용되었다. 그렇다면 좀 더 부드러운 접근 방식을 택할 수도 있다. 각 신체 부위와 그 움직임을 감각적인 은유와 다소 과장된 형용사를 사용해 모호하게 표현하는 방식으로, 말하자면 이런 식이다. **'그녀라는 작은 배가 욕망의 파도 위를 넘실 댈 때 그는 떨고 있는 그 작은 배를 간절한 마음으로 어루만졌다.'** 하지만 이런 식의 기술은 (a) 별스럽게 보이거나, (b) 역겨워 보이거나, (c) 너무 낯 뜨겁거나 (d) 서툴고 어색하게 보일 것이다. 간단히 말해 만약 당신이 섹스를 직접적으로 묘사하는 글을 써야 한다면, 아마도 얼마 지나지 않아 하늘거리는 커튼이나 해변에 찰랑이는 파도에 대한 묘사로도 충분했던 그 옛날을 그리워하게 될 것이다.

솔직히 내 생각에는 만약 로렌스가 그가 죽고 한 세대도 지나기 전에 등장한 오늘날의 유감스러운 섹스 묘사 실태를 목격한다면, 아마 『채털리 부인의 연인』을 철회할 것이다. 사실 섹스를 다루는 작가들은 대부분 행위 자체를 묘사하지 않는다. 첫 단추가 풀리고 (비유적으로 표현해서) 남

● **Reddi-Whip** ┃ 원래는 제조회사 이름으로, 짜서 쓸 수 있는 생크림이다.

자가 담배를 피워 물기까지의 중간 과정을 과감히 건너뛰거나, 아예 단추 푸는 장면을 포함해 전체를 생략하기도 한다. 더 솔직히 말하면, 그들은 섹스에 대해 쓸 때도 뭔가 다른 것에 대해 쓴다.

정말 골치 아프지 않은가? 다른 뭔가에 대해 쓰지만 사실 그건 섹스를 의미하고, 정작 섹스에 대해 쓸 때는 다른 뭔가를 얘기하고 있다니 말이다. 그런데 어떤 작가가 문자 그대로 섹스에 대해 쓰기 위해 섹스를 그리고 있다면 그건 바로 포르노다.

빅토리아 시대에는 작가들이 알아서, 또는 당국에서 엄격히 검열했기 때문에 정통 문학에서는 섹스를 찾아보기 힘들었다. 하지만 통속문학에서는 그 반대였다. 빅토리아 시대만큼 포르노물이 넘쳐났던 때도 드물다. 섹스를 오만 가지 방식으로 묘사한 글들이 쏟아져 나왔던 것이다.

하지만 현대에 들어와서도 제약은 있었다. 헤밍웨이는 욕설 때문에 제재를 받았다. 조이스의 『율리시스』도 성적인 내용이 들어가 있다는 등의 이유로(실제로 등장하는 섹스 행위는 자위뿐이지만 주인공들이 섹스에 관해 생각하는 장면이 여러 번 등장한다) 영국과 미국 양쪽에서 검열을 받아 판금되거나 강제로 회수되기까지 했다. 로렌스는 콘스탄스 채털리와 멜로스*를 통해 섹스를 솔직하게 보여주고 이야기함으로써 이 분야에 새로운 지평을 열었지만, 미국에서 검열을 종식시킨 『채털리 부인의 연인』(1928)에 대한 외설 시비 재판은 1959년에야 열렸다.

그런데 이상하게도, 일종의 표준적인 관행이 되었던 성 묘사는 그로부터 채 백 년도 안 된 지금 극히 상투적인 표현 이외에는 거의 찾아볼 수

---

* 『채털리 부인의 연인』의 주인공이다.

없다.

존 파울즈John Fowles의 『프랑스 중위의 여자French Lieutenant's Woman』 (1969)에는 두 주인공 찰스와 새라의 아주 유명한 섹스 장면이 나온다. 이 부분이 사실 작품 속의 유일한 섹스 장면이라는 건 『프랑스 중위의 여자』 가 사랑과 섹스에 관한 소설임을 고려하면 약간 놀라운 일이다. 두 사람 은 어떤 누추한 호텔에 들어가는데 새라가 발목을 삐어 찰스가 응접실에 서 침실까지 그녀를 안고 간다. 그런 다음 그녀를 침대에 눕히고 격렬하 게 옷을 벗기는데 소설의 배경이 빅토리아 시대인 만큼 벗겨야 할 옷이 한두 개가 아니었을 것이다. 이윽고 사랑의 행위가 끝나자 기진한 남자는 여자 옆에 눕는다. 이때 작가는 남자가 침실을 살펴보려고 여자를 잠깐 응접실에 앉혀두고 그쪽으로 걸어간 순간부터 '정확히 90초'가 걸렸다 고 말한다. 이 90초 동안 남자는 다시 돌아와 그녀를 안아다 침대에 눕히 고 애무하고 사랑을 나눈 다음, 쾌락의 정점에 도달했던 것이다.

사랑의 행위를 그린 이 장면을 보며 몇 가지 추론해 보면 첫째, 파울즈 는 몇 가지 이유로 사랑의 행위에서 빅토리아 시대 남자들이 갖고 있던 결함을 언급하고 싶었는지 모른다. 둘째, 어쩌면 가여운 남자 주인공을 조롱하고 싶었는지 모른다. 셋째, 아니면 남자의 성적 무능이나 욕망의 오류를 지적하고 싶었을지 모른다. 넷째, 순식간에 끝나버린 성행위와 그 엄청난 결과 사이에 존재하는 가소롭고 아이러니한 부조화를 강조하고 싶었을지 모른다. 우선 첫 번째 추론은 작가가 굳이 그럴 이유가 있었는 지 의심스럽다. 더욱이 파울즈는 이 소설의 집필 과정을 그린 유명한 글 에서, 사실 자신은 19세기의 성행위에 대해 아무런 지식도 없었기 때문에 그 시대의 남녀가 벌이는 정사를 묘사한 자신의 글은 '공상과학물'이나 마찬가지라고 인정했다.* 두 번째 추론은 이유 없이 잔인해 보인다. 특히 그 얼마 전 젊은 창녀의 팔에 안긴 찰스가 그녀와 사랑을 나누기는커녕 베개에 토하는 장면을 봤다면 말이다. 그는 왜 항상 이 성가신 문제에 시달려야 할까? 세 번째에 대해서는, 수컷의 성행위에 관한 간단한 글을 쓰는 데 굳이 6만여 개의 단어가 필요한지 의문이다. 네 번째, 코믹하든 아니든 소설가에게 부조화란 매우 매혹적인 개념이다.

하지만 또 다른 가능성을 고려해 보자. 찰스는 장인이 될 프리먼을 만나려고 남서부 지역에 위치한 라임 레지스에서 런던으로 떠난다. 그러나 이 결혼에 대해 크게 오판한 걸 깨닫고 공포에 사로잡히는데, 그 공포는 사업에 동참하라는 프리먼의 제안으로 절정에 이른다(빅토리아 시대의 신사들에게 사업 활동은 혐오의 대상이었다). 그는 자신이 약혼녀를 사랑하지 않을 뿐 아니라, (새롭게 부상하는 중산층인) 약혼녀와 그녀의 부친이 갈망하는 순응적인 삶을 살 수 없다는 걸 깨닫는다. 결국 찰스는 프리먼을 비롯해 생각하기조차 끔찍한 사업가로서의 삶으로 요약되는 런던에서의 제한된 미래, 라임 레지스에 있는 약혼녀 어니스티나 사이에서 오도 가도 못하는 처지에 빠진 듯이 보인다. 찰스는 완전히 공포에 질린 상태에서 그 누추한 호텔이 있는 엑시터를 경유해 라임 레지스로 돌아온다. (우리가 볼 때 아닌 것 같지만) '타락한' 여자인 새라는 그에게 항상 매혹적인 금단의 과일인 동시에, 그를 기다리고 있는 잘못된 결혼의 재앙에서 구원해줄 탈출구이기도 하다. 소설 전체에 걸쳐 새라에 매료된 찰스의 모습이 그려진다. 이는 새라가 대표하는 자유나 개인의 자율성을 동경하는 것이며, 자신의 비관습적인 측면에 매료된 것이기도 하다. 찰스에게 새라는

• 존 파울즈가 이 소설을 1969년에 썼다는 사실에 유의하라.

17 섹스만 빼고…

미처 받아들일 준비가 안 된 미래, 즉 20세기다. 찰스는 여자가 아니라 수많은 미지의 가능성을 안고 침실로 들어갔다. 그의 성행위는 어떤 가능성을 지니고 있을까?

대개의 경우 아무리 야한 소설이라 해도 섹스 장면은 그리 많지 않다. 그야말로 성적인 표현으로 가득 차 있는, 섹스를 주제로 한 헨리 밀러 Henry Miller의 소설들은 예외로 하자. 하지만 어떤 면에서 보면 밀러의 경우도 섹스는 개인의 관습으로부터의 자유, 검열로부터의 자유를 주장하는 상징적인 행위라고 할 수 있다. 그는 제한의 철폐를 찬미하면서 동시에 뜨거운 섹스에 관한 글을 썼다.

그렇다면 이번에는 한때 밀러와 친구였던 로렌스 더럴 Lawrence Durrell에 대해 생각해 보자(로렌스란 이름과 섹스 사이에는 아무래도 뭔가 관계가 있나 보다). 더럴의 '알렉산드리아 사중주 Alexandria Quartet', 즉 『저스틴 Justine』, 『발타자르 Balthazar』, 『마운트올리브 Mountolive』, 『클레어 Clea』(1957~1960)로 이루어진 이 4부작은 주로 정치와 역사의 힘, 그리고 거기서 벗어날 수 없는 개인의 문제를 다루고 있는데, 독자들에게는 아주 성적인 작품으로 보일 것이다. 섹스에 대한 많은 대화들, 섹스에 대한 많은 이야기들, 섹스 직전이나 직후에 일어나는 많은 장면들이 그렇게 생각하게 만든다. 나는 그 이유가 작가의 소심함 때문이라기보다는(무엇이 됐든 그가 심하게 제약받았다는 증거는 찾기 힘들다) 성적인 열기로 가득한 소설에서 자신이 보여줄 수 있는 가장 섹시한 건 오히려 섹스 아닌 뭔가 다른 것을 보여주는 장면이라는 나름의 통찰 때문이라고 생각한다. 더욱이 여기서 섹스는 필연적으로 다른 무엇, 즉 정탐을 위한 위장, 개인적인 희생, 심리적 결핍, 누군가에게 힘을 행사하려는 욕망 등과 결합되어 나타난다. 그리고 연인 간의 건강하고 열정적인 만남으로 보이는 성적인 접촉은 거의 등장하지 않는다. 차분히 생각해 보면 알렉산드리아에서의 섹스는 어떤 경우를 봐도 아주 공포스럽다는 걸 느낄 것이다. 그리고 이 4부작에는 모든 경우가 그려져 있다.

1950년대 후반에서 1960년대 초에 걸쳐 이른바 나쁜 섹스로 유명했던 두 소설은 바로 앤서니 버지스 Anthony Burgess의 『시계태엽 오렌지 A Clockwork Orange』(1962)와 블라디미르 나보코프 Vladimir Nabokov의 『롤리타 Lolita』(1958)다. 나쁘다는 건 작품이 부실하다는 뜻이 아니라 거기 그려진 섹스가 사악하다는 뜻이다. 버지스 소설의 주인공은 갱단 두목인 15세 소년으로 이 소년의 주특기는 강도나 절도가 목적이 아닌 순수 폭력이며, 그리고 소년이 '들쑥날쑥 the old in-out in-out'* 이라고 부르는 강간이다. 우리가 '보는' 소설 속의 강간은 소설 속에서 실제로 묘사되어 있긴 하지만 이상하게 낯설어 보인다. 이 소설을 읽은 독자라면 이미 알고 있겠지만, 그것은 알렉스 자신이 '내드샛 Nadsat' 이라 부르는 은어 때문이기도 하다. '내드샛' 은 영어 및 비속어들의 혼합체인데, 그가 사용하는 비속어들은 대개 슬라브어에서 파생된 단어들이다. 이 언어적인 기법이 주는 효과는 사물을 아주 낯선 방법으로 묘사함으로써 그 행위 자체를 낯설어 보이게 하는 것이다. 또 다른 이유는 알렉스가 폭력과 강간을 연출하며 희열을 느끼고, 희생자들의 공포와 비명 소리에 더 관심이 많기 때문에 정작 성행위의 세세한 부분에는 거의 무관심하다는 것이다. 성적인 장면을 가장 노골적으로 묘사한 대목은 사춘기 이전의 소녀 둘을 꾀어 집으로 데려간

● 버지스는 이 작품에서 독특한 속어적 표현을 많이 사용하는데 'the old in-out in-out' 도 그중 하나로 성교를 가리킨다.

장면에서 나타나는데, 여기서 알렉스는 성행위 자체보다 고통과 분노에 찬 소녀들의 비명에 더 관심을 보인다. 무엇보다 버지스는 색욕이 아니라 악행에 더 관심이 있다. 버지스는 매력적이지만 혐오스러운 성향의 소년을 주인공으로 한 소설을 썼다. 따라서 그의 주된 관심사는 섹스나 폭력을 흥미롭게 만드는 것이 아니라 주인공인 알렉스를 그야말로 불쾌한 인물로 만드는 데 있었고 이 작업을 아주 탁월하게 수행해 냈다. 어떤 이는 너무 심하게 잘해냈다고도 할 수도 있다.

『롤리타』는 약간 다르다. 나보코프는 주인공인 중년의 험버트 험버트를 사악한 인물로 만들어야 했다. 그런데 그 기이한 주인공이 미성년 의붓딸 롤리타에게 성적인 관심을 가지며 이야기를 끌어가는 과정에서 차츰 우리의 공감을 얻어간다는 사실은 매우 혐오스럽다. 그는 아주 매력적이기 때문에 독자들은 점점 더 공감하며 그에게 빠져들지만 작가는 험버트 험버트가 이 어린 소녀에게 무슨 짓을 하고 있는지 새삼 일깨워줌으로써 다시 분노하게 만든다. 나보코프는 이 작품을 통해 우리에게 '그것 봐, 딱 걸렸어!'라고 말하는 듯하다. 우리는 험버트에게 혐오감을 느끼면서도 이미 마법에 걸렸기 때문에 어쩔 수 없이 계속 읽어나가게 된다. 이 상황에서 섹스는 이 소설처럼 우리가 공식적으로 비난해 온 범죄에 우리를 끌어들이고 연루시키는 일종의 언어적·철학적 게임이 된다. 사실 이 소설에는 섹스 장면이 그리 많지 않다. 남색에 대한 암시가 살짝 들어가 있지만 그조차 넌지시 언급될 뿐이다. 남색에 대한 암시 이외에 실제로『롤리타』가 악명을 떨치게 된 것은 많은 부분 이 소설의 제목을 따다 쓴 'XXX' 등급의 영화들 때문이다. '롤리타'라는 이름은 거의 즉각적으로 특정한 종류의 포르노 영화 제목에 빈번히 이용되었다. '십대의 롤리타', '음란한 십대 소녀 롤리타', '못 말리는 십대 소녀 롤리타' 같은 정말 외설스러운 영화 제목들 말이다. 제목이 그렇다면 이런 영화에서 섹스는 그 야말로 섹스 그 자체를 의미할 것이다.

그런데 이상하다. 섹스에 관한 글은 남자들만의 전유물일까?

물론 아니다. 로렌스, 조이스와 같은 시대에 활동한 주나 반스Djuna Barnes는 성적인 욕구와 충족, 좌절을 그녀의 어두운 고전 『나이트우드 Nightwood』(1937)에서 풀어놓았다. 미나 로이 Mina Loy*의 시는 엘리엇에게 엄청난 충격을 안겨주었을 것이다. (아나이스 닌, 도리스 레싱, 조이스 캐럴 오 츠, 아이리스 머독, 에드너 오브라이언 등의) 현대 여성 작가들은 섹스에 관한 글쓰기 방법을 연구해 왔다. 나는 에드너 오브라이언 Edna O'Brien**이 다른 어떤 아일랜드 소설가보다 더 많은 금서를 썼을 거라고 생각한다. 그녀의 작품에 등장하는 섹스는 거의 언제나 정치적인 암시를 띠는데, 이는 등장 인물들이 추구하는 섹스에 그 본연의 의미뿐 아니라 보수적이고 억압적 이며 종교적인 사회의 제약을 거부하는 행위가 포함되어 있기 때문이다. 섹스에 대한 오브라이언의 글은 진정한 자유, 또는 자유의 실패에 관한 글이기도 하므로 종교·정치·심미적 전복에 해당한다고 말할 수 있다.

성적인 전복을 얘기할 때 여왕 자리는 아마 안젤라 카터에게 돌아갈 것이다. 오브라이언과 마찬가지로 카터는 섹스를 아주 사실적으로 묘사 했다. 그리고 오브라이언처럼 카터 역시 관심이 섹스 그 자체에만 머무는 경우는 거의 없다. 그녀는 거의 항상 가부장적 체제를 전복시키려는 의도

● **미나 로이** | 영국 태생의 화가, 시인, 극작가, 소설가. 그녀의 작품 역시 사후에 유명해졌으며 엘 리엇 등의 시인들로부터 호평을 받았다.

●● **에드너 오브라이언** | 아일랜드의 소설가. 여성의 내면과 남자 및 사회와 관련된 여성의 문제를 주로 다루었다.

17 섹스만 빼고…

를 갖고 있다. 하지만 그녀의 작품을 '여성 해방'의 시각에서만 바라보는 건 심각한 오류일 것이다. 그녀가 남성 중심 사회에서 여성이 그동안 거부당해 온 본연의 자리를 찾을 길을 모색한 것은 맞지만, 이는 실은 남녀 모두를 해방시키려는 노력이었다. 그녀의 세계에서 섹스는 극히 전복적이다.

카터의 마지막 소설 『현명한 아이들Wise Children』에서, 주인공이자 화자인 도라 챈스의 섹스는 자기표현 또는 자신의 삶을 통제하려는 노력의 일환으로 표현된다. 여자인데다 그저 그런 연극배우인 도라는 자기 삶을 통제하는 능력이 별로 없다. (친아버지가 그녀와 그녀의 쌍둥이 자매 노라를 친자식으로 인정하지 않는 상황에서) 서출 고아라는 위치 때문에 그녀의 통제력은 더 줄어들 수밖에 없다. 그러므로 이따금 통제력을 확보하는 건 그녀로서는 아주 중요한 일이다. 도라는 섹스에 입문하기 위해 노라의 남자친구를 '빌려 쓴다'(남자는 끝까지 이 사실을 모른다). 또 나중에 한 파티에서 아버지의 집이 불에 타 재가 되는 동안에도 꿈에 그리던 소년과 사랑을 나눈다. 그리고 70대 때는 아버지가 엄청나게 충격적인 일을 겪는 동안 그의 쌍둥이인 100세의 삼촌과 사랑을 나눈다.* 이 장면이 지닌 모든 의미를 제대로 읽어낼 수는 없겠지만, 그래도 나는 작가의 의도가 단지 섹스를 보여주는 데 있다든가 미학적인 목적만 추구하지는 않는다고 확신한다. 어쩌면 생명력에 대한 급진적인 주장을 펼치고 있을 수도 있다. 그러므로 카터의 작품은 심리적, 성적·정치적 영역의 온갖 측면에서 공격

---

* 여러 쌍의 쌍둥이와의 근친상간 등 안젤라 카터의 『현명한 아이들』에 나오는 등장인물들의 관계는 복잡하기로 유명하다. 안젤라 카터는 이 소설에서 일반적으로 용인되는 경계선을 허물고자 의도하고 있으므로 작품을 읽을 때 이를 감안해야 한다.

받을 가능성이 있다. 사랑을 나눈 직후 그녀의 삼촌은 증손자와 증손녀가 되는 쌍둥이 고아를 도라에게 선물함으로써 쌍둥이 자매를 처음으로 엄마로 만들어준다. 카터의 경험상 인간의 처녀 생식은 아직 먼 미래의 일이므로 아기를 얻으려면 상징적으로라도 섹스가 필요했던 것이다.

여기서 한마디해 두자면, 여러분은 어떤 식으로든 이 장면들을 이해하게 될 것이다. 늙어빠진 두 노인의 섹스에 대해 내가 그 장면은 그냥 섹스만이 아니라 뭔가를 의미한다고 말하지 않아도 여러분은 충분히 이해할 것이고, 나와 비슷한 의미를 읽어냈을 것이다. 아니 더 나을 수도 있다. 아버지/형제의 침대에서 두 노인이 벌이는 (아래층의 샹들리에가 마구 흔들릴 정도로) 격렬한 정사 장면에는 아주 많은 의미가 담겨 있으므로 그 부분을 잘못 읽기란 불가능하고, 어떤 한 독자가 그 모든 가능성을 다 읽어낼 수도 없다. 그러니 마음껏 상상의 나래를 펴 보라.

대개의 경우 그렇다. 독자들은 이런 장면들이 거기 그려진 사건 이외에 더 많은 뭔가를 의미한다는 사실을 **알고 있다.** 그것은 섹스가 기쁨, 희생, 복종, 반란, 체념, 애원, 지배, 각성을 의미하는 현실의 삶에서도 마찬가지다. 얼마 전 어떤 학생이 소설 속의 한 섹스 장면을 언급하며 물었다.

"이게 뭘까요? 뭔가를 암시하는 것 같아요. 너무 이상하고 소름 끼치는 걸 보니 틀림없이 다른 뭔가를 뜻하는 것 같아요. 혹시 그게……."

그러고 나서 그녀는 그 장면의 의미를 정확히 말했다. 나는 그저 단지 이상해 보이는 섹스만 다른 뭔가를 의미하는 건 아니라고 덧붙였다. 때로는 정상적인 섹스도 뭔가 다른 의미를 내포할 수 있기 때문이다.

어쩌면 당신은 섹스를 다룬 현대 작품을 쓰기 어려우니 **그런** 글은 쓰지 않고 그냥 건너뛰어야겠다고 생각할 수도 있다. 그런 사람은 이 이야기를 참고하라.

로렌스는 실생활에서는 야한 표현을 못 쓰게 했고, 난잡한 성에 대해서는 지나치게 엄격한 태도를 취하기도 했다. 하지만 그의 말년에 이르러 (하긴 그래봤자 결핵으로 고작 40대 초반에 죽었다) 놀랍도록 솔직하고 노골적인 소설을 써냈으니, 확연히 다른 두 계층, 귀족 부인과 사냥터지기 사이의 사랑과 섹스를 그린 『채털리 부인의 연인』이 그것이다(이 사냥터지기는 신체 기관들과 그 기능에 대해 존재하는 단어들을 총동원한다). 결핵으로 죽어가면서 로렌스는 자신이 더 이상 작품 활동을 할 수 없을 거라고 생각했고, 그래서 (다른 어떤 작품보다 많은 논란을 불러일으키고 검열을 받았던) 이 성애 소설에 모든 것을 쏟아부었다. 비록 내색하진 않았지만 로렌스는 아마도 이 소설이 자신의 어떤 작품보다 뛰어나나 당대에는 별로 읽히지 않을 거라고 생각했을 것이다. 이제 내가 질문할 차례다.

그런데 대체 어찌된 일인가?

그 여자가
물에서 살아나오면 침례야

간단한 질문 하나. 어느 날 내가 길을 가다가 갑자기 연못에 빠진다. 그러면 어떻게 될까?

익사한다?

확신에 찬 대답에 감사드린다.

그럼 익사하지 않는다?

그렇다. 그런데 그건 대체 무슨 뜻일까?

익사하거나 살아나는 게 어떤 의미를 갖는다는 건가요? 교수님이 익사했다면 죽었다는 뜻이고, 그렇지 않고 물에서 나왔다면 수영할 줄 안다는 뜻 아니에요?

맞는 말이다. 하지만 소설 속의 인물이라면 얘기가 달라진다. 주인공이 익사하거나 살아난다는 것은 무엇을 의미할까? 문학 작품 속의 주인공들이 얼마나 자주 물에 젖는지 생각해 본 적 있는가? 누구는 익사하고,

버지니아 울프
Virginia Woolf (1882~1941)

누구는 그냥 흠뻑 젖고, 누구는 수면으로 떠오른다. 그게 어떤 차이가 있을까?

가장 명백한 예부터 살펴보자. 다리가 무너지면 당신은 순식간에 물로 떨어질 것이다. 또는 뭔가가 당신을 밀치거나, 당기거나, 끌거나, 걸려 넘어지게 하거나, 엎어지게 할 수도 있다. 물론 이 사건들은 각각 고유한 의미를 가질 수도 있고 문자 그대로의 의미만 지닐 수도 있다. 등장인물을 익사하게 만들거나 그렇지 않게 만드는 수단들처럼 작품의 줄거리에서 한 인물이 익사하느냐 그렇지 않느냐 여부 역시 심오한 함축적 의미를 지니고 있다.

여기서 잠깐, 상당수의 작가가 물속에서 최후를 맞았다는 사실을 생각해 보자. 버지니아 울프, 퍼시 비쉬 셸리Percy Bysshe Shelley, 앤 퀸Ann Quin, 시어도어 레트키Theodore Roethke, 존 베리먼John Berryman, 하트 크레인이 그랬다. 누구는 물로 걸어 들어가 죽었고, 누구는 물에 뛰어들어 죽었고, 누구는 바다로 헤엄쳐 갔다가 돌아오지 않았다. 셸리의 배가 뒤집히는 바람에 『프랑켄슈타인』의 작가는 일찍이 과부가 되고 말았다.[*] 등장인물을 익사시키는 것이 일종의 취미처럼 보였던 아이리스 머독은 말년에 실제로 바다에 빠져 죽을 뻔했다. 나중에 마크 트웨인이란 필명으로 활동한 젊은 시절의 샘 클레멘스는 미시시피강에서 몇 번이나 끌려나온 경험이 있다. 따라서 등장인물들을 물 밖으로 끌어내는 것은 어떤 면에서 보면 (a) 소원의 성취, (b) 근본적인 공포의 제거, (c) 가능성의 탐구를 의미할 수 있으며, 단지 (d) 복잡한 플롯 상의 어려움을 간편하게 해결하는 방법 이상의 어떤 것일 수도 있다.

하지만 잠시 물에 젖은 등장인물로 되돌아오자. 그는 구조되었는가? 수영을 해서 빠져나왔는가? 떠다니는 나무라도 붙잡았는가? 일어서서 걸어 나왔는가? 상징적인 차원에서 보면 각각 의미가 다를 것이다. 예컨대 구조는 수동성, 행운, 은혜 등을 암시할 수 있고, 떠다니는 나무는 행운과 우연, 치밀한 계획이 아닌 우연 등을 떠올리게 한다.

주디스 게스트Judith Guest[**] 의 『보통 사람들Ordinary People』(1976) 초반에 등장하는 상황을 기억하는가? 아마 기억할 것이다. 몇 살 이상이면 극장에서 영화로 보았을 것이고(거의 모든 사람이 봤던 것 같다), 그보다 더 젊다면 최소한 고등학교 영어 수업에서 숙제로 읽었을 것이다. 어쨌든 그 작품을 보면 두 형제가 미시간호에 배를 타러 갔는데 폭풍이 불어 그중 한 명이 익사하고 한 명은 살아남는다. 문제는 죽은 쪽이 형인데, 형은 튼튼

- 『프랑켄슈타인』(1818)의 저자 메리 셸리(1797~1851)는 시인 퍼시 셸리(1792~1822)의 아내였다.

•• 미국의 소설가이자 시나리오 작가. 『보통 사람들』은 주디스 게스트의 첫 소설이다.

하고 유명한 수영 선수로 어머니한테는 눈에 넣어도 아프지 않을 만큼 사랑스러운 아들이라는 데 있다. 비극이나 전쟁 등 웬만한 일로는 결코 죽을 리 없다고 생각되던 형은 죽었고, 결코 살아남을 것 같지 않던 동생 콘래드는 예상과 달리 살아남았다. 동생은 살아남았다는 사실에 너무 괴로운 나머지 자살을 시도하는 지경에 이른다.

왜 그럴까? 그는 살아 있어서는 안 되기 때문이다. 그것은 있을 수 없는 일이었다. 더 강했던 형이 살아남지 못했으니 약한 쪽인 콘래드는 당연히 죽어야 했다. 하지만 그는 죽지 않았다. 따라서 동생 콘래드가 정신과 치료를 통해 깨달아야 할 것은 그가 실제로는 더 강했다는 사실이다. 그는 형 같은 운동선수는 아니었지만 위기의 순간에 더 운이 좋았거나 더 끈질기게 보트에 매달림으로써 물결에 휩쓸리지 않았다. 그러니 이제 새로 알게 된 이 사실을 받아들이고 인생을 다시 살아가야 한다. 하지만 이런 깨달음을 갖고 살아가기에는 상황이 너무나 힘겹다. 수영 코치에서 학교 친구들, 심지어 엄마까지 모든 사람이 그가 살아 있다는 사실이 부당하다고 느끼는 것 같기 때문이다.

그럼 당신은 아마 이렇게 말할 것이다.

"네, 그는 살았어요. 그래서요……?"

맞다. 그는 그냥 살아있는 게 아니라 새롭게 다시 태어났다. 어쩌면 그는 폭풍 속에서 죽었어야 했고 어떤 의미에서는 실제로 죽었을 것이다. 다시 말해 이 작품 속의 콘래드는 폭풍을 만나기 전의 콘래드와 동일한 인물이 아닐 수도 있다. 물론 그 두 존재가 전혀 다른 건 아니지만, 사람은 같은 강에 두 번 들어갈 수 없다는 헤라클레이토스의 금언이 아니더라도 지금의 콘래드와 예전의 콘래드는 완전히 다른 사람이다.

기원전 500년경에 살았던 헤라클레이토스는 '변화에 관한 경구들'을 남겼다. 모든 것은 시시각각 변하며 시간의 흐름은 우주에 끊임없는 변화를 일으킨다는 것이 그 내용이다. 이 금언 중 가장 유명한 것은 한 사람이 같은 강에 두 번 들어갈 수 없다는 것이다. 그는 끊임없이 바뀌는 시간의 본성을 암시하기 위해 강을 이용했다. 얼마 전에 이 지점을 떠가던 조각들은 지금 서로 다른 속도로 어딘가를 지나가고 있을 것이다. 하지만 이것은 콘래드와 관련해 내가 말하려는 내용과 약간 다르다. 그가 호수에서 구조되어 인생이라는 강으로 돌아왔을 때 모든 것이 바뀌고 변했다는 건 확실하지만, 콘래드와 관련된 우주에서는 그보다 더한 격렬한 변화가 일어났던 것이다.

그게 뭔데요?

그가 다시 태어났다는 것이다. 상징적인 용어로 이 사건을 되돌아보자. 한 젊은이가 익숙한 세계에서 먼 곳으로 항해를 떠났다가 한 존재가 죽고 새로운 사람이 되어 돌아왔다면 그는 다시 태어난 것이다. 상징적으로 보면 물이라는 매개체를 통한 죽음과 재탄생, 즉 세례와 똑같은 패턴이다. 그는 물에 빠졌고 거기서 형이 죽었을 때 그의 옛 자아도 함께 죽었다. 힘겹게 수면 위로 솟아 보트를 붙잡았던 자아는 새로운 존재다. 그는 소심하고 어설픈 동생으로 호수에 나갔다가 외아들이 되어 돌아오지만 세상은 여전히 그를 예전의 콘래드로만 본다. 수영 코치는 계속 형이 그보다 얼마나 뛰어났는지 상기시키고, 어머니는 형을 통하지 않고는 그를 대하지 못한다. 오직 정신과 의사와 아버지만이 콘래드를 그대로 대해준다. 정신과 의사는 형을 만난 적이 없고, 아버지는 그만한 이해심을 가졌기 때문이다. 그런데 주위 사람들만 문제가 있는 게 아니다. 콘래드 본인도 이 새로운 세계에 들어갈 길을 찾지 못하고 자신의 위치를 제대로 파악하지 못한다. 그래서 그는 '다시 태어난다는 것은 고통스러운 일이다'

라고 느낀다. 처음이든 다시 태어날 때든 고통스럽기는 마찬가지이다.

　물에 빠진 주인공이 모두 살아남는 것은 아니다. 그러기를 원치 않는 경우도 많다. 루이스 어드리크의 놀라운 작품 『사랑의 묘약Love Medicine』 (1986)은 마른 대지에서 펼쳐지는 가장 축축한 소설일 것이다. 소설의 끝부분에서 이 소설의 주인공 격인 립샤 모리시는 북쪽 대초원이 한때는 전부 바다였음을 알게 되며, 더불어 우리는 소설의 사건들이 그런 바다의 잔존물 위에서 벌어지고 있음을 깨닫는다. 그의 어머니 준은 '마치 물처럼' 눈 폭풍 속으로 걸어 들어가 죽는다. 삼촌인 네스터 캐시포는 매치마니토 호수의 바닥으로 헤엄쳐 들어가 그곳에 머물고 싶다고 반복해서 생각한다. 이는 죽음과 탈출이 융합된 이미지다.

　내가 살펴보려는 장면은 헨리 라마르틴 주니어 및 강과 관련된 부분이다. 헨리 주니어는 외상 후유증 증세를 보이는 베트남 참전 용사다. 그의 형 리먼이 그들이 아끼는 붉은색 시보레 컨버터블에 수리가 불가능할 정도로 손상을 입혔을 때, 헨리 주니어는 잠시 정상으로 돌아온 것 같았다. 결국 헨리가 이럭저럭 차 수리를 끝낸 후 두 사람은 홍수 난 강가로 피크닉을 떠난다. 둘은 한동안 웃고 마시고 수다도 떨면서 아주 재미있는 시간을 보내는 것 같다. 그런데 헨리 주니어가 갑자기 홍수로 물살이 거세진 강 한가운데로 달려 들어간다. 그러더니 부츠에 물이 가득 찼다고 하고는 강물에 휩쓸려 들어간다. 동생을 구할 수 없다는 걸 깨달았을 때 리먼은 헨리가 죽음으로써 자동차의 자기 몫을 사 갔다고 생각하고 차에 시동을 건 후 강으로 굴려 보낸다. 낯설어 보이는 이 장면들은 개인적인 비극이자 바이킹 식의 장례식이며, 내세로 떠나는 치페와족의 여행이기도 하다.

　이 장면은 무엇을 의미하는가? 나는 지금까지 소설 속의 사건들은 겉으로 보이는 것만큼 그렇게 단순하지 않다고 계속 주장해 왔다. 헨리 주니어는 단순히 익사한 것이 아니다. 애초에 그럴 생각이었다면 작가는 그를 물이 아니라 높은 곳에서 추락시켜 바위나 어떤 단단한 물체에 머리를 부딪치게 하면 되었을 것이다. 하지만 헨리는 물로 달려 들어가기로 **결정**함으로써 결국 자신을 둘러싼 세계와의 관계는 물론 이를 떠나는 방식도 선택한 셈이 되었다. 어떻게 보면 헨리는 전쟁에서 돌아온 이후 줄곧 인생에서 익사한 상태였다고 봐야 한다. 제대 후 세상에 적응하지 못했고, 사람들도 사귀지 못했으며, 밤마다 악몽을 꾸었으니까 말이다. 말하자면 그는 이미 죽은 상태였으니, 소설가로서 어드리크는 그를 어떤 식으로 이 세상에서 떠나게 할지 고민했을 것이다. 그녀의 소설에는 많은 죽음이 등장한다. 그중에는 자살도 있고, 그보다 나은 경우로는 검시관 용어로 '과실치사'에 해당하는 죽음도 있다. 만약 이를 단순히 사회학적 관점에서 (또는 텔레비전 토크쇼의 관점에서) 바라본다면 이렇게 말할 수밖에 없을 것이다.

"끔찍하군. 그들의 삶은 정말 절망적이고 암울해."

물론 맞는 말이다. 하지만 나는 그것이 요점은 아니라고 생각한다. 다시 말하면 사회에 통제권을 빼앗긴 상태에서 등장인물들의 죽음은 그 통제권을 선택하고 행사하는 한 방식이다. 헨리 주니어는 이 세상을 어떻게 떠날지 선택했고, 그 결과 홍수에 휩쓸려 간다는 상징적인 행위를 한 것이다.

헨리 주니어 같은 문학적 익사나 콘래드의 경우처럼 거의 익사에 가까운 세례도 있지만 그렇게 비극적이지 않은 경우도 있다. 토니 모리슨은 그녀의 걸작 『솔로몬의 노래』에서 밀크맨 데드를 세 번 젖게 만든다. 먼저 그는 동굴에서 황금을 찾다가 작은 개울로 발걸음을 옮기며, 과거로

가는 여행 중에 만난 여자인 스위트에 의해 몸을 씻기고, 마지막으로 스위트와 함께 강에서 헤엄친다. 이렇게 밀크맨 데드는 세 번 물에 젖는다. 이는 종교적 또는 의식儀式적인 의미와 관련이 있다. 즉 성부, 성자, 성령의 이름으로 신자를 세 번 물에 잠기게 하는 일부 종파의 세례와 비슷하다. 그렇다고 반드시, 또는 적어도 일반적인 의미에서 밀크맨의 신심이 더 깊어지지는 않았다는 사실에 주목해야 한다. 그러나 그가 변한 건 확실하다. 더 나은 사람, 더 사려 깊은 사람, 덜 성차별적인 사람이 되었다. 나이가 서른둘이니 그럴 때도 되었다.

그럼 그를 새로운 사람으로 만들기 위해 어떤 일이 일어났는가?

그는 물에 젖는다. 하지만 본인이 물로 걸어 들어갔다는 점에서 비참하게 비를 맞아야 했던 헤이가의 경우와는 다르다. 비에는 회복과 청결이라는 의미도 있어서 이미지가 겹치기는 하지만, 회복과 청결의 이미지에는 침수라는 세례의 특정한 속성은 결여되어 있다. 그리고 밀크맨은 정말 물속으로 걸어 들어간다. 하지만 만약 물에 젖을 때마다 등장인물의 성격이 바뀐다면 어떤 책에도 비는 등장하지 않을 것이다.

세례와 관련해 한 가지 알아둘 점은 당사자가 이를 받아들일 마음의 준비가 되어 있어야 한다는 것이다. 이런 변화를 위해 밀크맨은 문자 그대로 점진적인 박탈의 과정을 거친다. 탐구 여행을 시작할 때 밀크맨은 그를 감싸고 있던 껍질의 일부를 벗고 떠난다. 시보레는 고장 나고, 구두는 닳아빠지고, 양복은 남루해지고, 시계는 도둑맞는다. 그를 도시의 멋쟁이, 그의 아버지의 아들로 인식시켜 주던 모든 것이 사라진다. 그리고 그것들이 바로 밀크맨의 문제다. 여행을 시작할 때 밀크맨은 혼자서는 아무 의미도 없던 사람이다. 그저 메이컨 데드 2세의 아들이자 상속자, 아버지가 지닌 최악의 성향들을 이어받은 메이컨 데드 3세일 뿐이다. 이런 그가 새로운 사람이 되기 위해서는 지니고 있던 모든 껍질, 아버지의 아들이기 때문에 얻었던 것들을 모두 포기해야 한다. 그래야 비로소 새로운 사람이 되기 위한 세례의 침수를 겪을 수 있다.

그리하여 밀크맨은 처음으로 물에 들어간다. 단지 저쪽으로 건너가기 위해 작은 개울로 들어가는 것이지만, 그것은 정화가 시작되는 사건이다. 그러나 그는 여전히 황금을 찾고 있고, 황금을 찾는 이는 변화할 준비가 되어 있지 않은 사람이다. 나중에 그를 점진적으로 변화시킬 많은 일이 일어난 후 그는 스위트에 의해 몸을 씻기게 되며 이는 말 그대로, 그리고 의식적으로 정화 작용이다. 밀크맨이 스위트의 몸을 씻겨주는 것 역시 이에 못지않게 중요하다. 그들의 의도는 명확히 종교적이지는 않다. 만약 그렇다면 종교는 지금보다 훨씬 더 큰 인기를 끌었을 것이다. 하지만 소설에서는 등장인물들의 성적性的인 행위도 영적인 의미를 함축할 수 있다. 세 번째 침수인 강에서의 수영 도중 밀크맨은 그것이 **자신에게** 중요하다는 사실을 깨닫는다. 그는 함성을 지르고 환호하고 위험을 비웃는다. 그는 완전히 새로운 사람이 되었고 그것을 느낀다. 이 장면에는 그야말로 죽음과 재탄생에 관한 모든 것이 담겨 있다.

『빌러비드 Beloved』에서 모리슨은 세례나 익사의 상징적 의미를 더 중요하게 활용하고 있다. 성경 속의 홍수처럼 많은 비가 내릴 때, 폴 디 Paul D.와 사슬에 매인 노예들은 한몸인 듯 감옥 문 밑에 있는 진흙 속으로 일제히 잠수한 뒤 오물과 진흙을 뚫고 새로운 생명이 되어 수면 위로 떠오르며 감옥에서 탈출한다. (이야기 속에서는 노예들의 탈출보다 먼저 일어난 일이지만) 뒷부분에 보면 빌러비드가 출현할 때도 역시 물에서 떠오른다. 이 문제는 나중에 다시 얘기하겠다. 세스는 통나무배에서 덴버를 출산하는데, 그 배는 바로 오하이오강에 떠 있다. 이 소설에서 오하이오강은 중요한 의미를 지니는데, 그것은 오하이오강이 노예 제도가 있는 켄터키주와 자유주인 오하이오주를 나누고 있기 때문이다. 오하이오주도 다른 면에서는 흑인들에게 불편한 곳일 수 있지만 어쨌든 그곳에서는 노예 신세를 면할 수 있다. 따라서 강의 남쪽에서 들어가 강 북쪽에서 떠오르거나 그 강을 건너가는 것은 이를테면 죽음을 거쳐 새로운 생명으로 다시 태어남을 의미하는 것이다.

그럼 작가들이 등장인물에게 세례를 베푸는 것은 죽음과 재탄생, 새로운 정체성의 획득을 의미하나요?

대체로 그렇다. 하지만 반드시 그런 것은 아니다. 세례는 많은 것을 의미하는데, 재탄생은 그중 하나일 뿐이다. 세례라는 성사의 핵심이 상징적인 재탄생이듯이 문자 그대로의 재탄생(죽음의 상황에서 살아나는 것) 역시 분명히 세례가 가진 많은 의미 중 하나다. 세례 성사는 새로 온 신도를 완전히 물에 잠기게 함으로써 이전의 자아를 죽이고 정체성의 측면에서 예수를 따르는 신자로 다시 태어나게 한다. 내가 볼 때 이것은 전 세계가 물에 잠긴 뒤 소수의 생존자들이 마른 땅에 정착함으로써 지구에 생명이 복구되고 홍수 이전의 인간을 특징지었던 죄와 타락을 정화시킨다는 이야기와 관련이 있다. 즉 노아의 홍수라는 문화적 기억과 관련이 있을 것이다. 이렇게 보면 세례는 생명을 익사시키고 회복시키는 과정을 작은 규모로 재현하는 일이다. 물론 나는 성경학자가 아니기 때문에 그런 추측이 정확하지는 모르겠지만, 어쨌든 세례는 그 자체로 상징적이며, 세례만큼 사람을 종교적으로 만들거나 신의 관심을 끄는 행위도 없다. 비록 세례가 세계의 여러 종교, 심지어 서구의 3대 종교에서조차 널리 행해지는 의식은 아니지만 말이다.

그렇다면 문학 작품에서 물에 잠기는 장면은 항상 세례를 의미하나요?

그렇지는 않다. '항상' 이나 '결코' 는 문학 연구에서 좋은 단어가 아니다. 재탄생을 예로 들어보자. 그것은 세례를 의미하는가? 만약 질문의 요지가 영적인 데 있다면 때로 그럴 수도 있다. 하지만 때로는 영적인 의미와는 거리가 먼, 그저 단순한 탄생이나 새로운 시작을 의미할 수도 있다.

앞에서 몇 차례 언급한 로렌스의 예를 살펴보자(조이스의 『율리시스』에서 주인공 레오폴드 블룸은 셰익스피어의 작품에는 1년 365일 어느 날을 고르든 그 날에 어울릴 인용구들이 들어있다고 생각하는데, 이는 로렌스의 작품에도 해당되는 얘기다). 그의 단편 「말 장수의 딸*The Horse Dealer's Daughter*」(1922)에서 주인공 메이블은 거의 익사할 뻔했다가 동네 의사에 의해 극적으로 구조된다. 그녀의 가족이 소유했던 말 농장은 아버지가 세상을 떠난 후 다른 사람에게 팔리고, 집안에서 부엌데기 취급밖에 못 받지만 그녀는 자신을 받아주겠다는 어느 부잣집의 제안을 뿌리친다. 그러던 어느 날 메이블은 오래전에 세상을 떠난 어머니의 묘비를 깨끗이 닦고(어머니에게 가려는 그녀의 의도를 확실히 보여주는 장면이다) 근처에 있는 연못으로 걸어 들어간다. 젊은 의사 퍼거슨이 그 모습을 보고 구하러 달려가지만 자신을 붙잡은 메이블 때문에 같이 죽을 위기에 처한다. 한참 동안 고군분투한 끝에 퍼거슨은 메이블을 안전한 곳으로 옮기고 응급 처치를 해주는데 이것이 둘의 첫 만남이다.

그런데 문제는 여기서 복잡해진다. 그 **의사**는 메이블을 영원한 침대가 될 뻔한 물에서 꺼내왔다. 하지만 여자는 물로 깨끗해진 상태가 아니라 **끈적끈적하고 냄새나는,** 정확히 말하면 **역겨운** 액체로 뒤덮여 있다. 그런데 깨어났을 때는 **깨끗이 씻겨진 상태로 담요를** 덮고 있으며 그녀의 몸은 태어난 그날처럼 완전히 **알몸**이다. 사실 그녀는 이날 다시 태어난 것이다. 여러분도 다시 태어나고 싶으면 의사의 시중을 받아보는 게 좋을 수도 있다(다행히도 대부분의 경우 의사가 엄마와 함께 물에 뛰어들 필요는 없다).
그러면 양수¥水와 후산後産, 몸을 깨끗이 씻은 뒤 덮을 담요 등 필요한 모
든 것을 얻을 수 있을 테니 말이다.

그럼 다시 태어난 메이블은 어떤 일을 했을까?

퍼거슨에게 '당신을 사랑해요'라고 말했는데, 이는 그전까지는 두 사
람 중 어느 쪽도 상상하지 못했던 일이다. 의사는 그때까지 한 번도 그녀
를 매력적이라고 생각한 적이 없지만, 다시 태어난 그의 자아는 이를 기
분 좋게 받아들인다. 그녀는 완전히 새로운 사람이 되었고 그 역시 마찬
가지였다. 두 사람은 서로에게서 메이블의 가족들 때문에 보지 못했던
뭔가를 발견한 것이다. 이것이 영적인가? 이 질문에 대한 대답은 새로운
자아를 갖는다는 것을 당신이 어떻게 보느냐에 따라 달라진다. 이 작품
은 얼핏 보기에 전혀 종교적이지 않다. 하지만 내 생각에 아무리 특이해
보여도 로렌스의 작품에서는 거의 모든 사건이 깊은 종교적 의미를 담고
있다.

만약 등장인물이 익사한다면 그것은 무엇을 의미할까요?

문학 작품에는 익사하는 인물이 정말 많다. 앞에서 내가 아이리스 머독
에 대해 얘기한 내용을 기억하는가? 약간의 기회만 있으면 그녀는 제7함
대도 침몰시킬 것이다. 그녀의 소설에 물이 등장하면 누군가 거기 들어가
죽는다. 『유니콘The Unicorn』(1963)에서 한 등장인물은 우주적 비전vision을
얻기 위해 늪에 들어갔다가 죽기 직전에 구조되는데, 그 의미를 깨닫기도
전에 비전은 사라진다. 소설의 후반부에서는 두 인물이 각기 다른, 하지
만 서로 관련된 사고로 익사하는데 한 명은 물에 빠져 죽고 다른 한 명은
바닷가 절벽에서 추락한다.

플래너리 오코너Flannery O'Connor의 「강The River」(1955)은 그와 비슷하지

만 좀 더 특이한 사건을 담고 있다. 어느 일요일, 신에게 다가가고자 세례를 받는 사람들의 모습을 본 소년은 다음날 자기만의 방식으로 신에게 다가가려고 강으로 들어간다. 슬프지만 정말 그렇게 되어 있다. 제인 해밀턴Jane Hamilton의 『세계지도A Map of the World』(1994)는 부주의로 두 명의 아이를 익사시킨 주인공이 그 결과를 감당해 가는 과정을 그리고 있다. 존 업다이크John Updike의 『달려라, 토끼Rabbit, Run』(1960)에도 술에 취한 래빗 앵스트롬의 아내 재니스가 아기를 씻기다가 익사시키는 장면이 나온다.

위에 열거한 각각의 예는 모두 독특하다. 이는 톨스토이가 『안나 카레니나Anna Karenina』의 서두에서 가족에 대해 한 말, 즉 '행복한 가족들은 대개 엇비슷하다. 그런데 불행한 가족들은 모두 나름의 사연을 갖고 있다'와 비슷하다. 재탄생/세례는 몇 가지 공통된 요소를 지니고 있지만 익사의 경우는 등장인물의 성격을 드러내거나, (폭력이나 실패, 또는 죄의식과 관련된) 주제를 발전시키거나, 플롯을 심화시키거나 마무리하는 등 나름의 고유한 목적을 갖고 있다.

죽음에서 돌아와 물 위로 다시 떠오른 모리슨의 주인공 빌러비드로 돌아가 보자. 개인적인 차원에서 보면 그 강은 그리스 신화에서 영혼이 지하 세계인 하데스로 가기 위해 건넌다는 저승의 강일 수 있다. 그리고 분명 그런 식으로 기능한다. 문자 그대로 빌러비드는 죽음의 세계에서 돌아온 것이다. 하지만 그 강은 다른 의미도 지니고 있다. 그중 하나가 모리슨이 책 서두에서 밝혔듯이 이런저런 식으로 수많은 노예의 생명을 앗아간 '중간 항로'이다. 엄마 세스가 다시 강을 건너 노예 제도가 있는 땅으로 돌아가느니 차라리 아이를 죽여야겠다고 생각했을 때 빌러비드는 이미 죽었다. 여기서 익사의 이미지는 단순히 개인적인 차원뿐 아니라 문화적·인종적 차원까지 포함하고 있다. 모든 작가가 이런 작업을 해낼 수는 없겠지만 모리슨이라면 가능하다.

세례와 마찬가지로 익사는 우리에게 많은 것을 보여준다. 따라서 등장인물이 물에 들어가면 숨죽이고 지켜보라. 그러니까, 다시 돌아올 때까지는 말이다.

장소도 중요하다…

자, 지금부터 여행을 떠나 보자. 내 제안을 받아들인다면 당신의 첫 질문은 뭘까? 경비는 누가 부담하죠? 언제요? 그럴 시간을 낼 수 있을까요? 아니, 내가 원하는 질문은 그게 아니다. 진짜 중요한 것은 바로……

어디로요?

그렇다. 여행을 떠날 때는 미리 행선지가 산인지 바다인지, 세인트폴* 인지 세인트크로이** 인지, 카누를 탈 곳인지 배를 탈 곳인지, 몰오브아메

- 미국 미네소타주의 주도州都.
- 서인도제도의 미국령 버진 아일랜드에 위치. 산타크루즈라고도 불린다.

리카*인지 내셔널몰**인지 반드시 물어봐야 한다. 안 그러면 당신은 하얀 모래밭에 앉아 해 지는 광경을 지켜보고 싶었는데, 실제로는 비포장도로에서 수십 마일 떨어진 작은 개천에 가게 될 수도 있기 때문이다.

작가도 이 질문을 해야 하고 독자도 그 함축적인 의미를 생각해 봐야 한다. 어떻게 보면 소설이나 시는 모두 하나의 여행이므로 작가는 매번 이 질문을 던져야 한다. 사건이 일어나는 곳은 어디인가? 어떤 작가에게 이는 별로 어려운 문제가 아니다. 윌리엄 포크너는 자기 작품이 대부분 그의 '작은 땅'을 무대로 한다고 말하곤 했다. 그곳은 바로 미시시피주의 요크나파토파 군郡이라는 가상의 장소다. 그곳을 무대로 한 소설을 몇 편 쓰고 나자 작가는 이 지역이 아주 친숙해져서 굳이 생각할 필요도 없는 지경에 이르렀다. 토마스 하디도 마찬가지다. 그의 무대는 영국 남서부에 있는 신비로운 웨섹스의 데번, 도싯, 윌트셔다. 우리는 이들의 작품이 그 외의 다른 장소를 무대로 할 수는 없다고 느낀다. 포크너나 하디의 주인공들이 고향을 떠나 미네소타나 스코틀랜드에 옮겨가 살게 되면 원래 작품에서처럼 말할 수 없을 것이기 때문이다. 주인공들은 특정한 장소를 배경으로 다른 곳에서는 절대 할 수 없는 말과 행동을 보여준다. 하지만 대부분의 작가는 포크너나 하디처럼 특정한 장소에 매여 있는 게 아니기 때문에 작품의 배경을 정할 때 심사숙고해야 한다.

독자들 또한 작가들의 결정을 진지하게 음미해 봐야 한다. 이야기의 무대가 높거나 낮거나, 가파르거나 얕거나, 평탄하거나 움푹 들어가 있다

● 미국 미네소타에 위치한 대규모 쇼핑몰.

●● 미국 워싱턴 D.C.에 위치한 관광 명소.

는 것은 무엇을 의미하는가? 왜 주인공들은 산 정상이나 사바나에서 죽는가? 왜 이 시는 대초원을 무대로 하고 있는가? 오든은 왜 석회암을 그토록 좋아하는가? 다시 말하면, 문학 작품에서 지리는 어떤 의미를 가지는가?

모든 것을 의미한다고 하면 너무 지나친가? 아니다, 모든 작품에서 그렇다고는 할 수 없지만 그런 경우가 아주 많다. 지리는 사실 당신이 생각하는 것 이상으로 중요하다. 우리가 익히 아는 작품들 중 지리 없이는 생각할 수 없는 소설을 예로 들어 보겠다. 『노인과 바다』에서 벌어지는 사건은 카리브해에서만 가능한데, 좀 더 구체적으로 말하면 쿠바와 쿠바 인근의 카리브해다. 이 장소는 역사적으로 볼 때 미국 문화와 쿠바 문화 간의 상호 작용이라든가 타락, 빈곤, 낚시, 그리고 물론 야구를 연상시키기 때문이다. 한편 어떤 소년과 노인이 뗏목을 타고 강 하류로 내려가는 건 어디서든 있을 수 있는 일이다. 하지만 오직 허크라는 소년과 그보다 나이 많은 짐이라는 탈출 노예, 그리고 그 뗏목만이 『허클베리 핀의 모험』이라는 소설의 이야기를 만들어갈 수 있다. 특정한 역사적 시점에서, 이들이 미시시피강이라는 특정한 강을 타고, 특정한 풍경과 특정한 동네들을 여행해야만 이 소설 속의 이야기가 가능한 것이다. 허크와 짐이 카이로_Cairo*에 도착한다거나 오하이오강이 큰 강에 합류한다는 점, 두 사람이 '깊숙한 남부'**에 도착한다는 사실은 중요한 의미를 지닌다. 짐이 어쩌면 최악의 지역으로 도망친 것일 수도 있기 때문이다. 당시 노예에게

• 미국 일리노이주에 있는 소도시로, 근처에서 미시시피강과 오하이오강이 합류한다.

•• 보통 조지아, 앨라배마, 미시시피, 루이지애나주 등 미국 남부에 위치한 주들을 가리킨다.

가장 큰 위협은 강 **하류** 지역으로 팔려 갈지도 모른다는 것이었다. 남쪽으로 깊이 들어갈수록 상황이 악화되기 때문이다. 그야말로 악마의 소굴로 곧장 떠내려가는 셈이 되기 때문이다.

그게 지리라구요?

그렇다. '지리' 하면 또 무엇이 떠오르는가?

글쎄요. 경제학? 정치학? 역사학?

그렇다면 지리는 뭐라고 생각하는가?

언덕, 하구, 사막, 해변, 위도…… 지리라는 말을 들으면 보통 그런 것들이 생각나는데요.

맞다. 지리는 언덕 등의 지형, 그리고 그 경제·정치·역사적 맥락도 포괄하는 용어다. 나폴레옹은 왜 러시아를 정복하지 못했을까? 지리적 조건 때문이었다. 나폴레옹에게는 두 가지 적이 있었다. 그것은 러시아의 혹독한 추위와, 그 추위 못지않게 강인하고 끈질기게 조국을 수호한 러시아 국민이었다. 러시아 국민의 그런 기질은 날씨와 마찬가지로 그들이 살고 있는 러시아라는 특정 지형에서 나온다. 그처럼 혹독한 겨울을 한 번이 아니라 수백 번 견뎌내는 건 웬만한 사람들로서는 절대 할 수 없는 일이기 때문이다. 앤서니 버지스는 『나폴레옹 심포니 *Napoleon Symphony*』(1974)에서 프랑스 황제를 물리친 러시아의 겨울을 보여주는데, 그는 이 소설에서 다른 어떤 작가보다 러시아의 지형과 날씨, 그 광대함, 공허함, 침략군(나중에는 퇴각군)에 대한 적개심, 어떤 위로나 안전, 편안함도 없는 러시아의 자연을 생생하게 묘사하고 있다.

그렇다면 지리란 과연 무엇일까? 강, 언덕, 계곡, 산, 초원, 빙하, 습지, 산맥, 평야, 수렁, 바다, 섬, 그리고 그 속에서 살아가는 사람들이다. 시나 소설에서는 주로 사람들을 가리킬 수도 있다. 로버트 프로스트는 평소 자신을 자연시인으로 부르는 것에 반대하면서 자기 작품 중 사람이 등장하지 않는 시는 서너 개에 불과하다는 사실을 이유로 들었다.* 문학에서 지리는 보통 어떤 공간에서 살아가는 사람들을 가리키며 그들이 그 공간으로부터 획득한 특성들을 의미하기도 한다. 생각해 보면 우리는 주변 환경으로부터 많은 영향을 받는다. 그리고 작가들은 작품 속에서 나름의 목적을 위해 그 영향을 그려낸다. 허크가 셰퍼드슨가나 그레인저포드가의 사람들과 마주칠 때, 마을 사람들이 황태자와 공작에게 타르를 발라 깃털을 입힐 때**, 사실 그는 살아 움직이는 지리를 보고 있는 셈이다. 지리는 작품의 무대이기도 하지만 심리와 태도, 금융, 산업이기도 하다(또는 그런 것들이 될 수도 있다). 다시 말하면 지리란 어떤 장소가 그 안에서 살고 있는 사람들 속에 만들어내는 그 무엇이다.

문학에서의 지리는 그 밖에도 아주 많은 역할을 한다. 작품 속의 많은 요소를 드러내주기도 한다. 주제? 물론이다. 상징? 맞다. 플롯? 당연하다.

에드거 앨런 포의 「어셔가의 몰락」은 작품 속의 그 어떤 요소보다 음울해 보이는 주변 풍경과 날씨를 묘사하는 데 초반부를 할애한다. 우리는 어서 그 집에 들어가서 거기 살고 있는 사람들, 어셔가의 마지막 생존자인 특이한 인물들을 만나보고 싶지만 포는 독자가 그 분위기를 잘 알게 되기 전에는 안으로 데리고 들어가지 않는다. '특히 황량한 지역', '우거

• 자연을 노래하고 자연에 빗대어 인생을 얘기하는 시인을 자연시인이라고 할 때, 그 속성상 인간은 자연이라는 범주에서 배제된다. 하지만 저자도 언급한 바와 같이 여기서 말하는 지리라는 개념에는 자연뿐 아니라 인간까지 포함되어 있음에 유의해야 한다.

•• 누구에게 타르를 발라 깃털을 입히는 것은 린치 lynch 행위에 해당한다. 처음에 역청을 바르고 닭털을 꽂은 다음 말에 매달고 길거리를 달리다가 결국 목을 매달아 살해하는데, 대개 흑인들이 그런 식으로 린치 당했다.

진 왕골', '썩은 나무의 허연 줄기', '시커먼 호수 주변의 가파른 절벽' ……을 넘어야 우리는 '공허한 눈동자 같은 창'이 있는 그 집의 '삭막한 벽'과, 그 벽을 타고 구불구불 내려가 '호수의 음침한 물속으로' 사라지는 '희미한 균열'을 만날 수 있다. 풍경과 건축, 날씨(유난히 음울한 오후)가 이처럼 이야기의 분위기와 정조情調에 완벽하게 들어맞는 예도 드물 것이다. 이 때문에 우리는 사건이 시작되기도 전에 신경이 예민하고 불안해져서 실제로 일이 벌어지고, 문학 작품의 등장인물들 중에서도 특히 으스스한 로더릭 어셔를 만나도 별로 동요하지 않는다. 이미 충분히 준비된 상태이기 때문이다. 그럼에도 로더릭은 상황을 한층 더 악화시킬 수 있고, 실제로 그렇게 한다. 생각해 보면 포가 우리에게 선사할 수 있는 가장 큰 공포는, 아무도 안전할 수 없을 것 같은 이런 장소에 극히 정상적인 사람을 들여보내는 것이다. 이것이 바로 풍경과 장소(다시 말해 지리)가 이야기에 기여하는 방법 중 하나다.

지리는 등장인물을 규정하거나 심지어 발전시키기도 한다. 두 편의 현대 소설을 살펴보자. 먼저 바바라 킹솔버Barbara Kingsolver의 『콩나무The Bean Trees』(1988)에서, 켄터키주 시골 마을에서 십대를 보내고 있는 주인공/화자는 고향에서는 아무것도 할 수 없다는 걸 깨닫는다. 사회적인 조건도 그렇지만 그 지역의 토양 역시 마찬가지다. 밭의 소출은 미미하고, 누구도 쉽게 성공하지 못하며, 어디를 둘러봐도 산이 가로막고 있어서 지평선을 보기 힘든 담배 경작지에서의 삶은 팍팍하기만 하다. 화자는 삶의 지평선마저 고향의 지형과 비슷한 그 무엇으로 가로막혀 있다는 느낌을 받는다. 그건 바로 일찍 아이를 갖거나, 젊은 나이에 죽을지도 모를 한 남자와 불만족스런 결혼 생활을 하게 되지 않을까 하는 우려다. 결국 그녀는 1955년형 폭스바겐을 몰고 투손Tucson으로 도망치기로 결심한다. 그리고 도중에 이름도 '마리에타(또는 '미시')'에서 '테일러 그리어'로 바꾼다. 지금쯤이면 알고 있겠지만 이름을 바꾼다는 건 재탄생을 의미한다. 화자는 서부에서 새로운 사람들을 만나고, 완전히 이질적이지만 좀 더 매력적인 환경에서 살게 되고, '터틀'이라는 세 살배기 인디언 소녀를 맡아 사실상 엄마가 되고, 중앙아메리카 난민을 위한 수용소 운동에도 참여한다. 만약 그녀가 숨막히는 켄터키주 피트먼을 떠나지 않았으면 이 중 한 가지도 할 수 없었을 것이다. 그녀는 서부에서 광활한 지평선, 맑은 공기, 눈부신 햇살, 가능성들로 충만한 삶을 발견한다. 폐쇄적인 곳을 떠나 개방된 환경으로 나아가 성장과 발전의 기회를 잡은 것이다. 다른 소설에 등장하는 다른 인물은 투손의 후텁지근한 더위와 작열하는 태양, 그리고 텅빈 공간에 좌절할지도 모르지만, 그 사람은 테일러 그리어가 아니다.

토니 모리슨의 『솔로몬의 노래』에서 밀크맨 데드는 미시간의 집을 떠나 가족의 고향인 동부의 펜실베이니아와 버지니아로 여행하기 전에는 자신이 누군지 잘 모르는 상태였다. (테일러 그리어가 자유로운 삶을 찾기 위해 벗어나야 했던 그곳과 비슷한) 동부의 산과 계곡에서 그는 자신의 뿌리, 책임감, 정의감, 속죄, 영혼의 관대함 등 예전에 전혀 몰랐던 것들을 알게 된다. 그 과정에서 밀크맨은 (좋은 차, 멋진 옷, 시계, 구두 등) 현대 사회와 관련이 있는 것들을 잃게 되지만, 그것들은 결국 진정 가치 있는 것들을 얻기 위한 대가에 불과하다. 어느 순간 체험한 땅과의 직접적인 교감을 통해(그는 나무에 등을 기댄 채 땅바닥에 앉아 있다) 그는 어떤 깨달음에 이르고, 덕분에 치명적인 공격을 제때 막아낸다. 그가 만약 원래 살던 곳에 계속 머물렀다면 그 어느 것도 성취할 수 없었을 것이다. '집'을 떠나 진정한 고향으로 갔을 때 비로소 진정한 자신을 발견할 수 있었던 것이다.

지리가 하나의 등장인물이 될 수도 있다. 베트남 전쟁을 다룬 팀 오브라이언의 수작 『카치아토를 찾아서』를 보자. 주인공 폴 벌린은 미국 병사들이 베트남이라는 땅을 모를 뿐 아니라, 자기들이 어떤 상황에 처해 있는지 전혀 모르고 있음을 깨닫는다. 비가 오든 해가 뜨든 항상 무더운 날씨, 병균이 득실대는 물, 뱀만한 크기의 거머리들, 논과 밭, 폭탄으로 푹푹 파인 땅 등 베트남은 금단의 장소다. 터널도 그렇다. 터널은 베트남이라는 땅 자체를 적으로 만들어버리는데, 그 땅은 언제 어디서든 갑자기 나타나 기습 공격으로 죽음을 몰고 오는 베트콩들의 은신처이기 때문이다. 그들에 대한 공포 때문에 젊은 미국 병사들의 마음에는 땅 자체가 위협적으로 다가온다. 저격수에 의해 전우 한 명이 사살당하자 미군은 근처에 있는 마을을 파괴하라는 명령을 내린 후, 언덕에 앉아 고성능 폭약과 백린 연막탄이 쉴 새 없이 쏟아져 마을을 초토화하는 광경을 지켜본다. 그런 폭격에는 바퀴벌레도 살아남지 못한다.

그들은 왜 이런 짓을 할까? 왜 군사 목표가 아닌 민간인 마을을 공격하는 것일까? 총알이 마을에서 날아오기라도 했던가? 물론 그 저격수가 베트콩 주민일 수도 있고 그 마을에 숨은 병사일 수도 있겠지만 확인된 사실은 아니다. 그렇다면 저격수는 아직도 거기 숨어 있는가? 아니다. 미군이 보복하러 들어갔을 때 마을은 이미 텅 비어 있었다. 당신은 아마 미국 병사들이 그 적을 숨겨준 마을 주민들의 공동체를 공격하는 것이며 그렇게 추정할 근거가 있다고 말할지도 모른다. 하지만 미군의 진짜 목표는 바로 물리적인 형태의 마을이다. 한 장소로서, 알 수 없는 기운과 위협의 중심지로서, 이질적인 환경으로서, 잠재적인 적과 불확실한 동지가 속해 있는 일반적인 땅 말이다. 소대는 베트남에 대해 느끼는 불안과 공포를 그런 지형을 대표하는 작은 마을에 쏟아붓는다. 베트남 전체를 이길 수 없다면 최소한 작은 마을을 상대로 해서라도 화풀이를 하기로 작정했던 것이다.

지리가 작품의 줄거리 전개에서 어떤 역할을 수행하는 경우도 있다. 포스터의 초기 소설 몇 편에서 지중해 지역으로 여행 간 영국인들은 이런 저런 문제를 일으킨다(대개 별 생각 없이 한 행동이지만 심각한 결과를 낳는 경우도 있다). 예컨대, 『전망 좋은 방A Room with a View』(1908)에서 플로렌스로 여행 간 루시 허니처치는, 급진적인 성향의 부친을 둔 조지 에머슨이라는 진보적인 청년에게 묘한 호감을 느끼면서 영국인 특유의 완고함을 상당 부분 떨쳐낸다. 또 창피하게 느껴지던 일들이 실은 자유의 한 모습이고, 그런 자유는 주로 플로렌스의 정열적인 분위기에 기인한다는 사실도 알게 된다. 이 소설에 등장하는 코미디는 대부분 루시가 옳다고 '알고 있는' 것과 옳다고 '느껴지는' 것을 조화시키려는 투쟁에서 비롯된다. 루시만 이런 갈등을 느끼는 것은 아니다. 소설 속의 다른 인물들도 거의 다 비슷한 고민에 빠진다. 포스터의 후기작 『인도로 가는 길』은 다른 종류의 혼란을 다루고 있는데, 그것은 인도의 지배자로서 영국인들이 저지르는 잘못과, 인도에 처음 온 사람이 느끼게 마련인 극히 혼란스러운 감정에서 유래한다. 포스터는 우리가 좋은 의도에서 한 행동도 낯선 환경에서는 무서운 결과를 낳을 수 있음을 암시하는 듯하다.

이탈리아에서의 소동을 다룬 포스터의 『전망 좋은 방』이 나온 지 약 50년 후, 로렌스 더럴은 아름다운 '알렉산드리아 사중주'에서 난봉꾼과 스파이들의 세계를 그렸다. 이집트에 와 있는 북구인들은 어린 소년을 좋아하는 의안義眼의 늙은 선원부터 근친상간을 범하는 루드비히와 리자 퍼스워든, 배우자와 연인을 배신하는 인물들까지 온갖 종류의 왜곡된 성적 행태를 보여준다. 제1권과 4권에서 화자로 등장하는 달리는 알렉산드리아에는 최소한 다섯 가지의 성性이 존재한다고 말하면서 (각 성의 특징을 일일이 설명하지는 않지만) 그들의 행태를 자세히 보여준다. 혹자는 안 그래도 과열되어 있는 유럽인들이 이집트의 무더위 때문에 더 방탕해졌다고 생각할 수도 있겠지만 작품을 보면 그건 별로 신빙성 없는 가설이다. 그렇지만 조국의 끊임없는 비와 안개로부터 해방된 영국인들은 못할 짓이 없어 보인다.

나이로도 그렇지만*, 포스터 작품에 나오는 인물들의 성적 행태와 더럴의 그것 사이를 가르고 있는 것이 바로 로렌스다. 로렌스는 항상 성공적이진 않았지만 매우 공들였고 또 악명 높았던 『채털리 부인의 연인』에서 정점을 찍으며 성을 좀 더 솔직하게 드러내는 길로 우리를 안내했다. 다른 현대 작가들처럼 로렌스 역시 등장인물을 남쪽으로 보내 고생하게 만드는데, 묘하게도 문제는 대개 성이 아니라 다른 것이었다. 그렇게 진보적인 로렌스였으니 등장인물을 고루한 영국 한복판에서도 얼마든지 성적으로 곤란한 지경에 빠트릴 수 있었다. 하지만 그들은 남쪽에서 밝은 햇살을 발견하는 동시에, 흥미롭고 때로는 위험하기까지 한 정치 및 철학 사상과 마주친다. 호주의 비밀스러운 파시즘에 관한 얘기를 담은 『캥거루 Kangaroo』(1923), 남자들 간의 성적·심리적 유대 관계를 다룬 『아론의 지팡이 Aaron's Rod』(1922), 이른바 '피 의식'에 얽힌 옛 멕시코 종교의 귀환을 다룬 『날개 돋친 뱀 The Plumed Serpent』(1926), 욕망과 권력에 관한 단편 「말을 타고 떠난 여인 The Woman Who Rode Away」(1928) 등이 그러하다. 이들 작품에서 로렌스는 영혼의 은유로 지리를 이용했다. 남쪽으로 향했던 그의 주인공들은 어두운 공포와 욕망의 지대로 들어서면서 자신의 무의식

---

* 나이 많은 순으로 포스터, 로렌스, 더럴이 된다

속으로 깊이 침잠했다. 노팅엄의 한 탄광촌에서 자란 로렌스가 남쪽 태양의 매력을 발견하기까지는 다소 시간이 걸린 듯하다.

주인공을 남쪽으로 보낸 작가는 로렌스만이 아니다. 『베니스에서의 죽음Der Tod in Venedig』(1912)에서 독일 작가 토마스 만Thomas Mann은 한 나이든 작가를 베니스로 보내 그의 내면에 깃든 남색男色과 자기도취의 본능을 발견한 뒤 죽게 만든다. 폴란드 출신의 위대한 영국 작가 조지프 콘래드Joseph Conrad는 인물들을 (아프리카 여행을 다룬 그의 단편 제목처럼) '암흑의 한가운데'로 보내 자신들의 마음속에 숨어 있는 어둠을 발견하도록 한다. 먼저 『로드 짐Lord Jim』(1900)에서는 인도양으로의 첫 항해에서 낭만적인 기대를 모두 상실하는 주인공이 등장한다. 주인공은 상징적으로 동남아에 묻혀 지내다가 사랑과 자신에 대한 믿음을 통해 다시 일어서지만 결국 죽임을 당하고 만다. 역시 콘래드의 작품 『암흑의 한가운데Heart of Darkness』(1899)에서 콩고강을 여행하던 말로우는, 그곳에 너무 오래 머무는 바람에 전혀 딴사람이 되어 버린 커츠를 통해 유럽 정신의 거의 완전한 붕괴를 목격한다.

자, 이로부터 일반적인 법칙이 도출된다. 그곳이 이탈리아든 그리스든 아프리카든 말레이시아든 베트남이든, 작가들이 주인공을 남쪽으로 보내는 것은 미친 듯이 날뛸 기회를 주고 싶기 때문이다. 그 결과는 비극적일 수도 있고 우스울 수도 있지만 일반적으로는 같은 패턴을 따른다. 그리고 너그럽게 봐준다면 이렇게 덧붙일 수도 있다. 그들이 미친 듯이 날뛰는 것은 **자신의 잠재의식과 직접적으로, 그야말로 정면으로 마주치기 때문이다.** 콘래드의 몽상가, 로렌스의 탐색자, 헤밍웨이의 사냥꾼, 케루악Jack Kerouac*의 비트족, 폴 보울스Paul Bowles**의 망가진 인간, 포스터의 관광객, 더럴의 방탕한 인간들 모두 여러 의미에서 남쪽으로 향한다. 그런데 이들은 더운 날씨 때문에 타락하는 것인가? 아니면 새로운 지역에 도착하자 전부터 마음속에 숨어 있던 것들이 표출되는 것인가? 이에 대한 답은 작가에 따라 다르고 독자에 따라서도 다르다.

　지금까지는 상당히 특정한 지역을 살펴봤는데 장소의 유형 또한 중요하다. 시어도어 레트키Theodore Roethke의 「대초원을 찬미함」(1941)은 대초원을 다룬 걸작이다. 대초원을 노래한 훌륭한 시가 얼마나 드문지 아는가? 물론 레트키가 유일한 시인은 아니고, 이 시가 그려낸 풍경이 반드시 '낭만적'이라고 할 수도 없다. 하지만 어쨌든 미시간주 사거노 출신의 이 위대한 시인은 완벽한 지평선이 펼쳐지는 대초원, 배수로 이외에는 사방이 밋밋한 대초원에서 아름다움을 발견했다. 그리하여 대초원에서 살았던 그의 경험은 이 시뿐 아니라 다른 작품, 예컨대 미국과 캐나다 특유의 넓고 광활한 농경 지대를 노래한 연작시 『머나먼 들판 The Far Field』(1964)에서처럼 분명히 드러나기도 하고 또 다른 작품에서는 미묘하게 암시되어 있기도 하다. 그의 목소리에는 순수한 진솔함이 담겨 있어 조용하고 차분하며 비전은 광대하다. 잘 알려진 것처럼 가파른 지형이 특징인 영국의 호반 지역Lake District이 윌리엄 워즈워스William Wordsworth에게 중요한 의미를 갖듯이, 대초원은 레트키의 영혼과 시의 근간을 이룬다. 그러므로 레트키를 읽을 때는 그의 작품을 이루고 형성하는 데 기여한 중서부 지역의 특징을 중요한 요소로 고려해야 한다.

- **잭 케루악** (1922~69) | 미국의 작가이자 시인, 화가. 제2차 대전 후 샌프란시스코와 뉴욕을 중심으로 형성된 보헤미안 성향의 문학가 및 예술가를 지칭하는 이른바 비트 제너레이션의 선구자로 평가된다.
- ● **폴 보울스** (1910~1999) | 미국의 소설가, 작곡가.

북아일랜드에는 미국과 같은 대초원이 없음을 인정하는 시 「습지 Bogland」(1969)로 레트키의 시에 사실상의 답가를 내놓은 셰이머스 히니 역시 습지와 풀밭으로 가득한 환경이 아니었다면 결코 시인이 되지 못했을 것이다. 기계를 이용해 오래된 토탄층을 뚫고 내려가 보면 과거로부터의 메시지, 즉 지금은 멸종한 거대한 아일랜드 사슴의 뼈, 치즈 또는 버터 조각, 신석기시대의 맷돌, 2천 년 전의 시체 등과 마주칠 수 있다. 마찬가지로 역사를 관통하는 그의 상상력은 아일랜드가 겪어 온 정치적·역사적 고난의 단서들을 찾아 과거로 거슬러 올라간다. 히니는 과거가 남긴 잔존물을 시에 활용하는 동시에 지나간 역사를 추적하여 자신만의 진리를 발견한다. 만약 히니가 상상한 지형에 대한 이해 없이 그의 시를 읽으면 그 의미를 완전히 헛짚을 수도 있다.

지난 2세기 동안, 워즈워스와 낭만파 시인들 이래로 (극적이고 숨막히게 아름다운 광경을 선사하는) 장엄한 풍경은 너무도 이상화되어 진부한 지경에 이르렀다. 그중에서도 (가장 대단하고 극적인 풍경이라고 생각되는 지리적 특징인) 갑자기 나타나는 광대한 산맥이 최고의 위치를 차지한다. 하지만 오든은 20세기 중반에 발표한 「석회암을 찬미하며 In Praise of Limestone」 (1951)에서 장엄한 풍경에 대한 이런 주장들을 정면으로 공격한다. 그러면서 한편으로는 우리가 고향이라고 부를 만한 지형, 즉 비옥한 토양과 풍부한 지하수, 어쩌다 나타나는 지하 동굴, 그리고 가장 중요하게는 장엄하지는 않지만 그렇다고 위협적이지도 않은 풍경을 지닌 평평하거나 완만한 기복을 이루는 석회암 지대를 묘사한다. 그는 우리가 바로 이런 곳에서 살고 있다고 말한다. 낭만파 시인들에게 장엄한 풍경의 상징이었던 마터호른과 몽블랑은 근사하긴 하지만 인간이 살기에 적합하지 않다. 그런데 석회암 지역은 인간을 위해 존재한다. 이 경우 지리는 시인의 심

W. H. 오든
W. H. Auden (1907~1973)

리를 표현하는 수단일 뿐 아니라 주제를 전달하는 매체이기도 하다. 오든은 그가 태어나기 오래전부터 시인들의 사고에서 지배적 위치를 점해온 비인간적인 개념에 반기를 들고 인간 친화적인 시를 논하고 있다.

우리가 생각하는 곳이 구체적으로 어느 초원인지, 습지인지, 산맥인지, 석회석 구릉인지, 석회암 들판인지는 중요하지 않다. 이런 경우 시에서는 매우 포괄적인 형태로 표현되기 때문이다.

언덕과 계곡은 각기 나름의 논리를 갖고 있다. 잭과 질은 왜 언덕에 올라갔을까? 물론 부모님 심부름으로 물을 길러 간 것이다. 하지만 진짜 이유는 따로 있는게 아닐까? 그래서 잭이 머리를 다치고 질은 굴러 넘어진 것 아닐까?* 그것이 바로 일반적으로 문학에 담겨 있는 함의다. 누가 올라가고 누가 내려갔는가? 올라가고 내려가는 것은 무엇을 뜻하는가?

우선 무엇이 낮은 데 있고 무엇이 높은 데 있는지 생각해 보자. 낮은 지대는 보통 늪, 군중, 안개, 어둠, 들판, 더위, 불쾌함, 사람들, 삶, 죽음을 연상시키고, 높은 지대는 눈, 얼음, 순수함, 희박한 공기, 맑은 풍경, 고립, 삶, 죽음을 떠오르게 한다. 눈치챘겠지만 일부는 중복된다. 진정한 작가는 이 두 가지를 목적에 맞게 적절히 이용할 것이다. 헤밍웨이처럼 말이다. 그는 「킬리만자로의 눈 *The Snows of Kilimanjaro*」(1936)에서, 산 정상에서 죽어 오랫동안 보존되는 표범과 괴저병에 걸려 평야에서 죽어가는 작가를 대비시켰다. 표범의 죽음은 차갑고 깨끗하고 순수한 반면, 작가의 죽음은 추하고 불쾌하며 끔찍하다. 결과는 같을 수도 있지만 한쪽이 다른 쪽에 비해 훨씬 덜 건전해 보인다.

로렌스 역시 『사랑에 빠진 여인들』에서 대조적인 견해를 보여준다. 해수면 높이와 비슷한 영국에서의 온갖 타락과 혼란에 지친 네 사람은 휴가 기간 동안 티롤에 간다. 알프스 산맥은 처음에는 그들에게 (그리고 우리에게) 깨끗하고 정연해 보이지만 시간이 갈수록 비인간적인 풍경으로 변한다. 넷 중 좀 더 인간적인 면모를 지닌 버킨과 어슐러는 더 포근한 아래쪽으로 내려오지만 제럴드와 거드런은 그냥 있기로 한다. 이후 두 사람은 서로에 대한 적개심이 점점 더 커져서 결국 제럴드가 거드런을 죽이려는 지경에 이르고, 마침내 자신의 행위가 무의미함을 깨달은 제럴드는 점점 더 높은 데로 올라가다가 정상이 얼마 남지 않은 곳에 쓰러져 숨을 거둔다. 말하자면 영혼의 파멸로 인해 죽어간 것이다.

그러므로 높든 낮든, 가깝든 멀든, 북쪽이든 남쪽이든, 동쪽이든 서쪽

● 「잭과 질 *Jack and Jill*」은 영국 전승 동요집 『마더 구스 *Mother Goose*』에 들어 있는 구전 동요이다. 그 배경에 관해서는 잭이 루이 16세이고 질이 마리 앙투아네트라는 등 설이 분분하나 정확히 밝혀진 바는 없다.

이든, 시와 소설에 등장하는 장소는 아주 중요하다. 장소는 그저 (문학 수업 시간에 단골로 등장하는) 작품의 배경에 그치지 않고, 그 안에 담긴 사상, 심리, 역사, 인물들 간의 역학 관계를 형상화하는 장소이자 공간, 형태이다. 그러니 지금이라도 지도를 꼼꼼히 살펴보라.

계절도
마찬가지다…

How to Read Literature Like a Professor

내가 좋아하는 시의 한 구절을 소개한다.

그대 나에게서 한 해의 이우는 계절을 보리라

누런 잎이 몇 잎 남거나 모두 떨어진,

삭풍에 떠는 나뭇가지,

얼마 전까지 고운 새들이 노래하던 폐허가 된 성가대석을.

That time of year thou mayst in me behold

When yellow leaves, or none, or few, do hang

Upon those boughs which shake against the cold:

Bare, ruined choirs, where late the sweet birds sang.

지금도 꾸준히 읽히고 있는 셰익스피어의 「소네트 73」번이다. 내가 이 시를 사랑하는 이유는 아주 많다. 우선 소리가 아름답다. 두어 번 소리 내어 읽어보면 단어들이 서로 어떻게 희롱하는지 들려온다. 리듬 역시 흥미롭다. 수업 시간에 운율과 낭송에 대해 설명할 때 나는 가끔 이 시를 읽어준다. 강세 있는 음절과 없는 음절이 각 행에서 어떻게 기능하는지 알려주기 위해서다. 하지만 이 시에서 가장 주목해야 할 것은 앞에 나온 구절과 그 뒤에 이어지는 10행을 통해 드러나는 의미다. 시의 화자는 자신의 나이를 심각하게 느끼고 있고 이를 삭풍에 떠는 나뭇가지, 하늘을 배경으로 간신히 가지에 매달려 있지만 누렇게 변한 마지막 잎들, 봄에는 생명력과 새들의 노랫소리로 가득 찼던 앙상한 가지들을 통해 고스란히 전해준다. 그의 잎들, 즉 머리카락들은 이제 거의 다 빠졌고, 나머지 신체 부위들 역시 전보다는 원기가 줄었다. 그러니 이제 좀 더 차분한 시기로 접어들었다고 우리는 추정할 수 있다. 11월을 연상시키는 이 시를 생각하면 내 관절통은 더 심해지는 듯하다.

　　이제 핵심을 얘기해 보자. 계절을 이용한 은유를 발명한 사람은 셰익스피어가 아니다. 중년을 가을에 빗대는 진부한 기법은 그 훨씬 전부터 존재해 왔다. 셰익스피어가 달랐던 점은 이런 진부한 기법에 특수성과 연속성을 부여함으로써 그가 표면적으로 묘사하는 것(가을의 끝과 겨울의 시작)뿐 아니라 진짜 말하고자 하는 것, 즉 노년에 접어든 화자의 처지를 바라볼 수밖에 없도록 했다는 데 있다. 셰익스피어는 명성에 걸맞게 계절을 이용한 비유를 시와 희곡에서 여러 번 성공적으로 사용한 바 있다. 그는 "그대를 여름날에 비유해 볼까?"* 라고 묻고, "그대가 훨씬 더 아름답고 온화한 것을**"이라고 말하기도 한다. 이런 말을 듣고 돌아설 연인이 있을까? 늙은 리어 왕이 광기에 사로잡혀 분노할 때 그 배경은 한겨울에 몰아치는 폭풍우다. 사랑하는 두 연인이 골치 아픈 현실을 떠나 매혹적인 숲으로 탈출하고, 그리하여 성숙한 어른들의 세계에서 자신들에 맞는 위치를 찾았을 때, 그 배경은 한여름 밤이다.

은유의 대상은 나이에 그치지 않는다. 행복과 불만도 각각의 계절이 있다. 심술궂은 리처드 3세는 불만족스런 상황에 대해 이렇게 빈정거린다.

"이제 불만의 겨울은 가고 / 요크 가문의 아들 덕분에 찬란한 여름이 도래했도다 Now is the winter of our discontent, / Made glorious summer by this son of York."

그의 말이 무엇을 뜻하는지 모른다 해도 리처드 3세의 어조를 통해 그가 요크가의 미래인 아들에(여기서 셰익스피어는 아들을 의미하는 son과 태양을 의미하는 sun의 동음이의어로 말장난을 하고 있기도 하다) 대해 어떻게 생각하고 있는지 알 수 있다.••• 셰익스피어는 도처에서 각 계절이 갖는 고유의 감정을 드러낸다. 『심벨린 Cymbeline』에서는 "태양의 뜨거움도/사납게 날뛰는 겨울도 더 이상 두려워 말라"고 노래한다. 여름은 정열과 사랑, 겨울은 분노와 증오다. 성경의 전도서는 모든 일에 때가 있다고 말한다. 다소 혼합되어 나타나긴 하지만 『헨리 6세 2부 Henry VI, Part II』에서도 똑같은 패턴이 드러난다.

• 셰익스피어 「소네트 18」.

•• 셰익스피어 「소네트 18」. 날씨를 묘사하는 '온난한'이라는 단어가 사람의 성격을 나타낼 때는 '온화하다'는 뜻으로 쓰인다.

••• 요크가는 장미전쟁에서 랭커스터가를 이기고, 요크가의 장남 에드워드가 왕위에 오른다. 리처드 3세는 에드워드의 동생이다. 인용된 문장은 셰익스피어의 사극 『리처드 3세』에 나오는 리처드의 대사로, 형인 에드워드가 왕위에 오른 사실에 불만을 품고 있음을 보여주고 있다.

20 계절도 마찬가지다…

"때로는 아주 맑은 날에도 구름이 끼고, 여름이 가면 언제나 매서운 추위와 함께 황량한 겨울이 찾아온다. 계절이 지나가듯 수많은 근심과 즐거움도 스쳐 지나가리니."

『겨울 이야기A Winter's Tale』, 『십이야Twelfth Night』, 『한여름 밤의 꿈A Midsummer Night's Dream』 등 그가 쓴 작품의 제목들만 보아도 셰익스피어가 계절을 중시했다는 걸 알 수 있다.

그러나 계절이 위대한 셰익스피어만의 전유물은 아니다. 우리는 이따금 그를 문학의 시작이자 중간, 끝으로 취급하는 경향이 있지만 그렇지 않다. 물론 그는 뭔가를 시작했고, 다른 것을 지속시키고, 몇 가지를 끝냈지만 그건 별개 문제이다. 다른 작가들도 인간의 경험과 관련된 계절에 대해 할 말이 있었다.

한 예로 헨리 제임스를 살펴보자. 그는 그때까지 상대적으로 새로운, 즉 젊고 열정적이지만 아직은 세련되지 못한 미합중국이, 케케묵고 감정이 무디며 규칙이 지배하는 유럽과 마주쳤을 때 어떤 일이 일어나는지 다루고자 했다. 그러려면 먼저 해결해야 할 문제가 있었다. 즉 누구도 두 대륙의 갈등에 대해 읽고 싶어 하지 않는다. 그래서 제임스는 대신 인간을 끌어들여 한 쌍의 커플을 탄생시켰다. 한쪽은 미국 소녀로, 젊고 신선하고 직설적이고 개방적이고 순진하고 들떠 있다. 때로는 그런 경향들이 다소 강하게 드러나기도 한다. 다른 쪽 역시 미국인이지만 유럽에 오랫동안 거주한 사람이다. 소녀보다 약간 연상인 그는 회의적이면서 세속적이고, 감정적으로 닫혀 있다. 에둘러 말하며, 때로는 은밀하게 행동하고, 남들의 시선에 좌우되는 남자다. 여자는 봄과 햇살처럼 환하고 남자는 서리 맞은 듯 뻣뻣하다. 이들의 이름이 무엇일 것 같은가? 바로 데이지 밀러Daisy Miller와 프레드릭 윈터본Frederick Winterbourne*이다. 정말 완벽하다. 그리고 명백하다.

그런데도 왜 우리의 지성이 모욕당한다는 느낌이 들지 않는 걸까? 그 이유는 데이지 밀러의 경우, 작가가 데이지라는 이름을 은근슬쩍 집어넣는 한편, 극히 평범한 밀러라는 성姓과 데이지의 고향 스커넥터디를 상대적으로 강조하고 있기 때문이다. 그 결과 우리 눈에는 데이지라는 이름이 그저 옛 시대의 유물 정도로 보인다(제임스에게는 결코 옛 시대가 아니었다). 어쨌든 두 주인공의 이름을 알고 나면 작품의 결말이 어두울 것임을 쉽게 짐작할 수 있다. 데이지는 겨울에 피는 꽃이 아니기 때문이다. 실제로 소설의 결말도 그렇다. 어떻게 보면 이 소설에서 우리가 알아야 할 것은 모두 이 두 이름에 있으며, 소설의 나머지 내용은 이 인상적인 이름에 대한 각주에 불과할 수도 있다.

계절은 문학만의 전유물도 아니다. 마마스 앤 파파스Mamas & Papas** 는 〈캘리포니아 드리밍 California Dreaming〉에서 겨울과 잿빛 하늘, 낙엽에 대한 불만을 토로하며 항상 여름만 계속되는 곳으로 돌아가고픈 마음을 표현했다. 사이먼 앤 가펑클도 〈겨울의 흐릿한 그림자A Hazy Shade of Winter〉에서 비슷한 심정을 노래하고 있다. 비치 보이스는 서핑과 바다 노래가 있는 행복한 여름의 땅을 노래해 큰 인기를 얻었다. 세비Chevy 컨버터블에 서핑보드를 싣고 1월의 미시간 호숫가로 가서 어떤 기분이 드는지 느껴보라. 미시건 출신인 밥 시거Bob Seger는 〈밤의 몸짓 Night Moves〉이라는 노래에서 처음으로 자유와 사랑을 체험한 어느 여름을 추억하고 있다. 위대한

• 데이지 밀러에서 데이지는 봄을, 프레더릭 윈터본에서 윈터는 겨울을 의미한다.

•• 미국의 보컬 그룹.

시인들은 모두 계절을 어떻게 이용할지 잘 알고 있다.

인간이 글을 쓰기 시작한 이래로 계절은 그와 비슷한 이미지들을 대표해 왔다. 아마도 우리의 마음속에서 봄은 어린 시절과 청년기를, 여름은 성인과 낭만, 충족과 열정을, 가을은 쇠퇴와 중년, 피곤하지만 결실을 거두는 계절을, 겨울은 노년과 분노, 죽음과 관련이 있다는 느낌이 깊게 새겨져 있는 듯하다. 이런 패턴은 우리의 문화적 경험에 아주 깊이 각인되어 있어서 거의 본능처럼 작용한다. 하지만 문학 작품을 대할 때는 주의를 기울여야 한다. 일단 패턴을 알고 나면 다양한 각도와 뉘앙스로 작품을 바라볼 수 있기 때문이다.

오든은 그의 뛰어난 애가 「예이츠를 추모하며*In Memory of W. B. Yeats*」 (1940)에서 시인이 죽던 날의 추위를 강조한다. 실제로도 그랬으니 오든에게는 큰 행운인 셈이다. 예이츠는 1939년 1월 31일에 사망했는데, 오든의 시를 보면 그날은 눈이 내리고, 강이 얼어붙고, 수은주는 바닥까지 내려가 꼼짝하지 않는다. 겨울이 제공할 수 있는 나쁜 조건은 모두 갖춘 셈인데, 오든은 이를 시에 잘 이용하고 있다.

역사적으로 볼 때 전통적인 애가哀歌, 즉 목가풍의 애가는, 시인의 친구이면서 많은 경우 그 자신 또한 시인인 젊은이의 죽음을 다룬다. 애가는 대개 주인공을 봄과 여름이 절정에 이르렀을 때 목장에서(그래서 목가풍이라고 한다) 쫓겨난 양치기의 신세로 묘사한다. 따라서 절기상 풍요와 아름다움의 절정에 있는 자연은 사랑하는 젊은이의 죽음 때문에 슬픔에 빠진다. 뛰어난 풍자가이자 사실주의자인 오든은 전통적인 애가의 패턴을 뒤집어, 젊은이가 아닌 노인, 즉 남북전쟁 끝 무렵에 태어나 제2차 대전 직전에 죽은, 그 인생과 역정이 아주 길었고 마침내 삶의 겨울에 접어들어 실제로 엄동설한에 세상을 떠난 시인을 추모하는 데 이용했다. 시의 분위기는 예이츠의 죽음 때문에 춥고 황량하게 느껴진다. 여기에 이른바 '애가의 계절'에 대한 우리의 기대까지 보태져 그 효과는 더욱 커진다. 아주 위대하고 뛰어난 시인만이 이런 기법을 구사할 수 있을 텐데, 다행히도 오든이 바로 그런 사람이었다.

가끔 계절이 구체적으로 언급되지 않아 문제를 다소 복잡하게 만들기도 한다. 「사과 수확을 마친 후」라는 시에서 로버트 프로스트는 이 시의 배경이 10월 29일이라거나 11월 며칠이라고 분명하게 말하지 않지만 사과 수확을 마쳤다는 사실에서 가을임을 알 수 있다. 무엇보다 와인샙 종 사과와 피핀 종 사과는 3월에는 익지 않는다. 이 시는 세상에서 가장 가을다운 분위기를 풍기지만 독자들은 시의 배경이 가을임을 곧바로 눈치채지 못할 수도 있다. 하지만 프로스트는 시 속에서 어떤 시간(늦은 저녁), 분위기(매우 피곤함), 어조(거의 애가에 가까움), 관점(회고)을 통해 가을이라는 계절의 함축성을 더 심화시킨다. 그는 자신을 압도해 오는 피로와 성취감, 예상을 훨씬 뛰어넘는 풍작을 말한다. 또한 낚시찌를 온종일 보고 있으면 밤에 눈을 감아도 그 시각적인 인상이 계속 남아 있듯이 아주 오랫동안 사다리에 올라가 있어서 잠자리에서도 그 흔들림이 여전히 느껴진다는 사실을 이야기한다.

가을에는 사과만 수확하는 것이 아니다. 작가가 수확을 이야기할 때 우리는 그것이 농사뿐 아니라 인간적인 차원의 수확도 의미함을 안다. 수확은 작물이 성장하는 계절에 대해서든, 인생의 시간에 대해서든 우리의 수고에 대한 결과물이다. 성 바울은 우리가 뿌린 대로 거둘 것이라고 말했다. 이 개념은 아주 논리적이고 오랜 세월 우리와 함께 해왔기 때문에 모든 사람에게 암묵적인 가정이 되었다. 다시 말하면 사람은 그 행위의 결과에 따라 보상 또는 처벌을 받는다는 것이다. 프로스트의 수확물은 풍성하고, 풍성한 수확은 그가 제대로 일했음을 뜻하지만 그 수고는 그를 지치게 만들었다. 이 역시 가을의 일부분이다. 즉 추수할 때 우리는 일정한 에너지를 이미 써버렸고, 그래서 이제 과거의 그때처럼 젊지 않다는 사실을 깨닫게 된다.

앞선 것이 있다면 뒤에 오는 것도 있는 법이다. 프로스트는 이 시에서 다가올 밤과 달콤한 잠뿐 아니라 겨울의 긴 밤과 역시 길어질 마멋*의 잠에 대해서도 이야기한다. 동면에 관한 이런 언급은 분명 지금 논의 중인 계절의 특성과 일치하지만 길어질 잠은 문자 그대로 더 길어질 잠, 또는 레이먼드 챈들러Raymond Chandler가 말한 대로 '**거대한 잠**'을 암시하기도 한다.** 고대 로마인들은 한 해의 첫 달을 두 얼굴을 가진 야누스의 이름을 따서 명명했다. 1월은 지나간 한 해를 돌아보는 달인 동시에 다가올 한 해를 내다보는 달이기도 하다. 프로스트에게는 이런 이중적인 시선이 가을과 추수의 계절에도 해당되었다.

작가들은 계절의 이미지를 나름의 목적에 따라 변형시킬 수 있고, 그렇게 해서 생긴 다양성이 계절이 갖는 상징을 항상 신선하고 흥미롭게 유지시켜 준다. 봄이라는 이미지를 이 작가는 곧이곧대로 사용했을까, 아니면 아이러니하게 사용했을까? 여름은 따뜻하고 풍요롭고 자유로울까, 아니면 덥고 텁텁하고 숨이 막힐까? 가을은 성취를 의미할까 아니면 쇠퇴를 의미할까, 지혜와 평화에 도달함을 의미할까 아니면 11월의 바람에 흔들림을 의미할까? 문학에서 계절은 항상 같으면서도 매번 다르다. 결국

• 다람쥐과 마멋 속에 속하는 동물.

•• 레이먼드 챈들러(1888~1959)는 추리 소설 작가로, 그의 작품 중에 『거대한 잠The Big Sleep』이라는 추리 소설이 있다 ('거대한 잠'이란 죽음을 뜻한다고 볼 수 있다).

독자로서 우리는 계절이 단순하게 사용되지 않는다는 것(여름은 x를 의미하고 겨울은 y-x를 의미한다는 식으로 기계적으로 사용되지는 않는다), 아니 사실은 아주 다양한 방법으로 적용할 수 있는 패턴들이 존재한다는 사실을 배우게 된다. 그중 어떤 것은 직설적으로, 또 어떤 것은 풍자적 또는 반어적으로 사용된다. 이런 패턴들은 아주 오랫동안 우리와 함께 해왔으므로 모두들 익숙하게 알고 있다.

얼마나 오랫동안 그런 거죠?

아주 오래전부터 그래 왔다. 앞에서 셰익스피어가 가을과 중년의 이미지를 연계시킨 최초의 사람이 아니라고 말했는데, 실은 그 이전, 아니 그 몇 천 년 전부터 사용되어 온 이미지다. 거의 모든 고대 신화, 적어도 계절의 변화가 있는 온대 지역에서 기원한 신화들은 계절의 변화를 설명하는 이야기를 가지고 있다. 내 추측은 이렇다. 처음에 그들은 밤이 되어 태양이 언덕 너머나 바다로 사라질 때 그 사라짐은 일시적이라는 사실을 설명해야 했을 것이다. 다음 날 아침, 아폴로가 태양 전차를 끌면서 하늘에 다시 나타난다는 이야기처럼 말이다. 당시 우주의 신비를 풀던 한 공동체의 그 다음 문제는 아마 겨울 뒤에 오는 봄, 즉 날이 점점 짧아지다가 다시 길어지는 현상이었을 것이다. 이 역시 설명이 필요한 문제여서 성직자들은 곧 해답을 내놓았다. 만약 그들이 그리스 사람이었다면 다음과 같은 이야기를 지어냈을 것이다.

옛날에 아주 예쁜 소녀가 살았다. 그녀의 미모와 매력에 대한 소문은 이 세상뿐 아니라 죽은 자들의 세상에도 알려져 그 지배자인 하데스의 귀에까지 들어갔다. 하데스는 페르세포네라는 이름의 이 아름다운 소녀를 차지하기로 결심하고, 지상으로 올라와 그녀를 납치한 다음 자신이 지배하는 지하 세계로 끌고 들어갔다. 지하 세계는 그의 이름과 같은 하데스로 불리었다.

평소 같으면 신이 어린 소녀를 납치한 사건은 소녀가 아무리 아름답다 해도 별 문제 없이 넘어갔을 테지만, 이 특별한 소녀는 하필 (만족스러운 결합이라 할) 농 경과 풍요의 신인 데메테르의 딸이었다. 데메테르는 딸이 납치된 사실을 알고 슬픔에 빠졌고 땅에는 영원한 겨울이 시작되었다. 하지만 하데스는 신경도 쓰 지 않았다. 그도 다른 신들처럼 이기적인 데다 어쨌든 자신이 원하는 것을 얻었 기 때문이다. 데메테르도 똑같이 이기적이어서 자신의 슬픔에만 빠진 채 다른 것에는 신경도 쓰지 않았다. 하지만 다행스럽게도 동물과 인간들이 식량 부족 으로 죽어가고 있음을 눈치챈 다른 신들이 데메테르에게 도움을 청했다. 여신 은 지하로 내려가 하데스와 협상을 벌였고 여기서 석류나무와 12개의 석류 씨 에 얽힌 모종의 계약이 이루어졌다. 일반적으로는 12개의 석류 씨 중 6개를 페 르세포네가 스스로 먹었다고 알려져 있으나, 하데스의 강요에도 불구하고 페르 세포네가 속임수를 써서 6개만 먹었으며 하데스는 나중에야 자신이 속았음을 알았다는 설도 있다. 먹지 않은 6개의 씨는 페르세포네가 매년 6개월 동안 지상 으로 돌아온다는 의미였고, 데메테르는 너무도 기뻐 땅을 비옥하게 하고 곡식 이 자라게 했다. 하지만 딸이 지하 세계로 돌아가 있어야 하는 동안에는 땅을 돌 보지 않아 겨울이 찾아왔다. 물론 하데스는 6개월 동안 페르세포네를 지상으로 보내야 했지만, 신마저도 석류 씨에 관해서는 뾰족한 수가 없다는 사실을 깨닫 고 이 계약에 따르기로 했다. 이렇게 해서 겨울이 지나면 항상 봄이 오고, (미시 건주에서도) 인간은 영구적인 겨울을 면하게 되었으며, 올리브도 매년 익을 수 있게 되었다.*

만약 이 이야기의 화자가 켈트족이나 픽트족 Pict**, 몽골족, 샤이엔족** Cheyenne **이었다면 또 다른 방식으로 얘기했겠지만 (우리에게는 우주의 신**

비를 설명해 줄 이야기가 필요하다는) 기본적인 충동에는 별 차이가 없을 것이다.

죽음과 재탄생, 성장과 수확과 죽음은 해마다 되풀이된다. 그리스인들은 봄이 시작될 무렵이면 거의 비극들로 이루어진 축제를 벌였다. 시민들로 하여금 겨울 동안에 쌓인 나쁜 감정들을 씻어내고(신에 대한 올바른 행동을 가르치려는 목적도 있다), 만물이 자라나는 계절에 어떤 불순물도 없게 하여 혹시 있을지도 모를 수확에 대한 위험을 제거하려는 것이다. 반면에 가을의 장르는 코미디다. 수확이 끝나면 축하와 웃음이 적절하기 때문이다.

똑같은 현상이 좀 더 현대적인 종교 의식에도 나타난다. 기독교와 관련된 이야기가 우리에게 커다란 기쁨을 선사하는 이유 중 하나는, 이 종교에서 중시하는 두 축제 크리스마스와 부활절이 1년 중 계절적으로 가장 긴장이 큰 시기와 겹치기 때문이다. 예수의 탄생을 축하하는 희망의 이야기는 일 년 중 낮이 가장 짧은, 그리하여 연중 가장 우울한 시기에 위치한다. 모든 농신제****도 같은 시기를 축하한다. 비록 태양이 우리에게서 가장 멀리 떨어져 있는 날이지만 이제부터는 낮이 조금씩 길어져 마침

● 페르세포네 신화는 아주 다양한 형태로 퍼져 있어 하데스와 협상을 벌이는 주체가 누구인지부터 석류 씨의 개수, 페르세포네가 지상에 머무는 기간(6개월, 4개월, 3개월) 등 구체적인 내용이 제각각이다. 그러나 이 신화의 핵심은 사계절의 변화를 설명하는 데 있으며 이는 페르세포네(곡물의 씨앗), 지하 세계(땅), 페르세포네가 지상으로 복귀하는 것(묻혀 있던 씨앗이 곡물이 되어 흙 밖으로 나옴)으로 형상화되고 있다.

●● 영국 북부에 살았던 고대 민족.

●●● 아메리카 인디언 부족 중 하나.

●●●● 고대 로마에서 풍년을 기원하는 농신제는 대략 12월 17일부터 25일까지 치러졌다고 한다.

내는 따뜻해질 거라는 희망을 담고 있다. 예수의 수난과 부활은 춘분과 비슷한 시기다. 이는 겨울의 죽음과 새로운 생명의 시작을 알리는 날이다. 성경을 보면 십자가 처형은 실제로 이 시기에 행해졌지만 예수의 탄생이 12월 25일 부근이라는 언급은 찾을 수 없다. 하지만 이것은 별로 중요하지 않다. 신자들에게 종교적인 중요성을 띤 행사라는 점은 차치하고 인간의 감정에 초점을 맞춰 생각할 때, 두 축일이 가지는 힘은 대부분 그 시기가 우리가 매우 중시하는 연중 시기와 비슷하다는 사실에서 나오기 때문이다.

이야기와 시에서도 마찬가지다. 작품 속에 등장하는 계절을 읽을 때 우리는 그 계절이 연상시키는 많은 것을 자연스럽게 받아들인다. 셰익스피어가 그의 연인을 여름날에 비유할 때, 우리는 시인이 그의 장점을 설명하기도 전에 본능적으로 예컨대 1월 11일보다 여름날에 비유하는 것이 훨씬 더 효과적임을 안다. 딜런 토머스Dylan Thomas가 「양치식물이 자라는 언덕 Fern Hill」(1946)에서 즐거웠던 어린 시절의 여름을 회상할 때, 우리는 여름방학 말고도 많은 재미있는 일들이 벌어졌음을 짐작할 수 있다.

사실 계절에 대한 우리의 반응은 거의 고정적이어서 작가들이 거꾸로 뒤집어 아이러니하게 활용할 수 있는 가장 쉬운 대상이 되기도 한다. 엘리엇은 우리가 봄에 대해 어떤 이미지를 갖고 있는지 잘 알고 있었다. 그래서 그가 4월을 '가장 잔인한 달'로 만들었을 때, 따뜻한 지상에 있고 자연의 (그리고 우리의) 생기가 흘러넘칠 때보다 차라리 겨울의 눈 속에 묻혀 있는 편이 더 행복했다고 말했을 때, 이런 내용의 시가 사람들에게 얼마나 충격적일지 예상할 수 있었다. 그리고 그의 판단은 옳았다.

계절은 우리에게 마술처럼 작용하고 작가들은 계절로 마술을 부린다. 로드 스튜어트는 한 청년이 나이 든 여자에게 너무 오래 얽매여 젊음을 낭비하고 말았다는 내용의 노래 〈매기 메이Maggie May〉의 배경으로 9월 말을 이용했다. 아니타 브루크너Anita Brookner는 빼어난 작품 『호텔 뒤 락Hotel du Lac』(1984)에서, 여주인공을 한 휴양지로 보내 무분별한 낭만적 열정에 대해 반성하게 하는 한편 지나간 청춘과 인생에 대해 명상하게 한다. 그렇다면 그 시간적 배경은 언제일까?

9월 말?

물론이다. 셰익스피어도, 전도서도, 로드 스튜어트도, 아니타 브루크너도 그랬다. 그럼 이제 좀 더 중요한 문제로 넘어가 보자.

하나의 이야기

　우리는 지금까지 상당히 오랫동안, 이것이 어떻게 x를 의미하고 저것은 어떻게 y를 암시할 수 있는가 등 독서에 관련된 특정한 과제들에 대해 고민해 왔다. 그것은 내가 '이것'과 '저것', x와 y가 중요하다고 생각했기 때문이며 어떤 면에서는 여러분도 나와 같은 생각이었기에 여기까지 읽어왔을 것이다. 하지만 적어도 내가 볼 때 이런 모든 해석 뒤에는 비록 작가는 의식하지 못해도(대개는 그렇다) 소설, 희곡, 동화, 시, 수필, 자서전 등의 창작에 정보를 제공하고 그 창작을 이끌어내는 거대한 진실이 존재한다. 이에 대해서는 지금까지 지속적으로 언급해 왔고 그에 입각해 설명해 왔으므로 그리 대단한 비밀은 아니다. 나아가 나만의 개인적인 견해나 발견도 아니므로 우쭐대며 자랑할 생각은 전혀 없지만 그럼에도 다시 한 번 상기시켜 둘 필요가 있어 재차 강조하고자 한다.

　'세상에는 오직 하나의 이야기가 있다.'

　이 세상 어디든, 언제든, 오직 하나의 이야기가 있다. 종이에 글을 쓰려고 펜을 들든, 모니터에 입력하려고 자판을 두드리든, 류트를 켜려고 현에 손을 대든, 파피루스에 기록하려고 깃대를 들든 마찬가지다. 한 원시인이 동굴에 돌아와 다른 원시인에게 마스토돈*이 도망쳐 버렸다고 얘기한 이래로 모두가 같은 이야기를 받아들였고, 그 결과 같은 이야기를 만들어 냈다. 노르웨이의 신화든, 사모아의 창조 이야기든, 『중력의 무지개Gravity's Rainbow』** 든 『겐지 이야기The Tale of Genji』*** 든, 『햄릿』이든, 작년의 졸업식 연설이든, 지난주에 실린 데이브 배리Dave Barry**** 의 칼럼이든, 『길 위에서 On the Road』***** 든 〈리오로 가는 길Road to Rio〉****** 이든 「가지 않은 길The Road Not Taken」******* 이든 모두 단 하나의 이야기를 담고 있다.

대체 무엇에 대한 이야기죠?

아마도 여러분이 던질 수 있는 최선의 질문이겠지만 정말 불완전한 대답밖에 할 수 없어서 면목 없다. 나는 모른다. 이것은 그 어떤 것에 관한 이야기가 아니다. 이것은 모든 것에 관한 이야기다. 이것은 '애가란 젊어서 죽은 친구에 관한 이야기다' 라든가 『말타의 매The Maltese Falcon』는 한 뚱뚱한 남자와 검은 새의 미스터리를 풀려는 이야기다' 라는 식으로 말할 수 있는 것이 아니다. 이것은 누구나 쓰고 싶어 하는 모든 것에 관한 이야기일 것이다.

내 입장을 말하면, 하나의 이야기란 우리 자신에 관한 이야기, 즉 인간이 된다는 것은 무엇을 뜻하는가에 관한 이야기라고 생각한다. 이것 말고

- 코끼리와 비슷하다는 고대 생물.
- 토마스 핀천의 작품이다.
- 11세기 초 일본 헤이안 시대의 장편소설로 무라사키 시키부의 작품이다.
- 미국의 유머작가, 칼럼니스트.
- 잭 케루악의 장편 소설.
- 1947년에 제작된 미국의 코미디 영화.
- 로버트 프로스트의 시.

또 무엇이 있단 말인가? 우리가 살고 있는 곳을 설명하면서 우리 고향이 어떻게 생겼는지 말해주는 내용을 뺀다면 스티븐 호킹은 『시간의 역사*A Brief History of Time*』에서 대체 무엇을 말하려 했단 말인가? 인간이 된다는 것은 모든 것을 이해하려는 것과 같다. 우리는 시간과 공간, 이 세상과 다음 세상에 대해 알고 싶어 하기 때문이다. 내가 기르고 있는 개는 이런 질문에 관해 한 번도 숙고해 본 적이 없을 것이다. 반면 우리는 대부분 시간과 공간, 또 세계 속의 우리 자신에 대해 관심이 있다. 그러므로 시인과 이야기꾼들은 우리로 하여금 모닥불 가까이 돌덩이를 끌어당겨 앉은 다음, '우리와 세계', '세계 속의 우리'에 대해 설명해 주는 이 하나의 이야기에 귀를 기울이게 하는 것이다.

작가들은 그 답을 알고 있다는 건가요? 이것에 대해 생각한다는 건가요?

a. 전혀 아니다.
b. 물론 그렇다.
c. 다시 고민해 봐야겠다.

어떻게 보면 뭔가를 쓰려는 사람들은 완전히 독창적인 작품을 쓰기란 불가능하다는 걸 알고 있다. 어디를 봐도 누군가가 이미 텐트를 치고 자리를 잡고 있다. 한숨을 쉬며 적당한 곳에 텐트를 치기 시작하지만 그 자리 역시 한때 누군가의 차지였음을 이미 알고 있다.

한번 생각해 보자. 당신은 누구도 사용한 적 없는 단어를 쓸 수 있는가? 셰익스피어나 조이스 정도의 능력이 있는 작가만이 신조어를 만들 수 있지만 그들도 대개는 우리가 쓰는 단어를 사용했다. 당신은 완전히 독특한 단어들의 조합을 만들 수 있는가? 그럴 수도 있겠지만 자신하지는 못할 것이다. 이야기도 마찬가지다. 존 바스John Barth는, 모든 이야기가 이미 존재하고 있어서 동시대 작가들에게는 이것을 되풀이하는 것 말고는 다른 대안이 없다고 불평하는 이집트의 한 파피루스에 대해 얘기한 바 있다. 지금의 논의와 비슷한 상황을 다룬 그 파피루스는 4,500년 전에 쓰였다고 한다.

하지만 그렇다고 해서 그렇게 낙담할 필요는 없다. 작가들은(페르세포네, 핍 Pip,* 롱 존 실버 Long John Silver,** 무정한 미녀*** 등) 자신의 주인공들이 누군가와 닮았음을 항상 알고 있고 이를 조용히 감수한다. 그리고 유능한 작가라면 그저 그런 모방작이나 진부한 아류가 아닌 또 하나의 위대한 작품을 탄생시킬 것이다. 위대한 작품이란 이전 작품들과의 공명과 조화를 통해 그 깊이를 더하는 한편, 기본 패턴 및 경향이 축적되어 무게감을 획득하는 작품을 말한다. 이런 작품들은 새롭게 등장했음에도 불구하고 편안하게 다가온다. 그것은 독자들의 입장에서 볼 때 이전의 독서 경험을 통해 과거 작품들과 유사한 점을 인지할 수 있기 때문이다. 만약 완전히 독창적인 작품, 즉 이전 작품들과 아무런 관련이 없는 작품이 나온다면 친숙함이 결여되어 오히려 독자를 당혹시킬 것이다. 이것이 앞의 질문에 대한 하나의 대답이 되겠다.

다른 대답도 있다. 작가들은 앉아서, 또는 일어서서 글을 쓸 때(실제로 토마스 울프Thomas Wolfe는 키가 너무 커서 냉장고 위에 종이를 놓고 글을 써야 했

● 찰스 디킨스의 소설 『위대한 유산 Great Expectations』의 주인공.

●● 『보물섬』의 등장인물.

●●● '무정한 미녀 La belle dame sans merci' | 존 키츠가 지은 시의 제목인 동시에 이 시에 등장하는 인물.

다), 일종의 기억상실증에 걸리는 연습을 해야 한다. 그것이 어느 분야든, 수천 년 동안 축적된 전통이 가지는 부작용은 그것이 매우…… 부담스럽다는 점이다. 나는 한때 서른 살 이상 남자만 출전하는 농구 시합에서 정말 본의 아니게 동료 선수를 동요시킨 적이 있다. 경기 시작 전 자유투 연습을 하다가 바보같이 그냥 무심코 떠오른 생각을 말해 버린 것이다.

"리, 자네 말야, 자유투를 던질 때 잘못될 가능성이 얼마나 많은지 생각해 본 적 있나?"

그는 공을 던지려다가 갑자기 동작을 멈추더니 이렇게 말했다.

"젠장, 오늘 경기 내내 하나도 안 들어가겠군."

그리고 정말 그렇게 되었다. 내 말에 그런 힘이 있는지 미리 알았다면 다른 팀 선수에게 써먹는 건데…… 만약 슛을 던질 때 그와 관련된 생체역학적 지식뿐 아니라 자유투의 전 역사에 대해 생각해야 한다면 리에게 어떤 일이 벌어질까? 이를테면 두 손으로 언더핸드 슛을 쏘기 전에 '레니 윌킨스와 너무 비슷해선 안 돼. 데이브 빙과는 조금, 릭 배리와는 약간 비슷하게 던져야지' 하고 생각하다가, '(누가 봐도 표절이라고 생각하지 않도록 조심하면서) 래리 버드의 동작을 대부분 따라하되 월트 챔벌린처럼 보여서는 절대로 안 돼' 하고 생각해야 한다면?[*] 정말 그래야 한다면 자유투 성공은 누구라도 쉽지 않을 것이다. 그런데 농구는 역사가 고작 한 세기 정도에 불과하다.

자, 서정시를 한 편 쓰려고 하는데 사포Sappho나 테니슨Tennyson, 프로스트, 플래스Plath, 베를렌Verlaine, 이태백이 어깨 너머로 보고 있다고 생각하

---

[*] 레니 윌킨스, 데이브 빙, 릭 배리, 래리 버드, 월트 챔벌린 모두 미국 프로 농구 선수들이다.

자. 그들의 뜨거운 숨결이 목에 느껴질 정도로 말이다. 어떤가? 그러니 기억상실증에 걸려야 한다. 일단 글쓰기에 착수하면 그들의 목소리를 막고 당신이 생각하는 것을 써야 한다. 의식적으로 이런 망각의 태도를 취하면 거의 역사가 마음속에서 깨끗이 사라져 비로소 당신만의 시를 쓸 수 있다.

이 문제를 의식적으로 전혀, 또는 거의 생각해 보지 않았을지 모르지만 시인들은 로버트 루이스 스티븐슨의 『어린이 시 동산 *A Child's Garden of Verses*』을 이모에게 선물 받은 여섯 살 무렵부터 시를 읽었을 것이다. 성장해서는 시집을 매주 한두 권쯤 탐독했을 것이며, 월리스 스티븐스의 시들은 예닐곱 번씩 읽었을 수도 있다. 다시 말하면 시의 역사는 시인의 머릿속에 늘 버티고 있다. 그것은 잠재의식 속에 항상 존재하는 거대한 시의 데이터베이스인 것이다(소설도 읽었을 테니 그 데이터베이스도 들어 있을 것이다).

내 글을 읽어 왔으니 알겠지만 나는 단순하게 말하기를 좋아한다. 나는 최신 프랑스 이론이나 전문 용어를 별로 좋아하지 않지만 논의를 진전시키기 위해 어쩔 수 없이 어려운 개념을 들먹거려야 할 때가 있다. 즉 내가 지금 말하고자 하는 것은 우리가 고려해야 할 몇 개의 개념과 연관되어 있다. 우선 앞에서 언급한 '상호텍스트성 intertextuality'에 대해 생각해 보자. 꽤 어려워 보이지만 유용한 개념을 가리키는 이 단어는 러시아의 위대한 형식주의 이론가이자 비평가인 미하일 바흐친 Mikhail Bakhtin이 제안한 것이다. 그는 이 용어를 주로 소설에 한정시켰지만 나는 시인인 엘리엇과 마찬가지로 이를 문학의 전 영역에 적용할 수 있다고 생각한다.

'상호텍스트성'의 기본 전제는 아주 간단하다. 모든 글이 서로 연관되어 있다는 것이다. 다시 말하면 당신이 어떤 글을 쓰든 그것은 다른 글과 관련을 맺고 있다는 얘기다. 존 파울즈가 『프랑스 중위의 여자 *The French Lieutenant's Woman*』에서 그랬던 것처럼 때로는 다른 사람들보다 더 솔직하게 이를 드러내는 작가들도 있다. 파울즈는 그 작품에서 빅토리아 소설의 전통, 그중에서도 토마스 하디와 헨리 제임스를 활용했다. 그러다가 어느 지점에 이르자 종속절, 부자연스러운 출발, 지연된 효과 등 특히 헨리 제임스 식의 문장으로 가득 찬 글을 썼고 그리하여 대가의 문체를 완벽하게 모방할 수 있는 단계에 이르자 마침내 이렇게 말했다.

"하지만 나는 대가를 흉내 내지 않겠다."

우리는 파울즈의 농담을 이해할 수 있다. 나아가 급소를 찌르는 이런 말은 그가 누구한테도 영향을 받지 않은 것처럼 가장할 때보다 패러디의 효과를 더욱 높여준다. 이렇게 말함으로써 파울즈는 우리가 그 어떤 전체에 속해 있음을, 우리는 모두 이를 처음부터 잘 알고 있었음을 윙크와 함께 속삭여 주는 셈이기 때문이다.

어떤 작가는 자신의 작품은 순전히 자신만의 것으로, 타고난 재능으로 직접 쓴 글이며 누구에게도 영향을 받지 않았다고 주장한다. 마크 트웨인은 어떤 책도 읽지 않았다고 주장했지만 3,000권 이상의 책을 소장하고 있었다. 아서왕의 모험을 다룬 작품들을 모르면서 『아서 궁정의 코네티컷 양키A Connecticut Yankee in King Arthur's Court』(1889)를 쓸 수는 없다. 잭 케루악은 자신을 자동적으로 글을 써가는 자유로운 영혼으로 묘사했지만,『길 위에서On the Road』(1957)의 최종본을 긴 두루마리에 칠 때까지 이 아이비 리그 출신(컬럼비아 대학)의 작가가 (탐구 여행에 관한 책을 읽었음은 물론) 아주 많은 수정과 손질을 가했다는 증거는 무수히 많다. 이 두 사람의 경우에도 이전 작품들과 관련이 있었던 것이다. 다른 작가들도 마찬가지다. 그리고 그렇게 탄생한 결과물은 글에 관한 일종의 '월드 와이드 웹World Wide Web'이다. 다시 말하면 당신의 소설은 당신이 한 번도 읽은 적 없는 소설이나 시에 공명하거나 반박하는 내용을 담고 있을 수도 있다.

'상호텍스트성'에 대해 서부 영화를 예로 들어 생각해 보자. 당신은 첫 서부 영화를 쓰기로 마음먹었다. 멋진 일이다. 무엇에 관한 영화인가? 건 곤일척의 대결이라면 〈하이 눈 High Noon〉이 있다. 은퇴한 총잡이가 나오는 영화라면 〈셰인 Shane〉을 보라. 인디언들에 맞선 외로운 기병대? 〈아파치 요새 Fort Apache〉와 〈그녀의 노란 리본 She Wore a Yellow Ribbon〉을 볼 필요가 있다. 모두 당신이 생각하는 주인공들로 가득 차 있다. 소몰이 장면? 〈붉은 강 Red River〉에 이미 나와 있다. 그렇다면 역마차의 경우는 어떤가?

잠깐, 난 그런 영화들에 대해 생각해 본 적도 없습니다.

그건 중요하지 않다. 당신의 영화는 그럴 테니까. 회피마저 상호 작용의 한 형태인 것이다. 진공 상태에서 글을 쓰거나 영화를 만들 수는 없다. 당신이 지금까지 본 영화들은 다른 이들의 영화를 본 사람들에 의해 만들어졌다. 그리고 모든 영화는 이런 식으로 지금까지 만들어진 모든 영화와 연관되어 있다. 만약 당신이 채찍에 매여 트럭 뒤에서 질질 끌려가는 인디아나 존스의 영화를 봤다면 아마 (아직 못 봤을 가능성이 크지만) 〈시스코 키드 The Cisco Kid〉(1931)*를 보고 감탄할지 모른다. 알고 있든 모르고 있든 모든 서부 영화는 그 안에 다른 서부 영화들을 담고 있다.

가장 기본적인 요소인 주인공을 예로 들어보자. 주인공이 말이 많은 편인가, 아니면 과묵한 편인가? 만약 과묵하다면 그는 게리 쿠퍼나 존 웨인, 클린트 이스트우드의 전통을 따르고 있는 경우다. 바보처럼 마구 지껄이는 편이라면 제임스 가너와 비슷하거나 그를 닮은 1960년대와 1970년대의 주인공들을 따르고 있는 셈이다. 두 유형, 즉 말 많은 쪽과 조용한 쪽 둘

• 같은 제목으로 텔레비전과 라디오, 영화로 상영됐고 만화로도 제작됐다. 영웅적인 멕시코 기사가 주인공으로, 오 헨리 O. Henry의 단편 「기사의 길 The Caballero's Way」이 원작이다.

여기서 잠깐: 하나의 이야기

다를 주인공으로 삼을 수도 있겠다. 〈부취 캐시디와 선댄스 키드Butch Cassidy and the Sundance Kid〉(1969)가 그런 경우다. 당신의 주인공이 무슨 말을 하든, 당신이 어떤 유형의 주인공을 구상했든 간에 관객들은 이전 영화의 메아리를 듣게 될 것이다. 당신이 자기 영화 속에 그 메아리가 존재하고 있다고 생각하든 말든 상관없다. 그것이 바로 '상호텍스트성'이다.

우리가 살펴볼 두 번째 개념은 '원형archetype'이다. 캐나다 출신의 위대한 비평가 노스럽 프라이는 융C. G. Jung의 정신분석학 저서에서 '원형'이라는 개념을 빌려왔다. 그는 융이 우리 머릿속에 들어 있는 온갖 것을 설명할 수 있고, 책들에 대해서는 그보다 더 많은 것을 설명할 수 있음을 보여주었다. '원형'은 '패턴'과 비슷한 의미로 쓰이기도 하고, 한 패턴의 토대를 이루는 원형적 신화를 가리키기도 한다. 이를테면 이렇게 말할 수 있다.

'신화 속 어딘가에서 뭔가가(편의상 '이야기의 구성 요소'라고 해 두자) 생겨난다.'

그런데 이 뭔가가 아주 매력적이어서 다른 이야기에 들어가거나, 오랫동안 남아 있거나, 그 뒤에 나온 다른 이야기들에 등장한다. 그런 구성 요소에는 여러 가지가 있을 수 있다. 탐구 여행, 어떤 형태의 희생, 비행, 물속으로 뛰어드는 행위 등, 우리의 상상력을 자극하고 반향을 일으키거나, 우리의 집단의식 깊은 곳을 건드리거나, 우리를 불러내고, 경고를 주고, 꿈이나 악몽을 꿀 정도로 영감을 주고, 우리로 하여금 계속 듣고 싶게 만드는 것이 있다면 그게 무엇이든 위에서 말한 이야기의 구성 요소가 될 수 있다. 그리고 이는 반복해서 자꾸자꾸 나타난다. 당신은 아마 이런 구성 요소들, 곧 원형들이 여러 번 사용되면 상투적인 문구처럼 닳아빠질 거라고 생각하겠지만 사실은 그 반대다. 원형은 반복을 통해 힘을 얻고, 반복되는 횟수가 늘어날수록 강해진다. 여기서 '아하!'라는 요소가 다시 등장한다. 우리는 이런 원형을 듣거나 보거나 읽을 때, 그걸 알아보면서 약간의 떨림과 만족감을 느끼고 '아하!' 하고 내뱉는다. '아하!' 효과는 상당히 자주 경험할 수 있다. 작가들이 원형을 계속해서 이용하기 때문이다.

하지만 그렇다고 원작을 찾으려고 애쓸 필요는 없다. 순수한 신화를 찾을 수 없듯이 원작을 찾을 수도 없다. 우리가 아는 모든 작품은, 심지어 기록으로 남아 있는 최초의 작품들조차, 어떤 신화의 변형, 윤색, 개작이기 때문이다. 프라이는 이를 신화의 '치환'이라고 불렀다. 우리는 결코 신화의 원형을 알 수 없다. 『반지의 제왕』이나 『오디세이』, 『노인과 바다』등이 '신화적'으로 느껴지긴 하지만 이런 작품들도 일종의 치환된 신화에 해당한다. 순수한 신화를 찾기는 아마 불가능할 것이다. 어쩌면 하나의 확정적이고 단일한 신화는 애초부터 존재하지 않았는지도 모른다. 프라이는 한때 그 원형들이 성경에서 온 게 아닐까 생각했고 실제로 그런 이야기를 몇번 했지만, 이런 가설로는 예를 들어 호머의 작품, 또는 유대–기독교 전통을 알 기회가 없었던 이야기꾼이나 시인의 작품의 배경이 된 신화나 원형들을 설명할 수 없다. 그러니 아주 오래 전, 이야기가 순전히 구전으로 (또는 동굴 벽화 같은 그림으로) 전해지던 그 시기에 일련의 신화가 형성되었다고만 말해두자.

우리가 알고 있는 수많은 이야기들의 토대가 된 독립적인 신화가 존재했던 것인지, 아니면 우리 자신과 우리의 세계를 설명해 주는 이야기들로부터 그런 신화들이 형성된 것인지, 이 질문은 끝까지 대답할 수 없을 것이다. 달리 말하면, 여러 신화의 원천이 된 (이것이 '치환'되어 불완전한 모방이라고 할 많은 이야기들이 생겨난다) 어떤 독창적이고 원형적인 이야기가 애초부터 존재했는가? 아니면, 그 신화란 그저 다양한 이야기들이 긴 세월 동안 천천히 지속적으로 반복되며 형성된 것인가? 내 의견은 후자 쪽에 가

여기서 잠깐: 하나의 이야기

깝지만 진실은 알 길이 없다. 사실 나는 어느 누구도 그 진실을 알 수 없다고 생각한다. 어떻게 보면 이 문제는 별로 중요하지 않다. 정말 중요한 것은, 그렇게 원형으로 기능하는 신화적인 차원의 이야기가 존재하고, 우리는 이 원형으로부터 죽었다가 다시 살아나는 사람(또는 신)의 이야기라든가 긴 여행을 떠나야만 하는 어린 소년에 관한 이야기를 빌려올 수 있다는 사실이다.

(신화, 원형, 종교적 설화, 그동안 나온 위대한 문학 작품 등) 원형에 해당하는 이야기들은 언제나 우리 곁에 있고, 늘 우리 안에 있기 때문에 필요할 경우 이를 끌어다 이용하고 나머지 것들을 첨가하면 된다. 위대한 이야기꾼 중 한 사람인 컨트리 가수 윌리 넬슨은 어느 날 기타를 치다가 한 번도 쓴 적 없고, 들어본 적도 없는 멜로디를 즉흥적으로 작곡했다. 이때 이름은 기억 안 나지만 음악가가 아닌 그의 어떤 동료가 어떻게 그런 곡들을 생각해 낼 수 있는지 물어보았다. 그러자 넬슨은 이렇게 대답했다.

"음악은 늘 우리 주변에 있다네. 그러니 허공으로 손을 뻗어 가져오면 돼."

이야기도 마찬가지다. 태초부터 지속되어 온 하나의 이야기는 늘 우리 옆에 있다. 우리는 독자 또는 작가, 화자 또는 청자로서 모두 똑같은 이야기의 소용돌이에 접근할 수 있는 통로를 갖고 있다. 그 통로로 서로를 이해하고, 신화의 구조에 대한 지식을 공유하며, 상징의 논리를 이해할 수 있다. 그러니 그저 허공으로 손을 뻗어 그 이야기 중 일부를 갖다 쓰면 된다.

위대함의 표지標識

콰지모도Quasimodo *는 꼽추다. 리처드 3세도 그렇다(역사상의 리처드 3세가 아니라 셰익스피어 작품 속의 리처드 3세를 말한다). 메리 셸리Mary Shelley의 『프랑켄슈타인』에 나오는 괴물은 시신 조각들로 만들어진 인간이다. 오이디푸스는 발에 상처가 있다. 그리고 그렌델은…… 역시 괴물이다. 이들은 행동만큼이나 특이한 외모로 유명하다. 그리고 그 외모는 그들 자신 또는 이야기 속의 다른 인물들에 대해 뭔가를, 그것도 아주 특별한 뭔가를 말해준다.

우선, 자명하지만 그래도 반드시 짚고 넘어가야 할 사실이 있다. 즉, 실

---

* 『노트르담의 꼽추』에 나오는 주인공.

제 현실에서는 누군가가 신체에 특정한 흔적이나 결함을 지니고 있어도 주제적, 비유적, 정신적인 차원에서는 아무런 의미도 갖지 못한다. 물론 당신의 볼에 있는 흉터가 하이델베르크 대학의 어느 결투 동아리 회원으로 활동하면서 얻은 것이라면 당신에 대한 특별한 정보를 줄 수도 있다. 또 스스로 원해서 새긴 특정한 자국이 당신의 음악적 취향을 설명해 줄 수도 있다(예컨대 그레이트풀 데드Grateful Dead*의 문신 같은 것 말이다). 하지만 대개 짧은 다리는 그저 짧은 다리일 뿐이고 척추 측만은 척추 측만일 뿐이다.

하지만 그 척추 측만이 리처드 3세에게 있다고 생각해 보자. 그러면 얘기가 완전히 달라진다. 도덕적으로나 정신적으로 그의 척추처럼 꼬여 있는 리처드는 문학 작품에 나오는 주인공들 중 특히 혐오스러운 인물이다. 육체적 결함을 성격이나 도덕적 결함과 결부시키는 것이 잔인하고 부당하게 느껴질지 모르지만, 엘리자베스 시대 사람들은 이를 용인했을 뿐 아니라 당연하다고 여겼다. 한 사람이 신과 가까운 사람이냐 아니냐 여부가 신체적 특징을 통해 드러난다고 암시한다는 점에서 셰익스피어 작품도 당시의 사고를 상당히 반영한다고 볼 수 있다. 셰익스피어 다음 시대에 출현한 청교도들은 사업의 실패를 (그리고 흉작, 파산, 재정적 위기, 심지어 가축의 질병조차도) 신의 진노를 보여주는 명백한 증거로 받아들였고, 따라서 도덕적 결함의 표지로 간주했다. 욥의 이야기는 플리머스**에서는 별 의미가 없었을 것이다.

---

* 미국 록그룹.

** 매사추세츠주 남동부 플리머스 만 연안에 위치한 청교도들이 세운 도시.

그렇다. 엘리자베스 여왕이나 제임스 1세 시대 사람들은 신체적 결함에 대해 편견을 갖고 있었다. 그래서 어떻단 말인가? 아마 당신은 4세기나 지난 지금 그게 무슨 의미가 있느냐고 물을 것이다.

흉터나 기형을 도덕적 결함이나 신앙심 부족과 동일시하는 풍조는 이후에 큰 변화를 겪지만, 문학에 한정해 볼 때 우리는 여전히 육체적 결함을 상징적인 용어로 이해하고 있다. 다르다는 건 중요하기 때문이다. 동일함은 별 의미가 없지만 (평균이나 전형성, 기대치에서 벗어난) 차이는 늘 풍부한 상징적 가능성을 가지기 때문이다.

블라디미르 프롭 Vladimir Propp * 은 1920년대 후반에 출간한 기념비적인 저서 『민담의 형태학 Morphology of the Folktale』에서 민담을 서른 개 정도의 단계로 나누었다. 그에 따르면 초기 단계 중 하나가, 영웅은 어떤 식으로든 표식을 갖고 있다는 것이다. 흉터가 있거나, 발을 절거나, 부상을 당했거나, 어디에 색이 칠해져 있거나, 짧은 다리를 갖고 태어날 수도 있다. 어쨌든 영웅은 다른 사람과 구별되는 표식을 지니고 있다. 프롭이 고찰한 민담의 기원은 수백 년 전으로 거슬러 올라가며 종류도 다양하다. 또 비록 연구 대상이 슬라브 족에서 기원한 민담이긴 하나 구조적인 측면에서는 서양에 더 잘 알려진 게르만족, 켈트족, 프랑스, 이탈리아의 민담과 비슷하다. 그래서 그토록 많은 민담에서 이야기가 어떻게 전개되는지 우리가 이해할 수 있도록 끊임없이 실마리를 제공하고 있는 것이다.

믿기 어렵다고? 어떤 식으로든 일반인과 구별되는 영웅의 이야기를 당신은 얼마나 많이 알고 있는가? 그 가운데 신체적인 차이가 시각적으로

---

* **블라디미르 프롭**(1895~1970) ㅣ 러시아 학자로 가장 단순한 이야기 요소를 찾아내기 위해 러시아 민담의 기본적인 줄거리 요소를 분석했다.

21 위대함의 표지標識

드러나는 이야기는 얼마나 되는가? 해리 포터는 왜 흉터를 지니고 있는가? 그 흉터는 어디에 있는가? 어떻게 해서 그런 흉터가 생겼는가? 그 흉터는 무엇을 닮았는가?

토니 모리슨이 그의 인물에게 표식을 부여하는 방법을 보자. 『솔로몬의 노래』에 나오는 우리의 오랜 친구 밀크맨 데드는 한쪽 다리가 다른 쪽 다리에 비해 짧다. 자신의 결함을 알고 있는 그는 그걸 숨기기 위해 젊은 시절 많은 시간을 들여 자연스럽게 걷는 연습을 한다. 그리고 나중에 두 번 더 상처를 입는데, 하나는 버지니아의 샬리마에서 싸움을 하다 맥주병에 볼을 찔린 것이고, 다른 하나는 전에 친구였던 기타가 철사로 그의 목을 조를 때 그걸 저지하다가 손에 입은 상처다.

『빌러비드』의 세스는 과거에 심한 채찍질을 당해 등에 큰 나무 모양의 정교한 흉터가 있다. 그녀의 시어머니이자 멘토인 베이비 석스는 엉덩이가 틀어져 있다. 주인공 빌러비드는 이마에 할퀸 자국이 세 개 있는 것 말고는 별다른 문제가 없지만 대신 단순한 인간이 아닌 뭔가 다른 존재다. 등장인물들의 이런 표식은 삶이 입힌 상처를 보여주는 지표로 기능한다. 세스와 빌러비드의 경우는 노예 제도와 관련이 있고, 따라서 그들에게 표지를 만들어준 폭력은 아주 특별한 의미를 지닌다. 다른 등장인물들 역시 그들이 어떤 인생을 살아왔는지 보여주는 표지를 지니고 있다.

하지만 표지에는 그 이상의 의미가 있다. 바로 등장인물의 차별화다. 소포클레스의 『오이디푸스왕』 끝 부분에서 왕은 자신의 눈을 찌른다. 이는 속죄, 죄의식, 회개를 뜻하는 표지의 일종이며, 이후에 나온 『콜로누스의 오이디푸스』*에서도 계속 이어진다. 하지만 오이디푸스는 그보다 훨씬 전에 이미 표식을 갖고 있었다. 그리스인이라면 극장에 들어가기 전에 오이디푸스라는 이름에서 그것이 뭔지 이미 짐작했을 것이다. 오이디푸스는 '상처 입은 발' 이라는 뜻이기 때문이다. 만약 (오이디푸스라는 제목이 의미하는 바와 똑같은) '상처 입은 발을 가진 왕' 이라는 제목의 연극을 보러 간다면 누구든 이와 관련된 어떤 일이 있었음을 미리 짐작할 수 있을 것이다. 그 독특한 이름이 신체적 결함에 주목하도록 유도하면서 그와 관련된 주인공의 정체성이 드러날 것임을 암시하기 때문이다.

실제로 오이디푸스는 아기 때 아킬레스건을 꿰뚫린 채 죽임을 당하도록 황야로 보내졌다. 그가 아버지를 죽이고 어머니와 결혼할 것이라는 예언이 실현될 것을 두려워한 그의 부모는 아기를 황야로 보내 죽이려 했다. 부모는 하인들이 아기를 죽이기 꺼리는 걸 잘 알고 있었기에 자연사 하도록 산에 내다 놓았고, 아기가 일어서거나 기어가서 살아날까 봐 두 발을 묶어 놓았다. 오이디푸스의 발은 나중에 그가 불운한 아기였음을 입증하는 증거가 된다. 아마 당신은 오이디푸스의 어머니 이오카스테가 (a) 절대 재혼하지 않을 것, (b) 발에 상처가 있는 사람과는 결혼하지 않을 것을 다짐했을 거라고 생각하겠지만 그녀는 다른 대안인 (c)를 택했고 이로써 오이디푸스에 관한 특별한 이야기가 성립되었다.[••] 오이디푸스에게는 재앙이지만 소포클레스로서는 엄청난 행운이었던 셈이다. 오이디푸스의 흉터는 연극이 진행되어 마침내 비밀이 폭로되기 전까지는 당연히 그 자신도 알지 못했던 개인의 역사를 말해준다. 나아가 이는 그의 부모, 특히 저주를 피하려고 했던 이오카스테의 성격, 자신의 발에 흉터가 생기게 된 경위에 대해 한 번도 의문을 품지 않았던 오이디푸스의 성격에 대

[•] 소포클레스가 쓴 테베 3부작은 『오이디푸스왕』, 『콜로누스의 오이디푸스』, 『안티고네 *Antigone*』로 이루어져 있다. 『콜로누스의 오이디푸스』는 눈먼 오이디푸스의 만년晩年의 이야기다.

[••] 이오카스테는 남편이 도적 떼에 죽임을 당했다고 믿었으므로 안심하고 오이디푸스와 결혼한다.

21 위대함의 표지標識

해서도 많은 것을 알려준다. 호기심의 결여는 치명적이다. 오이디푸스의 몰락은 자기에 대해 알려는 의지의 부재에 기인하고 있기 때문이다.

좀 더 현대적인 작품의 예는 없을까? 물론 있다. 어니스트 헤밍웨이의 『태양은 다시 떠오른다』가 바로 그런 소설이다. 제1차 대전 때문에 갖은 방식으로 상처받은 세대를 다루고 있는 이 소설은 황무지 모티브를 아이러니하게 변형한 작품이다. T. S. 엘리엇의 수작 『황무지』처럼, 『태양은 다시 떠오른다』 역시 전쟁으로 인해 (정신적, 도덕적, 지적, 성적으로) 황폐해진 사회를 보여준다. 생식 능력이 있는 수백만 명의 젊은이가 죽거나 파멸당한 상황에 비추어보면 이런 시각은 그리 놀랄 만한 일이 아니다. 전통적으로 황무지의 신화는 비옥함을 되찾으려는 노력과 원정에 초점을 맞추고 있다. 이 원정은 이른바 어부왕인 피셔 킹에 의해, 또는 피셔 킹을 구하려는 다른 영웅에 의해 수행되는데, 원래의 풍요 신화에서 피셔 킹은 다양한 형태의 육체적인 손상을 보여준다. 그럼 헤밍웨이의 피셔 킹은 누구냐고? 신문기자이자 부상당한 참전 용사 제이크 번즈다. 그가 피셔 킹이라는 사실을 우리는 어떻게 알 수 있는가? 작품 속에서 그는 여러 번 낚시 여행을 떠나고, 어떤 면에서 보면 그로부터 어느 정도 힘을 되찾는다. 이는 매우 상징적인 행위이기도 하다. 그럼 제이크 번즈를 피셔 킹으로 만들어 주는 상처는 무엇일까? 그건 좀 미묘하다. 화자인 제이크가 이 문제를 전혀 언급하지 않기 때문이다. 하지만 성인 남자가 거울에 비친 자기의 모습을 보면서 우는 이유는 한 가지뿐이다. 실제로 헤밍웨이 자신의 상처는 허벅지 위쪽에 있었다. 소설에서는 그 위치가 좀 더 위로 올라갔을 뿐이다. 가엾은 제이크, 그는 강한 성적 욕망을 지녔지만 이를 해소할 능력이 전혀 없었다.

지금 우리는 등장인물의 차별화에 대해 얘기하고 있다. 불구가 된 신체 부위는 제이크를 소설 속, 아니 내가 아는 다른 소설의 그 누구와도 다른 인물로 만들어준다. 더불어 방금 언급한 황무지 신화의 주인공과 여러 면에서 비슷한 점을 갖추고 있다. 이 소설에는 또 이시스Isis와 오시리스 Osiris*신화의 요소들도 몇 가지 들어가 있다. 오시리스의 시신이 갈가리 찢겼을 때 여신 이시스는 그 부분만 빼고 나머지를 수습함으로써 제이크 번즈를 오시리스와 비슷하게 만들었다(오시리스 신화는 이집트에 전해져 내려오는 풍요 신화다). 이시스를 섬기는 여사제들은 손상된 오시리스에 대한 상징적 대안으로 실제의 남자들과 사랑을 나누었다. 이와 비슷하게 소설 속의 레이디 브렛 애쉴리도 다른 남자들을 만난다. 그녀와 제이크는 사랑을 나눌 수 없기 때문이다. 하지만 무엇보다도 제이크의 부상은 생식 능력뿐 아니라 영혼의 상처까지 포함해, 모든 가능성이 전쟁으로 인해 파괴됨을 상징한다. 수백만 명의 젊은이가 전쟁에서 목숨을 잃었을 때 그들의 생식 능력뿐 아니라 무궁무진한 지적, 창조적, 예술적 자원까지 사라져버린 것이다. 간단히 말하면, 전쟁은 문화의 죽음, 적어도 문화의 상당 부분이 사라진 사건이다. 나아가 헤밍웨이와 그의 주인공들처럼 전쟁에서 살아남은 사람들은 큰 상처를 입었다. 세계대전을 겪은 세대는 역사상 그 어느 시기보다 심각한 정신적 상처와 영혼의 파괴라는 고통을 겪었다.

헤밍웨이는 이 상처를 세 작품에서 다루고 있다. 하나는 「두 개의 심장을 가진 큰 강 *Big Two-Hearted River*」(1925)에 나오는 닉 애덤스다. 그는 전쟁

• 고대 이집트 신화에서 이시스와 오시리스는 남매간이지만 결혼하여 호루스를 낳았다. 그런데 형 오시리스를 죽이고 왕위에 오른 세트가 그를 열네 조각으로 찢어 땅에 버리자 이시스가 이를 찾아 수습했다고 한다.

21 위대함의 표지標識

로렌스 더럴
Lawrence Durrell (1912~1990)

의 공포로 상처받은 영혼을 치료하기 위해 당시 미시간의 외딴 곳 어퍼 반도Upper Peninsula로 낚시 여행을 떠난다. 두 번째는 전쟁 때 입은 제이크 번즈의 부상과 팜플로나에서의 엉망이 된 축제다. 세 번째는 프레드릭 헨리 중위의 비극적인 사랑이다. 『무기여 잘 있거라 A Farewell to Arms』에서 그의 평화는 아기를 낳다 죽어버린 사랑하는 연인으로 인해 영원히 사라진다. 이 작품들은 모두 정신적 고통, 영적 절망, 희망의 죽음을 그리고 있다. 따라서 제이크의 부상은 개인의 문제이면서 동시에 역사·문화·신화의 문제다. 한 조각의 유탄이 가한 충격치고는 너무도 심대하다.

로렌스 더럴의 소설 '알렉산드리아 사중주'에도 장애나 기형이 있는 인물들이 대거 등장한다(비록 한 명은 가짜지만). 두 명은 눈에 안대를 하고 있고, 한 명은 의안을 끼고 있고, 그 외에도 언청이, 곰보, 우연한 사고로 작살 총에 찔리는 바람에 목숨을 건지려면 손을 잘라야 하는 사람, 귀머거리, 사지가 훼손된 사람들이 등장한다. 어떻게 보면 이들은 더럴의 주인공들답게 그저 특이함을 보여주는 사례에 불과하다. 하지만 집단으로 볼 때는 뭔가 다른 것을 의미한다. 더럴은 인간은 모두 이런저런 식으로 상처받기 마련이고, 아무리 조심하고 운이 좋아 보여도 그런 경험으로 인한 흔적 없이는 인생을 살아갈 수 없다고 말하는 듯하다. 흥미롭게도 그의 주인공들은 자신의 결함을 별로 불편해하지 않는 것 같다. 특히 언청이로 나오는 나푸즈는 나중에 유명한 신비주의자/목사가 되며, 화가인 클리아는 소설 마지막 권 뒷부분에서 의수義手로 그림을 그릴 수 있게 된다. 달리 말하면 클리아의 재능은 손이 아니라 그녀의 마음, 지성, 영혼에 있는 것이다.

그렇다면 메리 셸리의 경우는 어떤가? 그녀가 만들어낸 괴물은 제이크 번즈처럼 역사적 사건의 상흔을 담고 있지는 않다. 그렇다면 그의 기형적 외모는 무엇을 의미할까? 먼저 그가 탄생하게 된 계기를 알아보자. 빅터 프랑켄슈타인은 묘지의 시신 조각들을 이용해 그의 걸작을 만들었다. 하지만 크게 보면 그는 이 괴물을 특정한 역사적 상황 아래 만들어냈다고도 할 수 있다. 당시 영국에서는 산업혁명이 막 시작되고 있었다. 이 새로운 세계는 계몽 시대를 산 사람들이 알고 있던 모든 것을 위협했다. 또한 19세기 초반에 들어서면서 새로운 과학 및 (해부학 연구를 포함해) 과학에 대한 새로운 믿음이 등장하여 당시 영국 사회의 많은 종교적·철학적 사상들을 위태롭게 만들었다. 할리우드 영화 덕분에 보리스 칼로프나 론 채니˙와 닮아 보이는 이 괴물은 순전히 그 무서운 외모로 우리를 위협한다. 하지만 소설에서 정말 두려움을 안겨주는 것은 바로 이 괴물의 **생각**

• 보리스 칼로프와 론 채니 모두 프랑켄슈타인을 연기했던 배우들이다.

이고, 그보다 더 위협적인 존재는 아마도 위험한 지식과 불온한 동맹을 맺은 과학자 겸 마술사 프랑켄슈타인의 생각이다. 프랑켄슈타인이 상징하는 것은 무엇보다도 어떤 금지된 지식일 것이다. 그리고 그것은 현대적인 형태로 제시되는 악마와의 계약, 윤리가 결여된 과학의 결과물이다. 이에 대해서는 여러분도 익히 알고 있을 것이다. 인류의 지식이 한 단계 진보하고, 그만큼 더 '멋진 신세계'(이는 물론 다른 소설의 제목이기도 하다)로 근접할 때마다 항상 누군가가 나타나 (물론 괴물을 의미하는) 프랑켄슈타인과의 만남이 그만큼 가까워졌다고 경고하기 때문이다.

괴물은 몇 가지 다른 형태로 등장하기도 한다. 그중 문학에서 가장 명백하게 나타나는 형태는 악마와 계약을 맺는 파우스트의 이미지다. 크리스토퍼 말로의 『포스터스 박사 Dr. Faustus』부터 괴테의 『파우스트』, 스티븐 빈센트 베넷 Stephen Vincent Benét의 「대니얼 웹스터와 악마 The Devil and Daniel Webster」, 〈빌어먹을 양키들 Damned Yankees〉, 영화로 제작된 『일곱 가지 유혹 Bedazzled』(물론 다스 베이더의 다크 사이드로의 전향도 있다*), 심지어 블루스 가수 로버트 존슨 Robert Johnson** 이 한 사거리에서 어떤 낯선 사람을 만나 특별한 음악적 재능을 얻게 되었다는 이야기에 이르기까지 파우스트의 버전은 아주 다양하다. 이런 교훈적인 이야기들이 지속적인 호소력을 가진다는 사실은 그것이 우리의 집단적인 의식 속에 얼마나 깊게 뿌리 내리고 있는지 말해준다.

그런데 『프랑켄슈타인』의 경우는 검은 거래를 제안하는 악마적인 인

- 다스 베이더는 영화 〈스타워즈〉의 등장인물이다.
- **로버트 존슨**(1911~38) | 미국의 블루스 연주자. 악마에게 영혼을 팔아 신비한 힘을 부여받았다는 전설이 있다.

물이 없다. 따라서 이 작품에서 교훈을 주는 것은 사악한 행위의 원천(악마)이 아니라 그 산물(괴물)이다. 프랑켄슈타인은 기형적인 외모를 통해 전지전능함을 추구하는 인간의 위험성 및 (희극적이지 않은) 다른 형태의 프랑켄슈타인 작품에서 볼 수 있듯이 권력을 추구하는 자들이 빠지기 쉬운 위험을 보여준다.

그러나 교훈적인 요소들에서 눈을 돌려보면 진짜 괴물은 바로 괴물을 만든 빅터다. 최소한 그도 일부 책임이 있다. 낭만주의는 전성기였던 19세기는 물론 21세기인 오늘날까지 인간의 이중성을 적나라하게 보여준다. 겉으로는 아무리 준수하고 세련되어 보여도 내면에는 괴물 같은 타자他者가 존재한다는 개념을 만들어낸 것이다. 『왕자와 거지 The Prince and the Pauper』(1882), 『밸런트리경卿』, 『도리언 그레이의 초상 The Picture of Dorian Gray』(1891)*, 『지킬 박사와 하이드 씨』 등 인간의 이중성과 내면에 숨은 다른 자아를 다룬 작품들이 빅토리아기 소설에 대거 등장한 이유도 여기에 있다. 특히 이 중 마지막 두 소설은 인간 내부에 숨겨진 사악한 측면을 부각시킨다. 『도리언 그레이의 초상』을 보면 도리언 자신은 여전히 아름답지만 그의 초상화는 그의 부패와 타락을 폭로하고 있고, 『지킬 박사와 하이드 씨』에서는 평소에는 점잖은 지킬 박사가 약만 먹으면 괴물 같은 하이드 씨로 변한다. 도리언의 초상과 하이드 씨가 셸리의 괴물과 공통된 점은, 아무리 문명화된 듯 보여도 인간의 내면에는 우리가 인정하고 싶어 하지 않는 또 다른 존재가 숨어 있다는 암시다. 이는 외모는 소름 끼치지만 그 안에 아름다움이 감춰져 있는 『노트르담의 꼽추 Notre Dame de Paris』나

• 오스카 와일드의 1891년 작품이다.

「미녀와 야수」와는 정반대라고 하겠다.

그렇다면 장애나 흉터는 항상 어떤 의미를 지니는가? 그렇지는 않을 것이다. 흉터는 그냥 흉터고 짧은 다리나 꼽추는 그저 짧은 다리와 꼽추일 뿐인 경우가 많다. 하지만 특이한 외모는 본성상 우리의 시선을 끌며 작가가 전하고 싶어 하는 특정한 심리와 주제를 내포하게 된다. 사실 작가 입장에서는 결함이 없는 인물을 그리는 게 더 쉽다. 제2장에서 다리를 절던 인물이 제24장에서 전속력으로 기차를 쫓아갈 수는 없기 때문이다. 그럼에도 불구하고 작가가 신체적인 문제나 결함이 있는 주인공을 들고 나온다면 그것으로 뭔가를 말하고 있을 가능성이 높다.

자, 이제 해리 포터의 흉터에 대해서도 생각해 보라.

눈이 멀었다고?
다 이유가 있는 법!

        이런 작품을 생각해 보자. 주인공은 대체로 존경할 만한 인물로, 성격은 급하지만 유능하고 똑똑하며 힘도 세다. 하지만 문제가 있다. 당사자는 모르고 있지만 그는 인간이 저지를 수 있는 가장 끔찍한 범죄를 두 가지나 저질렀다. 자기 죄를 모르고 있는 이 남자는 범인을 색출하게 되면 온갖 처벌을 내린다고 큰소리친다. 이에 사건 해결에 도움을 줄 수 있는, 따라서 주인공에게 진실을 밝혀줄 수 있는 정보원 한 명이 소환된다. 정보원이 도착했지만 그는 맹인이라서 아무것도 볼 수가 없다. 하지만 차차 알게 되겠지만 이 정보원은 영혼과 신의 세계를 볼 수 있는 눈, 실제 일어났던 사건의 진실을 알 수 있는 눈, 우리 주인공이 전혀 모르고 있는 진실을 볼 수 있는 눈을 갖고 있다. 두 사람은 열띤 설전을 벌이고 주인공은 정보원을 사기꾼이라고 몰아붙이지만 결국 처지가 바뀌어 그는 무엇이 정말 중요한지 알지 못하는 최악의 범죄자로 고발당한다.

대체 주인공은 무슨 일을 저질렀는가?

별것 아니다. 자기 아버지를 죽이고 어머니와 결혼했을 뿐이다.

약 2,500년 전 소포클레스는 『오이디푸스왕』이라는 희곡을 썼다. 눈먼 예언자 티레시아스는 오이디푸스왕에 관해 모든 것을 알고 있고 모든 것을 볼 수 있지만 너무도 고통스러운 진실이기에 입을 다문다. 그러다 마침내 진실을 털어놓지만 너무 화난 순간에 발설한 탓에 아무도 그 말을 믿지 않는다. 한편 마지막까지 진실을 모르는 오이디푸스왕은 계속 '보는' 얘기를 한다. 그는 "사건의 진상을 밝혀볼 것이고", "진실을 파헤쳐볼 것이고", "모두에게 진실을 보여주겠다"고 한다. 왕이 이런 말을 할 때마다 관객들은 숨을 멈추고 불안에 떤다. 그들은 주인공보다 훨씬 먼저 진실을 알고 있기 때문이다. 그리고 마침내 무시무시한 비밀을 알게 됐을 때(형제이기도 한 자녀들, 아내이자 어머니를 자살로 몰고 간 진실, 그와 그의 가족에게 내려진 저주) 오이디푸스는 정말 자신에게 끔찍한 벌을 가한다.

자신의 눈을 멀게 한 것이다.

작가가 이야기, 특히 연극에서 눈먼 사람을 등장시킬 때는 반드시 일어나야 하는 많은 일이 있다. 눈먼 인물이나 그 주변 사람들의 모든 동작과 말에는 반드시 시력을 보완해 주는 그 무엇이 있어야 하고, 다른 등장인물들은 반드시 이를 눈치채거나 미묘하게라도 평소와는 다르게 행동해야 한다. 다시 말하면 작가는 눈먼 사람을 작품에 등장시킴으로써 스스로 많은 어려움을 만들어내는 셈이고, 따라서 이야기 속에 이런 인물이 등장하는 경우는 반드시 어떤 중요한 이유가 있다. 작가는 분명 신체적 차원을 넘어선 또 다른 차원의 시력과 실명 失明을 강조하고 싶은 것이다. 특히 통찰과 무지가 문제되는 작품에서 시각의 문제는 대개 작품 속에 편재해 있다.

예컨대 『오이디푸스왕』을 처음 보는 독자나 관객은 비록 티레시아스는 눈이 멀었지만 진실을 알고 있고, 오이디푸스는 진실을 못 보는 탓에 결국 실제로 눈이 먼다는 걸 알게 된다. 하지만 독자나 관객이 자칫 놓치기 쉬운 것은 이런 작품 구조를 관통하는 좀 더 정교한 패턴이다. 모든 장면, 모든 코러스는 (누가 무엇을 보는지, 누가 못 보는지, 누가 정말 눈이 멀었는지 같은) 보는 것에 대한, 또 빛과 어둠의 이미지에 대한 언급을 담고 있으며, 이것들은 '보는 것 또는 볼 수 없는 것'과 밀접한 관련이 있다. 그어떤 작품보다도 『오이디푸스왕』은 내게 문학 작품 속의 '볼 수 없음'을 어떻게 읽어내야 하는지 가르쳐주었고, '볼 수 없음'과 '볼 수 있음'이 작품의 주제임을 파악하는 순간, 그 안에 숨겨진 관련 이미지와 구절을 더 많이 발견할 수 있다는 사실을 알게 해주었다. 문학에서는 답을 찾아내는 것도 어렵지만, 그에 못지않게 중요한 것이 적절한 질문을 제기하는 작업이다. 주의를 기울이면 작품에서 충분히 그 실마리를 찾을 수 있다.

나도 처음부터 적절한 질문들을 제기할 수 있었던 건 아니지만 점차 그 일에 익숙해졌다. '볼 수 없음 blindness'의 문제로 다시 돌아가 보자. 제임스 조이스의 단편 「애러비」를 처음 읽었을 때가 기억난다. 첫 문장에서 조이스는 어린 주인공이 '막다른 blind' 골목에 살고 있다고 말한다. 나는 '흠, 좀 이상한 표현이군' 하고 생각했다. 그때 나는 단어 차원에서만 그 말이 무슨 뜻인지 관심을 가졌고('a blind alley'는 영국/아일랜드 영어에서 'a dead-end street(막다른 길)'을 의미하지만 둘은 서로 공통점이 있기도 하고 없기도 해서 각각 다른 함축적 의미를 지닌다), 결과적으로 그것이 '진정으로'의미하는 바를 놓치고 말았다. 이후 알게 된 사실은 소년은 어둠 속에서도, 심지어 블라인드를(blinds, 이건 내가 지어낸 말이 아니라 실제 나오는 표현이다) 거의 내려놓은 상태에서도 기회가 있을 때마다 소녀를 지켜보았다는 것, 그는 사랑에 눈이 멀었고 나중에는 허영에 눈이 멀었다는 것, 그는 또 자신이 기사騎士 이야기의 주인공이라도 된 듯 착각에 빠진다는 것, 그는 이국풍의 장터로 추정되는 '애러비' 시장에 가지만 너무 늦게 도착하는 바람에 시장 대부분이 어둠에 잠긴 상태였고, (실제로 그런 곳이었지만) 그래서 그 시장이 더욱 겉만 번지르르하고 싸구려 냄새가 풍기는 장소로 보였다는 것, 마침내 분노의 눈물로 거의 앞이 보이지 않을 정도가 된 소년은 자신을 형편없는 존재로 느끼게 된다는 것 등이었다.

당시 나는 두어 번 더 읽은 뒤에야 노스 리치몬드가街가 '막다른' 골목이라는 표현의 함의를 간파했던 것 같다. 이 형용사의 중요성은 즉각적으로 분명히 나타나거나 그 자체로 관련성을 드러내지는 않는다. 하지만 빛과 그림자의 이미지가 교차하는 이 작품 속에서, '막다른blind' 이라는 형용사는 소년이 무엇을 보거나 숨기거나 엿보거나 응시할 때 관련성과 암시의 패턴을 설정해 주는 역할을 한다. 만약 적절한 질문, 예컨대 '조이스는 막다른 골목blind alley이라는 표현을 통해 무엇을 의도하고 있는가?' 와 같은 질문을 던지기 시작하면 대개 상당히 규칙적으로 그에 대한 답들이 등장한다. 「애러비」와 『오이디푸스왕』처럼 정말 위대한 소설이나 희곡은 독자에게 많은 것을 요구하고, 어떤 의미에서는 그 작품을 어떻게 읽어야 할지 알려준다. 그리하여 우리는 읽을수록 더 많은 것을 발견하게 되고(풍부한 의미, 반향, 깊이), 그 느낌을 확인시켜 줄 요소를 찾기 위해 작품 속으로 다시 돌아가게 되는 것이다.

이 책에서 나는 주기적으로 여러분에게 일종의 포기 각서 같은 발언을 하게 되는 것 같다. 이번에도 마찬가지다. 볼 수 있음과 없음에 대해 앞에서 한 말은 모두 사실이다. 어떤 작품에 실명, 시력, 어둠, 빛이 등장한다면, 대개 비유적인 의미에서의 '볼 수 있음'과 '볼 수 없음'이 논의되고 있음을 뜻한다. 하지만 한 가지 주의할 점이 있다. '볼 수 있음'과 '볼 수 없음'의 문제는 이에 관한 암시가, 예컨대 「애러비」에서처럼 굳이 창문이나 골목, 말horse, 사색, 또는 사람과 결부되어 나타나지 않더라도 일반적으로 수많은 작품에 등장한다는 것이다.

그렇다면 어떤 작품들의 경우 이 문제를 구체적으로 부각시키는 이유는 뭔가요?

좋은 질문이다. 나는 이것을 음영과 미묘함의 문제로, 또는 음영이나 미묘함이 없는 경우와 대비해서 설명해 보겠다. 이는 어떻게 보면 음악과 비슷하다. 당신은 모차르트와 하이든의 곡에 들어 있는 모든 음악적인 농담들을 이해할 수 있는가? 물론 나도 잘 모른다. 젊은 시절 내가 클래식 음악과 가장 친해졌던 때는 프로콜 해럼 Procol Harum*이 바흐의 칸타타 중 한 소절을 따서 만든 〈화이트 셰이드 오브 페일A Whiter Shade of Pale〉이란 곡을 들었을 때였다. 이후 베토벤과 〈롤 오버 베토벤Roll Over Beethoven〉**의 차이를 포함해(물론 후자를 더 좋아한다) 전성기 시절의 마일스 데이비스 Miles Davis와 존 콜트레인John Coltrane의 차이도 조금씩 알게 됐지만, 그러나 여전히 음악에는 문외한이나 다름없다. 사실 전문가들이 아는 미묘한 음

• **프로콜 해럼** | 영국 출신의 밴드.

•• **롤 오버 베토벤** | 대중가요로 처음에는 척 베리, 이후에는 비틀스가 불렀다. '베토벤은 비키시지'란 뜻이다.

사무엘 베케트
Samuel Beckett (1906~1989)

악적 농담은 나 같은 음악 초보자들에게는 큰 의미가 없다. 그러니 음악
에 대해 내게 뭔가 가르쳐주려면 아주 쉽게 설명해야 한다. 나는 키스 에
머슨Keith Emerson * 의 곡을 바흐의 어떤 곡보다 더 잘 이해한다. 물론 바흐
의 어떤 곡들은 그렇게까지 미묘하진 않지만 말이다.

문학에서도 마찬가지다. 만약 작가가 우리가 뭔가를 눈치채기를 원한
다면 아주 명백하게 제시해야 할 것이다. '볼 수 없음' 이 문제인 작품이
라면 작가는 대개 아주 일찍 그 주제를 제시한다는 점에 주목하라. 나는
이를 '인디아나 존스의 원칙' 이라고 부른다. 만약 관객에게 당신의 주인
공(아니면 작품 전체)에 대해 중요한 뭔가를 알려주고 싶다면, 필요해지기
전에 일찍 드러내라. 예컨대 〈레이더스-잃어버린 성궤를 찾아서 *Raiders of*

● **키스 에머슨** | 영국의 키보드 연주자, 작곡가.

the Lost Ark⟩의 중후반 장면에 이르면 여태까지 아무것도 겁내지 않던 인디아나 존스가 뱀을 무서워하는 장면이 나온다. 쉽게 인정할 수 있는가? 물론 어렵다. 그래서 감독 스티븐 스필버그와 작가 로렌스 캐스단은 첫 장면에서 비행기에 뱀을 등장시킨 것이다. 그 장면을 보면 주인공이 7천 마리의 뱀들과 마주쳤을 때 얼마나 기겁할지 능히 짐작할 수 있다.

물론 이 원칙이 항상 들어맞는 건 아니다. 부조리극의 수작으로 꼽히는 『고도를 기다리며 *Waiting for Godot*』(1954)에서 작가 사무엘 베케트 Samuel Beckett는 2막에 가서야 눈먼 사람을 등장시킨다(이 작품은 나중에 더 자세히 논의하겠다). 처음에 럭키와 포조는 디디와 고고의 지루함을 덜어주려는 목적으로 등장하는데, 여기서 포조는 럭키의 목에 줄을 매 끌고 다니는 포악한 주인이다. 두 번째 나타났을 때 포조는 눈이 멀어 있고 따라서 럭키의 안내가 필요하지만 그는 여전히 잔혹하다. 베케트는 상당히 명백한 아이러니를 이용하고 있으므로 이 장면의 의미는 그렇게 복잡하지는 않다. 어쨌든 눈먼 사람은 작품 속에서 대개 좀 더 일찍 등장한다.

헨리 그린 Henry Green이 1926년에 발표한 데뷔작 『실명 *Blindness*』에는 존이라는 소년이 주인공으로 등장한다. 그는 한 꼬마가 기차 창문을 통해 던진 돌멩이에 눈이 멀게 된다. 존은 그때 막 삶의 다양한 가능성을 깨닫고 보기 시작하는 나이였는데, 하필이면 바로 그 순간에 돌멩이 한 개와 수천 개의 유리 조각이 그의 꿈을 앗아간 것이다.

오이디푸스로 돌아가 보자. 너무 마음 아파하지 말라. 『콜로누스의 오이디푸스』에서 많은 세월이 지난 후 다시 등장한 오이디푸스는 그동안 큰 고통을 겪었지만, 바로 그 고통 덕분에 신들은 그를 용서하게 된다. 이제 오이디푸스는 인간 세상의 해충이 아니라 신들의 사랑을 받는 인간으로 변신했고, 신은 신비로운 죽음을 통해 그를 다음 세상으로 데려간다.

오이디푸스는 눈이 성할 때 갖지 못했던 통찰력을 얻게 된다. 그렇기 때문에 비록 눈은 멀었지만 보이지 않는 힘에 이끌리듯 누구의 도움도 받지 않고 죽음을 향해 걸어간 것이다.

심장병으로 죽어야 하는 이유!
질병의 의미

　　　　　　　　　한마디로 뭐가 뭔지를 모르는 화자話者가 등장
하는 포드 매덕스 포드Ford Madox Ford의 보석 같은 작품 『훌륭한 군인The
Good Soldier』(1915)은 내가 정말 좋아하는 소설이다.* 그는 우리가 아는 어
떤 화자보다도 어리숙하고 계속해서 뭔가를 놓친다. 하지만 그는 아주 믿
음직하기 때문에 우리의 연민을 자아낸다. 그는 해마다 부인과 함께 유럽
의 한 온천에 가서 다른 한 쌍의 부부를 만난다. 그리고 그 세월 동안, 그
는 전혀 몰랐지만, 아내 플로렌스가 다른 부부의 남편인 에드워드 애쉬버
넘과 열정적인 사랑을 나눈다. 그런데 상황이 묘하게 돌아간다. 에드워드

● 여기서 화자인 존 도웰은 주변 상황이나 인물들의 감정을 잘 이해하지 못하는 순진하고 답답한
　 사람으로 묘사되고 있다.

의 아내 레오노라는 남편의 부정을 알면서도, 처음부터 이를 방조했다. 바람둥이 남편이 더 안 좋은 여자들과 어울리는 걸 막고 싶었기 때문이다. 레오노라의 전략이 그다지 적중한 것 같지는 않다. 이 관계는 내가 볼 때 최소한 여섯 사람의 삶을 파괴했기 때문이다.* 아내가 다른 남자와 열애 중인 사실을 모르는 불쌍한 존 도웰만이 상황을 알아채지 못한다. 아마 작가는 아이러니 효과를 노렸을지도 모르겠다. 문학 교수의 입장에서는, 아니 열렬한 독자라면 누구나, 태평스러울 정도로 무지한 (그리고 최근에야 사태를 눈치챈) 남편이 오랫동안 자신을 속여온 아내의 이야기를 직접 전해주다니, 이보다 좋을 수는 없다.

하지만 여기서 잠시 다른 얘기를 해보자. 네 사람은 왜 해마다 그 온천에 갔을까? 물론 플로렌스와 에드워드의 병 때문이다.

바로 심장병이다. 이보다 더 좋은 병이 어디 있단 말인가?

문학에서 심장병만큼 유용하고 서정적이고 비유로서 완벽한 병은 없다. 물론 실제의 심장병은 전혀 다르다. 서정적이거나 비유적인 면은 전혀 없이, 그저 무섭고 갑작스럽고 인생을 산산조각내고 사람을 지치게 할 뿐이다. 하지만 작가가 이를 작품 속에 끌어들일 경우 우리는 그가 비현실적이거나 무심하다고 불평하지 않는다.

왜 그럴까? 그것은 심장병의 직접적인 비유 효과 때문이다.

끊임없는 펌프질로 우리의 생명을 유지시켜 준다는 점은 차치하고라도 심장은 예부터 지금까지 감정의 상징적인 저장고에 해당한다. 호머의 『일리아드』와 『오디세이』에 등장하는 한 인물은 다른 사람들에게 그들

---

* 소설에는 두 부부뿐 아니라 에드워드와 내연 관계를 맺고 있는 다른 여성들도 등장한다.

이 '철의 심장'을 가졌다고 말한다. 철은 후기 청동기시대에 가장 새롭고 단단한 금속이었다. 문맥에 따른 다소의 차이를 허락한다면, 호머의 이 말은 아주 강인한 마음, 냉혹해 보일 정도로 굳은 마음을 뜻하며, 오늘날 우리도 똑같은 의미로 사용한다. 소포클레스는 심장을 몸 안에 있는 감정의 중심으로 묘사했다. 단테, 셰익스피어, 존 던John Donne, 앤드루 마블 Andrew Marvell 같은 위대한 작가들이 모두 그랬고, 오늘날 우리가 주고받는 홀마크Hallmark 카드에서도 마찬가지다. 최소한 2,800년이 넘는 시간 동안 그토록 꾸준히 사용됐음에도 불구하고 심장은 작가들에게 언제나 환영받아 왔다. 그럴 만하기 때문이다. 우리가 그걸 느끼기 때문에 작가들도 그랬던 것이다. 당신이 어렸을 때 받은 발렌타인 카드는 어떤 모양이었는가? 아니, 작년에는 어땠는가? 사랑에 빠지면 심장이 두근거리고, 실연을 당하면 심장이 부서지는 것 같다. 격렬한 감정에 휘둘릴 때 우리의 심장은 터질 듯 부풀어 오른다.

우리 모두가 이를 알고 있고 직관적으로 느낀다. 그렇다면 작가들은 이를 이용해 무엇을 할 수 있을까? 아주 자주 있는 일이지만 작가는 등장인물이 가진 결점의 하나로 심장병을 이용할 수도 있고 사회에 대한 은유로 사용할 수도 있다. 불운한 주인공은 심장병이 가진 상징성 덕분에 다양한 문제들, 즉 고통스러운 사랑, 외로움, 잔인함, 남색, 배신, 비겁함, 유약함 등을 가지게 된다. 이것이 사회적 차원으로 확대되면 그런 문제가 더 큰 규모로 진행되거나 본질적으로 뭔가가 상당히 잘못되었음을 뜻한다.

고전 작품뿐 아니다. 『후회스러운 날The Remorseful Day』(1999)에서 콜린 덱스터Colin Dexter는 몇 권의 작품에 주인공으로 등장했던 모스 형사를 죽이는 데 여러 방법을 동원할 수 있었다. 모스는 범죄를 해결하거나 크로스워드 퍼즐을 푸는 데는 천재적이지만 천재들이 대개 그렇듯 한 가지 결함이 있다. 몸은 약한데 술을 너무 많이 마셔서, 템스밸리 경찰서의 상관이 그가 '맥주'를 지나치게 좋아한다고 여러 소설에서 계속 지적할 정도였다. 그 결과 간과 소화 기관이 심각하게 손상되어 그가 등장한 이전 소설을 보면 이 문제로 병원 신세를 지기도 했다. 실제로 『옥스퍼드 운하 사건The Wench Is Dead』(1989)에서 모스 형사는 해묵은 미스터리 살인 사건을 병원에서 해결한다. 하지만 그의 더 큰 문제는 외로움이다. 그는 여자에 관한 한 정말 운이 없는 남자이다. 그가 부딪치는 여러 사건 속에서 어떤 여자는 죽어버리거나 범인으로 밝혀지고 그렇지 않은 여자들과도 일이 꼬이기 일쑤다. 어떤 때는 너무 매달려서, 어떤 때는 너무 버티다가 차이고 마는데, 어쨌든 결국은 어떤 여자와도 맺어지지 못한다. 그리하여 모스가 평소 사랑해 마지않는 옥스퍼드대 교정에서 쓰러졌을 때, 덱스터는 그에게 심장마비를 선사한다.

왜?

이건 물론 내 개인적인 추측이지만, 만약 모스를 간경변으로 죽게 하면 너무 도덕적인 결말이 된다. 지나친 음주가 몸에 해롭다는 건 누구나 안다. 그러므로 모스를 간경변으로 죽게 하면 그의 음주는 별난 성격을 표현하는 수단이 아니라 학교에서 보여 주는 케케묵은 교육용 영화로 전락하고 만다. 이는 덱스터가 원하는 바가 아니다. 지나친 음주는 물론 몸에 해롭지만(아이러니를 포함해, 무엇이든 지나치면 해롭다) 소설에서 이는 중요하지 않다(심장마비도 과음과 관련이 있다고 생각하는 독자들도 있겠지만). 그런데 심장마비라면, 그 병을 초래한 당사자의 행위가 아니라 그런 행동을 하게 만든 아픔과 고뇌, 외로움과 회한, 쓸쓸한 독신 생활을 의미하게 된다. 즉, 모스의 잘못된 행동이 아니라 그의 인간성에 초점이 맞춰지는 것이다. 그리고 작가들은 대개 주인공의 인간성에 관심이 있다.

주인공이 별로 인간적이지 않거나 심장병 환자가 아니더라도 심장은 효과적인 상징이다. 호손의 걸작 「돌이 된 남자 *The Man of Adamant*」(1837)의 주인공은 그가 쓴 여러 작품의 주인공들처럼 인간은 모두 죄인이라고 확신하는 염세가다. 그래서 그는 타인들과의 접촉을 피하기 위해 동굴로 피신한다. 주인공의 이런 행동이 '심장'의 문제로 보이는가? 물론이다. 그가 선택한 석회암 동굴에서는 물방울이 떨어지고, 그 물방울은 칼슘을 함유하고 있다. 시간이 흐르면서 이 물방울이 체내로 침투해 들어와 그를 완벽하게는 아닐지라도 그의 마음처럼 돌로 만들어버린다. 상징적인 의미에서 애초부터 마음이 돌처럼 굳어 있던 그는 결국 진짜 돌로 변한 심장을 갖게 된다. 정말 완벽하지 않은가?

이제 조지프 콘래드의 『로드 짐 *Lord Jim*』을 보자. 작품 초반부에서 짐은 중요한 순간에 뒤로 물러난다. 소설 속에서 짐은 용기도 없고, 진실한 사랑도 하기 힘든 유약한 사람으로 자신을 파악한다. 몇 년 후, 짐은 적을 오판하고 그 결과 절친한 친구를 죽게 만드는데, 공교롭게도 그 친구는 그 지역 지도자인 도라민의 아들이다. 그런데 짐은 만약 자신의 계획이 틀어져서 도라민 측 사람 중 누구라도 죽게 되면 죽음으로 대가를 치르겠노라고 그에게 약속한 터였다. 그리고 정말 그런 일이 벌어지자 그는 조용히 도라민을 향해 걸어가고, 도라민은 그의 가슴을 향해 총을 발사한다. 짐은 "보라, 나는 용감한 사람이고 내 말에 책임을 지는 사람이다" 하는 표정으로 모여든 군중을 자랑스럽게 둘러본 뒤 쓰러져 죽는다.

콘래드가 직접 부검해 보이지는 않지만 총알 하나로 즉각적인 죽음을 초래할 수 있는 신체 부위는 가슴에서 딱 한 곳뿐이다. 우리는 그곳이 어디인지 알고 있다. 화자인 말로우 Marlow는 바로 다음 문장에서 짐에 대해

블라디미르 나보코프
Vladimir Nabokov (1899~1977)

'심중을 모를 수수께끼 같은' 사람이었다고 말한다. 『로드 짐』은 심장에 관한 소설, 말 그대로 심장이 뜻하는 모든 것을 다루고 있는 작품이다. 그러므로 호손의 「돌이 된 남자」처럼, 짐의 말로는 그야말로 완벽하다. 평생 '심장'을 그토록 중시했던 사람, 즉 충정과 신뢰, 용기와 믿음, 진실한 마음을 중요하게 여긴 사람은 오직 그 심장에 타격을 받아야만 죽을 수 있다. 하지만 「돌이 된 남자」와 달리 짐의 죽음은 애처롭다. 짐과 같이 살던 여자에게도 그렇고, 짐을 그곳으로 보낸 무역상 스타인에게도 그렇고, 그토록 인간적이었던 짐에게서 더 영웅적이고 고무적인, 그토록 낭만적인 짐에게 어울리는 더 멋진 뭔가를 기대했던 독자들에게도 그렇다. 하지만 작가는 우리보다 더 잘 알고 있었다. 그가 심장에 박힌 총알로 증명했듯이, 이 작품은 서사시가 아니라 비극인 것이다.

그러나 심장의 문제는 주로 심장병이라는 형태로 등장한다. 『롤리타 Lolita』에서 블라디미르 나보코프는 현대 문학 사상 가장 악랄한 인물을 창조해 냈다. 바로 험버트 험버트다. 그의 자기도취와 집착에서 비롯된 잔인한 행동, 미성년자 강간, 살인으로 여러 사람의 삶이 파괴된다. 책의 제목이자 그의 연인인 (롤리타) 돌로레스는 커서도 심리적·정신적으로 건강한 삶을 살지 못한다. 돌로레스를 유혹한 두 명의 남자 중 클레어 퀼티는 죽고 험버트는 감옥에 가는데, 험버트는 수감 생활 중 다소 갑작스럽게 심장마비로 죽는다. 소설 전체를 통해 험버트는 비유적으로 심장에 결함이 있는 사람으로 나온다. 그러니 어떻게 다른 식으로 죽을 수 있겠는가? 그는 죽어야 했을 수도 있고 아닐 수도 있지만, 만약 죽어야 한다면 그의 상황에 상징적으로 적합한 죽음은 딱 하나뿐이다. 그리고 나보코브는 그걸 알고 있었다.

실제적인 문제로 돌아와서, 그렇다면 독자인 우리는 두 가지를 할 수 있다. 만약 심장병이 소설이나 희곡에 등장하면 그것이 갖는 의미를 찾아본다. 대개의 경우는 별로 고민할 필요가 없다. 두 번째로, 만약 마음에 문제가 있는 인물이 등장하면 그것이 신체적 고통으로 변하거나 심장병과 관련된 사건이 일어나도 그리 놀랄 필요는 없다.

그럼 아까 나온 아이러니의 문제로 돌아가 보자. 불륜을 저지른 심장병 환자 플로렌스와 에드워드를 기억하는가? 도대체 그들의 심장에는 어떤 문제가 있는가? 아무 문제도 없다. 신체적으로는 그렇다. 부정不貞, 이기심, 잔인함이 그들의 결함이며 결국 이것이 그들을 죽게 하는 원인이다. 육체적으로 보면 두 사람의 심장은 완전히 정상이다. 그렇다면 나는 왜 그들이 심장병을 앓고 있다고 말했을까? 만약 그들의 심장이 건강하다면 이 장에서 내건 원칙에도 어긋나지 않는가? 실은 그렇지 않다. 그들이 선택한 병은 그야말로 기가 막히다. 두 사람은 각자의 배우자를 속이고, 심장병을 토대로 정교한 거짓말을 꾸며 대고, 세상에 대고 자기들의

제임스 조이스
James Joyce (1882~1941)

'나쁜 심장'을 광고하기 위해 그런 구실을 만들어 낸 것이다. 플로렌스와 애드워드의 경우 이 거짓말은 어떤 면에서 보면 틀림없는 진실이다. 이보다 더 완벽한 핑계는 없으리라.

제임스 조이스는 그의 걸작 「두 자매 *The Sisters*」(1914)의 도입부에서 화자인 소년을 통해 그의 오랜 친구이자 조언자인 신부가 죽어가고 있다고 말한다. 이번에는 더 이상 '희망이 없다'고 소년은 말한다. 독자인 당신은 이미 잔뜩 긴장한 채 레이다를 돌리고 있을 것이다. 희망이 없는 신부? 이 심상치 않은 표현을 보면 이 작품에 수많은 가능성이 내포되어 있음을 짐작할 수 있고, 실제로도 그런 가능성들이 작품 전체에 걸쳐 드러난다. 하지만 여기서 우리의 직접적인 관심의 대상은 신부가 어떻게 해서 그런 지경에 이르렀는가 하는 점이다. 그는 발작을 일으켰다. 이번이 처음은 아니다. 결국 신부는 마비 증세를 보이기에 이른다. 원래 뜻과는 별도로 '마비'라는 단어는 소년을 매혹시킨다. 작품에서 소년은 이 단어를 '성직 매매' 및 '노몬gnomon'*과 연계시켜 세 단어의 상관관계를 고민하지만, 우리의 흥미를 끄는 것은 바로 마비(그리고 중풍)라는 개념이다.

사랑하는 사람이 중풍을 맞은 후 점점 더 건강이 악화되는 과정을 지켜본 사람이라면 당연히 이런 비참하고 절망적인 상황을 흥미롭고 매혹적이며 생생하다고 말하는 태도가 못마땅할 것이다. 하지만 앞에서 여러 번 보았듯이 우리가 실제 인생에서 느끼는 것과 문학에서 느끼는 것은 전혀 다르다.

이 단편에서 처음 도입된 마비라는 증세는 조이스의 핵심 주제 중 하나로 떠오른다. 교회와 국가, 관습에 구속되어 마비된 채 살아가는 사람들이 더블린 주민들이다. 애인과 함께 배에 타야 하는데도 결국 난간을 놓지 못하는 여자, 무엇이 옳은 일인지 알지만 나쁜 습관 때문에 자신에게 이롭게 행동하지 못해 실패하는 사람들, 술에 취해 술집 화장실 바닥에 엎어진 후 몸져누운 술꾼, 겉으로는 10년 전에 죽은 위대한 지도자 찰스 스튜어트 파넬을 따른다고 하면서 행동은 그렇지 못한 실패한 정치인 등 『더블린 사람들』 전체에서 그런 모습들이 엿보인다. 마비는 『젊은 예술가의 초상』과 『율리시스』, 심지어 『피네간의 경야Finnegans Wake』(1939)에서도 계속 등장한다. 단편은 물론 장편소설까지 포함해 문학 작품에 등장하는 병들은 대부분 그렇게까지 의미심장하지는 않다. 하지만 조이스의 작품 세계에서 (신체적·도덕적·사회적·영적·지적·정치적) 마비는 핵심

• **노몬** | 유클리드 기하학에 나오는 용어로, 평행사변형에서 한 각을 포함하는 닮은꼴을 떼어낸 나머지 부분.

적인 주제였다.

19세기 말까지 질병은 알 수 없는 미지의 세계였다. 사람들은 19세기에 루이 파스퇴르Louis Pasteur*의 이론을 통해 질병의 배종설背腫說을 이해하기 시작했지만 뭔가 조치를 취할 수 있게 될 때까지, 즉 예방접종의 시대가 오기 전까지 질병은 두려운 미지의 영역으로 남아 있었다. 사람들은 뚜렷한 전조도 없이 갑작스레 병에 걸려 죽곤 했다. '비를 맞고 돌아다니면 사흘 후 폐렴에 걸린다. 따라서 비와 한기는 폐렴을 유발한다' 는 식의 믿음은 요즘이라고 다르지 않다. 만약 당신도 나와 비슷하다면 치명적인 감기에 걸리지 않도록 단추를 단단히 채우고 모자를 쓰라는 말을 어렸을 때 수도 없이 들었을 것이다. 우리는 세균을 삶의 일부로 받아들인 적이 없다. 질병이 어떻게 퍼지는지 밝혀진 지금도 사람들은 미신을 떨쳐버리지 못한다. 질병은 우리 삶의 중요한 일부이며, 이는 문학에서도 다를 바 없다.

문학 작품에 등장하는 질병을 보면 몇 가지 원칙이 있음을 알게 될 것이다.

1) 모든 질병이 동등하게 취급되지는 않는다. 20세기 들어 위생적인 상하수도 시스템이 정착되기 전에 콜레라는 (보통 폐결핵으로 불린) 결핵만큼이나 흔한 병이었고, 그 전염성과 피해는 결핵을 훨씬 능가했다. 하지만 콜레라는 문학 작품에 결핵만큼 자주 등장하지는 않는다. 왜 그럴까? 주로 이미지 때문이다. 콜레라는 악명이 높고 이런 악명을 희석시켜 줄 홍

• **파스퇴르** (1822~1895) | 프랑스의 화학자, 미생물학자.

보회사는 세상 어디에도 없다. 콜레라는 추하고 끔찍하다. 콜레라에 의한 죽음은 보기 흉하고, 고통스럽고, 악취가 나며, 충격적이다. 같은 시기인 19세기 후반에 매독과 임질도 거의 전염병 수준에 이르렀지만 헨릭 입센이라든가 이후 몇몇 자연주의자들의 작품을 제외하고는 성병 역시 문학 작품에서 거의 찾아볼 수 없다. 매독은 얼핏 보기에도 배우자 아닌 다른 사람과 성행위를 하거나 (매춘부를 찾아가는 등) 도덕적 타락의 결과로 걸리는 성병이므로 금기시되었다. 성병이 제3기에 이르면 증상이 심해져서 사지를 통제하기 힘들게 되거나(이에 대해서는 커트 보니것Kurt Vonnegut이 『챔피언의 아침식사Breakfast of Champions』(1973)에서 그 갑작스럽고 발작적인 증세를 기술했다) 정신착란을 일으키기도 한다. 빅토리아 시대에 알려진 유일한 치료법은 잇몸과 타액을 검게 변색시키는 수은이었는데 이는 그 자체로 위험한 물질이었다. 따라서 피해자가 그렇게 많았음에도 불구하고 이 두 질병은 문학 작품에 잘 등장하지 않는다.

그렇다면 문학 작품에 등장하는 질병은 어떤 요건을 갖추고 있을까?

2) 아름다워야 한다. 병이 아름답다고? 폐결핵을 예로 들어보자. 물론 폐를 내뱉기라도 할 것처럼 발작적으로 콜록대는 사람을 보면 정말 무섭지만, 결핵 환자들은 대개 기괴한 아름다움을 지니고 있다. 피부는 거의 투명해지고 눈 주위는 어두워지므로 이 병에 걸린 환자는 중세 그림에서 볼 수 있는 순교자의 이미지를 띠게 된다.

3) 기원이 신비로워야 한다. 여기서도 승자는 결핵이었다. 최소한 빅토리아 시대에는 그랬다. 이 무서운 질병은 가끔 온 가족을 몰살시키곤 했는데, 환자인 부모나 형제, 자녀를 오랜 기간 옆에서 간호하다 보면 오염

된 물이나 점액, 피에 접촉하게 되기 때문이다. 그러나 이런 전염 과정은 당시 사람들에게는 알려져 있지 않았다. 존 키츠John Keats는 동생 톰을 간호했다는 사실이 자신의 운명을 좌우할 줄 전혀 몰랐고, 브론테 Bronte 자매 역시 그들을 휩쓴 질병을 알지 못했다. 가족에 대한 사랑과 지극한 간호의 대가가 만성적이고 치명적인 질병이라는 것은 아이러니 그 이상이 아닐 수 없다. 19세기 중반, 더러운 물이 콜레라와 관련이 있다는 사실이 과학적으로 밝혀지면서 콜레라는 기원의 신비함을 잃었다. 성병의 경우에는 알다시피 원인이 너무나 명백했다.

　4) 강한 상징성과 은유적 잠재력을 지녀야 한다. 만약 천연두와 관련된 은유가 있다 해도 나는 알고 싶지 않다. 천연두는 증세와 결과 모두 그 어떤 건설적이고 상징적인 가능성도 제공하지 않는 무서운 병이었다. 반면 결핵은 소모성 질환으로, 직접적으로는 사람을 지속적으로 여위게 하고, 간접적으로는 눈에 보이지 않게 서서히 생명을 갉아먹는 질병이었다.

　19세기 전체와 20세기 초반, 결핵은 암과 함께 문학적 상상력을 자극하는 가장 중요한 병이었다. 결핵에 걸린 인물 중 몇 명만 들어보면, 헨리 제임스의 『여인의 초상 The Portrait of a Lady』(1881)에 나오는 랠프 터쳇, 이후에 나온 『비둘기의 날개 The Wings of the Dove』(1902)의 밀리 실, 해리엇 비쳐 스토우Harriet Beecher Stowe의 『엉클 톰스 캐빈 Uncle Tom's Cabin』(1852)에 나오는 리틀 에바, 찰스 디킨스의 『돔비와 아들 Dombey and Son』(1848)에 나오는 폴 돔비, 푸치니의 오페라 〈라 보엠 La Bohème〉(1896)에 나오는 미미, 토마스 만의 『마의 산 Der Zauberberg』(1924)에 나오는 한스 카스토프와 요양소 환자들, 조이스의 「죽은 사람들」에 나오는 마이클 퓨리, 토마스 울프의 『시간과 강 Of Time and the River』(1935)에 나오는 유진 간트의 부친, 로렌스의

『사랑에 빠진 여인들』에 나오는 루퍼트 버킨 등이 있다.

사실 로렌스는 자신의 병을 소설 속 인물들의 외모와 성격, 건강 상태에 투영시켰다. 언급된 등장인물 모두가 '결핵 환자'라고 분명히 언급되지는 않는다. 어떤 이는 '심약하다', '가냘프다', '민감하다', '야위었다'고 묘사되었고, '폐가 아프다'거나 '폐병으로 고통받았다'거나 늘 기침을 한다거나 기력이 약하다는 식으로 묘사됐다. 당시 독자들은 결핵의 증상을 잘 알고 있었기 때문에 그중 한두 가지만 들어도 금방 이해했다. 이처럼 많은 등장인물이 결핵을 앓는 것으로 그려진 이유는 작가들 자신이 이 병을 앓았거나 친구나 동료, 연인이 결핵으로 고생하는 모습을 보았기 때문이다. 키츠와 브론테 자매 말고도 로버트 루이스 스티븐슨, 캐서린 맨스필드, 로렌스, 프레드릭 쇼팽, 랄프 월도 에머슨, 헨리 데이빗 소로우, 프란츠 카프카, 셸리 등이 이 병을 앓았다.

수전 손택Susan Sontag은 『은유로서의 질병 Illness as Metaphor』(1977)에서 결핵이라는 병이 문학의 주제로서 인기 있는 이유와 그 병의 은유적 활용에 대해 논의한 바 있다. 하지만 지금 우리의 관심은 그녀가 밝힌 결핵의 함축성보다는, 직접적이든 간접적이든 작가가 결핵을 작품에 끌어들임으로써 그 병을 앓는 인물에 대해 무엇을 말하는지 알아내는 데 있다. 결핵은 물론 여러 작품에 등장할 만큼 흔한 병이었지만, 작가가 이 병을 선택했을 때는 상징적이고 비유적인 의도를 내포하고 있을 가능성이 크기 때문이다.

문학 작품에 등장할 수 있는 질병의 자격 요건 중 네 번째, 즉 그 병이 지닌 비유의 가능성이 보통은 다른 모든 요소를 압도한다. 어떤 병을 이용해 강한 은유를 구사할 수 있을 때 작가는 보통은 불쾌할 수밖에 없는 병을 작품에 도입한다. 좋은 예로 역병이 있다. 개인이 걸린 경우라면 별

찰스 디킨스
Charles Dickens (1812~1870)

의미 없지만 한 사회를 초토화시키는 광범위한 영향력에 관한 한 페스트
만한 병이 없다. 약 2,500년의 시차를 두고 쓰인 두 작품에서도 페스트는
핵심적인 역할을 하고 있다. 『오이디푸스왕』에서 소포클레스는 (시든 농
작물, 태아의 사산, 신의 진노 등) 온갖 문제로 신음하는 테베를 묘사하고 있
다. 그 다양한 시련을 통해 작가가 암시하는 것은 선腺페스트로 분류되는
흑사병이다. 그 피해 규모는 말 그대로 역병 수준이다. 신의 진노의 표시
로 사람들을 휩쓸어버려 단기간에 도시를 황폐화시키기 때문이다. 그리
고 물론 소포클레스는 극 초반에서 신의 진노를 다루고 있다.

그로부터 2,500년 뒤 알베르 카뮈Albert Camus는 아예 제목을 『페스트La
Peste』(1947)라고 붙인 소설에서 역시 역병을 다루고 있다. 카뮈는 개인의
고통보다는 공동체적 관점과 철학적 가능성의 입장에서 질병을 바라보
았다. 질병이 야기한 엄청난 참상에 한 사람이 대처해 가는 과정을 고찰
하면서 실존주의 철학을 작품에 투영했다. 질병이 초래한 고립과 불확실

성, 전염의 불합리하고 무차별적인 속성, 속수무책인 전염병 앞에서 한 의사가 느끼는 절망, 무의미함을 알면서도 어떻게든 대처해 보려는 희망 등이 바로 그것이다. 카뮈든 소포클레스든 그 사용 방식이 특별히 미묘하다거나 난해한 것은 아니지만, 질병을 전면에 내세운 이들의 방식 덕분에 우리는 좀 더 간접적인 방식을 취하는 다른 작품에서도 작가들이 질병을 어떻게 이용하고 있는지 쉽게 이해할 수 있다.

마침내 데이지 밀러를 죽일 때가 되었을 때 헨리 제임스는 그 수단으로 '로마의 열병', 즉 '말라리아'를 선택한다. 만약 이 훌륭한 소설을 이미 읽었는데도 그 이름이 암시하는 바를 전혀 느끼지 못한다면 다시 한번 꼼꼼히 읽기 바란다. 말라리아는 문학적 은유로서 아주 훌륭하다. 그 이름을 풀이하면 '나쁜 공기'다. 데이지는 상징적인 나쁜 공기로 인해 고통받았는데, 그것은 바로 그녀가 로마에 머무는 동안 퍼졌던 악의에 찬 험담과 적대적인 여론이었다. 이름이 암시하듯 과거에 말라리아는 덥고 습한 밤에 해로운 공기를 통해 전염되는 병으로 간주되었다. 누구도 그 원인이 덥고 습한 밤에 그들을 무는 성가신 모기라는 생각은 하지 않았다. 따라서 해로운 공기라는 개념은 문학적 은유로 멋지게 작용할 수 있었던 것이다. 그럼에도 제임스가 사용한 로마의 열병이라는 명칭은 원래 이름보다 훨씬 나아 보인다. 실제로 데이지는 로마의 열병, 즉 상류층에 속하고 싶다는 열렬한 욕구 때문에 고통받았다(소설 초반부에서 데이지는 "우리는 특권층이 되길 간절히 원하죠"라고 말한다). 그러나 그녀의 욕구는 로마에 눌러살면서 유럽에 동화된 미국인들에게서 비난만 받을 뿐이었다. 콜로세움으로 운명의 소풍을 떠났을 때, 데이지는 애정까지는 아니더라도 최소한 관심의 대상이었던 윈터본을 발견하지만 윈터본은 그녀를 못 본 척 지나치고 격분한 데이지는 이렇게 말한다.

"나를 못 본 체하다니!"

그리고 이어서 일어난 사건은 알다시피 그녀의 죽음이다. 그녀가 죽음에 이르는 방식이 중요한가? 물론이다. 로마의 열병은 미국의 스커넥터디에서 온 이 발랄한 아가씨가, 그녀의 생명력과 구세계의 도시가 내뿜는 썩은 공기의 충돌로 인해 죽어가는 경위를 완벽하게 설명해 주고 있기 때문이다. 사실주의 작가인 제임스는 평소 현란한 상징을 즐겨 쓰지 않았지만, 등장인물을 개연성 있는 방식으로 죽이고 그 죽음에 적당한 은유적 의미까지 더할 필요가 생기자 곧바로 열병을 동원했던 것이다.

19세기의 또 다른 사실주의 작가로 질병의 은유적 가치를 간파했던 대가는 헨릭 입센이다. 그의 수작 『인형의 집 Et dukkehjem』(1879)을 보면 헬머 가족의 친구인 랭크 박사가 등장하는데, 그는 척추 결핵으로 죽어가고 있다. 그는 특이한 부위에 결핵을 앓고 있었다. 결핵이라는 말을 들으면 우리는 늘 호흡기를 떠올리기 마련이다. 그런데 여기서 흥미로운 대목이 등장한다. 랭크 박사가 자신의 질병이 부친의 방탕한 생활에서 유래했다고 말하는 장면이다. 아하! 그렇다면 그의 결핵은 단순히 병이 아니라 부모의 잘못된 행위를(누가 봐도 이것은 분명 강력한 주제다) 가리키는 암시가 되고, 따라서 완전히 다른 병으로 이해되기 시작한다. 결핵TB이 아니라 성병VD으로 변하는 것이다. 앞서 말했듯이 19세기에는 매독과 그 다양한 변종들이 금기 사항이었으므로 여기서처럼 그 어떤 언급도 비밀스럽게 이루어져야 했다. 부모가 부도덕한 삶을 살았다고 해서 결핵으로 고통받는 사람이 얼마나 될까? 물론 그럴 수도 있겠지만 랭크 박사의 병은 유전된 매독이었을 가능성이 더 높다. 실제로 이 실험을 통해 대담해진 입센은 몇 년 후 『유령들 Ghosts』(1881)에서 다시 유사한 비유를 선보인다. 이 작품에는 유전된 제3기 매독으로 실성하는 한 젊은이가 등장한다. 세대

간의 갈등, 책임, 부적절한 행동은 입센이 지속적으로 천착했던 주제다. 따라서 매독이 그에게 어떤 반향을 일으켰음은 그리 놀랄 일이 아니다.

당연한 말이지만 문학에 나타나는 질병을 통해 암시되는 의미는 대개 작가와 독자에게 의존한다. 로렌스 더럴의 '알렉산드리아 사중주'의 첫 편『저스틴 *Justine*』에서 화자의 연인인 멜리사는 결핵으로 목숨을 잃는데, 이것은 입센이 의미하는 것과는 매우 다르다. 댄서/에스코트/매춘부인 멜리사는 삶의 희생자다. 빈곤, 방치, 학대, 착취가 한데 어우러져 그녀를 갉아먹는다. 따라서 멜리사가 소모성 질환인 결핵에 걸렸다는 사실은, (멜리사를 구원하는 데 실패하고 심지어 멜리사에 대한 책임을 깨닫지도 못하는 화자 달리의 무능과 함께) 말 그대로 그녀를 소진시킨 삶과 남자들을 신체적 현상으로 표현하고 있는 것이다. 나아가 질병을 받아들이고, 회피할 수 없는 죽음과 고통을 용인하는 자세는 그녀의 자기희생적 본성을 드러내는 장치다. 주변 인물 모두에게, 특히 달리에게, 멜리사의 죽음은 아마 최선의 결과일 것이다. 하지만 정작 멜리사 본인은 자신에게 최선의 사태가 무엇인지 생각해 본 적도 없는 듯하다. 3편인『마운트올리브 *Mountolive*』에서는 레일라 호스나니가 천연두에 걸리는데, 레일라는 이를 자신의 허영과 불륜에 대한 신의 징벌로 여긴다. 그러나 작가인 더럴은 이를 세월과 삶이 우리 모두에게 가하는 폭력으로 본다. 물론 어떤 결론을 내리는지는 우리 각자의 몫이다.

에이즈 AIDS는 어때요?

어느 시기든 그 시대만의 특별한 질병이 있다. 낭만주의와 빅토리아 시대에는 결핵이었고 현재는 에이즈 AIDS다. 20세기 중반에는 한때 소아마비가 당대의 질병 자리를 차지할 것처럼 보였다. 당시에는 공포를 자아내는 이 끔찍한 병으로 죽어가는 사람들, 목발 짚고 다니는 사람들, 철폐

鐵肺에 의지해 살아가는 사람들을 주변에서 자주 볼 수 있었다. 나는 소크
Jonas Salk *가 축복받은 백신을 발명한 바로 그해에 태어났지만, 어린 시절
을 돌아보면 붐비는 수영장에 못 가게 하려고 애를 쓰던 부모님의 모습이
또렷이 기억난다. 치료법이 개발된 후에도 소아마비는 부모님 세대의 뇌
리에 무서운 기억으로 뿌리박혀 있었던 것이다. 하지만 무슨 이유에선지
그 무서운 기억은 문학에 반영되지 않았고, 당시 소설에 소아마비는 거의
등장하지 않았다.

반면 에이즈는 오늘날 문학 작품에 대거 등장하고 있다. 왜? 먼저 앞에
나온 목록을 살펴보자. **아름다운가?** 그건 아니지만 결핵처럼 사람을 파
먹어 들어간다는 끔찍하고 극적인 속성은 유사하다. **신비로운가?** 처음
등장했을 때 그랬고, 지금도 계속 다양한 방식으로 변화하며 거의 모든
치료법을 좌절시키고 있기에 이 바이러스를 통제하려는 우리의 시도는
번번이 실패하고 있다. **상징적인가?** 물론이다. 에이즈는 상징과 은유의
무한한 광맥이라 할 만하다. 상당히 긴 잠복기, 그 후의 발병, 긴 휴면기
라는 속성 때문에 모든 보균자를 자신도 모르는 사이에 균을 옮기는 매개
체로 만들어버리는 능력, 발생 후 첫 10년여 동안 보여준 거의 100퍼센트
에 가까운 치사율, 이 모든 것이 강한 상징의 가능성을 내포한다. 다른 연
령대보다 주로 젊은이를 공격하고, 동성애자 집단을 강타하고, 그토록 많
은 개발도상국 국민들을 희생시킨 에이즈 바이러스는 그 감염 양상이 예
술가들에게는 죄악을 응징하는 신의 회초리처럼 보였다. 비극과 절망, 그
리고 이를 극복하려는 용기와 회복력, 연민(또는 그 결여)은 작가들에게 줄

● **소크**(1914~95) | 미국의 생물학자로 소아마비 백신을 개발했다.

거리와 상황뿐 아니라 은유와 주제, 상징을 제공했던 것이다.

에이즈는 그 역사상 감염된 환자들의 분포 양상 때문에 문학에서 또 다른 속성을 추가시켰다. 바로 **정치적 시각이다.** 원하는 이들은 거의 모두 에이즈에서 자신들의 정치적 견해에 어떻게든 영향을 미치는 뭔가를 발견할 수 있다. 사회적·종교적 보수주의자들은 즉각 신의 징벌이라는 요소에 주목한 반면, 사회운동가들은 혹시 정부의 지지부진한 대책이 에이즈에 가장 큰 피해를 입는 인종이나 성적 소수자들에 대한 공적인 증오의 증거가 아닌지 의심했다. 감염, 배양, 잠복의 과정이 전부인 한 질병에 (사실 모든 질병이 항상 그랬지만) 인간이 지나치게 많은 의미를 부여했던 것이다.

질병이 대중에게 미치는 강력한 영향력에 비추어볼 때, 현재의 에이즈처럼 많은 논쟁을 불러일으킨 질병이 전에도 존재했을 가능성은 충분히 있다. 마이클 커닝엄 Michael Cunningham이 1998년에 내놓은 『세월 The Hours』은 버지니아 울프의 걸작 『댈러웨이 부인』을 원용하고 있다. 원작인 『댈러웨이 부인』에서 세계대전 당시 얻은 전쟁 후유증 shell-shocked을 보이던 한 참전 용사는 신경쇠약 증세에 시달리다 결국 스스로 목숨을 끊는다. 끔찍했던 세계대전의 여파로 인해 당시 전쟁 후유증은 매우 중요한 질병이었다. 그런 병이 실제로 존재했는가? 그런 증상을 겪었다고 하지만 혹시 그저 꾀병을 부린 것은 아니었을까? 원래 심리적으로 불안정한 경향이 있지는 않았을까? 치료의 가능성은 없었는가? 안 그런 사람들도 많은데 그들은 무엇을 보았기에 그런 병에 걸렸을까?

분명 커닝엄은 전쟁 후유증을 작품에 이용할 수 없으며 그렇다고 월남전 이후에 등장한 외상 후 스트레스 장애 PTSD를 이용하기에는 시대적 배경이 너무 옛날이어서 공감을 불러일으킬 수 있을지 의심스러웠다. 뿐만 아니라 버지니아 울프가 1세기 전에 그랬듯이 커닝엄도 도시에 사는 동시대인들의 경험에 대해 쓰고자 했다. 커닝엄의 입장에서 그 경험 중 일부는 게이 및 레즈비언 집단이며, 게이 및 레즈비언이 겪는 경험 중 일부가 에이즈다. 따라서 그의 소설에서 자살을 택하는 사람은 말기 에이즈 환자다.

원인이 되는 구체적인 질병을 제외하면『댈러웨이 부인』과『세월』에서의 두 죽음은 놀라울 정도로 비슷하다. 우리는 두 사람의 죽음을 통해 당대의 개인적 재앙이 지닌 개별성은 물론 보편성도 인지할 수 있다. 그 보편성이란 바로 자신을 구속하던 조건에서 벗어나 스스로 고유한 삶을 살아가려고 애썼던 '희생자'의 엄청난 고통과 절망, 그리고 용기다. 커닝엄이 우리에게 상기시키는 것은, 시대가 바뀌어도 달라지는 것은 세부 사항일 뿐, 그 세부 사항이 드러내는 인간 본성은 다를 바 없다는 것이다. 이것이 바로 과거의 작품을 새롭게 조명할 때 얻어지는 효과이며, 이를 통해 독자는 우리 시대뿐 아니라 원작을 탄생시킨 과거의 그 시대에 대해서도 뭔가 배우게 된다.

하지만 많은 경우 가장 효과적인 병은 작가가 만들어내는 병이다. 그 것은 바로 열병으로 (앞서의 '로마의 열병'은 아니다) 과거에는 마법처럼 효과가 있었다. 등장인물들은 단지 열병에 걸렸다는 이유로 침대에 누웠다가 줄거리가 요구하는 바에 따라 즉시, 또는 오랜 시간이 지난 뒤 숨을 거두었다. 열병은 운명의 무차별성, 인생의 가혹함, 불가해한 신의 섭리, 작가의 상상력 부족 등 내포된 의미가 무궁무진하다. 디킨스 역시 확인되지 않은 열병으로 온갖 종류의 등장인물들을 죽였다. 물론 그는 너무나 많은 주인공을 등장시켰기에 이야기를 적절히 꾸려가기 위해서라도 정기적으로 그들을 처리해야 했을 것이다. 가엾은 폴 돔비는 단지 아버지를 가슴 아프게 할 목적으로 병에 굴복했다. 리틀 넬* 같은 경우는, 원작을 시리즈물로 읽던 당시 독자들이 그녀의 운명을 알려줄 다음 호가 나올 때까지 기다리는 동안, 참을 수 없을 만큼 오랜 기간 삶과 죽음의 경계를 넘나들었다.

실제로 수많은 결핵 환자를 봤던 에드거 앨런 포는 「적사병 가면The Mask of the Red Death」(1842)에서 정체불명의 질병을 도입한다. 그 병은 결핵이나 다른 질환의 암시일 수도 있지만 현실에는 존재하지 않는 병일 가능성이 높다. 더 정확히는 작가가 원하는 형태의 병일 것이다. 실제로 존재하는 병은 작품의 전개상 쓸모가 있을 때, 또는 적어도 소설 속에서 극복 가능할 때 등장한다. 반면에 인위적으로 만들어낸 병은 작가가 원하는 메시지가 무엇이든 그걸 다 의미할 수 있다.

현대 의학의 발달로 거의 모든 세균의 정체가 밝혀지고 거의 모든 병을 진단할 수 있게 된 오늘날, 포괄적인 '열병'이나 정체불명의 병들을 상실했다는 사실은 작가들로서는 유감스러운 일이 아닐 수 없다. 최소한 문학이라는 분야에 한정시켜 볼 때, 치료법이 질병보다 훨씬 더 큰 골칫거리가 된 셈이다.

● 찰스 디킨스의 소설 『옛 골동품상The Old Curiosity Shop』(1841)에 등장하는 가련한 여주인공 넬 트렌트Nell Trent. 가난한 고아 소녀로 외할아버지를 보호하려고 애쓰다가 병에 걸려 먼저 죽음.

당신만의 기준으로
책을 읽지 말라

앞서 언급한 제임스 조이스의 「죽은 사람들」
중 십이야the Twelfth Night*의 만찬을 기억하는가? (21세기 초에 태어난 사람들
도 마찬가지겠지만) 20세기 후반 미국에서 태어난 사람이라면 이 만찬에
나온 음식들이 그리 특별해 보이지 않을 것이다. 거위 요리만 제외하고
말이다. 미국에서 이날, 아니 다른 명절에도 거위를 요리하는 집은 많지
않다. 하지만 다른 음식들은 극히 평범해 보인다. 셀러리 줄기가 꽂힌 꽃
병, 그 옆에 차려진 미국 사과와 오렌지, 매시드 포테이토 같은 것들 말이
다. 다들 별로 특별한 음식으로 보이지 않는다. 하지만 이 음식들을 준비

---

* 십이야는 서양에서 크리스마스 시즌의 마지막을 축하하는 날. 예수 탄생 후 12일째 되는 날, 즉
  예수 공현 축일을 의미한다.

한 노부인들처럼 20세기 초의 더블린에 살고 있다면, 더구나 파티가 열린 시기가 1월 6일이라면 얘기는 달라진다. 이 노부인들과 만찬 음식들, 그리고 이 작품을 이해하려면 독자의 눈이 아닌 다른 눈, 다시 말해서 케이트 이모와 줄리아 이모까지는 아니더라도 이들이 내놓은 음식의 의미를 이해할 수 있는 눈으로 읽어야 한다. 그리고 이런 눈은 애니매니악스 Animaniacs[•]를 시청하면서 길러지지는 않는다. 노부인들은 자기 형편으로는 감당하기 어려울 만큼 무리해서 음식을 차렸다. 여러 손님을 대접하기 위해 이국적이고 값비싼 음식들을 내놓은 것이다. 셀러리는 아일랜드에서 1월에 나오지 않고 과일은 미국에서 왔으니 당연히 비싸다. 이들은 크리스마스 시즌 동안 두 번째로 중요한 날이자 아기 예수가 현자들에게 모습을 드러낸 날인 예수 공현 축일을 맞아 상당한 비용을 지출했다. 종교적인 중요성 이외에도 이날 저녁은 노부인들에게 1년 중 유일하게 큰 사치를 부리는 날이다. 두 사람은 이 만찬을 통해 지금은 쇠락했지만 과거에 중산층 출신으로서 누렸던 특권과 호사를 기억한다. 이 파티가 그들의 삶에서 얼마나 중요한지 알지 못하면 파티의 성공 여부를 걱정하는 그들의 마음도 이해할 수 없다.

이제 또 다른 상황으로 눈을 돌려보자. 제임스 볼드윈의 걸작 「써니의 블루스」에는 1950년대 할렘에 사는 다소 강직한 성격의 수학 교사가 등장한다. 그의 동생은 헤로인을 소지한 혐의로 감옥에 갇혀 있다. 이야기의 끝 부분에 우리가 앞서 살펴봤던 장면이 나온다. 써니는 연주를 위해 클럽으로 돌아오고 교사인 형도 생전 처음으로 동생의 연주를 듣고자 클

• **애니매니악스** | 1980년대 후반과 1990년대 초반에 워너브러더스 사에서 만든 만화 영화.

제임스 볼드윈
James Baldwin (1924~1987)

럽으로 향한다. 소설에서는 처음부터 끝까지 긴장이 지속되는데 이는 두 사람이 서로를 이해하지 못하기 때문이다. 특히 동생인 써니와 그의 음악, 마약 문제를 일으킨 상황을 형은 전혀 간파하지 못한다. 형은 재즈에도 문외한이어서 그가 아는 재즈와 관련된 이름은 루이 암스트롱뿐이며 이 때문에 동생인 써니의 눈에 형은 정말 고지식한 사람으로 비쳐진다. 하지만 자리에 앉아 재즈 악단과 함께하는 동생의 연주를 들으며 형은 아름답고 격정적인 음악 뒤에 숨은 감정과 고통, 기쁨의 깊이를 느끼게 된다. 이어서 형은 스카치를 권하는데 이는 다름 아닌 이해와 우애의 상징이다. 한 모금을 마신 써니는 소설의 마지막 문구와 같이 '떨림 그 자체를 담은 컵처럼' 반짝이는 술잔을 피아노 위에 올려놓고 형의 선물에 감사를 표한다. 깊은 여운과 서정, 성서적 배경을 깔고 있는 「써니의 블루스」는 극소수의 소설만이 이룬 어떤 반향을 자아내고 있으며, 우리가 만날 수 있는 거의 완벽에 가까운 작품이 아닌가 한다.

24 당신만의 기준으로 책을 읽지 말라

그런데 여기서 해석이라는 문제가 흥미로운 양상을 띠게 된다. 내가 근무하는 학교에는 약물 남용 문제를 다루는 사회복지 수업이 있다. 「써니의 블루스」를 토론할 때 최근 약물 남용 수업을 듣기 시작한 학생들이 두세 차례에 걸쳐 아주 진지한 표정으로, "교정 중인 중독자에게 알코올을 권해서는 절대 안 됩니다" 했다. 맞다. 나도 물론 그렇게 생각한다. 하지만 그런 시각으로 이 작품을 다루면 곤란하다. 「써니의 블루스」는 1957년에 출간됐다. 볼드윈으로서는 당시 자기가 지닌 최대한의 지식을 동원해 이 작품을 썼고, 약물 중독에 관한 연구 논문이 아니라 형제간의 관계를 파헤치는 것이 목적이었다. 「써니의 블루스」는 속죄에 대한 글이지 약물 중독 치료에 대한 글이 아니다. 만약 후자의 입장에서 이 소설을 읽는다면, 다시 말해서 당신의 눈과 마음을 볼드윈이 살았던 1957년으로 이동시키지 못한다면 소설이 어떤 식으로 결말을 맺든 완전한 감상에 도달할 수 없다.

인간은 누구나 약점을 지니고 있고 그것이 정상이다. 뭔가를 보고 읽을 때 우리는 그것이 납득할 수 있는 일정 수준의 개연성을 갖고 있고, 우리가 아는 세계와 어느 정도 유사하기를 기대한다. 그러나 허구의 세계에 대해서 우리가 아는 세계와 모든 면에서 정확히 일치해야 한다는 경직된 자세를 갖는다면 작품을 읽는 즐거움을 놓치게 될 뿐 아니라 제대로 작품을 감상할 수 없을 것이다. 그렇다면 그 기대치는 어느 정도여야 적정한가? 작품에 대해 우리가 요구할 수 있는 합리적인 수준은 어느 정도일까?

그건 여러분에게 달렸다. 하지만 내가 생각하는 것과 노력하는 것을 말해 보겠다. 내 생각에는 만약 독서에서 최선의 결과를 얻고자 한다면 최대한 납득할 수 있는 선에서, 그 작품이 원하는 의도 그대로를 받아들이도록 노력해야 한다. 내가 제시하는 공식은 다음과 같다.

당신만의 눈으로 읽지 말라.

이 말이 뜻하는 것은 서기 2천 몇 년이라는 현재의 입장에 고정되어 있는 당신만의 시각으로 작품을 대하지 말고, 그 이야기가 쓰인 역사적 순간을 공유할 수 있는 관점에서, 그 작품의 배경이 되는 고유의 사회·역사·문화·개인적 배경을 이해할 수 있는 관점에서 바라보라는 뜻이다. 물론 여기에도 문제점이 없지 않지만, 나중에 다시 논의하도록 하겠다. 말이 나왔으니 말인데 나는 전문적인 독서의 또 다른 형태로 '해체 비평'이란 방법도 있음을 인정한다. 해체 비평이란 작품을 해체하고 저자가 그의 글의 모든 요소를 통제하고 있는 건 아니라는 걸 보여주기 위해, 논의 중인 소설이나 시에 담긴 거의 모든 것에 의문을 제기하면서 극도로 회의적이고 의심스러운 시각으로 작품을 분석하는 방법이다. 이런 해체적 독서의 목적은 한 작품이 당대의 가치관과 편견에 의해 얼마나 많이 통제되고 영향 받는지를 증명해 보이는 데 있다. 나중에 알게 되겠지만 나는 최대한 냉정한 시각으로 작품을 읽고 싶을 때 이 접근법을 이용한다. 물론 종국에는 분석 중인 작품을 좋아할 수 있기를 바라지만 말이다. 그러나 이것은 또 다른 문제다.

그럼 다시 볼드윈의 수학 선생과 써니의 마약 중독으로 돌아가 보자. 중독자에게 술을 권한다는 대목은, 작가의 의도를 간파하지 못한 독자들의 입장에서는 그들이 아는 특정한 예술 및 대중문화의 경험에 위배됨은 물론이고 사회 문제에 관한 일반적인 가치관에도 역행하는 것처럼 보인다. 「써니의 블루스」가 속죄라는 주제를 다루고 있긴 하지만 이는 우리학생들이 생각하는 그런 종류의 속죄가 아니다. 대부분의 경우 (토크쇼, 텔레비전 영화, 잡지 기사 등) 대중문화는 우리로 하여금 한 사안을 대할 때 이를 (예를 들어 중독 같은) 문제 파악과 그에 대한 간단하고 직접적인 해결책

모색이라는 관점에서 생각하도록 유도한다. 어떤 상황에서는 이런 사고 방식이 잘 들어맞을 수도 있다. 하지만 볼드윈은 써니의 마약 중독 자체에는 별 관심이 없었다. 그의 진정한 관심은 오히려 형의 감정적 동요에 있었다. 소설 속의 모든 것이 이를 뒷받침한다. 형의 시각에 치우친 관점, 써니에 비해 상대적으로 심도 있게 서술되는 형의 인생, 형의 생각을 직접적으로 보여주는 기법 등 모든 것이 이 소설은 써니가 아니라 화자인 형에 관한 작품임을 상기시켜 준다. 이를 가장 분명히 보여주는 것은 바로 다른 악사들을 만나고 동생의 연주를 듣기 위해 써니를 따라가는 사람, 그리하여 자신이 속했던 세계, 편안한 곳에서 떠나야 하는 사람이 바로 형이라는 사실이다. 만약 당신이 주인공을 변화시키거나 불행으로 몰아넣고 싶다면 집에서 떠나게 하거나 생소한 곳에서 살게 하면 된다. 중산층의 수학 선생에게 재즈의 세계는 아마도 해왕성만큼이나 낯선 곳이리라.

　독자의 관점이 중요한 것은 바로 이 때문이다. 이 작품은 내가 이른바 '변화를 위한 마지막 기회'라고 부르는 아주 큰 범주에 속한다. 별로 과학적인 용어는 아니지만 그래도 이보다 더 적절한 명칭은 없을 것 같다. 그럼 '변화를 위한 마지막 기회'란 대체 무엇을 뜻하는가? 주인공은(이전에 성장이나 교정, 수정의 기회를 여러 번 가진 걸로 추정될 만큼 나이가 들었지만, 그런 기회를 잘 활용한 적은 한 번도 없어야 한다) 지금까지 발육이 멈춘 채 머물러 있는 가장 중요한 영역에서(구체적인 영역이 무엇인지는 소설에 따라 달라진다) 스스로를 성장시킬 또 한 번의 가능성, 단 하나의 마지막 기회를 얻는다. 주인공의 나이가 어느 정도 많아야 하는 이유는 탐구 여행을 떠나는 주인공이 젊어야 하는 이유와 정확히 반대라고 보면 된다. 즉 그가 성장할 가능성은 제한되어 있고 시간은 흘러만 간다. 무정하게 흘러내리는 모래시계처럼 주인공은 시간적으로 급박한 상황에 처해 있다. 또한 주인공은 다른 대안을 선택할 수 없는, 어쩔 수 없는 상황에 놓여야 한다. 그럼 우리의 주인공은? 형은 감옥에 있는 동생을 한 번도 면회 간 적이 없을 정도로 지금껏 동생을 이해하거나 연민해 본 적이 없다. 그의 딸이 죽었을 때 써니는 애도의 편지를 보냈지만 그런 동생의 행위는 화자의(그의 이름이 나와 있지 않아 정말 아쉽다) 죄의식을 더 크게 만들 뿐이다. 이제 써니는 감옥에서 나왔고 헤로인을 끊었기 때문에 화자는 곤경에 빠진 그의 동생을 알 수 있는, 전에는 한 번도 없었던 단 한 번의 기회를 얻었다. 만약 이번에도 포기하면 기회는 다시 오지 않을 것이다. 바로 이 점이 내가 「써니의 블루스」를 '변화를 위한 마지막 기회'에 속하는 소설로 분류하는 이유고 그 핵심 주제는 언제나 똑같다.

이 사람은 구원받을 수 있을까?

바로 볼드윈이 소설에서 제기하는 문제지만 동생 써니에 대해서는 그 질문을 던지지 않는다. 써니의 미래가 매우 불투명해야 독자인 우리가 화자의 미래에 집중할 수 있기 때문이다(작가들은 원래 그렇게 잔인하다). 써니가 자신의 전문 분야에서 성공할지, 재즈계에 만연해 있는 약물 중독에 다시 빠져들지 않고 버틸지, 우리로서는 알 길이 없다. 그리고 화자를 대신한 우리의 이런 의심 때문에 화자의 성장이 더욱더 시급한 문제로 대두된다. 교정된 마약 중독자는 누구나 이해하고 사랑할 수 있지만 개심할 가능성이 희박하거나 여전히 위험에 빠질 가능성이 있다고 자인하는 사람은 정말 골칫거리이기 때문이다. 만약 우리가 이 소설을 토크쇼와 사회 복지 차원에서 들여다본다면 이야기의 핵심을 놓치거나 가장 기본적인 차원에서 오해를 하게 될 것이다. 써니가 처해 있는 곤경은 물론 흥미롭지만 이는 단지 우리를 작품 속으로 끌고 들어가기 위한 미끼에 불과하다.「써니의 블루스」가 제기하는 진짜 문제는 바로 형인 화자와 관련되어 있기 때문이다. 만약 써니를 주인공으로 보면 그 결말은 심히 불만족스러울 것이다. 하지만 형인 화자의 이야기로 읽으면 정말 빼어난 작품이다.

「써니의 블루스」는 비교적 최근에 나온 작품이다. 그러니 『모비 딕 *Moby-Dick*』이나 『모히칸족의 최후 *The Last of the Mohicans*』, 『일리아드』에 등장하는 엄청난 폭력, 육식에 가까운 식생활, 피의 희생, 약탈, 다신교, 일부다처제를 우리가 얼마나 이해할 수 있겠는가? 유일신 문화에서 성장한 독자들은(즉, 신심의 깊고 얕음을 떠나 서구의 전통 속에서 살고 있는 모든 사람) 종교적 예식의 주된 도구가 칼이었던 그리스인들의 종교에 곤혹스러움을 느낄 수도 있다. 솔직히 『일리아드』에서 자신의 성 노예를 빼앗겼다는 이유로 노발대발하며 전쟁에서 빠지겠다고 주장하는 아킬레스의 모습은 고대 그리스 관객이라면 몰라도 우리로서는 쉽게 공감이 가지 않는다. 이어서 등장하는 아킬레스의 속죄 행위, 즉 트로이 병사들을 닥치는 대로 살육함으로써 자신이 다시 전쟁에 참가했음을 보여주는 그의 모습은 우리 눈에는 분명 야만스러워 보인다.

그렇다면 우리와 전혀 다른 종교, 남녀관계, 마초적인 남성상, 과도한 폭력을 담고 있는 이 '위대한 작품' 이 우리에게 과연 무엇을 가르쳐줄 수 있을까? 아주 많다. 만약 우리가 그리스인, 그것도 아주 먼 고대 그리스인의 눈으로 작품을 읽는다면 말이다. 아킬레스는 지나친 자만심 때문에 판단을 그르치고, 그 결과 가장 소중한 필생의 친구 파트로클로스를 잃을 뿐 아니라 자신도 젊은 나이에 목숨을 잃는다. 위대한 사람도 굽히는 법을 배워야 하고, 분노를 억제해야 할 때도 있다. 언젠가는 우리가 자초한 운명이 찾아올 것이며 이는 신도 막지 못한다. 이처럼 『일리아드』에는 많은 교훈이 숨어 있다. 물론 『일리아드』의 어떤 장면은 〈제리 스프링거

쇼)의 에피소드와 비슷해 보이지만, 그렇다고 현재 우리에게 익숙한 대중문화의 렌즈를 통해서만 바라본다면 그 교훈의 대부분을 놓치고 말 것이다.

이제 앞서 언급한 위험 요소에 대해 생각해 보자. 작가의 견해를 무조건 수용하는 행위도 많은 문제를 야기한다. 호머의 서사시에 담긴 3,000년 전의 폭력적인 가치관을 그대로 받아들여야 하는가? 물론 아니다. 무모한 사회 파괴, 피정복 민족의 노예화, 일부다처제, 대규모의 살육에는 당연히 눈살을 찌푸려야 한다고 생각한다. 하지만 동시에 미케네의 그리스인들은 우리와 생각이 달랐다는 사실도 고려해야 한다. 따라서 『일리아드』를 제대로 읽으려면(이 책은 그럴 만한 가치가 있다) 그런 가치관을 가졌던 등장인물들을 이해해야 한다. 그렇다면 우리는 아프리카인이나 아시아인, 유대인을 헐뜯는 인종적 증오로 가득한 작품도 받아들여야 하는가? 물론 아니다. 『베니스의 상인』은 반유대주의를 담고 있는가? 그럴 수도 있다. 그러면 그 반유대주의의 정도가 당시의 일반적 정서에 비해 높은 편인가? 아니다. 나는 훨씬 낮은 수준이라고 생각한다. 비록 유대인을 긍정적으로 그렸다고 할 수는 없지만 작품 속의 샤일록은 최소한 그렇게 행동할 만한 이유가 있는 걸로 그려져 있다. 또한 셰익스피어는 엘리자베스 시대에 나온 많은 글이 유대인에게는 결여되어 있다고 본 일종의 인간성을 샤일록에게 부여하고 있다. 셰익스피어는 예수의 십자가형을 샤일록의 탓으로 돌리지 않았고, 유대인을 기둥에 묶고 화형시키는 행위를(이는 작품이 쓰일 당시 유럽의 다른 곳에서 일어나던 일이다) 권장하지도 않았다.

그렇다면 이 희곡을 받아들여야 하는가, 거부해야 하는가? 당신이 내키는 대로 하라. 내가 제안하는 것은 샤일록의 악랄한 행위를 셰익스피어가 그를 위해 설정한 곤경과 복잡한 상황의 맥락 속에서 보아야 하고, 그가 혐오 집단의 전형이나 대표로서뿐 아니라 개인의 입장에서도 납득할 만한 행동을 하는지 보아야 하고, 이면에 그런 편견이 숨어 있는데도 이 희곡이 독립적인 가치를 지니는지, 아니면 그런 편견이 있어야만 성립되는 작품인지 살펴보아야 한다는 것이다. 만약 『베니스의 상인』이 그런 증오 없이는 예술 작품으로 기능할 수 없다면 나로서는 절대 용납할 수 없다. 하지만 나는 이 작품이 그런 증오(만)의 산물이라고 보지 않으며, 따라서 앞으로도 이 작품을 계속 읽을 생각이다. 비록 더 좋아하고 그래서 더 자주 읽는 셰익스피어 작품이 그 밖에도 많이 있지만 말이다. 독자나 관객은 각자 이런 결정을 내려야 한다. 내가 수용할 수 없는 한 가지는 『베니스의 상인』, 아니 그것이 어떤 작품이든, 한 번도 읽어보지 않고 거부하는 행위다.

마지막으로 좀 더 최근의, 그리고 좀 더 골치 아픈 예를 잠깐 살펴보자. 에즈라 파운드의 『시편Cantos』은 아주 놀라운 구절들을 담고 있지만, 유대 문화와 유대인에 대한 악랄한 편견을 보여주는 부분들도 있다. 다시 말하면 이 시들은 그가 전시戰時 이탈리아에서 반미 라디오 방송을 통해 보여주었듯이, 시에 나타난 것보다 더 극렬한 반유대주의자였을 가능성이 농후한 한 남자의 작품이다. 앞서 셰익스피어와 관련해서는 그가 동시대인들보다 편견이 적은 편이었다는 말로 모호하게 비껴갔지만, 파운드의 경우는 그러기 힘들다. 더욱이 수백만 명의 유대인이 나치들에 의해 살해되고 있던 바로 그때 이런 시들을 썼다는 걸 알면 독자의 분노는 더욱 커진다. 그렇다고 반역 혐의로 재판을 받았을 때 (그는 이적 방송 혐의로 고소되었다) 피고 측 변호인단이 말했듯이 그의 작품이 정신착란 상태에서 쓰였다고 말할 수도 없다. 그럼 그의 시를 어떻게 보아야 하는가? 당신이 결정해야 한다. 어떤 유대인은 여전히 파운드의 시를 읽으며 거기서 뭔가를 얻는다고 말하고, 어떤 유대인은 그와 관련된 것이면 무조건 거부하며, 어떤 유대인은 파운드의 시를 읽으면서 계속 비판한다. 유대인 독자들만 그런 건 아닐 것이다.

나는 여전히 파운드의 어떤 시들을 읽는다. 그중에는 정말 놀랍고, 아름답고, 잊기 어렵고, 강렬한 시들도 많다. 즉 읽을 가치는 충분하다. 하지만 거의 반복적으로 나는 이렇게 되묻는다. 이렇게 뛰어난 사람이 어떻게 그처럼 맹목적이고, 오만하고, 편협할 수 있었을까? 그 답은 나도 모른다. 그의 시들을 읽으면 읽을수록 나는 그런 작가가 어떻게 그토록 어리석은 행동을 할 수 있었는지 놀랄 뿐이다. 그런 사람이 그런 재능을 갖고 있었다는 게 안타깝기도 하다. 하지만 그 탁월함에도 불구하고 『시편』은 결함이 있는 작품이라고 생각한다. 그 결함은 반유대주의 외의 다른 이유에도 기인하지만 그 때문에 더 커지는 건 사실이다. 『시편』은 내 연구 분야에서 가장 중요한 수십 권의 시집 중 하나이므로 내가 원한다고 해도 등을 돌릴 수는 없다. 나는 이 장 초입에서 독자는 일반적으로 해당 작품이 요구하는 세계관에 눈을 맞춰야 한다고 말한 바 있다. 하지만 파운드와 그의 『시편』의 예에서 보듯이, 그러기 힘든 경우도 있다.

바로 이 점에서 나는 여러분이 부럽다. 교수는 아주 고약한 등장인물이나 수상쩍은 작품들도 어쩔 수 없이 다루어야 하지만 일반인은 맘에 안 들면 언제든 놓아버리면 그만이다.

24 당신만의 기준으로 책을 읽지 말라

25

이건 나의 상징이야,
내 맘이라고

          지금까지 우리는 매우 공통적이고 또 잘 알려진 상징들에 대해 얘기해 왔다. 이 세상의 아주 많은 것들이 처음부터 존재했던 것들, 또는 너무나 오래 사용되어 지금의 우리에게는 당연해 보이는 것들과 연관성을 갖고 있다. 강은 변화, 흐름, 홍수, 또는 가뭄. 암석은 정체, 변화에 대한 저항, 영구성. 예이츠는 「부활절 1916 *Easter 1916*」에서 가상의 강에 있는 돌을 상상하면서 끊임없이 변하는 강과 완강한 돌을 대비시키고 있는데, 우리는 이것을 깊이 생각하지 않고 받아들인다. 여기까지는 아무 문제가 없다.

    그런데 문학이라는 집 주변에서 매일 봐왔던 뭔가가 아니라면 어떨까? 그러니까, 소라면 어떤가? 아니면 염소? 목가적인 시에서 다수의 양들이 등장하긴 하지만 염소는 그리 많이 나타나지 않는다. 아예 극단으로 가보

자. 벼룩은? 내가 농담한다고 생각할 것이다, 그렇지 않은가? 존 던John Donne은 아주 오래전에 이를 실행해서 자그마한 해충에서 많은 이득을 얻었다. 나는 앞서 존 던의 직업이 법률가와 성직자였다고(생애의 마지막 십여 년 동안에는 런던에 있는 세인트 폴 대성당의 주임 사제였다) 언급했는데, 그전에는 성적인 비유를 좋아하는 작가일 뿐만 아니라 한량이기도 했다. 문학에 등장하는 모든 한량들의 과제는 가능한 가장 영리한 방식으로 그가 원하는 것을 연인이 주도록 말로 구슬리는 것이었다. 여기서 던이 노력했던 일면을 살펴보자.

이 벼룩을 보시오, 그리고 그 속에서
당신이 나를 거절함이 얼마나 하찮은 일인가 보시오
벼룩은 처음에 나를 빨았고 이제 당신을 빨고 있구려
이 벼룩 안에서 우리 둘의 피가 섞이고 있소
당신은 이렇게 말할 수 없소
이것이 죄악이라거나, 수치라거나, 처녀성을 잃었다고 말이오
그런데 이놈은 구애하기도 전에 즐기고 있구려
두 사람의 피가 하나로 된 것을 실컷 먹어 배가 부풀고 있소
그러니 이는, 아 정말이지, 우리가 해볼까 하는 것 그 이상이구려

시 「벼룩The Flea」의 첫 번째 연에 불과하지만, '당신thou'이라는 단어를 감안하면 어떤 내용인지 이해할 수 있다. 남자인 화자는 미적거리는 연인에게 그녀가 자신에게 허락하지 않은 행동을 벼룩은 끝냈음을 생각해 보라고 묻고 있다. 벼룩은 각자의 피를 가져감으로써 둘의 존재를 뒤섞었다. 남자의 말은, 피가 이미 합쳐졌으니 건초 더미에서 서로 구르는 것이

무슨 대단한 일이냐는 것이다. 벼룩에겐 수치가 없고, 벼룩에게 물린 것도 수치가 아니니, 섹스를 한들 무엇이 부끄러운 일이겠는가?

이어지는 두 개의 연에서도 같은 방식을 고수하여, 그는 터무니없지만 재미있게도 벼룩을 죽이는 것은 셋 모두를 죽이는 것과 같으니 그러지 말아달라고 간청하며, 벼룩을 "우리의 결혼 침대"라고 말한다. 우리는 이를 통해 그가 전적으로 진지하지는 않음을, 또 성적인 구애뿐 아니라 코믹한 효과를 내고자 벼룩을 이용하고 있음을 알게 된다. 세 번째 연에서 여자는 벼룩을 죽이는데(애원하는 연인에게 좋은 징후는 아니다), 이에 남자는 여자가 벼룩을 죽인 것이 수치가 아니듯, 그에게 섹스를 허락하는 것 역시 수치가 아니라고 넌지시 말한다. 시를 체계화하는 도구로서 시 전체를 관통하는 이런 종류의 확장된 비유를 컨시트conceit*라고 하는데, 던과 그의 동료였던 이른바 형이상학파 시인들에게 능했던 장기長技였다. 이 시에서 알 수 있듯이 컨시트는 주제보다 더 중요한 듯 보여서, 컨시트를 사용하기 위해 주제를 생각해 낸 건 아닐까 여겨지기도 한다. 위 시의 경우 연인의 절박한 요구가 재미있어 보일지 모르나 성가신 벼룩을 그 요구의 근거로 이용하고 있다는 점이 더 재미있어 보인다.

바로 여기에 독서의 보상이 있다. 당신은 이런 전략을 얼마나 많이 보았는가? 성적인 요구가 아니라 벼룩(또는 이를 대체할 수 있는 모기나 진드기, 말파리 등 물어뜯는 곤충)을 이용하는 것 말이다. 거의 본 적이 없을 것이다. 안 그런가? 지금까지 이 책에서 우리가 얘기해 왔던 주제 중 하나는 상상과 그것의 이용이라는 일종의 문학 데이터베이스를 어떻게 구축할 것인

• conceit에는 기발한 비유라는 의미도 포함된다.

가에 관한 내용이었다. 비가 등장한다면 함께 식사함을 뜻하는지, 모험을 뜻하는지 등을 확인해 보는 것 말이다. 데이터베이스가 의존하는 것은 당연히 반복이다. 만약 충분한 숫자의 작가들이 주어진 한 사물이나 상황을 충분한 숫자의 작품들에서 사용한다면, 우리는 가능한 의미의 범위를 알아채고 이해한다. 작가들은 "이봐, 주목하라고! 비가 내리고 있어!" 하고 말할 필요가 없다. 작가들은 그저 비를 이용하기만 하면 되고 나머지는 우리가 알아서 한다. 작가들은 심지어 이에 관해 생각할 필요조차 없다. 비는 내릴 수 있다. 그것이 바로 플롯이 요구하기 때문이다. 우리는 바로 상황을 이해할 수 있다.

요점을 말하자면 작가로서, 예술가로서, 독자로서, 우리는 지난 수 세기 동안 다수의 상황에서 사용되고 또 다양한 목적을 위해 구축된, 비유의 데이터라는 공동 저장소를 갖고 있다. 이 저장소 안에는 우리가 접근할 수 있음은 물론 거의 자동적으로 접근하게 되는 이미지들, 상징들, 직유들, 그리고 은유들이 있다. 영화 속의 홍수 장면이 함축하는 바를 깊이 생각하지 않을 수는 있지만 우리는 의식적인 사고 이전의 단계에서 (표면적으로 홍수에 의해 씻겨가는 물건들과 별개로) 그것의 충격을 느낄 수 있다. 말하자면 함축이란 저장고는 글의 내용이 한 가지 이상의 것을 동시에 의미할 수 있도록 허락한다.

누구도 레일에서 이탈하지 않도록 명확히 해두겠다. 함축이란 언제나 부차적이다. 텍스트의 기본적인 의미는 그 텍스트가 말하고 있는 것, 즉 (풍경 묘사, 행위, 주장 등) 표면적으로 드러난 내용이다. 이 사실을 거의 잊어버릴 때 문학에 대한 논의에서 중요한 문제가 등장한다. 만약 상급 문학 수업 반 학생들을 당황시키고 싶다면 그들에게 한번 물어보라. "이건 무엇에 관한 내용인가요?" 학생들은 모두 숨겨진 의미를 제시하고자 안

간힘을 쓸 것이며, 실제로 그것들 중 많은 경우는 정확할지도 모른다. 하지만 학생들은 해당 글이 자신의 아내가 맹인을 저녁 식사에 초대한, 그저 편견을 지닌 한 사람에 관한 얘기임을 잊어버리고 만다.[*] 4학년생 누구라도 잊어버릴 수 있다. 숨겨진 의미에 매달리다 보면 결국 기본을 놓치고 말며, 그래서 가끔 기본기를 훈련하는 것은 가치 있는 일이다. 이런 식으로 생각해 보자. 만약 한 소설이 이야기 면에서 아주 형편없다면 그 어떤 상징도 이 소설을 구할 수 없다. 아니, 난 『모비 딕』을 비난하는 것이 아니다. 『모비 딕』은 (특히 우리 대부분이 헝클어지기 쉬운 때인 17세와 20세 무렵이라면) 많은 사람이 파악하지 못하는 이야기의 규칙에 의해 성공한 작품이기 때문이다.

하지만 지금까지 얘기한 무엇도 부차적인 의미의 중요성을 감소시키지는 않는다. 부차적인 의미는 여전히 중요하다. 작품에 질감과 깊이를 부여하는 이것이 없다면 문학의 세계는 다소 밋밋해질 것이다. 새로운 작품에서 어디서 본 듯한 뭔가를 인지하게 될 때 울림을 불어넣어주고 표면적인 이야기의 의미를 깊게 만들어주는 것이 부차적인 의미다. 예를 들어 한 젊은 여자가 자신을 구조해 주는 사람에게 열정을 느끼는 것과, (제어가 안 되는 마차나 한 무리의 늑대들이 아닌) 익사에서 구조되는 것은 전혀 다른 경우인데, 익사의 경우 대부분 죽음과 매우 가까운 뭔가를 경험하기 때문이다. 어떤 의미에서 그녀는 다시 태어난 것이다. (상징, 은유, 풍자, 이미지 같은 비유적인 묘사의 여러 유형들이 모여 있는) 비유의 공유 저장소는 우리에게 문자 그대로의 의미를 넘는 가능성들을 텍스트에서 발견하도록

해주고 나아가 격려하기까지 한다. 정원, 세례, 여행, 날씨, 계절, 음식, 질병에 이르기까지 우리는 저장소에 보관되어 있는 다양한 항목들을 논의하는 데 많은 시간을 할애했지만 어떤 책도 모두 담아내지 못할 만큼 이 항목들은 정말이지 무궁무진하다. 다행히 일단 원칙을 이해하기만 하면 책을 읽어나가면서 밝혀내거나 또 붙잡을 수 있다. 의식하지 못했지만 어쨌든 여러분은 일생 동안 이 일을 해오고 있는 셈이다. 단지 차이가 있다면 지금부터는 좀 더 신중히 읽어나가게 될 것이다.

그럼 공동 저장소에 속하지 않는 비유적인 요소들은 어떠한가? 던의 작은 흡혈귀는 사적인 상징이라고 앞서 언급했다. 던이 제시한 또 하나의 사적인 상징이 있다. 「고별사 : 애도를 금하며 *A Valediction: Forbidding Mourning*」라는 시에서 던은 사랑하는 이에게 작별을 고하는 것을 금하고 있다. 실제로 그는 작별의 충격을 완화하고자 이렇게 말한다. "단지 이렇게 생각해 보라. 당신은 (내 생각엔 지리가 아니라 기하학에 사용되는) 컴퍼스의 축이고 나는 연필의 끝이다. 그러니 내가 아무리 멀리 돌아다녀도, 우린 항상 연결되어 있고 따라서 난 당신에게서 벗어날 수 없다." 실상 그는 두 개의 똑같은 컴퍼스를 말하고 있는 것으로 각각의 한쪽 끝에는 다른 이의 존재의 중심이 되는 연인이 위치한다. 그 컴퍼스가 미치는 거리가 얼마나 먼지 나로선 모르니 이 문제는 넘어가기로 하자. 결국 이는 거대한 이미지다. 그가 진지한지, 아니면 그저 아침에 재빨리 인사하고 도망치려고 쓴 것인지(시의 내용을 보면 둘 다 가능하다)를 두고 수업 시간에 논쟁하는 건 아주 재미있겠지만 지금으로선 논점에서 벗어나는 일이다. 논점으로 돌아오면 문젯거리가 하나 있다. 지금 사안의 경우 지도가 전혀 존재하지 않는다는 점이다. 수학과 관련 있는 도구를 다룬 시들이 많지 않아서다. 존 던에서 약 300년이 지난 후 루이스 맥니스Louis MacNeice는 「헤라클레이토스에 관한 변주곡 *Variation on Heraclitus*」이라는 작품에서 '계산자' 를 언급하는데, 그래서 불운한 강사는 얼떨떨해하는 학생들에게 이전에 (그러니까 계산기가 나오기 전에) 계산자는 수학이나 물리학에서 계산이 필요할 때 사용하던 뭔가라고 설명해야 했다. 비론 난 본 적은 없지만 주판을 암시하는 내용의 시들이 한두 편 더 있을 수도 있다. 하지만 여러분은 각도기와 컴퍼스를 언급하는 시들을 많이 찾아내기는 힘들 것이다. 그럼 이런 경우엔 어떻게 해야 할까?

알아서 해결하라.

안다, 안다. 정말 볼품없어 보이지만 때로 진실은 그렇다. 그럼에도 순수하게 사적인 상징을 만나게 되는 상황에서 우리가 기댈 수 있는 뭔가가 있기는 하다. 가장 중요한 건, 맥락이다. 시에서 그 이미지는 어디에 위치하는가? (이 시의 경우에는 마지막 세 개의 연이다. 그가 좀 더 영구적인 종류의 사라짐에 대해 언급한 이후 말이다.) 작가는 해당 이미지를 어떻게 사용하는가? 그것으로 뭘 의미하는 것 같은가? 다시 말해 (신중하게 읽으라) 그 단어가 우리에게 무엇을 말하고 있는가? 우리에게는 이용 가능한 다른 도구들도 있다. 바로 우리 자신의 멋진 감각과 독서 지식이다. 연습을 통해 전문적인 독자가 되면 한 영역에서 다른 영역으로 지식을 이동시키는 능력을 얻게 된다. 정말이다. 이 시를 보기 전에는 컴퍼스에 대한 이미지를 연습할 수 없었지만 거리에 대한 수치 및 연대감을 이제는 경험했다. 편지에서 전화 통화로, 또 (별로 신통할 건 없지만) 메신저로, 연락을 유지하게 해주는 여러 형태들이 어떤 식으로 작동하는지 우리는 알고 있다. 우리는 연인들의 맹세를, 더불어 이와 관련된 모든 것들을 이해한다. 우리가 아주 빨리 알게 될 사실은 지금 논의 중인 것이 우리가 한 번은 다뤄야 할 가장 어려운 이미지는 아니라는 점이다. 우리는 할 수 있다.

25 이건 나의 상징이야, 내 맘이라고

물론 어떤 작가는 무척 어렵게 만들기도 한다. 앞서 예이츠와 매우 일반적인 상징들에 대해 말했는데, 사실 그는 아주 사적인 이미지와 상징들을 작품에 이용하기로 악명이 높았다. 그가 즐겨 썼던 것들 중 하나가 탑이다. 그냥 탑이 아니다. 일반적으로 흔한 대학 건물 형태가 아닌 아주 특정한 탑이다. 그의 탑. 1915년인지 1916년인지에 예이츠는 15세기나 16세기(정확한 시기는 불분명하다)에 지어진 앵글로 노르만 형식의 탑을 사들였다. 발릴리 성Ballylee Castle으로 불리긴 했지만 사실 성이라기보다는 일종의 요새였다. 예이츠는 게일어로 투르 발릴리Thoor Ballylee라고 다시 이름 붙였는데, 그가 이 고대 언어에 숙달한 편이 아니었던 점을 고려하면 좀 특이하다. 당시의 예이츠는 그랬다. 일단 친한 친구였던 그레고리 부인에게서 성을 사들이자 시인은 곧 성에 사로잡혔다. 가끔 성은 그저 시인의 거대한 갈망의 대상이었던 골웨이 지역의 토양에 뿌리박고 서 있는 존재를 대표한다. 다른 면으로는 예이츠가 지붕에 올라가 부서진 성의 흉벽에 기댈 때 느꼈던 불완전한 예술의 상징으로 볼 수도 있다. 더 흔하게는, 아일랜드 내전 동안 길을 따라 움직이며 경쟁하던 군인들을 볼 수 있는, 상대적으로 안전한 장소 그 자체로 가장 의미 있는 곳이기도 하다(「내전기의 사색 Meditations in Time Of Civil War」). 성은 또한 헌시를 새기려고 의도했던 건물로 볼 수도 있다(「투르 발릴리의 돌에 새길 것들 To Be Carved on a Stone at Thoor Ballylee」). 성은 현대 세계에서의 도피이며, 피난처이며, 귀족적인 과거와의 연계이며, 위대한 연대의 대상이다. 성은 『탑 The Tower』(1928), 『나선 계단 The Winding Stair』(1933) 등과 같이, 주목할 만한 성 내부 형식의 특징에 착안해서 이름 붙인 연속적으로 나온 책들의 제목이 되었다. 그리고 이제 나선형gyres이 있다.

무슨 뜻인가? 나선형은 무엇인가?

이 지점이 상징의 사적 시스템이 효과적으로 드러나는 곳이다. 예이츠는 『환상A Vision』(1925)에서 분명히 했던 전체적인 환상 시스템을 구축했다. 이 시스템은 움직이는 많은 부분들로 구성되어 있는데 그것들 중에 중요한 것은 (그가 항상 g를 세게 발음하곤 했던) 나선형gyre이다. 그의 나선형은 회전하는 원뿔들로, 뾰족한 부분이 (회전하는 원뿔들이 제자리에 있다면) 다른 원뿔의 바닥 부분에 받쳐져 있다. 전혀 모르겠다고? 모래시계를 떠올려보자. 이제 가장 좁은 부분을 중심으로 모래시계를 둘로 나눈다. 만약 나누어진 반쪽들을 서로 교차시켜(단단하지 않은 재질이라면 좀 더 쉽다) 각기 반대 방향에서 회전시키는 이미지를 어떻게 해서든 떠올릴 수 있다면 여러분은 이해한 것이다. 나선형은 대립되는 역사적, 철학적, 영적인 힘들을 상징하는데, 새로운 현실을 창조하기 위해 반대되는 힘들이 충돌한다는 점에서 헤겔이나 마르크스의 변증법과 다소 비슷하다. 변증법은 회전하거나 소용돌이치지는 않으니 이 점을 제외한다면 말이다.

나선형에 대한 예이츠의 흥미는 끝이 없어서 (결혼했던 1917년 직후부터) 일단 이것이 머리에 떠오르자 조금이라도 순환한다면 그게 뭐든, 예를 들어 물에서 날아가기 시작하는 새 떼의 선회하는 모습이라거나 돌개바람 등이 도처에서 눈에 들어왔다. 하지만 그가 좋아했던 것들 중 하나는 자신의 여름 별장에서 매일 마주치곤 했던 이국적이면서 동시에 친근한 탑 안의 나선 계단이다. 나선형처럼 탑과 나선 형태의 계단은 불가분의 관계다. 하나가 없으면 다른 하나도 큰 소용이 없기 때문이다. 예이츠의 작품을 읽으면서 느끼는 매우 아름다운 것들 중 하나이면서 또 도전하고 싶은 것이 있다면 다른 문학 작품에서는 찾아볼 수 없는 상징과 비유를 발견하는 일이다. 그의 비유 시스템은 사적이고 특이하며, 누군가 주장하듯 심지어 폐쇄적이고 봉인되어 있고 답답하다. 그의 작품을 처음 읽는다면 일부는 결코 잘 이해하지 못할 것이다. 그러려면 특별한 정보가 필요할지도 모른다(나는 「환상」을 연구했지만 대다수의 일반인들에게 이는 무리한 요구다). 따라서 예이츠의 몇몇 시들에서 여러분이 원하는 모든 것을 얻으려면 상당한 노력이 요구된다.

여기서 한 가지, 지도라곤 전혀 없음을 말해두고자 한다. 당신은 소가 헛간으로 복귀할 때까지 가축이라는 상징에 매달릴 수도 있겠지만 별 소용이 없다. 이런 상징들은 사적이다. 그렇다고 방문자를 결코 허락하지 않는다는 뜻은 아니다. 문학에서의 비유에 관해 종합 시험을 치르겠다는 말은 아니지만 설사 내가 그런 문제를 낸다 해도 당신은 여전히 혼자서 해결해야 한다. 이 책이 20여 개의 장이 아니라 120여 개의 장, 아니 220여 개의 장으로 되어 있다 한들 나선형에 관한 장은 하나도 없을 것이다. 한 개의 장을 만들려면 적어도 그런 상징들을 다루는 두 명의 시인이 필요하다. 정말 한 명일지 의심쩍긴 하지만, 지금까지는 오직 한 명이다. 하나뿐인 시스템은 일반적인 토론의 대상이 될 수 없다.

그렇다고 예이츠의 글을 해독할 수 없다는 의미는 아니다. 전부는 아니라도 상당히 많은 것들을 이해할 수 있다. 예를 들어 「쿨 호수의 야생 백조 *The Wild Swans at Coole*」에서 예이츠가 일그러진 거대한 원을 그리며 선회하는 백조들을 묘사했을 때, 우리는 느슨한 원을 만들면서 허공으로 올라가는 하얗고 큰 새들의 거대한 무리 자체를 떠올리는 데 전혀 어려움을 겪지 않는다. 만약 독자가 좀 더 큰 상징의 함축적 의미를 이해하지 못할 경우 문제가 될까? 진실로 그렇지 않다. 여기에는 가능한 의미들이 층층이 겹쳐져 있어서 우리가 찾을 수 있는 것들, 책을 읽고 있는 순간에 다룰 대비가 미리 되어 있던 것들은 얻을 수 있다. 뿐만 아니라 이 사례가 보여주고 있는 나이 들고 지상에 묶여 있는 화자와 항상 젊고 하늘에 떠 있는 새들 간의 대비는, 지금까지 존재했던(아니 존재하지 않았어도) 모든 나선형에 필적하는 가치가 있다.

그리하여 여기 하나의 전략이 있다. **당신이 아는 것을 활용하라.** 나는 많은 시간 동안 21세기 작품들, 즉 조이스, 포크너, 울프, 엘리엇, 파운드, 파울즈, 오브라이언(이 작가들의 몇 개 작품들)을 가르쳐왔다. 이들은 모두 혁신적인 글쓰기의 대가들이었다. 알다시피 무시무시한 작가들이다. 한 명도 예외 없이, 독서하려면 우리가 배워야 하는 책을 쓰는 작가들이다. 『율리시즈』는 무엇과도 닮지 않았다. 약간의 연관성은 있을지 모르나 『더블린 사람들』, 『젊은 예술가의 초상』 같은 조이스의 초기 두 작품들과도, 이른바 의식의 흐름 계열에 속하는 다른 작가들의 작품들과도 많이 다르다. 『율리시즈』를 읽기 위해 당신이 준비해야 할 좋은 방법은 다름 아닌 『율리시즈』를 읽는 것이다. 알다시피 나는 수업 중에 도움을 많이 주는 사람이다. 그런데 독자들이 전혀 본 적이 없고 결코 다시 보게 될 것 같지도 않은 몇 개의 서술 전략들이 소설에 있음은 여전히 진실이다. 정말로 여기서 배우는 내용은 『피네간의 경야』에 대처할 수 있게 해주지 않는다. 이런 참신함은 독서에서 도전인 동시에 흥미를 느끼게 되는 요소의 일부다. 그저 순전히 새로운 작품들이 매우 많다. 어떻게 이것을 사랑하지 않을 수 있을까? 비록 학생들은 늘 그렇듯 '가능할 수도 있겠죠'라는 정도의 심드렁한 반응을 보이겠지만 말이다. 같은 말을 『댈러웨이 부인』, 『황무지』, 『내가 누워서 죽어갈 때』, 또는 『프랑스 중위의 여자』, 심지어 조금은 덜 촌스럽다는 측면에서 『위대한 개츠비』에도 할 수 있다. 나는 모더니즘과 포스트모더니즘 경향의 이런 모든 책들에서 배운 것을 통해 다음의 진술 역시 진실이라고 결론 내리기에 이르렀다. **모든 작품들은 독서하는 동안 어떻게 읽어야 하는지 가르쳐준다.** 최상의 결과를 위한 큰 가르침은 처음부터 등장한다. 맥락을 살피는 것은 새롭고 낯선 문학 형태를 읽을 때 많은 도움을 준다. 3번 페이지는 4번 페이지를 이해할 수 있도록 돕고 8번, 15번 페이지 등에도 도움을 준다. 모든 책이 같은 정도의 난이도를 가지고 있는 건 아니다. 디킨스 작품들의 가르침은 조이스 작품들에 비하면 다소 온건하다(이는 주로 인내심과 관련이 있다). 그럼에도 문학 작품의 모든 페이지는 독서에서 교육의 한 부분이다.

　방금 말한 맥락 외에, 가끔 마주치는 힘든 상황을 헤쳐 나가는 데 도움을 주는 것이 또 있는데, 바로 우리가 읽어왔던 모든 것들이다. 여기서의 '읽는다'는 표현에 대해 나는 자유로운 시각을 견지하고자 한다. 여러분은 소설과 시를 물론 읽었을 것이다. 더불어 책이 아닌 적당한 무대 장치나 극장에서 벌어지는 연극 역시 '읽어' 봤을 것이다. 그렇다면 여러분은 영화도 '읽어' 봤는가? 그렇다고 믿는다, 비록 어떤 영화들은 독서에 비해 보상이 미흡하긴 하지만 말이다. 할리우드는 언제나 뇌파를 적용하는 노고를 무의미하게 만드는 영화들을 만들어왔다. 역겨운 코미디 영화, 마지막 이름이 숫자인, 예를 들어 〈람보 17 1/2〉 같은 영화, 만화책을 각색한 몇 편의 영화들이 그렇다. 만화책이 나왔으니 말인데 여러분은 이것 역시 읽었다. 서술 및 공연과 관련된 모든 형태의 것들을 읽는 동안, 여러분은 새 작품을 맞이하기 위해 스스로 준비해 온 것이다. 좀 더 친숙하고 공유된 상징적인 표현들의 사례를 분석하는 과정에서 우리는 비유를 이해하는 연습을 해왔고, 이것을 바탕으로 새롭고 낯선 사례들을 맞이하러 앞으로 나아갈 수 있다. 우리 대부분은 별 생각 없이 이 활동을 수행하지만 그래도 한 번쯤 생각해 보는 것은 유용할 수 있다. 학생들에게 그들이 과거의 독서 경험을 이용하고 있다고 말해주면 대체로 "그런 경험은 한 적 없어요"라고 반응한다. 그러나 방금 알아봤듯이 사실이 아니다. 나는 이렇게 대답해 주겠다. **당신은 당신이 알고 있다고 생각하는 것 이상으로 더 많이 알고 있다.** 물론 당신은 모든 것을 읽진 않았다. 하지만 아마도 충분히 읽었을 것이다. 당신이 읽은 소설, 전기, 시, 새로운 이야기, 영화, 텔레비전 쇼, 연극, 노래를 모두 합치면 충분하다. 정말 문제가 되는 것은, '경험이 부족한' 독자들은 그들이 겪은 경험의 공적을 부인하는 경향이 있다는 점이다. 이런 태도는 버려라! 알지 못하는 것이 아닌 당신이 진정 아는 모든 것에 집중하라. 그리고 이를 이용하라.

모든 사적인 상징이 전적으로 별난 것만은 아니다. 때론 하나의 이미지, 또는 장면이 단지 혁신적인 사용법으로 전환되는 경우도 있다. 일반적으로 만약 어떤 작가가 한 작품에 줄이나 높은 전선을 소재로 들여온다면 우리의 주의는 전적으로 균형의 문제에 집중된다. 그 줄 아래에 있는 허공으로 말이다. 이런 패턴은 완벽히 논리적이다. 그 행위의 전율과 매혹이 단지 행위의 어려움뿐 아니라 재앙의 가능성에 바탕을 두고 있어서다. (예를 들어 나 같은) 특정 연령의 사람들에게 주목할 만한 사례는 리언 러셀의 〈줄 Tight Rope〉(1972)이란 노래로, 두 개의 위기 상황(양쪽의 커다란 틈)이 얼음과 불, 증오와 희망, 삶과 죽음과 같이 다양하게 묘사되어 있다. 하지만 줄을 바라보는 또 다른 시선이 있다. 특히 아주 높은 곳에서의 줄타기가 벌어진 적이 있다. 1974년의 어느 화창한 8월 아침, 프랑스의 공중 곡예사 필리프 프티Phillippe Petit는 당시로선 최신이었던 월드 트레이드 센터의 쌍둥이 빌딩 사이를 줄을 타고 걸었다. 물론 테러리스트에 의해 조종된 두 대의 제트 여객기가 끔찍한 인명 피해를 안기며 이 건물을 폐허로 만들기 27년 전이었다. 재앙이 일어나고 8년 후에 콜럼 매칸Colum MaCann은 『거대한 지구를 돌려라 Let the Great World Spin』(2009)는 소설을 발표했는데, 여기서 프티의 뛰어난 공연은 그 여름날 다양한 뉴욕 사람들의 이야기를 연결하는 표현 도구로 기능한다. 그들 중 일부는 줄타기를 목격 했지만 대부분의 사람들은 한 다리, 두 다리, 세 다리를 건너 들었고 진정 그 도시의 대부분 사람들이 그랬을 것이다. 내 말을 들어보라. 매칸은 줄 을 위험과 재앙의 비유로 이용하지 않았다. 비록 그런 가능성이 프티의 공연과 표현된 이야기 속의 등장인물들의 삶 (그리고 죽음) 모두에 항상 존 재하긴 하지만 말이다. 그보다 매칸은 줄의 또 다른 차원을 지적하는데, 바로 폭이 아니라 길이다. 곡예를 성공시키기 위해 프티는 두 개의 빌딩 을 줄로 연결했다. 외견상 거의 믿기 힘들 정도로 아주 가늘어 보이는 줄 에 의해 인생들이 어떻게 연결되어 있는지 보여주면서, 매칸의 소설은 전 체에 걸쳐 이 비유를 따른다. 소설의 뛰어난 점은, 진정한 스타는 걷는 사 람이 아니라 줄이라고 주장하고 있다는 점이다. (화자를 포함해) 모든 이들 이 빌딩 사이를 걷고 있는 '미친 사람' 에게 집중하여 대부분 그를 처다보 지만, 진짜 마법으로 간주되는 것은 바로 프티를 지지하고 있는 몇 겹의 전선이다. 매칸의 소설은 '만화경 같다', '현란하다' 는 평가를 받았는데 진정 그러하다. 만약 이런 형용사들이 (나 역시 동의하지만) 적절하다고 한 다면, 그 이유는 브롱크스의 매춘부, 맨해튼의 지방법원 판사, 잘난 척 하 는 예술가, 타락한 아일랜드 수도사, 파크 애비뉴 펜트하우스의 주인 같 은 서로 이질적인 삶들을 다 함께 이어줄 수 있게 했던, 다시 말해 그 자 체로 현란하고 다양한 도시의 초상화를 그려내는 데 효과적이었던 지배 적인 비유, 즉 컨시트conceit 를 매칸이 찾아냈다는 사실 때문이다.

매칸이 그의 지배적인 비유를 차용한 방식은 혼하지 않고 어쩌면 특이 하지만 읽거나 이해하는 데 전혀 어렵지 않다. 겉보기에 역설적인 이 말 이 진실인 이유는 대개 인간은 이런 '사적인' 영역에 들어가고, 의미를 추측하고, 텍스트의 함축성을 판단하는 활동에, 그러니까 독서에 매우 유능하기 때문이다. 그래서 등장인물들을 사무엘 베케트Samuel Beckett가 재떨이에 집어넣거나 에드워드 올비Edward Albee가 모래통에 심거나, 외젠 이오네스코Eugene Ionesco가 코뿔소로 만들어버릴 때, 한 번도 본 적 없는 장면이라면 처음에는 머리를 긁을지도 모르지만 우리는 약간의 시간과 상상력을 동원하여 이해할 수 있다. 심지어 기이한 것들조차 어떤 단계에서는 보통 이해하기 쉽다. 특히 기이한 것이라면 말이다.

25 이건 나의 상징이야, 내 맘이라고

아이러니에
대하여

내 생각에 문학에서 가장 중요한 것은 역시 아이러니다.[*]

길이라는 말을 생각해 보자. 여행, 탐구, 자각이 떠오른다. 하지만 길을 떠났는데 아무것도 얻을 수 없다면? 아니, 여행자가 아예 길을 떠나지 않기로 결심한다면? 우리는 문학에 등장하는 길은 (또는 바다, 강, 오솔길은) 오직 누군가가 여행하기 위한 장치임을 안다. 초서가 그랬고 존 번연John

---

[*] 아이러니란 일반적으로 진의와 반대되는 표현을 말한다. 겉으로는 칭찬이지만 알고 보면 비난의 의미를 담고 있는 경우가 좋은 예이다. 아이러니는 대부분 말과 그 의미, 행위와 그 결과, 외관과 실제 사이의 불일치나 부조화를 내포하고 있으며 따라서 부조리와 역설의 요소들이 존재하게 된다.

Bunyan, 마크 트웨인, 허먼 멜빌Herman Melville, 로버트 프로스트, 잭 케루악, 톰 로빈스Tom Robbins, 영화 〈이지 라이더*Easy Rider*〉와 〈텔마와 루이스*Thelma and Louise*〉도 그랬다. 길을 보여주려면 그 길을 걸어갈 주인공도 함께 제시해야 한다.

하지만 예외가 있으니 바로 사무엘 베케트다. 정체停滯의 시인으로 알려진 그는 한 작품에서 주인공을 정말 쓰레기통에 들어가 있게 했다. 여성 인물이 등장하는 베케트의 연극에는 거의 다 출연했던 명배우 빌리 화이틀로우Billie Whitelaw는 그의 작품을 공연할 때 자주 병원 신세를 졌다고 한다. 때로는 육체적으로 너무 힘든 장면들 때문에 그랬지만, 반대로 전혀 움직이지 않는 배역을 맡는 경우도 있었기 때문이다. 『고도를 기다리며』에서 베케트는 두 명의 뜨내기 블라디미르와 에스트라곤을 등장시킨 다음 그들이 끝내 가지 않는 길가에 머물게 한다. 둘은 매일 같은 장소에서 고도를 기다리지만 그는 끝내 나타나지 않고, 두 사람 역시 길을 떠나지 않으며, 길 또한 둘에게 흥미 있는 뭔가를 가져다주지 않는다. 어떻게 보면 이런 식의 글쓰기는 상징을 잘못 쓰는 예로 해석될 수도 있다. 물론 우리는 처음부터 그 길은 **디디와 고고**˙가 선택할 수 있도록 둘을 **위해** 존재하고 있다는 것, 그럼에도 이들이 길을 떠나지 못하는 것은 삶에 제대로 대응하지 못하는 거대한 실패를 의미하고 있다는 것을 알고 있다. 하지만 길에 대한 뿌리 깊은 기대가 없다면 내가 말한 것 중 그 무엇도 큰 효과를 보지 못한다. 그럴 경우 이들은 그저 황폐한 장소에 던져진 두 명의 남자에 지나지 않는다. 하지만 둘은 단순히 황폐한 장소에 던져진 게

˙ 디디는 블라디미르를, 고고는 에스트라곤을 가리킨다.

아니다. 바로 옆에 탈출로가 엄연히 존재하고 있기 때문이다. 문제는 이들이 그 탈출로를 선택하지 않는다는 데 있다. 바로 이런 상황이 모든 것을 바꿔 놓는다.

이것이 아이러니인가? 맞다. 아주 다양한 차원에서 그렇다. 우선 『고도를 기다리며』는 문학이론가 노스럽 프라이가 말한 이른바 '아이러니 양식'의 범주에 포함된다. 이 범주에 포함된 작품들을 보면 우선 자율성과 자기 결정력, 자유의지가 상대적으로 약한 인물들이 등장한다. 보통 다른 문학 작품에서는 우리와 동등하거나 심지어 우월한 인물들이 등장하지만, 아이러니를 차용한 작품의 주인공들은 우리라면 극복할 수도 있을 것 같은 어떤 힘에 맞서 헛되고 소모적인 투쟁을 계속한다. 두 번째로, 길의 특정한 상황이 다른 차원의 아이러니로 우리를 이끈다. 『고도를 기다리며』에는 변화나 향상의 가능성을 찾고 싶어 하는 두 사람이 등장하지만 이들은 수동적으로 기다리기만 할 뿐, 옆에 있는 길을, 단지 그 길이 자신들에게 무엇을 가져다 줄 것인가 하는 관점에서만 이해한다. 관객은 두 주인공이 이해하지 못하는 길의 함축적 의미를 알고 있다(바로 이 지점이 길에 대한 우리의 기대가 드러나는 곳이다). 그것도 너무 많이 알고 있기 때문에 두 사람에게 새로운 삶으로 이끌어 줄 길로 걸어가라고 소리 지르고 싶어질 수도 있다. 하지만 물론 둘은 절대 그렇게 하지 않는다.

그럼 비rain는 어떨까? 우리는 비가 거의 무한한 문화적 연상을 갖고 있다는 걸 이미 알고 있다. 하지만 일단 아이러니가 개입되면 그 문학적 가능성이 더욱 커진다. 만약 새로운 생명이 태어나는 장면을 읽고 있는데 비까지 내린다면 그때 비는 거의 틀림없이 당신에게 (이전의 독서 경험에 기초한) 연상 작용을 불러일으켜 관련된 이미지, 즉 비-삶-탄생-약속-복구-비옥함-연속성이라는 순환 과정을 떠올리게 할 것이다(비는 지적인

26 아이러니에 대하여

차원뿐 아니라 본능적인 차원에서도 작용하는 성질을 갖고 있기 때문이다). 잠깐! 비와 새로운 생명이 등장할 때 항상 그런 순환 과정을 떠올리지는 않는다고? 문학 교수의 입장에서 책을 읽으면 그렇게 된다.

그런데 헤밍웨이는 조금 다르다. 『무기여 잘 있거라』의 마지막 부분에서 주인공 프레드릭 헨리는 연인 캐서린 바클리와 아기의 죽음을 목도한 후 비통한 심정으로 비 내리는 바깥으로 걸어 나간다. 이 장면에서는 조금 전에 열거했던 그 어떤 기대도 작동하지 않는다. 아니, 전혀 반대다. 이 장면의 의미를 이해하기 위해서는 소설의 무대인 제1차 대전 당시의 헤밍웨이의 상황, 그의 이전 경험, 그의 심리나 세계관, 또는 이 부분을 쓸 때의 어려움에 관해(헤밍웨이는 마지막 페이지를 스물여섯 번이나 고쳐 썼다고 한다) 알아두는 것이 도움이 될지도 모른다. 하지만 무엇보다도 이 장면에 아이러니가 개입되어 있음을 알아야 한다. 당시의 다른 작가들과 마찬가지로 헤밍웨이는 아이러니를 일찍부터 알고 있었고 젊은이들이 죽어나가는 모습을 매일같이 목격했던 전쟁에서 이를 직접 체험하게 된다. 이 소설은 첫 장부터 아이러니하다. 『무기여 잘 있거라』라는 제목은 16세기 시인 조지 필George Peele의 시에서 차용한 것이다. 필의 시는 전쟁의 부름을 받고 열정적으로 모여드는 병사들을 그리고 있는데, 시의 첫 줄은 '무기를 들라To arms!' 로 시작한다. 헤밍웨이는 제목과 이 구절을 이어 한 문장으로 만듦으로써 필의 시가 담고 있는 응원 및 용기와 정반대되는 제목을 만들어낸 것이다.* 이 아이러니한 시각은 소설의 처음부터 끝까지

---

* 16세기 영국의 극작가 조지 필(1556-1596)이 남긴 소네트 〈무기여 잘 있거라A Farewell to Arms〉는 엘리자베스1세를 위해 쓴 시로, 나이가 들어 더 이상 여왕을 위해 싸울 수 없음을 한탄하는 내용으로 되어 있다.

일관되게 작용한다. 우리가 그동안의 독서 경험에 비추어 기대하는 바와 달리 이 작품에서 엄마와 아기는 서로를 위해 존재하는 것이 아니라 서로 죽이는 관계가 되어 아기는 탯줄에 목이 감겨 죽고 엄마는 과다 출혈로 사망한다. 아직은 겨울이지만 봄이 머지않은 계절에 프레드릭 헨리는 빗속으로 걸어 나간다. 이 장면에서는 어디를 둘러봐도 정화나 생명력의 이미지는 보이지 않는다. 이것이 바로 우리의 기대를 거꾸로 뒤집어 평소와 반대로 작용하게 만드는 아이러니 기법이다.

무엇이든 그처럼 아이러니한 방식으로 활용될 수 있다. 봄은 오지만 황무지는 그걸 눈치채지 못하는 걸로 그릴 수도 있고, 황당하게도 자신을 기리는 축배를 들다가 악한에게 살해되는 여주인공을 등장시킬 수도 있다. 예수같이 보이던 인물이 알고 보니 자신은 멋지게 성공하고 다른 사람은 파멸로 몰아넣는다는 이야기도 가능하다. 한 주인공이 간판에 부딪치지만 믿음직스러운 안전벨트 덕분에 무사하다. 그런데 그가 미처 차에서 내리기도 전에 불안하게 흔들리고 요동치던 간판이 떨어져 결국 주인공을 깔아뭉갠다. 그 간판에 뭐라고 써 있느냐고? '안전벨트가 당신의 생명을 구합니다.'

방금 말한 간판도 아이러니의 다른 예들과 동일한 역할을 하나요?

물론이다. 아닐 이유가 있는가? 이것은 의도된 바와는 다른 방식으로 사용된 표지다. 다른 아이러니의 예도 마찬가지다. 기호sign란 무엇인가? 메시지를 나타내는 그 무엇이다. 나타내는 행위를 하는 그 무엇을 '기표'로 부르기로 할 경우 '기표'는 안정적이다. 그러나 그것에 의해 전달되는 메시지는(이를 '기의'로 부르기로 하자) 무엇이든 가능하다. 다시 말해 '기표' 자체는 상당히 안정적이지만 원래 계획했던 대로만 사용될 필요는 없다. 기대되는 의미로부터 벗어날 수 있는 것이다.

예를 들어 보겠다. 추리 소설가 체스터튼G. K. Chesterton은 아서 코난 도 일과 동시대 인물로 「하늘에서 날아온 화살The Arrow of Heaven」(1926)을 썼는데, 이 작품에서 한 남자가 화살에 맞아 죽는 사건이 발생한다. 죽음의 원인은 명백하다. 하지만 불행히도 이 일은 미제 사건이 되어버린다. 신 외에는 그 누구도 그에게 화살을 맞힐 수 없기 때문이다. 희생자는 높은 창이 있는 높은 탑에 있었으므로 하늘에서 말고는 누구도 일직선으로 화살을 날릴 수 없다. 체스터튼의 주인공이자 탐정인 브라운 신부는 단서가될 만한 얘기에 귀를 기울이며 사건을 조사한다. 그런데 한 사람이 인디언들은 불가능해 보이는 거리에서도 칼을 던져 사람을 죽일 수 있다면서, 아마도 인디언들이 칼이 아닌 화살에 마법을 부려 희생자를 죽인 것 아니냐며 브라운을 오도하려 든다. 그 말을 들은 브라운은 즉시 해답을 제시한다. 신의 화살이란 없으며 살인자는 희생자와 같은 방에 있었다는 것이다. 원래 가까이서 찌르도록 만들어진 칼이 던지는 용도로 쓰일 수 있다면, 먼 거리에서 쏘도록 만들어진 화살로 가까이 있는 희생자를 찌를 수도 있다. 브라운을 제외한 모든 사람은 화살이 오직 한 가지만 의미한다고 가정하는 실수를 저지른다. 독자도 마찬가지여서 화살에 대한 우리의 기대는 한 가지 방향만 가리킨다. 체스터튼은 화살에 대한 이런 기대를 뒤틀어버린다. 아이러니와 마찬가지로 추리 소설도 이런 뒤틀림을 최대한 활용한다. 화살 자체는 안정적이다. 즉 화살은 화살일 뿐이다. 그러나 그 화살이 쓰이는 용도와 우리가 화살에 부여하는 의미는 서로 다를 수 있기 때문에 안정적이지 않다.

그런 의미에서 아까 나왔던 안전벨트 광고도 일종의 화살이다. 치명적인 만찬, 실패하고 만 예수 형상의 인물도 그러하고 헤밍웨이의 비와 베케트의 길도 마찬가지다. 각각의 예에서 한 표지標識는 관습적인 의미를 전달하지만 그렇다고 그 표지가 반드시 그 의미만을 전달한다는 보장은 없다. '기표'는 안정적이다. 비는 비일 뿐이다. 비는 아이러니할 수도 있고 아닐 수도 있다. 비는 그저 비일 뿐이다. 하지만 단순한 이 비가 문맥에 따라서는 관습적인 연상이 거꾸로 뒤집힌 채 사용될 수 있다. 이렇게 해서 나타나는 의미는 우리가 기대하는 것과는 반대다. 이처럼 표지는 안정적일 수도 있고 그렇지 않을 수도 있기 때문에 그 자체로만 보면 불안정하다. 아이러니의 효과를 내기 위해 사용된 표지의 의미는 아주 많을 수 있지만 우리가 기대하는 일반적인 의미는 여기서 제외된다고 할 것이다. 그럼에도 불구하고 관습적인 의미는 계속 살아 있고, 우리는 유령처럼 떠도는 그 의미의 메아리를 새로 창조된 지배적인 의미와 동시에 경험하기 때문에 여기서 온갖 종류의 반향이 생겨난다.

이는 즉흥적인 재즈곡이 내는 효과와 비슷하다. 악사들은 곡을 아무렇게나 시작하는 게 아니라 먼저 어떤 기본적인 멜로디를 제시한다. 그러다가 어느 정도 시간이 흐르면 악단의 연주가 한창인 가운데 트럼펫이나 피아노 연주자가 그 기본 멜로디를 변형시켜 자유롭게 두 번, 세 번, 열다섯 번 등 수차례에 걸쳐 조금씩 다르게 연주한다. 우리는 원래의 멜로디를 변형시켜 만든 즉흥곡 하나하나를 듣게 되는 것이다. 이때 우리가 기억하는 원래의 멜로디가 바로 연주자들의 독주를 의미 있게 만들어 준다. 그렇다면 원래의 멜로디는 연주자가 출발한 곳인 동시에 이제 그가 청중을 데려온 곳이기도 하다.

아이러니의 효과는 주로 기대가 뒤틀리는 데서 일어난다. 오스카 와일드Oscar Wilde는 『진실함의 중요성 The Importance of Being Earnest』(1895)에서 한 등장인물의 입을 빌려 최근에 과부가 된 여자를 두고 이렇게 말한다. '그녀는 너무 슬픈 나머지 머리가 눈부신 금발로 변해버렸다.' 이 말은 일반

26 아이러니에 대하여

적으로 스트레스를 받으면 머리가 하얗게 센다는 우리의 기대 때문에 효과를 발휘한다. 남편이 죽어 눈부신 금발이 되었다는 말은 완전히 다른 무엇, 아마 과부가 된 여자의 슬픔이 겉보기와 달리 별로 크지 않을 수도 있음을 시사한다. 와일드는 소설뿐 아니라 연극에서도 독자들의 기대를 활용한 코믹 아이러니를 통해 큰 성공을 거두었다.

한편, 언어적 아이러니는 다양한 아이러니의 토대가 된다. 고대 그리스의 희극을 보면, 언뜻 비굴하고 무지하고 약해 보이는 아이론eiron*이란 인물과, 그가 장난치고 골려주는 상대인 허영심 많고 오만하고 아둔한 알라존alazon이 등장한다. 노스럽 프라이는 알라존을 '자신이 모른다는 사실을 모르는' 사람으로 정의했는데 이는 거의 완벽한 묘사다. 아이론은 말로써 알라존을 비웃고 모욕하고 깎아내리는 데 대부분의 시간을 보내면서 그에게서 가장 중요한 것을 빼앗아 가고, 관객들도 그걸 알고 있지만, 알라존 자신만 전혀 눈치채지 못한다. 아이러니는 한 명 또는 그 이상의 등장인물은 모르고 있는 뭔가를 관객이 이해하기 때문에 효과를 발휘한다. 와일드가 구사하는 언어적 아이러니의 토대는 '가장된 순진함'이다.

하지만 지금 우리가 논의 중인 아이러니는 그 대상이 언어보다는 주로 구조적이고 극적인 작품들이다. 작품에서 어떤 인물이 여행을 떠날 때, 소설이 여러 계절을 거쳐 봄에서 끝날 때, 등장인물들이 함께 식사할 때, 우리는 어떤 일이 일어나야 하는지 알고 있다. 그런데 당연히 일어나야 할 일이 일어나지 않는다면, 체스터튼의 화살처럼 아니러니가 개입된 작

● **아이론** | 아이러니 Irony란 단어의 어원이기도 하다.

품으로 봐도 좋을 것이다.

　20세기 초반에 활약한 포스터는 작품 수는 많지 않지만, 그중 『인도로 가는 길』과 『하워즈 엔드Howards End』(1910)는 정말 위대한 소설이다. 특히 후자는 계급 제도 및 개인적 가치에 관련된 이슈를 다루고 있다. 작품의 주요 등장인물 중 하나가 노동자 계급에 속한 레너드 바스트인데, 그는 좀 더 교양 있는 사람이 되고 싶은 열망에 예술과 문화에 관한 존 러스킨의 글 등 유명한 책을 읽기도 하고 강연장이나 음악당을 찾기도 한다. 그런 과정에서 청년은 좀 더 높은 계층의 사람들과 만나게 되는데 그들은 부르주아 계층인 쉴레이글 자매와 이들을 통해 알게 된 귀족 월콕스 가문이다. 독자들은 아마 이런 패턴이 자연스러우며 결국 레너드가 교양을 쌓아 비참한 환경에서 벗어나리라고 기대할 것이다. 하지만 우리의 기대와 달리 그는 자신이 꿈꾸던 바로 그 지점에서 더 큰 불행과 죽음을 맞이한다. 헨리 월콕스는 헬렌 쉴레이글을 통해 레너드에게 현재 근무 중인 은행을 떠나 더 안정된 회사로 옮기라고 조언한다. 그런데 이 조언의 결과는 치명적이다. 전에 다니던 은행은 더욱 번창하는 반면 새로 얻은 일자리는 없어지고 말았기 때문이다. 절망에 빠진 레너드는 헬렌과 하룻밤을 보내고 이로 인해 헬렌은 그의 아이를 갖게 되지만, 찰스 월콕스가 보복하려고 달려드는 바람에 레너드는 심장마비로 죽고 만다.

　아이러니한가? 그렇다. 하지만 더 생각해 볼 문제가 있다. 우리는 일반적으로 레너드의 독서열을 어떤 가치의 긍정이나 자기 향상, 교육에의 열망 등 뭔가 긍정적인 덕목과 연관된 것으로 생각한다. 하지만 쓰러지는 순간 레너드가 마지막으로 본 것은 그가 뒤엎은 책장에서 자신에게로 쏟아져 내리는 책들이었다. 우리가 평소 책에 대해 갖고 있는 연상과 이 작품에서 포스터가 부여한 역할 사이에 괴리가 존재하는 것이다.

이런 예는 수없이 많다. 버지니아 울프의 『댈러웨이 부인』을 보면 2차 대전에서 부상당한 셉티머스 워런 스미스가 자살을 하는데 그 이유는 적들이 그를 없애려고 다가오고 있었기 때문이다. 그의 적이라니? 바로 두 명의 의사다. 우리는 보통 의사를 치유와 연관 지어 생각하지만 『댈러웨이 부인』에서는 오히려 남의 일에 끼어드는 위협적인 존재로 그려진다. 아이리스 머독의 『유니콘』에 등장하는 인물들은 자기들 중에서 유니콘으로 생각되는 사람을 찾아내는 데 많은 시간을 보낸다. 민담에서 유니콘은 예수와 관련이 있는 동물이다. 그들이 첫 번째로 선택한 사람은 탑에 갇힌 공주 같아 보이지만 실은 이기적이고 교활하며 흉악한 인물임이 밝혀진다. 두 번째 후보 역시 피터*라는 다른 등장인물을 익사시킨다. 두 인물 모두 일반적인 예수의 이미지와는 거리가 멀다. 이 두 작품에서 버지니아 울프와 아이리스 머독은 우리의 기대와 현실 간의 괴리를 보여줌으로써 아이러니의 특징이라고 할 이중의 지각知覺, 이중의 목소리를 만들어내고 있는 것이다.

이중의 지각은 제대로 구현하기 쉽지 않다. 우리 학생들은 『시계태엽 오렌지A Clockwork Orange』에 대해 토론하다가 내가 이렇게 물으면 금방 조용해진다.

'주인공 알렉스는 어떻게 보면 예수 같지 않습니까?'

알렉스요? 그 강간 살인범 알렉스가 예수 같다구요?

앤서니 버지스의 주인공은 물론 아주 부정적으로 그려진다. 그는 폭력적이고 오만하며 자신이 남보다 우월하다고 생각하고, 무엇보다 자신의

• 성경에 나오는 베드로Peter를 연상시킨다.

죄를 뉘우치지 않는다. 더욱이 그가 전하는 메시지는 사랑이나 보편적인 인류애도 아니다. 그럼에도 그가 아주 약간이라도 예수를 형상화한 인물이라면, 어떤 관습적인 생각과도 맞지 않는다.

하지만 몇 가지 사실을 되짚어보자. 그는 작은 일당을 이끌고 있는데 그중 한 명이 그를 배신한다. 그리고 그의 후계자가 된 사람의 이름은 피트Pete다(이 사실은 좀 곤혹스럽다. 피트는 베드로Peter와 달리 배신자이기도 하기 때문이다). 또 악마가 그에게 거래를 제안한다〔그는 혐오스러운 치료 후 주어지는 자유에 대한 대가로 (정신적 자율성의 형태로 그려지는) 자신의 영혼을 팔아버린다〕. 그는 감옥에서 풀려난 후 방황하다 높은 곳에서 뛰어내린다(예수가 이겨낸 유혹 중 하나). 그런데 처음에는 죽은 것처럼 보이다가 다시 살아난다. 마지막으로 그의 인생 이야기는 심오한 종교적 메시지를 담고 있다.

위에 열거한 그 어떤 속성도 그를 예수 같은 인물로 만드는 데 적절해 보이지 않는다. 오히려 예수의 속성들을 패러디한 것 같다. 마지막 항목만 제외하면 알렉스는 예수와 전혀 관련이 없어 보인다. 이는 다루기에 정말 까다로운 문제다. 그렇다. 알렉스는 예수와 비슷하지 않다. 버지스 자신도 예수를 조롱하거나 비웃기 위해 알렉스를 이용하지는 않았다. 하지만 잘못된 시각에서 접근하거나 잠깐 방심하면 그런 식으로 읽힐 수 있다.

물론 버지스 자신이 독실한 기독교 신자였다는 점, 선함과 영혼의 치유라는 주제가 그의 사고와 작품에서 주된 자리를 차지하고 있다는 점을 알면 도움이 된다. 하지만 더 중요한 사실은 내가 마지막에 언급한 항목으로, 바로 알렉스 이야기의 목적은 심오한 종교적, 영적 메시지를 전달하기 위함이라는 것이다. 버지스는 이 작품에서 악의 문제에 관한 해묵은

　　　　　26　아이러니에 대하여

논쟁을 들추고 있다. 즉 선한 신이 무슨 이유로 그 피조물 안에 악이 존재하도록 허용했는가에 대한 자신의 주장을 펼치고 있다. 버지스의 논지는 다음과 같다. 자유 의지 없이는 선이 존재할 수 없다. 만약 자유 의지에 따라 선을 자유롭게 선택할 (또는 거부할) 능력이 없다면 개인은 자신의 영혼에 대해 통제권을 가질 수 없으며, 그런 통제권 없이는 은총을 얻을 가능성이 전혀 없다는 것이다. 교회의 언어로 말하면 이렇다. 만약 예수를 따르겠다는 선택이 자유 의지를 통해 이루어지지 않는다면, 다시 말해 예수를 따르지 않겠다는 선택이 정말 존재하지 않는다면 신자는 구원받을 수 없다. 강요된 믿음은 믿음이라고 할 수 없기 때문이다.

복음서들은 이에 대해 긍정적인 모델을 제시한다. 예수는 신자들이 애써 이루어야 할 영적 목표일 뿐 아니라 당연히 받아들여야 할 행위들의 구현체이기도 하다. 그런데 『시계태엽 오렌지』는 반대로 부정적인 모델을 제시한다. 다시 말해 버지스는 선이 의미 있으려면 악이 존재해야 할 뿐 아니라 악을 선택할 권리도 반드시 주어져야 함을 상기시킨다. 알렉스는 자유로운 상태에서 기꺼이 악을 선택한다 (하지만 소설의 마지막 장에서 그는 그 선택의 고통에서 벗어나려고 노력하기 시작한다). 그러나 그의 선택권을 빼앗겼을 때, 악의 자리는 선이 아니라 선의 공허한 모조품이 차지하고 만다. 그는 여전히 악을 선택하고 싶어 하고 따라서 결코 교화됐다고 볼 수 없기 때문이다. 바람직한 행동을 습득하도록 하는 데 있어 사회는 소설에서 말하는 이른바 '루도비코 기법'을 통해 알렉스를 교화하는 데 실패했다. 나아가 버지스가 인간의 고유한 특징이라고 여기는 자유 의지를 그에게서 빼앗음으로써 훨씬 더 극악한 범죄를 저지르고 말았다.

이 점에서, 그리고 이 점에서만, 알렉스는 현대판 예수라 할 만하다. 다른 속성은 우리가 알렉스의 이야기를 이해하고, 알렉스가 은연중에 전달하는 메시지를 이해하는 데 도움이 될 아이러니한 장식물에 지나지 않는다.

그 빈도는 각자 다르지만, 거의 모든 작가가 가끔은 아이러니를 이용한다. 몇몇 작가, 특히 현대 작가나 포스트모던 작가들에게 아이러니는 매우 일반화되어 그들의 작품을 읽으면 읽을수록 독자의 관습적인 기대가 반드시 깨질 것임을 예측하게 된다. 프란츠 카프카, 사무엘 베케트, 제임스 조이스, 블라디미르 나보코프, 안젤라 카터, 코라게산 보일은 20세기에 등장한 아이러니 기법의 대가들 중 일부에 불과하다. 뭔가 아는 독자는 보일의 소설이나 단편을 읽을 때마다 반드시 아이러니를 기대할 것이다. 하지만 어떤 독자들은 냉혹한 아이러니를 받아들이기 힘들어 하고, 어떤 작가들은 아이러니의 사용이 위험을 수반한다는 사실을 갑자기 깨닫기도 한다. 살만 루시디가 『악마의 시』에서 구사한 아이러니는 일부 이슬람 성직자들에게는 받아들여지지 않았다. 그러므로 여기서 아이러니한 두 번째 교훈이 도출된다.

아이러니가 누구에게나 효과적인 것은 아니다.

아이러니는 본성상 다중의 목소리를 갖고 있으므로(우리는 이 다중의 목소리를 동시에 듣게 된다) 한 목소리에만 귀 기울이는 독자에게는 다중성의 효과를 기대할 수 없다.

그러나 그렇지 않은 독자들에게는 커다란 보상이 주어진다. (때로는 코믹하고, 때로는 비극적이고, 때로는 씁쓸하고, 때로는 당혹스러운) 아이러니는 문학이라는 요리를 더 풍부하게 만들어주는 역할을 한다. 아이러니는 분명 독자를 긴장시키고, 유혹하고, 어쩔 수 없이 빠져들게 하여 다양한 해석을 하게 만들고 서로 경쟁하는 의미의 층을 파헤치게 한다.

꼭 기억하라. 아이러니는 모든 것에 우선한다.

달리 말하면, 아이러니가 문 앞에 당도하면 이 책의 모든 장은 창문으로 퇴장해야 한다.

그것이 아이러니인지 어떻게 알 수 있는가?

귀 기울여 들어보라.

캐서린 맨스필드, 「가든파티」

아무튼 날씨는 완벽했다. 주문할 수 있다 해도 가든파티를 열기에 이보다 더 좋은 날은 받지 못했을 것이다. 바람 없는 포근한 날씨에 하늘은 구름 한 점 없이 맑았다. 초여름에 가끔 그러듯 연한 금빛 아지랑이만이 푸른 하늘로 간간히 피어오를 뿐이었다. 게다가 정원사가 새벽부터 나와 열심히 풀밭을 깎고 청소한 덕에 잔디는 물론 데이지가 있던 곳을 차지하고 있는 진한 색의 납작한 질경이마저 반들거리는 듯했다. 장미로 말하면, 장미는 자기가 가든파티에 참석한 사람들을 감동시킬 뿐 아니라 모든 사람이 확실히 알고 있는 유일한 꽃임을 잘 알고 있다는 인상을 주었다. 수백 송이, 그랬다, 문자 그대로 수백 송이의 장미가 하룻밤 사이에 꽃을 피웠고 푸른 잎사귀들은 마치 대천사의 방문이라도 받은 양 일제히 고개를 숙이고 있었다.

아침식사를 마치기도 전에 천막 치는 일꾼들이 도착했다.

"엄마, 천막을 어디다 치죠?"

"나한테 물어봤자 소용없다. 올해는 너희한테 모든 걸 맡기기로 했으니까. 내가 네 엄마라는 사실은 잠시 잊어버리고 그냥 귀한 손님으로 대해 줘."

하지만 메그가 일꾼들을 감독하러 갈 수는 없었다. 아침 식사 전에 머리를 감았던 터라 초록색 터번을 쓰고 양 볼에 덜 마른 고수머리가 달라붙은 상태로 커피를 마시고 있었기 때문이다. 나비 같은 멋쟁이 조스는 언제나처럼 실크 페티코트와 실내복을 입고 내려왔다.

"로라, 아무래도 네가 가야겠다. 넌 예술적인 감각이 있잖아."

로라는 버터 바른 빵을 든 채 얼른 뛰어나갔다. 밖에서 음식 먹을 핑계가 생겨 신나기도 했지만 뭔가를 정돈하는 걸 아주 좋아했기 때문이다. 평소 그 일이라면 누구보다 잘할 수 있다고 생각했다.

셔츠 차림의 일꾼 네 명이 정원 길에 모여 서 있었다. 그들은 캔버스 천을 둘둘 만 봉을 들고 등에는 커다란 공구 가방을 메고 있었다. 인상적인 모습이었다. 로라는 그제야 빵을 갖고 나온 걸 후회했지만 어디 둘 데도 없고 그냥 버릴 수도 없었다. 로라는 잠깐 얼굴이 붉어졌지만 얼른 근엄한 표정을 지었고 일꾼들에게 다가갈 땐 약간 근시인 척하기도 했다.

"안녕하세요."

로라가 엄마 같은 어조로 인사했다. 하지만 너무 어색하게 느껴졌기 때문에 곧 어린 소녀처럼 말을 더듬었다.

"오, 어…… 그러니까 아저씨들은…… 천막을 치러 온 건가요?"

"맞습니다, 아가씨."

그중 제일 크고 호리호리하며 얼굴에 주근깨가 있는 한 일꾼이 공구 가방을 고쳐 메며 대답했다. 그는 밀짚모자를 뒤로 젖히고 로라를 내려다보며 웃음 지었다.

"그 일 때문에 왔어요."

그의 미소가 너무도 느긋하고 친근해 보여서 로라는 다시 마음이 편해졌다. 작지만 눈동자가 짙푸른 정말 멋진 눈을 갖고 있었다! 다른 일꾼들을 둘러보니 그들 역시 미소 짓고 있었다.

"걱정 말아요. 잡아먹지 않을 테니."

그들의 미소는 이렇게 말하고 있는 듯했다. 정말 좋은 사람들 같았다! 또 얼마나 아름다운 아침인가! 하지만 아침이 어떻다는 둥의 말을 해서는 안 되었다. 천막을 쳐야 하니까 가급적 사무적인 태도를 보여야 했다.

"흠, 저 백합 있는 잔디밭은 어때요? 거기 괜찮겠죠?"

로라는 빵을 들지 않은 손으로 백합이 피어 있는 곳을 가리켰다. 일꾼들은 돌아서서 그쪽을 보았다. 약간 뚱뚱한 일꾼이 아랫입술을 내밀었고 키 큰 일꾼은 얼굴을 찌푸리더니 이렇게 말했다.

"거긴 별로일 것 같네요. 눈에 잘 안 띄잖아요. 그러니까, 천막 같은 건……."

그러고는 예의 그 친근한 표정으로 돌아보며 이렇게 물었다.

"아무래도 눈에 확 띄는 곳에 천막을 치고 싶으시겠죠? 제 말이 무슨 뜻인지 아시죠?"

그동안 받아 온 교육 때문에 로라는 일꾼이 자기한테 '눈에 확 띄는 곳에' 같은 말을 해도 괜찮은 건지 잠시 생각에 잠겼다. 하지만 무슨 말인지는 이해가 갔다.

"저기 테니스 코트 한쪽 구석은 어때요? 밴드도 테니스 코트 구석에 자리 잡을 거예요."

"흠, 밴드도 불렀나 보네요?"

다른 일꾼이 말했다. 핼쑥한 낯빛에 짙은 눈동자를 지닌 사람인데 초췌한 얼굴로 테니스 코트를 훑어보고 있었다. 그 사람은 무슨 생각을 하고 있을까?

"아주 작은 밴드예요."

로라가 부드러운 어조로 말했다. 아주 작은 밴드라면 괜찮겠지. 그런데 이때 키 큰 일꾼이 끼어들었다.

"이봐요, 아가씨. 저기가 좋겠어요. 저 나무들 앞에 치는 거예요. 바로 저기요. 딱 좋아요."

일꾼이 가리킨 곳은 카라카 나무 앞이었다. 그럼 저 나무들이 가려질 텐데. 반들거리는 넓은 잎들과 노란 열매송이로 가득 찬 카라카 나무는 정말 아름다웠다. 카라카 나무는 도도하고 고독한 자태로 쓸쓸한 섬에서 자라는 나무 같다. 태양을 향해 잎과 열매를 치켜 올리며 조용히 빛나는 나무를 연상시킨다. 그런 나무가 천막 따위에 가려져야 한다고?

그래야만 했다. 일꾼들은 벌써 천막을 둘둘 말 봉들을 어깨에 지고 그쪽으로 걸어가고 있었다. 키 큰 일꾼만 옆에 서 있었다. 그는 허리를 굽혀 작은 라벤더 가지를 꺾더니 엄지손가락과 집게손가락을 코로 가져가 향기를 맡았다. 그걸 본 로라는 라벤더 향기 같은 것을 좋아하는 일꾼의 모습에 너무 놀란 나머지 카라카 나무는 까맣게 잊어버렸다. 그녀가 아는 남자들 중에서 과연 몇 명이나 이런 모습을 보여줬던가? 일꾼들은 정말 근사한 사람들이구나. 로라는 탄복했다. 그녀와 같이 춤을 추거나 일요일 저녁에 식사하러 오는 시시한 남자들 대신 이런 일꾼들을 친구로 삼을 수는 없는 걸까? 이런 사람들이라면 훨씬 더 쉽게 어울릴 수 있을 텐데.

키 큰 일꾼이 봉투 뒷면에 고리로 묶을 부분과 그냥 늘어지게 둘 부분들을 보여주는 그림을 그리는 동안 로라는 이 모든 잘못이 불합리한 계급 차별 때문이라고 결론 내렸다. 하지만 그걸 느껴본 적은 없었다. 조금도, 정말 티끌만큼도…… 어디선가 나무망치로 탕탕 두드리는 소리가 들렸다. 누군가는 휘파람을 불고 누군가는 이렇게 소리쳤다.

"어이, 도와줄까?"

"어이!"

그 말에서 느껴지는 친근함이라니. 정말이지 그건…… 그 친근함은…… 로라는 키 큰 일꾼에게 자신이 얼마나 기분 좋은지, 마음이 얼마나 편안하고 또 그 어리석은 관습을 얼마나 경멸하는지 보여주기 위해 그 사람이 그린 작은 그림을 살펴보면서 버터 바른 빵을 한 입 크게 베어 물었다. 그러자 자신도 일하러 나온 노동 계층 소녀처럼 느껴졌다.

"로라, 로라, 어디 있니? 전화 왔어, 로라!"

집 쪽에서 부르는 소리가 들렸다.

"가요!"

로라는 미끄러지듯 잔디밭을 건너고 오솔길을 지나 계단을 올라간 다음 베란다를 거쳐 현관으로 들어섰다. 홀에서는 아빠와 로리가 출근 준비를 마치고 모자에 솔질을 하고 있었다.

"로라. 오늘 오전 중에 내 코트 한번 체크해 줘. 혹시 다림질이 필요한지 보라구."

로리가 빠른 말투로 말했다.

"알았어."

로라가 대답했다. 그러고는 갑자기 억제할 수 없는 충동에 사로잡혀 로리에게 달려가 얼른 가볍게 껴안았다.

"나는 파티가 정말 좋아. 오빠는 안 그래?"

로라가 숨찬 목소리로 말했다.

"좋다마다."

로리는 다정하면서도 소년 같은 어조로 대답하며 동생을 가볍게 포옹한 뒤 부드럽게 밀었다.

"어서 전화 받아봐."

아, 전화 왔다 그랬지.

"응, 그래, 알았어. 여보세요? 키티? 잘 있었니? 점심 때 올 거지? 제발 와 줘. 네가 와주면 당연히 기쁘지. 그냥 집에 있는 것들로 준비할 거야. 샌드위치 껍데기, 머랭 과자 부스러기, 그런저런 남은 음식들 말야. 그래, 오늘 날씨 정말 좋지? 그 하얀 옷? 아, 그럼. 잠깐만, 끊지 말고 있어 봐. 엄마가 부르셔."

로라는 허리를 폈다.

"엄마, 뭐라구요? 잘 안 들려요."

세리던 부인의 목소리가 이층에서 울려왔다.

"지난 일요일에 본 그 귀여운 모자 꼭 쓰고 오라고 전해줘."

"엄마가 지난 일요일에 본 그 귀여운 모자 꼭 쓰고 오래. 알았어. 한 시. 그래, 안녕."

로라는 전화를 끊은 다음 양팔을 머리 위로 쭉 뻗어 심호흡을 하고 기지개를 켰다가 다시 내렸다.

"흠."

로라는 한숨을 내쉰 뒤 얼른 자세를 고쳐 앉았다. 그리고 조용히 귀를 기울였다. 집의 문들이 모두 열려 있는 듯했다. 부드럽고 빠른 발걸음 소리와 분주한 목소리로 집 안에 활기가 넘쳤다. 부엌으로 통하는 녹색 문이 낮고 둔탁한 소리를 내며 여닫혔다. 얼마 후 희한한 웃음소리 같은 게 이어졌다. 무거운 피아노가 뻑뻑한 피아노 다리 바퀴에 실려 어딘가로 이동하는 소리였다. 하지만 이 공기! 생각해 보니 이렇게 상쾌한 적은 없었던 것 같았다. 가벼운 바람이 술래잡기 하듯 창문 위로 스며들어와 문으로 빠져나갔다. 거기에 두 개의 아주 작은 햇살이 하나는 잉크통에서, 또 하나는 은색의 사진 액자에서 역시 술래잡기 하듯 너울거렸다. 그 사랑스러운 작은 햇살. 특히 잉크통 뚜껑 위에 비친 햇살이 그랬다. 그것은 아주 따뜻해 보였다. 마치 작고 따스한 은색별처럼. 로라는 햇살에 키스라도 하고 싶은 심정이었다.

이때 초인종이 울리더니 계단에서 세이디의 프린트 스커트가 바스락거리는 소리가 들렸다. 이윽고 누군가의 말에 세이디가 아무렇게나 대답하는 소리가 들렸다.

"글쎄, 전 잘 모르겠어요. 잠깐 기다려봐요. 셰리던 부인께 여쭤볼게요."

"세이디, 무슨 일이야?"

로라가 현관으로 들어서며 말했다.

"꽃가게에서 왔대요, 로라 아가씨."

정말 그랬다. 문 바로 안쪽에 넓고 낮은 쟁반이 있고, 그 위에 분홍색 나리꽃이 담긴 화병들이 여러 개 놓여 있었다. 다른 꽃들은 전혀 보이지 않았다. 오직 나리꽃, 정확히 말해 칸나 나리꽃만이 눈부시게 빛나는 커다란 꽃잎들을 넓게 펼친 채, 놀라울 정도로 생생한 기운을 뿜내며 밝은 진홍색 줄기 위에 활짝 피어 있었다.

"오, 세이디!"

로라가 외쳤다. 그 소리는 거의 신음에 가까웠다. 로라는 마치 나리꽃이 지닌 열기로 자신의 몸을 따뜻하게 하려는 듯 그 앞에 쭈그리고 앉았다. 꽃들이 손가락, 입술, 그리고 자신의 가슴에서 자라는 느낌이 들었다. 로라가

　　　　　　　27 실전 연습　캐서린 맨스필드,「가든파티」

작은 소리로 말했다

"뭔가 착오가 있었던 것 같아. 이렇게 많이 주문했을 리가 없잖아. 세이디, 가서 엄마 좀 찾아봐."

하지만 바로 그때 셰리던 부인이 들어섰다.

"착오가 아니니까 걱정 마라."

셰리던 부인이 조용히 말했다.

"내가 주문했어. 정말 예쁘지 않니?"

셰리던 부인이 로라의 팔을 잡으며 말했다.

"어제 꽃가게를 지나가는데 윈도우에 저 꽃들이 있더라구. 근데 그때 갑자기 내 평생 단 한 번이라도 저 꽃을 원 없이 갖고 싶다는 생각이 들었단다. 마침 가든파티를 열게 됐으니 좋은 핑곗거리도 생겼고 말이야."

"하지만 파티에는 관여하지 않겠다고 하셨잖아요?"

로라가 말했다. 세이디는 이미 어딘가로 가 버리고 없었다. 꽃가게에서 온 사람은 여전히 운반차 옆에 서 있었다. 로라는 팔로 엄마의 목을 감싼 뒤 아주 살짝 귀를 물었다.

"귀여운 우리 딸, 설마 논리적인 엄마를 좋아하는 건 아니겠지, 응? 그만해. 사람들이 보잖니."

꽃가게에서 온 남자는 더 많은 나리꽃, 더 많은 쟁반을 들여왔다.

"줄지어 세워둬요. 문 바로 안쪽, 현관문 양쪽에요."

셰리던 부인이 말했다.

"로라, 그렇게 하는 게 좋겠지?"

"네, 엄마, 좋아요."

응접실에서는 메그와 조스, 작은 체구의 선량한 한스가 마침내 피아노를 옮기는 데 성공했다.

"자, 이제 체스터필드 소파를 벽에 붙이고 의자들만 남긴 다음 모든 물건을 여기서 빼는 거야. 그럼 되겠지?"

"좋아요."

"한스, 이 탁자들을 흡연실로 옮기고 빗자루로 카펫에 난 이 자국들을 지우면 돼. 아, 잠깐, 한스……."

조스는 하인들에게 지시하는 걸 좋아했고 하인들도 즐겁게 그 지시에 따랐다. 무슨 연극에 참가하는 기분이었기 때문이다.

"엄마랑 로라 양한테 당장 이리 오라고 전해줘."

"알겠습니다, 아가씨."

조스가 메그에게 몸을 돌렸다.

"피아노 소리가 어떻게 들릴지 듣고 싶어. 오후에 누가 노래를 불러달라고 할 수도 있잖아. 자, 〈인생은 우울해〉 한 번 쳐볼까?"

쿵! 댕, 댕, 댕, 댕! 피아노 소리가 우렁차게 터져 나오자 조스는 안색이 변하면서 양손을 꽉 움켜쥐었다. 엄마와 로라가 들어서자 그녀는 애처로우면서도 수수께끼 같은 눈길로 두 사람을 쳐다보았다.

인생은 우-울해

눈물과- 한숨.

사랑은 변-한다네.

인생은 우-울해,

눈물과- 한숨.

사랑은 변-한다네.

그리고 이젠…… 안녕!

눈물과- 한숨.

사랑은 변-한다네.

그리고 이젠…… 안녕!

'안녕!' 하는 부분에서, 피아노는 어느 때보다 절박하게 울렸지만 조스
의 얼굴에는 그와는 전혀 상반되는 밝은 미소가 깃들었다.

"엄마, 내 목소리 괜찮은 것 같아요?"

환한 얼굴로 조스가 물었다.

인생은 우-울해

희망은 사라졌네.

꿈은- 깨져버렸네.

그때 세이디가 갑자기 들어오는 바람에 대화가 끊겼다.

"무슨 일이야, 세이디?"

"죄송합니다만, 샌드위치에 꽂을 이름표 갖고 계신지 요리사가 여쭤보
라고 해서요."

"샌드위치에 꽂을 이름표?"

꿈꾸는 듯한 목소리로 셰리던 부인이 말했다. 엄마의 얼굴을 보니 깜박
한 눈치였다.

"가만있어 보자."

이윽고 셰리던 부인이 단호한 어조로 말했다.

"요리사한테 10분 후에 갖다 준다고 해."

세이디가 사라지자 셰리던 부인이 재빨리 말했다.

"자, 로라. 나랑 흡연실에 가자. 봉투 뒷면에 이름들을 적어놨거든. 네가

좀 써서 갖다 줘. 메그, 넌 얼른 올라가서 그 젖은 거 벗고, 조스, 너도 빨리 가서 옷 제대로 입고 와. 얘들아, 내 말 안 들리니? 아니면 오늘 밤 아빠한 테 다 일러바칠까? 그리고…… 조스, 혹시 부엌에 가면 요리사 좀 달래줘, 알았지? 오늘은 요리사가 무서워."

한참을 뒤진 끝에 누군가가 식당에 있는 시계 뒤쪽에서 그 봉투를 찾았 다. 그런데 봉투가 왜 거기 가 있는지 셰리던 부인은 상상이 안 갔다.

"틀림없이 너희 중 한 명이 내 가방에서 빼갔을 거야. 내가 분명히 기억 하고 있거든. 크림치즈하고 레몬커드, 적고 있니?"

"네."

"계란과……."

셰리던 부인이 봉투를 멀리 들고 쳐다봤다.

"생쥐라고 쓴 것 같은데. 생쥐일 리는 없고, 안 그래?"

"올리브라고 적혀 있어요."

셰리던 부인의 어깨 너머로 목록을 읽고 있던 로라가 말했다.

"그래, 맞아, 올리브. 계란과 생쥐라니, 생각만 해도 끔찍하다. 계란과 올리브지."

둘은 마침내 일을 마쳤고 로라는 목록을 부엌으로 가져갔다. 부엌에서 는 조스가 요리사를 달래고 있었는데, 요리사는 전혀 화난 표정이 아니었 다.

"이렇게 멋진 샌드위치는 정말 처음 봐."

조스가 열띤 어조로 말했다.

"요리사, 종류가 모두 몇 가지나 된다고 했죠? 열다섯 가지랬나?"

"네, 열다섯 가지요."

"정말 대단해요."

기다란 샌드위치용 나이프로 부스러기를 쓸어 담으며 요리사가 환하게 웃었다.

"가드버 가게에서 사람이 왔어요."

식료품 저장실에서 나오던 세이디가 말했다. 창가를 지나는 점원을 봤던 것이다.

세이디의 말은 슈크림빵이 도착했다는 뜻이었다. 가드버 가게는 슈크림빵으로 유명했다. 누구도 감히 그런 빵을 집에서 만들 엄두조차 못 낼 정도로.

"그럼 얼른 갖다가 이 탁자 위에 놔."

요리사가 지시했다.

세이디는 슈크림빵을 들여놓은 뒤 문으로 되돌아갔다. 물론 로라와 조스는 그런 것에 신경 쓰기에는 너무 커버렸지만 그래도 슈크림빵이 아주 맛있어 보이는 건 사실이었다. 그것도 아주 많이. 요리사는 설탕 가루를 털어내며 빵을 늘어놓았다.

"이걸 보니까 예전에 있었던 파티들이 생각나지 않아?"

로라가 말했다.

"그러네. 정말 가볍고 깃털 같다."

옛날 얘기에는 관심이 없는 실용적인 성격의 조스가 대꾸했다.

"아가씨들, 하나씩 드셔보세요. 어머님께서는 모르실 테니."

요리사가 상냥한 어조로 말했다.

그럴 수는 없었다. 아침 먹은 직후에 슈크림빵을 먹다니, 생각만 해도 몸서리쳐질 일이었다. 하지만 2분 후, 조스와 로라는 정말 진지한 표정으로 손가락을 핥고 있었다. 그런 표정은 슈크림을 먹었을 때만 가능했다.

"뒷문으로 해서 정원에 가보자. 아까 그 사람들이 천막을 어떻게 쳐났는지 보고 싶어. 일꾼들이 정말 좋은 사람들이더라구."

로라가 제안했다.

하지만 뒷문은 요리사와 세이디, 가드버 가게에서 온 점원, 한스로 만원이었다.

무슨 일이 일어난 것이다.

"쯧, 쯧, 쯧."

요리사가 놀란 암탉 같은 소리로 혀를 찼다. 세이디는 이빨 아픈 사람처럼 손으로 양 볼을 꽉 누르고 있었다. 한스는 뭔가를 이해하려고 애쓰는 듯 얼굴을 찌푸리고 있었다. 가드버 가게 점원만 신난 표정이었다. 그 사람만 알고 있는 얘기였기 때문이다.

"다들 왜 그래요? 무슨 일 있어요?"

"끔찍한 사고가 있었대요. 사람이 죽었다는군요."

요리사가 말했다.

"누가 죽었다고? 어디서? 어떻게? 언제?"

하지만 가드버 가게 점원은 바로 코앞에서 자신의 이야기를 빼앗기진 않을 작정이었다.

"아가씨, 이 바로 아래 있는 작은 오두막집들 아시죠?"

그 오두막집들을 아냐고? 물론이다. 로라는 잘 알고 있었다.

"음, 거기 사는 스콧이라는 사람이에요. 짐 마차꾼인데 오늘 아침 그 젊은이가 모는 말이 호크가 모퉁이에 있는 기관차를 보고 놀라서 마구 날뛰는 바람에 그만 마차 밖으로 튕겨져 나가 뒤통수부터 떨어졌다지 뭡니까. 그래서 죽었대요."

"죽었다고!"

로라는 가드버 가게 점원을 뚫어지게 쳐다봤다.

"들어올려 보니 이미 죽어 있었대요."

가드버 점원이 극적인 어조로 말했다.

"여기 올 때 보니까 시체를 집으로 옮기고 있더라구요."

점원은 요리사를 쳐다보며 덧붙였다.

"아내하고 애들 다섯이 있대요."

"조스, 잠깐 와봐."

로라는 조스의 소매를 움켜쥐고 부엌을 지나 녹색 문 반대편으로 끌고 갔다. 그런 다음 거기 멈춰 서서 문에 기댔다.

"조스! 어떻게 해야 이 모든 걸 중단시키지?"

로라가 겁에 질린 목소리로 말했다.

"모든 걸 중단시키다니, 로라, 그게 무슨 소리야?"

조스가 놀라 소리쳤다.

"물론 가든파티 얘기지."

잘 알면서 왜 모르는 척하는 걸까?

그런데 조스는 그 말을 듣고 더 놀란 눈치였다.

"가든파티를 중단해? 로라, 그런 말이 어디 있어? 당연한 말이지만, 절대 그럴 수 없어. 또 우리가 그래야 한다고 생각할 사람도 없어. 터무니없는 소리 그만해."

"그래도 바로 문 앞에 죽은 사람이 있는데 가든파티를 열 수는 없잖아?"

그것은 정말 터무니없는 짓이었다. 오두막집들은 이 집으로 올라오는 가파른 언덕 바로 밑에 늘어서 있었다. 언덕과 오두막집들 사이에 넓은 길이 있었지만, 그래도 아주 가까운 거리였다. 그렇게 누추한 집들이 이 부근에 있다는 게 이상할 정도였다. 그 초라한 오두막집들은 초콜릿처럼 갈색으로 칠해져 있었고, 마당에 있는 텃밭에는 양배추 몇 포기와 병든 암탉,

토마토 깡통들뿐이었다. 굴뚝에서 나오는 연기마저도 가난에 찌들어 보였다. 작은 넝마 조각들 같은 그 연기는 셰리던가의 굴뚝들이 내뿜는 커다란 은빛 깃털 같은 연기와는 전혀 달랐다. 그곳에는 세탁부, 청소부, 구두 수선공, 또 집 정면에 작은 새장들을 주렁주렁 걸어놓은 남자도 살았다. 아이들도 들끓었다. 욕을 배우거나 병이라도 옮을까 봐 로라의 부모님은 자녀들이 어렸을 때 그곳에 얼씬도 못하게 했다. 이제 애들이 아니었기 때문에 로라와 오빠는 산책할 때 가끔 그곳을 통과하기도 했지만, 정말 더럽고 혐오스러운 곳이어서 둘은 진저리를 치곤 했다. 하지만 사람은 어디든 가 봐야 하고 무엇이든 봐야만 한다는 생각에 남매는 그 동네를 지나갔다.

"그 불쌍한 여자가 밴드 소리를 들으면 어떤 느낌이 들지 상상해 봐."

로라가 말했다.

"오, 로라!"

조스는 이제 정말 짜증난다는 표정으로 말했다.

"만약 누가 사고를 당할 때마다 밴드를 못 오게 한다면 사는 게 정말 힘들어질 거야. 그 일에 대해서는 나도 너만큼 안타깝고 가슴 아프게 생각해."

조스의 눈빛이 냉정해지더니 어린 시절에 싸웠을 때처럼 로라를 노려보았다.

"우리가 가슴 아파한다고 술 취한 일꾼이 살아 돌아오지는 않아."

조스가 부드럽게 말했다.

"술 취하다니! 그 사람이 취해 있었다고 누가 그래?"

로라가 발끈하며 조스에게 물었다. 그리고 이런 일이 생길 때마다 그랬듯이 이렇게 덧붙였다.

"엄마한테 당장 말씀드릴 거야."

27 실전 연습 캐서린 맨스필드, 「가든파티」

"그러든가."

조스가 대꾸했다.

"엄마, 들어가도 돼요?"

커다란 유리 손잡이를 돌리며 로라가 말했다.

"물론이지. 그런데 왜, 무슨 일 있니? 무슨 일이길래 얼굴색이 그래?"

화장대에서 새 모자를 써 보고 있던 셰리던 부인이 얼굴을 돌렸다.

"엄마, 사람이 죽었대요."

로라가 입을 열었다.

"설마 정원에서 죽은 건 아니겠지?"

엄마가 급히 말을 가로막았다.

"아뇨, 아니에요!"

"휴, 그런 줄 알고 깜짝 놀랐다."

셰리던 부인은 안도의 한숨을 내쉬더니 큰 모자를 벗어 무릎에 놓았다.

"하지만 엄마, 들어보세요."

로라는 숨넘어갈 듯 가쁘게 그 끔찍한 이야기를 들려주었다.

"그러니까 오늘 파티는 취소해야겠죠? 그렇죠?"

로라가 호소했다.

"밴드도 그렇고 사람들도 많이 와요. 아마 파티 소리가 들릴 거예요, 엄마. 아주 가까운 거리잖아요!"

그런데 놀랍게도 엄마는 조스처럼 행동했을 뿐 아니라 흥미롭다는 표정까지 지었다. 그게 더 참기 힘들었다. 엄마는 로라의 말을 심각하게 듣지 않았다.

"하지만 로라, 상식적으로 생각해 봐. 우리가 그 소식을 듣게 된 건 순전히 우연이었어. 사실 그렇게 좁고 누추한 데 살면서 병들어 죽지 않고 계속

버틴다는 게 이해는 안 가지만, 만약 보통 때처럼 거기서 누군가가 그냥 죽은 거라면 우리는 여전히 파티를 열 거 아냐? 안 그래?"

로라는 엄마의 질문에 그렇다고 대답할 수밖에 없었지만 이건 정말 아니라는 생각이 들었다. 그래서 소파에 주저앉아 쿠션의 주름 장식을 만지작거렸다.

"엄마, 그건 너무 잔인한 일 아니에요?"

로라가 물었다.

"얘야!"

셰리던 부인은 자리에서 일어나 모자를 들고 이쪽으로 다가왔다. 그리고 채 말릴 틈도 없이 딸의 머리에 씌워주었다.

"로라! 이 모자는 딱 네 거야. 아주 잘 어울리네. 내가 쓰기에는 너무 젊어 보여서 말이야. 정말 귀엽다. 자, 직접 봐!"

셰리던 부인은 손거울을 쳐들었다.

"하지만 엄마."

로라가 다시 입을 열었다. 로라는 자기 모습을 보기 싫어서 옆으로 돌아앉았다.

아까 조스가 그랬듯이 이번에는 셰리던 부인이 화가 나서 차가운 어조로 말했다.

"너 정말 별나게 구는구나, 로라. 그런 사람들은 우리가 희생하는 걸 기대하지 않아. 그리고 이런 식으로 모든 사람의 즐거움을 망쳐놓는 건 무심한 행동이야."

"전 이해가 안 가요."

로라는 얼른 엄마 방에서 나와 자기 방으로 들어갔다. 그런데 우연히도 처음 그녀의 눈에 들어온 것은 금빛 데이지와 긴 검은색 벨벳 리본으로 장식된 검은 모자를 쓰고 있는 매력적인 소녀의 모습이었다. 자신이 이렇게 예뻐 보일 줄 로라는 상상해 본 적도 없었다. 엄마 말씀이 옳은 걸까? 로라는 생각에 잠겼다. 그리고 지금은 그렇기를 바랐다. 내가 터무니없는 걸까? 그럴 수도 있었다. 로라는 잠깐 동안 그 불쌍한 여자와 아이들, 집으로 실려 가는 그 남자의 시체를 어렴풋이 떠올렸다. 하지만 그 모든 게 신문에 난 사진처럼 흐릿하고 비현실적으로 느껴졌다. 그래, 파티 끝난 후에 다시 생각해 보자. 로라는 그렇게 결심했다. 어쩐지 그러는 게 좋을 것 같았다.

점심은 한 시 반에 끝났고, 두 시 반에는 파티 준비가 마무리되었다. 초록색 코트로 차려입은 밴드가 도착해 테니스 코트 한쪽에 자리를 잡았다.

키티 메이틀랜드가 까르르 웃으며 말했다.

"세상에! 저 사람들 정말 개구리 같지 않니? 단원들은 호숫가에 빙 둘러 세우고 지휘자는 잎사귀에 타고 호수 한가운데 서 있으면 딱 좋겠어."

퇴근한 로리가 옷을 갈아입으러 가면서 그들에게 인사를 건넸다. 오빠를 보자 로라는 그 사고가 다시 생각났고, 그에게 얼른 얘기해 주고 싶었다. 로리도 엄마나 조스와 같은 생각이라면 그 판단은 옳을 수밖에 없으리라. 로라는 오빠를 따라 홀로 들어섰다.

"오빠!"

"안녕!"

계단을 반쯤 올라가던 로리는 몸을 돌려 로라를 보더니 갑자기 양 볼을 부풀리고 눈을 휘둥그레 떴다.

"이럴 수가, 로라! 정말 예쁜데? 모자가 기가 막혀!"

로라는 작은 소리로 "정말?" 하며 오빠에게 미소 지었을 뿐 결국 아무 말도 하지 못했다.

곧이어 사람들이 밀려들기 시작했다. 밴드는 연주를 시작했고 고용된

웨이터들은 집과 천막 사이를 분주히 오갔다. 어디를 보든 손님들이 짝을 지어 거닐고, 꽃향기를 맡고, 인사를 나누고, 잔디밭을 여기저기 돌아다니고 있었다. 그들은 마치 어딘가로 날아가다가 오늘 오후에 잠깐 셰리던가의 정원에 사뿐히 내려앉은 화려한 새들 같았다. 그런데 어디로 가던 중이었을까? 아, 하나같이 행복해 보이는 사람들과 한데 모여 손을 맞잡고 볼을 비비고 눈인사를 나누는 것은 정말 즐거운 일이었다.

"귀여운 로라, 정말 멋진데!"

"모자가 어쩜 그렇게 잘 어울리니!"

"로라, 정말 스페인 아가씨 같아. 이렇게 멋진 모습은 처음이야."

그러면 로라는 얼굴을 붉히며 부드럽게 대답했다.

"차 드셨어요? 빙수 좀 드릴까요? 패션프루츠 빙수 정말 맛있어요."

로라는 아빠에게 달려가 물었다.

"아빠, 밴드 단원들도 뭘 좀 마셔야 하지 않아요?"

그리하여 완벽한 오후는 서서히 무르익고, 천천히 퇴색하다가, 서서히 그 꽃잎이 오므라들었다.

"이보다 더 즐거운 가든파티는 없을 거야……."

"최고로 성공적인……."

"정말 가장……."

로라는 엄마 옆에 서서 작별 인사를 했다. 두 사람은 손님들이 모두 떠날 때까지 문간에 나란히 서 있었다.

"드디어 다 끝났군. 하느님, 감사합니다."

셰리던 부인이 말했다.

"로라, 다들 와서 커피 마시라고 해. 난 너무 지쳤어. 그래, 아주 성공적인 파티였지. 하지만 파티는 정말 힘들어! 너희는 왜 꼭 파티를 열려고 하는지 모르겠구나!"

이윽고 한산해진 천막 안에 온 가족이 모여 앉았다.

"아빠, 샌드위치 드셔보세요. 이 이름 제가 쓴 거예요."

"고맙다."

셰리던 씨는 샌드위치를 한 입에 먹고 또 하나 집어 들며 말했다.

"오늘 있었던 몹쓸 사고에 대해 아직 못 들었지?"

"여보."

셰리던 부인이 손을 올리며 말했다.

"들었어요. 그것 때문에 파티를 망칠 뻔했어요. 로라가 다른 날로 미뤄야 한다고 고집을 부렸거든요."

"오, 엄마!"

로라는 그 일 때문에 놀림당하고 싶지 않았다. 셰리던 씨가 말했다.

"어쨌든 끔찍한 사고였어. 사고를 당한 사람은 가족도 있다더라구. 바로 저 아래 사는데, 아내도 있고 애들도 대여섯 명 된대."

잠시 어색한 침묵이 흘렀다. 셰리던 부인은 커피잔을 만지작거렸다. 아빠는 정말 눈치가 없다니까…….

갑자기 부인이 고개를 들었다. 테이블 위에는 샌드위치와 케이크, 슈크림빵 등 먹다 남은 음식이 가득 했는데 모두 곧 버려질 것들이었다. 부인에게 좋은 생각이 떠올랐다.

"그래. 바구니를 꾸리면 좋겠다. 그 불쌍한 여자한테 여기 있는 손도 안 댄 음식들을 보내주자고. 어쨌든 애들한테는 아주 좋은 선물이 될 거야. 안 그래? 손님 대접도 해야 할 거고 말야. 이 음식들을 미리 준비해 두면 좋을 거 아냐. 로라!"

셰리던 부인이 벌떡 일어섰다.

"층계 벽장에서 큰 바구니 하나 꺼내오렴."

"하지만 엄마, 이게 정말 좋은 방법이라고 생각하세요?"

로라가 물었다. 정말 이상한 일이었다. 왜 자기만 나머지 가족들과 다르게 생각하는 걸까? 하지만, 파티하고 남은 음식을 갖다 주다니, 그 가여운 여자가 정말 좋아할까?

"물론이지! 너 오늘 대체 왜 그러니? 한두 시간 전만 해도 동정심을 가져야 한다고 난리더니 지금은 또……."

할 수 없지! 로라는 얼른 바구니를 가져왔고, 셰리던 부인은 그 안에 음식을 수북이 채웠다.

"로라, 네가 직접 갖다 주고 와. 지금 입은 옷 그대로 가도 돼. 아, 잠깐, 저 꽃도 갖다 줘라. 그런 계층 사람들은 칸라 나리꽃에 크게 감동받거든."

"줄기가 로라의 레이스 드레스를 망칠 걸요?"

실용적인 조스가 말했다.

그럴 수 있었다. 조스가 때맞춰 잘 생각해 냈다.

"그럼 그냥 바구니만 가져가. 그리고, 로라!"

셰리던 부인은 로라를 따라 천막 밖으로 나왔다.

"어떤 일이 있어도……."

"뭘요, 엄마?"

아니다. 그런 생각은 아예 심어주지 않는 게 나아!

"아무것도 아니다! 어서 가."

로라가 정원 문을 닫고 나설 때 날은 조금씩 어두워지고 있었다. 커다란 개 한 마리가 그림자처럼 곁을 스쳐 달려갔다. 길은 하얗게 빛났고, 그 아래쪽 저지대에 있는 오두막집들은 깊은 어둠에 잠겨 있었다. 떠들썩한 오후를 보냈기 때문인지 사방이 아주 조용했다. 한 남자가 죽어 누워 있는 어던가를 향해 언덕을 내려가고 있었지만 로라는 실감이 안 났다. 왜 실감이 안 나는 거지? 그녀는 잠깐 멈추어 섰다. 키스하는 소리, 이런저런 목소리들, 스푼이 달각거리는 소리, 웃음소리, 밟힌 잔디 냄새가 마음속에 가득 차서 다른 생각을 할 여지가 없어 보였다. 이 얼마나 이상한 일인가! 로라는 저무는 하늘을 올려다보았다.

"그래, 정말 성공적인 파티였어."

로라는 넓은 길을 건넜다. 오솔길에 들어서자 사방이 어둡고 연기가 자욱했다. 숄을 두른 여자들, 트위드 모자를 쓴 남자들이 서둘러 지나갔다. 울타리 너머로 내다보는 남자들, 문간에서 놀고 있는 아이들이 보이고, 작고 누추한 오두막집에서 낮은 콧노래 소리도 들려왔다. 불빛이 깜박이는 몇몇 집 창문에 게 모양의 그림자가 지나가기도 했다. 로라는 고개를 숙인 채 걸음을 재촉했다. 코트를 입고 왔으면 좋았을 텐데, 드레스가 너무 화려하게 빛났다! 벨벳 리본이 달린 커다란 모자도 마찬가지였다. 다른 모자를 쓰고 왔어야 했다! 사람들이 그녀를 보고 있었을까? 틀림없이 그랬을 것이다. 여기 오는 게 아니었는데. 로라는 처음부터 알고 있었다. 지금이라도 돌아가는 게 나으려나?

아니다. 너무 늦었다. 집 한 채가 모습을 드러냈다. 그 집이었다. 어둠 속에 사람들이 모여 있고, 문 옆에는 목발 짚은 할머니가 의자에 앉아 주위를 지켜보고 있었다. 그녀의 발밑에는 신문지가 깔려 있었다. 로라가 다가가자 사람들이 말을 멈추고 양쪽으로 비켜섰다. 마치 로라를 기다리고 있었고, 여기 올 것을 미리 알고 있었다는 듯이.

로라는 몹시 초조해졌다. 그녀는 벨벳 리본을 어깨 뒤로 넘기며 옆에 있는 여자에게 물었다.

"여기가 스콧 씨 댁인가요?"

그러자 여자가 기묘하게 웃으며 대답했다.

"맞아요, 아가씨."

오, 어서 빨리 이 상황을 벗어났으면! 작은 길을 걸어가 문을 두드릴 때 로라는 실제로 이렇게 중얼거렸다.

"하느님, 도와주세요."

저렇게 뚫어져라 쳐다보는 눈길에서 벗어날 수 있으면 좋으련만. 무엇으로든 몸을 숨길 수 있으면 좋으련만. 저 여자들이 두르고 있는 숄 하나를 얻어서라도 말이다. 그냥 바구니만 전해주고 가야겠어. 로라는 결심했다. 바구니가 비워질 때까지 기다릴 수도 없겠어.

그때 문이 열렸다. 작은 체구에 검은 옷을 입은 여자가 어둠 속에서 모습을 드러냈다.

로라가 말했다.

"스콧 부인이신가요?"

그런데 놀랍게도 그 여자는 이렇게 대답했다.

"들어오세요, 아가씨."

로라는 복도에 갇혀버린 꼴이 됐다.

"아뇨, 들어가고 싶지 않아요. 그냥 이 바구니만 놓고 갈게요. 엄마가 보내신……."

어두운 복도에 서 있는 작은 체구의 여자는 로라의 말을 듣지 못한 것 같았다.

"이쪽으로 들어오세요, 아가씨."

여자가 상냥하게 말했고 로라는 할 수 없이 그녀를 따라갔다.

그을린 등잔불이 천장이 낮은 작고 누추한 부엌을 비추고 있고, 난로 앞에 한 여자가 앉아 있었다.

"엠."

로라를 안내한 작은 체구의 여자가 말했다.

"엠! 젊은 아가씨가 왔어."

그러더니 로라 쪽으로 몸을 돌리며 의미심장한 어조로 말했다.

"난 저 애 언니예요. 동생의 무례를 용서해 주시겠죠?"

로라가 말했다.

"네, 물론이에요. 제발, 부인을 제발 내버려두세요. 저는 그냥 바구니만 놓고……."

하지만 바로 그때 난로 앞에 앉아 있던 여자가 고개를 돌렸다. 빨갛게 부어 오른 얼굴, 부은 눈, 부은 입술. 정말 비참한 모습이었다. 그녀는 로라가 왜 여기 있는지 이해하지 못하는 듯했다. 어찌된 일일까? 이 낯선 사람이 왜 바구니를 들고 부엌에 서 있을까? 이게 다 무슨 일일까? 가여운 얼굴이 다시 일그러졌다.

언니가 말했다.

"괜찮아. 내가 이 아가씨한테 대신 고맙다고 할게."

여자가 다시 입을 열었다.

"아가씨, 동생을 이해해 주세요. 그럴 거라고 믿어요."

역시 부은 얼굴을 한 여자는 살가운 미소를 지어 보였다.

로라는 얼른 거기서 벗어나고 싶다는 생각뿐이었다. 그런데 복도로 나오자 옆방 문이 열렸다. 할 수 없이 로라는 죽은 남자가 누워 있는 침실로 걸어 들어갔다.

"스콧을 보고 싶죠? 안 그래요?"

엠의 언니는 이렇게 말하며 로라를 지나쳐 침대로 다가갔다.

"무서워하지 말아요, 아가씨."

그녀의 목소리는 다정하면서도 은밀했다. 여자는 애정 어린 손길로 시트를 끌어내렸다.

"꼭 그림 같아요. 특별하달 것도 없죠. 이리 와봐요."

로라는 침대로 다가갔다.

젊은 남자는 깊이 잠든 듯 보였다. 너무도 곤하게 자고 있어서 두 사람에게서 아주 멀리 떨어진 곳에 있다는 느낌을 주었다. 아주 먼 곳에 있는 것 같았고, 참으로 평화로워 보였다. 꿈을 꾸고 있는 것 같기도 했다. 그를 깨워서는 안 될 것 같았다. 그의 머리는 베개에 푹 가라앉아 있었고 눈은 감겨 있었다. 눈꺼풀이 닫혀 있으니 아무것도 안 보일 터였다. 그는 꿈을 꾸고 있었다. 가든파티, 바구니, 레이스 드레스 같은 게 그에게 무슨 상관이랴? 청년은 그런 것들로부터 아주 멀리 떨어진 곳에 있었다. 그는 멋지고 아름다웠다. 사람들이 즐겁게 웃고 밴드가 연주를 하는 동안에 이런 놀라운 일이 오솔길에서 일어났던 것이다. 행복해…… 행복해…… 모든 것이 다 괜찮아. 잠들어 있는 얼굴은 그렇게 말하고 있었다. 마땅히 그래야 돼. 난 만족해.

하지만 그럼에도 불구하고 로라는 울 수밖에 없었고, 그에게 뭐라고 하지 않고는 그 방에서 나올 수 없었다. 로라는 어린아이처럼 흐느껴 울었다.

"이런 모자를 쓰고 와서 미안해요."

로라가 말했다.

이번에 로라는 엠의 언니를 기다리지 않았다. 그녀는 문밖으로 걸어 나와 길을 내려온 뒤 어두운 얼굴을 한 사람들을 지나쳤다. 오솔길 모퉁이에 이르자 어둠 속에서 로리가 나타났다.

"로라 맞지?"

"응."

"엄마가 많이 걱정하셨어. 괜찮아?"

"응, 괜찮아. 오, 로리 오빠!"

로라는 오빠의 손을 잡고 몸을 기댔다.

"너 설마 울고 있는 거 아니지?"

오빠가 물었다. 로라는 고개를 흔들었다. 그녀는 울고 있었다. 로리는 동생의 어깨를 감싸 안았다.

"울지 마."

로리가 따뜻하고 다정한 목소리로 말했다.

"그렇게 무서웠니?"

"아니."

로라가 흐느꼈다.

"그냥 놀라울 뿐이었어. 하지만 로리 오빠……."

로라는 걸음을 멈추고 오빠를 쳐다봤다.

"인생은."

로라가 말을 더듬었다.

"인생은……."

하지만 인생이 뭔지 설명하기는 힘들었다. 그래도 상관없었다. 로리는 충분히 이해하고 있었으니까.

"그래, 인생은 정말…… 안 그러니?"

로리가 말했다.

얼마나 뛰어난 작품인가! 소설을 쓰겠다는 야망이 조금이라도 있는 사람은 이 완벽한 소설에 대해 질투와 경외감을 느껴야 한다. 질문으로 들어가기 전에 약간의 배경 설명을 하겠다. 캐서린 맨스필드는 뉴질랜드 태생이지만 성장해서는 영국에서 살았다. 그녀는 작가이자 비평가인 존 미들턴 머리John Middleton Murry와 결혼했고 D. H. 로렌스와 프리다 로렌스의 친구이기도 했다(프리다 로렌스는 전부는 아니지만 적어도 부분적으로 『사랑에 빠진 여인들』에 나오는 거드런의 모델이었다). 맨스필드는 아주 아름답고 훌륭한 단편을 여러 편 썼지만 결핵으로 일찍 세상을 떠났다. 작품 수는 많지 않지만 혹자는 그녀를 단편 소설의 최고 대가 중 한 사람으로 꼽기도 한다. 당신이 방금 읽은 「가든파티」는 1922년, 그녀가 죽기 1년 전에 발표되었다. 「가든파티」는 자서전적인 작품이 전혀 아니며 따라서 이 부분은 우리의 논의에서 고려될 필요가 없음을 밝혀 둔다. 자, 그럼 다음 질문에 대답할 준비가 되었는가?

첫 번째 질문 │ 이 이야기가 의미하는 바는 무엇인가?
맨스필드는 이 작품에서 무엇을 말하고 있는가? 당신은 이 단편이 어떤 의미를 담고 있다고 생각하는가?

두 번째 질문 │ 작가는 그 의미를 어떻게 드러내고 있는가?
맨스필드는 이 이야기의 주제를 드러내기 위해 어떤 요소를 도입하고 있는가? 당신은 어떤 요소를 통해 이 작품의 주제를 알게 되었는가?

좋다, 이제 몇 가지 기본 원칙을 제시하겠다.

① 꼼꼼히 읽어라.

② 이 책에서 배웠든 다른 데서 배웠든, 어떤 분석 도구를 동원해도 좋다.

③ 이 이야기에 관한 어떤 외부 자료도 참조하지 말라.

④ 이후에 나오는 이 장의 나머지 내용을 미리 엿보지 말라.

⑤ 모호해지지 않도록 당신의 생각을 글로 적어라. 문체가 깔끔하지 않아도, 철자가 틀려도 좋으니까 당신이 찾아낸 것들을 글로 적어 보라. 작품에 대해 신중히 생각한 뒤 그 결과를 기록하라. 그런 다음 내가 소개하는 글과 비교해 보라.

시간은 얼마가 걸려도 좋다.

자, 모두 마쳤는가? 별로 오래 걸리지는 않았나 보다. 그리 어렵지 않았기를 바란다. 여러분이 열심히 생각하는 동안 나는 우리 학생들에게 같은 숙제를 냈다. 그중 몇 명은 내 수업을 듣고 있는 상당한 실력의 소유자들이고, 몇 명은 가까운 친척들이다. 서로 다른 세 가지 반응을 제시할 테니 당신에게 친숙하게 느껴지는 글이 있는지 살펴보라.

첫째, 대학교 1학년인 한 학생은 이렇게 말했다.

"이 이야기 알아요. 고등학교 2학년 때 배웠어요. 언덕 위에 살고 있는 부잣집 사람들 얘긴데, 그들은 언덕 아래 저지대에 갇혀 사는 노동자 계급에 대해서는 아는 게 거의 없어요."

상당히 많은 응답자가 이런 반응을 보였다. 좋다. 이 소설의 아름다움은 누구나 이해할 수 있다는 데 있으니까. 당신은 작품에서 중요한 뭔가를 느꼈다. 가족들 간의 긴장, 두 계급 사이의 긴장 관계 말이다.

둘째, 전공은 역사지만 내 과목을 몇 개 들은 한 학생은 그 긴장 관계를 이렇게 풀어 썼다.

파티를 여느냐, 마느냐 그것이 문제로다. 무관심이야말로 이 작품의 궁극적인 함의다. 이런 일은 늘 벌어진다. 그런데 겨우 이런 일 때문에 파티를 취소해야 한다고? 주인공 로라의 죄의식은 죽은 사람의 가족이 언덕 바로 아래에 살고 있다는 사실 때문에 더 커진다. 그리고 그 죄의식은 파티가 끝난 후 선의와 자선의 행위로 남은 음식을 언덕 아래 사는 그 사람들에게 갖다 주자는 제안이 나오면서 더 커진다. 이것은 무엇을 의미할까? 바로 고통받는 다른 계층에 대한 지배 계급의 무관심이다. 주인공은 그 둘 사이의 어딘가에 서 있다. 남들이 자신에게 기대하는 바와 자신이 느끼는 감정 사이에 어정쩡하게 서 있는 것이다. 주인공은 현실과 대면한다. 로라는 파티에서 남은 음식을 비탄에 잠겨 있는 과부에게 갖다 주면서 인간의 냉혹한 현실과 마주한다. 이후 로라는 상황을 이해하는 듯 보이는 유일한 사람인 오빠에게서 마음의 위로를 얻지만 해답은 얻지 못한다. 해답이 없기 때문이다. 그녀와 로리는 그저 현실에 대한 지각知覺을 공유할 뿐이다.

아주 훌륭하다. 몇 개의 주제가 떠오르기 시작한다.

지금까지 소개한 두 답변은 이 작품의 가장 핵심적인 내용을 끄집어내고 있다. 계급 차별과 지배 계급의 오만에 대한 주인공의 커져가는 자각이다. 그럼 이제 세 번째 반응을 보기로 하자. 이 글을 쓴 다이앤은 최근에 졸업한 학생으로 문학과 창작에 관한 내 수업을 몇 개 이수한 바 있다. 무슨 내용인지 읽어보자.

이 이야기가 의미하는 바는 무엇인가?

맨스필드의 「가든파티」는 두 계층 간의 충돌을 보여준다. 더 자세히 말하면, 사람들이 자신의 편협한 세계관 바깥에 존재하는 것들로부터 스스로를 어떻게 격리시키는지 보여준다. 말하자면 (벨벳 리본으로 장식되어 있는지는 모르겠지만) 자신만의 안대를 착용하는 방법을 보여 준다고 할까.

그 의미를 어떻게 드러내고 있는가?

새와 비행

맨스필드는 셰리던 가족이 자신들을 하층 계급으로부터 어떻게 격리시키는지 보여주기 위해 새와 비행의 은유를 사용한다. 그리하여 조스는 '나비' 이며 셰리던 부인의 목소리는 '떠다니고' 로라가 어머니에게 가기 위해서는 반드시 '미끄러지듯 잔디를 통과하여 통로를 지나 계단을 올라가야' 한다. 셰리던 가족의 집은 저지대의 오두막집보다 높은 '가파른 언덕' 위에 둥지를 틀고 있다. 하지만 로라는 아직은 어린 새다. 그녀의 어머니는 파티 준비에서 한 발짝 뒤로 물러나 스스로 날아보도록 딸을 격려하지만 로라의 날개는 아직 경험이 많지 않다. 그래서 그녀는 '양팔을 머리 위로 쭉 뻗어 심호흡을 한 후 기지개를 켰다가 다시 팔을 내렸' 고 심지어 일꾼조차도 '그녀를 내려다보며 미소' 짓는다. 그녀는 높은 곳에 살고 있지만 여전히 하층 계급의 세계에도 한 발을 걸치고 있다. 즉 하층 계급은 그녀와 '이웃' 사이인 것이다. 로라는 아직 자신을 그들로부터 분리시키지 않았다. 그런데 한 발짝 떨어져서 느끼는 연민은 무방해도 그들과의 친밀한 공감은 다른 셰리던 가족들의 생활 방식과 직접적인 갈등을 불러일으킨다. 로라가 자신의 가족이나 그 가족이 속한 계층의 수준에 이르기 위해서는 더 많은 가르침이 필요하다.

다른 형제들이 전에 그랬듯이 로라도 어머니의 가르침을 받는다. 셰리던 부인은 로라에게 가든파티를 준비하도록 가르치지만 더 중요하게는 (다소 근시안적이긴 해도) 한 차원 높은 관점에서 세상을 보는 전략을 가르친다. 새끼의 비행을 돕는 어미 새처럼 셰리던 부인은 스스로의 힘으로 멀리 날아보라고 격려하지만 딸의 미숙함 때문에 가르침이 필요해지자 결국 직접 개입하고 나선다. 이웃에 살던 짐마차꾼이 죽었으니 파티를 취소하자고 로라가 간청하자, 셰리던 부인은 새 모자를 선물함으로써 딸의 주의를 흐뜨려놓는다. 로라는 자신의 본능적인 느낌을 쉽게 포기하지 않으려 하지만 결국 타협하기로 한다. '그래, 파티 끝난 후에 다시 생각해 보자.' 그녀는 언덕에서의 자신의 삶과 바깥세상 사이에 작은 완충 지대를 두기로 한다.

로라의 눈에 그녀와 같은 계층 사람들, 즉 파티에 참가한 이들은 마치 '어딘가로 날아가다가 오늘 오후에 잠깐 셰리던가의 정원에 사뿐히 내려앉은 화려한 새들 같았다. 그런데 어디로 가던 중이었을까?' 그 답은 모호한 채로 남겨진다. 하층 계급이 사는 저 아래 오두막집 동네에는 위험이 도사리고 있다. 로라의 부모는 자녀들이 어릴 때 그곳에 '얼씬도' 말라고 가르쳤다. 또 그곳에는 '집 정면에 작은 새장들을 주렁주렁 걸어놓은' 남자도 살았다. 사회의 엘리트 계층인 높이 나는 새들에게 새장은 그들의 생활 방식을 위태롭게 할 수 있는 위험을 대표한다. 하늘에 높이 떠 있어야 그 위험을 피할 수 있는 것이다.

하지만 이제 로라가 자신의 날개를 시험할 때가 왔다. 셰리던 부인은 로라가 둥지를 떠나도록 떠민다. 즉 언덕을 내려가 동정의 의미로 파티에서 남은 음식을 오두막집의 과부에게 갖다 주라고 한다. 로라는 마침내 그녀를 불편하게 만드

27 실전 연습 캐서린 맨스필드, 「가든파티」

는 세계관과, 편협하지만 특권적인 세계관 사이의 갈등을 직접 경험해야 한다. 그녀는 자신의 양심과 마주한다. 안전한 집에서 아래로 내려가 오두막집으로 가는 '넓은 길' 을 건넌 로라는 죽은 자의 집에 갇히고 만다. 로라는 길고 화려하게 빛나는, 그리하여 그곳에 사는 사람들과 자신을 격리시키는 자신의 옷차림을 의식하게 된다. 로라는 또 젊은 과부의 눈을 통해 자신을 바라보며, 그녀가 왜 왔는지 이해하지 못하자 곤혹스러워한다. 로라는 자신의 세계가 그곳과 다름을 깨닫기 시작하고 그 깨달음은 그녀를 두렵게 만든다. 도망치고 싶지만 그 전에 어쨌든 죽은 사람을 봐야 한다. 죽은 남자를 보는 동안 로라는 그 사람이 가족에게 남긴 고난의 현실 대신 자신의 생활 방식을 긍정적으로 바라보기로 결심한다. 그녀는 그 사람의 죽음이 '가든파티, 바구니, 레이스 드레스' 와 아무 상관 없다고 추론하고 이를 통해 도덕적 의무감에서 벗어난다. 그 계시는 '놀랍다' . 로라가 오빠에게 인생이 무엇인지 설명할 수 없더라도('인생은, 인생은') 맨스필드가 말한 대로, 그래도 '아무 상관 없었다' . 로라는 한 차원 높은 관점에서 인생을 바라보는 법을 배웠기 때문이다. 이제 더 이상 세상을 보는 데 근시인 척할 필요가 없어진 것이다.

다이앤이 알고 있는 이 모든 것을 내가 가르쳤다고 말하고 싶지만 그건 분명 거짓말이 될 것이다. 이런 통찰력은 나 때문에 얻어진 것이 결코 아니다. 사실 통찰력은 나의 독서에서 주된 요소가 아니지만, 설사 그렇다 해도 내가 이보다 더 나은 통찰력을 줄 수 있을 것 같지는 않다. 다이앤의 글은 아주 깔끔하고, 꼼꼼한 관찰력을 보여주며, 충분한 논거를 갖고 있고, 문체 또한 우아하다. 그녀는 내가 여러분에게 제시한 요구 조건 이상으로 굉장한 집중력을 가지고 맨스필드의 작품을 연구했다. 사실 내가 졸라대서 받은 학생들의 글은 대체로 정확하고 만족스러웠다. 그러므로 만약 당신의 생각이 위 세 편의 글 중 하나와 비슷하다면 자기에게 A학점을 줘도 무방하다.

특이성과 깊이는 각각 다르지만, 만약 독서라는 행위를 (물리학이나 형이상학의 영역에 해당하는지는 잘 모르겠기에) 과학 용어나 종교 용어 중 하나를 선택해서 표현하라고 한다면, 내 과제에 대한 학생들의 독서는 이야기 속의 관찰 가능한 현상들에 대한 임상적인 분석과 아주 비슷하다. 이는 훌륭한 태도다. 독자들은 작품에 대해 더 깊이 생각하기 전에 우선 이야기에 나오는 분명한 (또 그리 분명하지 않은) 사실들을 다루어야 한다. 가장 우려되는 독서는 지나치게 독창적이거나, 이야기에 나오는 실제 사실에서 크게 벗어나는 경우로, 문맥에 맞지 않게 어떤 내용을 해석하거나 텍스트에 제시된 이미지와 전혀 다른 이미지를 분석하는 경우다. 내가 원하는 것은 이야기의 실체, 즉 이야기가 지니고 있는 정신적 또는 본질적 차원을 고려해 보라는 것이다. 이것은 결코 불가능한 일이 아니므로 걱정하지 말고 계속 논의를 진행해 보자. 다음의 글은 텍스트에 대한 나의 느낌으로, 연습이라 생각하고 부담 없이 읽어주기 바란다.

솔직히 말하면 나는 지금 아까 제시했던 조건을 어기려 한다. 즉, 내 첫 질문은 이 이야기의 의미가 무엇인지 말해 보라는 것이었지만 이에 대한 내 의견은 마지막에 제시하기로 하겠다. 그래야 더 흥미롭기 때문이다.

앞서 나는 조이스의 『율리시스』가 트로이에서 고향 이타카 섬으로 돌아가는 오디세우스의 길고 험난한 여정, 즉 호머의 이야기를 상당 부분 원용하고 있다고 말했다. 하지만 제목만 빼면 『율리시스』 본문에는 호머의 이야기가 배경으로 깔려 있음을 암시하는 단서들이 거의 없다고 했던 말도 기억날 것이다. 이처럼 아주 유명한 작품에서도 한 단어가 가지는 의미의 중요성은 그야말로 아주 높다고 할 수 있다. 그러므로 아주 긴 장편에서 한 단어의 제목만으로 의미 있는 분석이 가능하다면 단편에 이를 적용하지 못할 이유는 없다. 바로 제목으로 쓰인 '가든파티 The Garden Party' 란 단어 말이다. 학생들 역시 모두 이 제목에 주목했는데 주로 마지막 단어인 파티에 중점을 두었다. 나는 앞 단어인 정원을 좋아한다. 정원을 바라보거나 그에 대해 생각하기를 좋아한다.

한때 나는 유명한 농업대학 옆에서 수년간 산 적이 있다. 그 캠퍼스는 아주 멋진 작은 정원들로 이루어진 하나의 거대한 정원이었다. 그런 정원 하나하나, 그리고 지금까지 존재했던 모든 정원은 어떻게 보면 또 다른 정원, 우리의 첫 조상이 살았던 파라다이스의 불완전한 복사판이라고 할 수 있다. 그래서 시나 소설에 정원이 나오면 나는 우선 그 정원이 에덴과 얼마나 비슷한지 살펴보는데, 솔직히 「가든파티」의 정원은 에덴과 많이 다르다. 하지만 문제될 것은 없다. 창세기에 나오는 아담과 이브의 이야기는 단지 한 유형에 불과하며, 신화의 차원에서 볼 때 그 비슷한 이야기는 아주 많기 때문이다. 「가든파티」의 정원이 과연 어떤 종류의 정원인지는 나중에 다시 이야기하겠다.

내가 이 글에서 처음 주목한 것은 '이상적인' 이라는 단어였다. 날씨에 대해 얘기할 때 당신은 얼마나 자주 당신의 날씨가 '이상적' 이라는 단어를 쓰는가? 맨스필드는 또 이보다 '완벽한' 날은 가질 수 없었을 것이라고 쓰고 있다. 이 두 단어, '이상적인' 과 '완벽한' 이란 단어는 그저 과장법에 불과할 수도 있지만 이야기가 시작되는 첫 두 문장에서 잇달아 나오는 것으로 보아 뭔가를 암시한다는 느낌이 든다. 하늘에는 구름 한 점 없고(여기서 우리는 어떤 종류의 구름이 다가오고 있다고 생각하지 않을 수 없다) 정원사는 새벽부터 열심히 일하고 있는 중이다. 이 완벽한 오후는 서서히 '무르익고' 또 '천천히 퇴색' 할 것이다. 마치 과일이나 꽃처럼 말이다.

이 장면에 이르면 가든파티에 걸맞게 꽃이 작품 도처에 퍼져 있음을 알 수 있다. 심지어 데이지가 없는 곳에도 (장미 모양의) '질경이'가 돋아 있다. 또 진짜 장미들은 하룻밤 사이에 마치 마법에 걸린 것처럼, 또는 맨스필드가 천사장의 방문이라는 표현을 썼듯이, 마치 신의 힘에 의한 것처럼 '수백 송이가' 피어난다. 소설의 첫 단락은 '이상적인'으로 시작해 '대천사'로 끝난다. 아무래도 사람 사는 세상 같지가 않다. 그렇지 않은가?

이렇게 비현실적이고 이상적인 무대와 마주칠 때면 나는 누가 그 정원을 관리하는지 궁금해진다. 여기서는 별로 어렵지 않다. 모두가 셰리던 부인에게 의사 결정을 미룬다. 누구의 정원일까? 정원사는 아니다. 그는 여주인의 명령을 받아 일하는 하인에 불과하다. 정원은 놀랍다. 수백 송이의 장미와 백합이 피어 있는 잔디밭, 넓은 잎사귀와 노란 열매가 주렁주렁 달린 카라카 나무들, 라벤더, 거기에 칸나 나리꽃이 담긴 수많은 쟁반들…… 셰리던 부인 말대로 꽃은 아무리 많아도 괜찮다. 그 많은 꽃들을 보고 셰리던 부인은 평생에 단 한 번 '원 없이' 가졌다고 표현한다. 심지어 마치 '화려한 새들'처럼 잔디밭을 거닐거나 꽃에 경탄하며 향기를 맡는 손님들도 셰리던 부인이 관리하는 정원의 일부다.

한편 셰리던 부인이 로라에게 건네준 모자는 '금빛 데이지'로 장식되어 있다. 분명 셰리던 부인은 이 정원이라는 세계의 여왕이나 여신이다. 음식 역시 셰리던 부인이 관리하는 왕국의 또 다른 주요 요소다. 그녀는 파티 음식, 즉 샌드위치(종류만 해도 크림치즈, 레몬커드, 계란과 올리브를 포함해 열다섯 가지나 된다), 슈크림빵, 패션프루트 빙수의 책임자다(여기서 작품의 무대는 뉴캐슬이 아니라 뉴질랜드임을 알 수 있다). 셰리던 부인의 왕국을 구성하는 마지막 요소는 네 명의 자녀이다. 그렇게 여왕은 왕국 안에 있는 살아 있는 식물과 음식, 자녀들을 다스린다. 그녀가 혹시 풍요의 여신이 아닐까 의심되지만, 풍요의 여신은 종류가 아주 많기 때문에 좀 더 많은 정보가 필요하다.

이번에는 모자에 대해 좀 더 생각해 보자. 검은 벨벳 리본과 금빛 데이지로 장식된 검은 모자는 이 날의 파티나 나중에 나오는 로라의 상가喪家 방문에 어울리지 않지만, 나는 모자의 형태보다도 그 주인에 관심이 있다. 그 모자를 산 사람은 셰리던 부인이지만 자기에게는 나이에 비해 '너무 젊어 보인다'면서 로라가 써야 한다고 주장한다. 로라는 처음에는 망설이지만 결국 모자를 갖기로 하고 나중에는 거울에 비친 자기의 '매력적인' 모습에 반하기까지 한다. 로라는 물론 매력적이지만 그 매력의 일부를 물려받은 것이다. 젊은 등장인물이 나이 든 이의 부적을 얻는 것은 그 사람의 힘도 함께 물려받음을 의미하기 때문이다. 부적이 아버지의 코트든, 스승의 칼이든, 선생님의 펜이든, 엄마의 모자든 이는 변함없는 진리다. 그 모자가 원래 셰리던 부인의 소유였기 때문에 로라는 즉각 다른 어떤 형제보다도 엄마와 밀접한 관련을 갖게 된다. 이런 동일성은 처음에는 손님을 배웅할 때 로라가 어머니 옆에 서 있는 장면으로, 나중에는 자선 바구니에 담긴 (파티에서 남은) 음식, 비록 로라의 레이스 드레스를 망칠 우려가 있긴 하지만 칸나 나리꽃으로 인해 더욱 분명해진다. 점점 강화되는 셰리던 부인과 로라의 동일시는 몇 가지 측면에서 중요성을 띠는데 이 문제는 나중에 다시 언급하겠다.

지금은 일단 로라의 동선을 살펴보자. 높은 언덕 위에서 완벽한 오후가 보내고 '로라가 정원 문을 닫고 나설 때 날은 조금씩 어두워지고 있었다'. 여기서부터 로라의 여정은 점점 더 어두워진다. 낮은 지대에 있는 오두막집들은 '짙은 어둠'에 싸여 있고 길은 '사방이 어둡고 연기가 자욱했다'. 어떤 오두막집은 창문에 그림자를 드리울 만큼만 희미한 등불을

켜놓았다. 로라는 코트를 안 입고 온 걸 후회한다. 음울한 주변 환경 속에서 자신의 드레스가 너무 화려하게 빛나기 때문이다. 죽은 사람이 있는 집 안으로 들어선 로라는 '음침한 복도'를 지나 '그을린 등잔불이 비추고' 있는 부엌으로 들어선다. 방문이 끝난 뒤 로라는 '어두운 얼굴을 한 사람들'을 뒤로하고 오빠인 로리가 '어둠 속에서 걸어 나오는' 지점으로 걸어간다.

그런데 여기서 좀 특이한 존재들이 몇 번 등장한다. 길을 걸어가는 동안 로라는 난데없이 '그림자처럼 곁을 스쳐 달려가는' 커다란 개를 만난다. 언덕을 내려온 로라는 '넓은 길'을 건너 음울한 오솔길로 접어든다. 마을에 들어서자 신문지 위에 발을 얹고 있는, 목발 짚은 노파가 등장한다. 집으로 들어가고 나오는 길에 로라는 몇 명의 사람들과 어두운 얼굴을 한 무리를 지나치지만 아무도 말을 하지 않고, 노파(이 여자만 말을 한다) 옆에 있던 사람들은 로라를 위해 길을 비켜준다. 여기가 바로 죽은 사람의 집이라고 말할 때 노파는 '기묘하게 웃는다'. 로라는 죽은 사람을 보고 싶지 않았지만 누군가 시체를 덮은 천을 걷었을 때 죽은 사람이 '멋지고 아름답다'는 사실을 발견한다. 이는 향기를 맡으려고 허리를 굽혀 라벤더 꽃을 따는 일꾼을 보고 로라가 경탄하던 장면을 떠올리게 한다. 잠시 후 밝혀지지만 오빠인 로리는 (마치 오솔길에 들어설 수 없는 것처럼) 길 끝에서 기다리고 있다. '어머니가 매우 걱정'하셨기 때문이다.

자, 그럼 대체 무슨 일이 일어난 것인가?

일단 한 측면을 들자면, 내 수업을 듣는 학생들도 그렇게 보았지만, 로라는 다른 계층 사람들이 어떻게 살고 죽는지 본 것이라고 말할 수 있다. 「가든파티」의 중요한 주제 중 하나는 로라가 하층 계급과 부딪히고, 그 만남을 통해 그들에 대해 그녀가 갖고 있던 억측과 편견에 의문을 갖게 된다는 것이다. 나아가 이 소설은 생전 처음으로 죽은 사람을 보고 그로 인해 더 성숙하는 한 소녀의 이야기이기도 하다. 하지만 나는 또 다른 일이 벌어지고 있다고 생각한다.

내가 볼 때 로라는 사후 세계에 다녀왔다. 로라는 실상 하데스, 즉 고전 문학에서 말하는 지하 세계이자 죽은 자들의 영역인 저승에 다녀온 것이다. 그것도 로라 셰리던이 아니라 페르세포네의 자격으로 말이다. 나는 여러분이 어떻게 나올지 알고 있다.

'저 사람 완전히 정신 나갔군.'

이런 반응이 처음은 아니며 아마 마지막도 아닐 것이다.

페르세포네의 어머니는 농경과 풍요, 결혼의 여신인 데메테르다. 농경, 풍요, 결혼, 음식, 꽃, 자녀들. 우리가 아는 누군가가 떠오르지 않는가? 기억해 보라. 셰리던 부인의 정원에 있는 꽃을 보고 경탄하던 손님들은 둘씩 짝을 지어 거닌다. 셰리던 부인이 어떤 식으로든 두 사람을 맺어 주는 책임자인 것처럼 말이다. 여기서 우리는 결혼의 요소를 찾을 수 있다. 자세한 이야기는 이미 19장에서 했으니 여기서는 요점만 훑어보기로 하겠다. 풍요의 여신인 엄마, 아름다운 딸, 지하 세계를 다스리는 신의 납치와 유혹, 끝없이 계속되는 겨울, 석류 씨에 얽힌 기만, 6개월간의 농경 시기, 모두에게 행복한 결말. 이것은 바로 계절과 풍요를 설명해 주는 신화다. 그리고 지구상의 거의 모든 문화가 그런 내용을 다룬 신화를 갖고 있다.

하지만 이 신화에는 또 다른 주제가 담겨 있다. 성인이 되는 한 처녀의 이야기로, 이는 죽음을 경험하고 이해하는 과정을 포함하기 때문에 아주 커다란 변화일 수밖에 없다. 이 신화에는 이브의 이야기처럼 과일을 맛보는 장면이 있고, 두 이야기 모두 성인만이 알 수 있는 지식을 처음으로 접한다는 공통점이 있다. 이브 이야기에서 그녀가 새롭게 알게 되는 것은 죽을 수밖에 없는 인간의 유한성이다. 물론 그것이 페르세포네 이야기의 핵심은 아니지만, 그녀가 저승 세계의 왕과 결혼하기 때문에 죽음의 주제와도 관련이 있다.

그렇다면 구체적으로 로라를 페르세포네로 볼 근거가 무엇인지 궁금할 것이다. 먼저 데메테르 역할을 하는 그녀의 어머니가 있다. 이는 아까 말한 대로 꽃과 음식, 자녀와 연인들을 고려하면 아주 유력한 가설이다. 나아가 셰리던 가족이 올림포스의 신들처럼 지리적으로나 계급적으로, 낮고 움푹한 지역에 사는 인간들을 굽어보는 위치에 살고 있다는 점을 기억해야 한다. 딸 페르세포네를 잃어 어머니 데메테르가 슬픔과 분노에 휩싸이기 전의 신들의 세계처럼 파티 속의 여름날은 완벽하고 이상적이다. 그리고 언덕 아래로의 하강에 이어 그림자와 연기, 어둠으로 가득 찬, 그 자체로 독립적인 세계로의 여행이 있다.

하데스로 가려면 반드시 스틱스 강 River Styx*을 건너야 하듯이 로라는 넓은 길을 건너간다. 그런데 하데스의 세계로 들어가려면 두 가지가 반드시 필요하다. 첫째, 문지기 역할을 하는 머리 세 개 달린 개 케르베로스 Cerberus를 통과해야 하고, 둘째, 입장권에 해당하는 아이네이아스의 황금 가지**를 갖고 있어야 한다. 그리고 안내자도 필요하다. 로라는 정원 문을 나서자마자 개와 마주치는데 바로 여기서 모자에 달린 금빛 데이지가 그녀의 황금 가지 역할을 한다. 안내자에 대해 얘기하자면(안내자 없이는

● **스틱스 강** | 그리스 신화에 나오는 저승의 강이다.

●● 베르길리우스의 서사시 『아이네이스』에서 황금 가지는 저승 세계로 들어갈 때 필요한 표지로 나온다.

누구도 지하 세계로 여행할 수 없다) 『신곡La divina commedia』(1321)에서는 단테의 안내자로 로마의 시인 베르길리우스가 등장한다. 그의 서사시 『아이네이드Aeneid』에서는 쿠마에의 시빌Cumaean Sibyl* 이 등장한다. 로라에게 시빌 역할을 하는 이는 기묘하게 웃는 목발 짚은 할머니다. 그녀 역시 쿠마에의 시빌 못지않게 특이하게 행동하고, 발밑에 깔려 있는 신문은 시빌의 동굴 안에 있다는 신탁이 적힌 잎들을 의미한다. 시빌의 동굴에 방문객이 들어서면 잎 주변으로 바람이 불면서 새겨진 글들을 마구 흩어놓는다고 한다. 그렇기 때문에 아이네이아스는 오직 시빌의 입에서 나오는 메시지만 받아들여야 한다.

로라를 위해 말없이 길을 비켜주는 사람들의 무리에 대해 설명하자면 이렇다. 지하 세계를 방문하는 이는 죽은 자들이 자기에게 그리 신경 쓰지 않음을 알게 되는데, 살아 있는 자는 수명을 다해 죽은 자들에게 줄 것이 하나도 없기 때문이다. 일반적으로 인정되는 지하 세계로의 여행과 관련된 이런 요소들이 페르세포네 신화에만 존재하는 것은 아니지만 그런 여행을 이해하는 데 아주 중요한 단서가 된다. 죽은 사람의 모습에 대한 로라의 경외심, 슬퍼하는 아내와의 동일시, 소리 내어 흐느끼는 장면은 모두 상징적인 결혼을 암시한다. 하지만 지하 세계는 위험하다. 셰리던 부인은 로라가 떠나기 전에 경고를 하려다 마는데, 이는 페르세포네 신화의 또 다른 변형에서 먹는 것을 조심하라고 데메테르가 딸에게 경고하는 장면과 유사하다. 나아가 셰리던 부인은 이 죽은 자의 세계에서 로라가 무사히 돌아올 수 있도록 로리를 보낸다. 따라서 로리는 바로 현대판 헤

• **쿠마에의 시빌** | 그리스 신화에서 앞날을 점치는 아폴로 신의 무녀.

캐서린 맨스필드
Katherine Mansfield (1888~1923)

르메스라 할 것이다.*

좋다. 그런데 맨스필드는 **왜** 3, 4천 년 전의 이야기를 자신의 글에 끌어 들였을까? 아마 궁금했을 것이다. 내가 볼 때 몇 가지 이유가 있지만 그중 두 가지가 중요한 것 같다. 여러 학자들이 언급한 바와 같이 페르세포네 신화는 젊은 여자의 경험, 즉 성性과 죽음에 대한 지식을 획득해 가는 원형原型을 제시하고 있다. 신화에 따르면 성인 세계로의 진입은 성과 죽음의 본성을 이해하는 과정을 포함한다. 이런 유형의 지식이 바로 이야기 속에 나오는 로라의 하루에 담겨 있는 것이다. 로라는 일요일 디너에 오는 (언니들의 애인일 것으로 추정되는) 젊은이들에 비해 일꾼들을 상대적으로 좋게 평가하면서 그들의 모습에 감탄한다. 나중에는 죽은 마차꾼의 모

---

* 여러 페르세포네 신화에서 헤르메스는 신의 부름을 받은 전령이자 교섭자로서 하데스에 파견된다.

습이 아주 아름답다는 사실을 발견한다. 바로 이 반응이 성과 죽음을 모두 포함하고 있다. 작품 끝에서 로라가 삶에 대해 말하려다 (말을 더듬으며) 어물거리는 장면은 죽음이라는 사건을 너무 강렬하게 체험했기 때문에 지금으로서는 삶에 대해 어떤 구체적인 진술도 할 수 없는 상태임을 암시한다. 맨스필드도 시사하듯이, 성인 세계로 진입하는 패턴은 수천 년 동안 우리 문화에서 상당한 비중을 차지해 왔다. 그것은 우리 주변에 늘 존재해 왔다. 하지만 그 원형이 구체화된 신화는 고대 그리스 초기에 시작되어 서구 문화 전반을 통해 면면히 지속되어 왔다고 할 수 있다. 성인 세계로의 입문 내용을 담은 고대 신화를 활용함으로써 맨스필드는 널리 알려진 신화의 축적된 힘을 로라의 이야기에 차용한 것이다.

두 번째 이유는 그리 고무적이지 않다. 지하 세계에서 돌아왔을 때 페르세포네는 어떤 의미에서 어머니와 비슷한 존재가 됐다. 사실 일부 그리스 종교 의식에서는 모녀를 구별하지 않는다. 만약 그 어머니가 정말 데메테르라면 좋은 일이지만 셰리던 부인이라면 꼭 그렇다고 말할 수도 없다. 어머니의 모자를 쓰고 어머니의 바구니를 들고 가면서 로라는 어머니와 같은 세계관을 가지게 된다. 로라는 작품 전체에 걸쳐 자기 가족이 지닌 무의식적인 자만심에 이의를 제기하고 있지만, 올림포스 신들이 언덕 아래 살고 있는 인간들에 대해 취하는 태도와 완전히 결별하지는 못한다. 오빠인 로리가 나타나자 안도하는 장면은, 놀라운 경험을 했음에도 불구하고 완전히 자기 자신이 되려는 로라의 노력이 부분적으로만 성공했음을 암시한다. 그러나 그런 로라의 모습을 보며 우리 자신의 자율성 역시 불완전하다는 사실을 깨달아야 한다. 좋든 싫든, 자기 안에 부모의 모습이 강하게 존재한다는 사실을 부인할 수 있는 사람이 몇이나 되겠는가?

그런데 이런 사실들을 이 작품에서 보지 못한다면? 그저 한 처녀가 험난한 여행을 함으로써 그녀의 세계에 대해 뭔가를 배우는 이야기로만 읽었다면? 수사적 표현에서 페르세포네나 이브, 그 밖의 다른 신화적 인물을 떠올리지 못했다면? 모더니스트 시인 에즈라 파운드는 말했다. 시는 무엇보다도 '매는 그저 매일 뿐A hawk is simply a hawk'이라고 생각하는 독자의 마음까지 움직일 수 있어야 한다고 말이다. 같은 논리가 소설에도 적용된다. 작품 속에서 실제로 일어나는 일을 이해하는 것도, 만약 그 이야기가 지금 논의 중인 작품처럼 훌륭하다면 좋은 출발점이 될 것이다. 하지만 여기서 한 걸음 더 나아가 이미지와 비유의 패턴을 고려할 수 있다면 더 많은 일이 벌어지고 있음을 알게 될 것이다. 당신의 생각이 나나 다이앤의 견해와 다를 수도 있지만, 유심히 관찰하고 여러 가능성에 대해 고민해 본다면 이 작품을 읽는 당신의 경험을 한층 더 깊고 풍부하게 해줄 나름의 결론에 도달하게 될 것이다.

자, 그렇다면 맨스필드의 이야기는 무엇을 의미하는가? 계층 제도에 대한 비판, 성性 및 죽음과의 대면을 통해 성인의 세계로 들어서는 과정, 가족 간의 역학 관계에 대한 흥미로운 고찰, 강력한 부모의 영향력에 맞서 독립적인 개체로 성장하려고 애쓰는 한 소녀의 감동적인 초상 등, 아주 많은 것을 의미한다.

이 짧은 단편에서 우리는 그 밖에 또 무엇을 찾아낼 수 있을까?

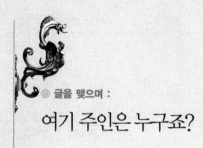

◎ 글을 맺으며 :
여기 주인은 누구죠?

으레 그렇듯 골치 아픈 질문은 무심코 다가온다. 학생이 있고 질문이 있다. 해결되기를 요구하는 많은 이슈들은 이렇게 시작된다. "포스터 교수님, ~은 어떤가요?"

공교롭게도 이 질문은 내 인생 전체를 관통하여 해결하려고 애쓰는 문제이기도 하다. 많은 학생이 직간접적으로 던지는 질문을 스티븐이라는 학생이 이메일로 보내왔다. 요약하면 이렇다. "제가 옳다는 걸 어떻게 알수 있나요?" 그대로 옮긴다면 좀 더 까다롭다. 스티븐의 질문과 이전에 받았던 질문을 통합하여 적어보겠다.

한 가지 의문이 있습니다. 책에서 상징으로 여겨지는 뭔가(예를 들어 맹인)를 보게 됐고, 이에 관한 생각을 친구들에게 말했더니 친구들도 저와 같은 생각이었습니다. 그런데 알고 보니 작가는 글을 쓰는 동안 길을 걸어 내려가는 맹인을 우연히 보고 그 캐릭터를 만든 것이었습니다.

저의 질문은 이렇습니다. 이렇게 특별하고 의미 있는 방식으로 작품을 해석

해야 할 정도로 우리는 작가를 신뢰해야 합니까? 특히 훌륭한 작가로 아직 입

증되지 않은 경우에도 그래야 합니까?

당연히 문학 분석에서 중요하면서도 곤혹스런 질문이다. 우리가 옳은
지, 정확한지, 타당한지 어떻게 알 수 있겠는가? 사실 위 문장은 몇 개의 질
문들로 구성되어 있다. 이 중 주요한 두 개를 먼저 다루어보도록 하자. 우
리의 독서가 올바르다고 확신할 수 있는가? 그렇다면 어떻게 확신할 수 있
는가?

이 질문에 대해, 만약 여러분이 주의 깊게 읽어 나가고 있고(그러니까 몇
부분을 건너뛰거나 있지도 않은 단어를 추가하지 않으며 읽고 있고) 뭔가를 보
았다면 그것은 정말로 존재하는 것이라고 추정할 수 있다. 위 질문에 나오
는 맹인에 대해 얘기해 보자. 그의 존재가 (이야기의 다른 요소들을 감안했을
때) 보거나 또는 보지 못하는 것에 관한 뭔가를 암시하는가? 누군가 자신
앞에 있는 어떤 진실을 이해하는 데 실패하고 있는가? 그런 연관성을 파악
하는 것은 언제나 쉬운 일도, 금방 알 수 있는 일도 아니며 때로는 아예 존
재하지 않을 때도 있다. 이럴 경우 보지 못한다는 사실은 전혀 중요하지 않
을 수 있다. 하지만 이렇게 생각해 보자. 앞을 못 보는 캐릭터를 이야기에
도입하면 독자의 관심을 끌게 되며, (더구나 그가 중요한 인물이라면) 그를
돌아다니게 하는 것은 매우 어려운 일이므로 맹인을 끌어들인 데 대해 매
우 합당한 이유가 필요하다. 그러니 맹인은 중요한 뭔가를 의미한다고 추
정하라. 달리 증명될 때까지는 말이다.

두 번째 질문은 좀 더 흥미롭다. 작가의 의도대로 우리가 따라가고 있는
지 어떻게 확신할 수 있을까? 내 안의 현명한 자아는 이렇게 말하고 싶어
한다. 그건 못해, 잊어버려. 만약 내가 지팡이를 휘둘러 작가에게 느끼는

모든 사람의 의무감을 없애버릴 수만 있다면 생각도 하지 않고 그렇게 하겠다. 독자의 유일한 의무는, 내가 볼 때는, 텍스트에 있다. 의도가 무엇인지 우리는 작가를 추궁할 수 없다. 권위의 유일한 기초는 마땅히 텍스트 그 자체에서 찾아야 한다. 단어를, 오직 단어를 신뢰하라. 작가들을 통해서는 절대로 동기를 찾을 수 없다. 혹시 작가가 여러분에게 의도를 말해 준다고 해도 집단으로서의 그들은 거짓말쟁이로 악명이 높고 신뢰할 수 없다. 더불어 작가들은 '단지 그래야 한다고 느끼기' 때문에 때론 그렇게 쓰기도 한다. 이유가 전혀 없다는 의미는 아니지만, 모든 선택이 의식적으로 만들어지는 것은 아니라는 말이다.

그런데 진짜 이슈는 바로 이 장의 제목이다. 여기의 주인은 누구인가? 먼저 관련된 이야기를 꺼낼까 한다. 1967년, 문학과 문화를 다루는, (적어도 미국에서는) 잘 알려지지 않은 롤랑 바르트Roland Barthes란 사상가가, 역시 잘 알려지지 않은 『아스펜Aspen』이란 잡지에 「저자의 죽음The Death of the Author」이라는 짧은 에세이를 선보였다. 이 재기발랄한 글에서 파생된 결과는 세상에 널리 알려지게 되었다. 한편으로 이 글은 후기 구조주의자들의 이론적인 프로그램의 초석이 되었고, 또 한편으로는 대륙, 특히 프랑스의 사상에 대해 앵글로아메리칸이 증오하는 모든 것의 상징이 되었다. 다시 말해 그 글은 모두를 위한 뭔가를 담고 있었다. 나는 여러 번에 걸쳐 이 에세이를 가르쳤는데 결과는 항상 같았다. 바르트 및 그와 동일한 그룹에 속한 사람들이 우리에게 문제가 되는 것은 다음과 같다. "세상에나, 그는 심지어 작가는 문제되지 않는다고 말하고 있어. 그럴 리 없어! 작가는 중요해야만 해. 그렇지 않다면 영문학 전공자로서, 영문학 대학원생으로서 우리가 하는 일이 어떻게 중요할 수 있겠어?" 기타 등등.

글의 농담조와 능글맞음은 둘째 치고, 이 에세이를 처음 읽는 독자들은

'저자author'와 '작가writer'는 완전히 동등하지 않다는 점을 자주 간과한다. 그렇다, 일반적으로 우리는 이 둘을 교차적으로 사용한다. 하지만 바르트는 신중하게 작가에 해당하는 프랑스 단어인 ecrivain을 피하고 auteur를 고수한다. 사실 이것이 그가 말하고자 하는 핵심이다. 신성한 창조자Divine Creator로서의 유명 인사인 저자Author는 죽었다(바르트가 일관되게 대문자로 표기하고 있어서 모르고 지나칠 수가 없다).

다른 식으로 생각해 보자. 당신이 읽었던 작품들의 작가는 대부분 죽었다. 다른 작가들도 그럴 것이다. 어느 시점에 가면 모든 작가는 우리가 닿지 못하는 곳에 있게 된다. (충분히 그럴 여지가 있지만) 나는 병적으로 우울한 사람은 아니다. 그저 사실을 말하는 중이다. 모든 작가는 결국엔 하늘나라의 나머지 테이블을 채우게 되어 있다. 이건 그저 인간 조건의 한 부분이다. 정의定義에 따르면, 그들은 우리가 의미에 대한 단서들을 물어볼 수 없는 곳으로 간다. 하지만 육체적인 존재와는 다르게 그들의 작품은 살아남아 있다. 그러니 바로 이것이 우리가 내리는 결론의 기초가 되어야 하는 것이다.

같은 주제와 관련하여, 한 가지 질문이 있다. 작가는 언제 죽는가? 쉽다고 말할 텐가? 그저 의학적인 질문이냐고? 나는 그렇게 생각하지 않는다. 물론 그렇기는 하다. 생물학적인 유기체로서의 작가는 사망 증명서가 발급된 날짜에 죽는다. 하지만 다른 시각에서 생각해 보자. 한 작품의 창조자로서의 작가에 관해서는 어떠한가? 작품의 발행 일자 다음 날과 그로부터 수백 년이 지난 날짜 사이에 어떤 차이라도 있는가? 작품이 바뀌는가? 자신의 작품에 대한 우리의 반응을 통제하는 작가의 능력이 그 세기에 변화하는가? 나는 동의하지 않는다.

만약 그런 작가가 있다면, 그는 저술이 끝난 뒤 '뉴욕 판New York Edition'

을 발간한, 심지어 해당 부분에 변화를 주거나 수정하기까지 했던 헨리 제임스와 같을 것이다. 우리(아니 나의) 시대에 루이스 어드리크과 존 파울즈는 각각 『사랑의 묘약*Love Medicine*』과 『동방 박사*The Magus*』에 수정을 가한 판본을 발표했다. 이렇듯 실제로 일어나는 일이기도 하다. 몇몇 시인들은 (여기서 윌리엄 버틀러 예이츠가 갑자기 생각난다) 잡지에 발표하고 책으로 내기까지 각 단계에 걸쳐 열심히 수정하기도 하며, 때로는 초기 모음집에서 '시 작품집'에 이르기까지 수정하는 과정이 진행되기도 한다. 하지만 대부분의 작가들은 작품이 좋든 나쁘든(대부분은 좋은 경우지만) 한 번만 쓰고 그대로 놔둔다. 자신의 작품을 수정해 내놓은 그 작가는 이렇게 말했다. "처음에 잘 쓰고 그걸로 끝내라."

이 논의는 스티븐 군의 다른 관심사인 '입증되지 않은' 저자에 대해서도 해결책을 제시해 준다. 만약 우리가 텍스트를 판단의 근거로 삼는다면 작가의 나이나 경험은 중요하지 않다. 예를 들 수 있냐고? 물론이다, 심지어 두 명이나 들 수 있다. 1983년, 그리 크지 않은 한 대학 출신으로 나의 2년 후배였던 루이스 어드리크에 대해 나를 포함하여 누구도 들어본 적이 없었다. 당연하다, 그녀는 어떤 작품도 발표한 적이 없었으니까. 하지만 이후 그녀는 실제로 멋진 소설을 썼다. 『사랑의 묘약』은 1984년에 전미도서비평가협회상 픽션 부문의 상을 받았다. 첫 번째 소설이 최고의 작품이 되는 경우는 드물고 심지어 그 근처에도 가기 어렵지만(헤밍웨이와 하퍼 리는 몇 안 되는 예외에 속한다) 이 작품은 단숨에 그 자리로 올라갔다. 책으로 발간되기 4~5년 전부터 문학지나 전국 잡지에 각 장이 따로따로 실렸기 때문에 완전히 알려지지 않았다거나 읽혀지지 않았다고 말할 수는 없다는 의견도 있을 수 있지만, 요점은 그것이 첫 번째 소설이었다는 점이다. 만약 우리가 작품의 중요성은 일단 실적이 나온 뒤에야 유효하다는 전제를 받

글을 맺으며: 여기 주인은 누구죠?

아들인다면 (최소한 작가가 명성의 측면에서 '성장' 할 때까지) 우리는 놀라운 작품을 놓치게 될 것이다. 나로서는 명성보다는 소설을 읽기 좋아하는 편이다.

　다음 얘기를 해보겠다. 이 글을 쓰고 있던 2013년의 어느 여름날, 출판과 관련된 흥미로운 폭로가 나왔다. 4월에 영국에서 미스터리 소설 한 편이 발표됐는데 평은 좋았으나 거의 팔리지 않았다. 7월 중순, 남아 있던 책들이 처분되려던 순간 『선데이 타임즈』는 (성인 미스터리 작품을 처음 쓴 것은 분명하나 동시에 세계에서 가장 유명한 소설가인) 진짜 작가를 폭로했다. 로버트 갤브레이스Robert Galbraith는 J. K. 롤링으로 밝혀졌고, 그녀는 자신의 이름 없이도 『쿠쿠스 콜링The Cuckoo's Calling』이 어떤 비평을 받게 될지 알고 싶어 익명으로 출판되기를 원했다고 한다. 그녀의 이전 소설인 『캐주얼 베이컨시The Casual Vacancy』가 백만 부 이상 팔렸지만 비평가들에게서 좋은 평을 받지 못한 점이 동기로 작용했다. 진짜 작가가 드러난 그 주에 새로운 소설은 아마존 베스트셀러 1위에 올랐다. 주로 전자책이 팔렸고 제본된 책도 즉시 팔려나갔다. 리틀 출판사, 브라운 출판사는 그야말로 엄청난 부수를 찍어냈다. 여기에 내 질문이 있다. 이게 다 무슨 소동인가? 마케팅 관점이라면 완전히 이해하지만 미학적인 측면에서 볼 때 그것이 정말로 중요한가? 은퇴한 군사 정보원이라는 또 다른 자아가 아닌 롤링의 작품이라고 해서 더 나아지거나 나빠지는가? 궁극적으로 책은 저자의 브랜드가 지닌 힘이 아니라 텍스트의 가치에 근거하여 의지해야 하고, 이런 가치를 밝히기 위해 책을 읽어야 한다. 언제나 비평가는 우리를 위해 말하지 않는다. 판매량도 유용하지 않다. 나의 최악의 독서 경험 중 일부는 '모든 사람' 이 읽고 칭찬하던 책과 관련이 있었다. 난 '그저 누군가' 가 될 순 있지만 분명 '모든 사람' 은 아님을 몇 번이고 경험을 통해 알고 있다. 내가 좋아하는 것, 내가 감탄하는 것, 내가 내치는 것은 혼자의 힘으로 독서를 할 때만 발견할 수 있다.

분석이나 해석, 또는 뭐라고 부르건 간에 몇백 페이지에 걸쳐 우리가 지금까지 해왔던 것도 마찬가지다. 나는 소설이나 시를 읽는 나의 독서를 위해 일반적으로 설득력 있는 주장을 펼칠 수 있지만 당신의 독서에 대해서는 그럴 수 없다. 물론 나는 문학에 대해 많은 것들을 알고 있고 그것에서 재미를 느끼는 방법을 알고 있지만, 나는 당신이 아니고 당신은 내가 아니다. 이 점은 당신이 아주 깊이 감사해야 한다. 세상 누구도 정확히 당신이 하는 것처럼 『파이 이야기*Life of Pi*』나 『폭풍의 언덕*Wuthering Heights*』이나 『헝거 게임*The Hunger Games*』을 읽을 수 없다. 당신을 제외하고는 어느 누구도 그렇게 할 수 없다. 자주, 매우 자주, 자신이 작품을 바라보는 방식에 대해 양해를 구하는 학생들을 본다. "이건 제 의견입니다만", "아마 제가 잘못 생각하고 있을지 모르지만" 그리고 뉘우치는 또 다른 변변찮은 행동들. 사과를 멈춰라! 이는 도움이 되지 않으며 말하는 사람을 경시하게 만든다. 독서에서 똑똑해지고, 대담해지고, 적극적이고, 자신감을 가져라. 이는 당신의 ('그저'에 불과하지 않은) 의견이다. 당신은 틀렸을지도 모른다. 비록 대부분의 학생들이 생각하는 것만큼 그렇지는 않지만 말이다. 그래서 나의 마지막 조언을 전한다. **당신이 읽은 책들의 주인이 돼라.** 시, 이야기, 플래시 픽션*, 희곡, 전기, 영화, 창의적인 논픽션 작품, 그리고 나머지들 다. 문자 그대로를 의미하는 것은 아니다. 비록 책을 통해 생계를 유지하고 있지만 나는 이 생각에 반대하지 않는다. 내가 진정 의미하는 것은 당신의 독

• flash fiction : 극히 짧은 분량의 단편소설

글을 맺으며: 여기 주인은 누구죠?

서에 주인 의식을 가져야 한다는 말이다. 이건 당신의 것이다. 이는 특별하다. 온 세상의 누구와도 전적으로 다르다. 당신의 코나 엄지손가락처럼 당신의 일부이다. 문학을 읽거나 논할 때 우리 모두는 서로에게서 배우며, 우리의 독서는 이런 토론을 통해 변화한다. 나 같은 경우도 모든 종류의 방식을 통해 변한다. 하지만 그렇다고 내가 나만의 견해를 버린다는 의미는 아니며 당신 역시 그래야 한다.

당신 의견에 대한 통제권을 비평가나 선생님이나 유명 작가나 아는 체하는 교수에게 양도하지 말라. 그들의 말을 듣는 한편, 자신 있게 확신에 차서 읽고 당신의 독서에 대해 부끄러워하거나 사과하지 말라. 당신과 나 모두 당신이 유능하고 똑똑함을 알고 있으니 당신에게 다르게 말하도록 하는 누구라도 그냥 두지 말라. 텍스트를 믿고 당신의 직감을 믿어라. 크게 실수할 일은 드물 것이다.

엔보이 *Envoi*

시라는 장르에는 긴 이야기 시나 시집 말미에 짤막한 구절을 덧붙이는 오랜 전통이 있다. 그 역할은 시에 따라 다른데, 짧은 요약이 될 수도 있고 결론에 해당할 수도 있다. 내 경우에는 시 자체에 대한 사과문을 선호한다.

"작은 책이여, 너는 썩 훌륭하진 않지만 그래도 나로서는 최선을 다했다. 이제 너도 최선을 다해 세상을 살아가렴. 안녕."

이런 작별 의식을 엔보이(envoi, 내가 볼 때 최고의 전문어는 프랑스어다. 그리고 최악의 전문어 역시 프랑스어다)라고 하며, 어떤 임무를 주어 세상에 내보낸다는 뜻을 지닌다.

내가 이 책에 사과할 일이 없다고 하면 그건 명백히 거짓말이다. 작가라면 누구나 자기 책이 앞으로 어떻게 될지 근심하면서 원고 집필을 마친다. 그러나 일단 원고가 책으로 바뀌면 걱정해도 아무 소용이 없다. 부모의 마음이 담긴 그 어떤 보호 장치도 원고가 책으로 바뀌는 순간 무용지물이 된다는 걸 옛날 작가들도 알고 있었다(그들이 자신의 가엾은 책을 향해 '이제 고아가 됐구나'라고 말하는 것도 이 때문이리라). 하지만 나는 이 작은 책이 나 없이도 아주 잘 지낼 수 있을 거라고 생각하기에 책에 대한 작별 인사는 생략하겠다.

대신 나는 이 책의 엔보이를 독자들에게 바치고 싶다. 여러분은 지금까지

내 논의에 충실히 동참해 주었고, 나의 실없는 소리와 농담, 짜증 나는 매너리즘을 과분할 정도로 잘 견뎌주었다. 정말 일등 독자라 아니할 수 없다. 이제 곧 떠나갈 여러분에게 몇 가지 해주고 싶은 말이 있다.

우선 고백과 충고다. 만약 어떤 식으로든 문학 작품의 탄생과 감상에 도움이 되는 코드를 내가 다 파헤쳤다는 인상을 줬다면 진심으로 사과한다. 그것은 사실이 아니다. 이 책은 그 표면의 일부만 긁어냈을 뿐이다. 예컨대 불에 대해 단 한 번도 언급하지 않고 지금까지 논의를 끌어올 수 있었다는 것은 정말 특이한 일이다. 불은 물, 흙, 공기와 함께 사 원소 중 하나인데 이 책에 한 번도 등장하지 않았다. 여기서 다룬 것만큼 쉽고 유익하게 접근할 수 있는 다른 주제도 많이 있었다. 사실 원래 계획했던 책은 이보다 얇고 구성도 약간 달랐다. 각 장의 주제들은 따지고 보면 그것들이 꼭 포함시켜 달라고 요란하게 고집을 부렸기 때문에 여기 실리게 된 것이다. 어떤 주제는 퇴짜 맞기를 거부했고, 어떤 주제는 막무가내로 비집고 들어왔다. 또 어떤 주제는 점잖게 처신한 다른 주제들을 몰아냈다. 완성된 책을 훑어보니 상당히 특이해 보인다. 내 동료들은 대부분 여기 제시된 독서 방식이 최소한 우리 교수들이 하는 중요한 일이라고 생각하겠지만, 그럼에도 내가 제시한 범주들에 불만이 많을 것이다. 그건 당연한 일이다. 교수마다 강조하는 것이 다 다르기 때문이다. 나는 내 입장에서 꼭 필요하다고 생각하는 주제를 모아서 논의했지만, 다른 주제나 취급 방식이 더 중요하다고 생각하는 교수들도 있을 것이다.

이 책은 작가가 작품을 만들고 독자가 그 결과물을 이해하는 데 필요한 모든 문화적 코드의 데이터베이스가 아니다. 다만 혼자 힘으로 그런 코드를 찾는 방법을 보여주는 하나의 틀, 패턴, 또는 일종의 문법이다. 누구도 그런 코드를 전부 망라할 수는 없을 것이며, 어떤 독자도 그로 인해 생겨나는 백과사전 속에서 허우적거리고 싶어 하지 않을 것이다. 나는 별다른 노력 없이도 이 책의 분량을 두 배로 늘릴 수 있었지만, 아무도 그걸 원치 않는다는 사실 또한 분명히 알고 있다.

두 번째는 축하다. 이 책에 소개되지 않은 다른 코드에는 어떤 것들이 있느냐고? 신경 쓰지 않아도 된다. 적어도 전부 다 알 필요는 없다. 책을 읽다 보면 패턴이나 상징에 주목하는 버릇이 제2의 천성이 되고, 단어나 이미지가 자신을 주목해 달라고 소리치는 때가 올 것이다. 다이앤이라는 학생이 「가든 파티」에서 새를 포착해 내는 과정을 생각해 보자. 누구도 다이앤에게 그 작품을 읽을 때 새에 주목하라고 가르치지 않았다. 그녀는 다양한 수업과 상황에서 쌓은 독서 경험을 통해 특징적인 요소, 반향을 불러일으키는 반복적인 사물이나 활동에 주목하는 법을 배웠을 것이다. 새나 비행에 관해 한 차례 정도의 언급은 흔히 있을 수 있는 일이고 두 번 언급되더라도 우연의 일치일 수 있지만, 세 번 이상이라면 그것은 분명 하나의 경향을 형성한다. 그리고 알다시피 경향은 검증을 요한다. 검증의 대상은 불이 될 수도 있고, 말이 될 수도 있다.

　이야기 속에서 말을 타고 등장하는 (때로는 말이 없음을 한탄하는) 인물의 역사는 수천 년이나 된다. 말에 올라타고 있는 상황은, 또는 반대로 그냥 걸어가야 하는 상황은 무엇을 의미하는가? 몇 가지 예를 생각해 보자. 『일리아드』에서 디오메데스와 오디세우스는 트라키아 말을 훔친다. 론 레인저는 실버*의 등에 걸터앉아 손을 흔든다. 리처드 3세는 말 때문에 울부짖는다. 영화 〈이지 라이더〉에서 데니스 호퍼와 피터 폰다는 모터사이클을 타고 굉음을

---

* **실버** | 론 레인저가 타고 다니는 말의 이름.

내며 도로를 질주한다. 서너 가지만 예를 들어도 충분할 것이다. 말, 말 타기, 모터사이클 장면에서 우리는 무엇을 알아낼 수 있을까? 또는 그렇지 않은 장면에서는? 할 수 있겠는가? 당신이라면 충분히 할 수 있다.

세 번째로는 몇 가지 제안을 하고 싶다. 이 뒤에 나오는 부록에서 나는 더 깊이 있는 독서를 위해 몇 가지 아이디어를 줄 것이다. 내 제안은 별로 체계적이지도 않고, 특별히 정연하지도 않다. 또 그게 뭐든 당신을 어떤 특정한 방향으로 이끌기 위해 필독서 목록을 제시하는 것도 아니다. 나는 문화 전쟁에 끼어들 생각이 전혀 없기 때문이다. 다음 부록에는 대개 앞에서 언급한 책들, 이런저런 이유로 내가 좋아하고 높이 평가하는 책들, 여러분도 좋아할 것 같은 책들이 실려 있다. 여러분이 그 책들을 전보다 더 즐길 수 있기를 바란다.

하지만 여러분이 좋아하는 책부터 읽어보는 것이 가장 좋다. 부록에 실린 책들만 읽을 필요는 없다. 서점이나 도서관에 가서 당신의 상상력과 지성에 호소하는 장편이나 시, 희곡, 단편 소설을 읽어보라. '위대한 명작'을 읽으면 좋겠지만, 어떤 경우든 잘 쓴 글을 읽어라. 내가 좋아하는 책은 대부분 책장 앞을 어슬렁거리다가 우연히 집어든 것들이다. 또 작가가 죽을 때까지 기다렸다가 책을 읽을 필요는 없다. 작가가 살아 있을 때 경제적으로 여유가 있으면 좋지 않겠는가?

독서는 즐거워야 한다. 우리는 많은 노고가 들어가 있다는 뜻에서 '작품 works' 이라는 단어를 쓰지만 창작이든 독서든 모두 놀이의 한 형태다. 그러니 즐겨라. 독자들이여, 즐겁게 읽어라.

그럼, 이만.

이 책에서 나는 많은 책과 시 제목을 때로는 어지러울 만큼 빠른 속도로 소개했다. 나 역시 대학 신입생 시절에 방향 감각 상실증 비슷한 것에 빠진 적이 있다. (교수님이 휙 소개하고 지나가신 알랭 로브그리예Alain Robbe-Grillet˚가 누군지 파악하는 데 몇 년이 걸렸다). 어쨌든 결과는, 문학에 매료되어 더 열심히 공부하게 되거나, 작가 이름이나 작품명을 한 번도 들어본 적 없는 자신이 바보처럼 느껴져서 화가 치밀거나 둘 중 하나일 것이다. 하지만 바보 같다고 느낄 필요가 전혀 없다. 작가 이름이나 작품 제목을 모르는 것은 무지이기는 해도 죄는 아니다. 그리고 무지란 그저 자기가 어느 정도 수준에 도달했는지 측정하는 단위에 불과하다. 나 역시 이해하지 못하거나 들어본 적도 없는 작가와 작품을 해가 갈수록 더 많이 접하고 있는 실정이다.

다음 목록에는 이 책에서 언급한 작품도 있고, 추가로 언급할 필요가 있거나 책이 더 길었으면 당연히 소개했어야 할 책들이 들어 있다. 어떤 경우든 이 목록에 실린 책들은 공통적으로 독자들이 많은 것을 배울 수 있는 작품이라는 것이다. 나도 그랬다. 더불어 이 책의 구성 방식과 마찬가지로 작품들 역시 특별한 선정 기준은 없었음을 밝혀둔다. 그리고 이 책들을 다 읽는다고 해서 갑자기 교양이나 교육 수준이 단번에 올라가지는 않을 것이다. 또 소개된 책들과 관련하여 『일리아드』가 『변신 이야기』보다 낫다든가, 찰스 디킨스가 조지 엘리엇보다 낫다는 등, 여기 소개된 책들이 다른 책들보다 더 뛰어나다고 주장할 생각은 조금도 없다. 사실 문학적 가치에 대해서는 내 나름대로 확고한 생각을 갖고 있지만

- **알랭 로브그리예** (1922~2008) | 프랑스 작가. 전통적인 소설 창작 기법에 반기를 든 이른바 '누보로망' Nouveau Roman을 주창했다.

여기서 논의할 문제는 아니다. 다만 여기 소개된 책들을 열심히 읽으면 문학에 조예가 더 깊어질 것이다. 이 점이 중요하다. 우리는 모두 배우는 과정에 있다. 나도 그렇고, 이 책을 여기까지 읽어왔다면 당신 역시 그러하다. 교육은 대개 어떤 기관에서 이루어지고, 이를 증명하는 성적표나 졸업장이 발급된다. 하지만 진정한 배움은 우리 스스로의 노력을 통해 이루어진다. 행운이 따른다면 이 두 가지가 일치할 수도 있다. 하지만 만약 하나를 선택해야 한다면 나는 스스로 배우는 쪽을 택하겠다.

목록에 있는 작품들을 읽었을 때 생기는 일은 또 있다. 당신은 아주 즐거운 시간을 보내게 될 것이다. 대부분의 경우 그건 확실하다. 물론 모든 사람이 여기 소개된 책들을 전부 좋아할 거라든가, 내 취향과 여러분의 취향이 같을 거라고 말할 수는 없다. 하지만 이 책들이 아주 재미있다는 사실은 보장할 수 있다. 고전은 오래전에 쓰였기 때문에 고전이 아니라 위대한 이야기, 위대한 시이기 때문에, 또 아름답거나 즐겁거나 흥미롭거나 재미있거나 또는 이 모든 요소를 다 지니고 있기 때문에 고전이다. 그렇다면 그보다 좀 더 새로운 책들은 고전이 아닌가? 고전으로 성장할 수도 있고 아닐 수도 있다. 하지만 지금으로서는 그저 매력이 있고, 뭔가를 생각하게 만들고, 우리를 열광시키고, 또 재미있게 느껴질 뿐이다. 앞에서도 말했듯이 우리는 보통 많은 노력의 산물이라는 의미에서 좋은 책을 지칭할 때 작품works이라는 단어를 쓰지만, 사실 문학은 대체로 재미있다. 장편소설이나 희곡, 단편소설, 시를 읽고도 재미를 느끼지 못한다면 누군가는 잘못하고 있는 것이다. 만약 독서가 괴롭게 느껴지면 책을 덮어라. 책을 읽는다고 돈을 받는 것도 아니고 안 읽는다고 해고당하지도 않는다. 그러니 즐겨라.

줄리아 알바레스Julia Alvarez

『가르시아 자매는 어떻게 억양을 잃어버렸나?*How the Garcia Girls Lost Their Accents?*』(1991),
『나비의 시대*In the Time of the Butterflies*』(1994), 『요*Yo*』(1997)

야만적인 도미니카 독재 정권 하에서의 폭력과 상실, 혼란, 그리고 미국에서 겪은 새로운 이민자들
의 경험 등에 관한 서정적이고 인상 깊은 이야기들. 힘과 미를 겸비한 그의 글을 읽어보라.

W. H. 오든W. H. Auden

「보자르 미술관*Musée des Beaux Arts*」(1940), 「석회암을 찬미하며*In Praise of Limestone*」(1951)

첫 번째는 피터 브뤼겔의 그림을 보며 인간의 고통을 명상한 작품이고, 두 번째는 평탄한 지형의 가
치와 그 안에 살고 있는 사람들을 찬미하는 위대한 시다. 이 시들이 담긴 오든의 시집에는 더 뛰어난
다른 시들도 아주 많다.

제임스 볼드윈James Baldwin

「써니의 블루스*Sonny's Blues*」(1957),

헤로인, 재즈, 형제 간의 경쟁 의식, 죽은 부모와의 약속, 비통함, 죄의식, 속죄. 이 모든 것이 20페이
지 안에 담겨 있다.

사무엘 베케트Samuel Beckett

『고도를 기다리며*Waiting for Godot*』(1954)

길은 있지만 등장인물들이 그 길을 가려 하지 않는다면? 그건 무슨 의미일까?

『베어울프*Beowulf*』(서기 8세기경)

나는 2000년에 출판된 셰이머스 히니Seamus Heaney의 번역본을 좋아하지만 어떤 번역서라도 이 영
웅 서사시의 스릴을 만끽하게 해줄 것이다.

코라게산 보일 T. Coraghessan Boyle

『수상 음악 *Water Music*』(1981), 「오버코트 II *The Overcoat II*」(1985),
『세계의 끝 *World's End*』(1987)

잔인한 코미디, 날카로운 풍자, 놀라운 이야기

아니타 브루크너Anita Brookner

『호텔 뒤 락*Hotel du Lac*』(1984)

프랑스 소설로 착각하지 말라. 영어 소설이니까. 흘러가는 세월, 상심, 고통을 통해 깨닫는 지혜를 이야기하는 아름다운 소설.

루이스 캐럴Lewis Carroll

『이상한 나라의 앨리스*Alice in Wonderland*』(1865),

『거울 나라의 앨리스*Through the Looking-Glass*』(1871)

캐럴은 수학자지만 상상력과 비논리적인 꿈을 누구보다 잘 이해한 작가였다. 기발하고 너무도 재미있는 작품.

안젤라 카터Angela Carter

『피로 낭자한 방 *The Bloody Chamber*』(1979),

『서커스의 밤*Nights at the Circus*』(1984), 『현명한 아이들*Wise Children*』(1992)

전복顚覆의 묘미. 카터는 가부장적 사회의 기대를 역이용하고 있다.

레이먼드 카버 Raymond Carver

「대성당*Cathedral*」(1981)

거의 완벽에 가까운 단편 소설. 이해하지 못하지만 이해하고 싶어 하는 한 남자에 관한 이야기. 우리가 좋아하는 여러 요소, 즉 실명, 친교, 신체적인 접촉 등을 다루고 있는 작품. 카버는 미니멀리즘과 사실주의에 입각하여 완벽에 가까운 단편소설을 내놓았다. 그의 작품은 대부분 읽을 가치가 있다.

제프리 초서 Geoffrey Chaucer

『캔터베리 이야기 *The Canterbury Tales*』(1384)

만약 중세 영어에 익숙하지 않다면 현대 영어로 번역된 책을 구해야 하겠지만 어떤 언어로 읽어도 놀라운 작품이다. 여러 계층의 사람들이 함께 여행하면서 나누는 이야기답게 유머, 상심, 온정, 아이러니 등 그야말로 다채로운 모습을 보여준다.

조지프 콘래드 Joseph Conrad

『암흑의 한가운데 *Heart of Darkness*』(1899), 『로드 짐 *Lord Jim*』(1900)

콘래드만큼 인간의 영혼을 집요하고 깊이 있게 연구한 작가도 드물 것이다. 콘래드는 극한 상황과 낯선 땅에서 진실을 발견한다.

로버트 쿠버Robert Coover

「생강빵 집 *The Gingerbread House*」(1969)

「헨젤과 그레텔 *Hänsel und Gretel*」을 독창적으로 재해석한 작품.

하트 크레인Hart Crane

『다리*The Bridge*』(1930)

브루클린 다리와 거대한 강들을 중심으로 펼쳐지는 위대한 미국 시 연작.

콜린 덱스터Colin Dexter

『후회스러운 날*The Remorseful Day*』(1999)

모스 형사의 추리물은 하나 같이 훌륭하므로 어떤 작품을 읽어도 좋다. 덱스터는 형사인 주인공이 느끼는 고독과 그리움을 탁월하게 묘사했고 이는 당연히 심장병으로 끝을 맺는다.

찰스 디킨스 Charles Dickens

『옛 골동품상*The Old Curiosity Shop*』(1841), 『크리스마스 캐럴*A Christmas Carol*』(1843),

『데이비드 코퍼필드*David Copperfield*』(1850), 『음산한 집*Bleak House*』(1853),

『위대한 유산*Great Expectations*』(1861)

디킨스는 아마 가장 인간미 넘치는 작가일 것이다. 그는 결점 많은 사람들을 있는 모습 그대로 포용하고 신뢰했다. 또한 우리에게 잊을 수 없는 인물들과 기막힌 이야기들을 선사했다.

닥터로우E. L. Doctorow

『래그타임*Ragtime*』(1975)

인종 관계 및 다양한 역사적 힘들의 충돌을 일견 단순하고 만화적인 서술 기법으로 표현한다.

엠마 도노휴Emma Donoghue

『방*Room*』(2010)

납치당한 여성에게서 태어난 아이를 통해 들려주는 억류 이야기. 다섯 살인 잭은 우리에게 얘기를 건네지만 정작 그는 자기의 얘기를 이해하지 못한다. 가장 중요한 사실은 작고 조용한 방에 갇혀 있는 삶은 정상적이지 않다는 것을 잭이 이해하지 못한다는 점이다. 그는 또 구체적인 사물에 대한 이해력도 떨어진다. 즉 그가 아는 한, 방과 침대는 각각 단 하나만 존재하는 유일한 것이어서 잭에게는 단순한 방과 침대가 아닌 절대적인 의미를 갖는다. 관점을 활용한 역작.

로렌스 더럴Lawrence Durrell

『알렉산드리아 사중주*The Alexandria Quartet: Justine, Balthazar, Mountolive, Clea*』(1957~1960)

열정, 음모, 우정, 첩보, 코미디, 페이소스를 멋지게 구현한 현대 문학 사상 가장 매력적인 작품 중 하나. 유럽인들이 이집트에 가면 어떤 일들이 벌어질까?

엘리엇T. S. Eliot

「프루프록의 연가*The Lovesong of J. Alfred Prufrock*」(1917), 「황무지 *The Waste Land*」(1922)

어느 누구보다 엘리엇은 현대시의 지형을 바꿔놓았다. 형식의 실험, 영적인 추구, 사회 비평.

루이스 어드리크Louise Erdrich

『사랑의 묘약*Love Medicine*』(1986)

노스다코타의 치페와 인디언 보호 구역을 무대로 한 첫 번째 소설. 서로 연관된 단편 소설들의 연작으로 구성되어 있다. 열정, 고통, 절망, 희망, 용기가 그녀의 작품 전체를 관통한다.

윌리엄 포크너William Faulkner

『소리와 분노*The Sound and the Fury*』(1929), 『내가 누워 죽어갈 때 *As I Lay Dying*』(1930),
『압살롬, 압살롬! *Absalom, Absalom!*』(1936)

어렵지만 읽을 가치는 충분하다. 사회사, 현대 심리학, 고전 신화가 한데 뒤섞여 있는 그의 작품은 그가 아니면 쓸 수 없다.

헬렌 필딩 Helen Fielding

『브리짓 존스의 일기*Bridget Jone's Diary*』(1999)

현대 여성의 삶을 코믹하게 다룬 이야기. 다이어트, 데이트, 불안, 자립에 관한 이야기로 가득하다. 제인 오스틴 Jane Austen의 『오만과 편견*Pride and Prejudice*』(1813)을 떠올리게 하는 작품.

헨리 필딩Henry Fielding,

『톰 존스*Tom Jones*』(1741)

필딩/존스 계열 작품들의 원조인 명랑 소설. 250년이 지난 뒤에도 여전히 재미있는 성장 소설이라면 그게 뭐든 뭔가 잘하고 있다고 봐야 하지 않을까?

스콧 피츠제럴드 F. Scott Fitzgerald,

『위대한 개츠비*The Great Gatsby*』(1925), 「다시 찾은 바빌론 *Babylon Revisited*」(1931)

만약 현대 미국 문학이 단 한 편의 소설로 이루어져야 하고 그 소설이 바로 『위대한 개츠비』라면 그것으로 충분할 것이다. 녹색 불빛은 무엇을 의미하는가? 개츠비의 꿈은 무엇을 나타내는가? 잿더미와 광고판의 눈은 또 어떤가?

포드 매덕스 포드Ford Madox Ford

『훌륭한 군인*The Good Soldier*』(1915)

심장병에 대한 가장 위대한 소설.

E. M. 포스터E. M. Forster

『전망 좋은 방*A Room with a View*』(1908), 『하워즈 엔드*Howards End*』(1910),

『인도로 가는 길*A Passage to India*』(1924)
지리적 배경에 관한 사색의 소재들. 북쪽과 남쪽, 서쪽과 동쪽, 의식意識의 동굴들.

존 파울즈 John Fowles
『마법사*The Magus*』(1966), 『프랑스 중위의 여자*The French Lieutenant's Woman*』(1969)
문학은 놀이나 게임이 될 수 있는데 파울즈의 작품이 자주 그러하다. 첫 번째 작품에서 젊고 이기적인 주인공은 마치 자신을 교육하기 위해 제작된 일련의 사적인 연극을 관람하는 관객처럼 보인다. 두 번째 작품에서 주인공은 두 여자 중 누구를 선택해야 할지 갈등하지만 그것은 사실 어떤 삶의 방식을 선택할 것인가의 문제다. 항상 다차원적으로 이야기를 풀어 나가는 작가가 존 파울즈다. 그는 또 정말 탁월하고 생생하고 매혹적인 산문도 써냈다.

로버트 프로스트 Robert Frost
「사과 수확을 마친 후*After Apple Picking*」, 「장작더미 The Woodpile」,
「꺼져라, 꺼져라— *Out, Out*—」, 「건초 베기*Mowing*」(1913~1916)
그의 모든 작품을 읽어라. 프로스트가 없는 시는 상상할 수 없다.

윌리엄 개스 William H. Gass
「더 페더슨 키드 *The Pedersen Kid*」(1968),
「깊은 시골에서*In the Heart of the Heart of the Country*」(1968)
풍경과 날씨를 멋지게 활용했고 대단히 독창적이다. 당신은 고등학교 농구를 종교적 경험으로 생각해 본 적 있는가?

헨리 그린 Henry Green
『실명*Blindness*』(1926), 『생계*Living*』(1929), 『파티 가기*Party Going*』(1939), 『사랑*Loving*』(1945)
첫 번째 작품은 문자 그대로의 실명失明뿐 아니라 은유로서의 실명까지 진지하게 다루고 있다. 『파티 가기』는 안개에 발이 묶인 여행객들의 이야기로, 이것도 어떻게 보면 일종의 실명 상태랄 수 있겠다. 『사랑』은 동화를 원용하여 쓴 작품으로, '옛날 옛날에'로 시작하여 '그 후에도 쭉'으로 끝난다. 이런 이야기를 누가 거부할 수 있으랴. 『생계』는 영국의 한 공장과 관련된 모든 계층을 다룬 굉장한 작품인 동시에, 내 기억에 'a', 'an', 'the' 같은 관사가 거의 없는 특이한 작품이기도 하다. 일종의 기이하고 놀라운 문체 실험이라 하겠다. 헨리 그린의 글을 읽어보지 못했거나 이름도 들어본 적 없는 사람이 많은데, 이는 정말 안타까운 일이다.

대쉴 해밋 Dashiell Hammett
『말타의 매*The Maltese Falcon*』(1929)
미국 최초의 신화적인 탐정 소설. 영화도 놓치지 말라.

토마스 하디 Thomas Hardy

「세 명의 이방인 *The Three Strangers*」(1883),

『캐스터브리지의 시장 *The Mayor of Casterbridge*』(1886),

『더버빌 가의 테스 *Tess of the D'Urbervilles*』(1891)

하디의 글을 읽고 나면 풍경과 날씨도 중요한 등장인물이 될 수 있음을 알게 된다. 또 우주는 우리의 고통에 무관심한 게 아니라 오히려 적극적으로 관여하고 있다는 사실도 깨닫게 될 것이다.

너새니얼 호손 Nathaniel Hawthorne

「영 굿맨 브라운 *Young Goodman Brown*」(1835), 「돌이 된 남자 *The Man of Adamant*」(1837),

『주홍 글씨 *The Scarlet Letter*』(1850), 『일곱 박공의 집 *The House of the Seven Gables*』(1851)

호손은 아마도 상징적인 의식을 가장 잘 파헤치고, 우리가 어떻게 의심과 고독과 질투에서 벗어나려고 애쓰는지 가장 잘 관찰했던 미국 작가일 것이다. 이를 위해 청교도들이 등장하지만 그렇다고 결코 청교도에만 국한된 이야기는 아니다.

셰이머스 히니 Seamus Heaney

「습지 *Bogland*」(1969), 「빈터 *Clearances*」(1986), 『북쪽 *North*』(1975)

역사와 정치 문제를 다룬 걸작들을 펴낸 우리 시대의 위대한 시인.

어니스트 헤밍웨이 Ernest Hemingway

『우리 시대 *In Our Time*』(1925)에 나오는 단편들,

특히 「두 개의 심장을 가진 큰 강 *Big Two-Hearted River*」, 「인디언 캠프 *Indian Camp*」,

「싸움꾼 *The Battler*」, 『태양은 다시 떠오른다 *The Sun Also Rises*』(1926),

「흰 코끼리 같은 산들 *Hills Like White Elephants*」(1927),

『무기여 잘 있거라 *A Farewell to Arms*』(1929), 「킬리만자로의 눈 *The Snows of Kilimanjaro*」(1936),

『노인과 바다 *The Old Man and the Sea*』(1952)

호머 Homeros

『일리아드 *Iliad*』, 『오디세이 *Odyssey*』(기원전 8세기경)

오늘날의 독자들에게는 후자가 더 친숙하게 느껴지겠지만 두 작품 모두 위대하다. 『일리아드』를 가르칠 때마다 이렇게 말하는 학생들이 반드시 있다. "이렇게 대단한 이야기일 줄은 꿈에도 몰랐어요."

헨리 제임스 Henry James

『나사못 회전 *The Turn of the Screw*』(1898)

정말 오싹한 이야기. 악마에게 홀린 것인가, 아니면 광기인가? 만약 광기라면 누가 미친 것인가? 어쨌든, 전혀 다른 접근 방법을 취했던 「데이지 밀러 *Daisy Miller*」처럼, 이 작품은 인간들이 서로를 어

떻게 파멸시켜 가는지 잘 보여준다.

제임스 조이스James Joyce

『더블린 사람들Dubliners』(1914), 『젊은 예술가의 초상 Portrait of the Artist As a Young Man』(1916)

『더블린 사람들』에서 나는 두 편을 여러 번 언급했다. 새로운 세계로 들어섬, 타락의 경험, 볼 수 있음과 볼 수 없음에 관한 비유, 탐구, 성적 욕망, 세대 간의 대립 등 「애러비Araby」는 짧은 분량임에도 아주 많은 것을 담고 있다. 「죽은 사람들 The Dead」은 단편 소설이 줄 수 있는 가장 완전한 경험을 선사한다. 이후 조이스가 더 이상 단편소설을 쓰지 않았다는 건 놀라운 일이 아니다. 그 이상 무엇을 더 할 수 있단 말인가? 『젊은 예술가의 초상』은 성장과 발전에 관한 위대한 소설이다. 이 소설에서 구덩이(소설에는 '시궁창 도랑 square ditch'으로 표현되어 있다)에 빠진 아이와 역사상 글로 쓰인 가장 무시무시한 설교를 만날 수 있다. 타락, 재기再起, 구원과 저주, 오이디푸스적 갈등, 자아 탐구 등 동화 및 청소년 소설을 가치 있게 만들어주는 특징적인 요소가 모두 망라되어 있다.

프란츠 카프카Franz Kafka

「변신Die Verwandlung」(1915), 「단식 예술가Ein Hungerkünstler」(1924), 『심판Der Prozess』(1925)

카프카의 이상한 세계에서 주인공들은 그들을 정의하고 결국 파괴하는 비현실적인 사건들을 겪게 된다. 하지만 실제로 읽어 보면 생각보다 훨씬 재미있다.

바바라 킹솔버 Barbara Kingsolver

『콩나무 The Bean Trees』(1988) 『천국의 돼지들 Pigs in Heaven』(1993),

『포이즌우드 바이블 The Poisonwood Bible』(1998)

그녀의 소설은 주요 패턴이 가진 힘과 공명한다. 『콩나무』에서 테일러 그리어는 새로운 삶을 찾아 첫 번째 위대한 장거리 여행을 떠난다.

로렌스 D. H. Lawrence,

『아들과 연인 Sons and Lovers』(1913), 『사랑에 빠진 여인들 Women in Love』(1920),

「말 장수의 딸 The Horse Dealer's Daughter」(1922), 「여우 The Fox」(1923),

『채털리 부인의 연인 Lady Chatterley's Lover』(1928),

『처녀와 집시 The Virgin and the Gypsy』(1930), 「목마와 소년 The Rocking-Horse Winner」(1932)

상징적인 사고의 대가.

토마스 맬러리 Sir Thomas Malory

『아서 왕의 죽음 Le Morte d'Arthur』(15세기 후반)

아주 오래된 작품이지만 작가들과 영화 제작자들은 여전히 그의 작품을 원용하고 있다.

얀 마텔Yann Martel

『파이 이야기Life of Pi』(2001)

한 소년, 호랑이 한 마리, 한 척의 구명보트. 무엇이 더 필요한가? 영웅의 여행을 색다른 시각으로 담은 뛰어난 작품들 중 하나.

콜럼 매칸Colum MaCann

『밝음의 이쪽 편This Side of Brightness』(1998),

『거대한 지구를 돌려라Let the Great World Spin』(2009)

하나는 낮고(뉴욕의 지하에서 지하철 터널을 파는 사람들), 하나는 높다(필리프 프티가 쌍둥이 빌딩 사이에 놓인 전선을 딛고 걸었던 바로 그날, 서로 이질적인 모습의 뉴욕 사람들). 영어 산문의 대가가 보여주는 뛰어난 스토리텔링의 두 작품.

아이리스 머독 Iris Murdoch

『잘린 머리A Severed Head』(1961), 『유니콘 The Unicorn』(1963),

『바다여, 바다여The Sea, The Sea』(1978), 『녹색의 기사 The Green Knight』(1992)

『녹색의 기사』라는 제목에서 짐작할 수 있듯이 머독의 소설들은 친숙한 문학 패턴을 따르고 있다. 그녀의 상상력은 상징적이며, 논리는 냉혹할 정도로 이성적이다 (사실 그녀는 철학 전공자였다).

세나 지터 나슬런드Sena Jeter Naslund

『에이해브의 아내Ahab' s Wife』(1999)

'위대한 사람' 뒤에 남겨진 이들에게 무슨 일이 일어났는지 궁금했던 적이 있는가? 우리는 『모비 딕』에서 에이해브가 얼마나 대단했는지 논쟁하지만, 나슬런드는 페미니스트 시각에서 바라본 또 하나의 주요 문학 작품과 주인공을 통해 (작가를 포함해) 미치광이 선장이 이름조차 거론하지 않는 그 여자의 경험을 들여다본다.

블라디미르 나보코프 Vladimir Nabokov

『롤리타 Lolita』(1958)

맞다, 그 책이다. 하지만 포르노 소설은 아니다. 소설에서는 사실이 아니었으면 좋았을 사건이 벌어지며, 문학 작품 사상 우리를 가장 오싹하게 만드는 주인공 중 한 명이 등장한다. 누가 그를 정상적이라고 여기겠는가.

팀 오브라이언Tim O'Brien

『카치아토를 찾아서 Going After Cacciato』(1978),

『그들이 갖고 다닌 것들 The Things They Carried』(1990)

베트남 전쟁을 소재로 한 최고의 작품일 수도 있다는 사실은 제쳐 놓고라도 오브라이언의 책은 우리에게 많은 시사점을 던져준다. 8천 마일에 이르는 여행, 다름 아닌 평화 회담이 열렸던 파리로 가는 여정이다. 그리고 우리의 백인 주인공을 서쪽으로 안내하는 아름다운 원주민.『이상한 나라의 앨리스』및 헤밍웨이의 작품과 연관된다. 그 상징적 함축성은 독자들을 오랫동안 고심하게 만들 것이다.

에드거 앨런 포 Edgar Allan Poe
「어셔가의 몰락 The Fall of the House of Usher」(1839),
「모르그가의 살인사건 The Mystery of the Rue Morgue」(1841),
「지하 감방의 진자振子, The Pit and The Pendulum」(1842),
「고자질하는 심장 The Tell-Tale Heart」(1843),「갈가마귀 The Raven」(1845),
「아몬틸라도 술통 The Cask of Amontillado」(1846)
포는 그의 작품을 통해 자유롭게 펼쳐지는 무의식의 세계를 최초로 제시한다. 그의 이야기들은 (이 점에서는 그의 시도 마찬가지지만) 악몽의 논리, 억제하거나 통제할 수 없는 생각의 공포를 프로이트가 출현하기 50여 년 전에 선보였다. 또 최초의 추리물인「모르그가의 살인사건」을 내놓아 아서 코난 도일, 아가사 크리스티, 도로시 세이어스 Dorothy Sayers 등 이후 작가들의 모델이 되었다.

토마스 핀천 Thomas Pynchon
『제49호 품목의 경매 The Crying of Lot 49』(1965)
학생들은 이 짧은 소설 때문에 많이 고민하지만 일반적으로 너무 심각하게 생각하는 경향이 있다. 만화적인 서술과 1960년대 분위기를 많이 담고 있음에 유의한다면 즐겁게 읽을 수 있을 것이다.

시어도어 레트키 Theodore Roethke
「대초원을 찬양하며 In Praise of Prairie」(1941),『머나먼 들판 The Far Field』(1964)

윌리엄 셰익스피어 William Shakespeare, 1564~1616
어떤 작품을 골라도 좋다. 다음은 내가 좋아하는 작품들이다.
『햄릿 Hamlet』,『로미오와 줄리엣 Romeo and Juliet』,『줄리어스 시저 Julius Caesar』,
『맥베스 Macbeth』,『리어 왕 King Lear』,『헨리 5세 Henry V』,
『한여름 밤의 꿈 A Midnight Night's Dream』,『헛소동 Much Ado About Nothing』,
『템페스트 The Tempest』,『겨울 이야기 A Winter's Tale』,『뜻대로 하세요 As You Like It』,
『십이야 Twelfth Night』
『소네트』도 있다. 가능하면 모두 읽어보라. 한 편당 14행에 불과하다. 나는 특히「소네트 73」을 좋아하지만 그 외에도 멋진 소네트가 많다.

메리 셸리 Mary Shelley
『프랑켄슈타인 Frankenstein』(1818)

이 괴물은 그냥 괴물이 아니다. 그는 자신을 만든 빅터 프랑켄슈타인과 그가 살았던 사회에 대해 뭔가를 말하고 있다.

『가웨인 경과 녹색의 기사 *Sir Gawain and the Green Knight*』(14세기 후반)
초보자를 위한 책은 아니다. 적어도 내가 초보자일 때는 어려웠다. 하지만 점차 가웨인 경과 그의 모험을 진정으로 즐기게 되었다. 당신도 그럴 것이다.

소포클레스 Sophocles
『오이디푸스왕 *Oedipus Rex*』, 『콜로노스의 오이디푸스 *Oedipus at Coloneus*』,
『안티고네 *Antigone*』(기원전 5세기)
(서양 최초의 위대한 탐정물이라고 할 만한) 이 작품들은 한 가정의 비극적인 사연을 다룬 3부작이다. 첫 편은 볼 수 있음과 볼 수 없음의 이야기를, 두 번째는 길 위에서의 방랑과 모든 길이 끝나는 한 장소의 이야기를, 세 번째는 권력에 대한 명상, 국가에 대한 충성, 개인의 도덕성을 다룬 작품이다. 2,400년이나 지났지만 그 향기는 여전히 새롭다.

에드먼드 스펜서 Sir Edmund Spenser
『선녀 여왕 *The Faerie Queen*』(1596)
스펜서의 작품을 읽으려면 꽤 많은 노력과 인내심이 필요하다. 하지만 당신은 붉은 십자가 기사 Redcross Knight를 사랑하게 될 것이다.

로버트 루이스 스티븐슨 Robert Louis Stevenson
『지킬 박사와 하이드 씨 *The Strange Case of Dr. Jekyll and Mr. Hyde*』(1886),
『밸런트리경卿, *The Master of Ballantrae*』(1889)
이들 작품에서 스티븐슨은 (한쪽은 선하고 한쪽은 악한) 분열된 자아가 지닌 가능성들을 활용해 멋진 성과를 이루었다. 분열된 자아는 19세기 문학의 인기 주제였다.

브람 스토커 Bram Stoker
『드라큘라 *Dracula*』(1897)
굳이 이유가 필요한가?

딜런 토머스 Dylan Thomas
「양치식물이 자라는 언덕 *Fern Hill*」(1946)
어린 시절, 여름, 인생, 살고 죽어가는 모든 것에 대한 아름다운 묘사.

마크 트웨인 Mark Twain

『허클베리 핀의 모험 The Adventures of Huckleberry Finn』(1885)

불쌍한 허크는 최근 수십 년간 비난을 받아왔다(인종차별이 존재하는 사회를 묘사하는 작품이니 놀랄 일은 아니지만). 인종차별적인 단어가 있는 건 사실이다. 하지만 허크만큼 순수한 인간성을 지닌 인물이 등장하는 작품은 별로 떠오르지 않는다. 또한 언제나 훌륭한 로드/버디road/buddy이야기 중 하나로 손꼽히는 작품이기도 하다. 강을 따라 여행하는 얘기지만 말이다.

앤 타일러Ann Tyler

『홈식 레스토랑에서의 저녁 식사 Dinner at the Homesick Restaurant』(1982)

앤 타일러는 『우연한 여행자 The Accidental Tourist』를 비롯해 좋은 작품을 많이 남겼지만 나에게는 이만한 작품이 없다.

존 업다이크John Updike

「A&P」(1962)

마트에 갈 일이 있을 때 존 업다이크의 이 작품을 참고하지는 않지만 정말 빼어난 단편이다.

데렉 월컷Derek Walcott

『오메로스 Omeros』(1990)

카리브해에 있는 한 어촌의 이야기로 호머의 두 서사시에서 아이디어를 얻은 작품이다. 굉장하다.

페이 웰던Fay Weldon

『인간의 마음과 삶 The Hearts and Lives of Men』(1988)

유쾌한 소설. 코믹하고 슬프며 매혹적이다. 그리고 딱 적당한 만큼의 발랄함.

버지니아 울프Virginia Woolf

『댈러웨이 부인 Mrs. Dalloway』(1925), 『등대로 To the Lighthouse』(1927)

자각의 추구, 가족 내의 역학 관계, 아름답고 미묘한 문체로 그려낸 현대인의 삶.

윌리엄 버틀러 예이츠William Butler Yeats

「이니스프리의 호도湖島, The Lake Isle of Innisfree」(1892), 「1916년의 부활절 Easter 1916」(1916), 「쿨 호수의 야생 백조 The Wild Swans at Coole」(1917)

그 외에도 수없이 많다. 중세문학을 연구하는 한 동료 교수는 예이츠야말로 영어로 시를 쓴 시인들 중 가장 위대한 인물이 아닐까 생각한다고 말했다. 만약 한 명을 선택해야 한다면 나 역시 그러하리라

빼놓을 수 없는 동화들

「잠자는 숲속의 미녀 *The Sleeping Beauty*」, 「백설공주 *Snow White*」,

「헨젤과 그레텔 *Hänsel und Gretel*」,

「라푼젤 *Rapunzel*」, 「럼펠스틸스킨 *Rumpelstilskin*」

이런 동화들이 이후 안젤라 카터나 로버트 쿠버의 작품에서 어떻게 원용되고 있는지 살펴보라.

영 화

〈애니 홀 *Annie Hall*〉(1977), 〈맨해튼 *Manhattan*〉(1979),

〈한나와 그 자매들 *Hannah and Her Sisters*〉(1986)

50년 간 우디 앨런은 거의 매년 영화를 만들었다. 그것들이 모두 완벽한가? 결코 아니다. 그럼 전체적으로 근사한가? 그건 그렇다. 그는 위트 있고, 신경증에 걸린 듯하며, 창의적이고, 항상 매우 인간적이다. 가능하다면 그의 모든 작품을 감상해 보라. 우스꽝스러운 〈돈을 갖고 튀어라 *Take the Money and Run*〉(1969)와 〈바나나 *Bananas*〉(1971)에서 말년의 마법을 보여주는 〈미드나잇 인 파리 *Midnight In Paris*〉(2011), 〈로마 위드 러브 *To Rome with Love*〉(2012)까지. 하지만 꼭 선택해야 한다면 여성들의 초상화를 훌륭히 그려낸, 위에 소개한 이른바 뉴욕 3부작을 보라.

〈아티스트 *The Artist*〉(2011)

21세기에 자막과 함께 프랑스 스타들이 나오는 흑백 무성 영화라고? 그렇다. 2등 스타(존 굿맨, 제임스 크롬웰, 페넬로페 앤 밀러)가 미국인이라고 해서, 또 진정한 스타는 잭 러셀 테리어 종인 어기 Uggie라고 해서 문제가 되진 않는다. 오히려 매우 멋진 이야기와 연기들에 푹 빠지게 된다. 감독인 미셸 하자나비시우스 Michel Hazanavicius는 새로운 세대에게 대사나 컬러, 3D, 또는 다른 그 어떤 최신식 장비 없이도 순수한 영화를 만들 수 있음을 증명한다. 장 뒤자르댕 Jean Dujardin, 베레니스 베조 Berenice Bejo처럼 발음하기에 재미있는 스타의 이름은 덤.

〈아바타 *Avatar*〉(2009)

〈타이타닉〉을 선사했던 제임스 카메론은 제국주의와 환경 문제를 다룬 공상 과학 우화를 통해 우리를 체구가 커다란 나비 족의 나라로 데려간다. 영웅의 여정을 다룬 위대한 이야기이지만, 이 영화의 역사적 중요성은 컴퓨터 생성 이미지 CGI를 대거 활용한 첫 영화들 중 하나라는 데 있을지도 모른다.

〈시민 케인 *Citizen Kane*〉(1941)

보기 위한 영화인지는 잘 모르겠지만 분명 읽을 수는 있다.

〈골드 러쉬 *The Gold Rush*〉(1925), 〈모던 타임스 *Modern Times*〉(1936)

찰리 채플린은 역사상 가장 위대한 코미디 배우다. 그야말로 독보적인 존재고, 그가 연기하는 부랑
인은 대단한 발명품이다.

〈오명 *Notorious*〉(1946), 〈북북서로 진로를 돌려라 *North by Northwest*〉(1959),
〈사이코 *Psycho*〉(1960)

수많은 영화들이 히치콕을 베끼고 있다. 이제 원작을 만나보라.

〈오, 형제여 어디에 있는가? *O Brother, Where Art Thou?*〉(2000)

『오디세이 *Odyssey*』를 차용한 영화일 뿐 아니라 뛰어난 로드/버디 영화이기도 하다. 음악도 훌륭하
다.

〈페일 라이더 *Pale Rider*〉(1985)

클린트 이스트우드가 복수의 천사 같은 주인공으로 등장한다.

〈레이더스 *Raiders of the Lost Ark*〉(1981),
〈인디아나 존스 : 저주의 사원 *Indiana Jones and the Temple of Doom*〉(1984),
〈인디아나 존스 : 최후의 성전 *Indiana Jones and the Last Crusade*〉(1989)

흥미진진한 원정 여행. 잃어버린 성궤나 성배를 찾는 것이 바로 탐구 여행이다. 인디아나 존스에게
서 가죽 재킷과 중절모, 채찍을 제거한 다음 사슬 갑옷과 투구, 창을 쥐어 줘 보라. 그리고 가웨인 경
과 혹시 닮지 않았는지 자세히 살펴보라.

〈셰인 *Shane*〉(1953)

〈셰인〉이 없었다면 〈페일 라이더〉도 없었다.

〈역마차 *Stagecoach*〉(1939)

아메리카 원주민을 묘사한 부분에서는 아쉬움이 남지만 죄와 속죄, 두 번째 기회에 관한 이야기다.
추격신이 볼 만하다.

〈스타워즈 *Star Wars*〉(1977), 〈제국의 역습 *The Empire Strikes Back*〉(1981),
〈제다이의 귀환 *Return of the Jedi*〉(1983)

조지 루카스는 조셉 캠벨의 영웅 이론을 충실히 배운 학생임에 분명하다 (특히 '천의 얼굴을 가진 영웅'

이 가장 큰 영향을 미쳤으리라). 이 3부작은 영웅과 악당의 유형들을 보여준다. 아서 왕의 전설을 많이 알수록 더 즐겁게 감상할 수 있다. 당신이 이 영화에서 위에 말한 내용들을 배우든 말든 상관 없다. 너무나 흥미진진해서 그것만으로도 볼 가치가 충분한 영화니까 말이다. 반복해서 봐도 물론 좋다.

〈톰 존스 *Tom Jones*〉(1963)
앨버트 피니 주연, 토니 리처드슨 감독 작품이니 그 이상 바랄 게 없다. 내 얼굴을 달아오르게 만드는 단 하나의 식사 장면을 담고 있다. 하지만 그 장면이 아니더라도 이 영화와 헨리 필딩의 18세기 소설에는 추천하고 싶은 것들이 아주 많이 담겨 있다. 난봉꾼의 행각(즉 나쁜 남자의 성장과 발전)을 다룬 이야기는 역사가 매우 긴데, 영화 〈톰 존스〉는 그중에서도 아주 재미있는 작품이다.

| **참 고 도 서   목 록**
|

당신의 독서와 문학 공부에 깊이를 더해줄 책들은 아주 많다. 짧고 자의적이며 불완전하지만 나만의 추천 도서 목록을 만들어보았다.

에이브럼즈 M. H. Abrams
『문학 용어 사전 *A Glossary of Literary Terms*』(1957)
제목에서 알 수 있듯이 독서용이 아니라 참고용 책이다. 에이브럼즈는 수백 개에 이르는 문학 용어와 경향, 개념을 설명하고 있으며 이 책은 수십 년 동안 그 표준이 되어왔다.

존 치아디 John Ciardi
『시는 어떻게 의미하는가? *How Does a Poem Mean?*』(1961)
처음 세상에 모습을 드러낸 이후 치아디의 이 책은 수많은 독자들에게 시만의 특별한 의미 전달 방식을 어떻게 이해해야 하는지 가르쳐주었다. 시인이면서 단테를 번역한 치아디였기에 이 주제에 대해서는 최고의 전문가였다.

포스터 E. M. Forster
『소설의 제 측면 *Aspects of the Novel*』
비록 1927년에 출판됐지만 이 책은 소설과 그 구성 요소들을 다루고 있는 훌륭한 저서로 여전히 인정받고 있다. 포스터는 자신의 이론을 창작에 적용한 뛰어난 작가였다.

노스럽 프라이 Northrop Frye

『비평의 해부*Anatomy of Criticism*』(1957)

이 책을 읽어온 이들은 노스럽 프라이의 이름이 친숙하게 느껴질 것이다. 하지만 그의 책을 직접 읽어보면 더욱 흥미롭다. 프라이는 문학을 이해할 수 있는 틀이라는 중요한 개념을 통해 문학을 하나의 단일체로, 또 유기적으로 연결된 전체로 인식한 최초의 비평가다. 비록 당신이 그의 의견에 동의하지 않더라도 그는 여전히 매력적이고 인간적인 사상가다.

윌리엄 개스William H. Gass,
『픽션과 삶의 양태들*Fiction and the Figures of Life*』(1970)

또 하나의 주목해야 할 이론서. 독자가 작품에 어떻게 영향을 미치는지, 작품은 독자에게 어떻게 영향을 미치는지 설명하고 있다. 이 책에서 개스는 '메타픽션metafiction'● 이라는 용어를 소개한다.

에드워드 허쉬Edward Hirsch
『시를 읽는 법, 그리고 시와 사랑에 빠지는 법*How to Read a Poem and Fall in Love with Poetry*』(2000)

시와 사랑에 빠지고 싶다는 당신의 마음을 자각하지 못했더라도 계관 시인이었던 저자가 그렇게 만들어줄 것이다. 시를 이해하는 데 소중한 통찰력을 제공해 주는 책.

데이비드 로지David Lodge
『픽션의 예술*The Art of Fiction*』(1992)

포스트모던 경향의 영국 소설가이자 비평가인 로지는 한 신문 칼럼을 통해 여기에 포함된 에세이들을 썼다. 훌륭하고, 간결하고, 이해하기 쉬우며, 진정 도움이 되는 예들로 가득 차 있다.

『프린스턴 시학 사전*Princeton Encyclopedia of Poetry and Poetics*』

또 다른 중요한 참고 서적. 시에 대해 알고 싶다면 반드시 읽어야 한다.

프랜신 프로즈Francine Prose
『작가처럼 읽는 법*Reading Like a Writer*』(2006)

작가를 꿈꾸는 이들과 작가를 이해하고 싶은 독자들에게 무엇을, 어떻게 읽어야 하는지를 알려주는 뛰어난 조언

● **메타픽션** ǀ 픽션의 구축 방법이나 허구성 자체를 주제로 하는 소설.

도 전 작 품 들 (M a s t e r   C l a s s)

독서 능력을 종합적으로 시험해 보고 싶다면 다음에 소개하는 책들을 읽어보라. 새롭게 발견한 독서 기술을 마음껏 활용할 기회를 줄 것이며, 해당 작품들을 바라보는 창의적이고 통찰력 있는 방법들을 제시해 줄 것이다. 일단 이 네 편의 작품이 가르치는 바를 배우면 더 이상의 조언은 필요 없다. 물론 이 네 작품만이 아닌 다른 작품으로도 충분히 가능하다. 수많은 소설, 장편 시, 희곡 등을 통해서도 새롭게 획득한 모든 독서 기법을 활용할 수 있다. 내 경우에는 그저 아래의 작품들을 우연히 선호하게 됐을 뿐이다.

찰스 디킨스Charles Dickens

『위대한 유산Great Expectations』(1861)

삶, 죽음, 사랑, 증오, 헛된 희망, 복수, 비탄, 속죄, 고통, 묘지, 늪, 무서운 변호사, 범죄자, 어리석은 노파들, 슬픈 웨딩케이크. 인체의 자연 발화 현상Spontaneous Human Combustion을 제외한 모든 이야기들을 담고 있다(인체의 자연 발화 현상은 『음산한 집』에 등장한다). 그러니 어떻게 읽지 않을 수 있겠는가?

제임스 조이스James Joyce

『율리시스Ulysses』(1922)

오해할까 봐 미리 얘기하지만, 『율리시스』는 결코 초보자를 위한 책이 아니다. 대학원생이 되어 정말 풍부한 독서 경험을 쌓은 뒤 읽어보라. 대학생들도 읽어내긴 했지만 많은 도움을 받았음에도 불구하고 끙끙대야 했다. 물론 어려운 책이다. 그러나 한편으로는 많은 이들이 경험했듯이 가장 큰 보람을 안겨주는 책이기도 하다.

가브리엘 가르시아 마르케스Gabriel García Márquez

『백 년 동안의 고독One Hundred Years of Solitude』(1970)

이 책에는 이런 라벨을 붙여야 할 것 같다. '경고 : 많은 상징이 들어 있음.' 작품에 등장하는 한 주인공은 총살과 자살 시도라는 두 가지 위기를 넘긴 뒤 47명의 아내에게서 47명의 아들을 얻는다. 하지만 그와 같은 이름을 가진 아들들은 하룻밤 사이에 모두 적들의 손에 몰살당한다. 이것이 무엇을 의미한다고 생각하는가?

토니 모리슨Tom Morrison, 『솔로몬의 노래Song of Solomon』(1977)

너무나 많이 언급했다. 이제 당신이 직접 읽어보는 일만 남았다.

영문학도라면 처음 제임스 조이스를 접한 날의 고통과 경이를 잊지 못할 것이다. 내게도 그런 순간이 있었다. 아직 어리지만 한동네 사는 친구의 누나를 열렬히 사모하고, 어떻게든 그녀를 보고, 그녀의 눈에 띄려고 갖은 애를 쓰는 「애러비Araby」의 주인공이 꼭 나처럼 느껴진 날이 있었다. 소년이 그녀에게 줄 선물을 사려고 온갖 어려움을 겪고 애러비 시장에 도착했지만 결국 아무것도 사지 못하고 눈물만 글썽이는 장면에서 나 역시 가슴이 무너졌었다.

그런데 사전과 주석본을 뒤져 가며 몇 번 더 읽다 보니 어느 날 문득 인물들의 용모나 성격, 줄거리 말고도 훨씬 많은 것이 이 짧은 단편 속에 숨어 있고, 내가 아무리 애를 써도 그중 일부밖에 알아낼 수 없을 거라는 암울한 생각이 뇌리를 스쳤다. 아주 작은 옥玉에 수많은 화초와 인물, 풍경이 새겨진 옛 중국의 미술품처럼 「애러비」와 『더블린 사람들』에 실린 단편들은 무수히 많은 인유引喩와 수수께끼를 담고 있고, 어쩌면 나는 그 비밀을 영영 놓칠 수도 있다고 생각하자 주인공과 똑같이 눈물이 핑 돌았다. 그 후 더 많은 자료를 읽고 고민을 거듭하다 보니 이 고통은 기쁨으로 바뀌고, 때로는 작품 전체가 끝없이 이어지는 신기한 보물찾기로 느껴지기도 했다. 하지만 애초의 그 아찔한 절망은 문학도라면 누구나 겪는 실존의 위기다.

다시 「애러비」로 돌아가 소년의 처지를 생각해 보자. 적어도 몇 달 동안 어린 주인공의 욕망은 단 하나, 친구 맹건의 누나를 보는 것이다. 소년은 매일 아침 거의 바닥까지 내린 블라인드 뒤에 엎드려 소녀의 집 현관문을 지켜보다가 그녀가 나오면 얼른 책가방을 들고 따라가고, 길이 갈리는 곳에서는 걸음을 재촉해 소녀 옆을 스쳐 간다. 또 그녀가 동생을 찾으러 나오면 어둠 속에 숨은 채 현관에서 새어나오는 불빛에 물든 그녀의 드레스와 뽀얀 목선, 땋은 머리채를 지켜본다.

그런데 작품은 그녀를 보고 싶다는 소년의 욕망을 가로막는 요소들로 가득 차 있다 해도 과언이 아니다. 둘은 막다른 골목blind street에 살고 있고, 동네 집들은 알 수 없는imperturbable 얼굴을 하고 있다. 늦은 밤 겨우 도착한 애러비 시장은 불이 거의 꺼진 상태였다가 작품 끝에서는 어둠에 잠긴다. 그야말로 뭔가를 보기에 너무도 힘든 상황이다. 작품의 시간적 배경이 겨울이고, 소년의 집 뒤에 황폐한 정원이 있는데 그 한가운데 서 있는 사과나무에 **죽은** 신부의 녹슨 자전거펌프가 기대 서 있다는 구절을 보면 주인공의 사랑이 처음부터 절망적인 것임을 짐작할 수 있다. 한가운데 과일나무가 있는 정원은 에덴동산을 연상시키지만 그 안에는 말라빠진 잡초와 열매 없는 사과나무, 그리고 살아 있을 때도 무력했지만 오래 전 세상을 떠나 주인공에게 아무 도움도 줄 수 없게 된 신부의 유품이 남아 있을 뿐이다. 말 그대로 타락 **이후**의 에덴동산인 것이다.

주인공 역시 작품 내내 자신의 몽상에 어울리지 않는 현실에 눈과 귀를 닫아 버려 자기의 사랑을 파멸로 이끄는 데 일조한다. 그는 (어떤 것도 분명히 볼 수 없게 하는) 현실을 용인할 뿐 아니라, 한 장면에서는 오래전에 죽은 신부의 방에 들어가 어둠 속에서 빗소리를 들으며 "거의 아무것도 볼 수 없다는 사실이 고마웠다. 모든 감각이 마비될 것 같은 그 순간 나는 두 손바닥을 꽉 맞누르며 '오 사랑이여! 사랑이여!'를 되뇌었다"고 말한다. 어리고 무력한 그로서는 남루하고 이질적인 현실을 직시하기보다는 스스로 만들어 낸 아름다운 환상에 몰입하는 것이 훨씬 편안하기 때문이다. 소년이 번잡한 시장을 지나가며 소녀에 대한 사랑을 성배chalice처럼 받들고 걷는 부분은 그와 같은 자발적 맹목성을 보여주는 한 예이다. 그동안의 미망이 현실의 빛 또는 암흑에 부딪혀 사라지는 환멸의 순간, 소년은 자기 전부를 사로잡았던 고결한 사랑도 현실에서는 허망하기 이를 데 없는 신기루이며, 그런 낭만적 망상에 빠진 자신은 그저 허영심에 눈먼 짐승임을 깨닫는다. 부조리한 현실 속에서 주인공을 감싸주던 도피적 열망은 진실의 빛에 노출되자 뿌리 없는 식물처럼 그대로 시들어버린다.

II

위대한 문학작품을 읽는 사람은 「애러비」의 주인공과 비슷한 처지에 놓이게 된다. 작품의 비밀을 훤히 들여다보고 싶지만 너무도 많은 것들이 그 욕망을 좌절시킨다. 작가가 물려받은 문학 전통, 장르의 전통, 다른 작품들과의 관계, 작가 개인의 사상이나 경험이 작품에 끼친 영향, 텍스트의 음악적 요소 등 수많은 변수가, 우거진 잡초와 무질서하게 뒤엉킨 나뭇가지처럼 독자의 시야를 가리고 곁길로 새게 하면서 작품의 실체에 도달할 수 없게 만들기 때문이다. 맹건의 누나를 보고 싶다는 주인공의 갈망이 많은 장애에 부딪히듯이, 진지한 독자 역시 작품 속에 숨은 수많은 인유*와 암시, 상징, 기호들과 마주치며 작품의 본질을 향해 나아가는 것이다. 그 아름답고 풍요로운 실체는 이를테면 장애물로 가득한 미로의 한가운데 서 있는 셈이다. 온갖 어려움을 극복하고, 포기하고 싶을 만큼 깊은 절망을 이겨내며 해석의 숲을 통과했을 때, 우리의 눈을 가렸던 무지와 편견, 상식의 비늘이 떨어지고 비로소 작품의 정체, 삶의 비의에 다가서게 되는 것이다.

현대 문학 비평의 역사는 작품의 실체에 도달하려는 독자들의 욕망이 거쳐 온 과정이라 할 수 있다. 작가의 의도가 바로 작품의 의미이고, 그것을 파악하거나 거기에 근접하는 것이 가장 바람직한 독서라는 허쉬E. D. Hirsch, Jr. 등의 전통적인 입장으로부터, 독자가 문화 및 장르의 코드들을 활용해 '기대의 지평들horizon of expectations'을 채우고, 나아가 전통적인 텍스트를 뛰어넘어 '변화의 지평'을 제시하는 혁신적인 작품들을 읽어 가는 과정에서 비로소 작품이 완성된다는 이저Wolfgang Iser나 야우스Hans Robert Jauss 등의 독자 반응 이론Reader-Response Theory, 이와 비슷하게 독서는

• 인유allusion는 작가가 자신의 문화에서 많은 사람이 알고 있고 이해할 수 있는 이름, 사건, 지명, 역사적 사실, 문학이나 예술작품 등을 작품에 끌어다 씀으로써 독자들로 하여금 작품의 의미를 더 쉽게 파악하게 하고, 작품에 더 큰 함축적 의미를 부여하는 경우를 말한다. 예컨대 우리나라 사람에게 "그래서 너 인당수에라도 빠지겠다는 거니?"라고 하면 대부분의 사람이 알아듣지만 외국 사람들은 그 뜻을 모른다. 반면에 "정원 한가운데 나무가 있다"든가 "불칼을 든 대천사가 지킨다"든가 "바위에서 긴 칼을 뽑아 들었다"고 하면 우리나라 사람들은 알아듣기 힘들다.(성경이나 아더왕 이야기를 배운 사람들은 물론 곧바로 이해하지만!) 「애러비」에는 당시 아일랜드의 정치와 경제 상황에 대한 인유들이 많이 쓰이고 있다.

그런 과정을 통해 작품을 하나의 의미 있는 유기적 구조로 만든다는 "naturalization" 롤랑 바르트의 이론, 한 작품의 침묵 또는 빠진 요소들을 통해 그 실체를 간파해 낸다는 데리다Jacques Derrida의 해체비평, 모든 작품은 우리의 잠재의식과 욕망의 구조로 해석할 수 있다는 프로이트와 라캉의 심리 분석적 접근, 그리고 작품의 의미는 많은 부분 읽는 사람 각자의 경험에 따라 달라지고 결정된다는 피쉬Stanley Fish의 극단적인 상대주의적 시각까지, 비평 이론은 작품과 독자 간의 그 아슬한 괴리가 지나온 길고 복잡한 여정이다.

이 책에서 포스터 교수는 별 준비도 없이 그 어려운 길을 가는 독자들을 위해 중요한 몇 가지 접근 방식과 코드, 상징, 근본적인 주제들을 소개하고, 작품 분석의 실례를 보이면서 비평 이론이 독서 현장에서 어떻게 작용하는지 보여 주고 있다. 말하자면 저자는 현대 비평의 다양한 성과를 독자가 부지불식중에 체득할 수 있도록 쉽고 친절한 어조로 예시하고 있는 것이다. 특히 인상적인 것은, 「애러비」, 「죽은 사람들」, 「써니의 블루스」, 『솔로몬의 노래』 등 중요한 몇 작품을 다양한 관점에서 논의한 것이다. 그리하여 독자의 입장에서는 책을 읽는 동안 그 작품들에 관해 점점 더 많은 것을 이해하게 되고, 책을 끝내고 나면 각 작품이 다양한 의미와 색채를 지닌 하나의 교향곡으로 연주되고 있음을 깨닫게 된다. 말하자면 저자는 문학 전공자들의 다면적인 독서 방식을 구체적으로 보여 주어 일반 독자에게는 여러 장르의 작품을 좀 더 깊고 포괄적으로 즐기게 하고, 문학도에게는 더 세련되고 다층적인 비평적 안목을 갖추는 중요한 계기를 선사하고 있다. 따라서 책을 다 읽었을 때 위트와 지혜 넘치는 영문학 교수로부터 최고의 강의를 수강한 기분이 드는 것은 바로 그 때문이다. 이런 훈련을 받은 독자라면 "엔보이Envoy"에 나오는 저자의 말마따나 어떤 작품이든 즐겁게 읽어낼 수 있을 것이다.

Ⅲ

「애러비」를 처음 접하고 수십 년이 지난 며칠 전, 그 작품에 관해 또 다른 생각이 떠올랐다. 주인공 소년이 주정뱅이, 흥정하는 시장 아줌마, 돼지머리 고기 장사, 조국의 식민지 현실을 노래하는 사람들로 붐비는 왁자한 거리를 걸으며 스스로를 소중한 사랑을 '성배'처럼 받쳐 들고 적진을 통과하는 기사 같다고 생각하는 장면이 있다. 그런데 주인공은 그처럼 낭만적인 존재에게 어울리는 환경에 있지 않을뿐더러, 아서왕 신화에서 성배를 찾으러 간 기사가 여럿 있지만 그것을 찾은 기사는 동정童貞을 간직한 갤러해드뿐이라는 사실이 떠올라 애달팠다. 작품 끝에서 소년은 눈물을 글썽인다. 왜냐하면, 결국 자기의 사랑이 소녀의 고운 목선, 땋은 머리채, 속치마, 드레스의 윤곽과 색조, 즉 감각적 측면에 제한된 맹목적인 것이고, 그런 사랑은 시장에서 노닥거리는 애러비 점원들의 행태와 다를 바 없음을 느꼈기 때문이다. 자기가 육체적으로는 순결하지만 정신적으로는 이미 (자신이 살고 있는 국가와 사회처럼) 식민화되고 타락하고 범속한 존재라는 것을 비로소 깨달은 것이다. 밤늦게 애러비 시장에 도착한 소년은 전시장의 불이 꺼지자 그 어둠 속을 응시하다가 "그동안 나를 사로잡았던 허영심에 조롱당한 내 모습을 보자, 고뇌와 분노로 뜨거운 눈물이 차올랐다"고 말한다. 작품 내내 자신의 처지를 애써 외면해 온 그는 마침내 눈을 떠 현실을 직시하고, 그 비참한 모습에 전율하는 것이다.

작품 끝에 나오는 소년의 눈물은 어쩌면 과장돼 보일 수 있다. 하지만 본질적인 차원에서 보면 그의 슬픔에는 심오한 이유가 있다. 그의 성배는

이미 깨져 있고 그 누구도, 그 무엇도 이를 되돌릴 수 없기 때문이다. 오래 전 이 작품을 처음 읽은 날도 그토록 연모하는 소녀에게 간단한 선물 하나 사 주지 못하는 가난하고 무력한 고아 소년의 처지에 가슴이 아팠지만, 그의 상황이 얼마나 철저히 비극적인지 깨달은 것은 그로부터 30여 년이 지난 후였다.

저자는 영문학 교수로서 누리는 즐거움 중 하나가 전에 본 인물들을 이런저런 작품에서 교묘하게 변형된 형태로 다시 만나는 일이라고 했다. 같은 주인공, 같은 작품을 평생 여러 번 다시 보고 연구하면서 점점 더 많은 기쁨과 깨달음을 누릴 수 있다는 것 역시 또 다른 즐거움일 것이다. 「애러비」는 아주 짧은 단편이지만 그 속에서 주인공이 겪는 아픔은 몇 번을 읽어도 여전히 심금을 울리고, 작품이 지닌 상징성과 비극성 또한 읽을 때마다 더 깊고 커지는 느낌이다. 이는 인류 문화의 고전이 된 위대한 작품들이 거의 예외 없이 지닌 특성이다. 문학도의 삶이 (늘 고민스럽지만 동시에) 끝없는 보물찾기라고 말할 수 있는 것은 바로 이 때문이다.

이 책의 독자들도 문학 전공자처럼 위대한 작품 및 주인공들과 끈끈하고 농밀한 관계를 이어가길 바라며, 이 책이 다양한 작품의 본질을 찾아가는 매혹적인 여행이 되기를 바란다.

손영미

역자 후기

벌써 7~8년 전이다. 도서 번역을 의뢰받고 원서의 초반 몇 페이지와 대략적인 구성을 살펴보며 괜찮은 책이라고 생각했지만, 대단히 큰 기대를 한 건 아니었다. 그러나 번역을 진행할수록 뿌듯함이 느껴질 만큼 책은 기대 이상의 내용과 충실함을 담고 있었다. 뿌듯했던 이유는 수많은 도서가 자신을 주목해 달라고 외치며 쏟아지는 상황에서, 차별화되는 좋은 책을 독자들에게 선사할 수 있음은 번역자로서 큰 기쁨인 동시에 자부심이기 때문이다. 이제 개정판이 나와 새롭게 선보이게 됨을 기쁘게 생각하며 개정판에 대한 소개에 앞서 이 책이 지닌 장점을 간략히 소개하고자 한다.

1) 재미있다, 상식도 쌓을 수 있다

교실에서 눈을 동그랗게 뜨고 선생님의 말씀에 귀 기울이는 학생들을 상상해 보라. 그만큼 우선 재미있다. 포스터 교수는 일방적으로 가르치고 끝내는 그런 선생님이 아니다. 물론 전문적인 영역을 다루기에 어쩔 수 없이 딱딱하고 다소 이해하기 어려운 내용도 있지만 저자는 문학 초보자의 눈높이에 맞춰 우리의 흥미를 끌 만한 친숙한 소재와 이야기, 작품들을 인용해 가며 점점 몰입하게 만든다. 다음 글을 보자.

"어둡고 폭풍우 몰아치는 밤이었다It was a dark and stormy night." 어디서 들어본 말 같지 않은가? 그렇다, 스누피Snoopy다. 오래전부터 내려온 진부한 표현이기에 찰스 슐츠Charles Schulz는 스누피를 시켜 이 문장을 썼다. 그 귀여운 비글이 작가가 되기로 결심했을 때였으니 정말 오래된 문장이다. 그 표현을 처음 쓴 사람은 물론 따로 있다. 빅토리아 시대의 유명한 대중 작가 에드워드 불워-리튼 Edward Bulwer-Lytton이 한 소설에서 실제로 "어둡고 폭풍우 몰아치는 밤이었다" 라고 썼다. 이 문장으로 시작되는 소설인데 작품 자체는 그저 그랬다. 어둡고 폭풍우 몰아치는 밤에 대해서는 그 정도만 알아도 충분하다. 한 가지 의문만 빼곤 말이다.

왜?

독자 입장에서는 정말 궁금할 것이다. 작가들은 왜 폭풍이 몰아치고 비가 억수 같이 쏟아지는 날씨를 좋아할까? 왜 영주의 저택이나 오두막, 피곤에 지친 여행 자들을 심한 비바람에 시달리게 할까?

이어질 내용이 궁금해 벌써 책장을 넘기고 싶어지지 않는가? 자칫 딱딱해질 수도 있지만 끝까지 읽어나갈 수 있도록 재미있게 써나가는 포스터 교수의 글솜씨는 정말이지 대단하다.

또한 우리에게 익숙한 "어둡고 폭풍우 몰아치는 밤이었다"는 글을 빅토리아 시대의 에드워드 불워-리튼이 썼다는 사실을 자연스럽게 알게 된 것처럼 문학과 관련된 상식도 풍성하게 쌓을 수 있다. 실제로 책을 읽어보면 알겠지만 위의 예시는 그중 하나일 뿐이다.

2) 의미 있고 균형 잡힌 도서 리스트를 작성할 수 있다

이에 대해서는 책의 뒷부분에 있는 도서 목록과 참고 문헌 부분을 쭉 훑어보길 권한다. 훑어보기만 해도 왠지 벅차오름을 느낄 것이다. 이미 읽은 책들도 있겠지만 그렇지 못한 경우도 많을 것이다. 포스터 교수가 이끄는 대로 책장을 넘기다 보면 해당 목록의 작품들을 자연스럽게 소개받게 된다. 중요한 점은 이 분야의 전공자가 추천하는 편향되지 않고 균형 잡힌, 꼭 읽어야 할 의미 있는 도서 리스트를 얻을 수 있다는 사실이다. 비단 소설이나 시 등의 문학 장르뿐 아니라 영화, 동화, 비평서 등의 분야도 포함돼 있다. 이것들만 챙겨 읽어도 당신은 누구 못지않게 많은, 그리고 좋은 책을 읽은 사람이 되어 있지 않을까 생각한다. 한번 도전해 보길 권한다.

3) 무엇보다 작품을 보는 눈이 생긴다

포스터 교수가 이 책을 낸 이유다. 문학은 재미와 흥미보다는 좀 더 사색할 만한 주제를 담고 있어서 영화나 만화 같은 장르에 비해 어렵고 난해하게 느껴질 수 있다. 하지만 다소 딱딱하고 지루하고 어렵게 여겨지더라도 포스터 교수의 지도를 받으며 조금 더 깊이 고민해 보자. 책을 좋아하는 사람에게 작품을 볼 수 있는 눈이 생긴다는 건 얼마나 흥미진진한 일인가. 그렇게만 된다면 우리의 인생은 한층 풍부해질 것이니, 이처럼 몇 배나 큰 보상을 안겨주는 독서에 시간을 투자할 만하지 않을까?

오류를 바로 잡거나 깔끔하게 글을 다듬은 것 외에도 원서 개정판에서는 몇 가지 변화가 있었다. 요약하자면 우선 소네트에 관한 내용이 빠졌다. 서문에서 저자도 밝히고 있듯이 소네트에 관한 장은 형식에 관한 내용을 다루고 있어서 비유나 의미가 주된 분석 대상인 다른 장들과는 구조적인 차이가 있기에 제외됐다. 대신 영웅의 친구가 된다는 것이 결코 좋은 일이 아님을 흥미롭게 풀어 쓴 '영웅 근처에는 얼씬도 하지 마라', 문학 감상에서 빼놓을 수 없는 요소들 중 하나인 비유와 상징의 일반적인 설명과 실제 사례를 담은 '이건 나의 상징이야, 내 맘이라고', 이렇게 2개의 장이 새롭게 추가됐다. 한편 이제 우리는 독서 경험에서 더 당당해질 수 있게 되었다. 독서에 정답이란 없으니 자신 있고 당당하게 임하라는 저자의 애정 어린 격려가 담긴 또 다른 글, '여기 주인은 누구죠?'가 있으니 말이다.

앞서 말했듯이 독자에게 좋은 책을 소개하는 것은 번역자의 큰 기쁨이다. 개정판이 나온 덕분에 기존 번역본의 몇 군데 오역을 바로 잡고 또 좀 더 쉽게 읽혀질 수 있도록 매끄럽게 다듬을 수 있었다. 그럼에도 여전히 부족한 점이 많겠지만 독자의 너그러운 양해를 바라며, 마지막으로 이 책을 통해 독자 여러분의 독서 경험이 풍부해지고 이해가 깊어지기를 진심으로 기원한다.

2024년 4월 거제도에서, 박영원

| 색 인 |